DE DOCHTER VAN DE APOTHEKER

Rebekka Eder

De dochter van de apotheker

De Chocolade Dynastie 1

Uit het Duits vertaald door Sylvia Wevers

oceaan

De dochter van de apotheker is deel 1 van de serie De Chocolade Dynastie

Oorspronkelijke titel *Die Schokoladenfabrik – Die Tochter des Apothekers.*
Aufbau Taschenbuch, imprint van Aufbau Verlage GmbH & Co, Berlijn

Omslagontwerp Sander Patelski
Omslagbeeld © Tomas1111 | Dreamstime.com
Foto auteur © Mario Wezel
NUR 302
ISBN 978 90 468 2951 6
www.oceaanboeken.nl
MIX
Papier van verantwoorde herkomst
FSC® C004472

Moeder, bevrijd me uit de boeien!
Ik ben door koorts gegrepen
Want je liet het raam open
Dat altijd zorgvuldig geblindeerd was

(*Verliebt*, Annette von Droste-Hülshoff)

Neem:
Madeliefjes, heemstwortel, zoethout, papaver, hoefblad, Iers en IJslands mos,
maal ze met een vijzel,
voeg lapsang souchong-thee en gedestilleerd water toe,
karamelliseer suiker en meng die door de brij van geneeskrachtige kruiden.

Lijst van personages

Anna Sophia Müller:* de dochter van de apotheker (1819-1888)
Franz Stollwerck:* oprichter van de Stollwerck-dynastie (1815-1876)

In de apotheek
Gottlieb Müller: apotheker aan de Neumarkt
August Arkenberg: Gottliebs gezel
Wilhelmine Müller: Anna Sophia's oudste zus
Julie Müller: Anna Sophia's jongste zus
Elise Müller: Anna Sophia's op een na jongste zus
Betty Wicke: huishoudster bij de familie Müller
Dokter Hugo Baader: huisarts van de familie Müller

In de kruidenierswinkel
Nikolaus Stollwerck:* Franz' vader en marktopzichter (1787-1851)
Hubertine Christina Stollwerck:* Franz' zus (1823-1890)
Johannes Stollwerck:* Franz' broer (1821-1878)
Maria Sybilla Stollwerck:* Franz' jongste zus (1831 – onbekend)

In en rond Höhenforst
Gesche: wijze genezeres
Kaspar Rockstroh: jonge boer
Wilhelm: oude boer en Margaretha's vader
Margaretha: boerin, Wilhelms dochter
Amalie: boerin, Margaretha's zus
Lina Rockstroh: Kaspars dochter

---

* De met een sterretje gekenmerkte personen hebben echt bestaan. Mijn romanfiguren lijken grotendeels sterk op hun historische voorbeelden. Maar daar waar het nodig was, heb ik me ook wat artistieke vrijheden veroorloofd. Meer daarover vertel ik in het nawoord (p. 485 e.v.).

Familie Mertens-Schaaffhausen
Victor Mertens: bankier in Keulen
Ferdinand Mertens: Victors broer en wijnhandelaar
Sibylle Mertens-Schaaffhausen:* archeologe, kunstverzamelaarster en middelpunt van een salon (1797-1857); in de roman is ze ongeveer tien jaar jonger dan haar historische voorbeeld
Emma Mertens: halfzus van de broers Mertens
Luise: Emma's dienstmeisje
Charlotte Mertens: Sibylles dochter

Sibylles vriendinnen
Adele Schopenhauer:* schrijfster en kunstenares (1797-1849); in de roman is ze ongeveer tien jaar jonger dan haar historische voorbeeld
Annette von Droste-Hülshoff:* dichteres (1797-1848); in de roman is ze ook tien jaar jonger dan haar historische voorbeeld
Hedwig Schlesinger, later Dohm:* schrijfster en feministe (1831-1919)
Mathilde Anneke:* schrijfster, journaliste en feministe (1817-1884)
Fanny Lewald:* schrijfster (1811-1889)

Franz' vrienden
Heinrich Statz:* kuipersgezel, vriend van Franz (1820-1846)
Theodor Herx:* koopman, vriend van Franz
Koloman Witt: journalist, vriend van Franz
James Lever:* vader van de oprichter van de zeepfabriek Lever Brothers (geb. 1809)
Johann Heimerdinger:* koopman in Hamburg
Joseph Wolff:* koopman in Keulen
Francois Ravaeux:* democraat, revolutionair (1810-1851)
Carl D'Ester:* arts, democraat, revolutionair (1813-1859)
Louis Petit: Parijse banketbaker

Kaspars vrienden
Albert Statz: fabrieksarbeider en Heinrichs broer
Ernst: fabrieksarbeider
Rudolf: twaalfjarige fabrieksarbeider

DEEL 1

1838

1

Anna Sophia kon haast niet wachten. Terwijl ze de medicijnflesjes ordende, keek ze telkens naar haar vader. Zou hij het vandaag goed vinden? Van zijn rug, die naar haar toe was gekeerd, kon ze zijn stemming niet aflezen. Als een knoestige boom stond Gottlieb achter de toonbank van zijn apotheek. Hij steunde op zijn vingertoppen terwijl hij in zijn kasboek staarde. Anna Sophia vergeleek hem vaak met de lindeboom die pal voor de winkeldeur met zijn takken en bladeren naar de hemel reikte. Die was net zo sterk, onwrikbaar en in deze stad geworteld als haar vader. Maar de laatste tijd was hij wat dunner geworden en zijn takken leken droog. De boom had betere tijden gekend en toch oogde hij nog steeds statig. Ook op deze avond. Door het raam en de takken van de linde kon Anna Sophia de Neumarkt van Keulen zien, waar alleen nog her en der dienstmeisjes met witte kapjes op hun hoofd en bengelende manden aan hun armen zich over straat haastten. Als ze geluk had, duurde het niet lang meer voordat haar vader de winkel voor vandaag sloot.

'Anna Sophia? Hoor je me niet?' vroeg haar vader zonder op te kijken.

Ze schrok. Had ze weer eens staan dromen? Verdorie, dacht ze. Waarom overkwam haar dat telkens?

'Sorry, papa, wat zei je?'

'Ik vroeg of er iemand voor je zussen zorgt.'

'Natuurlijk. Betty is bij hen.'

De huishoudster van het gezin was altijd bij haar zussen. Tijdens het huishoudelijk werk paste ze op de kleintjes Julie en Elise, en tegelijkertijd had ze een luisterend oor voor de zestienjarige Wilhelmine.

'Ik neem aan dat de kasten schoon zijn?'

'Brandschoon,' bevestigde Anna Sophia. Hij kon haar trotse blik niet zien, want hij draaide zich nog steeds niet om. Maar het was waar: ze had alle kasten afgestoft die langs de muren van de apotheek stonden en bijna tot aan het plafond reikten. Bovenin waren ze met doosjes, potjes en karaffen gevuld. Ook de fronten van de lades in de onderste rijen had ze gestoft en de bronskleurige versieringen aan het eind van de planken glansden in de avondzon. Zelfs de toonbank, waar Gottlieb nu op steunde, had ze uitgeruimd en ze had de kleine laatjes schoongemaakt. Naast het dikke kasboek glom de grote weegschaal met de bronzen schalen. Ook die had ze gepoetst. Ze hield ervan als de apotheek glansde zoals nu.

'Nou, goed dan,' zei hij. Hij zou het zo meteen toestaan, maar op dat moment rinkelde het winkelbelletje. Anna Sophia probeerde niet met haar ogen te rollen. Waarom moest er altijd vlak voor sluitingstijd nog iemand binnenkomen? Dit keer was het een dienstknecht. Toen Anna Sophia hem herkende, deinsde ze geschrokken achteruit, waardoor ze tegen de apothekerskast stootte en de flesjes rinkelden. De man had wallen onder zijn ogen, lichtkleurig haar en afgezien van de levervlek op zijn voorhoofd, zag hij eruit als een gewone dienstknecht. Maar ze wist wie hij was en voor welke familie hij werkte. Zou hij zich haar ook herinneren? Anna Sophia was destijds nog een kind, maar ze herinnerde zich de eerste keer dat ze op de vreemde deur had geklopt, met een tas vol medicijnen, nog heel goed. En ook welke man haar binnen had gevraagd en de deur achter haar had gesloten. Ze perste haar lippen op elkaar en kneep haar ogen tot spleetjes. Ze wilde er niet meer aan denken, nooit meer. Uit alle macht probeerde ze de beelden te verdringen, maar in plaats daarvan kwam er nu een andere herinnering naar boven. Een zonnige dag in september. Ze wilde brood en appels kopen en stond in een smal steegje dat vanuit de bakkerij naar de Dom leidde. Anna Sophia kon bijna weer de koude stenen van de gevel in haar rug voelen en de grote gestalte met een brede grijns op haar zien afkomen. Anna Sophia sloot haar ogen en ademde diep in en uit. Daarna deed ze haar ogen weer open en ze dwong zichzelf om terug te keren naar het hier en nu, naar de apotheek.

De dienstknecht was inmiddels naar haar vader toe gelopen. 'Ik kom met een... lastige vraag. Meneer Mertens voelt zich niet goed. Hij moet vreselijk hoesten.'

Gottlieb knikte. 'Wat zegt de arts?'

'Hij denkt... nou ja... hij denkt dat het weleens tering zou kunnen zijn. Maar zo'n deftige heer als meneer Mertens... Hoe kan hij nou de tering krijgen?'

Gottlieb draaide zich naar zijn dochter. De uiteinden van zijn witte, gekrulde snor hingen al een beetje naar beneden, zoals altijd als het bijna avond was. 'Anna, wil je alsjeblieft August roepen?'

Anna Sophia knikte, draaide zich om en deed de achterdeur naast de apothekerskast open. Terwijl ze door de gang liep, voelde ze dat haar hart sneller klopte. Ze had er vandaag niet meer op gerekend dat ze hem nog een keer zou zien. Doorgaans zat de assistent van haar vader tot laat in de avond in de achterkamer met medicijnen te experimenteren. Als hij het huis verliet, was zij allang boven in haar kamer. Ze haalde diep adem om haar nervositeit te verbergen en klopte aan.

'August?'

Ze hoorde gekuch en voetstappen, en daarna ging de deur open.

'Anna Sophia! Is alles in orde?'

'Ja, eh, nee, nou...' stamelde ze.

August glimlachte opgewekt, zijn ogen fonkelden en zijn krullende haar stond links en rechts van zijn oren vrolijk omhoog. Als een galante dienstknecht legde hij een hand op zijn rug. 'O. Wat is er aan de hand?'

Even later stond Anna Sophia weer met haar handen ineengevouwen voor de apothekerskast en keek naar de drie mannen die bij de toonbank stonden te praten.

'Zou u de toestand van meneer Mertens iets nauwkeuriger kunnen omschrijven?' vroeg Gottlieb aan de dienstknecht.

'Meneer is sinds drie dagen erg uitgeput.'

'Zweet hij 's nachts?' vroeg August terwijl hij zijn monocle tussen zijn wenkbrauw en wang klemde. Gottlieb prees hem voor deze vraag met een nauwelijks merkbaar knikje.

'Ik vrees van wel.'

'Heeft hij een gebrek aan eetlust?'

'Hij eet al dagen niet meer.'

'Heeft hij koortsaanvallen?'

'Overdag zakt de koorts, maar 's nachts is het heel erg.'

August trok een wenkbrauw op en liet daarbij de monocle van zijn oog vallen. Het ooglas bungelde aan de zilveren ketting om zijn hals. 'Hm.' Hij keek de apotheker aan.

'We raden meneer Mertens dringend aan om het advies van zijn arts op te volgen,' zei Anna Sophia's vader. 'Hij heeft veel frisse lucht en bedrust nodig. Het zou het beste zijn als hij naar een sanatorium gaat. Bovendien hebben we excellente gezondheidschocolade in het assortiment. Die is verkwikkend en wekt de levensgeesten op, helpt tegen de hoest en verzacht hardnekkig slijm.'

De dienstknecht krabde boven de levervlek op zijn voorhoofd. 'Tja, wat moet ik zeggen? Hij vraagt alleen om uw hoestpastilles, meneer Müller.'

Gottlieb zuchtte en keek over zijn schouder naar zijn dochter. 'Hebben we die nog?'

Anna Sophia kon het niet laten om te glimlachen. 'Nog een paar, vader,' zei ze en ze pakte een grote pot uit de kast. Met een scheplepel viste ze de laatste kruidenpastilles eruit en wikkelde ze in papier.

De man betaalde en pakte de pastilles aan. Hij pakte de deurklink vast, maar bleef ineens staan. Hij werd plotseling overvallen door een heftige hoestbui. Hij kromde zich en terwijl hij naar lucht hapte, rochelde en hijgde, viel het pakketje met de pastilles uit zijn hand. Het vloog open en de pastilles vielen eruit en rolden over de grond.

Toen de man uiteindelijk vertrokken was, perste August zijn lippen op elkaar. Gottlieb draaide met de vingers van beide handen zijn snor goed. En Anna Sophia verplaatste haar gewicht van haar ene op haar andere voet.

'Tering bij een man als meneer Mertens…? Dat lijkt me erg onwaarschijnlijk,' bromde Gottlieb.

August knikte. 'Ja, dat is het zeker. Maar het is niet onmogelijk.'

'Anna Sophia, je kunt alvast naar boven gaan. Ik ga de winkel sluiten voor vandaag.'

Anna Sophia knikte naar haar vader, maar maakte geen aanstalten om te gaan.

'Is er nog iets?'

Hij zou het toch niet vergeten zijn? Ze hield haar hoofd schuin, maar voordat ze iets kon zeggen, riep hij al uit: 'O, de suikerlevering! Natuurlijk! Nou, wat sta je hier nog? Hup, ga maar gauw!'

Anna Sophia bleef midden in de keuken staan. Eindelijk! Dit deel van de dag was helemaal van haar. Door het kleine raam viel het laatste avondzonlicht naar binnen en het stof fonkelde in de stralen. Tegen de stenen muur stond het grote fornuis, dat sinds kort zelfs met een waterreservoir was uitgerust. Daarboven, aan grote haken aan de muur, hingen de koperen potten en pannen. Op de keukentafel lag de zak met suikerbroden die haar vader had kunnen bemachtigen. Ook de vijzel stond klaar, die normaal in de achterkamer van de apotheek stond. Het vat en de stamper waren van glanzend koper en de poten van fijn houtsnijwerk. August had hem voor Anna Sophia naar boven gedragen. Toen hij achter haar de keuken binnen was gekomen, was haar hart alweer op hol geslagen. Sinds wanneer werd ze eigenlijk zo nerveus van deze man? Ze herinnerde zich zijn eerste dag als gezel nog goed. Hij was een jaar jonger dan zij en was toen net vijftien, veel kleiner dan nu en met iets te lange krullen. Hij had achter de toonbank gestaan die beladen was met flesjes en schaaltjes, en had verlegen om zich heen gekeken en zachtjes en behoedzaam gesproken, waardoor ze om hem had moeten grinniken. Sinds wanneer was deze situatie compleet veranderd? Inmiddels was hij achttien en kwam hij heel zelfverzekerd over, terwijl hij toch bescheiden en nobel was. Ze werd er soms duizelig van.

Ze schudde haar hoofd om de gedachten te verdrijven en opende de keukenkast. Op de bovenste plank stonden de potten waarin ze haar lievelingskruiden bewaarde, waaronder klein hoefblad, papaver, heemst en zoethout. Daarnaast stonden kleine potjes met gedroogde madeliefjes en IJslands en Iers mos. Haar vader mocht nooit te weten komen waarom ze uitgerekend deze kruiden voor haar verzameling had uitgekozen. Gelukkig had hij er geen flauw vermoeden van hoe Anna Sophia op haar recept was gekomen. Als hij dat wist, zouden de uiteinden van zijn 's ochtends vrolijk gekrulde snor waarschijnlijk meteen slap naar beneden gaan hangen van teleurstelling. Bij die gedachte kreeg ze meteen last van een slecht geweten. Ze wilde haar vader beslist niet teleurstellen. Het was voor het hele gezin beter als hij nooit achter haar geheim kwam.

Eerst pakte ze de glazen pot met de madeliefjes. De zoete geur ervan deed Anna Sophia aan een zachte lente denken, aan een warme dag en een kleurrijk veld vol bloemen. Royaal strooide ze de blaadjes in het koperen vat van de vijzel. Ze voegde er het geurloze klein hoefblad aan toe die de hoestprikkel verminderde en tegelijkertijd het uithoesten verlichtte, en mengde er een paar kalmerend ruikende bladeren van de papaver aan toe, dat een uitstekend middel tegen pijn was. Toen ze de glazen pot met de heemst openmaakte, vermeed ze het om door haar neus in te ademen. Hoe bloemachtig heemst ook rook als het als struik groeide, zo vreemd duister en scherp roken de wortels ervan als ze gedroogd waren. Ze schudde er snel een deel van in het vat. Met cirkelende bewegingen maakte ze de kruiden fijn, totdat ze tot een fijn poeder waren gemalen en de geur ervan zich in de keuken verspreidde. Op het laatst voegde ze er de soorten mos en het zoethout aan toe en ademde diep in. Ze hield van elke stap van deze procedure. Ze was het recept al maanden aan het verfijnen en elke keer dacht ze eraan hoe het begonnen was. Een jaar geleden was Julie, haar jongste zusje met de grootste oren, zo verkouden geweest dat ze nauwelijks nog had kunnen praten. Op een ochtend was ze ineens hees en dat was ze dagenlang gebleven. Anna Sophia wist wel welke kruiden tegen heesheid hielpen, maar het meisje had zich bij het gorgelen zo heftig verslikt dat ze alleen nog had gehuild en haar hoofd had geschud zodra Anna Sophia met de thee aan kwam zetten. Anna Sophia had radeloos in de keuken gestaan en erover nagedacht. Wat kon ze Julie geven zodat ze de kruiden lang genoeg in haar mond hield? Uitgerekend de huishoudster, Betty, had haar op het lumineuze reddende idee gebracht.

Anna Sophia stak het vuur in het fornuis aan en goot water in een ketel. Nu was het zover. Ze deed de bladeren van de lapsang souchong erin en bracht de thee uit het Chinese Wuyi-gebergte aan de kook. Algauw overstemde een sterke, rookachtige geur die van de kruiden. Samen met het water, dat ze 's ochtends al had gedestilleerd, mengde ze de thee met de kruiden en daarna begon ze met het karamelliseren van de suiker. Ze dacht altijd aan Betty's waarschuwing: 'Je moet goed opletten, meisje. De suiker moet lang en flink koken zodat hij vloeibaar wordt. Maar niet te lang, want dan verbrandt hij. Het is belangrijk dat je precies het juiste moment aanhoudt.'

Tijdens de Franse bezetting van Keulen, toen Betty nog een jong meisje was, had de huishoudster bij een welgestelde Parijse familie gewerkt die haar het karamelliseren had geleerd. De familie woonde inmiddels weer in Parijs, maar ze hadden een deel van hun kennis in de stad aan de Rijn achtergelaten. Als een geschenk, dacht Anna Sophia. Betty had die kennis toen alleen gebruikt om op feestdagen kleine lekkernijen zoals zuurstokken voor de kinderen te maken. Maar toen Julie zo hees was, had Anna Sophia met haar kruiden een geneesmiddel gecreëerd van harde suikerballetjes. Ze keek nu oplettend in de ketel. Een paar seconden nog. Drie, twee, een...

'Wat ben jij gemeen!' riep een helder stemmetje achter haar.

'Je hebt het helemaal niet gezegd!'

'Ik hoorde toevallig het vuur, anders hadden we het allemaal gemist!'

Anna Sophia draaide zich om. Een voor een drongen haar zusjes de keuken binnen, met Julie voorop. Normaal was de zesjarige een stil kind, maar nu ze Anna Sophia voor de dampende ketel zag staan, straalde ze over haar hele gezichtje. Ze werd vooruitgeduwd door Elise, die twee jaar ouder en een stuk roziger was en het donkerste haar en de zwartste ogen van de familie had. Als laatste volgde Wilhelmine. Zoals altijd was haar rok gekreukeld, zat haar donkerblonde haar in de war en glansde haar gelijkmatige gezicht met de markante, donkere wenkbrauwen.

'Waarom moeten jullie nou altijd op het verkeerde moment komen!' Anna Sophia blies een pluk haar van haar voorhoofd. Ze trok snel de leren handschoenen aan die naast het kookgerei aan de muur hingen en tilde de ketel van het fornuis.

'Kijk uit, heet!'

De meisjes stoven meteen uit elkaar. Vanaf een veilig afstandje keken ze toe hoe Anna Sophia de kokende suikermassa op de stenen plaat goot die ze naast het fornuis had klaargelegd.

'De kruiden moeten er toch nog bij?' riep Elise.

'Heel goed.' Anna Sophia keek haar over haar schouder glimlachend aan. Met twee handen pakte ze het vat van de vijzel, tilde het boven de stenen plaat en goot de massa in de suiker.

'Wat ruikt dat lekker,' zei Julie met haar piepstemmetje. De hele keuken rook zoetig en de geur werd nog verfijnd door de kruiden die nu warm werden. Met een koperen lepel schoof Anna Sophia de massa heen en weer. Hij moest afkoelen, maar mocht niet te hard worden. Achter haar hoorde ze stoelpoten over de stenen vloer schrapen. Haar zusjes gingen aan de grote keukentafel zitten.

'Mag ik de allereerste pastille?' riep Elise opgewonden.

'Sst,' zei Wilhelmine. 'Je wilt toch niet dat vader ons hoort?'

'De suiker is nog veel te heet,' zei Julie en het viel Anna Sophia weer eens op dat de jongste veel te slim was voor haar leeftijd.

'Ik bedoel ook: als hij niet meer heet is.' Anna Sophia kon bijna horen dat Elise bij die woorden met haar ogen rolde.

Eindelijk was het zo ver. De suiker-kruidenmassa was precies zo taai als Anna Sophia hem wilde hebben. Ze begon te kneden en te rollen. Door de leren handschoenen heen voelde ze de hitte. Ze zag hoe het groen van de kruiden in de suiker werd vermengd en hoe het mengsel steeds smeuïger en steviger werd. Als laatste rolde ze er lange staven van waarbij ze snel te werk moest gaan. Ze maakte de ene staaf na de andere van de massa en legde ze op de tafel.

'Mag ik er een?' riep Elise en Wilhelmine gaf haar een tikje op haar vingers.

'Natuurlijk niet,' antwoordde ze met een lach in haar stem. 'Het is altijd hetzelfde met jou!'

Als laatste legde Anna Sophia de hard geworden staven boven een grote schaal en met een mes sloeg ze er hapklare stukjes vanaf. Met een bons vielen de pastilles in de schaal.

'Hoe komt het dat je dit zo goed kunt?' vroeg Elise.

'Omdat ik het al vaak heb gedaan,' zei Anna Sophia.

'Nou ja, zo vaak nou ook weer niet, toch?' Wilhelmine moest altijd een weerwoord hebben. 'Volgens mij heb je gewoon talent. Je allereerste pastilles voor Julie waren al heerlijk.'

'Dat klopt!' zei Julie. 'En ik kon diezelfde avond weer praten! Daarom verkoopt papa ze ook in de apotheek. Soms denk ik dat jouw pastilles kunnen toveren!'

'O?' Anna Sophia keek het kleine meisje met een zo geheimzinnig mogelijke blik aan. 'Waarom denk je dat alleen soms?' Ze gaf haar een knipoog.

Toen haar zus destijds haar allereerste eigen pastille had opgezogen, was ze zelf ontzettend verbaasd geweest. Julie had dagenlang geen woord kunnen zeggen en al na de eerste pastille kon ze weer praten! Terwijl ze eerst geen klank kon produceren, was er nu in elk geval een schor gekras. Anna Sophia had het al eerder vermoed, maar toen besefte ze nog meer hoe groot de kracht van de natuur was. En dat Anna Sophia de mensen om haar heen kon helpen als ze die kracht maar op de juiste manier inzette. Op dat moment had ze besloten dat ze dat haar hele leven wilde doen: de natuur leren begrijpen om anderen te helpen. Wat goed dat ze de dochter van een apotheker was. Ze kon zich geen plek voorstellen die meer met magie te maken had.

'Mag ik er nu eindelijk een?' riep Elise.

'Nou, goed dan.' Anna Sophia knikte. 'Iedereen van jullie mag één pastille pakken. Eéntje maar! En zoals altijd: niet tegen vader zeggen! Jullie weten wat er dan gebeurt.'

Terwijl drie handen tegelijk in de schaal grepen, vloog de keukendeur open.

'Anna Sophia, ben je hier?' Betty stak haar hoofd om de hoek van de deur. Normaal kon niets de magere huishoudster met haar sterke armen en korte benen van haar stuk brengen. Haar knot zat hoog op haar hoofd en de blik in haar ijsblauwe ogen straalde uit dat ze alles al eens had meegemaakt. Maar op dit moment was het anders. Anna Sophia wist meteen dat er iets niet in orde was. Betty had een vuurrood gezicht. 'Het gaat om je vader. Kom snel!'

2

Victor Mertens likte over zijn lippen en krabde op zijn half kale hoofd. Daarna trok hij zijn neus op.

'Het wordt wel tijd, vind je niet?' vroeg hij.

'Poeh,' zei Ferdinand minachtend en hij schudde een blonde pluk haar van zijn voorhoofd.

Waarom had zijn broer zo'n volle haardos en zo'n hoog voorhoofd dacht Victor, maar hijzelf niet? Ferdinand en hij zaten in hun koets en wachtten voor de wijnhandel van hun oom, die misschien wel de grootste en populairste van de hele stad was. Ze hadden een groot deel van hun jeugd in de woning erboven doorgebracht, maar hadden de kamers al jaren niet meer vanbinnen gezien. En dat zou vandaag ook niet gebeuren, ook al vroeg hun moeder er nog zo indringend om. Ze toonden al genoeg goede wil doordat ze de koetsier in elk geval hiernaartoe hadden laten rijden. Hun moeder kon hen vanuit het slaapkamerraam zien. Dat moest genoeg zijn.

Hoewel de zittingen met rood fluweel waren bekleed, kreeg Victor zo langzamerhand een houten kont. Hij schoof heen en weer, boog zich naar voren en bekeek de krullerige letters op de stenen gevel: MERTENS WIJNEN EN STERKEDRANK. Daaronder kon hij door de twee ramen een blik op de houten vaten werpen. Ondanks zichzelf bekeek Victor ook zijn eigen, vage spiegelbeeld in de ruit. Wanneer was hij eigenlijk zo oud geworden? Ach, die weerspiegeling geeft een verkeerde indruk, probeerde hij zichzelf aan te praten. Het lag vast aan de slechte lichtomstandigheden op deze avond.

'Ah, daar komt hij eindelijk!' Ferdinand wees naar het smalle steegje met de scheve puntdaken, dat vanaf de Dom in de richting van de wijnhandel leidde. De dienstknecht van de familie Mertens kwam uit de schaduw. Hij droeg een grote ronde kaas in zijn armen.

'Wat heb jij nou? Je moest pastilles halen,' riep Ferdinand naar hem. Hij boog zich uit de koets. 'Als de ouwe inmiddels dood is omdat jij nog kaas ging kopen, is het jouw schuld, begrepen?'

Bij hen aangekomen verontschuldigde de dienstknecht zich hijgend.

'Uw moeder... Ze vroeg of ik onderweg ook kaas... Maar de pastilles heb ik natuurlijk ook...'

'Bespaar me je smoesjes!' snauwde Ferdinand tegen hem.

'En... eh... weet u zeker dat hij geen andere medicijnen wil?'

Victor kon zijn oren haast niet geloven. Waagde deze man het werkelijk om de woorden van zijn broer in twijfel te trekken? Hij kwam met een ruk overeind, stootte zijn hoofd tegen het plafond van de koets en vloekte.

'Wat denk je wel niet?' Victor hoorde zelf dat zijn stem schel klonk. 'Als ik nog één weerwoord hoor, dan...'

Hij werd onderbroken door gehijg. Midden op de straat kromde de dienstknecht zich plotseling. Hij hoestte heftig boven de kaas en snakte naar adem. De twee Mertens-broers deinsden naar achteren en keken elkaar ontzet aan. Victor wist het niet zeker, maar grinnikte zijn broer nou een beetje?

'Het is al goed,' zei Ferdinand met een zachte stem tegen de dienstknecht. 'Ga naar boven en breng de pastilles naar onze oom.'

Zo snel als met de kaas in zijn handen mogelijk was, haastte de dienstknecht zich langs de koets en door de deur naast de winkel de woning in.

Het duurde niet lang voordat de deur weer openging. Dit keer was het een jong meisje, dat verlegen naar buiten keek. Victor boog zich ver door de deuropening van de koets naar buiten en riep: 'O, goedendag!'

Ze droeg het kapje en de jurk van een dienstmeisje. Victors ogen dwaalden meteen naar haar witte decolleté en haar gladde huid. Hij hield zijn hoofd schuin om haar blik te vangen, maar ze keek schuchter naar de grond. Hij weerstond de neiging om uit de koets te springen en haar kin vast te pakken om zelf haar blikrichting te bepalen.

'Uw moeder stuurt me,' mompelde ze in plaats van een begroeting. Wat was er in hemelsnaam met het personeel aan de hand? Had de tering in dit huis ook het respect voor hem vernietigd? 'Ze vraagt of u een dokter voor meneer Mertens kunt halen. Ze zegt dat het dringend is.'

'Hoe dringend?'

'Ze zegt dat hij doodgaat, het duurt niet meer lang. Hij heeft een dokter nodig, maar ze wil niemand van ons sturen. We moeten bij haar blijven, zegt ze.'

'Nou, goed dan.' Ferdinand draaide zijn stok in zijn handen. 'Zeg haar dat de dokter onderweg is.'

Ze knikte en ging weer naar binnen.

Victor fronste zijn voorhoofd. 'Wie wil je erbij halen?'

'Niemand. Ik heb een veel beter idee. Hoelang heb je geen alcohol meer gedronken, beste broer?'

Victor krabde weer op zijn half kale hoofd. 'Heel wat jaren?'

Hij had inderdaad al heel lang geen druppel meer gedronken. Geen wijn, geen bier, geen sterkedrank. Niets, sinds die ene dag. En die dag was zo lang geleden dat het nog maar een vage herinnering was. Het leek Victor het beste om er nooit meer over na te denken.

'Hetzelfde geldt voor mij. Maar, beste broer, vandaag is de dag.'

Victors mond viel open. Zodra hij het merkte, deed hij hem weer dicht. Was dit echt een goed idee?

'Geloof me. We trakteren onszelf vandaag op een goede wijn en brengen een toost uit op de ouwe. Dat is het beste wat we kunnen doen. Na alles wat er is gebeurd.'

Victor dacht over die woorden na. Daarna knikte hij langzaam en bedachtzaam.

'Hij is dood!' Het was een zin die je vaak moest uitspreken zodat op een gegeven moment tot je doordrong dat het waar was.

'De ouwe is dood!' Victor Mertens zei het telkens weer. Als eerste riep hij het naar de koetsier, hoewel die het natuurlijk allang wist. Victor sprong uit de koets, wankelde en struikelde. Zodra hij zichzelf weer enigszins onder controle had, riep hij het nog een keer in de richting van de man op de bok, die op dit uur nog slechts vaag te onderscheiden was. 'Hij is morsdood!'

Alles om Victor heen draaide: de zwarte koets met de grote wielen met filigraan, de oprijlaan naar het stadspaleis van de Schaaffhausens waar Victor Mertens sinds een paar maanden woonde, en de keurig gesnoeide hagen en struiken die het terrein afschermden tegen nieuwsgierige blikken en waarvan de anders zo felgekleurde bloemen in het zwakke licht van de opgekomen maan grijs waren. Zelfs de donkere wolken en de eerste sterren van de nacht leken boven zijn hoofd te dansen. Victor Mertens was voor de eerste keer in zijn leven dronken. Hij begon te lachen. Hij had er nooit op gerekend dat hij zich ooit zo zou voelen. Hij was licht in zijn hoofd en zijn tong was zwaar. Toch wilde hij per se praten. Hij moest het nieuws verspreiden, dat schreeuwde er gewoon om!

Hij liep wankelend over de oprijlaan naar de brede trap, beklom struikelend de treden en werd door een foeilelijk dienstmeisje ontvangen, van wie hij de naam even vergeten was. Nou ja, dat maakte niet uit, ze had ook al van die broodmagere heupen. 'Hij is dood!' schreeuwde hij tegen haar. Ze kromp ineen en staarde hem met een dommig en vragend gezicht aan. Dat die Schaaffhausens zulk verschrikkelijk personeel hadden!

'Sta daar niet zo stompzinnig. Waar is mijn vrouw?' vroeg hij lallend.

Op dat moment ging de deur naar de salon open en een stralende verschijning liep de hal in. Hij zuchtte. Die lichtblonde haren, in duizend staartjes gevlochten, dat weelderige decolleté in de strakke jurk, de zachte, witte bovenarmen en het donkerrode tuitmondje!

'Mijn lieve Victor,' riep Emma Mertens en ze bekeek hem onthutst van top tot teen. 'Ben je dronken?'

Hij antwoordde niet maar ging helemaal op in haar aanblik. Wat was ze mooi! En het zestienjarige meisje leek zelfs met de dag knapper te worden. Waarom kon zijn vrouw er niet zo mooi uitzien? Als zij zulke lippen en heupen en zo'n jeugdige uitstraling had, zou het vast geen probleem zijn om nakomelingen te krijgen. Hij zou haar gewoon grijpen en dan zou ze sneller zwanger zijn dan zijn even chagrijnige als rijke schoonvader het woord 'erfenis' kon uitspreken.

'Ik was bij onze lieve tante in Bonn toen ik een brief van moeder kreeg. Ze schreef dat het slecht gaat met vader. Ik wilde meteen naar hem toe, maar moeder zei dat ik daar niet naar binnen mocht. Ik moest eerst naar jullie gaan,' vertelde ze opgewonden.

'Zeker, ja. Dat is inderdaad… eh… goed… ja.' Hij hoorde zelf dat hij nauwelijks verstaanbaar mompelde.

'Victor, wat is er met jou aan de hand?'

Hij probeerde een grijns te verbergen. 'Hij is dood.'

'Wie is dood, Victor?'

'Morsdood. Het ging heel snel.'

'Wie, Victor, wie? Je… je hebt het toch niet over… vader?'

Haar knappe gezichtje werd helemaal bleek en haar zachte mond stond open. Hij wist wel hoe hij haar kon troosten. Als dat domme dienstmeisje er niet zo stom naast zou staan, zou hij de kleine Emma ter plekke van dienst zijn, zodat ze het monster dat zij 'vader' noemde, heel snel vergeten zou zijn.

'Het was de tering, mijn lieve, schattige Emma. Iedereen in dat huis heeft het te pakken. We konden niets meer voor hem doen. Hij is een uur geleden van ons heengegaan.'

'Nee!' schreeuwde Emma. Ze rende naar de deur.

'Je kunt er niet naartoe,' riep hij en hij hield haar bij haar schouders tegen. Wat was ze heerlijk warm. Hij drukte haar zacht tegen zich aan, zodat hij haar schouderbladen tegen zijn borst kon voelen.

'Laat me los!' krijste ze, maar Victor peinsde daar natuurlijk niet over. Terwijl ze probeerde de deurklink te pakken, streelde hij haar sleutelbeen. Wat een kans, dacht hij. Hij grijnsde en liet zijn hand zo onopvallend mogelijk naar beneden glijden.

'Het hele huis heeft de tering. Je zei toch zelf dat moeder niet wil dat je het ziet.' Ondanks zijn woorden bleef Emma spartelen. Ook toen hij zijn hand in haar decolleté stak.

'Victor!' klonk een lage stem luid en streng. 'Laat onmiddellijk je halfzus los!'

Hij trok meteen zijn hand terug en hield Emma alleen nog bij haar schouders vast.

'Ze wil naar haar vader, maar dat gaat niet,' zei hij zonder zich om te draaien. Hij wilde nog heel even van het knappe meisje genieten.

'Laat Emma onmiddellijk los!' klonk het weer bars. 'Emma, jij blijft hier. Victor heeft gelijk. Niemand heeft er vandaag iets aan als je daar bent,' voegde ze eraan toe. Toen hij voelde dat Emma niet meer onder zijn handen spartelde, liet hij haar met tegenzin los en draaide hij zich naar zijn vrouw om. Sibylle Mertens-Schaaffhausen had haar handen voor haar middel ineengevouwen en keek streng. Ze was lang en mager. Ze droeg een blauw geruite jurk met pofmouwtjes die haar schouders vrijliet. Waarom moest ze nou zo'n oneindig lange, spitse neus hebben? Zonder die neus had hij haar gezicht misschien zelfs draaglijk gevonden, in elk geval in dit schemerlicht.

'Hij is dood,' zei hij tegen Sibylle. 'Oom is dood.' Achter hem begon Emma te huilen en ze leunde tegen de muur. Maar Sibylle reageerde niet. Wat een emotieloos wijf! Begreep ze niet wat er was gebeurd? Emma's vader, zijn oom en tevens sinds bijna twintig jaar de man van hun gezamenlijke moeder was eindelijk overleden. Ongelofelijk dat die taaie, ouwe schoft eindelijk door een ziekte was geveld.

'Minna, zorg jij alsjeblieft voor Emma en breng haar naar de logeerkamer. Ze heeft een lange reis achter de rug. Victor, jij komt met mij mee,' zei Sibylle eerst tegen het dienstmeisje en daarna tegen hem. Ze draaide zich om en liep voor hem uit. Hij wist waar ze naartoe wilde en hij volgde haar. De gang met de hoge schilderijen en het blauwe behang leek af en toe een beetje te hellen. Zelfs de trap, die hij op liep, trilde onder zijn voeten. Hij was nog steeds duizelig en zijn hoofd leek leeg. Wat een fantastisch gevoel! Hij genoot ervan, terwijl hij zijn vrouw naar de slaapkamer volgde. Goed, dacht hij. Na de kleine schermutseling met Emma was hij wel in de stemming. Sibylle draaide zich naar hem om en hij glimlachte zo lief mogelijk naar haar.

'Ik heb ernaar verlangd om weer met jou alleen te zijn,' zei hij. Hij liep langzaam naar haar toe en bekeek haar, waarbij hij probeerde om niet naar haar neus te kijken. 'Dat is een mooie jurk.' Hij pakte zijn vrouw bij haar middel. Ze kromp ineen.

'Wat haal je je in het hoofd?' Sibylle gaf hem een harde duw.

'Wat ik me in het hoofd haal?' Hij wankelde en hield zich aan de muur vast. Op wat voor een toon sprak ze met hem? Met hem, de succesvolle bankier Victor Mertens? Ze was zijn vrouw. En zijn vrouw moest verdorie doen waar hij zin in had.

'Ik wil dat je me gehoorzaamt,' beval hij. Maar ze liet alleen een droog lachje horen.

'Nooit van mijn leven.'

Hij snakte naar adem. Hoe durfde ze? Nou, goed, dacht hij. Dan moet ze het maar met harde hand leren. Hij pakte haar polsen beet en duwde haar terug in de richting van het bed. Daarna greep hij haar rok om die omhoog te schuiven.

'Blijf met je poten van me af!' zei ze met opeengeklemde tanden, maar hij lachte alleen en draaide haar om. Hij had bijna haar benen blootgelegd. Zo meteen was het zover, dacht hij, maar plotseling draaide Sibylle zich om. Ze had iets in haar hand. Wat was dat? Haar beddenpan? Hij had helemaal niet gemerkt dat ze die had gepakt. Hij probeerde te reageren, maar zijn armen waren te traag. Ze gehoorzaamden gewoon niet. Zacht suizend vloog de beddenpan in de duisternis op hem af.

3

'Je hebt gelogen, klopt dat?' Het was al de derde keer dat Margaretha exact dezelfde vraag stelde. Dit keer bleef ze staan, zette haar handen in haar zij en lachte hem in zijn gezicht uit.

'Er is hier helemaal niets, of wel soms?' Ze draaide een rondje om haar as. Haar lange rok bleef aan het kreupelhout haken waardoor de zoom openscheurde. 'We zijn helemaal alleen midden in het bos.'

Vond ze dat soms leuk? Ze wierp haar gladde haar achter haar schouders en deed een stap naar hem toe.

'Ik heb niet gelogen,' weersprak Kaspar haar en hij trok zijn grote slappe hoed dieper over zijn voorhoofd. 'Ze moet hier ergens zijn. Het was ten westen van Höhenforst, een mijl achter de Scherpe Rots. Als het goed is, zijn we heel dichtbij.'

Margaretha lachte weer, maar Kaspar liet zich niet van zijn stuk brengen. Ook niet toen ze haar arm om de zijne haakte. Arm in arm stapten ze door het kreupelhout en Kaspar probeerde niet zenuwachtig te worden. Het was de eerste keer dat hij haar warmte kon voelen. Daar had hij heel vaak naar verlangd, maar tot nu toe had de mooiste dochter van de gemene boer Wilhelm hem altijd genegeerd. Nu ze hem voor de eerste keer aanraakte, wist hij niet wat hij moest doen. Natuurlijk vond hij het leuk. Maar hij kon de gedachte niet uit zijn hoofd zetten dat ze ervan uitging dat hij het verhaal had verzonnen om haar hiernaartoe te lokken. Terwijl hij zoiets nooit zou doen! Hij kon nog zo verliefd zijn, maar hij zou niet liegen.

'Weet je, Kaspar?' vroeg ze.

'Hm?'

'Je hoeft dit niet te doen.'

'Wat?'

'Je hoeft niet te doen alsof we de geheimzinnige vrouw zoeken. Ik zou ook zo met je naar het bos zijn gegaan.'

Ze bleef staan en hield zijn hand vast. Hij beet op zijn lippen. Wat waren haar handen ruw en stevig. Normaal plukten ze kippen kaal, kneedden ze brooddeeg en mestten ze stallen uit. Margaretha's gladde wangen waren bruin gebrand en haar lippen waren droog en gesprongen door de zon.

Ze keek hem eerst in zijn ogen, daarna keek ze naar zijn mond. Kaspar droomde er al van om Margaretha te kussen sinds hij kon denken. Ze was zijn buurmeisje en hoewel haar vader Wilhelm hem regelmatig van het erf had gejaagd – met zijn gebalde vuist in de lucht en een blauw opgezwollen neus van al het bier dat hij dag in dag uit in de kroeg van zijn broer dronk – had Kaspar telkens weer voor de grote boerderij rondgehangen en gehoopt dat ze uit het raam zou kijken en naar hem zou zwaaien. Op een dag, toen ze water uit de put haalde, had ze gehoord dat hij aan een paar dorpsjongens over de geheimzinnige vrouw had verteld.

'Ik zweer het jullie, ik heb haar gezien!'

'Ach,' hadden ze met een afwimpelend gebaar gezegd. 'Dat verzin je maar.'

'Ik heb haar duidelijk aan de rand van het bos gezien. Ze was in de bosjes op zoek naar iets. Daarna draaide ze zich om en keek ze in de richting van het dorp. Ze bestaat echt.'

'Hoe zou ze dan helemaal in haar eentje in het bos overleven? Het is al tien jaar geleden dat Wilhelm haar het dorp uit heeft gejaagd. Tien jaar in deze bossen! Hoe kan dat nou?'

'De geheimzinnige vrouw leeft,' had hij gezworen.

'Nee, Kaspar,' had Margaretha plotseling luid geroepen en de jongens hadden zich verbaasd naar haar omgedraaid.

Nu pakte ze ook Kaspars tweede hand.

'Je hoeft niet tegen me te liegen,' zei ze met een zachte stem.

'Ik heb haar hut echt gevonden,' zei Kaspar. 'Eergisteren.'

'Ik vind je verhalen leuk, Kaspar Rockstroh,' fluisterde ze. Ze bracht haar gezicht dichter naar het zijne. 'Ik vind jou leuk.'

Hij voelde haar warme adem op zijn huid. Zo meteen is het zover, dacht hij, zo meteen raken haar lippen de mijne. Maar Kaspar kon niet anders. Hij moest eerst nog zweren: 'Ze woont in een scheve boshut. Eromheen groeien kruiden en bessen. Ze heeft zelfs kippen en een grote, houten schommel. Op kniehoogte heeft ze aan de boom een touwtje gespannen waar belletjes aanhangen. Als je te dichtbij komt, rinkelen ze.'

Margaretha deinsde achteruit. Haar ogen werden groot en ze sloeg haar armen over elkaar.

'Wat is er?'

'Hoe weet je dat?'

Hij fronste zijn voorhoofd. 'Ik zei toch dat ik er ben geweest.'

'Heb je met haar gesproken?'

Hij schudde zijn hoofd. 'Toen de belletjes rinkelden ben ik weggerend.'

'Wat een toestand!' Margaretha zuchtte. Toen zei ze: 'Nou, goed, kom mee.'

Ze pakte zijn hand en trok hem mee door het bos. Plotseling leek ze exact te weten welke kant ze op moesten. Af en toe hield ze haar hoofd naar achteren om de stand van de zon te bekijken en daarna liep ze weer verder. Langs struiken en bomen, over glooiende heuvels en door kleine dalletjes. Kaspar liep achter haar aan. Inmiddels deed zijn slechte knie zeer, maar hij beet zijn tanden op elkaar en strompelde verder.

'Waar wil je naartoe?'

'Sst,' zei ze. Haar stem klonk veel barser en ernstiger dan een paar minuten geleden. Wat bezielde haar? Hij kon zich totaal niet meer voorstellen dat ze daarvoor nog zo dicht bij elkaar waren geweest. Had hij zijn mond nou maar gehouden! Dan zouden ze daar nu nog staan en wie weet wat er dan was gebeurd.

Plotseling bleef Margaretha stilstaan. Achter een dichte muur van struiken was een kleine open plek in het bos en Kaspar wist meteen dat ze er waren. Hij hoorde het gescharrel en gepik van kippen, zag de kruiden- en bessenstruiken en daarachter kon hij tussen het dichte gebladerte een grote schommel en de planken van een houten hut zien. Nog één stap en ze zouden het touwtje aanraken dat de geheimzinnige vrouw had gespannen.

'Je wist het,' zei Kaspar zacht. 'Je wist het de hele tijd al. Je bent hier al een keer geweest.'

Margaretha keek hem even aan en daarna schalde haar stem door het bos. 'Gesche! Ik ben het, Margaretha! Ik moet je spreken! Gesche, ben je hier?'

Het duurde niet lang voordat Kaspar luid gekraak hoorde, alsof er een oude deur openging. Daarna ritselde er iets achter een bramenstruik. En opeens stond er een kleine vrouw voor hen. Ze droeg een jurk van aan elkaar genaaide restjes stof, haar haar stak wild van haar hoofd af en haar ogen hadden verschillende kleuren. Het blauwe leek naar Margaretha te kijken, het bruine naar Kaspar.

'Margaretha, liefje... Wat is er gebeurd? En waarom kom je niet alleen?' Haar stem was een hees gekras. En toch had hij iets liefdevols.

'Hij is hier al eerder geweest. Hij weet waar je je verstopt. Ik moest hem meenemen,' zei Margaretha met een afkeurend gebaar in Kaspars richting. En op dat moment dacht hij te begrijpen dat ze hem niet echt had willen kussen. Haar kus was een afleidingsmanoeuvre geweest. Alleen een middel om het doel te bereiken. Ze was niet met hem het bos in gegaan omdat ze hem leuk vond. Nee, het was haar nooit om hem gegaan, maar alleen om de geheimzinnige vrouw. Hoe had hij zo dom kunnen zijn? Margaretha had er alleen voor willen zorgen dat hij geen leugens verzon.

'Heb je tegen iemand iets over deze plek gezegd?' vroeg Gesche aan hem en ze trok langzaam een wenkbrauw op.

'Ik had geen kwade bedoelingen,' bezwoer Kaspar haar.

'Wie weet ervan?'

'Ik... ik heb de anderen verteld dat ik een vrouw aan de rand van het bos heb gezien. Maar ik heb geen woord over deze plek gezegd... Alleen aan Margaretha heb ik over de hut verteld.'

Gesche keek Margaretha aan. 'Vertrouw je hem?'

Margaretha keek Kaspar met een strenge blik van opzij aan. 'Hij is soms best wel naïef,' zei ze en het deed hem pijn omdat ze gelijk had. 'Maar hij is geen leugenaar.'

Gesche deed een stap naar Kaspar toe. Ze pakte zacht zijn kin vast om zijn hoofd op te tillen. Haar blauwe en haar bruine oog keken hem aan, alsof ze iets in hem zochten. Toen zei ze: 'Je bent een knappe jongen. Pas alsjeblieft op dat je binnenkort niet de vrouwen in het dorp het hoofd op hol brengt, goed? Nou, kom maar mee.'

Ze draaide zich om en liep in de richting van de hut. Kaspar keek heel even naar Margaretha, maar zij speelde met haar haar alsof ze Gesches woorden amper had gehoord. Nu pas viel het Kaspar op dat het al schemerde. Besluiteloos bleef hij staan. Vormde deze vreemde vrouw met haar warrige haar en waggelende gang een gevaar? Ze was wel heel klein, dus in geval van nood kon hij haar vast makkelijk overmeesteren. Toch had hij het onbestemde gevoel dat hij dit vrouwtje niet moest onderschatten.

'Ga nou maar,' zei Margaretha en ze gaf hem een klein duwtje vooruit. 'Een domkop en een angsthaas, dat ben je.'

'Niet waar,' zei Kaspar en hij liep achter Gesche aan. Ze deed de knarsende houten deur open en gebaarde hem naar binnen te gaan. Aarzelend keek hij de hut in. Het was er donker en koel. Aan het plafond hingen kruiden te drogen, langs de muren stonden stapels schalen en op een fruitkist, die kennelijk als tafeltje diende, stond een theekannetje.

'Waar wacht je nog op?' vroeg Gesche. Kaspar slikte en ging naar binnen. Hij hoorde dat Margaretha hem volgde. Midden in de ruimte draaide hij zich om.

'Het spijt me, jongen,' zei Gesche, terwijl ze de deur achter zich dichtdeed. Het zwakker wordende zonlicht dat door de kieren van de houten planken scheen, creëerde een aureool om haar wilde haar en verlichtte de ruimte nauwelijks. 'Deze plek is belangrijk. We mogen absoluut geen risico nemen en moeten zorgen dat het ons geheim blijft,' ging ze zacht verder. De lichamen van de twee vrouwen waren voor hem alleen nog donkere schimmen. En tussen de hangende bossen kruiden kwamen ze nu langzaam op hem af.

~

'Papa!' riep Anna Sophia terwijl ze de deur naar de ouderlijke slaapkamer openduwde. Ze kwam hier zelden. Alles herinnerde haar te veel aan haar overleden moeder: de jurken die nog steeds in de kast hingen, haar kant van het bed waar Betty het kussen elke ochtend opschudde hoewel niemand zich er meer in zou laten wegzakken. Op het nachtkastje lag zelfs nog de roman die haar moeder tijdens haar steeds gecompliceerder verlopende zwangerschap van Julie vaak had gelezen. Eerst chronologisch, later kriskras: *Stolz und vorurtheil* in de vertaling van Louise Marezoll. Elke keer als Anna Sophia het boek zag, voelde ze een steek. Ze had haar moeder er heel vaak in zien bladeren. Haar moeders gezicht was steeds bleker en angstiger geworden en soms had ze de bladzijden wild en wanhopig omgeslagen, alsof ze iets bepaalds zocht. Anna Sophia had er toen nog vast in geloofd dat alles goed zou komen. Dat haar moeder gauw weer de buitengewone en onverzettelijke vrouw zou zijn die ze tot kort daarvoor nog was geweest.

Nu lag Anna Sophia's vader aan de andere kant van het bed. Zijn anders zo keurig gedraaide snor hing sliertig langs zijn ingevallen wangen naar beneden. En – net als toen – zat dokter Hugo Baader op een stoel naast het bed, maar dit keer aan vaders kant.

'Papa, wat is er gebeurd?' riep ze en ze rende naar het bed. Ze bleef naast de dokter staan.

'Hij heeft een kleine... nou ja...' zei dokter Baader en zoals altijd leek hij een beetje verward. Zijn blonde haar stond boven op zijn hoofd een stukje overeind en hing links en rechts van zijn hoofd naar beneden. Ook zijn mondhoeken wezen naar beneden. Hij maakte twee keer een smakkend geluid en wilde verder praten, maar werd door een vriendelijke stem onderbroken. 'Hij heeft een kleine aanval van zwakte.'

Anna Sophia draaide zich snel om. Ze had niet gemerkt dat August in de hoek van de kamer stond.

'Heb jij hem hiernaartoe gebracht?'

'August was natuurlijk meteen ter plekke,' bromde Gottlieb. De waardering in zijn stem was niet te missen. Anna Sophia wist dat haar vader de gezel in zijn hart had gesloten. Ze had zich vaak afgevraagd of Gottlieb eronder leed dat hij geen zoon had. En of August voor hem niet een klein beetje aanvoelde als die missende zoon. Hij was tenslotte in het begin nog bijna een kind geweest. Nieuwsgierig had hij elk woord opgezogen dat Gottlieb tot hem had gericht. En algauw had de jonge gezel laten zien dat hij elke aanwijzing op intelligente en behendige wijze opvolgde. Al na de eerste maanden zag Anna Sophia dat Gottlieb liefdevol zijn schouder aanraakte of hem een paar extra centen toestak. En sinds August oud genoeg was, zaten ze soms na sluitingstijd in de kroeg schuin tegenover om de werkdag af te sluiten met een borrel, of ze gingen samen naar een van de talloze carnavalsfeesten van de stad. De twee mannen spraken over de apotheek zoals Gottlieb dat nooit met zijn dochters zou kunnen, dat wist Anna Sophia. Op zijn beurt was August altijd aan Gottliebs zijde om hem te steunen en te adviseren.

'Dat is toch vanzelfsprekend, meneer Müller,' zei August. 'Betty is meteen weggehold om dokter Baader te halen.' Hij wees naar de huishoudster, die in de deuropening wachtte. 'Ik wilde net afscheid van hem nemen toen hij plotseling klaagde over duizeligheid en in elkaar zakte.'

Anna Sophia legde haar hand op het voorhoofd van haar vader. Dat was vochtig en koud.

'Hoe voel je je nu, papa?'

'Goed, goed,' mompelde hij. 'Het gaat wel weer.'

'Daar ben ik niet zo zeker van.' Ze wierp dokter Baader een vragende blik toe.

'Hij is, nou ja, zijn toestand is inmiddels al iets...'

'Het was een lange en zwoele dag. Er is vast verder niks aan de hand met hem,' onderbrak August hem. Hij glimlachte bemoedigend naar Anna Sophia en keek haar daarbij strak aan. Hield hij haar blik soms iets te lang vast? Ze draaide zich snel weer om. Ze voelde haar hartslag versnellen, maar ze berispte zichzelf. Hoe kon ze nou over Augusts blik nadenken terwijl haar vader zo moest lijden? Sinds haar moeder was overleden, was het haar taak om op hem te passen. Ze was de oudste dochter en moest de verantwoordelijkheid nemen in plaats van over haar eigen verlangens na te denken.

'Betty, kun je alsjeblieft een glaasje water voor mijn vader halen? En een natte doek?'

'Dat staat allebei al klaar.' August kwam achter haar staan en wees naar het nachtkastje naast het bed. Verdorie, wat gênant, dacht Anna Sophia. Ze had weer eens niet opgelet.

'Dank je wel, August.' Ze probeerde haar ergernis opzij te zetten, pakte het glas, gaf haar vader een slok en pakte toen de doek om zijn voorhoofd te deppen.

'Laat maar, Anna Sophia,' zei Gottlieb met een zwakke stem, maar ze liet zich niet van de wijs brengen.

'Natuurlijk zorg ik voor je, papa. Dokter Baader, wat zou hem nu kunnen helpen?'

'Ik heb niets nodig,' zei Gottlieb.

'Veel rust zou, eh... Weet u, mijn Regina, God hebbe haar ziel, zij had ook veel rust...' zei dokter Baader.

'Rust is natuurlijk prima,' zei August, en hoewel zijn toon zoals altijd vriendelijk was, vroeg Anna Sophia zich af of er niet een beetje ongeduld in doorklonk. 'Maar daarnaast zou een behandeling met behulp van medicamenten misschien beter kunnen zijn.'

'Daar hebt u gelijk in,' zei Anna Sophia. 'Zouden de heren met mij mee naar beneden naar de apotheek willen gaan? Daar vinden we alles wat we nodig hebben.'

'Ach, nonsens!' zei Gottlieb, maar hij bleef wel liggen en hield zijn ogen dicht. Het moest echt slecht met hem gaan.

'Betty, blijf jij alsjeblieft bij hem?'

Anna Sophia gaf nog een klein kneepje in de hand van haar vader voordat ze opstond en de gang in liep. Achter haar kreunde de dokter terwijl hij haar met zware voetstappen volgde. En hoewel ze August, die zoals altijd zachtjes liep, niet kon horen, wist ze dat hij ook vlak achter haar was. Het was inmiddels schemerig geworden en Betty had de wandlampen al aangestoken. Ze zetten de gang met zijn kale, stenen muren in een flakkerend, spookachtig licht. Rechts en links lagen de slaapkamers van Wilhelmine en haar en de kamers van de kleinere zusjes, daarachter opende Anna Sophia de deur naar de trap. Ook hier dansten de schaduwen van vlammetjes op de muren, terwijl Anna Sophia snel de smalle, houten treden naar beneden nam, langs de achterkamer waar haar vader en August dagelijks met medicijnen experimenteerden. Anna Sophia stond zo vaak ze kon aan de deur te luisteren naar de gesprekken van de mannen over de vooruitgang die ze boekten, hun theorieën en hun experimenten. Tegelijkertijd voelde ze zich er verschrikkelijk om. Natuurlijk was dit gedrag totaal niet gepast. Haar vader zou erg teleurgesteld zijn als hij haar zou betrappen en ze nam zich telkens weer voor om te stoppen met dat stiekeme gedoe. Maar zodra ze een boeiende term hoorde als ze langsliep, kon ze het niet helpen maar moest ze gewoon weer blijven staan…

Ze liep naar de apotheek en opende die met de sleutel. August volgde haar haastig en ook de dokter liep achter hen aan de ruimte in. Door de etalages viel nog een beetje daglicht naar binnen, maar Anna Sophia stak toch de twee petroleumlampen aan de muren aan. De potjes en flesjes op de planken langs de muur wierpen lange schaduwen.

'Wat denkt u dat mijn vader verlichting zou kunnen geven?' vroeg Anna Sophia aan de heren.

'Ik denk, misschien… Eh, nou, mijn dochter – God hebbe haar ziel – had vooral veel baat bij meidoorn.' Dokter Baader knikte peinzend en keek langs Anna Sophia heen in de richting van de donkere etalage.

'Dat is een uitstekend idee, dokter. Meidoorn helpt bij hartzwakte en kan de levensgeesten opwekken.'

Ze had enorm met hem te doen, maar probeerde het feit dat hij zijn dochter noemde toch te negeren. Dat deed ze al maanden. Het moest bijna wel. De sympathieke, maar ietwat eigenzinnige huisarts had altijd al graag over zijn oudste gesproken. Maar sinds Regina na veel pijn geleden te hebben aan een sluipende ziekte was overleden, kon hij amper een zin zeggen zonder haar naam te noemen. Elke keer voelde Anna Sophia een steek. Ze had Regina graag gemogen. Ze was een stil meisje, maar als je goed luisterde, hoorde je een bijzondere geestigheid in haar stem. Uit alle macht zette Anna Sophia de herinnering uit haar hoofd. Ze moest er nu voor haar vader zijn.

Ze wilde naar de apothekerskast lopen, want in de bovenste, linker lade moesten nog een paar flesjes met meidoorntinctuur staan. Maar omdat August voorzichtig zijn keel schraapte, stopte ze en draaide ze haar hoofd in zijn richting.

'Dat is een goed idee, dokter. Maar zou ik u misschien mogen voorstellen om een nog effectiever medicijn te gebruiken?' Terwijl hij het zei, stak hij een wijsvinger in de lucht.

Dokter Baader deed zijn mond open alsof hij iets wilde zeggen. Tegelijkertijd sperde Anna Sophia haar ogen wijd open. 'Denk je dat het zo slecht gaat met mijn vader?'

August deed een stap naar haar toe. 'Maak je geen zorgen. Het zal gauw beter met hem gaan.'

Hij tilde langzaam een hand op en legde hem op haar bovenarm. 'Het is meneer Müller en mij pas een paar weken geleden gelukt om een waardevolle werkzame stof te isoleren, die een stabiliserende en stimulerende werking op het zenuwstelsel heeft. We hebben hem zelfs al in de nieuwe pulveriseertrommel gemalen. Dokter Baader wil hem voor zijn behandelingen inzetten, nietwaar, dokter?'

De dokter knikte. 'Mijn eerste... eh, pogingen, hebben een indrukwekkend effect laten zien.'

'Geweldig,' zei Anna Sophia. August had nog steeds zijn hand op haar arm. Hij keek haar aan en ze hield haar adem in. Ze moesten elkaar niet zo lang in de ogen kijken, dacht ze. Wat zou dokter Baader wel niet denken!

'Wat vindt u ervan als we het nieuwe medicijn vandaag al inzetten, dokter?' August liet zijn hand zakken.

'Het zou kunnen... eh...' De arts leek na te denken. Daarna knikte hij nadrukkelijk. 'Ik denk dat er niets op tegen is.'

'Goed. Dan stel ik voor dat jullie tweeën alvast naar boven gaan en meneer Müller wat meidoorn brengen. Dat was echt een goed idee. Ondertussen maak ik de eerste dosis van ons nieuwe medicijn klaar en dan kom ik ook boven.'

Vastberaden liep Anna Sophia naar de apothekerskast en pakte een van de flesjes. Een paar weken geleden mocht ze kijken toen haar vader in de achterkamer stond en de witte bloemetjes en de lange getande bladeren van de geneeskrachtige plant in de vijzel fijnmaakte. Vervolgens had hij het in de flesjes gedaan en er brandewijn bij gegoten. De tinctuur moest een paar weken intrekken. Daarna hielp het tegen hartzwakte, had hij aan haar uitgelegd. Ook problemen met de bloedsomloop, duizeligheid en een lage bloeddruk konden er goed mee worden behandeld. Ze had elk woord van haar vader opgezogen. Ze genoot er enorm van om tijd met hem door te brengen en door hem onderwezen te worden. Maar hij mocht in geen geval merken dat ze het allemaal allang wist. En hij mocht er al helemaal niet achter komen wat ze jaren geleden nog meer over meidoorn had geleerd en van wie. Ze moest er niet aan denken hoe haar vader zou reageren.

Toch moest Anna Sophia nu ook aan de woorden van haar moeder denken: 'Ze zeggen dat meidoorn magische krachten heeft. Het kan boze geesten verdrijven. Daarom zijn er op het land veel boerenerven die door meidoornhagen worden beschermd. En her en der krijgen zieken het advies om door gevlochten meidoornpoorten te lopen om hun leed af te schudden.'

Dat moest in de tijd zijn geweest dat ze af en toe nog naar het geboortedorp van haar moeder waren gereden om grootmoeder te bezoeken. Of was het daarna? Nadat papa het voor eens en altijd had verboden, hoewel mama ontzettend kwaad was geweest en tekeer was gegaan?

'Heeft grootmoeder dat aan je verteld?' had Anna Sophia aan haar gevraagd. Het verlangende lachje dat op het gezicht van haar moeder was verschenen toen ze die vraag had gesteld, zou Anna Sophia nooit vergeten. Sindsdien had ze nooit meer zo'n verdrietige glimlach gezien.

Anna Sophia schudde licht haar hoofd om de gedachten te verdrijven. Natuurlijk geloofde ze niet in magie. Middeleeuwse onzin, zou haar vader zeggen. Maar als ze heel eerlijk was tegen zichzelf, geloofde ze wel degelijk in oude wijsheden, in de natuur en de bijna grenzeloze mogelijkheden daarvan. Ze keek even door de etalageruit naar de linde voor de apotheek, waarvan ze soms dacht dat die op wonderbaarlijke wijze met haar vader was verbonden. Liet de boom zijn bladeren in het schemerlicht nog lager hangen dan anders? Anna Sophia sloot haar hand hoopvol om het flesje, terwijl ze, gevolgd door dokter Baader, snel terugliep naar haar vaders slaapkamer.

~

De oude vrouw had een langwerpig voorwerp in haar hand terwijl ze op Kaspar afkwam. Ondanks het vuur dat in een houtkachel in de hoek brandde, was het donker in de hut midden in het bos. Was het een dikke tak? Ook Margaretha, die Kaspar eerder nog had willen kussen, kwam dreigend dichterbij.

'Wat zijn jullie van plan?' vroeg hij. Was hij nou echt bang voor twee vrouwen? De ene was piepklein en ook de andere was niet bepaald stevig.

Toch merkte hij dat het zweet hem uitbrak. Maar dat kon ook door de warmte in de hut komen.

'Zeg, knappe jongen, kun jij een geheim voor je houden?' vroeg het oude vrouwtje.

'Natuurlijk!' Kaspar knikte. Als bewijs had hij bijna het geheim van zijn buurjongen verteld, die tegen de wil van zijn ouders in met de dochter van Müller wilde trouwen, maar hij hield zich net op tijd in. Het zou niet erg helpen als hij dat nu verklapte.

'Ik kan zwijgen als het graf,' zei hij in plaats daarvan. Toch kwamen de vrouwen steeds dichterbij. Hij deinsde achteruit.

'Wat... wat is er?' vroeg hij.

Ze waren nu zo dichtbij dat hij kon zien dat Gesche de houten stamper van een vijzel in haar hand had. Kaspar tilde beide handen op om zichzelf tegen een klap te beschermen, maar toen de oude vrouw in het midden van de hut was gekomen, keerde ze zich van hem af. Ze boog zich naar de fruitkist en zette de stamper in een houten schaal. Eerst stak ze de grote kaars op de tafel aan, zodat het licht ervan op de vijzel viel en daarna begon ze met trage, cirkelende bewegingen iets in de schaal te vermorzelen. Het kaarslicht verlichtte haar zachte, gerimpelde gezicht.

'Wat staan jullie daar nou? Ga zitten en drink een kopje thee met me. We moeten praten.'

Verward keek hij naar Margaretha, die een gammele stoel naar achteren trok en zich erop liet zakken. Langzaam en voorzichtig deed Kaspar hetzelfde, waarbij hij er goed op lette dat hij zijn knie, die al dagen pijn deed, niet belastte.

'Weet je wie ik ben, knappe jongen?' vroeg de oude vrouw hem.

'Ik denk dat u Gesche heet.'

'Juist. Ik heet Gesche. En vroeger woonde ik net als jullie in Höhenforst.'

'Wilhelm heeft u weggejaagd, nietwaar?' vroeg Kaspar en hij was een beetje trots dat hij dat durfde te zeggen.

'Nou, kinders, schenken jullie maar een kopje thee in!'

Met trillende handen pakte Kaspar de kan en goot de nog dampende thee in drie kopjes. Was het toeval dat het juiste aantal al klaarstond?

'Ja, hij was heel kwaad. Het is lang geleden...' Gesche sprak zacht en zonder van haar vijzel op te kijken. Kaspar en Margaretha nipten aan hun thee. Die smaakte bloemachtig en tegelijk een beetje bitter. Een tijdlang was alleen het gewrijf van de stamper in de schaal te horen

'Sindsdien leef ik hier. En het is belangrijk dat niemand dat te weten komt. Weet je wat ik doe?'

Kaspar schudde zijn hoofd en nam nog een slok. De warmte deed zijn keel goed.

'Ik ben genezeres. Ik weet bijvoorbeeld hoe je vrouwen helpt om hun kinderen te baren. En ik weet wat je moet doen als ze geen kinderen willen krijgen.'

Gesche keek hem met een veelzeggende blik aan. Kaspar keek van haar blauwe naar haar bruine oog en wist niet zeker of hij haar echt begrepen had. De oude vrouw sprak verder: 'Deze plek is al voor veel wanhopige vrouwen een toevluchtsoord geweest. Als jij deze plek verraadt, verraad je ook hen allen. En tegelijkertijd al diegenen die nog hulp kunnen gebruiken.'

'Ik wil niemand verraden,' zei hij snel en hij draaide zijn hoofd in Margaretha's richting. Haar donkerblonde haren omzoomden haar gezicht als zware gordijnen terwijl ze hem met een duistere blik aanstaarde.

'Dat is je ook geraden. Als je het toch doet, krijg je het met mij aan de stok,' zei ze tussen opeengeklemde tanden. 'Gesche is mijn familie, begrepen?'

Kaspar knikte zwijgend, hoewel hij geen idee had wat ze daarmee bedoelde. Eigenlijk waren de onbehouwen boer Wilhelm, zijn twee broers en haar zus Amalie haar familie.

Gesche legde de stamper opzij, draaide de schaal in haar handen en pakte een klein flesje dat naast de vijzel stond. Voorzichtig liet ze het fijngemalen poeder in het flesje glijden.

'Lieverd, wil je de alcohol even pakken?' vroeg ze aan Margaretha zonder haar aan te kijken. De jonge vrouw stond op.

'Dank je.'

Gesche pakte een bruine buikfles van Margaretha aan, goot de vloeistof in het kleine flesje en de bijtende geur van het hoge alcoholpercentage vulde de ruimte. Ze deed het glazen flesje dicht en gaf het aan Kaspar. Hij keek haar verbaasd aan.

'Voor mij?'

'Voor je knie, knappe jongen. Drenk een doek in de vloeistof en wikkel die 's nachts om je knie. De smalle weegbree zal zorgen dat de ontsteking afneemt.'

'Maar hoe...'

'Neem het maar gewoon,' onderbrak ze hem en ze glimlachte zo breed dat hij het grote gat in haar bovenste rij tanden kon zien. Het was zo'n liefdevolle glimlach dat Kaspar een warm gevoel in zijn buik kreeg. Hij pakte het flesje aan, bedankte haar en besloot deze vrouw in geen geval te verraden. Hij begreep nog niet wat deze plek te betekenen had, maar hij wist nu al dat hij hem zou beschermen, wat er ook zou gebeuren.

Terwijl Kaspar en Margaretha door het bos terugliepen, zwegen ze allebei. Het was inmiddels pikdonker geworden en ze hadden ieder een brandende fakkel in hun hand, die Gesche hen had meegegeven. In het licht ervan glansden Margaretha's blote kuiten, die af en toe onder haar rok tevoorschijn kwamen. Kaspar gluurde er onopvallend naar. Hij wilde Margaretha nog steeds graag kussen, maar dacht dat het beter was om het vandaag niet meer te proberen. Ze hadden iets belangrijkers te doen. Ze moesten samen een geheim bewaren.

Ze liepen door het kreupelhout, tussen bomen en struiken door, tot ze uit het bos kwamen. Het was een milde nacht in juni. In het licht van de vollemaan lag het dorp Höhenforst in een dal voor hen.

'Niemand mag ons zien,' zei Margaretha, die voorop liep. Ze liepen langs het korenveld van boer Wilhelm, waar de hitte van de afgelopen dag nog uit leek op te stijgen, naar de kleine heuvel die Kaspars familie met aardappels had beplant. Hier doofden ze hun fakkels met droge aarde.

'Sst,' maande Margaretha hem.

'Weet ik,' fluisterde hij en hij sloop achter haar aan. De kleine stallen en de scheve schuren van Höhenforst kwamen met elke stap die ze zetten helderder in het maanlicht naar voren. De wegen waren stil. Ze hadden geluk, dacht Kaspar, terwijl hij de bocht naar de grootste boerderij van het dorp nam. Er waren zelfs geen dronkaards onderweg, die soms 's nachts van de kroeg naar huis waggelden.

'Welterusten,' fluisterde hij tegen Margaretha, die het huis van haar familie in wilde sluipen.

'Welterusten, Kaspar. En je weet het: geen woord, aan niemand.'

Hij wilde samenzweerderig knipogen maar schrok toen zo heftig dat zijn adem stokte.

'Nou, ik wil maar al te graag horen wat hij te zeggen heeft,' klonk een kille stem. Margaretha draaide zich met een ruk om en keek in het uitgemergelde gezicht van boer Wilhelm. De lange, magere man stapte uit de schaduw van de voordeur naar zijn dochter toe. Zijn kale hoofd zat onder de bulten en was verbrand in de zon, zijn opgezwollen neus was donkerblauw en boven zijn rechtermondhoek zat een grote moedervlek.

'Vader, ik....' stamelde ze.

'Ik, ik, ik,' aapte haar vader haar na. Hij duwde haar opzij en deed één grote stap naar Kaspar. Die deinsde achteruit, maar de boer had zijn grote, dunne hand al naar hem uitgestoken en hem bij zijn kraag gepakt.

'Waar waren jullie?' snauwde de boer hem toe. Zijn adem rook naar bier.

'Nergens,' beweerde Kaspar en hij wist dat dit antwoord niet erg geloofwaardig klonk.

'Dat dacht ik al,' zei Wilhelm honend. Kaspar probeerde zich vergeefs uit de greep van de boer te bevrijden en kon haast niet geloven hoe sterk die taaie, oude kerel was.

Bijna moeiteloos trok Wilhelm hem in de richting van het huis en pakte met zijn andere hand nog de arm van zijn dochter. 'Wij drietjes gaan nu gezellig naar binnen en dan gaan jullie me haarfijn vertellen wat jullie allemaal in het donker hebben uitgespookt.'

'We hebben helemaal niets...' begon Margaretha, maar haar vader gaf haar met de rug van zijn hand een klap in haar gezicht. De oorvijg schalde luid in de nacht, maar Margaretha gaf geen kik.

'Ellendige schoft!' flapte Kaspar eruit. Hij kon zich eindelijk uit Wilhelms greep draaien en gaf hem een harde duw, waardoor de boer naar achteren struikelde. 'Raak haar niet aan!'

Wilhelm keek hem verbaasd aan en daarna verscheen er een brede grijns op zijn gezicht. Hij deed een stap naar voren en sloeg Kaspar in het gezicht. Kaspars hoofd sloeg naar achteren en er stroomde warm bloed uit zijn neus. Kaspar hield zijn handen voor zijn gezicht en probeerde zich te vermannen, maar hij voelde een heftige pijn.

'De knappe jongen heeft zeker een oogje op mijn Margaretha, hè?'

Kaspar dwong zichzelf om de boer weer aan te kijken, die zijn dochter net aan haar haren had gepakt en haar in de richting van de voordeur sleurde. 'Geloof me, jongen. Hoe ik mijn dochter opvoed, gaat jou niets aan. En als je niet wilt dat ik haar vandaag nog bont en blauw sla, hou je je klep en kom je mee naar binnen.'

Kaspar ving Margaretha's blik op. Ze staarde hem duister aan en hield haar hand op haar wang. Haar dunnen lippen bewogen zonder geluid te produceren. Kaspar vermoedde wat ze wilde zeggen: 'Hou alsjeblieft je mond.'

'Schiet op,' snauwde Wilhelm. 'Jullie vertellen me alles. Anders krijgt Margaretha de portie slaag van haar leven.'

Kaspar moest iets doen. Hij kon Margaretha vannacht niet met deze man alleen laten. En misschien kon hij binnen meer voor elkaar krijgen dan hierbuiten. Daarom knikte hij en volgde de boer het huis in.

4

Wilhelmine Müller zat op haar lievelingsplekje op de brede vensterbank vlak voor de open haard, die nu in juni natuurlijk niet brandde. Haar breiwerkje rustte op haar schoot. In gedachten verzonken keek ze uit het raam. Van hierboven kon ze op de Neumarkt kijken, waar het Pruisische leger regelmatig oefeningen hield. Vandaag was het plein bijna leeg. Er flaneerden maar een paar mensen langs de lindebomen, die dicht tegen elkaar aan rond het plein stonden. Af en toe reed er een koets over de geplaveide straat. Het was een warme dag. De Domhijskraan, die met zijn stenen sokkel en spits toelopende, houten staven al eeuwenlang het stadsbeeld bepaalde, stak donker af tegen de blauwe lucht.

'Een vogel wou eens bruiloft vieren op de grote weide,' zong Elise, die naast de open haard met haar papier-machépop speelde.

'Mag ik ook een keer?' vroeg Julie, maar Elise luisterde niet en speelde 'Fiederalala' zingend verder.

'Elise, geef de pop alsjeblieft ook eens aan Julie,' zei Anna Sophia. Wilhelmines oudste zus zat aan de grote eettafel in de hoek en borduurde kleedjes met het symbool van de apotheek, een lange staf waar een slang omheen kronkelde. Wat deed ze dat vol overgave! Terwijl Wilhelmine het haatte om constant een borduur-, brei- of naaiwerkje in haar handen te moeten houden en almaar te koken, bakken, poetsen, schrobben, strijken of lappen, leek haar zus die klussen altijd goedgehumeurd uit te voeren. Hoe kreeg haar grote zus het in hemelsnaam voor elkaar om alle eisen te vervullen die aan haar werden gesteld en tegelijkertijd met zo weinig tevreden te zijn? Anna Sophia was altijd de voorbeeldige grote zus, die voor de kleintjes zorgde, enorm behulpzaam was en het hun vader naar de zin maakte. Behalve die ene keer, dacht Wilhelmine. Toen had Anna Sophia haar versteld doen staan... Maar al met al was haar grote zus zachtaardig, vriendelijk en voorkomend, en dat op een manier waar Wilhelmine wel af en toe geamuseerd met haar ogen om rolde, maar die haar niet eens echt op de zenuwen werkte. Daarvoor was Anna Sophia veel te lief. Als ze soms dromerig in de verte staarde, even alles om zich heen vergat en zich vervolgens vreselijk aan haar eigen onoplettendheid ergerde, wilde Wilhelmine haar het liefst lachend even knuffelen. Misschien moest ze proberen om iets van Anna Sophia's plichtsbesef over te nemen. Maar nee, dacht ze. Zelfs als Wilhelmine het probeerde, zou niemand haar serieus nemen.

Ze zou nu ook veel liever iets leuks doen. Dichten of tekenen bijvoorbeeld. Vaak zag ze prachtige dingen die ze dan wilde vastleggen, of het nu in woorden of in kleuren was. Een heldere wolkenlucht, deinende boten op de Rijn, de handen van een oude vrouw. Ze vroeg zich af alle mensen dezelfde dingen zagen als ze naar de wereld keken. Wat zou het fijn zijn als ze de manier waarop zij de dingen zag kon delen.

'Wat ben je eigenlijk aan het doen?' vroeg Anna Sophia en Wilhelmine wist meteen dat Anna Sophia het tegen haar had.

'Mijn vingers hebben even pauze nodig,' antwoordde ze.

'Aha.' Anna Sophia stak haar naald in de stof en trok hem er aan de andere kant weer uit. Wilhelmine zag dat haar zus het niet kon laten om te glimlachen.

'En wat doe je als je vingers pauze houden?'

Wilhelmine rolde met haar ogen. 'Dat jij nou zo voorbeeldig en onvermoeid bezig bent, betekent niet dat andere mensen niet even mogen rusten. Ik denk na.'

Maar nog terwijl ze het zei, pakte ze gelaten haar breiwerkje weer op.

'Zo, zo.' Anna Sophia grinnikte nog steeds. 'En waarover, als ik vragen mag?'

'Over de nieuwe spoorlijn tussen Keulen en Müngersdorf, als je het zo precies wilt weten. Het is de bedoeling dat die volgend jaar geopend wordt.'

'Daar heb ik over gehoord. En wat is daarmee?' Weer stak Anna Sophia de naald in de stof.

'Daar is helemaal niets mee. Maar er is wel veel om over na te denken. Het is ongelofelijk wat voor nieuwe mogelijkheden dat zal bieden. Ik heb er gisteren in de *Kölnische Zeitung* van vader over gelezen.'

Anna Sophia keek op. 'Je moet de krant niet lezen. Papa zegt altijd dat dat niks voor een jonge vrouw is.'

Wilhelmine negeerde die uitspraak. 'Van Thürmchenswall aan de stadsmuur tot Müngersdorf is te voet ruim anderhalf uur. Met de trein doe je er nog maar tien minuten over! Geen enkel paard ter wereld is zo snel. En dat traject is nog maar het begin. Op een dag schijn je van Keulen naar Antwerpen te kunnen reizen. In de krant stond dat het ervoor zal zorgen dat de volkeren zich meer zullen verenigen. De wagons van de eerste klasse krijgen zelfs beklede stoelen! Stel je toch eens een toekomst voor waarin gasten uit andere steden comfortabel en snel op beklede stoelen naar ons toe reizen.'

'Hm...' Anna Sophia hield haar hoofd schuin en knipperde op haar typerende, trage manier. Soms vroeg Wilhelmine zich af of Anna Sophia's oogleden zwaarder waren dan die van andere mensen en of het knipperen daarom zo veel tijd kostte. 'Denk je dat de apotheek van het snellere verkeer zal profiteren?'

Wilhelmine schudde zuchtend haar hoofd. 'O, Anna Sophia. Het gaat niet altijd alleen maar om de apotheek. Er is ook nog een leven buiten jouw kruiden en chemische stoffen. Stel je voor hoe deze verbinding de hele stad zal veranderen. Misschien komen er ooit gasten die de Dom willen bekijken. Waarschijnlijk zal het er ook voor zorgen dat er meer haast wordt gemaakt om de bouw ervan te voltooien.'

'En met de gasten komen er misschien ook nieuwe klanten in de apotheek.' Anna Sophia sprak nu net zo traag als dat ze met haar ogen knipperde. Waarschijnlijk omdat ze net een ingewikkeld deel van het motief moest borduren.

'Dat misschien ook,' antwoordde Wilhelmine zuchtend en ze leunde met haar hoofd tegen de ruit zonder het breiwerkje weer weg te leggen. 'Ik geloof dat er inderdaad veel nieuwe dingen op ons afkomen.'

'Dat betekent veel opwinding voor papa,' zei Anna Sophia en dit keer kon Wilhelmine haar zus bij wijze van uitzondering niet tegenspreken. 'Goed dat we August hebben,' voegde ze er nog iets zachter aan toe.

Wilhelmine keek naar haar en merkte dat de ronde wangen van haar zus een beetje rood werden. Heel even stak het puntje van haar tong uit haar mond, daarna perste ze haar dunne onderlip tegen haar vollere bovenlip.

'Sinds wanneer ben jij eigenlijk zo vreselijk verliefd?' Wilhelmine grinnikte.

'Ik ben helemaal niet verliefd!' protesteerde Anna Sophia, maar haar stem klonk zo vinnig dat het overduidelijk was dat ze loog. De irritante lok die telkens weer uit Anna Sophia's opgestoken haar losraakte, viel over haar voorhoofd.

'Natuurlijk ben je verliefd. Terwijl je veel te goed voor hem bent.'

'Ik heb totaal geen gevoelens voor hem. Helemaal niets! En afgezien daarvan: waarom zou ik te goed voor hem zijn? Hij stamt uit een van de gerenommeerdste apothekersfamilies van Keulen. Hij is intelligent en hij is welopgevoed. Momenteel vervangt hij papa en leidt hij de apotheek met beleid en groot verantwoordelijkheidsbesef.'

'Maar je vindt zijn mooie ogen het leukst!'

Het was haast niet te geloven, maar haar zus kon zelfs nog iets roder worden.

Wilhelmine giechelde. 'Ach, kom, zusterlief, ik plaag je alleen maar.'

'Heel grappig.'

Nog steeds met een rood hoofd boog Anna Sophia zich verder over haar borduurwerkje.

'Het is wel waar dat hij zijn taak echt heel goed vervult. Ik ben blij dat we hem hebben. Vooral omdat het al dagenlang niet beter gaat met vader.'

'Nee,' zei Anna Sophia zuchtend.

'En ik denk dat August ook stapelgek op jou is. Maar wees voorzichtig, goed?'

'Wat bedoel je daar nou weer mee?'

Wilhelmine keek weer naar de Neumarkt. Er reed een zwarte koets met grote wielen over de straat in de richting van de Dom. Wilhelmine beet op haar tong om niet een verrast kreetje te slaken. Ze kende die koets.

'Ach...' Ze maakte een wegwimpelend gebaar. Ze sprong van de vensterbank en legde de wol opzij. 'Ik ga even naar de Dom.'

'Wat wil je nou in de Dom?'

'Nou, bidden natuurlijk. Wat anders?'

Met die woorden liet ze de volkomen beduusde Anna Sophia met haar kleine zusjes in de huiskamer achter.

Wilhelmine tilde haar rok op en liep snel over de Neumarkt en door het smalle, slecht geplaveide steegje langs de bakkerij, tot de muren van de Dom duister en imposant voor haar opdoemden. Ze bleef even staan en keek langs de stenen gevel met de vele beschadigingen, maar ook met de ongeëvenaard mooie versieringen, talloze torentjes, beeldjes en patronen omhoog. Ze zuchtte. Hoewel dit oeroude bouwwerk een verwaarloosde indruk maakte, er in alle voegen en kieren onkruid woekerde en de vochtigheid in de dakstoel er nog altijd aan herinnerde dat de Fransen hem tijdens de bezetting als paardenstal hadden misbruikt, oefende hij op Wilhelmine altijd een bijzondere aantrekkingskracht uit. Elke onvolmaakte muur was met een hoger doel opgericht en dat op een plek waar al sinds de eerste jaren van Keulen godshuizen stonden. Eeuwen geleden hadden de mensen er al van gedroomd om ooit een monumentaal bouwwerk in de stad op te richten, maar daarvoor was er eerst geen geld en daarna geen interesse geweest. Sinds bijna driehonderd jaar lag het plan nu stil. De Dom was een oeroude bouwplaats. Wilhelmine kende hem niet anders. De noordtoren had muren van slechts enkele meters hoog. Op de maar liefst vijftig meter hoge zuidtoren troonde sinds eeuwen de middeleeuwse kraan. Hij was het symbool van Keulen en herinnerde er tegelijk aan dat deze stad nog plannen had.

Wilhelmine keek op het plein om zich heen. Naast de stenen bouwloods van de Dom, waarin slimme mannen zich het hoofd braken over de voltooiing van het godshuis, stond de zwarte koets die ze vanuit het raam had gezien. Hij was inmiddels leeg, alleen de koetsier zat op de bok. Wilhelmine draaide zich weer naar de Dom en liep naar de ingang.

Ze ging naar binnen en snoof de koude, vochtige lucht in. Langzaam en zonder geluid te maken schreed ze tussen de houten banken naar voren in de richting van het stralend gouden Clara-altaar met de fijne tekeningen van engelen en kruisen. Daarbij keek ze zo onopvallend mogelijk om zich heen. Het was donker. Her en der brandden kaarsen en door een hoog, kleurrijk raam viel licht op het elegante beeld van de Milanese Madonna, die met het kindje Jezus op haar arm op een sokkel troonde. Niet ver daarvan stond de vrouw. Wilhelmine slikte. Haar knieën knikten en ze ging snel op een van de houten banken zitten. Ze vouwde haar handen en dwong zichzelf rustig te ademen.

Wilhelmine had haar al vaker gezien. De vrouw liet zich regelmatig in de zwarte koets met de grote wielen naar de Dom rijden. Tot nu toe had ze de vrouw echter altijd alleen vanuit de verte bespioneerd en gezien hoe ze haar wijnrode of donkerblauw geruite rok optilde en zich over de Domplatz haastte en het gebedshuis binnenging. Iets aan haar had Wilhelmine zo gefascineerd dat ze haar elke keer had nagekeken. Misschien waren het de pofmouwen of de kleine, elegante hoeden die ze droeg. Of misschien kwam het door haar bijzonder rechte houding, haar vastberaden gang en haar zelfverzekerde blik. Wilhelmine begreep het zelf niet zo goed.

Ze gluurde voorzichtig naar de elegante dame, die met haar rug naar haar toe stond en een olieverfschilderij bekeek. Wilhelmine had geen verstand van kunst, maar vond het schilderij erg mooi. Het was een afbeelding van een vrouw in een rode jurk met een aureool, een witte duif en God die op een wolk troonde.

De vrouw leek helemaal in het kunstwerk verdiept te zijn. Wilhelmine had alle tijd van de wereld om de soepele stof van haar jurk te bewonderen. Hij was boven haar taille met stenen afgezet en geplooid, waardoor hij in donkerblauwe golven langs haar smalle lichaam naar beneden vloeide. Om haar schouders droeg ze een omslagdoek met een fijn patroon, waarschijnlijk van kasjmier.

Ineens draaide ze zich om – zo plotseling dat Wilhelmine schrok en haar blik die van de onbekende vrouw kruiste. Ze kon haast niet meer ademen. De vrouw keek haar duidelijk en openlijk aan. Ze had een ragfijne neus en om haar mond speelde een kleine glimlach. Wilhelmine vond haar prachtig. Ze wilde wegkijken en doen alsof ze bad, maar ze kon het niet. De blik van de vrouw hield haar gevangen. Ze keken elkaar aan terwijl de vrouw tussen de rijen houten banken naar Wilhelmine toe liep. Hoe dichterbij ze kwam, hoe dieper ze elkaar in de ogen keken. Wilhelmine wenste dat de vrouw iets langzamer zou lopen en dat het moment wat langer zou duren, maar haar voetstappen weerklonken door de Dom en kwamen onverbiddelijk dichterbij. Daarna maakte de blik van de onbekende vrouw zich los en ze liep langs Wilhelmine heen. Wilhelmine draaide zich op haar bank om en keek de vrouw na totdat ze het gebouw had verlaten. En op dat moment werd Wilhelmine zich pijnlijk bewust van twee dingen. Ten eerste: ze wilde deze onbekende vrouw per se nader leren kennen. En ten tweede, en dat was een inzicht dat haar nauwelijks verraste, maar waar ze toch een brandend gevoel van in haar maag kreeg: zoals zij daarnet naar deze vrouw had gekeken, zou ze nooit van haar leven naar een man kunnen kijken.

~

'Het gaat steeds slechter met vader,' zei Anna Sophia tegen haar zus, terwijl ze samen met Wilhelmine de Hohe Strasse overstak en in de richting van de Neumarkt liep. Aan hun armen bengelden manden vol groente, aardappelen en kruiden die ze net op de Alte Markt hadden gekocht. 'Ik maak me grote zorgen om hem.'

Ze keek haar zus van opzij aan. Normaal keek Wilhelmine tijdens de wandeling altijd zo gefascineerd om zich heen in de stad dat het leek alsof ze hem voor de eerste keer bezocht. Ze keek nieuwsgierig naar elke etalage, in elk steegje en naar elk gezicht dat ze tegenkwam. Maar bij Anna Sophia's woorden keek ze naar haar voeten en antwoordde ze: 'Ik ook. Vanochtend gloeide hij weer. En dan die buikkrampen... Dokter Baader zegt dat hij helemaal op is.'

Wilhelmine keek haar kort aan. Haar wenkbrauwen leken nog voller en donkerder dan anders. Sinds een paar maanden leek Wilhelmine met de dag volwassener en rijper te worden, dacht Anna Sophia. Haar schouders waren recht en als ze liep nam ze ruimte in. Ze had een trotse uitstraling en haar gelaatstrekken waren zo gelijkmatig alsof een kunstenaar ze had ontworpen. Ze had iets eigenzinnigs, wat Anna Sophia imponeerde. Ja, soms was ze zelfs een beetje bang voor haar kracht, hoewel Anna Sophia de oudere was...

'Anna Sophia, waar ben je? Ben je weer aan het dromen?'

Geschrokken schudde ze haar hoofd. 'Verdorie, gebeurt me dat nu alweer? Sorry. Ik dacht ergens over na...'

Voor hen lag de Neumarkt met zijn lindebomen. De boom vlak voor de apotheek had al een paar bladeren laten vallen, hoewel het zomer was. Andere bladeren kleurden langzaam bruin. Anna Sophia moest weer aan haar arme vader denken en slikte.

'Weet je nog, toen...' fluisterde ze, zonder erover na te denken.

Plotseling bleef Wilhelmine staan en ze staarde Anna Sophia met fonkelende ogen aan. 'Nee. Zet dat uit je hoofd!'

Anna Sophia draaide zich naar haar om. Ze perste haar lippen op elkaar, ademde diep door haar neus in en probeerde de blik van haar jongere zus te weerstaan.

'Dat was gevaarlijk!' riep Wilhelmine.

Anna Sophia knikte langzaam, maar zei toch: 'Je zou hier nu misschien niet voor me staan, als ik het toen niet had gedaan.'

Wilhelmine snoof en schudde heftig haar hoofd. 'Dat weet je niet!'

'Hm,' zei Anna Sophia alleen. Hoe kon ze het ook aan haar jongere zus uitleggen? Hoe kon ze over die ene dag vertellen waarop ze vreselijk ongehoorzaam was geweest, maar die toch heel bijzonder, ja bijna magisch was geweest?

Wilhelmine was er toen al tegen geweest. Pas twaalf jaar en toch al zo'n duidelijke mening! Anna Sophia herinnerde zich nog goed hoe bleek haar zus was geweest en dat ze zwetend op bed had gelegen. Mama was toen al twee jaar dood en nu was haar zus ook nog ziek geworden.

Papa had dokter Baader erbij gehaald, die een aderlating had gedaan. Maar de toestand van haar zusje verbeterde niet. Koude rillingen, koorts, een trekkend en brandend gevoel in haar maag, waarbij Anna Sophia vermoedde dat het niet echt de maag was waar haar zus het over had. Haar hand lag veel lager onder haar taille, maar een woord als 'buik' of 'onderlijf' was niet gepast voor een jonge vrouw.

'Weet je nog wat mama ons altijd over haar geboortedorp heeft verteld?' had ze destijds aan Wilhelmine gevraagd. 'Kun je je nog herinneren dat we er als kind zelf een paar keer zijn geweest?'

Wilhelmines ogen waren groot geworden. 'Maar dat is heel ver, daar kun je alleen te paard naartoe!'

Anna Sophia had onzeker gekeken en gefluisterd: 'Voor het avondeten ben ik weer terug.'

Wilhelmine had haar verbijsterd aangestaard. En in diens ogen weerspiegelde zich ook Anna Sophia's eigen ontzetting, want ze kon zelf nauwelijks geloven wat ze had besloten. Ze wist dat ze het niet mocht doen. Het was een enorme vertrouwensbreuk. En het paste ook totaal niet bij de anders zo kalme en betrouwbare Anna Sophia.

Nu wist ze dat ze de juiste beslissing had genomen, maar destijds was ze heel erg bang geweest. En wat nog veel erger was geweest: ze had zich vreselijk schuldig gevoeld jegens haar vader. Maar ze had toen geen andere keus gehad. Ondanks alles was het het juiste. En haar mama had haar altijd geleerd dat wat er ook gebeurde, je het juiste moest doen.

Anna Sophia streek een pluk haar van haar voorhoofd en knikte langzaam.

'Je bent het dus met me eens?' vroeg Wilhelmine en ze deed uitdagend een stap naar haar toe.

'O,' riep Anna Sophia uit. 'Daar loopt Hubertine Stollwerck! Ik ga haar even begroeten.'

Opgelucht dat ze een goede reden had liet Anna Sophia haar zus staan en ze stak snel de Neumarkt over.

'Hubertine!' riep ze naar haar. De jonge vrouw met de eenvoudige arbeidersjurk wilde net de deur van de apotheek openen en draaide zich naar Anna Sophia om.

'Ben je zo blij me te zien?' Ze stak haar brede kin op en trok een wenkbrauw op.

Hubertine en Anna Sophia kenden elkaar al sinds hun kindertijd, alleen was Hubertine niet erg dol op haar. Anna Sophia kon het haar niet kwalijk nemen, tenslotte was het destijds haar schuld geweest dat Hubertines broer Franz met ernstige verwondingen het bed moest houden. Maar voordat deze herinneringen haar konden overweldigden, verbande ze ze gauw uit haar hoofd.

'Natuurlijk ben ik blij je te zien,' zei Anna Sophia nadrukkelijk en ze frunnikte aan het hengsel van haar mand.

'Ach, onzin! Je wilt alleen weten of mijn broer iets van zich heeft laten horen.' Hubertine keek haar wantrouwend aan.

'Ik wilde horen hoe het met je familie gaat. Met jullie allemaal...'

'Hij heeft vorige week geschreven.'

Anna Sophia moest onwillekeurig glimlachen. 'Echt?'

'Hij is in Parijs aangekomen.'

'Wat fijn!' Anna Sophia kreeg een warm gevoel in haar buik. Ze vond het een mooie gedachte dat Franz op dit moment door Parijs wandelde. Ongetwijfeld met die schalkse grijns op zijn gezicht, die ze zo leuk vond aan hem.

'Hoe dan ook, mag ik nu naar binnen?' Zonder op antwoord te wachten, duwde Hubertine de deur van de apotheek open. Het belletje rinkelde en August hief zijn hoofd op. Zoals altijd had hij een keurige scheiding in zijn haar. Hij boog zich licht naar voren en legde deftig een arm op zijn rug. 'Goedemorgen. Wat kan ik voor u doen?'

Anna Sophia glipte achter Hubertine aan naar binnen en liep naar de ladekast onder het raam, waar ze haar pas geborduurde tafelkleedje had gelegd. Ze deed alsof ze de bloemen in de vaas die erop stond nog moest schikken en de bos op verdorde bladeren moest onderzoeken. Ondertussen luisterde ze goed.

'Het gaat om mijn vader. Hij heeft weer last van zijn maag. Hij kan nauwelijks nog in de winkel staan. We weten niet wat we moeten doen.'

'Ik begrijp het,' antwoordde August.

Anna Sophia keek onopvallend over haar schouder naar August, die in de kast het juiste medicijn zocht.

'Heeft hij pijn?'

'Heel erg.'

'Hm. Hm.'

Anna Sophia wist dat ze haar mond moest houden. Bij haar vader zou ze het nooit durven, maar nu alleen August en Hubertine in de apotheek waren, moest ze het gewoon wagen. Ze liet haar hand zakken en draaide zich om. 'Als het goed is, hebben we nog gedroogde rettich, rechtsboven in het kastje. Dat stimuleert de beweging in de maag. Daarbij misschien kamille ter kalmering. Ik kan snel...'

'Dank je, mijn lieve Anna Sophia.' Ze keek geschrokken naar August, maar hij ging op vriendelijke toon verder: 'Dat is een verstandig idee, maar ik dacht aan iets dat nog effectiever is.'

Hij klemde zijn monocle voor zijn oog om het opschrift op de kleine laatjes beter te kunnen lezen, trok er een open en met een armbeweging die door de lichte overdrijving aan een tovenaar deed denken, haalde hij een flesje tevoorschijn.

'Wilgenschors, dat ik vers heb verpulverd. Een uitstekend middel in zo'n geval. Momenteel experimenteren we ermee om de pijnstillende werking te extraheren. Daarbij geef ik u onze nieuwste eikelcacao mee, een gezondheidschocolade. Die heeft in verhitte toestand een goed effect laten zien in de bestrijding van chronische maag-darmproblemen.'

'Heel goed,' antwoordde Hubertine en ze pakte het flesje en de eikelcacao aan. Maar toen August haar de prijs voor de medicijnen noemde, verstarde ze.

'O. Zo veel... heb ik niet bij me.'

'Ik kan u ook een kleiner flesje aanbieden. Voor de helft? Of alleen de eikelcacao?'

'Hartelijk dank voor de moeite.' Hubertine gaf de medicijnen aan August terug, draaide zich om en verliet met zware passen en gebogen hoofd de apotheek.

Terwijl het belletje rinkelde, bleef Anna Sophia weifelend staan.

'Ach, het is bedroevend als je de mensen gewoon niet kunt helpen!' August schudde zijn hoofd en zijn krullen sprongen heen en weer. Hij zette de geneesmiddelen terug in de kast.

'Heel verdrietig,' bevestigde ze. Maar ze had al een idee. Ze kende een plek, niet ver van de apotheek, aan de rand van de botanische tuin bij de Dom, waar de kamille zomaar woekerde. Zodra ze ongemerkt weg kon sluipen, zou ze er snel naartoe lopen, een paar planten plukken en ze dan naar de Stollwercks...

'Anna Sophia?' onderbrak August haar gedachten. 'Mag ik je een oprecht gemeend compliment maken?'

Hij draaide zich naar haar om en trok vragend zijn wenkbrauwen op.

'O,' zei ze en ze voelde dat ze begon te blozen.

'Je ziet er vandaag erg bekoorlijk uit. Komt het misschien door je jurk?' Hij keek onzeker naar de grond, maar daarna, alsof hij zichzelf had aangespoord om niet verlegen te zijn, keek hij haar plotseling weer aan. 'Het kost me vandaag nog meer moeite dan anders om in jouw aanwezigheid geconcentreerd te werken.'

De hitte op haar wangen schoot nu naar haar hele lichaam. Langzaam kwam August naar haar toe. De hoeken van zijn elegant gevormde mond bewogen gespannen en zijn neusvleugels trilden nauwelijks merkbaar. Zonder het te willen, giechelde ze zachtjes en verlegen.

August stopte ineens. 'Maak ik je soms aan het lachen?' Er klonk ineens iets hards in zijn stem, wat ze niet van hem gewend was.

Anna Sophia keek hem geschrokken aan. Had ze iets verkeerd gedaan? 'Helemaal niet! Ik ben alleen... een beetje nerveus.'

Er verscheen een rimpel op zijn voorhoofd, die een diepe schaduw op zijn gezicht wierp. 'Dat was niet mijn bedoeling,' zei hij stijfjes en hij ging weer rechtop staan.

Ze wrong haar handen. 'Het klinkt misschien raar, maar... mag ik eerlijk tegen je zijn?'

'Natuurlijk.'

'Als ik heel eerlijk ben, is het zelfs een... fijne nervositeit. Het spijt me dat ik moest lachen.'

Langzaam klaarde Augusts blik op en zijn schouders leken weer een beetje te ontspannen. 'Nee, nee. Ik moet me verontschuldigen. Ik wilde je echt niet nerveus maken. Juist in deze dagen. Het moet vreselijk zijn om je vader zo ziek te zien. Maar mag ik je één ding verzekeren?' Hij liep naar haar toe, totdat hij vlak voor haar stond. Voor de eerste keer viel haar op dat hij nauwelijks langer was dan zij. Ze kon hem direct in de ogen kijken. 'Wat er ook gebeurt, je kunt op mij rekenen, Anna Sophia. Te allen tijde. Ik ben er. Sinds ik deze apotheek voor de eerste keer heb betreden, weet ik dat ik hier thuishoor. Herinner je het je nog? Ik was toen nog een jongen, maar ik wist het meteen. Deze apotheek! Je wijze vader! En: jij, lieve Anna Sophia.'

Hij strekte zijn armen uit. Anna Sophia vergat te ademen, terwijl hij haar handen in de zijne nam.

'Maak je geen zorgen,' fluisterde hij. 'Je kunt op mij rekenen.'

'Bedankt, August.'

Ze dacht dat het nauwelijks mogelijk was, maar langzaam kwam Augusts gezicht steeds dichter bij het hare.

~

August Arkenberg kon niet stoppen met over dit moment in de apotheek na te denken. Over zijn moment met Anna Sophia. Was hij te ver gegaan? Was hij te doortastend geweest? Wat waren haar handen klam geweest, helemaal koud en beverig. En wat rook ze lekker! Hij had haar graag gekust. Dit prachtige meisje met haar zachte stem. Hij zuchtte. Zelfs nu miste hij haar. Peinzend wandelde hij over de kasseien in de richting van de haven. De huizen stonden hier dicht op elkaar, hun puntdaken rezen hoog boven hem op en belemmerden hem het zicht op de lucht. Vanuit de verte kon hij het geroep van de schippers, kooplui, vreemdelingen en inwoners horen en even later rook hij ook het pek, de teer en de bruinkool die hier verladen werden. Hij liep door de stadspoort het haventerrein op en zag de masten van de schepen die in de lucht staken, de grijze zeilen en het donkere water van de Rijn dat tegen de havenmuur sloeg. Waar hij ook keek werd handelswaar in kisten versleept of in vaten over de grond gerold. Koffiebalen, kaastorens, stof en hout werden ingeladen. Stenen kranen draaiden krakend en knarsend, kettingen rinkelden en vrachtkarren rammelden over de grond. Het gekrioel en het geschreeuw dreigden August te verzwelgen en daarom stak hij zijn stok met elke stap vastberadener in de aarde, alsof hij zo de storm van de mensenmenigte op deze weg beter aankon. August hield niet van de Keulse haven. Hij had een hekel aan al deze ongewassen mensen, de onbeschaafde zeelui en ongure matrozen. Hij keek uit naar de dag waarop hij geen gezel meer zou zijn en anderen naar deze vuile haven kon sturen om suiker of gewassen uit het verre Afrika te kopen. Zijn plek was in de apotheek, bij de voorname klanten en de medicijnen. Daar hoorde hij thuis. Bij de lieve Anna Sophia. Hij moest aan haar ranke handen denken, die nooit leken te rusten. Ze had daarnet even in zijn handen geknepen! En hoe ze hem had aangekeken! Haar wangen waren helemaal rood geweest en haar mond met de volle bovenlip... Maar waarom had ze zich van hem afgewend toen hij haar probeerde te kussen? Vond ze hem misschien niet zo leuk als hij haar? Terwijl hij heel veel moeite deed om bij haar in de smaak te vallen! En dat al sinds de eerste dag in de apotheek. Nee, zei hij tegen zichzelf. Waarschijnlijk was ze gewoon te vroom om zo'n stap te zetten.

'August!' hoorde hij haar stem plotseling achter zich. Hij draaide zich onmiddellijk om. Anna Sophia had haar rok opgetild en was achter hem aangerend. Heel even hoopte hij dat ze spijt had dat ze hem niet had gekust en dat ze hem daarom was gevolgd. Maar ze riep: 'Je hebt papa's munten laten liggen!'

Dit keer werd hij rood in zijn gezicht. Dat was hem nog nooit overkomen. Wat gênant! Hoe kon hij nu zonder geld naar de haven lopen? Blijkbaar was hij meer de kluts kwijt dan hij voor zichzelf wilde toegeven.

'Ik... O, dank je, lieve Anna Sophia,' stamelde hij en hij keek naar de grond.

'Graag gedaan! Ik ben dol op deze plek. Is het niet opwindend? De matrozen hebben zo'n lange weg afgelegd! Ze zijn in landen geweest waar wij ons geen voorstelling van kunnen maken. Hier beneden heb ik het gevoel dat de wereld reusachtig is en vol mogelijkheden die niet te overzien zijn.'

August knikte. 'Absoluut.'

Met haar grote, traag knipperende ogen keek Anna Sophia om zich heen, alsof ze inderdaad elk smerig detail van deze plek in zich op wilde nemen. Ze was erg aantrekkelijk, hoewel haar haar weer helemaal in de war zat en er wild uitzag. Dat Gottlieb haar dat nog niet had afgeleerd! Misschien zou het August op een dag wel lukken. Die wildheid paste immers niet bij haar anders zo zachtaardige en zorgzame aard. Hij keek naar haar smalle taille en haar zachte contouren, die wel onder de rok verdwenen, maar die bij elke stap die ze zette deden vermoeden dat alleen haar bovenlichaam sierlijk was. Haar golvende rondingen trokken August zo sterk aan dat het al zijn wilskracht kostte om haar in het gezicht te kijken.

Hij perste zijn lippen op elkaar en kreeg een idee. Misschien kon hij haar wel een klein plezier doen.

'Anna Sophia, moet je meteen terug of kan ik je nog overhalen voor een klein uitstapje?'

'Een uitstapje?' Ze keek hem verrast aan. In plaats van antwoord te geven bood hij haar zijn arm aan.

'Hoe vaak ben je al in Deutz geweest?' Met langzame passen en begeleid door het getik van zijn stok leidde hij haar in de richting van de rivier. Vanaf de oever waren de kleine huisjes van de tegenoverliggende plaats goed te zien.

'Twee of drie keer. Papa's tante woonde daar.'

'Dus je kent ook het uitkijkpunt met het mooiste uitzicht op Keulen?'

Ze schudde haar hoofd en dat gaf hem moed. Hij wees naar de pontonbrug die nu voor hen lag en waar meer dan veertig boten dicht tegen elkaar aangemeerd waren. Op de pontonbrug was een rijbaan gemonteerd waarop het druk was met verkeer. Tussen vrachtkarren, koetsen en ruiters staken ook talrijke wandelaars deze *Schiffbrücke* over naar Deutz, naar *Schäl Sick*, zoals de Keulenaars zeiden. Eigenlijk was het niet gepast om er alleen met Anna Sophia overheen te flaneren, maar hij wilde het risico nemen. Ze had daarnet zo lekker geroken... Hij kon het gewoon niet laten. Gelukkig had hij nog een paar munten in zijn zak waarmee hij het bruggengeld kon betalen. Ze stapten op de wiebelende rijbaan.

'Wat een goed idee,' zei ze en ze keek eerst naar de achterstevens van de boten die onder de rijbaan uitstaken en daarna over de rivier naar de zeilschepen die in drie rijen voor de haven lagen. Tussen alle zeilen en masten bliezen zelfs twee stoomboten hun witte wolken in de lucht.

Langzaam liepen ze van boot naar boot. Af en toe moesten ze uitwijken voor een paard of een kar. August voelde haar arm aan de zijne en zodra ze zich naar een groot schip omdraaide, stootten hun schouders tegen elkaar aan. Eén keer voelde hij zelfs haar warrige plukken haar tegen zijn nek. Ze zwegen terwijl ze liepen, maar soms glimlachten ze naar elkaar. Als zijn vader hem nu kon zien! Eigenlijk wilde hij niet aan de oude apotheker denken, maar nu zag hij toch zijn langwerpige gezicht voor zijn geestesoog, zijn borstelige neusharen en zijn door opium vernauwde pupillen. Hij hoorde zijn stem weer in zijn oor. *Voor alles bestaat het juiste medicijn* had zijn vader een keer gezegd. Dat was voordat hij apathisch was geworden en urenlang zwijgend uit het raam had gekeken. *Onthoud dat, jongen. Voor elke kwaal bestaat er een geneesmiddel, je moet alleen ontdekken wat het juiste is.*

Natuurlijk had hij die woorden niet direct aan de kleine, schuchtere August gericht, maar aan de uit de kluiten gewassen Hermann, Augusts oudere broer, die de apotheek op een dag zou erven. August stond op dat moment achter de deur van de salon en gluurde door de kier. De twee mannen van de familie trokken zich in die tijd steeds vaker terug. Er stond altijd een deur tussen hen en August in. Wat ze te bespreken hadden, was nu eenmaal niet voor kinderoren bestemd, zei zijn vader vaak. Daarom probeerde August stiekem door het sleutelgat te loeren, alleen was het daarachter te schemerig om iets te kunnen herkennen. Hij moest genoegen nemen met de gedempt te horen stemmen. Te laat merkte hij dat het stil was geworden in de salon. Hij perste zich nog wat dichter tegen het hout van de deur aan toen die plotseling openzwaaide en tegen Augusts voorhoofd en neus knalde. Hij tuimelde achterover op de grond. Zijn hoofd bonkte van de pijn. Hij kermde en wreef over zijn gezicht.

'August, wat doe je daar?' Zijn vader stond wijdbeens boven hem. Daarnaast verscheen Hermann. De lippen van zijn grote broer vertrokken zich tot een brede grijns. August zag allebei de geelwitte rijen tanden in de donkere gang oplichten en daarna volgde zoals zo vaak luid: 'Ha!' En even later, steeds sneller: 'Hahaha!' Een lach als geweerschoten.

'Hermann, beheers je,' maande zijn vader hem, waarop Hermann weliswaar zijn mond dichtdeed, maar zijn hikkende lach nog steeds door de gang schalde.

August krabbelde overeind en voelde dat hij weer eens knalrood was geworden. Er was niets ergers dan door zijn grote broer uitgelachen te worden. Helaas overkwam hem dat constant. Kennelijk was hij een nogal belachelijk kind, concludeerde hij daaruit. Klein, bijziend en volkomen belachelijk. Hij slikte en vocht tegen de tranen. Hij mocht nu absoluut niet ook nog gaan huilen. Dan zou Hermann vast nog een lachstuip krijgen.

'Heb jij soms staan afluisteren?' vroeg zijn vader. Gelukkig had August als kind al het talent te kunnen improviseren.

'Moeder stuurt me,' beweerde hij snel.

'Zo, zo. Je moeder.'

'Ja, vader. Een klant wil graag persoonlijk met de apotheker spreken.'

'Een klant.'

'Ja, vader. Moeder zei dat het dringend is.'

Met gefronst voorhoofd keek zijn vader August aan, daarna knikte hij nauwelijks merkbaar. Hij knoopte zijn vest dicht, pakte zijn stok die naast de deur tegen de muur stond en liep weg. Hermann observeerde grijnzend hoe zijn kleine broertje opsprong, zijn hemd rechttrok, schuchter zijn handen op zijn rug legde en achter zijn vader aan liep. Het leugentje om bestwil had August destijds gered. Want gelukkig stond er inderdaad een man in de apotheek die blij was dat hij meteen de apotheker kon spreken.

Sinds die dag spookten de woorden die August tijdens het afluisteren had gehoord telkens weer in zijn hoofd rond. Voor elke kwaal bestaat het juiste geneesmiddel. En voor elke noodsituatie de juiste noodleugen.

Inmiddels waren August en Anna Sophia op Schäl Sick aangekomen. Ze stonden bij de kademuur en keken naar het stadssilhouet van Keulen. Anna Sophia's mond viel open.

'Is onze stad niet prachtig?'

Hij knikte. 'Het uitzicht is fascinerend.'

Terwijl hij deze plek in zijn jeugd meer dan wat dan ook had gehaat. In die tijd waren de steegjes smerig, liepen de kinderen te bedelen en kwam er een muffe geur uit de middeleeuwse, vervallen huizen. Inmiddels drong er meer licht in deze stad. Armoedige krotten waren geleidelijk aan verdwenen, de huizen werden verbeterd en de handel bloeide. August keek over de rivier en de haven uit naar de hoge gevels en daken van Keulen, en de torens van de kerken, kloosters en kapellen die zich scherp tegen de slechts lichtbewolkte lucht aftekenden. De muren van de Dom sprongen er majesteitelijk uit en boven alles stak de Domkraan uit.

Vanuit zijn ooghoek zag August dat Anna Sophia naar hem keek. Hij beantwoordde haar blik. Voorzichtig tilde hij een hand op en legde hem op de hare. Ze liet het toe. En dit keer was er geen domme arts in de buurt die met zijn gesmak alles bedierf. Zachtjes streek August met zijn duim over haar vingers. Hij kon haar haar ruiken en haar huid. Zijn hart ging tekeer. Ik heb het bijna voor elkaar, dacht hij. Hij was zo dicht bij zijn doel! En op dat moment besloot hij dat hij dapper moest zijn. Het was zo ver. Hij was geen jongen meer, maar eindelijk een man. Hij zou het doen. Vandaag of morgen al. De tijd was gekomen.

5

Victor Mertens doopte de pen in de inktpot en bracht zijn hand naar het papier. 'Lieve moeder,' schreef hij en hij stopte. Hij krabde op zijn halfkale hoofd. Hoe formuleerde je je allerlaatste brief aan een vrouw als Erdmuthe?

'Gecondoleerd. Dat oom dood is, spijt mij...'

'Poeh,' zei hij tegen zichzelf. Hij kon deze zin absoluut niet afmaken. Hij was tenslotte geen huichelaar. Hij streepte hem door.

'De tering is werkelijk een nare epidemie. Het zal zeker moeilijk voor u zijn...' begon hij en hij schudde weer zijn hoofd. Moeilijk. Wat een onzin! Iedereen ging een keer dood. Ze was oud genoeg. De dood van oom was een zegen voor het hele huis. En trouwens, zijn moeder had nooit begrepen wat moeilijk voor hém was, waarom zou hij nu medelijden met haar moeten hebben?

'Omdat u het huis niet uit kunt, stuur ik u cacao uit de Franse koloniën. In de hoop dat die u een beetje zal troosten en uw pijn zal verzachten...'

Nee, dacht hij, deze vrouw verdiende geen troost. Waar was hij nou eigenlijk mee bezig? Waarom wilde hij zijn dure cacao aan dat mens verspillen? Hij leunde op zijn stoel naar achteren en keek over de grote secretaire met de vele laatjes en deurtjes uit het raam. De oprijlaan naar het stadspaleis van de Schaaffhausens werd omzoomd door keurig gesnoeide struiken en planten. Het was een heiige dag. Drukkend heet, maar grijs. De vogels hingen loom in de takken, de lucht leek te benauwd voor ze om te vliegen. Op zo'n dag had hij jaren geleden leren paardrijden. De herinnering kwam heel plotseling boven en denderde zo heftig over hem heen dat hij zich volkomen overgeleverd voelde. Zijn vader leefde toen nog. Hij was een kleine, gespierde man, die net als Victor graag klikklakkende hakken droeg. En net als Victor had hij een grote neus met een markant gevormde punt en was hij al vroeg half kaal. Hij was geen mooie man en toch zag hij er goed uit. Hoogmoedig zat hij op zijn glanzende hengst en keek naar de kleine Victor op zijn pony.

'Schouders naar achteren, jongen! Hielen naar beneden. Benen tegen elkaar. Ja, zo! Dat is een heel goede houding. Ik denk dat je een natuurtalent bent!' Hij gaf Victors pony vrolijk een mep op zijn achterwerk. Terwijl de pony wegstoof en Victor wanhopig zijn knieën samendrukte om er niet af te vallen, hoorde hij achter zich zijn vader lachen, warm en blij. Victor lachte ook en haalde de teugels aan. Binnen de kortste tijd had hij zijn pony weer onder controle.

'Heel goed, jongen. Controle is alles, onthoud dat.'

Zwijgend draafden ze naast elkaar over de wei terug naar de hoeve van de Mertens. Op de smalle oprijlaan kwamen ze de koets van Victors oom Georg tegen, die in die tijd nog een volle, blonde haardos had. Zijn voorhoofd was bijna net zo hoog als dat van Ferdinand nu, maar helemaal gegroefd. 'Georg,' riep Victors vader naar hem. 'Was je op weg naar mij? Waar kan ik je mee helpen?'

Georg lachte laatdunkend. 'Hoe kom je op het idee dat ik op weg naar jou was?' Hij hield zijn hoofd schuin en liet een droog lachje horen. 'Ik ben al geholpen, geloof me. Hallo, Victor!' wendde de oom zich nu tot de jongen. 'Doe alsjeblieft de groeten aan je charmante moeder.'

Hij tikte tegen zijn zwarte, hoge hoed en gaf de koetsier het teken om hen te passeren.

Even later, nadat ze de paarden aan de stalknechten hadden overgedragen en hun rijlaarzen hadden uitgedaan, zocht Victor zijn moeder in het hele huis. Ze was niet in de keuken om de dienstmeisjes te instrueren, niet in de salon om verder te werken aan haar breiwerkje en niet in de tuin om te controleren of de nieuwe planten goed groeiden. Ze moest in haar slaapkamer zijn, waar hij nooit mocht komen.

'Moeder?' riep hij door de gesloten deur. Geen antwoord.

'Moeder?' vroeg hij iets luider.

'Wat is er?' klonk het kortaf en dof.

'Oom Georg...' Plotseling klonk er gestommel in de kamer. Victor hoorde voetstappen en de deur zwaaide open. Hoewel het midden op de dag was, droeg zijn moeder een duster. Haar haar zag eruit alsof ze net nog had geslapen.

'Wat is er met Georg?'

Was ze soms bezorgd? Zo kende hij zijn moeder helemaal niet.

'O, voelt u zich niet goed, moeder?'

'Beantwoord mijn vraag.'

'Nou, eh, Georg... we kwamen hem net tegen op het erf. Hij zei dat ik u de groeten moet doen, moeder.'

'De groeten?' Zijn moeder fronste haar voorhoofd en schudde haar hoofd. 'Wat ben jij nou voor een dom kind?' Ze nam hem van top tot teen op. 'Maar wat verwacht ik ook? Je ziet er nu al exact zo uit als je vader. Waarom straft de lieve Heer me met twee van jullie soort?'

Ze rolde met haar ogen en sloeg de deur achter zich dicht. De knal echode in Victors oren. En nu, terwijl hij aan zijn grote secretaire zat en uit het raam keek, meende hij bijna die knal nog steeds te horen. Victor keek in zijn werkkamer rond, bekeek de hoge muren, de grote schilderijen aan de muur, de zware gordijnen aan de ramen. Hij had iets bereikt in het leven, terwijl Erdmuthe, zijn moeder, eenzaam wegkwijnde. Bij die gedachte hief hij trots zijn kin op, maar even later kreeg hij een benauwd gevoel in zijn borst. Kon hij het echt toelaten? Ze was tenslotte zijn moeder!

Hij pakte de pen weer op, doopte hem opnieuw in de inktpot en schreef: 'Ik weet dat oom Georg altijd al alles voor u heeft betekend. Maar dat u toch met vader moest trouwen en dat nu ook uw tweede man na een ernstige ziekte...'

Weer stopte hij. Waarom schreef hij daarover? Wat ging het hem aan? Hij kon net zo goed over alle dingen schrijven die ze hem had aangedaan. Over die kwestie met de wijn. Als kleine jongen had hij een keer in de winkel van zijn oom een fles opgepakt om het etiket te bewonderen. Hij was nieuwsgierig en vroeg zich af hoe wijn smaakte, maar toen zijn moeder de hoek om kwam, schrok hij zo erg dat hij de fles liet vallen. De rode vloeistof spatte tegen haar jurk en tegen de muren en het wijnrek op. 's Avonds dwong zijn moeder hem als straf een fles wijn op te drinken. Hij mocht niet stoppen met drinken, hoewel de wijn over zijn kin droop en hij moest huilen. Ze fluisterde: 'Wat ben je toch een sukkel. Je gaat nu elke druppel opdrinken. Is dat al alles? Kun je niet meer? Ik wil dat je je best doet. Kom op, ga door. Hup!' Toen hij klaar was, braakte hij over zijn eigen voeten. Sindsdien had hij wijn verafschuwd. Tot op de dag waarop zijn oom eindelijk was doodgegaan. Met een glimlach dacht Victor eraan terug hoe hij met Ferdinand op de dood van die walgelijke kerel had geproost.

Hij keek weer uit het raam en zag dat zijn vrouw Sibylle met zijn halfzus Emma terugkwam van een wandelingetje. Emma's blonde haren wapperden achter haar aan en ze glimlachte lieftallig, terwijl Victors ruwe vrouw haar lange neus optrok. Vandaag droeg ze een smal, diep decolleté waardoor zelfs haar hals er dun en onnatuurlijk lang uitzag. Hij kon hun stemmen gedempt door het raam horen.

'Ik snap niet waarom je zo veel tijd verkwist met je postzegels en die oude troep die je verzamelt! Is dat niet vreselijk saai? En zo stoffig!' kwebbelde Emma. Victor vond het nog fijner als de kleine stil was, maar haar stem was zeker niet onaangenaam en haar woorden waren naar zijn hart

'Het verleden is een schat, lieve Emma,' zei Sibylle. Een vrouw zou niet met zo'n lage stem moeten praten, dacht Victor weer eens. En dan ook nog zijn vrouw! 'In het verleden kunnen we veel spannende verhalen ontdekken die ons van alles over het heden leren. Als we heel goed kijken, begrijpen we onszelf veel beter,' ging Sibylle verder.

Emma giechelde. 'Ach, ik begrijp genoeg. Ik begrijp bijvoorbeeld dat er in dit huis kinderen ontbreken. Mijn lieve Sibylle, zou je je daar niet beter op kunnen concentreren?'

'Alles op zijn tijd,' zei Sibylle stijfjes en tussen opeengeklemde kaken.

Victor keek naar de brief die voor hem lag. Het was een belachelijk idee om zijn moeder te schrijven. Hij zou ervan afzien. Hij zou de cacao zelf opdrinken. Emma had gelijk: je kon je beter op belangrijkere dingen concentreren. Hij stond abrupt op, pakte het blad papier, maakte er een prop van en gooide hem op de grond. Daarna knoopte hij zijn vest dicht, die nogal over zijn dikke buik spande, en liep de gang in naar de voordeur.

'Goedemorgen, Emma.' Victor knikte naar zijn halfzus en wendde zich daarna tot zijn vrouw. 'Sibylle, kan ik je even spreken?' Hij draaide zich om en liep de trap op. Dit keer volgde ze hem. Dit keer zou ze hem gehoorzamen. Ze had geen andere keus.

In zijn slaapkamer aangekomen sloot hij de deur achter hen en deed hij erg zijn best vriendelijk te zijn. 'Mijn schat, het wordt nu tijd. Je hebt me gevraagd geduld te hebben en wilde dat we elkaar eerst leerden kennen. Inmiddels zijn er een paar weken verstreken. De wachttijd is voorbij. Je hebt nu een beeld van mij en ik heb een beeld van jou. Het is niet nodig om nog langer te wachten.'

Sibylle keek hem met grote ogen aan. Als ze zo geschrokken keek, vond hij haar bijna knap. Haar schouders waren smal en haar onderarmen ontzettend dun, maar misschien zou het hem verrassen wat hij onder de jurk aantrof. Hij deed een stap naar haar toe.

'In de laatste weken ben ik ongeduldig geworden. Jouw aanwezigheid prikkelt mij zeer,' zei hij zacht en hij schoof de mouw van haar jurk over haar schouder. 'Ik heb van je gedroomd. Van je armen, je benen. Kom!

Vandaag is het zover.' Hij liep naar haar toe, boog zich naar haar toe en perste zijn lippen tegen haar hals. Hij rook haar geur. Haar huid was zacht en dat verraste hem. Zijn adem stokte bijna. Ineens wilde hij Sibylle echt bezitten. Dit magere lijf met de lage stem en de recalcitrante blik in haar ogen. Hij wilde haar breken, haar eindelijk echt tot zijn vrouw maken. En ze hield zich warempel stil terwijl hij de touwtjes op haar rug openmaakte. Zelfs toen hij aan de stof in haar decolleté trok en de blik op haar onderjurk vrijmaakte. Pas toen hij onomwonden een van haar borsten wilde vastpakken, trok ze zich terug.

'Wacht,' riep ze. Ze strekte haar arm uit maar hij negeerde de naar hem gerichte handpalm en trok haar lichaam resoluut tegen zich aan.

'Ik heb lang genoeg gewacht.' Hij wilde niet gestoord worden terwijl hij verder aan de slag ging met haar ingewikkelde jurk met alle touwtjes en knopen, maar weer riep ze, dit keer feller: 'Ik zei dat je moet wachten!' Ze gaf hem een duw. 'Luister naar me.'

'Ik heb genoeg gehoord,' zei hij. Naast begeerte welde er nu ook woede in hem op.

Hoe durfde Sibylle hem af te wijzen? Hij deed een stap naar haar toe om haar tegen de muur te drukken, maar ze ontweek hem snel en zei: 'Ik wil je een voorstel doen.'

'Stil,' eiste hij en hij pakte haar arm. Plotseling voelde hij een heftige pijn. Ze had hem een klinkende oorvijg gegeven! Perplex hield hij zijn hand tegen zijn wang. Wat haalde ze zich in het hoofd? Eerst die beddenpan en nu dit! Hij moest haar nog een keer straffen, maar dit keer harder dan de vorige keer. Hij pakte haar vastberaden bij haar haar en trok haar hoofd naar achteren zodat haar lange nek naar achteren boog.

'Victor, luister nou!' Ondanks haar situatie klonk ze luid en zelfbewust. 'Je krijgt wat je verlangt, maar luister eerst naar me!'

Hij liet haar snuivend los en sloeg zijn armen over elkaar. 'Goed dan,' bracht hij met moeite uit.

'Ik zal heel eerlijk zijn. Ik weet donders goed dat jij net zo weinig voor mij voelt als ik voor jou. Maar we zijn nu eenmaal wie we zijn. Ik zal mijn plichten vervullen en me niet langer verzetten – maar onder één voorwaarde.'

'Denk je nu echt dat je in ons huwelijk voorwaarden kunt stellen?'

'Ik kom mijn plichten net zo lang bereidwillig en naar jouw believen na, totdat er een kind is geboren. Zodra dat kind er is, laten we elkaar met rust. Jij leeft jouw leven, ik het mijne. Ieder volgens zijn eigen wensen.'

Victor fronste zijn voorhoofd. Wat een idee! Dacht ze nu werkelijk dat hij zich aan haar wil zou onderwerpen?'

'Ik zal in de familievilla in Bonn gaan wonen. En jij doet hier waar je zin in hebt,' legde ze uit.

'Waarom zou ik daarop ingaan?'

'Ik zal je niet langer lastigvallen. En tot die tijd zal ik doen wat je ook maar van me verlangt.'

'Wat ik ook maar verlang?' herhaalde Victor langzaam. Hij bekeek haar, zoals ze in haar open jurk voor hem stond. Misschien was dit voorstel toch niet zo verkeerd. 'Je zult niet langer tegenstribbelen?'

'Nee.'

Victor dacht even na. Toen zei hij: 'Nou goed. Ik ga erop in. Maar het moet een gezonde, sterke zoon zijn die de kindertijd overleeft. Al het andere telt niet.'

'Natuurlijk.' Sibylle knikte.

'Goed. Dan wil ik dat je je nu uitkleedt.'

'Nu?'

'Ben ik niet duidelijk genoeg?'

'Onze afspraak geldt?'

'Die geldt.'

En eindelijk stapte zijn vrouw uit haar vreselijk omslachtige jurk.

~

Wilhelmine haalde diep adem en duwde de deur van de Dom open. Ze knipperde met haar ogen en wachtte even tot ze aan de plechtige duisternis waren gewend. De zon stond zo laag dat de stralen door het gekleurde glas vielen en talloze lichtpuntjes door de kerkruimte lieten dansen. Wilhelmine ging naar binnen, speurde met haar ogen de rijen houten banken af en ademde uit. Ze was er niet. Terwijl Wilhelmine op dit tijdstip van de dag al twee keer geluk had gehad en de onbekende vrouw had gezien. Ze hadden elkaar dwars door de Dom aangekeken en de blik van de ander veel langer vastgehouden dan gebruikelijk was. Bij de laatste keer was Wilhelmine zelfs zo dapper geweest om een haarpluk achter haar oor te strijken en de dame een glimlach toe te werpen, waarvan ze tot dan toe niet had geweten dat ze het in zich had.

Voor deze blikken was ze vandaag, met bonkend hart, ook gekomen, maar de paar vrouwen die in de Dom waren kende ze allemaal niet.

Wilhelmine schreed tussen de rijen en liet zich teleurgesteld in het midden op een bankje zakken. Waarom kreeg ze die vrouw niet meer uit haar hoofd? Wat had deze bezetenheid toch te betekenen? Ze keek naar het altaar en stelde zich voor dat de onbekende dame hier ook was. Dat ze in de rij voor haar zat en zich naar haar omdraaide. Dat haar blik fonkelde en haar wangen in het licht dat door de kerkramen scheen glansden. Wilhelmine sloot even haar ogen. Dit beeld, dat ze nu in haar hoofd had, wilde ze graag vastleggen. Ze tastte in de zak van haar rok om het blad papier en het potlood te pakken dat ze al dagenlang met zich meedroeg. Als ze eerlijk was tegen zichzelf, had dat ook met de vrouw te maken. Ze had gezien dat de vrouw zich minutenlang verdiepte in de kunstwerken in de Dom. Diezelfde dag nog had Wilhelmine in de werkkamer een potlood en papier gepakt en zich voorgesteld dat ze op een dag iets op dat blad zou tekenen. Nu was het eindelijk zover. Dit was precies het juiste ogenblik, besloot ze. Ze legde het blad op haar rok, boog zich naar voren en probeerde met voorzichtige potloodlijnen te tekenen wat ze in haar hoofd had. De tweede streep was al meteen helemaal verkeerd en ze draaide het blad om en begon opnieuw. Ze wilde de zelfbewuste blik van de vrouw vangen, haar elegante neus en haar uitdagend uitgestoken kin. Als kind had Wilhelmine op school liever zitten tekenen dan naar de gedragsregels te luisteren. Maar nu wilde ze zorgvuldiger te werk gaan dan toen. Ze tekende met kleine, snelle strepen en veegde ze als het ware op het papier. Ze boog zich steeds verder over haar tekening. Er vielen een paar plukken uit haar gevlochten kapsel die haar het zicht benamen. Ze tekende de gedraaide nek van de vrouw en de nauwelijks zichtbare denkrimpel op haar voorhoofd. Ze kon al bijna het karakter van de onbekende uit de tekening opmaken. De vastberadenheid, de elegantie. Maar er ontbrak nog iets...

'Dat is helemaal niet slecht.' Geschrokken draaide Wilhelmine zich om. De vrouw die ze aan het tekenen was zat schuin achter haar en boog zich naar haar toe. Waar kwam ze plotseling vandaan? Wilhelmine was zeker alles om zich heen vergeten. De vrouw was nu zo dichtbij dat ze haar Keulse water kon ruiken.

'Dat is mooi,' zei ze met een ongebruikelijk lage stem en ze knikte met haar hoofd in de richting van de tekening. 'Echt mooi. Teken je vaker vrouwenportretten?'

Wilhelmine slikte en staarde een paar tellen lang weifelend naar de onbekende vrouw. Er waren nu maar twee mogelijkheden. Van schaamte door de grond zakken of het beste van de situatie maken. Ze rechtte haar schouders, schoof de losgeraakte plukken weer achter haar oor en glimlachte zo zelfbewust en geheimzinnig mogelijk.

'Ik teken alleen maar vrouwenportretten,' beweerde ze.

'O, werkelijk? Waarom dat?'

'Omdat ik geloof dat vrouwen niet echt zichtbaar zijn op deze wereld.'

Wilhelmine beet op haar lippen. Wat zwetste ze nou voor deze elegante dame? Hoe kwam ze er in hemelsnaam op?

Er speelde een kleine glimlach om de mond van de vrouw. 'Ze noemen ons "het mooie geslacht", nietwaar?'

'Ja, maar vindt u dat niet ook een beetje raar? Klinkt dat niet alsof je alleen maar tot dit geslacht kunt behoren als je ook mooi gevonden wordt? En dat alleen degene die mooi gevonden wordt ook zichtbaar is?'

Verbeeldde Wilhelmine het zich of begonnen de ogen van de vrouw echt een beetje te glanzen? 'Dat is een heel boeiende gedachte, juffrouw...'

'Ik ben Wilhelmine Müller.' Ze probeerde de nerveuze lach die nu over haar lippen kwam onder controle te krijgen.

'Wilhelmine, wat mooi! Ik heb alleen nog één vraag: als je graag de onzichtbaren zichtbaar wilt maken, waarom teken je dan een vrouwengezicht dat over het algemeen waarschijnlijk wel als mooi beschouwd zou worden?' De vrouw keek op het blad in Wilhelmines handen.

Wilhelmine voelde dat ze begon te blozen. Nu was ze binnen de kortste keren verstrikt geraakt in tegenstrijdigheden.

'Nou ja, de gangbare mening is misschien niet per se de mijne...' stamelde ze. Ze vouwde de tekening op en borg hem op. Ze moest er niet aan denken dat de dame er ook nog haar eigen gelaatstrekken in herkende.

'Ik moet helaas weer gaan... Ik vond het erg leuk.' Wilhelmine stond op, knikte naar de vrouw en liep met geheven hoofd de kerk uit. Haar handen, waarmee ze zich aan de stof van haar rok vastklampte, waren vochtig van de zenuwen. Ze haastte zich over de Domplatz in de richting van de Neumarkt en vervloekte zichzelf met de grofste scheldwoorden die ze ooit had opgepikt. Pas toen ze de lindenbomen rond het plein alweer naderde, besefte ze dat ze niet alleen een eenmalige kans had verspild om de onbekende vrouw te leren kennen. Nee, ze had niet eens haar naam gevraagd!

6

Franz Stollwerck stond voor de indrukwekkende muren van de Notre Dame. Hij hield zijn hoofd naar achteren en keek vol verwondering. Hij was echt in Parijs! Daar droomde hij al van sinds zijn eerste dag als banketbakkersgezel. Zijn meester had toen al heel enthousiast over de Franse hoofdstad gepraat. 'Als jij banketbakker wilt worden, moet je op je ambachtsreis ook naar Parijs,' had hij gezegd. En nu was Franz na maandenlang reizen eindelijk in de hoofdstad van Frankrijk aangekomen. Langzaam liep hij om de kathedraal heen naar de Pont au Change over de Seine. Op de stenen boogbrug staken kleine en grote koetsen de rivier over. Dienstmeisjes tilden hun rok op om ertussendoor te glippen om aan de overkant van de straat groenten of kruiden te kopen bij de kraampjes van de kooplui. Decennia geleden hadden er op deze brug dicht tegen elkaar aan oeroude huizen gestaan. Dat had de Brit James Lever hem verteld, die zich in de gezellenherberg als schouwgezel had voorgesteld. Hij was al ruim een jaar in Parijs en als schouwgezel was hij verantwoordelijk voor de huisvesting van nieuwe gezellen. Hij had de taak hen aan werk te helpen, om dus samen met hen naar werk te 'schouwen'. Bovendien stond hij hen met raad en daad terzijde. Franz en hij konden het meteen goed met elkaar vinden. James deed hem een beetje denken aan zijn vrienden die hij in Keulen had achtergelaten: Heinrich, Koloman en Theodor, met wie hij als kind alleen maar kattenkwaad had uitgehaald en later elke kermis en elk carnavalsfeest had bezocht. James lachte veel en maakte bijna net zo graag grapjes als hij. Franz had met de Brit het glas geheven en hem over de vrolijke drukte van de grote Keulse carnavalsoptocht verteld, over de *Rote Funken*, carnavalsfiguren in het uniform van Keulse stadssoldaten die dan door de straten dansten, en over hansworst die ter vermaak van iedereen werd rondgedragen. Hij had hem ook over zijn familie verteld, die in de Keulse Löhrgasse een kruidenierswinkeltje had. Hoewel die donkere, doolhofachtige buurt niet bijzonder mooi was, moest Franz er in het verre land toch vaak aan denken. Die buurt was net een deurtje naar de grote wereld. Er werden schalen uit Beieren en servies uit Bonn verkocht, en kruiden uit alle landen van de wereld.

'Mijn vader heeft een levensmiddelenwinkel,' vertelde James. 'Maar ik haat die afschuwelijke plek. Ik wil dat smerige krot nooit overnemen!'

Franz bromde instemmend. Hij wilde ook absoluut niet in de voetsporen van zijn vader treden. 'Wat denk je waarom ik banketbakkersleer doe?' vroeg hij in zijn gebrekkige Frans dat zijn vader hem tijdens de Franse bezetting van Keulen had geleerd.

Hij liet James zijn reislogboek zien, dat zijn meester hem had meegegeven. Het was het bewijs van zijn eerste jaren als gezel, van zijn voorbeeldige gedrag en van zijn bekwaamheden. Hij moest het op elke pleisterplaats laten zien om zich te identificeren en om een nieuwe bijdrage te vragen. Hij kon James al vijf konditoreien presenteren: twee in Württemberg en drie in Zwitserland. De baardloze Brit met het kindergezicht zette grote ogen op en knikte waarderend.

'Waar zal ik nu naartoe gaan?'

'Mijn beste vriend! We zijn in Parijs... Je kunt overal naartoe!' James spreidde zijn armen uit en glimlachte met zijn bolle, rood glanzende wangen.

Nu keek Franz uit over de Seine en voelde een steek in zijn borst. De brede rivier deed hem een beetje denken aan de Rijn, die zich op indrukwekkende wijze een weg langs Keulen baande. Franz had zijn familie al maanden niet gezien. En ook niet dat ene meisje... Hij beet op zijn lip. Hij moest stoppen om telkens aan haar te denken. Snel liep hij verder, de drukke stad in. Maar zijn blik viel algauw op een huis waarop de letters *Officine Universelle* prijkten. De winkel was veel kleiner dan de apotheek aan de Neumarkt in Keulen, maar door de vele flesjes en de hoge kast waarvan hij door het raam een glimp kon opvangen, kwamen er bij Franz toch herinneringen boven. Herinneringen aan prachtig haar met eigenwijze lokken, aan traag knipperende ogen en een dromerige blik. Nu kon hij het niet laten om het beeld van Anna Sophia voor zijn geestesoog te halen. Hij zag haar uit de apotheek van haar vader komen en om zich heen kijken. Ze waren allebei haast nog kinderen geweest en Franz had geen gelegenheid voorbij laten gaan om samen met zijn vrienden bij haar en haar zusje Wilhelmine dwaze streken uit te halen. Een keer gaven ze hun zoet gebak waarin ze van tevoren peperkorrels hadden gestopt. Een andere keer namen ze uit de kruidenierswinkel een oude spiegel mee en legden hem op de treden voor de voordeur. Toen Anna Sophia naar buiten kwam, zag ze in plaats van de treden alleen de lucht en schrok ze zich wezenloos. En weer een andere keer slopen ze op straat achter haar en haar zusje aan en zetten ze bij de meisjes omgekeerde manden op hun hoofd. Tegelijkertijd zetten ze bij zichzelf ook manden op hun hoofd, en toen de meisjes zich van hun hoofdbedekking bevrijdden, zich verbaasd omdraaiden en de jongens zagen, moest het er voor hen heel even hebben uitgezien alsof de manden uit de lucht waren gevallen en op de jonge mensen waren neergeregend. 'Een wonder, midden in Keulen, op klaarlichte dag!' riep Franz. Maar daarna kon hij zich niet langer inhouden en barstte hij in lachen uit.

Franz glimlachte bij de herinnering. Hij wist zelf niet meer zo goed waarom hij uitgerekend Anna Sophia voor zijn streken had uitgekozen. Hij kende haar van de zondagse kerkdienst, waarbij hij meestal stiekem en verveeld om zich heen keek, terwijl zij geboeid naar voren keek. Misschien vond hij haar toen al leuk. Op een gegeven moment had hij in elk geval onopvallend naar haar gezwaaid en grimassen gemaakt, en zodra ze hem had gezien, had ze afkeurend maar ook licht grinnikend haar hoofd geschud.

Het was heel gemakkelijk gegaan tussen hen, tot op die ene dag een paar jaar later, toen hij haar toevallig op de Alte Markt zag. Om haar mond lag het geveinsde strenge trekje dat meestal verscheen zodra ze Franz zag, maar dat net zo snel door een glimlach werd verdrongen. Franz grijnsde en ze liep hoofdschuddend maar geamuseerd door. Zou het door het vluchtige oogcontact zijn gekomen dat ze even niet had opgelet? Of was ze zoals zo vaak in gedachten verzonken geweest? Franz wist het niet, maar zag alleen dat ze voor een koets liep. De paarden steigerden van schrik en het zwarte voertuig met de grote wielen begon te slingeren. Waarom moest het uitgerekend die koets zijn?

'Neemt u me niet kwalijk!' riep Anna Sophia en ze keek beschaamd naar de grond.

'Hé, kijk eens uit!' klonk het vanuit de koets, voordat er eerst een halfkale kruin en daarna het hele hoofd van Victor Mertens uit de koets stak. Franz wist toen nog niet hoe hij heette, maar zijn naam zou kort daarna in zijn geheugen gegrift worden. Ook nu hoefde Franz er maar aan te denken of hij voelde weer een enorme woede in zich opkomen. Hij zag weer voor zich hoe de man over zijn voorhoofd wreef, dat hij waarschijnlijk net had gestoten. 'Jij? Let voortaan beter op,' riep hij en hij stak zijn vuist naar Anna Sophia op. In zijn rode gezicht tekende zich woede af, maar tegelijkertijd verspreidde zich er ook een begerige grijns op. Franz was ineens gaan beven. Iets zei hem dat Anna Sophia vandaag niet veilig was voor deze agressieve kerel. Hij probeerde bij haar in de buurt te blijven en onopvallend op haar te passen. Anna Sophia kocht brood en appels. En juist toen Franz héél even naar een vogeltje keek dat broodkruimels oppikte, was ze verdwenen. Hij zocht de hele markt naar haar af, rende tussen de kraampjes door, struikelde over manden en stootte kisten omver. Hij holde door de steegjes naar de Neumarkt en deed er veel te lang over om haar te vinden. Misschien was alles heel anders gelopen als hij haar een paar minuten eerder had ontdekt.

Franz was zo in gedachten verzonken dat hij amper had gemerkt dat hij was doorgelopen en in de Rue de Richelieu was aangekomen. Nu stond hij voor de winkel waar James hem meer over had verteld dan over banketbakkers en konditoreien. En even wenste hij dat hij destijds, jaren geleden in Keulen, op tijd in zo'n winkel iets had kunnen kopen. *Lepage* heette de hoekwinkel met de hoge deuren, en er werden antieke en moderne vuurwapens verkocht.

'Heb je al eens over de julirevolutie gehoord?' had James hem de vorige avond gevraagd terwijl hij een hand op zijn onderarm had gelegd. 'In 1830 heeft de oude koning Karel het hele volk verraden. Hij wilde het parlement ontbinden! De smerige adel moest weer aan de macht komen. Maar dat pikten de Fransen natuurlijk niet.'

Franz had heftig geknikt. 'Gelijk hebben ze!'

'En je gelooft het misschien niet, maar ik heb een toonaangevende rol gespeeld bij die julirevolutie. Ik en Lepage.'

'Wie?'

'Lepage, de eigenaar van de wapenwinkel. Ze wilden zijn winkel leeghalen en zijn wapens tegen het volk inzetten! Toen zei ik tegen Lepage laat dat alsjeblieft niet gebeuren!'

'Dus je was al eerder een keer in Parijs?'

James maakte een afwimpelend gebaar. 'Talloze keren. In elk geval heeft Lepage zijn wapens toen onder het volk verdeeld. En we hebben gestreden.'

Het was stil in dit straatje. Het was nauwelijks te geloven dat er exact op deze plek niet al te lang geleden een gevecht had plaatsgevonden tussen de machtige mensen en het volk, tussen de rijken en de arbeiders.

Franz liep verder en dacht na. Deze straat bood een kleine keuze aan bakkers. In de *Boulangerie Viennoise* bakte sinds een paar maanden August Zang uit Wenen. De man vormde brood tot lange staven, had

James verteld, en ook zijn halfronde hoorntjes van bladerdeeg vonden gretig aftrek. 'Hij noemt ze *baguettes* en *croissants*.'

Maar nu Franz in Parijs was, wilde hij niet van een of andere Wener, maar van een echte Parijse suikerbakker les krijgen. Daarom liep hij verder, tot hij bij de *Sucre Patisserie* kwam. Zodra hij door de etalage keek, wist hij dat hij hier thuishoorde. Het waren niet de taarten van meerdere lagen, de mooie cakejes of koekjes die zo'n indruk op hem maakten, maar de kunstwerken die achter het glas werden gepresenteerd: engeltjes met lichte vleugels, paarden met levendig lijkende neusgaten, portretten van mannen en vrouwen, en ja, zelfs een hele miniatuur kerstkribbe! Was het echt mogelijk dat deze meesterbakker dit allemaal van suiker maakte? Franz liep dichter naar de etalage toe en ontdekte bovendien chocolade met noten en suikerparels die hem aan Anna Sophia's hoestpastilles deden denken, alleen hadden deze allerlei kleuren.

Hij duwde de deur langzaam open. Meteen werd hij omhuld door de geur van warme suiker, marsepein en chocolade.

'*Bonne jour, monsieur!*' Een stokoude man die achter de toonbank stond keek Franz aan.

In zijn gebrekkige Frans legde hij uit dat hij gezel was en dat deze patisserie hem was aanbevolen. Of hij zijn diensten mocht aanbieden?

'*Je suis Louis Petit*.' Louis Petit had laaghangende wallen onder zijn ogen, duizend groeven op zijn voorhoofd en een rimpelige nek. Maar zijn handen, hoewel ze ruw en geaderd waren, bewogen rustig. Al op de eerste dag liet hij hem zien hoe hij van suiker, water en dragant een modelleerbare massa maakte. Louis Petit werkte op dat moment aan een miniatuurversie van zijn eigen bakkerij: met suiker maakte hij elk raam, elke steen en elke letter boven de etalage na.

'Een suikerbakker is nooit alleen een suikerbakker,' zei hij. 'Een suikerbakker is ook al het andere. Hij is architect. Hij is schilder. Tekenaar. Hij is een kunstenaar. Onthoud één ding, Franz Stollwerck: een mens is nooit alleen mens. We hebben veel wensen en talenten in ons. En hoe meer we die ontwikkelen, hoe gelukkiger we worden.

Bij die woorden keek hij Franz peinzend aan, alsof hij iets zocht. Plotseling schraapte hij zijn keel. 'Je reislogboek! Geef het me alsjeblieft. Daarna zal ik je laten zien hoe je suiker karamelliseert. En als je geluk hebt, kan ik je zelfs in de geheimen van de chocoladebonbons inwijden.'

Franz pakte snel zijn grote, leren tas. Het reislogboek was waarschijnlijk het belangrijkste voorwerp dat hij op zijn reis bij zich had. Zonder dit boek werd hij niet als gezel gezien, mocht hij niet in gezellenherbergen overnachten en zou hij nergens een aanstelling krijgen. Hij maakte zijn tas open, keek erin… en schrok. Hij vond een schoon hemd, een lange onderbroek en een peer, maar geen reislogboek! Hij doorzocht zijn tas telkens opnieuw. Niets! Hij dacht koortsachtig na waar hij het voor het laatst had gehad. En ineens wist hij het. Zijn gezicht begon te gloeien, zijn handen balden zich tot vuisten. Hoe kon hij in hemelsnaam zo dom zijn?

De jonge schouwgezel kende vast helemaal geen Lepage! Hoe oud zou hij tijdens de julirevolutie zijn geweest? Twaalf? James Lever had tegen Franz gelogen en waarschijnlijk ook misbruik gemaakt van zijn goedgelovigheid om aan het reislogboek te komen. Het boek waarin Franz niet alleen al zijn successen had verzameld, maar dat, tussen de regels, ook een klein geheim bevatte. Hoe had Franz zich zo kunnen laten bedonderen? Hij vervloekte zichzelf en schaamde zich voor zijn eigen naïviteit. Maar hij zou het James betaald zetten! 'Die vervloekte hansworst!' riep hij.

Franz zocht de halve stad af naar de schouwgezel en hoorde dat James zelfs daarover had gelogen. Hij was nooit schouwgezel geweest. Wie hij ook vroeg, de jongen leek een geestverschijning te zijn geweest. Franz had geen andere keus dan tegen zijn woede te vechten, langzaam weer te bedaren en meester Petit het hele verhaal te vertellen. Gelukkig geloofde de oude man hem en onderwees hij hem voorlopig zonder reislogboek. Urenlang schreef Franz brieven aan de konditoreien in Württemberg en in Zwitserland, en natuurlijk ook in zijn geboortestad. Het was de vraag hoelang hij op antwoorden moest wachten en dus in Parijs moest blijven, en of hij ze ooit wel zou krijgen. Overdag bakte en leerde hij, 's avonds slenterde hij door de stegen en keek nieuwsgierig om zich heen. Eén keer bezocht hij zelfs een warenhuis, waar de meest uiteenlopende dingen werden aangeboden. Er waren elegante hoeden, glanzend servies en schrijfbenodigdheden te koop. In het steeds groter wordende *Au bon marché* in Saint-Germain-des-Près kocht Franz een pen en toen hij naar buiten ging, kreeg hij net als iedere andere klant een prent cadeau. Het was een gekleurde prent van de Notre Dame en op de achterkant stond in grote letters de naam van het warenhuis en de tekst: 'Vereert u ons gauw weer met een bezoek!' Franz was verbaasd. Wat een slim idee! Zo zou deze plek zeker in het geheugen blijven.

De suikerbakker Louis Petit draaide aan een bonbonwals terwijl Franz in een grote pan vol gesmolten cacao roerde. Vandaag zou hij met marsepein gevulde walnootbonbons maken.

'Rol de marsepeinmassa maar vast tot kleine balletjes,' raadde Louis Petit hem in zijn haast onverstaanbare Frans aan.

Franz pakte de kom met het verse marsepein dat hij in de vroege ochtend van amandelen, poedersuiker en rozenwater had gekneed. Hij begon er kleine porties van af te halen.

'De cacao mag niet te heet worden!' waarschuwde de meester hem.

Terwijl Franz rolde, vormde, roerde en observeerde hoe Louis Petit zijn verse bonbons in glazen potten deed, terwijl het in de hele ruimte geurde, rinkelde en borrelde, stelde hij zich voor dat hij in Keulen zijn eigen bakkerij zou openen en daarin zoete kostelijkheden zou aanbieden. 'Mijn lieve Franz,' had zijn moeder vaak tegen hem gezegd. 'Jij bent heel bijzonder. Op een dag zul je een ander leven leiden, want jij bent voor iets groters gemaakt.' Hij dacht aan haar liefdevolle ogen, haar ruwe maar altijd warme handen, en voelde weer de doffe pijn. Hij zou waarschijnlijk nooit kunnen bevatten dat ze van de ene op de andere dag was overleden. Gewoon zomaar! Hij probeerde er niet over na te denken en stelde zich in plaats daarvan een lichte ruimte voor, waarin allerlei verschillende soorten taarten, cake, koekjes, gebakjes en misschien zelfs bonbons stonden. Ja, nam hij zich voor, hij zou de Parijse delicatessen naar Keulen halen en in de hele stad zouden ze over de winkel van Franz Stollwerck praten! En af en toe kon hij een paar mosterdzaden in een stuk cake verstoppen en die aan Anna Sophia schenken. Hij grijnsde bij de gedachte.

Hij werd uit zijn dagdromen gewekt door een belletje. Hij keek naar de deur en sperde zijn ogen wijd open.

'*Que puis-je faire pour vous*?' vroeg Louis Petit vriendelijk en hij liep naar de jongeman die zojuist de winkel was binnengekomen. De jongen keek schuchter. Franz knarste met zijn tanden. Hoe durfde James Lever hier te komen?'

'Franz...' begon James en op dat moment sprong Franz al uit zijn vel. Hij rende op hem af, duwde hem tegen de winkeldeur en haalde uit.

'*Garçon*!' riep Louis Petit.

Franz kon zich op het laatste moment nog net inhouden.

'Wat kom jij hier doen?' bromde Franz vlak voor James' gezicht.

'Ik... eh...'

'Wat eh?'

'Ik... nou, eh... ik moest gewoon komen. Ik ben nu eenmaal een hopeloze romanticus.' Waagde James het in zijn situatie nou werkelijk om te grinniken? 'Je weet wel. In de boekomslag... In de flap...'

Nu kon Franz zich niet meer beheersen. Hij balde zijn hand tot een vuist, haalde opnieuw uit... en voelde dat Louis Petit zijn arm vasthield. Verdorie, dacht Franz. Wat was die oude man nog sterk!

Franz haalde diep adem en staarde James aan. Daarna zei hij met opeengeklemde tanden: 'Geef het terug! Nu!'

Met bevende handen tastte de jongen in zijn tas, haalde het boek eruit en hield het voor Franz op. Daar was het inderdaad! Zijn reislogboek, dat hij zo hard nodig had gehad. Vragend keek hij over zijn schouder de meester aan. Petit knikte en liet Franz los, maar in zijn blik lag een waarschuwing die niet mis te verstaan was. Hij zou het niet tolereren als Franz in zijn winkel een vechtpartij begon.

Franz trok het boek uit James' hand. 'En verdwijn nu. Ga!'

'Ik wilde niet...' begon James, maar toen hij Franz' gezichtsuitdrukking zag, strompelde hij achterwaarts naar de deur. 'Het spijt me heel erg! Laat het me alsjeblieft uitleggen.' Hij stak zijn armen in de lucht, alsof hij zich wilde overgeven. 'Mijn vader... ik heb je toch verteld dat ik zijn winkel moet overnemen?'

'Ja, en?'

'Ik probeerde al meer dan een jaar in Parijs bakker te worden om dat niet te hoeven doen, maar ik heb nog niets om te laten zien. Als ik nu terugga... Mijn vader...'

'En daarom heb je mijn reislogboek gestolen?'

'Ik wilde het alleen één keer laten zien, daarna zou ik het meteen naar je hebben teruggebracht. Maar niemand geloofde me. Die Wener heeft me zelfs vierkant de winkel uitgesmeten.'

'Heb je tegen Zang gezegd dat je Duitser bent?'

'Ja. Wel een beetje dom, hè?'

Franz moest grinniken. Tegelijk merkte hij dat zijn woede langzaam wegebde.

'*Le cacao*!' riep Louis Petit plotseling en hij wees naar de borrelende pan achter in de hoek van de patisserie.

O god, dacht Franz. Als door James zijn schuld nu ook nog de dure cacao was aangebrand! Hij legde het boek snel op de toonbank, rende naar de hete chocolademassa, tilde de pan van het vuur en begon druk te roeren. Hij had geluk gehad. De donkere, crèmeachtige vloeistof was nog niet aangebrand.

'Je hebt tegen me gelogen,' riep Franz in James' richting, terwijl hij roerde.

'Ik beloof je dat ik het op een dag weer goed zal maken. Wie weet, misschien heb ik binnenkort wel een belangrijke bakkerij in Hampstead. Dan zijn jij en al je gezellen altijd van harte welkom bij mij.'

Franz schudde lachend zijn hoofd, bleef roeren en zuchtte. James had in elk geval wel de moed gehad om hiernaartoe te komen en zich te verontschuldigen.

'We zullen zien...' zei hij.

Apetrots bekeek Franz de kleine chocoladehapjes. Op elk hapje troonde een grote walnoot.

'Bravo,' zei Louis Petit, die de gelijkmatige vorm en grootte ervan inspecteerde. 'Je hebt veel bij mij geleerd. Je perensnoepjes verkopen goed, je zanddeeggebakjes zijn geliefd en je cacaocreaties zien er uitstekend uit. Of ze ook zo smaken?'

De meester knikte grinnikend en Franz pakte een van de bonbons en legde hem op zijn tong. Hij kauwde en merkte dat er een warm geluksgevoel door zijn lichaam ging. De bonbon smaakte niet alleen naar noten, chocolade, suiker en rozenwater, maar op de een of andere manier ook naar de lof van zijn oude meester, de creativiteit van de patisserie, het gekrioel en de drukte van Parijs, teruggevonden getuigschriften en grootse plannen.

Louis Petit schonk hem zijn mooiste glimlach, waardoor zijn gezicht een en al rimpel was, en hield het reislogboek voor Franz op.

Toen Franz die avond op zijn strobed in de herberg zat, haalde hij het boek weer tevoorschijn. Eigenlijk wilde hij alleen het reclameprentje van het warenhuis erin leggen, maar nu hij het toch in zijn handen had, bladerde hij er nog keer in. Daar was alles wat hij in de afgelopen weken zo dringend nodig had: zijn getuigschrift uit Keulen, de schriftelijke bevestigingen uit Zwitserland en Württemberg. En helemaal achteraan, in de flap van de boekomslag, zat een breekbare bloem. Hij had hem jaren geleden gedroogd en zag tot zijn opluchting dat die vermaledijde James hem niet had gebroken. Aan de donkere kleur was nog te zien dat deze bloem ooit paars was geweest. Franz wreef over zijn kin en zag weer voor zich hoe Anna Sophia hem de bloem jaren geleden, toen hij zwaargewond op bed had gelegen, had gegeven. 'Misschien vrolijkt hij je een beetje op,' had ze gefluisterd. 'Ik heb hem uit de botanische tuin, weet je? Het is een iris, mijn lievelingsbloem.'

Voorzichtig streek Franz er met zijn vinger over en hij was nu nog blijer dat hij morgen aan de terugreis naar huis kon beginnen.

7

Anna Sophia stak haar hoofd om de hoek van de keuken en zei: ‘Hallo, Betty! Ik ben even bij de Stollwercks. Het gaat niet goed met Hubertine.’ Daarna liep ze de gang in.

‘Hebt u het aan uw vader gevraagd, Anna Sophia? Hij is wakker,’ hoorde ze de huishoudster nog roepen. Maar hoewel Anna Sophia wist dat het verkeerd was, deed ze alsof ze dat niet had gehoord. Ze liep de trap af en deed de achterdeur van de apotheek open. Voor haar stond August. ‘Anna Sophia! Goedemorgen.’

‘Heb je vandaag hulp nodig, August? Zo niet, dan wil ik de Stollwercks gaan helpen. Hubertine voelt zich niet lekker.’

‘Hubertine…?’ August keek naar het plafond terwijl hij nadacht.

‘Dat jonge meisje dat laatst hier was vanwege haar vader.’

‘Ah,’ zei hij. ‘Ga maar, hoor, er is niet al te veel te doen vandaag.’

‘Dank je. Tot straks, August!’ Ze liep snel de apotheek uit en ging door de achterdeur de binnenplaats op. Terwijl ze erg haar best deed om te doen alsof het de gewoonste zaak van de wereld was, deed ze de lage staldeur naast het huis van haar vader open, liep de paardenstal in, pakte een zadel en legde het op Rosa, de merrie. Het paard snoof verrast en Anna Sophia aaide haar witte voorhoofd. De kleine Rosa was niet meer de jongste, maar sinds Gottlieb haar twaalf jaar geleden had gekocht, bewees ze de familie goede diensten. Ze was echt een gelukstreffer geweest: ze trok niet alleen bereidwillig Gottliebs kleine rijtuig, waarmee hij af en toe zijn zus in Bonn bezocht of medicijnen in de regio rondbracht, maar liet zelfs zonder tegenstribbelen het hele gezin Müller op haar rijden.

‘We gaan een klein ritje maken,’ fluisterde Anna Sophia tegen haar. ‘Maar maak je geen zorgen, je kent de weg.’

Ze bond de zadelriem vast en moest eraan denken dat ze haar vader een paar jaar geleden van het idee-fixe had afgebracht om voor de meisjes een dameszadel te kopen. Dat zou in Engeland heel modern zijn en zou misschien ook iets zijn voor de jonge amazones hier. Maar hoe zou ze op zo’n raar ding Rosa goed kunnen leiden? Haar vader had haar op een braakliggende akker aan de rand van Keulen leren paardrijden, uiteraard op een Duits zadel. Uiteindelijk won ze de discussie door op de gevaren van het dameszadel te wijzen: op zo'n ding kon je veel sneller de controle over het paard verliezen en het kwam vaak voor dat als een amazone eraf viel, ze eraan bleef hangen.

'Verdorie,' fluisterde Anna Sophia. Ze was weer eens in gedachten verzonken geweest en had gewoon voor zich uit staan staren. Hoeveel minuten zou ze niet verspild hebben? Anna Sophia legde de trens aan en sloeg een kruisje. 'Vergeef me alstublieft, lieve Heer,' fluisterde ze. Het was verschrikkelijk om iets achter haar vaders rug om te doen. Ze had tegen Betty en August gelogen en het advies van haar zus genegeerd. Als zelfs Wilhelmine verstandiger was dan Anna Sophia, dan was er echt iets mis. Maar Anna Sophia had er nachtenlang over liggen piekeren en moest gewoon alles in het werk stellen.

Ze leidde Rosa door de staldeur, over de binnenplaats en de Neumarkt op. Alstublieft, lieve Heer, laat niemand uit het raam kijken, bad ze in stilte. Ze leidde Rosa naar de volgende steeg. Zonder om te kijken tilde ze haar wijde rok op en steeg op Rosa's rug. Ze trok snel haar jurk en onderjurk goed, zodat de stof niet al te erg om haar benen spande. Ze pakte de teugels vast en wilde haar kuiten al tegen de flanken van de merrie drukken, toen ze midden in de steeg een zwarte kraai ontdekte. Zijn veren glansden licht in de ochtendzon en hij draaide zijn spitse snavel naar Anna Sophia. Ze slikte. Een zwarte kraai in de ochtend voorspelde niet veel goeds. Als Betty het kon zien... Zij zou haar dringend aanraden om onmiddellijk om te keren, weer naar bed te gaan en te hopen dat haar daar niets overkwam. Terwijl Anna Sophia nog aarzelde, hoorde ze plotseling iemand achter zich roepen: 'Anna Sophia!'

Het zweet brak haar uit. Hadden ze haar gezien? Zittend op het paard draaide ze zich langzaam om en zag Hubertine staan. Het meisje grinnikte een beetje, waardoor haar kaken nog breder leken dan anders.

'Ik hoor dat je vandaag bij ons op bezoek bent?'

Anna Sophia slikte. 'Was jij net in de apotheek?'

'Ja, net. Ik was op zoek naar jou. Maar jullie gezel zei dat je al op weg naar ons was. Hij wenste me veel beterschap.' Ze sloeg haar armen over elkaar. 'Wat mankeert mij dan?'

'Eh, nou, ja, eh... ik... eigenlijk... Het zit zo...'

'Ach!' Hubertine lachte. 'Ik plaag je maar. Dat interesseert me helemaal niet. Je mag me gerust als smoes gebruiken. Ik zal tegen niemand iets zeggen.'

'Dat is...' Anna Sophia slaakte een zucht van verlichting. 'Dank je wel.'

'Eigenlijk wilde ik je bedanken.' Hubertine sprak nu iets zachter. Ze keek verlegen en wreef over haar stevige bovenarmen. 'Jouw kamille heeft vader geholpen. Bovendien heb ik op de groentemarkt rettich gekocht. Papa staat nu weer in de winkel.'

Anna Sophia zag tot haar verrassing dat Hubertines ogen een warme, vriendelijke uitstraling hadden.

'Daar ben ik erg blij om.'

'Deze heb ik in de botanische tuin gevonden toen ik er nog een voorraadje kamille zocht.' Hubertine gaf haar een paarse bloem. 'Op de een of andere manier moest ik aan jou denken.'

Verbaasd pakte Anna Sophia het geschenk aan en bekeek het. De vele zachte blaadjes van de bloem krulden ver naar buiten. Ze had zelf ook een keer zo'n bloem geplukt, maar dat was lang geleden. 'Een iris. Wat mooi! Heel erg bedankt!'

Als een zwarte kraai een teken was om op te passen, was deze bloem dan misschien een teken om toch moedig te zijn? Toen Anna Sophia opkeek, was Hubertine al doorgelopen. Ze zwaaide nog vanuit de verte. 'Veel succes bij wat je ook van plan bent!'

'Dank je, dat heb ik wel nodig,' antwoordde Anna Sophia. En ze voegde er nog aan toe: 'Is er nieuws van Franz?'

Ze moest nog vaak aan de grappige kruidenierszoon denken. Ze zou het nooit toegeven, maar ze miste zijn dwaze streken. Keulen was een beetje saai geworden sinds hij weg was. Stiekem hoopte ze dat hij gauw terugkwam.

'Nee, nog niet!' riep Hubertine en ze ging de hoek om.

Anna Sophia keek nog een keer naar de bloem. Daarna stak ze hem resoluut in haar zadel, klakte met haar tong en dreef Rosa aan.

Hoewel het nog vroeg in de ochtend was, was het al een levendige drukte in Keulen. Sjouwers liepen met koopwaar naar het marktplein, marktkoopvrouwen prezen fruit en groente aan, monniken en priesters haastten zich naar de vele kerken van de stad en timmerlieden waren op de talloze bouwplaatsen aan het werk gegaan. Nog maar een paar jaar geleden waren de straten van deze stad donker en verwaarloosd. Het stonk overal en in de steegjes stapelde het vuil zich op. Maar sinds enige tijd hoorde je op elke hoek van de straat handwerkers timmeren. Er werden nieuwe huizen gebouwd, bomen geplant en rustbankjes geplaatst. De

Pruisische regering had besloten dat het tot voor kort nog zo middeleeuwse Keulen eindelijk modern moest worden. Anna Sophia kon daar alleen maar blij mee zijn. Mooie wegen leidden de bezoekers van de stad vast ook met een beter humeur naar de apotheek van haar vader.

Over het stenen plaveisel van de vanaf de Rijn omhoog kronkelende straatjes stapte Rosa rustig de stad uit. Hoe verder ze zich van de Dom en de Rijn bevonden, hoe dorpser de straten werden. In een boog rond het handelscentrum van Keulen lag het vestigingsgebied van de ambachtslieden en de kleine nijverheid. Rosa stapte langs hun eenvoudige huizen, hutten en winkels, tot ze bij aangelegde moestuinen kwam. Anna Sophia zag in de verte de stadsmuur, die Keulen hoog en stevig omringde. Het was nog niet zo lang geleden dat ze vanaf deze muur regelmatig dof geknal had gehoord. De explosies waren toen helemaal op de Neumarkt te horen geweest. Geen van de Müller-meisjes had ooit oorlog meegemaakt en toch was Anna Sophia's zusje Elise zo erg geschrokken dat ze haar zwarte ogen wijd open had gesperd en zich aan de rok van haar zus had vastgeklampt.

'Die Pruisen,' had Betty hoofdschuddend gezegd. 'Eerst bouwen ze jarenlang die muur en nu beschieten ze hem als test! Met zware artillerie!'

Anna Sophia keek naar de lucht. Er vloog net een zwerm vogels over de muur heen. Ze liet haar blik dalen en keek naar de iris, die tussen het zadeldek en het leer geklemd zat. Daarna klakte ze weer met haar tong en leidde Rosa naar de stadspoort.

De zon stond al hoog aan de hemel toen Anna Sophia op de heuvel aankwam vanwaar ze het bos kon zien, dat zich achter een boerderij en grote velden tot aan de horizon uitstrekte. Ongelofelijk dat ze daar al een keer was geweest en inderdaad had gevonden wat ze had gezocht, dacht ze. Ook dit keer herinnerde ze zich weer de woorden van haar moeder, alsof ze een oude, halfverbleekte landkaart tevoorschijn haalde. 'Het bos ligt ten westen van mijn oude dorp,' had Aletta gezegd. Wat was dat lang geleden…

'Je ziet het al vanuit de verte. Maar het is niet zo ondoordringbaar als het lijkt. Toch is ze moeilijk te vinden. En dat is ook goed. Ze is voorzichtig, snap je? Dat moet ze helaas zijn. Je vindt haar alleen als je weet waar je moet zoeken.'

Anna Sophia reed de heuvel af, langs een dorpje en tussen graanvelden door in de richting van het bos. Hier op het platteland leek amper iemand onderweg te zijn. Alleen op een gerstveld zag ze een boer met een grote, slappe hoed, die gebukt zijn planten stond te bekijken. Toen Rosa klepperend met haar hoeven dichterbij kwam, draaide hij zijn hoofd om en kwam hij overeind. Anna Sophia knikte beleefd en wilde hem passeren, toen hij riep: 'Waar wilt u naartoe?'

Zijn gezicht was uitgemergeld en boven zijn rechtermondhoek zat een grote, zwarte moedervlek. 'Zo'n elegante juffrouw als u hier bij ons? U ziet eruit alsof u uit de stad komt.'

Anna Sophia knikte. 'Ik ben op doorreis.'

'Op doorreis, zo, zo.' Hij zette zijn handen in zijn zij. 'Waar is uw begeleiding dan?' Hij keek achter haar de straat in en bekeek haar daarna van top tot teen. 'U bent niet ouder dan mijn Margaretha! Bent u helemaal alleen onderweg?'

'Ik... ik hoef niet ver,' loog ze.

'Waar moet u dan naartoe? Ik wijs u graag de weg!'

Hij nam zijn hoed af, waardoor Anna Sophia zijn kale, zonverbrande hoofd kon zien, en deed een stap naar haar toe. Rosa werd schichtig en hij stak verontschuldigend zijn handen in de lucht, waar Rosa nog meer van schrok. Hij lachte luid, waarbij het gat op de plek van de snijtand zichtbaar werd. 'Ho, ho!' riep hij naar het paard, maar Rosa begon te steigeren en stoof opzij. Anna Sophia gleed van het zadel en viel op de veldweg. Ze voelde een scherpe pijn in haar schouder. Ze kreunde en krabbelde overeind. Ze wankelde en was een beetje duizelig, maar zag de boer toch in scherpe contouren voor haar staan. Misschien wilde hij haar echt alleen helpen, maar iets in zijn blik maakte haar bang.

'Het spijt me,' riep hij uit. 'Maakt u zich geen zorgen, juffrouw. U kunt uw knol vast wel weer vangen.'

Anna Sophia keek paniekerig om zich heen. Rosa was bijna bij de rand van het bos aangekomen. Inmiddels draafde ze alleen nog.

'Rosa!' riep ze, maar ze wist dat de merrie niet zou komen. Niet zolang deze man hier stond. Hij was nu zo dichtbij gekomen dat ze zijn scherpe geur van zweet, drank en droge aarde kon ruiken. Anna Sophia deinsde achteruit. 'Laat me met rust,' snauwde ze tegen hem.

'Het is al goed!' Hij deed een stap achteruit en grijnsde weer. Door het grote gat tussen zijn tanden kon ze het puntje van zijn tong zien. Toen ze dat zag, raakte ze helemaal in paniek. Ze draaide zich snel om en rende zo hard ze kon in de richting van de bosrand. Ze was zelf verbaasd dat ze zo snel kon rennen. Terwijl ze rende zag ze weer voor zich hoe Victor Mertens met het puntje van zijn tong over zijn lippen had gelikt. Ze voelde zijn gewicht weer op haar borst alsof hij haar van haar adem wilde beroven. Ze rook het zware parfum dat hij toen op had. Niet nog een keer, dacht ze, zoiets mocht nooit meer gebeuren! Ze rende steeds harder, tot haar longen brandden. Rosa keek naar haar en draafde onzeker een paar meter verder weg. Alsjeblieft, blijf staan, dacht Anna Sophia wanhopig, blijf alsjeblieft staan. Toen ze vlak bij het paard was, vertraagde ze haar pas om Rosa niet weer te laten schrikken. Ondanks dat bleef de merrie trippelen toen Anna Sophia dichterbij kwam.

'Alsjeblieft, Rosa,' zei Anna Sophia. 'Ik ben het, alsjeblieft...'

Eindelijk was ze bij het paard en kon ze de teugels pakken. Rosa trok eraan en gooide haar hoofd omhoog, maar Anna Sophia hield haar tegen en hees zich met een zwaai in het zadel. Rosa deed nog één keer schichtig, maar Anna Sophia zat al stevig en kaarsrecht. Eindelijk durfde ze achterom te kijken. Ze zag dat de boer nog steeds op dezelfde plek stond waar ze hem had aangetroffen. Hij zwaaide lachend met zijn hoed. Hij was haar niet gevolgd! Anna Sophia ademde diep in en uit. Ze wreef over haar schouder, klopte zo goed mogelijk het stof van haar jurk en aaide Rosa's hals. Daarna haalde ze de teugels aan en leidde de merrie verder naar de rand van het bos.

Zou deze afgrijselijke boer uit mama's dorp komen? Ze keek telkens achterom, maar hij was weer tussen zijn gerst verdwenen. Zouden die twee elkaar hebben gekend? Ze moesten ongeveer van dezelfde leeftijd zijn – als haar moeder nog zou leven. Anna Sophia had dolgraag nog een keer het huis gezien waar Alette jaren geleden was opgegroeid, de straten waar ze had gespeeld, het veld waarop ze de groente had gezaaid die ze op een dag naar Keulen zou brengen en op de Alte Markt zou aanprijzen, waardoor de jonge apotheker Gottlieb haar uiteindelijk opmerkte. 'Ze woont nu ten westen van Höhenforst, een mijl achter de Scherpe Rots,' hoorde ze de stem van haar moeder. 'Ze verstopt zich, maar door de juiste mensen wil ze wel gevonden worden. Daarom heeft ze het een en ander voorbereid.'

Anna Sophia vond de Scherpe Rots snel. Ze reed de heuvel op tot de steen stijl voor haar oprees. Ze draaide een rondje en ontdekte in de schors van een brede boomstam een klein teken. Iemand had er een ronde spiraal in gekrast die naar het midden toe steeds smaller werd.

Anna Sophia reed ernaartoe en zodra ze er was aangekomen, vond ze de volgende gekenmerkte boom. Zo reed ze van stam naar stam tot het kreupelhout te dicht werd om doorheen te rijden. Ze steeg af en leidde Rosa achter zich aan, tot ze het gescharrel en gepik van kippen hoorde. Hier groeiden kruiden- en bessenstruiken en daarachter zag Anna Sophia een schommel en een houten hut. Even later klonken de belletjes van een touw dat over de grond was gespannen en dat ze per ongeluk had aangeraakt. Hoewel Anna Sophia erop had gerekend, schrok ze. Ze bleef meteen staan want ze wilde niet dat Rosa struikelde.

'Gesche?' vroeg ze voorzichtig. 'Gesche, ben je hier?'

Een deur kraakte, er klonk geritsel achter een bramenstruik en de kleine vrouw kwam tevoorschijn.

'Anna Sophia! Ben je alweer stiekem de lange weg hiernaartoe gereden? Helemaal alleen?'

'Het gaat niet goed met papa.'

Gesche knikte langzaam. 'Kom binnen. Ik heb thee gezet.'

Het was donker en koel in Gesches hut. De kruiden die aan het plafond hingen verspreidden een weldadige geur en de thee op de fruitkist in het midden van de hut dampte. Zou het toeval zijn dat er twee kopjes klaarstonden? Met een traag gebaar beduidde Gesche haar om te gaan zitten. 'Wat fijn je te zien, meisje.' De vrouwen keken elkaar een paar tellen lang zwijgend aan. Gesches haar zat nog meer in de war dan dat van Anna Sophia. De stof van haar kleding had bonte patronen en haar wangen waren doorgroefd met dunne rimpels.

'Het is nog steeds moeilijk voor je, nietwaar?' vroeg Gesche.

Anna Sophia slikte en streek haar stoffige rok glad. Hoe had Gesche geraden waar ze net aan dacht?

'Ik mis mama elke dag,' gaf ze toe.

Gesche schonk thee in de kopjes en Anna Sophia werd overvallen door een sombere melancholie. Eigenlijk moest ze meteen uitleggen waarom ze hier was en dan zo snel mogelijk terugrijden. Het was ongehoord dat ze ruim tweeënhalf uur ten zuidwesten van Keulen was en niemand wist waar ze was. Als haar zus zoiets zou doen, zou Anna Sophia gek worden van de zorgen. Maar in plaats van zo snel mogelijk te vertellen waarvoor ze kwam zodat ze haar afwezigheid nog enigszins binnen de perken hield, fluisterde ze: 'Kun je me vertellen hoe mama vroeger was?' Ze pakte haar kopje met beide handen vast. 'Als kind, bedoel ik.'

Gesche keek haar met haar blauwe en bruine oog peinzend aan.

'Aletta was een dapper meisje. Ze durfde heel veel. Ik geloof dat ze al op jonge leeftijd van de grote wijde wereld droomde. Ze was gewoon niet gemaakt voor Höhenforst.'

'Net zomin als jij,' zei Anna Sophia.

Gesches lippen vertrokken zich tot een grijns. Ze miste twee tanden, maar anders dan bij de boer gaf het gat tussen haar tanden haar iets schalks.

'Je moeder had een sterke eigen wil. Ze heeft zich nooit de wet laten voorschrijven. Door niemand. Ik denk dat je vader het niet makkelijk had met haar.' Ze grinnikte. 'Ze wilde jullie meisjes tot sterke jonge vrouwen opvoeden. Ook moesten jullie alles leren wat zij wist. Ze had een bijzonder oog voor de natuur. Ze kon van de bloemen en bomen aflezen hoe het met haar medemensen ging. Je gaf haar een bloem en zij herkende er de waarheid in. Net als jij, heb ik gelijk?'

Anna Sophia hield haar hoofd schuin. 'Zo moeder, zo dochter. Nietwaar, grootmoeder?' Ze had Gesche al heel lang niet meer zo genoemd. Het woord toverde een lichte blos op Gesches gezicht. 'Wij drieën hebben absoluut een paar dingen gemeen...'

Plotseling kromp Gesche ineen en ze siste: 'Ik moedig haar nergens toe aan. Wat zeg je nou allemaal?'

'Grootmoeder?' vroeg Anna Sophia verward. 'Met wie praat je?'

'Ach...' Gesche maakte een afwerend gebaar. 'Ik ben een gek oud wijf, dat is alles. Heb je hem al gevonden?'

'Hem?'

'Ja, hem. Je weet toch nog wel wat ik een paar jaar geleden tegen je heb gezegd?'

Anna Sophia zou Gesches woorden nooit vergeten. Ze was toen doodsbang vanwege Wilhelmine bij haar grootmoeder aangekomen. Toen haar moeder nog leefde had de familie Gesche wel af en toe in Höhenforst bezocht, maar in die tijd woonde ze nog in het dorp. De mensen vonden haar toen al zonderling. Maar nadat ze Gesche uit het dorp hadden verjaagd, werden haar blikken afweziger, haar kleren kleurrijker en haar haren nog wilder. Met haar tweekleurige ogen had Gesche voor Anna Sophia gestaan. Ze had haar de kruiden voor de zieke Wilhelmine in de hand gedrukt en gezegd: 'Met jouw kennis zul je op een dag een man heel rijk maken. Vertrouw op jezelf en je talenten. En vergeet nooit wat jouw drijfveer is.'

'Anna Sophia, zit je weer te dromen?' zei Gesche, waarmee ze haar uit haar herinneringen haalde. 'Heb je hem al gevonden?' Haar grootmoeder schoof een eigenwijze haarpluk van haar voorhoofd en Anna Sophia meende in haar ogen haar eigen dromerigheid te herkennen.

Anna Sophia nam een slok thee, proefde de bloemachtige en toch kruidige smaak en zei toen: 'Ik geloof het wel. Hij is intelligent, beleefd en charmant.'

Gesche haalde haar schouders op. 'Zo had ik me hem helemaal niet voorgesteld. Maar goed, vertel: wat is er met Gottlieb aan de hand? Vertel me alles.'

Minutenlang beschreef Anna Sophia alle symptomen van haar vader aan haar grootmoeder. Ze beschreef zijn vale kleur, de wallen onder zijn ogen en de manier waarop hij kromlag van de pijn. Daarna liep Gesche door de hut, trok kruiden van het plafond, pakte alcohol uit de kast en ging aan de slag met haar grote vijzel en een houten trechter.

'En jullie vriendelijke dokter weet weer eens niet hoe het verder moet. Hoe heet hij ook alweer?'

'Baader.'

'Een aardige man, maar niet erg goed onderlegd. Daarom ben je stiekem hiernaartoe gekomen, nietwaar?'

Anna Sophia knikte. 'Papa mag het in geen geval te weten komen.'

'Nee. Hij heeft nooit veel op gehad met mijn geneesmethoden.'

'Hij zou erg teleurgesteld in me zijn als hij erachter zou komen dat ik stiekem naar jou ben gereden. En dat terwijl hij de afgestudeerde apotheker is...'

Gesche bromde instemmend. 'Hij is een eigenwijze, oude stijfkop.'

Anna Sophia moest giechelen. 'Inderdaad.'

Haar schuldgevoel werd wat minder terwijl ze toekeek hoe haar grootmoeder de kruiden maalde. Ze roken als het bos zelf, dacht Anna Sophia. Op de een of andere manier roken ze warm en kalmerend.

'Is dat tijm?'

'Precies. Met karwij en venkelzaad. Ik zal je ook eikenschors meegeven. Daarvan moet je drie keer per dag theezetten voor Gottlieb.'

'O, die smaakt vast afschuwelijk.'

'Je kunt hem met een beetje honing zoeter maken.' Gesche legde de stamper weg en wentelde de schaal in haar handen. 'Doet je schouder erg zeer?'

'Hoe weet je...' Anna Sophia onderbrak zichzelf. Eigenlijk verbaasde haar al niets meer bij haar grootmoeder. 'De pijn trekt langzaam naar mijn rug.'

'Ik zal je smeerwortel geven. Van de wortels van het kruid moet je dagelijks een kompres maken.'

'Bedankt, grootmoeder.'

Gesche vulde een flesje met de gemalen zaden en bladeren, en vroeg: 'Hoe is dat gebeurd?' Ze wees met haar kin naar de schouder van haar kleindochter.

Anna Sophia keek naar haar handen. 'Er was een afschuwelijke oude boer op een gerstveld. Ik dacht dat hij me aan ging vallen.'

Gesche kneep haar ogen tot spleetjes, waarbij het blauwe oog smaller werd dan het bruine. 'Hoe zag hij eruit?'

'Hij had een moedervlek in zijn gezicht.'

'Grote neus, kale kop?'

Anna Sophia knikte.

'Dan heb je vast boer Wilhelm ontmoet. Een walgelijke kerel. Een paar weken geleden heeft hij zijn dochter Margaretha bont en blauw geslagen. En dat alleen omdat ze niet aan hem wilde verraden waar ik woon. Hij is een vreselijke driftkikker. Altijd al geweest. Geen wonder, hij was het zestiende kind van zijn vader en groeide volkomen verwaarloosd op.' Gesche schudde treurig haar hoofd.

'Hoe gaat het nu met zijn dochter?'

'Ze loopt nog mank. Maar ze is natuurlijk toch naar me toe gekomen. Haar vriend Kaspar heeft haar gebracht, een aardig ventje. Terwijl hij er ook niet veel beter uitzag. Een wond op zijn voorhoofd en kneuzingen op zijn rug. Het is me een raadsel hoe die twee in hun toestand hiernaartoe konden komen. Ik heb hen twee dagen hier moeten houden. Gelukkig heeft Margaretha's zus in die tijd voor haar gelogen, anders zou het meisje nu misschien niet meer leven.'

Anna Sophia keek haar grootmoeder aan. 'Wilhelm... Heette de man die jou uit het dorp heeft gejaagd niet ook zo?'

'Weet je dat nog?'

'Je sprak toen over een boer. Hij heeft het dorp tegen je opgehitst.'

Gesche knikte langzaam. 'Het was vanwege zijn vrouw, Margaretha's moeder. Ze kwam regelmatig naar me toe. Het hele dorp wist dat Wilhelm degene was die haar zo toetakelde, maar niemand deed iets. Tenslotte had Wilhelm daar ook het recht toe.' Haar stem klonk verbitterd. 'Ik probeerde haar zo goed mogelijk te helpen. Maar op een dag waren haar verwondingen te ernstig. Ze had een hoofdwond, bloedde en raakte op mijn drempel bewusteloos. Ik heb alles gedaan, maar het was te laat. Het wordt geaccepteerd dat een man zijn vrouw slaat. Maar als hij haar doodslaat, is er een grens overschreden. Daarom heeft Wilhelm leugens over mij verteld. Ik zou zijn vrouw vervloekt hebben en hem hebben behekst. Het zou mijn schuld zijn dat ze dood was, ze was immers ook in mijn huis overleden... Veel mensen vertrouwden me toch al jaren niet. Ik heb niet altijd iedereen kunnen helpen en dat ik na de dood van je grootvader alleen van mijn geneeskunst leefde en de vrouwen in het dorp probeerde te helpen, was velen al heel lang een doorn in het oog. De volgende nacht hoorde ik dat ze aan mijn huisdeur stonden te rammelen. Toen heb ik mijn noodzakelijkste spullen gepakt en ben ik uit het raam geklommen.'

Anna Sophia sperde haar ogen open. 'Ben je uit het raam geklommen?'

Gesche giechelde. 'Ik zie er misschien uit als een gekke oude vrouw, maar ik ben nog steeds heel goed ter been! Zo, en nu ga ik vlug de eikenschors halen.' Ze stond op en verliet heel veel langzamer dan 'vlug' de hut. Achter de gesloten deur hoorde Anna Sophia haar grootmoeder iets brommen, waar ze maar de helft van verstond: 'Je bent vandaag zo... Ach, Joseph, dat helpt haar in Keulen. Vertrouw me, Joseph, mijn schat.'

Joseph... dacht Anna Sophia. Waar kende ze die naam van? Ineens schoot het haar weer te binnen. 'Mijn vader was een van de zachtaardigste mensen die ik kende. Met kleine handen en intelligente ogen,' had Aletta haar een keer verteld. 'Maar je grootvader is veel te jong overleden. Hij heette Joseph. Een mooie naam, vind je niet? Zo heb ik jullie broer ook genoemd. Vlak voordat hij van ons heenging.'

Gesche praatte blijkbaar met haar overleden man. En wat dan nog, dacht Anna Sophia. Als je helemaal alleen in het bos leefde kon je een beetje zonderling worden.

Het liefst was Anna Sophia nog urenlang in de koele schemering in de boshut blijven zitten, maar haar slechte geweten meldde zich alweer gauw. Ze moest echt uiterlijk voor zonsondergang terug zijn. Ze stopte Gesches kruiden- en theemengsels in een stoffen buidel die ze in de kleine zadeltas schoof en pakte de teugels van het paard.

'Wacht even,' riep Gesche. 'Je zei toch dat je vader vooral in de namiddag last krijgt van de klachten, nietwaar?'

‘Meestal tegen vier of vijf uur.’

Gesche keek naar haar kleindochter en perste haar lippen op elkaar. Daarna wendde ze haar blik af en ging met trage passen de boshut weer in.

‘Wacht, meisje. Er is me nog iets te binnen geschoten.’

Anna Sophia hoorde gerinkel en geritsel achter de deur. Daarna kwam Gesche met een papieren zak naar buiten.

‘Houtskool,’ zei ze. ‘Geef dat in de vroege ochtend. Ik weet het niet zeker… maar… het kan immers geen kwaad.’

‘Wat weet je niet zeker?’

Gesche liep naar haar toe en legde een hand op haar arm. ‘Denk er altijd aan: wat we zien is meestal alleen wat we willen zien.’

8

Wilhelmines hart bonkte luid in haar borst. Ze dwong zichzelf rustig te ademen, in de schaduw van het poortgewelf te blijven staan en naar de ingang van de Dom te kijken. Voor waarschijnlijk de honderdste keer die middag probeerde ze haar donkerblonde haar op haar hoofd plat te drukken en haar borstelige wenkbrauwen met haar wijsvingers glad te strijken. Zo kende ze zichzelf helemaal niet. Normaal kon het haar niets schelen hoe ze eruitzag. Maar vandaag was het anders. Ze moest iets wat ze verzuimd had goedmaken. Daarvoor droeg ze haar lichtste jurk, de zachtgele met het bloemenpatroon op haar schouders. Haar mond was droog en haar handen trilden. Ze bleef naar de deur kijken en elke keer als er iemand naar buiten kwam, hield ze haar adem in om vervolgens opgelucht en teleurgesteld tegelijk weer uit te ademen. Weer was degene die uit de Dom naar buiten kwam niet haar. Wilhelmine moest blijven wachten. En dat zou ze, want zo veel tijd als vandaag had ze zelden. Anna Sophia was al de hele dag bij de Stollwercks, Betty had het druk met de kleintjes, vader sliep en August had de ene klant na de andere. Geen van hen zou zich afvragen waar Wilhelmine was. Niemand had er enig benul van dat ze voor de Dom stond, niet ver van de Trankgasse die naar de botanische tuin leidde.

Ze is in de kathedraal, dacht Wilhelmine. En misschien zou ze, zoals ze al vaker had gedaan, daarna een wandeling door de botanische tuin maken. Dit keer zou Wilhelmine iets doen! Ze wist alleen nog niet wat. Misschien was het het beste om meteen bij de ingang in actie te komen. 'O, goedendag,' zou ze kunnen zeggen. 'Herinnert u zich mij en mijn tekening nog?' Nee, ze had zich veel te gênant gedragen om de onbekende daar nog een keer aan te herinneren. Wat deed Wilhelmine hier eigenlijk? Ze kon de Dom beter mijden en niet meer aan haar denken. Met zo'n dame zou ze tenslotte nooit vriendschap aan kunnen knopen.

Wilhelmine slikte, tilde haar rok op en dacht: ik moet nu gaan. Maar ze bleef staan, keek nog één keer naar de ingang van de Dom, en liet van schrik de zoom weer vallen. Want daar was ze, de elegante dame. Lang, slank en met die alwetende glimlach om haar lippen. Ze had de deur opengeduwd, stapte in het zonlicht, knipperde met haar ogen en keek Wilhelmine aan. Niet vluchten, dacht Wilhelmine. Dit keer wilde ze per se een betere indruk maken. Ze ademde langzaam in en hield de blik van de vrouw vast. De vrouw liep naar Wilhelmine toe, knikte en zei toen met haar bijzondere, lage stem: 'Wilhelmine, wat leuk je weer te zien. Zullen we een eindje gaan lopen?'

Wilhelmine was zo verrast dat ze haast vergat adem te halen. De vrouw herinnerde zich zelfs haar naam! Wilhelmines hart ging tekeer terwijl de vrouw zei: 'De Dom moet absoluut voltooid worden, vind je niet?'

Wilhelmine kon alleen knikken terwijl ze naast elkaar in de richting van de botanische tuin liepen.

'Het is een schande dat hij al driehonderd jaar in verval is!' ging de vrouw verder. 'Deze imposante kathedraal. Stel je voor wat het voor onze stad zou kunnen betekenen als hij af was!' De vrouw glimlachte naar Wilhelmine en toen hun blikken elkaar ontmoetten, kon Wilhelmine eindelijk weer praten.

'Koning Frederik Willem zou er dringend iets aan moeten doen,' zei ze.

'Absoluut, dat ben ik helemaal met je eens! Maar ik vraag me af of wij niet ook een steentje kunnen bijdragen. Misschien zou er een vereniging opgericht moeten worden die de financiering regelt.'

'Dat is een heel goed idee,' stemde Wilhelmine met haar in, terwijl ze de smalle steeg aan de rand van de botanische tuin in liepen.

'Ik vroeg me al af of je er vandaag ook weer zou zijn.' De vrouw keek Wilhelmine van opzij aan. 'Maar ik zag je niet in de Dom.'

'Ik, eh...' Wilhelmine voelde dat ze het warm kreeg. Ze liepen de tuin in en werden omringd door de geuren van de bloemen, seringenstruiken en sparrennaalden. Een paar vogeltjes vlogen boven hun hoofd op.

'Ik hou van deze plek,' zei de onbekende vrouw.

'Ja, het is een... mooie plek.' Wilhelmine vervloekte zichzelf in stilte voor die nietszeggende woorden. Ze klonk zo verward als ze met deze vrouw sprak. Bij haar grote zus had ze altijd een gevat antwoord paraat en met haar vader kon ze over politiek discussiëren alsof ze een man was, maar bij deze indrukwekkende dame werd ze een schuchter meisje!

'Ik wil op een dag canna planten. En chrysanten. Zijn ze niet prachtig?' De dame wees naar de bloemen aan beide zijden van het pad.

Wilhelmine knikte haastig. 'Ze zijn schitterend.'

Schitterend, aapte ze zichzelf in stilte na. Had ze niet een nog dommer woord kunnen verzinnen? Ze probeerde koortsachtig een intelligentere zin te bedenken en vroeg toen: 'Hebt u dan een tuin?'

'Het stadspaleis van mijn familie is omgeven door een tuin. Maar op een dag ga ik mijn eigen tuin aanleggen.'

'O, woont u in een paleis?' Ze was zo nieuwsgierig dat ze de vraag er zomaar had uitgeflapt zonder er van tevoren over na te denken.

'O, dat paleis...' De vrouw maakte een wegwimpelend gebaar. 'Ik zou liever in de buurt van de Dom willen wonen. Ik ben hier opgegroeid. Als jong meisje was ik dagelijks in de Dom. Ze hebben me zelfs een keer over het hoofd gezien en me gewoon opgesloten. Ik was helemaal alleen tussen al die kunstwerken! Dat waren fantastische uren...'

'Alleen in de Dom? Was u dan niet bang?'

De vrouw schoot in de lach en wierp haar hoofd in haar nek. Wilhelmine deinsde onwillekeurig een stukje achteruit. Ze had nog nooit een vrouw zo zien lachen. Als vrouwen lachten, deden ze dat doorgaans met zachte, hoge tonen en hielden ze hun hand voor hun mond. Maar wat deze vrouw naast haar deed, kwam op Wilhelmine spannend en bijna avontuurlijk over.

'Ik vind het helemaal niet beangstigend om alleen te zijn. Ik vind het juist beangstigend om met de verkeerde mensen samen te zijn.'

Wilhelmine dacht even over deze woorden na. Maar voordat ze iets kon antwoorden, zei de onbekende dame: 'Je bent erg jong. Jong en mooi. Je hebt klassieke ogen. En die sterke trek om je mond... Heb je jezelf al een keer getekend?'

Wilhelmine kon van verbazing geen woord uitbrengen.

'O ja. Je tekent alleen de onzichtbaren...' De vrouw glimlachte. 'Hoe oud ben je?'

'Zestien,' antwoordde Wilhelmine bedeesd.

'O, ik heb me trouwens nog helemaal niet voorgesteld, sorry. Ik heet Sibylle. Sibylle Mertens-Schaaffhausen.'

Wat een naam! Wat klonk *Wilhelmine Müller* dan gewoontjes. Ze keek naar de grond. 'Aangenaam, mevrouw Mertens-Schaaffhausen.'

'Noem me maar Sibylle.'

Wilhelmine keek Sibylle in de ogen. 'Graag,' zei ze, en hoewel ze bijna duizelig werd, voegde ze er nog dapper aan toe: 'Sibylle.'

'Gaan we elkaar hier nog vaker zien?'

Wilhelmine knikte en voelde dat er een druppel zweet langs haar nek naar beneden liep.

'Tot ziens, Wilhelmine,' zei Sibylle. Daarna draaide ze zich om en verdween tussen twee struiken.

Wilhelmine stond roerloos tussen seringen en rozemarijn terwijl ze een paar keer in- en uitademde. Het was haar gelukt! Ze was met de elegante vrouw gaan wandelen en wist nu eindelijk hoe ze heette! Sibylle. Wat klonk dat prachtig. 'Sibylle Mertens-Schaaffhausen,' fluisterde ze zachtjes, telkens weer. 'Sibylle Mertens-Schaaffhausen.' Een grootse, beroemde naam, die ze al eens ergens had gehoord. Ze zou aan haar vader vragen waar deze naam bekend van was en waar het stadspaleis van de familie stond.

Ze danste bijna van blijdschap. Ze wilde rennen. Ze wilde zingen. Met wie kon ze haar vreugde delen? Ze kon het moeilijk aan iemand vertellen. Niemand zou begrijpen waarom Wilhelmine zo blij was met een gesprek met een onbekende. Ze begreep het zelf niet eens. Ze kon haar vreugde nog het beste met Anna Sophia delen, die zich altijd snel door haar goede humeur liet aansteken. Ze zou naar haar toe gaan. Haar zus was toch al veel te lang bij de Stollwercks. Ze zou erheen lopen en haar ophalen. En dan zou ze haar stevig omhelzen, ze zouden grapjes maken en luid samen zingen. Vastberaden ging Wilhelmine op pad.

~

Met opgeheven hoofd reed Anna Sophia de stad in. Er waren maar een paar uren verstreken sinds ze was vertrokken en toch leek Keulen veranderd. Alles leek nauw en donker. Niets herinnerde aan de weidse velden buiten de stad. Anna Sophia reed langs de winkels van de ambachtslieden en daarna reed ze de Löhrgasse in, waar de Stollwercks woonden. Ze dreef Rosa aan maar stopte plotseling. Want op dat moment kwam er een gestalte uit de kruidenierswinkel die ze maar al te goed kende. Hij draaide zich in haar richting, hield zijn hoofd schuin en keek naar de amazone. Anna Sophia slikte. Wat moest ze nu doen? Toen ze voor elkaar stonden, legde August een arm op zijn rug en boog zich naar voren. 'Anna Sophia, wat fijn dat je heelhuids terug bent! We hebben je gemist!'

'August...' Anna Sophia dwong zichzelf te glimlachen.

'Ben je te paard gegaan? Je zus Wilhelmine is ziek van de zorgen.'

Ze voelde dat ze begon te blozen. 'Je hebt toch niet met mijn vader gesproken?'

‘Maak je geen zorgen.’

‘Ah, daar is ze!’ hoorde Anna Sophia haar zus roepen. Wilhelmine holde achter August naar de winkel. ‘Godzijdank! Anna Sophia! Ik wilde je ophalen en toen kwam ik August tegen.’

‘Je wilde me ophalen?’ Anna Sophia keek August verrast aan.

‘Het… het gaat om een belangrijke vraag die ik… met je wilde bespreken.’

Anna Sophia keek van de een naar de anderen probeerde koortsachtig een smoes te bedenken. Gelukkig ging op dat moment op de eerste verdieping van de Stollwercks het raam open. ‘Ah, daar is ze!’ Vanaf beneden zag Hubertines kin er nog markanter uit. ‘Ik zei het toch? Het gaat prima met haar! Ze wilde alleen op de weiden achter de stadsmuur een paar kruiden voor me plukken tegen mijn pijn, nietwaar, Anna Sophia? Kom je snel boven?’

‘Natuurlijk!’ riep Anna Sophia en ze hoopte dat de opluchting in haar stem niet te horen was. Ze trok een paar kruiden uit haar zadeltas en sprong van het paard.

‘Mag ik je wat vragen, Anna Sophia?’ August maakte met de sleutel de deur van de apotheek open en gebaarde haar met een zwierige beweging naar binnen te gaan.

‘Natuurlijk, August.’

Ze hield haar stoffen buidel, waarin Gesches medicijnen zaten, stevig vast en dacht aan haar vader.

‘Ik zag dat het smeerwortel was dat je voor juffrouw Stollwerck hebt gehaald. Ik vraag me af waarom je dat niet bij de Rijn hebt gehaald? In plaats daarvan was je op de weiden achter de stadsmuur. Je hebt zelfs het paard meegenomen…’

Anna Sophia beet op haar lip. Ze was zo blij geweest met Hubertines leugentje om bestwil. Terwijl ze eigenlijk had moeten weten dat August te slim was om haar te geloven. Maar hij keek totaal niet verwijtend of wantrouwend, eerder belangstellend. Misschien moest ze gewoon eerlijk tegen hem zijn.

‘Kan ik je iets in vertrouwen vertellen, August?’

Hij deed een stap naar haar toe. ‘Je kunt me alles in vertrouwen vertellen.’

Ze keek naar de stoffen buidel in haar handen. ‘Ik heb veel van mijn ouders geleerd. Over medicijnen en over de natuur en haar geneeskracht.’

'Je vader is een intelligente man.' Hij legde zijn handen op de hare. Wat waren ze warm.

'Zeker. Maar mijn vader is niet de enige die intelligent is.' Ze slikte terwijl hij haar vingers streelde. 'Ook mijn moeder heeft me het een en ander geleerd. Ze wist heel veel over de kracht van de natuur, over de kruiden en planten om ons heen. Begrijp me alsjeblieft niet verkeerd, ik weet zeker dat jij en dokter Baader mijn vader goed behandelen. Maar ik dacht dat het in zo'n ernstig geval vast niet kan schaden om hem nog meer, plantaardige, middelen te geven.'

Nu verscheen die diepe frons op zijn voorhoofd weer. Hij keek haar ernstig aan. 'Wat bedoel je, Anna Sophia?' Hij tilde zijn hand op om de eigenwijze haarpluk van haar voorhoofd te strijken. Haar gezicht kriebelde. Het was zo fijn als hij haar aanraakte.

'Ik heb voor vader tijm, karwij en venkelzaad gehaald. En eikenschors. Dat moet zijn kwalen...'

Hij onderbrak haar door zijn keel te schrapen. 'Maar... Anna Sophia...' Hij streelde haar wang. Maar er was iets veranderd. Hij aaide haar niet zoals een man de wang van een vrouw streelde, maar zoals een vader de wang van zijn kind zou aaien: met de rug van zijn vinger. Ineens voelde Anna Sophia zich alsof ze iets stoms had gezegd.

'Ben jij niet de dochter van een apotheker? Ben je vergeten welke moderne middelen we hier zelf vervaardigen?'

'Natuurlijk niet, maar...'

'Mijn lieve Anna Sophia! Gottlieb krijgt alles wat hij nodig heeft. Maak je alsjeblieft geen zorgen.'

'Natuurlijk. Ik dacht alleen dat daarbij...'

'Voordat ik het vergeet: ik wilde nog iets belangrijks met je bespreken.' August deed een stap naar achteren. 'Of beter gezegd: je vader wilde dat. Gaan we?'

Terwijl ze voor August de smalle trap naar het woongedeelte op liep, voelde ze zijn ogen in haar rug. Waarom ging August 's avonds nog met haar naar het ziekbed van haar vader? Gottlieb wist toch hopelijk niets van haar heimelijke rit? Ze liepen de gang door naar de slaapkamer. Terwijl ze op de deur klopte, voelde ze de spanning in haar hele lijf.

'Binnen,' klonk het mompelend en August haastte zich om de deur voor Anna Sophia open te houden. Hoewel het raam wijd open stond, rook ze het ziekachtige zweet van haar vader.

'Anna Sophia! Waar bleef je zo lang?' Gottlieb kwam moeizaam tegen zijn kussen overeind.

Voorzichtig verklaarde ze: 'Het spijt me, vader. Ik heb vandaag de Stollwercks geholpen.'

Ze gluurde naar August. Zwijg nu alsjeblieft, smeekte ze hem zonder het uit te spreken. En hij zei inderdaad niets.

'Ik heb een beslissing genomen, Anna Sophia.'

'Ja, papa?'

'Laten we er niet omheen draaien. Ik ben een zieke, oude man. Het wordt tijd dat we aan de toekomst denken. Aan de toekomst van ons gezin en van de apotheek. Om die reden ben ik erg blij dat de goede August gek op je is.' Gottlieb moest grinniken en er vormden zich een paar groeven om zijn mond. Anna Sophia moest weer aan de lindeboom op de Neumarkt denken. Gottlieb tilde een knoestige hand op – breekbare takken, dacht Anna Sophia – en legde hem op de hare.

'Hij heeft...' Gottlieb hoestte. '... om je hand gevraagd, Anna Sophia. En ik ben ervan overtuigd dat je blij bent te horen dat ik heb ingestemd.'

'August heeft...' Met grote ogen draaide ze zich om en keek de gezel van haar vader aan. Hij stond nog steeds bij de deur en keek haar warm aan.

'Natuurlijk alleen als je wilt, lieve Anna Sophia.'

'Maar...' Ze moest even lachen. 'Maar... ja, natuurlijk! Wat een geweldig nieuws!'

Het liefst was ze naar hem toe gerend om hem te omhelzen, maar dat hoorde natuurlijk niet. Al helemaal niet in bijzijn van haar vader. In plaats daarvan kneep ze in de stoffen buidel in haar handen, keek naar de grond en fluisterde: 'Ik prijs mij heel gelukkig, lieve August.'

'Net als ik.'

'Nou, fantastisch!' riep Gottlieb. Hij stak beide handen in de lucht en kreunde meteen van de pijn. 'Genoeg opwinding voor vandaag. Ik moet uitrusten.' Hij keek naar Anna Sophia en voegde eraan toe: 'Slaap lekker, lieverd.'

Ze keek hem verbaasd aan. Die tederheid hoorde ze maar zelden in zijn stem. Zijn ogen glansden. Hij was duidelijk trots op haar.

'Goedenacht, papa,' antwoordde ze.

Anna Sophia lag in het donker en dwong zichzelf om niet in slaap te vallen. Aan de andere kant van de kamer lag Wilhelmine gelijkmatig en rustig te ademen en ook in de kamer ernaast, waar de kleine zusjes sliepen, was het stil geworden. Anna Sophia ging langzaam zitten en sloeg de deken terug. De maan scheen helder in de kamer. Wilhelmine bewoog niet toen Anna Sophia opstond en op blote voeten naar de stoel in de hoek sloop, waar ze haar stoffen buidel op had gelegd. Ze keek erin. Het kruidenaftreksel van tijm, venkelzaad en karwij kon ze haar vader zonder verdere bewerking geven. Maar ze wilde ook eikenschorsthee voor hem zetten. Voorzichtig drukte ze de klink naar beneden en liep naar de keuken.

De maan scheen door het raam waardoor ze de petroleumlampen niet hoefde aan te steken. Zachtjes zette ze de kleine messing pan op het fornuis, goot er water in uit de karaf en verkruimelde de schors erin. Het duurde niet lang of er verspreidde zich een zware, gronderige geur.

'Maak je pastilles?' klonk een piepstemmetje achter Anna Sophia.

'Julie!' riep ze. Haar jongste zus stond in de deuropening en hield zich met één hand aan de klink vast.

'Sst,' zei het meisje en ze legde een vinger op haar lippen. 'Niet zo hard! Je mag vader niet wakker maken!'

Anna Sophia ging voor Julie op haar hurken zitten. 'Lieve Julie, kun je niet slapen?'

Alles aan Julie leek klein en broos, behalve haar reusachtige, afstaande oren. Ze hielden niet alleen haar blonde haar uit haar gezicht, maar leken ook alles te horen wat zich in huis afspeelde. Het meisje fluisterde: 'Ik heb raar gedroomd.'

'O, wat heb je dan gedroomd?'

'Ik heb over jou gedroomd. Je steeg op Rosa en reed weg.'

Anna Sophia fronste haar voorhoofd.

'Je reed gewoon weg zonder dag te zeggen. En je kwam niet meer terug.'

'Ach, Julie,' kalmeerde Anna Sophia haar zusje. 'Je weet toch dat ik altijd terug zal komen. Waar ik ook heen ga.'

Julie schudde haar hoofd. 'In de droom wist ik zeker dat je nooit meer terug zou komen.'

Julie keek haar met glanzende ogen aan en Anna Sophia drukte haar snel tegen zich aan. Ze voelde Julies armpjes stevig om haar nek.

'Je pastilles ruiken raar,' zei ze.

'O...' Anna Sophia liet Julie los, gaf haar een aai over het hoofd en liep snel naar het fornuis om de pan met het borrelende water eraf te halen.

'Dit worden geen pastilles. Ik zet thee voor papa.'
'Midden in de nacht?'
'Het is een soort goede-nacht-thee.'
'O, dan wil ik ook een kopje!'
'Ik denk niet dat je deze thee lekker vindt. Hij is voor zieke mensen.'
'O, alsjeblieft! Alsjeblieft! Dan val ik vast weer snel in slaap. Alsjeblieft!'
Anna Sophia grinnikte. 'Nou, vooruit. Een heel klein slokje dan! Hij smaakt echt afschuwelijk.'
Ze pakte een kopje uit de kast, druppelde er honing in en goot er een beetje eikenschorsthee op.
'Voorzichtig, hij is heet,' waarschuwde ze Julie.
Haar zusje knikte gewichtig toen ze het kopje aanpakte. 'Ik kan heel goed met hete thee omgaan. Ik neem hem mee naar mijn kamer en drink hem in bed.'
Ze hield het kopje met beide handen vast en liep naar de deur.
Wat was het fijn dat Anna Sophia met August zou trouwen en hij de apotheek over zou nemen. Zo kon ze hier nog vele jaren samen met haar zussen wonen. Vooral voor Julie was dat erg belangrijk. Het meisje had tenslotte nooit een moeder gehad. Haar geboorte was zo gecompliceerd en moeilijk verlopen dat Alette in het kraambed was overleden. Op die dag was Julie niet alleen haar moeder verloren, maar in zekere zin ook haar vader, die het sindsdien maar zelden had kunnen opbrengen om de baby in zijn armen te houden en later met zijn kind te praten.
'Goedenacht, mijn lieve Julie,' fluisterde Anna Sophia.
'Slaap lekker!'
Het meisje was de keuken al bijna uit, toen ze zich nog één keer naar haar zus omdraaide en fluisterde: 'Pas op dat je August niet tegenkomt.'
Anna Sophia fronste haar voorhoofd.
'August? Die is toch allang vertrokken.'
'Misschien heb je gelijk, maar misschien ook niet.' Julie haalde haar schouders op. 'Ik ben hem 's nachts al een keer tegengekomen. En toen was hij helemaal niet aardig.'
'Ben je hem 's nachts tegengekomen?'
'Ja, op de gang! Het was heel donker en ik schrok. Hij had niet eens een kaars bij zich. Hij zei dat ik helemaal niet wakker mocht zijn en onmiddellijk weer naar bed moest. Daarbij keek hij heel boos. Maar ik deed dat toch niet expres! Ik had een geluid gehoord en wilde kijken wat het was.'

'Maar, Julie, schat. Zou het niet kunnen dat je dat hebt gedroomd?'

Het meisje keek haar verontwaardigd aan. 'Ik weet heel goed wanneer ik droom en wanneer niet. Alleen soms...' Ze hield haar hoofd schuin. 'Soms is het raar. Dan droom ik iets en later, als ik de droom alweer bijna ben vergeten, wordt het plotseling waar.'

9

Kaspar Rockstroh stak zijn handen diep in zijn broekzakken terwijl hij zo onopvallend mogelijk door Höhenforst liep. Niemand mocht weten waar hij deze avond in de schemering naartoe ging. Moest hij misschien fluiten? Nee, hij floot nooit. Als hij daar nu mee begon, zou dat zeker raar overkomen. Hij liep langs de spinkamer naar het pleintje met de put, waar een boerin een emmer met water vulde.

'Goedenavond, Kaspar! Zo laat nog op pad?' Klotsend en spattend zette ze de emmer bij haar voeten neer.

'Ach!' zei Kaspar quasi achteloos, 'moeder weet niet zeker of ze het hek op slot heeft gedaan.'

Hopelijk merkte ze niet aan zijn stem hoe vaak hij deze woorden had geoefend.

Gelukkig knikte de boerin. 'Nou, ga dan maar gauw! Zorg maar dat jullie koeien niet weer ontsnappen! Laatst hebben ze onze hele akker vertrapt!'

Kaspar verontschuldigde zich en liep langs de put. Hoe vaak had hij hier niet al gezeten, met zijn slappe hoed ver over zijn voorhoofd getrokken, om op Margaretha te wachten? Hij had ook gewoon naar de spinkamer kunnen gaan, maar wat zouden de andere vrouwen dan wel niet denken? Op een avond was ze eindelijk bij de put verschenen, in een vuile jurk en met vegen op haar wangen. 'Wat doe jij hier, Kaspar?'

Hij was opgesprongen en had zijn grasspriet uit zijn mond gehaald. 'Hoe voel je je?' Wat een vraag! Het kon zichzelf wel voor de kop slaan, maar dat had de situatie er vast niet beter op gemaakt.

'Mijn been doet niet meer zeer, als je dat bedoelt.'

Dat had hij inderdaad bedoeld, maar dat was niet het enige.

'En hoe gaat het met jou?' fluisterde ze.

'Goed.' Terwijl het die dag natuurlijk niet goed met hem ging. Vreemd, dat het goed en slecht tegelijk kon gaan met mensen. Kaspars wonden waren bijna geheeld en toch voelde hij zich ellendig. Dat kwam omdat hij de hele tijd aan Margaretha moest denken. Aan haar uitdagende stem, aan haar blik die heel donker kon zijn en dan weer plotseling opklaarde, en aan haar kuiten die af en toe onder haar rok uit piepten.

'Mijn vader mag ons niet zien.' Margaretha keek voorzichtig om zich heen.

'Nee. Maar ik wil je zien, Margaretha.' Hoewel zijn hart bij die woorden sneller sloeg, probeerde hij kalm en zelfverzekerd te klinken. Hij hield zijn hoofd een beetje schuin. En ze glimlachte!

'Zien we elkaar bij zonsondergang in de oude schuur?'

Hij had zijn oren toen niet kunnen geloven. Na hun gezamenlijke wandeling door het bos was hij ervan overtuigd geweest dat ze hem helemaal niet had willen kussen, maar er alleen achter had willen komen hoeveel hij over Gesche wist. En toen had haar vader hen ook nog betrapt. Kaspar had geprobeerd Margaretha te beschermen, maar hij had de kracht van de boer onderschat. Wilhelm had hem plotseling bij zijn kraag gegrepen en zijn hoofd tegen de muur geslagen. De pijn was door zijn hele lijf geschoten. Nog een klap en het was Kaspar zwart voor de ogen geworden. Toen hij weer was bijgekomen, was het nog steeds nacht geweest en donker, maar voor de rest was alles veranderd. Kaspar had voor de voordeur gelegen als een dronkaard die door de waard eruit was gegooid. Hij had gekreund en het bloed was donker uit zijn gezwollen wonden gestroomd. Zoiets mocht hem nooit meer overkomen. Dat had Kaspar zich in die nacht vast voorgenomen. Hij zou leren hoe je terugsloeg en hoe je degenen beschermde van wie je hield. Wat er ook gebeurde.

Ondanks het feit dat hij had gefaald had Margaretha hem sinds die nacht in de schuur ontmoet, telkens weer. Vol voorpret liep Kaspar nu langs de put, langs de boerderijen en de geitenstallen van het dorp Höhenforst uit. De zon was nog niet ondergegaan en toch zag hij boven de velden en het bos de maansikkel. Hij hield van dit uur. Het was dag en nacht tegelijk. Einde en begin, licht en donker. Als de tegenstellingen elkaar niet meer uitsloten, moest alles mogelijk zijn, dacht hij. Zelfs Margaretha en Kaspar.

De oude schuur doemde aan zijn linkerzijde op. Bouwvallig en ineengedrongen stond hij onder een reusachtige perenboom, waarvan de takken in de wind heen en weer bewogen alsof ze hem wenkten om dichterbij te komen. Weken geleden, bij zijn eerste afspraakje met Margaretha, was de grond bezaaid geweest met peren. Hij had er een opgeraapt en hem even later, in het schemerlicht van de schuur, met Margaretha gedeeld. Ze zat met opgetrokken benen op een baal hooi, nam een hap van de peer en gaf hem toen aan Kaspar.

'Je armen zijn bont en blauw,' fluisterde hij. Dat zag hij zelfs in de laatste stralen van de avondzon, die door de kieren van de houten muren naar binnen vielen. Met een hand pakte hij de peer aan, met de andere streek hij voorzichtig over Margaretha's onderarm. Haar pols zat onder de zwellingen.

'Ach, het valt wel mee.'

Zonder erover na te denken liet hij zijn vingers over haar ellebogen naar boven glijden, naar haar schouder en haar hals. Hier was haar door de zon getaande huid zacht en warm. Vragend keek hij haar in de ogen. Mocht hij nog verdergaan? Margaretha lachte. 'Gooi die peer maar weg!' riep ze. Ze pakte de vrucht uit zijn hand en gooide hem in de achterste hoek van de hooizolder. Daarna greep ze in zijn halflange haar en leunde ze haar voorhoofd tegen het zijne.

'Zou je me nu eindelijk kunnen kussen, Kaspar Rockstroh?'

Dat hoefde ze niet twee keer te zeggen. Hij sloot zijn ogen, raakte met zijn duim haar onderlip aan en kuste haar. Haar lippen waren ruw en het binnenste van haar mond smaakte naar avonturen en peren. Margaretha wilde hem echt, dacht hij, terwijl ze met allebei haar handen door zijn haar ging. Hem, Kaspar, die vaak door de jongens van Höhenforst werd uitgelachen omdat hij met zijn gekrulde lippen, donkergroene ogen en kaarsrechte wenkbrauwen kennelijk zo knap was als een meisje. Die soms urenlang liep te dagdromen en zo lang over één enkele, boeiende gedachte kon nadenken dat de koeien luid moesten loeien voordat hij ze eindelijk ging melken. Die de kleuren van de lucht zo ongelofelijk vond en ze zo uitgebreid bewonderde dat hij tegen een kruiwagen aan liep en zijn knie openhaalde. Wiens vader van de ene op de andere dag was verdwenen en wiens moeder zo arm was dat zijn schoenen allang niet meer pasten, maar zijn tenen uit een gat staken dat er speciaal in was gesneden. Margaretha wilde die Kaspar echt en toen hij dat besefte, tilde hij Margaretha op en legde haar op een grote strobaal.

Hij kwam nu bij de deur van de schuur en schoof hem open. De scharnieren piepten en hij kneep zijn ogen tot spleetjes in een poging om Margaretha in het schemerlicht te ontwaren.

'Margaretha?' vroeg hij zacht in de donkere ruimte en hij proefde het stof van het hooi op zijn tong. Hij probeerde overal op voorbereid te zijn. Het zou immers kunnen dat ze achter een hooibaal hurkte en plotseling opsprong om hem te laten schrikken, zoals vorige week. Toen had ze een mestvork in haar handen gehouden, er lachend mee achter hem aan gejaagd en gedaan alsof ze hem ermee in zijn billen wilde prikken. Hij knipperde met zijn ogen, die maar langzaam aan de duisternis wenden. Voor hem doemden bergen stro en hooi op, met daarachter holen waar je in weg kon zakken.

Deze voorraadschuur was van de oudste en goedmoedigste boer van het dorp. Hij zou de balen pas in de herfst halen en zelfs als hij Margaretha en Kaspar hier betrapte, zou hij slechts knipogen en doen alsof hij hen niet had gezien. Kaspar haalde diep adem. Het rook hier heerlijk.

'Margaretha?'

Hij draaide zich om zijn as maar zag haar niet. Geen probleem, hij kon wachten. Hij liet zich op een hooibaal zakken, pakte een halm en begon erop te kauwen. Hij keek naar de deur waarnaast de mestvork tegen de muur stond en stelde zich voor hoe Margaretha binnen zou komen. Misschien zouden haar wangen gloeien omdat ze had gerend. Misschien zou ze zijn naam fluisteren. Elke keer als ze zijn volledige naam uitsprak, kreeg hij ontzettend veel zin om haar tegen zich aan te trekken.

Toen de deur eindelijk openging, was het al laat. De scharnieren kraakten en hij sprong op.

'Kaspar Rockstroh!' hoorde hij zijn naam, maar dit keer was het geen plagend gefluister. Nee, het was een woedend gebulder en het klonk als een vloek. De gestalte die uit de duisternis kwam, droeg een broek, laarzen en een slappe hoed, net als hijzelf.

'Kom tevoorschijn!' schreeuwde boer Wilhelm.

Kaspar begreep dat in plaats van Margaretha haar vader de schuur in was gekomen. Het enige goede was dat de oude boer waarschijnlijk slecht zicht had in het donker. Kaspar moest in beweging komen. Onmiddellijk. Hij sprong over de baal waar hij net nog op had gezeten en klom langs de lange zijde van de schuur in de richting van de nog openstaande deur. De boer liep langzaam op de tast naar voren en stootte tegen het hooi waarop Kaspar net nog had gezeten.

'Lafaard dat je bent!' schold hij. 'Waar zit je?'

Kaspar sloop verder in de richting van de deur. Omdat Wilhelm zo hard vloekte, hoorde hij waarschijnlijk niet hoe ver Kaspar al bij hem vandaan was. De boer liep struikelend langs hem heen.

'Hoe durfde je? Heb ik je niet hard genoeg geslagen? Wacht maar, dit keer draai ik je nek om!'

Kaspar stond achter de rug van de man en het maanlicht viel op zijn pezige armen, waarmee hij een hooibaal optilde en wegslingerde.

'Ik vermoord je, Kaspar Rockstroh, reken daar maar op!'

Kaspar sloop naar de deur. Hij wist dat hij moest wegrennen. En toch draaide hij zich in de deuropening nog een keer om. Wilhelm trok woest strobundels uit de balen en gooide ze in de schuur om zich heen. Hoe had hij Margaretha zover gekregen dat ze haar geheim verraadde en hem over deze ontmoetingsplek vertelde? En wat zou hij met haar doen als hij Kaspar hier niet zou vinden? Een windzucht kietelde in zijn nek en leek hem naar buiten te lokken, maar Kaspar bleef staan. Hij had zich voorgenomen om de volgende keer terug te slaan en Margaretha te beschermen. Hij mocht nu in geen geval gewoon wegrennen. Nee, hij zou Margaretha niet nog een keer in de steek laten.

Kaspar keek om zich heen. Naast de deur stond nog steeds de mestvork. Zo zachtjes mogelijk pakte hij hem en tilde hem op. Op zijn tenen sloop hij ermee in de richting van de boer.

'Alleen lafaards verstoppen zich, Kaspar Rockstroh!' Gelukkig ging Wilhelm nog steeds tekeer waardoor hij het geritsel van het stro onder Kaspars voeten niet hoorde. Kaspar kwam steeds dichterbij. Natuurlijk was het niet erg eervol om een man van achteren aan te vallen. Maar wat had Margaretha eraan als hij nu op zijn eer lette?

'Kom tevoorschijn! Laat je zien!' Wilhelm klom op de eerste balen en ging op de tast verder naar voren. Kaspar bekeek zijn hoed van achteren, de broek die bij zijn knieholtes flodderde. Eén klap zou voldoende zijn, dacht hij, en Margaretha was veilig. De boer greep de volgende baal. Blijkbaar was hij bereid om de hele schuur af te zoeken naar Kaspar. Nu Kaspar zo dicht bij de boer was en de mestvork boven zijn hoofd hield, kon hij zijn scherpe zweetlucht ruiken. De adem van de boer reutelde. Het klonk een beetje als gesnik.

'Hoe kón je!'

Eén klap, dacht Kaspar, en het was gelukt.

'Hoe kon je dit mijn Margaretha aandoen?' Wilhelms stem klonk nu zacht en uit zijn keel kwam gekerm. Kaspar bleef staan. Huilde boer Wilhelm nu?

'Als ik haar verlies... Er mag haar niets overkomen! Nooit! Als ze nu door jou...' Hij onderbrak zichzelf met gebrul dat zo wanhopig en angstig klonk dat Kaspar kippenvel kreeg. Langzaam liet hij de mestvork zakken. Hij was ineens bang. Niet voor Wilhelm, maar om Margaretha.

'Wat is er met haar?'

De boer draaide zich met een ruk naar hem om.

'Verdomme!' zei Wilhelm. Hij staarde Kaspar aan en knipperde met zijn ogen. Daarna strekte hij zijn armen uit en stormde plotseling op hem af. 'Jij ellendige nietsnut!' riep hij. Maar Kaspar hoefde maar op een hooibaal te springen om uit te wijken. Boer Wilhelm struikelde.

'Wat is er met Margaretha?' herhaalde Kaspar. Ineens was hij heel kalm. Hij hoefde niet bang te zijn. Op deze plek had hij duidelijk de overhand. En het zou hem wel lukken om aan deze afgrijselijke kerel te ontfutselen wat hij wilde weten. 'Gaat het goed met Margaretha?' vroeg hij met een koele stem.

'Of het goed met haar gaat?' schreeuwde Wilhelm terwijl hij overeind krabbelde. 'Je vraagt toch niet serieus of het goed gaat met mijn Margaretha? Ellendeling!'

Kaspar ontweek de boer opnieuw door opzij te springen. 'Wat heeft ze?'

'Je spreekt hier stiekem met mijn Margaretha af, en nu?' Wilhelm zwaaide in de duisternis nog steeds wild met zijn armen. 'Jij staat daar alsof er niets aan de hand is terwijl mijn Margaretha van de spinstoel gevallen is! Ligt halfdood in haar bed!'

'Wat zeg je?' Kaspar sperde zijn ogen open en bleef staan. 'Is Margaretha ziek?'

Wilhelm volgde zijn stem en kreeg Kaspar bijna te pakken, maar hij kon net op tijd bukken.

'Ziek? Was ze maar gewoon ziek! Jullie ontmoeten elkaar hier stiekem in deze vuile schuur. En ik denk nog: ach, laat ik die jongelui hun plezier gunnen! Die Kaspar kan nog geen vlieg kwaad doen, die bleke melkmuil. Hij is beter dan menig strontkerel hier in het dorp. En nu? Ik moet je vermoorden, nu onmiddellijk!'

Kaspar fronste zijn voorhoofd. 'U... wist dat we elkaar hier ontmoetten?'

'Ik moet je de nek omdraaien, je hebt niet anders verdiend!'

'Als ze niet ziek is, wat heeft ze dan? Wat zou ik haar...' Kaspar deinsde nog een keer achteruit en terwijl hij dichter bij de koele nachtlucht bij de deur kwam, begon het hem te dagen.

'Ik zou je moeten doden! Ik doe het alleen niet vanwege Margaretha. Als ze dit overleeft, als ze het kind krijgt, dan moet ze met je trouwen. Of je nu wilt of niet. Maar als ze sterft, jij ellendige klootzak, dan zul je je in dit dorp nooit meer veilig voelen, begrepen? Dan zal ik je opwachten en zal niemand me kunnen tegenhouden als ik je helemaal verrot sla.'

Kaspar stond in de deuropening en liet de mestvork langzaam zakken. Hij kon maar aan één ding denken. Die ene gedachte bonkte achter zijn voorhoofd, vibreerde in zijn borst. Hij fluisterde: 'Margaretha... gaat dood?'

Hij gooide de mestvork op de grond. Zijn benen brandden. Ze wilden rennen. Ze moesten rennen. En Kaspar wist ook al waarheen.

~

Anna Sophia piekerde over wat haar zus had gezegd terwijl ze de kamer van haar vader in sloop en hem het aftreksel van haar grootmoeder toediende. Ze piekerde terwijl hij wakker werd, haar verbaasd aankeek en ze tegen hem fluisterde: 'Ik heb thee voor je gezet, tegen de koorts.' Ze piekerde terwijl ze naar hem keek toen hij de thee dronk en weer in een onrustige slaap viel. Julie had over haar dromen verteld. Ook Anna Sophia kende die nachten waarin ze dacht dingen te zien die op dat moment op een andere plek echt gebeurden of nog zouden gebeuren. Vaak werd ze dan niet in haar bed wakker, maar in de keuken, in de apotheek of in de huiskamer. Zou Julie ook zo'n droom hebben gehad? Zou ze slaapwandelen en verward wakker worden? Of zou ze echt August in het donker zijn tegengekomen?

Maar de volgende keer dat ze in de kamer van haar vader keek, piekerde ze niet, want Gottlieb zat rechtop in zijn bed. Hij had zelfs een beetje kleur in zijn gezicht. Gesches medicijnen waren dus echt aangeslagen. En zo snel al! Vol hoop gaf Anna Sophia hem nu ook regelmatig de houtskool. 'Geef die in de vroege ochtend. Ik weet het niet zeker... maar... het kan immers geen kwaad.' Wat zou haar grootmoeder daarmee hebben bedoeld? Ze moest weer aan haar peinzende blik denken, aan haar bruine en haar blauwe oog. Anna Sophia stelde zich soms voor dat het bruine oog voor de wereld was die iedereen kon zien. Voor het aardse leven, de zichtbare dingen. Het blauwe oog daarentegen zag mogelijk een andere wereld, een andere werkelijkheid. Het magische misschien. Wat zou het op dat moment hebben gezien?

Met Gottlieb ging het van dag tot dag beter. Alleen kon hij, nu hij zich steeds beter voelde, ook steeds heftiger over de smaak van de thee klagen. En ineens kreeg Anna Sophia een idee.

'Anna Sophia, oude droomster, luister je niet?' mompelde Wilhelmine.

Anna Sophia draaide verstrooid haar hoofd om. 'Sorry, wat zei je?'

'Waarom uitgerekend tijm?' Wilhelmine keek niet op. Ze zat aan de keukentafel, had een potlood in haar hand en ging helemaal op in het tekenen. In de keuken verspreidde zich de geur van het bos. Eigenlijk moest Anna Sophia haar terechtwijzen omdat haar zus dringend een paar kaarsen moest gieten en stukken zeep moest zieden, maar ze had vandaag geen fut om te ruziën.

'Tijm helpt tegen veel aandoeningen,' verklaarde ze in plaats daarvan, terwijl ze de kruiden in de vijzel vermaalde. 'Bijvoorbeeld tegen maagkrampen.'

Ze verbrokkelde eikenschors in de schaal. Wat zou haar grootmoeder van Anna Sophia's idee vinden? Ze stak het fornuis aan totdat het vuur knisperde, zette er een gietijzeren pan op en deed er twee handen vol eikels in. Terwijl ze die heen en weer zwenkte, kleurden ze steeds donkerder en het roestaroma verdrong de geur van tijm.

'En wat ben je daarmee van plan?' vroeg Wilhelmine.

'August heeft Hubertine laatst eikelcacao aangeboden. Heb jij die al eens gedronken?' vroeg Anna Sophia.

Nu keek haar zus op. 'Cacao?'

'Nee, eikelcacao. Dat is een gezondheidschocolade die met warm water gemaakt wordt. Hij bevat geroosterde en gemalen eikels, die voor een goede spijsvertering zorgen.'

'En cacao, of niet?'

'De dure soorten wel, ja. Maar met meel, mais en suiker kun je het ook lekker maken.'

Ze tilde de pan van het fornuis en deed de eikels in de schaal van de vijzel om vervolgens tarwemeel te roosteren.

'Ik denk dat als je echte gezondheidschocolade wilt maken, je ook echte cacao nodig hebt,' zei Wilhelmine en ze keek weer naar haar blad papier.

Terwijl Anna Sophia de eikels maalde en af en toe het meel in de pan strooide, dacht ze na. Wilhelmine had gelijk. Maar echt cacaopoeder was duur. Wat zou vader ervan vinden als ze het gewoon voor haar experimenten gebruikte? Aan de andere kant schreef men cacao allerlei genezende krachten toe: cacao zou energie geven, de eetlust opwekken, de levensgeesten wekken, de ledematen versterken, tegen duizeligheid helpen en hoest verzachten. Dat alles kon Gottlieb goed gebruiken. En soms moest je die trotse man nu eenmaal dwingen voor zijn eigen bestwil. Hij was al wel aan de beterende hand, maar zag er nog steeds zwak en bleek uit. Haar moeder zou vast hetzelfde hebben gedaan.

'Ik ben zo terug,' zei ze tegen Wilhelmine zodra ze de gestampte eikels met het bruin geworden meel had gemengd, en ze liep snel naar beneden naar de apotheek.

Gelukkig was August net druk bezig een klant te adviseren en knikte hij alleen vriendelijk naar haar terwijl ze de glazen pot met de cacao uit de kast pakte en er een paar lepels van in een papieren zakje liet glijden.

'Sinds wanneer teken jij eigenlijk?' vroeg ze aan haar zus toen ze terug was.

'Sinds... een paar weken.'

'Mag ik de tekening zien?'

'Later misschien, als hij helemaal af is.'

Maar Anna Sophia pakte hem razendsnel en keek naar het portret van een vrouw. Wilhelmine had er vast al een hele tijd aan gewerkt. De hals van de vrouw was bedekt door de elegante kraag van een jurk. Haar scherpe gelaatstrekken werden omlijst door krullen, haar ogen glansden, haar mond was klein en haar neus lang en smal. 'Ik wist helemaal niet dat je zo goed kunt tekenen...' mompelde ze. 'Wie is dat?'

'Dat... eh... is gewoon een vrouw.'

'Ze ziet er zo echt uit.'

'Onzin,' zei Wilhelmine. Ze trok de tekening uit Anna Sophia's handen. 'Ik heb haar gewoon bedacht.'

Anna Sophia rolde met haar ogen, schoof een eigenwijze haarpluk van haar voorhoofd en keerde weer naar haar vijzel terug om het donkerbruine cacaopoeder in de schaal te doen.

Nog geen uur later rook het in de keuken niet alleen naar geroosterde eikels en warme suiker, maar ook naar chocolade. Anna Sophia had de warme drank net in een porseleinen kan gegoten toen haar zusjes Julie en Elise, gevolgd door de huishoudster Betty, de keuken binnenkwamen.

'Wat maak je?' vroeg Julie met haar piepstemmetje en ze krabde aan een van haar ver afstaande oren.

'Is dat voor ons?' vroeg Elise hoopvol en ze keek haar zus met haar donkere ogen aan.

'Kinderen die vragen worden overgeslagen,' maande Betty en ze veegde het zweet van haar voorhoofd.

Anna Sophia keek spijtig. 'Dit is gezondheidscacao voor vader. Het is puur medicijn. Helaas.'

'O, nee!' riep Elise.

'Wat jammer!' zei Julie. 'Het ruikt helemaal niet naar medicijnen.'

Anna Sophia keek van de een naar de ander. Ze kon hun droevige gezichtjes en hangende schouders nauwelijks verdragen. Wat zou het fijn zijn als alle kinderen cacao konden drinken, dacht ze. Maar cacao was duur. De cacaobonen werden tenslotte in koloniën ver weg in Afrika en Zuid-Amerika verbouwd en geoogst, in zware zakken op schepen geladen en via een haast onvoorstelbaar lange route hiernaartoe gebracht. En dan moesten ze hier ook nog tot poeder gemalen of tot blokken geperst worden, zodat apothekers of bakkers het verder konden verwerken.

'Misschien ben ik wel een beetje ziek,' bedacht Elise en ze trok haar neus op. 'Ik heb het heel warm. Jij ook, Julie?'

Ze gaf haar zusje een por met haar elleboog, maar die keek onschuldig naar haar op.

'Nee, ik voel me goed.'

Anna Sophia moest lachen. 'Nou, vooruit dan maar.' Ze pakte twee borrelglaasjes uit de keukenkast. 'Maar alleen een héél klein slokje!'

Ze schonk de cacao in de glaasjes en gaf die aan de kinderen. Ze jubelden allebei.

'Voorzichtig, het is nog heet.'

Elise en Julie hielden ieder hun glaasje in hun handen en bliezen de damp van de donkere vloeistof. Terwijl ze er voorzichtig van nipten, sloten ze hun ogen en daarna sperden ze ze wijd open.

'Lekker!' riep Elise.

'Het smaakt niet als medicijn. Ik wist het,' bevestigde Julie. 'Het is zoet! En plakkerig. Maar ook een beetje kruidig.'

'Jullie zijn kleine fijnproevers.' Anna Sophia aaide hen over het hoofd. 'Nou, eens kijken of vader dat ook vindt.'

'Dat is een goed idee,' zei Betty. 'Meneer voelt zich vandaag namelijk weer iets slechter.'

Anna Sophia keek haar verbaasd aan. 'Echt? En de behandeling sloeg nog wel zo goed aan. De thee, het aftreksel, de houtskoo... O, nee!' Anna Sophia sloeg haar hand voor haar mond. Hoe had ze het kunnen vergeten? 'De houtskool! Die ben ik vandaag door de opwinding over de cacao helemaal vergeten!'

Ze deed snel de lade onder de keukentafel open, waar ze de medicijnen voor Gottlieb in bewaarde, pakte de houtskool en stopte hem in de zak van haar jurk. Daarna pakte ze de kan en een kopje en liep de keuken uit.

Gottlieb lag krom van de pijn in zijn bed. Zijn gezicht was bleek en zijn handen, die hij boven de deken tegen zijn buik drukte, zaten onder de rode bulten.

'Wat heb je, vader?' Anna Sophia zette de kan en het kopje op het nachtkastje en ging op haar hurken naast hem zitten.

'Mijn maag...'

'En je huid?'

'Uitslag...'

'Zal ik August nog een keer halen?' vroeg Betty, die in de deuropening stond.

'Wacht even, Betty.' Anna Sophia pakte het kopje, brokkelde een beetje houtskool af en pakte het glas water dat al voor Gottlieb klaarstond.

'Neem dit eerst even.'

Terwijl Gottlieb slikte, schonk ze de eikelcacao in het kopje.

'Wat is dat?'

'Onze nieuwe gezondheidschocolade,' antwoordde Anna Sophia onverschillig.

'Hebben we een nieuwe chocolade?'

Anna Sophia beet even op de nagel van haar duim. 'We hebben een nieuw recept uitgeprobeerd. Dit schijnt erg effectief te zijn bij maag-darmproblemen.'

'August en jij?' Gottlieb pakte het kopje aan en keek vragend naar Anna Sophia.

'Ja, precies. August en ik.'

'Fantastisch. Die jongeman kan wat! We hebben zo'n geluk met hem, nietwaar?'

Hij nam een slok.

'Vind je de cacao lekker?'

Gottlieb bromde iets onverstaanbaars en dronk verder. Pas toen het kopje leeg was, knikte hij. 'Goed gedaan, August.' Anna Sophia fronste haar voorhoofd, volgde Gottliebs blik en draaide haar hoofd. In plaats van Betty stond August nu achter haar in de deuropening.

'Sorry?' stamelde de jongeman. Hij leek net zo verbaasd te zijn als zij. 'Ik wilde even kijken hoe het met u gaat. Kom ik ongelegen?'

'Integendeel. Ik mocht net de gezondheidscacao proeven. Uitstekend.'

Gottlieb legde zijn hand weer op zijn buik, kreunde zacht en liet zijn hoofd in het kussen zakken. Daarna ging hij verder: 'De mensen houden van de smaak van cacao. In de vakpers heb ik ook al indrukwekkende artikelen over het effect ervan gelezen. Een uitstekend idee om het meer in onze apotheek aan te bieden.'

Anna Sophia ving Augusts blik op en knikte zo onopvallend mogelijk naar hem. Speel alsjeblieft mee, wilde ze hem te verstaan geven.

'Dat... doet me een plezier om te horen,' zei August tegen Gottlieb.

Gottlieb glimlachte. 'En laat een arme, oude man nu in alle rust ziek zijn. Gaan jullie maar.'

Hij maakte een handgebaar dat voor Anna Sophia het sein was om op te staan. August ging voor haar opzij zodat ze de gang in kon lopen en sloot de deur achter haar.

'Dank je,' fluisterde Anna Sophia tegen hem.

August knikte.

'Kan ik je even spreken?' vroeg hij zacht en hij gebaarde haar dat ze de trap af moest lopen.

Beneden deed hij de deur naar de achterkamer open. Op zijn bureau lag een stapel papieren en op de planken en lange tafels stonden een heleboel potjes en flesjes. August kwam achter haar de kamer binnen en deed de deur dicht. Nu waren ze helemaal alleen. Ze voelde dat haar handen klam werden. Zou hij nog een keer haar hand pakken? Ze veegde haar handen snel aan haar jurk droog.

'Mijn lieve Anna Sophia.' Hij glimlachte naar haar. 'Vergeef me, maar ik ben even in de war. Wat was er zojuist?'

Anna Sophia lachte zenuwachtig. Ze wilde August alles uitleggen, maar hij deed een stap naar achteren.

'Waarom lach je?' Hij staarde haar vijandig aan. 'Heb ik iets geks gezegd?'

Anna Sophia verstomde meteen.

'Nee, ik... Vergeef me, August. Ik ben een beetje nerveus.'

Waarom reageerde hij zo lichtgeraakt?

'Nou, goed.' Hij ademde langzaam uit. 'Leg het alsjeblieft aan me uit.'

Zonder op te kijken zei Anna Sophia: 'Ik moest een leugentje om bestwil verzinnen. Het ging slechter met vader en ik had het idee om een gezondheidscacao van eikels en chocolade met kruiden te maken tegen zijn misselijkheid. Maar ik vreesde dat hij die niet zou drinken als hij niet van jou kwam.'

August fronste zijn voorhoofd. 'En toen zei je dat ik hem heb ontwikkeld?'

'Ik dacht dat hij de cacao eerder zou vertrouwen als jij het besloten had.'

August keek Anna Sophia een paar tellen lang zwijgend aan. Daarna knikte hij langzaam. 'Ik begrijp het. Maar ik moet toegeven dat ik een beetje geïrriteerd ben, Anna Sophia. Heb je de ingrediënten gewoon uit de apotheek gepakt?'

Ze knikte.

'Heb je aan je vader gevraagd of dat mocht? Of aan mij?'

Ze schudde haar hoofd.

'Anna Sophia. We moeten precies weten welke middelen waarvoor gebruikt worden. De administratie moet kloppen. Je kunt niet zomaar iets pakken zonder het te zeggen.'

Anna Sophia's wangen werden warm. August had natuurlijk gelijk.

'Stel je voor dat je vader weer beter is, de voorraad natelt en er ontbreekt iets. Dan ben ik als gezel algauw verdacht.'

'Dat zou ik dan natuurlijk onmiddellijk rechtzetten.'

'Ik zal eerlijk tegen je zijn, Anna Sophia. Ik verwacht dat je me over al je kleine ingevingen informeert. Dan kan ik ze nauwgezet controleren. Misschien is het inderdaad een nuttig idee om cacao klaar te maken. Maar je zult het zeker met me eens zijn als ik zeg dat op zijn minst een aankomend apotheker zou moeten beslissen welke ingrediënten erin gaan.'

'Natuurlijk.' Anna Sophia voelde dat ze rood werd. Ze had zichzelf wijsgemaakt dat ze iets goeds deed, terwijl het een onverantwoorde actie was geweest.

'En hoe zou je het ook kunnen weten? Al die bestanddelen voor medicijnen die er tegenwoordig zijn... Dat zou voor jou vreselijk ingewikkeld zijn. Stel dat je iets verwisselt!'

Ze slikte. 'Het spijt me, August. Het was verkeerd van me.'

Hij pakte haar hand. Een paar seconden geleden had ze daar nog heel erg naar verlangd. En nu? Nu had ze het liefst haar arm weggetrokken en was ze de kamer uit gerend.

'Treur niet. Iedereen maakt weleens een fout. Ik heb alleen een verzoek.' August sprak heel zacht.

'Natuurlijk.'

'Kunnen we afspreken dat je in de toekomst de medicijnen aan mij overlaat? Je kunt gerust drankjes of gebak bereiden in de keuken. Maar alle geneesmiddelen, of het nu kruidenaftreksels, chemische medicijnen of pastilles zijn of gezondheidschocolade, zijn voortaan mijn zaak.'

Anna Sophia's mond viel open. Meende hij dat serieus? Geen hoestpastilles meer? Geen experimenten meer aan het fornuis? Wilde hij haar dat werkelijk verbieden?

'Beloof je me dat? Voor ieders bestwil?'

Hij gaf een zacht kneepje in haar hand en streek een haarpluk van haar voorhoofd. Ze dwong zichzelf hem aan te kijken, maar haar oogleden hadden nog nooit zo zwaar en moe aangevoeld.

'Natuurlijk,' antwoordde ze ten slotte. Maar haar stem klonk vreselijk hol.

~

'Gesche?' riep Kaspar en hij keek om zich heen. Zijn hart ging tekeer omdat hij zo hard door het bos had gerend.

'Kaspar, daar ben je.' Gesche dook achter een struik op, verjoeg een van de kippen met haar voet en liep langzaam naar hem toe. 'Heb je met Margaretha gesproken?'

Hij schudde zijn hoofd.

Nadat hij van boer Wilhelm had gehoord hoe het met Margaretha ging, was hij meteen naar Gesche gegaan. Hij had gehoopt dat zij hem kon helpen, maar daar had hij zich in vergist. Kaspar moest Margaretha naar haar brengen of er zo nauwkeurig mogelijk achter komen waar ze aan leed. Daarom was hij naar het dorp teruggerend.

'Ik heb alles geprobeerd,' zei hij nu, een dag later. 'Maar de oude Wilhelm laat me niet bij haar. Ik wilde zelfs 's nachts naar binnen sluipen, maar hij heeft de deur vergrendeld.'

Gesche schudde haar hoofd. 'Als we niet weten wat haar mankeert, kunnen we weinig doen.'

'Ik heb in de spinkamer met haar zus Amalie gesproken. Ze was erg van slag.' Kaspar had het gevoel dat zijn keel werd dichtgeknepen. 'Ik geloof dat ze de hele nacht niet heeft geslapen. Eerst wilde ze niet met me praten. Ze zei dat ze het onmogelijk aan een man kon uitleggen. Maar ik heb over jou verteld, over jouw kruiden en je thee en dat je ons wilt helpen en toen...'

'Knappe jongen, kom alsjeblieft ter zake!' Gesche klonk streng maar glimlachte erbij. 'Wat heeft Amalie gezegd?'

‘Ik heb het niet helemaal begrepen. Maar ze zei dat jij het zou begrijpen. Ze zei dat ze je kende.’

‘Natuurlijk kent ze me.’ Gesche sloeg ongeduldig haar armen over elkaar. ‘Nou?’

‘Ze zei: Margaretha wilde het niet. Ze was bang wat er zou gebeuren en daarom heeft ze de breinaalden gepakt. Maar het is toch gebleven en nu heeft ze heel erg pijn. Wat heeft dit te betekenen?’

Gesche zweeg even. Daarna zei ze: ‘Dat jij nu eindelijk gaat zitten en mij mijn werk laat doen.’

‘Wordt ze weer beter?’

‘Ga zitten.’

Gesche schoof hem in de richting van de schommel. Zonder er acht te slaan dat die nat was, gehoorzaamde hij en hij keek hoe ze om hem heen liep, her en der iets plukte en haar hut in ging. Hij hoorde het geknetter van vuur en het geborrel van water, en ademde de geur van regen, aarde en bos in. Door het trage geschommel werd zijn ademhaling langzaam rustiger.

‘Wilde Margaretha ons kind… weghalen?’ vroeg hij zacht toen Gesche weer naar buiten kwam.

‘Ik vrees dat het veel gecompliceerder is dan je denkt.’

Waarom spraken alle vrouwen zo raadselachtig? ‘Zal het in leven blijven?’

‘Misschien, misschien ook niet,’ zei Gesche.

‘En Margaretha?’

‘Ik weet het niet. Daarom is het heel belangrijk dat je nu goed naar me luistert en precies doet wat ik je zeg.’

Kaspar had het gevoel dat hij geen lucht meer kreeg. Maar hij mocht nu niet bang zijn. Margaretha had hem nodig. Hij hief zijn kin op. ‘Dat zal ik doen,’ zei hij. En Gesche knikte hem ernstig toe.

10

Franz Stollwerck baande zich een weg door de steegjes van Keulen. Hij had een aantal jaar rondgetrokken. Hij had andere talen, nieuwe mensen en vreemde gebruiken leren kennen. Maar de weg door zijn oude geboortestad viel hem zwaar. Hij nam de andere passanten, paarden en koetsen nauwelijks waar. Tijdens zijn afwezigheid was de stad veranderd. De steegjes leken nauwer en overvol met mensen. Tegelijkertijd stuitte hij her en der op een groen beplant pleintje met bankjes, dat hij nooit eerder had gezien maar waar het ademen makkelijker leek.

Wat had hij zich erop verheugd om weer thuis te zijn! Om zijn zussen en broer weer te zien. De kleine Maria, de stevige Hubertine en de altijd nerveuze Johannes. Hij had zich zelfs op zijn vader verheugd en had niet kunnen wachten om hem over zijn belevenissen te vertellen. Zou hij trots op hem zijn?

'Je bent nu zo ver,' had zijn vader Nikolaus een paar uur geleden tegen hem gezegd, terwijl hij hem met zijn scheefstaande ogen bekeek. 'Het wordt tijd dat je je plek vindt.'

Ze stonden samen met Johannes in vaders kruidenierswinkel. Nikolaus Stollwerck was inmiddels de marktopzichter van Keulen geworden en beloofde zijn oudste zoon een glansrijke toekomst in het verkoopambacht. Franz kon zijn oren haast niet geloven.

'Kijk naar je grote broer, Johannes. Wat zie je?'

Johannes wreef over de pluizige haartjes op zijn bovenlip alsof het een echte snor was en bekeek Franz van top tot teen.

'Hij is slank geworden!' zei hij uiteindelijk en hij zette zijn handen in zijn zij.

Terwijl Johannes als kind, hoeveel er ook op tafel stond, altijd vrij mager was geweest, had Franz zich telkens aan de omstandigheden aangepast. Vooral tijdens zijn leertijd bij banketbakker Hermann Joseph Kreuer in de Breite Strasse had hij een klein buikje gehad. Franz had zelf maar half gemerkt dat dit buikje tijdens de ambachtsreis helemaal was verdwenen.

'Juist, Johannes! Je broer is een flinke jongeman geworden. Kijk zijn schouders eens! En zijn rug. Je ziet er goed uit, jongen.'

Franz grijnsde en gaf zijn broertje een knipoog. Hij zou het niet laten merken, maar hij was blij met de complimenten van zijn vader. Hij had altijd al naar zijn lof en erkenning verlangd. Nu was het eindelijk zover. De ambachtsreis was de moeite waard geweest.

'Je hebt veel geleerd en gezien. Je hebt een harde leerschool doorgemaakt. Goed zo! Als marktopzichter heb ik inmiddels een volledige dagtaak. Daarom wil ik dat jij onze winkel overneemt.'

Toen hij dat hoorde, viel Franz' mond open. Dat kon zijn vader niet serieus menen! Hij keek snel naar zijn jongere broer, die een rood hoofd kreeg. Johannes had het nooit hardop uitgesproken, maar Franz wist zeker dat hij er stiekem op had gehoopt om ooit vaders winkel over te nemen.

'Maar vader...'

'Ik denk dat jij er de juiste persoon voor bent. Johannes is te jong en te onervaren, en je zussen hebben mannelijke ondersteuning nodig. Akkoord?'

Franz fronste zijn voorhoofd. Hij wilde zijn vader niet teleurstellen, maar hij moest eerlijk tegen hem zijn.

'Nee, vader. Ik ben suikerbakker. Ik ga een bakkerij openen. Op een dag zal Johannes de winkel overnemen.'

'Ach, nonsens. Ik heb mijn besluit genomen.'

Zijn vader draaide zich om en begon kisten vol waren uit te pakken.

'Help je me, Johannes?'

'Natuurlijk.' Johannes haastte zich om ook spullen uit de kisten te pakken, maar zijn handen trilden zo erg dat hij de kruidenschalen prompt liet vallen.

'Mijn hemel!' riep Nikolaus kwaad naar hem.

Franz voelde dat hij boos werd. Hoe kon zijn vader zomaar voor hem en zijn broer beslissen? En dat na al die jaren dat Frans in de leer was geweest en na die lange ambachtsreis?

'Ik ben geen kruidenier,' zei hij.

Nikolaus keek niet eens op, alleen Johannes keek bedroefd van de een naar de ander.

'Wat zeg je?'

'Ik ben suikerbakker,' herhaalde Franz.

Nikolaus kwam overeind. 'Je bent vooral mijn zoon. Met begin twintig ben je nog niet eens meerderjarig! Zo lang je niet op eigen benen staat, beslis ik. En ik zeg dat je de kruidenierswinkel overneemt.'

Terwijl Franz er nu weer aan dacht, voelde hij zich weer boos worden. Zijn vader zou nog verbaasd opkijken. Want Franz had een plan.

Eindelijk kwam hij op de Neumarkt. In het midden van het plein vond vandaag een militaire oefening van het Pruisische leger plaats. Op bevel marcheerden de soldaten met hun hoge helmen en witte riemen in het gelid heen en weer. Franz hield van het grote plein. Hier had hij vroeger vaak met zijn vrienden Koloman, Heinrich en Theodor afgesproken. Ze hadden samen nieuwe streken bedacht en waren lachend naar school gelopen, waar hij af en toe naartoe kon als het niet te druk was in de kruidenierswinkel.

Hij hield links aan en liep langs de huizen met de versierde ornamenten, de kleine ramen en de deels sjofel lijkende kelderdeuren.

Zodra hij de roodachtige gevel van Apotheek Müller zag, vertraagde hij zijn pas. De lindeboom voor de ingang was nog iets groter dan in zijn herinnering. Maar de boom zag er niet gezond uit en liet een beetje loom zijn bladeren hangen. Franz stapte in de schaduw ervan, legde zijn hand op de gietijzeren deurkruk van de apotheek en ging naar binnen. Het belletje rinkelde en achter de toonbank draaide een jongeman zijn hoofd om.

'Goedendag, kan ik u helpen?'

Hij kwam Franz bekend voor. Was dit soms de gezel die vlak voordat Franz op ambachtsreis ging bij de Müllers was begonnen? In dat geval was hij in de afgelopen jaren een stuk zelfverzekerder geworden. Franz ging wijdbeens midden in de apotheek staan.

'Goedendag, ik ben Franz Stollwerck. Kunt u me zeggen of Anna Sophia er is?' vroeg hij en hij merkte zelf dat zijn stem wat lager klonk dan nodig was.

De man zette het flesje dat hij in zijn handen had neer en bekeek Franz. 'Ah,' riep hij toen en hij stak zijn wijsvinger in de lucht. 'U bent de broer van juffrouw Stollwerck, die laatst bij ons was, nietwaar?'

'Ja, dat ben ik.'

'Haar vader heeft een kruidenierswinkel in de Löhrgasse.'

'Dat klopt. Inmiddels is hij marktopzichter,' corrigeerde Franz hem.

'Anna Sophia is boven. Kan ik haar een boodschap overbrengen?'

Wat sprak deze jongen bedachtzaam en verzorgd. Franz wist niet waarom, maar iets aan zijn toon irriteerde hem mateloos.

'Zou u haar kunnen laten roepen? Ik ben lang op ambachtsreis geweest en zou Anna Sophia graag persoonlijk willen spreken.'

'Neemt u alstublieft plaats, ik zal haar roepen,' zei de gezel en hij wees naar twee stoelen en een tafel die gedecoreerd was met een wit, geborduurd kleed. Franz had net daarvoor nog boos en met tegenzin zijn vader geholpen met het vullen van de kruidenschalen en er zat nog peper en koriander onder zijn nagels. Hij zou het mooie kleed alleen maar vies maken.

'Dat is niet nodig,' zei hij. 'Ik wacht buiten.'

Het belletje rinkelde nog een keer en Franz haalde diep adem. Hij liet zijn blik over de Neumarkt zweven. Het leger was net klaar met de oefening en trok zich terug. De huizen achter de bomen waren minder hoog dan in Parijs, maar ook deze hadden nu mooie gevels. De Pruisen hadden een hoop werk verricht. Franz moest aan het minachtende gesnuif van zijn vader denken. Sinds hij als kind Napoleon en Josephine had toegejuicht, die vier dagen lang in het Blankenheimer Hof hadden gelogeerd, was hij dol op alles wat met Frankrijk te maken had. Hij leerde zijn kinderen een beetje Frans, sprak zo vaak hij kon over gelijkheid en broederschap en vocht er net als veel andere Keulenaren voor dat niet het Pruisische recht ging gelden, maar het Franse recht in de stad van kracht bleef: de code civil. Sinds de Pruisen de macht hadden overgenomen, koesterde hij wrok. Dat ze aan de Neumarkt en aan andere grote pleinen in Keulen waren begonnen de gevels mooier te maken, deed hij af als oppervlakkige onzin. 'Het ziet eruit alsof ze een oud, lelijk wijf hebben opgemaakt,' zei hij vaak.

Franz' blik viel even op een zwarte koets met grote wielen, die voor het vier verdiepingen tellende Blankenheimer Hof stopte. Maar voordat hij kon bedenken waar hij die koets van kende, hoorde hij dat de deur van de apotheek openging. Hij draaide zich om en daar was ze. Anna Sophia stond voor hem, na al die jaren. Ze droeg haar wilde haar in een knot op haar hoofd, haar ogen waren zo lieflijk als altijd en ze had haar handen voor haar middel gevouwen. Zijn adem stokte. Ze knipperde op haar typische, trage manier met haar ogen en glimlachte. 'Franz Stollwerck. Wat fijn om u eindelijk weer te zien.'

~

August keek naar Anna Sophia, die het plein op liep. Moest hij toelaten dat ze met die kruidenier sprak? En dat in het openbaar? Ze hadden vandaag nauwelijks tijd met elkaar doorgebracht. Hij had al de hele ochtend naar haar verlangd, naar haar handen die hij even wilde aanraken, naar haar blik en naar haar zachte stem. Hij had graag met haar willen praten, het maakte niet uit waarover. Over het weer, het middageten of het ziekteverloop van haar vader. Het ging op en af met de arme man en het deed August pijn om te zien hoe verdrietig Anna Sophia was. Soms zag hij haar achter het grote raam van de apotheek staan, naar de takken van de lindeboom staren en tegen haar tranen vechten. Dan legde hij een hand op haar schouder en één keer had ze uitgeput tegen hem aangeleund. Het liefst had hij haar op dat moment in zijn armen genomen, haar heen en weer gewiegd en gefluisterd: 'Het komt allemaal goed, let maar op.' Maar dat was natuurlijk niet gepast. De laatste tijd piekerde hij telkens weer over de vraag waar Anna Sophia een tijdje geleden naartoe was gereden. Sinds die dag gedroeg ze zich vreemd. Soms sloop ze door de gangen en schrok ze als ze hem zag. Zou het kunnen dat ze iets voor hem geheimhield? Dit gedrag paste totaal niet bij de anders zo brave Anna Sophia.

Toen hij daarnet tegen haar had gezegd dat ene Franz Stollwerck naar haar vroeg, had ze hem met grote ogen aangekeken. Was ze zelfs niet een beetje gaan blozen? Vervolgens was ze snel door de apotheek gelopen en naar buiten gegaan, naar die jongeman. Door de openstaande deur zag August nog haar lichtblauwe jurk met de grote strik. Wat tekende haar rug zich er zacht onder af. Wat was haar nek wit. Haar haar was vandaag bijzonder slordig opgestoken, hopelijk viel dat de klanten niet op. Achter haar kon hij de kruidenier zien. Een lange man met brede schouders en volle, donkere bakkebaarden. Hij had iets grofs en gedecideerds. Bij een gevecht zou August waarschijnlijk aan het kortere eind trekken. August schudde zijn hoofd. Wat een onzin, dacht hij. Waarom zou het tot een gevecht komen? Anna Sophia had gevoelens voor hem, August, dat wist hij, en die Franz zou daar niets aan veranderen. Er was dus geen reden om te vechten.

Langzaam viel de deur achter Anna Sophia in het slot en nu was August alleen in de apotheek. Vanaf het marktplein drongen nauwelijks geluiden naar binnen en ook in het woonhuis hoorde hij niemand. Hij keek om zich heen. Alle nieuwe middelen waren gesorteerd en opgeruimd, alle leveringen verwerkt, het kasboek was bijgewerkt. Misschien was dit het juiste moment om de achterkamer in te sluipen, naar de pulveriseertrommel. Had hij genoeg tijd? Zou het iemand opvallen? Wat kon er nu gebeuren? Gottlieb was te zwak om naar beneden te komen en Anna Sophia te nerveus als ze met hem sprak. Ze zou vast geen aandacht schenken aan de trommel en de inhoud ervan. Alleen maakte hij zich zorgen om Wilhelmine. Een jonge vrouw zou niet zo opstandig moeten kijken. En vooral niet zo veel vragen moeten stellen! Gottlieb was een verstandige apotheker, maar als vader en opvoeder had hij gefaald. Het was gewoon niet goed als de enige vrouw in huis een bediende is. Het kwam vast door Betty dat Wilhelmine nooit had geleerd om op tijd haar ogen neer te slaan als er een man aankwam en dat Anna Sophia haar haar niet netjes opstak. Het werd de hoogste tijd dat August tot haar familie toetrad en voor regels en orde zorgde.

Plotseling rinkelde het belletje boven de deur nog een keer. 'August!' riep een ongebruikelijk hoge mannenstem. August verstarde. Van alle mensen die hier nu door de deur hadden kunnen komen, was Hermann echt de allerlaatste die hij wilde zien.

'Wat kom je doen? Ben je op zoek naar effectieve medicijnen?' vroeg August spottend.

De lach van zijn broer klonk alsof hij geweersalvo's afvuurde. Hij had zijn arm om zijn kersverse echtgenote geslagen. Johanne Arkenberg droeg een grote hoed die versierd was met allerlei bloemen. Ze had een gemaakte glimlach.

'Johanne,' zei August ter begroeting en hij knikte naar haar.

Het jonge stel keek met opgetrokken wenkbrauwen om zich heen.

'Hermann, je weet dat je hier huisverbod hebt?'

Zijn stem trilde een beetje terwijl hij het zei. Hij voelde zich meteen weer de kleine jongen op wie de grote broer neerkeek.

'Ach, we waren in de buurt en wilden alleen even gedag zeggen. We zijn allemaal immers niet haatdragend, toch?' Weer die lach. 'Waar is je verloofde?'

'Is dat de jongedame die buiten met een man staat te praten?' vroeg Johanne scherp.

'Ze adviseert een klant,' loog August.

Hermann liet zijn tanden zien en Johanne kuchte. Ze keken elkaar samenzweerderig aan. Nog maar zo kort getrouwd en nu al een eenheid, dacht August. Kwam Anna Sophia nu maar binnen om hen te begroeten! Dan zouden ze nog opkijken, die arrogante Hermann en zijn magere vrouw. Johanne kuchte nog een keer, legde geschrokken haar handen voor haar mond en hoestte harder.

'Nou, nou,' zei August en hij fronste zijn voorhoofd. 'Gaat het niet goed met je, beste schoonzus?'

'Het is niets,' zei ze schor, waarna ze opnieuw een hoestbui kreeg en haast geen lucht kreeg.

Er schoot August iets te binnen. 'Ik heb iets voor je.'

'Ach, laat maar, August. Ze zegt toch dat het niks is.'

Maar hij luisterde niet naar zijn broer. In plaats daarvan draaide hij zich om en pakte de grote glazen pot met pastilles van de plank. Anna Sophia had een paar dagen geleden voor een nieuwe voorraad gezorgd. Terwijl hij de pot op de toonbank zette en er met een scheplepel een paar pastilles uit viste, moest hij eraan denken hoe hij Anna Sophia terechtgewezen had. Bij de herinnering kreeg hij een beetje een brandend gevoel in zijn maag. Hij was nogal onvriendelijk geweest. Natuurlijk had hij daar alle reden toe gehad, maar nu hij erover nadacht, moest hij toegeven dat haar pastilles goed smaakten en de klanten altijd hielpen. Misschien zou haar cacao ook goed verkopen in de apotheek. Had hij haar haar gang moeten laten gaan? Was het misschien valse ijdelheid geweest die hem ertoe had aangezet het te verbieden? Ach, onzin, dacht hij toen, terwijl hij de pastilles in een zakje liet vallen. Ze smaakten wel goed, maar in de toekomst kon Anna Sophia zich beter om het huishouden en hun kinderen bekommeren. Met een groots gebaar overhandigde hij het zakje aan Johanne Arkenberg.

'Mijn toekomstige vrouw maakt de beste hoestpastilles van de stad,' zei hij en hij was zelf een beetje verbaasd over zijn woorden. Klonken ze zelfs een beetje trots? 'Neemt er meteen een, dat zal je goeddoen.'

Johanne tastte in het zakje en stopte een pastille in haar mond. Haar hoest werd algauw minder en ze ademde diep in en uit.

Hermann keek van zijn vrouw naar August en weer terug.

'Goed, hè?' vroeg August.

Met een zijdelingse blik verbood Hermann zijn vrouw om antwoord te geven. 'Wat krijg je van me?' vroeg hij tussen opeengeklemde kiezen.

August maakte een afwimpelend gebaar. 'Die zijn van het huis.'

Tevreden keek hij toe hoe het paar zich omdraaide en de apotheek verliet.

~

'Alsjeblieft, zeg, Anna Sophia, ga nu geen u tegen me zeggen!' riep Franz uit. 'Ik heb dan wel alle dwaasheden afgeleerd en keer als een wijze echte man van mijn reizen terug, maar we zijn toch nog steeds goede vrienden, of niet soms?' Hij gaf haar een knipoog.

Anna Sophia giechelde.

'Zullen we een eindje gaan lopen?'

Anna Sophia knikte. Hij bood haar zijn arm aan en langzaam slenterden ze over het plein. Hun tempo paste totaal niet bij het ritme van zijn hartslag.

'Hoe gaat het met je, Anna Sophia?'

'Vader is ziek, maar zijn toestand verbetert langzaam. De apotheek loopt goed, we mogen niet klagen.'

'De arme meneer Müller!'

'Hoe was je ambachtsreis? Hoe was Parijs?'

Franz keek haar van opzij aan. 'Ik heb veel geleerd. Ik weet nu hoe je Parijse *macarons* maakt. En Mannheims cake, Zwitserse zachte broodjes en snoepjes van perensap. Ik zou je verhalen kunnen vertellen... Ik ben nu vast de beste suikerbakker die Keulen ooit heeft gezien.' Hij gaf haar weer een knipoog. 'Maar weet je, lieve Anna Sophia?'

Ze keek hem vol verwachting aan.

'Ik heb ontzettend veel gebak gegeten en allerlei zoetigheden geproefd, en toch moest ik telkens weer aan jouw pastilles denken. Er is niemand in Parijs die zulke pastilles maakt. Zelfs ik kan het niet! Terwijl een echte Parijse suikerbakker mij heeft leren karamelliseren.'

'Charmeur!' zei ze en ze moest weer lachen.

'Ik maak geen grapje!'

'Dank je, Franz.'

'Ik ben om een bepaalde reden hier.'

'Vanwege mijn pastilles?'

'Dat ook! Daar moet ik meteen een hele lading van kopen! Maar ik ben hier voor iets anders. Ik wil je iets vragen.'

Hij keek even naar de grond en haalde toen diep adem. 'Maar niet alleen aan jou. Ik zou natuurlijk ook met je...'

Anna Sophia vertraagde ineens haar pas. Duister staarde ze langs hem heen. Hij had amper gemerkt dat ze tijdens hun wandelingetje in de richting van het Blankenheimer Hof waren gelopen. Nu stonden ze op een paar meter afstand van de zwarte koets die hij al eerder had gezien.

'Kijk eens aan, wie hebben we daar?' riep Victor Mertens, die net wilde instappen. Grijnzend keek hij van Franz naar Anna Sophia. Zijn hoed was een beetje scheefgezakt waardoor zijn half kale hoofd deels te zien was en zijn grote neus stak uit.

'Ik had je bijna niet herkend, kruideniersjongen. Waar is die dikke pens van je gebleven? En al dat vuil dat normaal aan je kleeft?' Victor Mertens lachte honend.

'Waarschijnlijk daar waar u uw haar hebt gelaten! U bent jaren ouder geworden!' antwoordde Franz met opeengeklemde tanden.

Mertens deed alsof hij het niet had gehoord. 'Hoelang is het nu geleden dat ik mijn handen aan jou heb vuilgemaakt... Waar zijn jouw kleine Jodenvrienden?'

Hoe durfde deze kerel? Franz balde zijn vuist maar voelde Anna Sophia's hand op zijn onderarm.

'Laat hem,' fluisterde ze.

'Wil je de apothekersdochter het hof maken?' voegde Mertens eraan toe en hij lachte. 'Dat kan ik begrijpen. Knap grietje. Vroeger was het makkelijk met haar. Daar weet ik alles van.'

'Wat denkt u wel niet?' Franz deed een stap naar voren. Alleen Anna Sophia's handen, die zich nu stevig om zijn arm sloten, weerhielden hem ervan om zich op hem te storten.

'Maar inmiddels... Kijk naar die meid! Vandaag kan ze kiezen. En dan denk ik dat jij de laatste bent die voor haar in aanmerking komt.'

Franz schudde Anna Sophia nu toch af en liep met grote stappen naar Mertens toe. Hij was bijna bij hem aangekomen en balde zijn vuisten. Hij zou hem een flinke mep in die lelijke smoel van hem geven. Hij haalde uit, maar op dat moment kwam er een vrouw met een gebloemde hoed en dikke buik naast Victor Mertens staan.

'Heren?' Ze knikte eerst naar Franz en toen naar Mertens. Met tegenzin boog Victor Mertens zich naar de koets, maakte de deur voor de onbekende vrouw open en hielp haar bij het instappen.

'Wilde je nog iets, kruideniersjongen?' riep hij over zijn schouder in Franz' richting.

'Victor, kom je?' riep de vrouw vanuit de koets. Hij keek Franz met een hatelijke blik aan. Daarna draaide hij zich om, stapte ook in en reed weg.

Ze liepen een poosje zwijgend over het plein.

'Ik was bijna vergeten wat voor een nare man die kerel is,' bromde Franz na een tijdje.

Anna Sophia knikte. Pinkte ze nu een traan weg uit haar ooghoek?

'Na alles wat hij heeft gedaan, had hij een paar flinke klappen verdiend.'

'Je wilde me toch iets vragen, Franz?' Haar stem klonk zacht en droevig.

'Eh...' Hij schraapte zijn keel. Was het echt een goed idee? Gewoon zo, midden op de Neumarkt? En zonder de aanwezigheid van meneer Müller? Waarom zou haar vader het geloven? Behalve de bakkersopleiding had Franz weinig om op te bogen. En hoe zou Anna Sophia erover denken? Ze hadden elkaar al jaren niet meer gezien. Wie weet wat er in de tussentijd in haar leven was gebeurd?

'Het gaat om... ik wilde...'

'Ja?'

Hij ging met zijn hand achter haar rug en tikte op haar schouder. Verbaasd keek ze om. Daarna keek ze weer naar Franz en ze rolde met haar ogen. 'Jij was wijs en een echte man geworden, zei je?'

Ze had gelijk. Hij had weleens betere grappen uitgehaald. Maar wat je niet allemaal deed uit verlegenheid... Hij bood haar met een knipoog zijn arm aan en ze liepen samen terug naar de apotheek. Waarom was hij zo laf? Zijn gedachten dreunden met elke stap luider in zijn oren. Hij haalde nog een keer diep adem, maar het enige wat hij uit kon brengen, was: 'Zou ik nog een zakje pastilles bij je kunnen kopen?'

11

Haar laatste droom spookte nog door Anna Sophia's hoofd. In haar droom had ze een grote struik vol roze bloemen gezien met oranjerode zaden. Het zouden kardinaalsmutsjes geweest kunnen zijn, bedacht ze terwijl ze op de slaapkamerdeur van haar vader klopte. Niemand reageerde. Ze drukte de klink naar beneden. Haar vader lag slapend in zijn bed en snurkte luid. Ze liep op haar tenen naar hem toe en ging op de stoel naast zijn bed zitten. Haar vader kreunde en draaide zijn hoofd heen en weer, alsof hij een vlieg wilde wegjagen.

'Sst,' zei ze. 'Alles is goed.'

Hij fronste zijn voorhoofd en vertrok zijn mond. Hij had duidelijk pijn. Nadat August haar terecht had gewezen, gaf Anna Sophia haar vader nog maar af en toe haar gezondheidschocolade die verrijkt was met Gesches kruiden. Helaas was haar voorraad bijna op. Ook van de houtskool had ze niets meer over. Maar ze kon hem wat van dokter Baaders pijnstillend sap geven. Ze keek op het nachtkastje en trok de lade open, maar behalve de zwarte bijbel en de witte zakdoek met de initialen van haar moeder, *A.M.*, vond ze niets.

'Wat zoek je?' bromde Gottlieb.

'O, ik wilde je niet wekken, vader.'

'Ik sliep niet,' beweerde hij en het leek Anna Sophia maar beter om hem niet tegen te spreken. 'Waar zijn je medicijnen?'

Met laaghangende oogleden keek Gottlieb nu ook op het nachtkastje. Daarna maakte hij een achteloos gebaar.

'O, die heeft August meegenomen. Dokter Baader schijnt iets verwisseld te hebben.'

'Verwisseld?'

'De goede man was vandaag erg verstrooid.' Gottlieb grinnikte onder zijn zachte baard en dat deed Anna Sophia plezier. De zwakke glimlach gaf het verharde gezicht van haar vader al een klein beetje van de warmte terug die ze sinds de dood van haar moeder zo erg van hem miste.

'Zeg, verheug je je op de bruiloft, lieverd?' vroeg hij plotseling en hij lachte zelfs een beetje.

'Nou en of, vader.'

'Ik weet dat je het de afgelopen jaren niet makkelijk hebt gehad. Je hebt hier altijd gewetensvol overal voor gezorgd. Voor je zussen, het huis... En ook jij zult je moeder erg missen.'

Gottlieb slikte. Maar alsof hij zich ineens bedacht, zei hij: 'Ik ben blij dat ik een goede man voor je heb gevonden. Ten minste dat kon ik voor je doen.'

Anna Sophia's ogen werden groot. Snel pakte ze de hand van haar vader.

'Maar wat zeg je nu allemaal, papa? Je hebt altijd zo veel voor me gedaan! Alsjeblieft, denk nooit iets anders!'

Gottlieb draaide zijn hoofd opzij en sloeg zijn ogen neer.

'August is een goede jongen. Hij helpt waar hij kan. Hij is intelligent. En zijn familie is welgesteld. Ik heb je moeder beloofd dat ik je op een dag goed zou uithuwelijken. Ze zou blij zijn te horen dat je met August gaat trouwen. Ze had altijd veel contact met zijn moeder, weet je nog? En August is een uitstekende partij, niemand zou beter bij je passen. Ze zou heel trots op je zijn.'

Anna Sophia slikte. 'En op jou,' zei ze zacht, maar ze wist niet of hij het kon horen.

Gottlieb wreef over zijn gezicht. Hij keek even uit het raam en daarna trok hij ineens zijn wenkbrauwen samen, alsof hem iets te binnen schoot.

'O ja, nog één ding. Ik heb gehoord dat je vandaag met een man bent gaan wandelen?'

'Ja, met Franz Stollwerck. Hij heeft me destijds geholpen, weet je nog? Hij is terug van zijn ambachtsreis en heeft me over Parijs verteld.'

Vreemd, dacht ze. Waarom werd ze ineens een beetje nerveus? Ze had zich er heel erg op verheugd om Franz na al die tijd weer te zien. Hij was knap geworden, dacht ze. Maar zijn sympathieke en grappige manier van doen had hij behouden. Wat was het gesprek met hem fijn geweest... Het had vertrouwd aangevoeld maar ook een beetje spannend.

'Zo, zo, over Parijs. Anna Sophia, je bent binnenkort volwassen. En al verloofd! Het komt wat raar over als een jonge vrouw met een vreemde man gaat wandelen.'

Anna Sophia's mond viel open. Tegelijkertijd schaamde ze zich. Was het tegenover August soms verkeerd geweest om met Franz te praten? 'Maar het was toch alleen...'

'Ik heb niet veel op met die Franz uit die onbeschaafde wolspinnersfamilie, dat weet je heel goed.'

'Ze zijn geen wolspinners meer. Zijn vader is nu...'

'Ik wil niet dat dit nog een keer gebeurt, is dat duidelijk?'

'Natuurlijk, vader.' Anna Sophia sloeg haar ogen neer.

'Goed, goed,' zei Gottlieb en hij aaide haar hand. Anna Sophia slikte.

'Ik zal even naar August gaan en je pijnstiller halen,' zei ze en ze sprong op.

~

In de achterkamer van de apotheek boog August zich fronsend over de microscoop en draaide aan de lens. Hij was zo dichtbij, dacht hij. Het was hem bijna gelukt. Hij moest het nu slim aanpakken. Voorzichtig zijn. Hij keek vlug naar de deur. Moest hij het werk onderbreken en later die avond verdergaan? Boven lachte een van de kinderen. Hij hoorde Betty schelden, maar voor de rest was het stil. Hij had nog wel even tijd, besloot hij, en hij pakte de porseleinen schaal. De ovaal gevormde zaden die erin lagen waren lichtrood. Ze zagen er mooi uit. Vrijwel niemand zou vermoeden wat voor een verwoestend effect ze in het menselijk lichaam konden aanrichten. Hij moest ze nu alleen nog in de pulveriseertrommel fijnmalen en dan kon hij... Plotseling hoorde hij iets en hij kromp ineen. Was er iemand in de gang? Hij keek snel om zich heen. Waar kon hij de kardinaalsmutsjes het beste verstoppen? Maar de deur ging al open en zijn verloofde stond voor hem.

~

'Ah, hier ben je,' zei Anna Sophia. 'Neem me niet kwalijk, maar vader heeft zijn pijnstiller nodig.'

August stond op. Hij had een schaaltje in zijn handen dat hij onrustig heen en weer draaide.

'Natuurlijk. Het flesje was bijna leeg, ik vul het nog even snel.'

Ze knikte langzaam. Augusts gezicht glansde en zijn wangen waren een beetje rood. Op de een of andere manier leek hij gespannen. Of verbeeldde ze zich dat maar?

'Werk je aan de pulveriseermolen?' Anna Sophia kwam dichter naar hem toe. Ze was altijd al gefascineerd geweest door het instrument dat op de tafel achter August stond. Het had een groot metalen rad, een trechtervormige schaal en een houten zwengel.

'Ik wilde snel nog een beetje... wilgenbast voor je vader malen.' August draaide zich om en kiepte de inhoud van het schaaltje erin. Heel even zag ze iets roods. Sinds wanneer was wilgenbast rood? Ze had ineens de dringende behoefte om het nauwkeuriger te bekijken.

'Mag ik?' Anna Sophia stapte snel tussen hem en de molen in en pakte de zwengel vast. Wat deed ze in hemelsnaam? Haar gedrag was volkomen ongepast. Natuurlijk mocht ze zich niet gewoon met Augusts werk bemoeien en met de instrumenten spelen alsof ze nog een kind was. Maar ze kon niet anders. Er klopte iets niet. August had haar vader verteld dat dokter Baader de medicijnen had verwisseld en dat dat de reden was waarom hij het flesje meenam. Waarom vertelde hij Anna Sophia dan nu iets anders?

Ze begon te draaien, keek daarbij in de trechter en fronste haar voorhoofd. Wat ze zag, was beslist geen wilgenbast. Er dansten lichtrode, ovale zaden in, terwijl de maalschijven daaronder zich in elkaar draaiden om de ene na de andere kapot te maken. Had ze de afgelopen nacht niet nog over deze zaden gedroomd? Ze stopte. *Wees voorzichtig, goed? Het is maar een gevoel...* had haar zus Wilhelmine tegen haar gezegd toen ze over August hadden gesproken. En Julie had gefluisterd: *ik ben hem 's nachts al een keer tegengekomen.* Anna Sophia voelde een rilling door haar lijf. Had ze zich zo erg in hem vergist? *Wat we zien is meestal alleen wat we willen zien*, had Gesche tegen haar gezegd en daarna had ze haar de houtskool gegeven. Waarom was Anna Sophia niets opgevallen? Haar moeder had haar immers een keer uitgelegd dat het tegen vergiftigingen hielp! *Alle geneesmiddelen, of het nu kruidenaftreksels, chemische medicijnen of pastilles zijn of gezondheidschocolade is, zijn voortaan mijn zaak* – dat had August zelf verkondigd. Ze had alleen beter moeten luisteren... Ze schraapte haar keel. 'Wat zei je dat je voor vader wilde malen?'

~

August stond als versteend en staarde zijn verloofde aan. De anders zo brave Anna Sophia had hem gewoon opzij geduwd om de molen te bedienen! Hoe durfde ze? Zijn handen trilden zo erg dat hij ze achter zijn rug moest verbergen.

Hij kon de woede zelfs in zijn hard geworden kaken voelen. Hij probeerde adem te halen om te kalmeren, maar zijn hele lichaam beefde. 'Ga opzij.' Nu schreeuwde hij bijna. 'Nu meteen, Anna Sophia.'

Ze deinsde achteruit en keek hem met gefronst voorhoofd aan. Hij wilde haar het liefst door elkaar schudden.

'Wat jij daar wilt malen doet me denken aan... de zaden van kardinaalsmutsjes, zou dat kunnen?' Ze sprak zacht en behoedzaam maar hij kreeg het meteen benauwd. 'Kardinaalsmutsjes zijn extreem giftig, August. Ze veroorzaken ernstige buikkrampen, koorts en circulatiestoornissen. Als mijn vader hiermee behandeld is, dan... dan was deze behandeling juist de reden voor zijn toestand!'

'Denk je soms dat ik...?' stamelde August. Hij had het inmiddels zo heet dat de huid van zijn hele lijf leek te branden.

'Ik kan niet geloven dat je mijn vader zoiets...' Anna Sophia liep een paar passen naar achteren en staarde hem met open mond aan. 'Het ging je om de apotheek, heb ik gelijk? De hele tijd al! We hebben je in onze familie opgenomen. Mijn vader houdt van je alsof je zijn zoon bent. Ik dacht dat jij en ik... En in werkelijkheid ben je in staat mijn vader zoiets...'

Hij haalde uit en gaf haar een klap in haar gezicht. Haar hoofd schoot opzij. Het was haar eigen schuld. Hij duldde nu eenmaal niet dat ze zo met hem, August Arkenberg, sprak. Nee, dat kon hij niet toelaten. Hij had gedacht dat ze van hem hield. Hoe kon ze zoiets zeggen als dat waar was? Bij die gedachte sloeg hij Anna Sophia nog een keer met zijn vlakke hand in haar gezicht.

~

Anna Sophia zakte tegen de muur en hield haar hand tegen haar wang. Haar hart bonkte en haar gezicht brandde. Ze wilde hier weg. Zo snel mogelijk. Ze wilde wegrennen en zich in een donker hoekje verschuilen. Maar dat kon niet want August stond wijdbeens voor haar. De zaden van de kardinaalsmutsjes hoefden nog maar een paar keer rond te draaien en dan zou het gif haar vader opnieuw ongemerkt pijn bezorgen. Als August hem iets meer dan anders gaf, zou het hem zelfs kunnen doden. Ze moest Gottlieb beschermen. Maar in haar eentje kon ze niet tegen August op. Ze ademde heftig, maar door haar strakke korset kreeg ze niet genoeg lucht.

'Ga weg, August!' Ze probeerde het zo hard te roepen dat Betty of Wilhelmine haar kon horen. Toch klonk haar stem klaaglijk. Ze hijgde. 'Verlaat onmiddellijk ons huis!'

Nu stormde hij op haar af en hij pakte haar zo stevig bij haar bovenarm dat ze het uitgilde van de pijn.

'Praat nooit meer zo tegen me, heb je dat begrepen?' Zijn stem was veel luider dan de hare. Hij pakte ook haar andere bovenarm beet en stootte haar heftig tegen de muur. De schoteltjes, schaaltjes en instrumenten in de kasten trilden en er viel een flesje uit dat rinkelend kapot viel.

'Laat me onmiddellijk los!'

De deur vloog open.

'Anna Sophia?' riep Wilhelmine en ze stormde samen met de huishoudster Betty naar binnen.

~

August draaide zich met een ruk om.

'Verdwijn! Nu meteen!' schreeuwde hij tegen de vrouwen. 'Jullie hebben hier beneden niets te zoeken.'

Maar Wilhelmine en Betty bleven staan en keken van August naar Anna Sophia en weer terug.

'Hij heeft vader vergiftigd!' riep Anna Sophia. 'De hele tijd al. Vader was helemaal niet ziek, het waren de kardinaalsmutsjes.'

'Weg hier!' August wilde de twee naar achteren duwen en de deur achter hen sluiten, maar Wilhelmine sloeg zijn hand opzij.

'Nee,' zei ze rustig maar beslist. 'Jij vertrekt, August. En wel nu. Verlaat nu onmiddellijk dit huis.'

Wilhelmine deed een stap opzij en sloeg haar armen over elkaar. Betty wees naar de openstaande deur.

Augusts mond viel open. Dit schandalige gedrag kon hij niet op zich laten zitten. Absoluut niet. Maar het had ook geen zin om nu wild om zich heen te gaan slaan. Hij moest bedachtzaam te werk gaan en zijn hoofd erbij houden. Hij zou dit wel rechtzetten. Hij haalde een paar keer diep adem en liep tussen de vrouwen door de kamer uit. Hij wist wat hij nu moest doen. Hij had geen keuze. Snel liep hij de gang door en met twee treden tegelijk rende hij de trap op naar boven. Zou Gottlieb nog wakker zijn?

~

Wat een dom idee, dacht Franz Stollwerck. Het schemerde al. En toch liep hij verder door de steeds donker wordende straten. Vanuit de kroegen klonk gelach en achter de ramen werden de eerste petroleumlampen aangestoken. Wat zou Gottlieb van hem denken als hij hem op dit tijdstip wilde spreken? Welke serieuze man deed nou zoiets?

Hij bleef even staan. Was het beter om om te keren en morgen terug te komen? Maar bij het idee om thuis zijn vader tegen te komen, verzette alles binnen in hem zich. Hij wilde niet terug naar de woning boven de kruidenierswinkel. Die voelde als een impasse. Als een leven dat hij achter zich had gelaten. Hij schoof zijn hoed goed, ging met zijn hand over zijn keurig bijgewerkte bakkebaarden en liep met grote stappen verder. Op een dag zou hij de droom die hij in Parijs tussen alle zoetigheden door had gekregen, uit laten komen. De mensen zouden bij de naam Franz Stollwerck aan heerlijke lekkernijen denken. Wat zou het toch mooi zijn als hij samen met Anna Sophia in zijn eigen winkel kon staan, zij aan zij. Als ze samen gebak en bonbons zouden maken en tegelijk hun hoofd op zouden tillen als er een klant binnenkwam.

Hij zou op de deur van de Müllers kloppen. Ja, dat zou hij doen. De huishoudster Betty zou opendoen. Zij had hem altijd al aardig gevonden en zou hem zeker binnen vragen. Misschien zou Anna Sophia er ook zijn. Misschien zou ze achter de deur staan luisteren. Wat zou hij haar vandaag nog graag willen zien! Maar eerst moest hij met de apotheker Müller praten, dat hoorde nu eenmaal zo. Beleefd, maar zelfverzekerd zou hij zeggen: 'Ik wil om de hand van uw dochter vragen.' Zei je dat zo?

Ineens voelde hij een koude windvlaag op zijn hoofd. Waar was zijn hoed? Hij draaide zich om en rende lachend achter zijn drie vrienden aan, die net zijn hoed hadden afgepakt. Hij kreeg Heinrich, de eerste van de drie, algauw te pakken, nam hem in de borstklem en wreef over zijn kale hoofd. Heinrich vloekte en gooide de hoed naar Theodor. Die zette hem trots op zijn donkere krullen en paradeerde gewichtig een paar stappen heen en weer. 'Goedendag, goedendag,' riep hij op een ironische toon. 'Ik ben Franz Stollwerck, ik loop hier door Keulen met mijn deftige hoed op en vertel mijn beste vrienden niet dat ik weer in de stad ben!'

Franz wilde zich op hem storten, maar Theodor wierp de hoed naar de kleine, langharige Koloman. Die liep snel achteruit, zette hem ook op en verkondigde: 'Hallo, ik heet Stollwerck. Ik ben jarenlang op reis geweest. Nu ben ik terug en zie ik eruit als een beer. Kijk mijn brede rug eens. Zie mijn platte buik! Ik heb het te druk om mijn beste vrienden op te zoeken.'

Franz deed nog één halfslachtige poging om de hoed van Koloman af te pakken, maar die wierp hem alweer naar Heinrich. Heinrich ving hem op, liet zijn armen zakken en schudde niet-begrijpend zijn kale hoofd. 'Franz, ben jij het echt?' En toen verschenen er talloze lachrimpels op zijn gezicht. 'Jongen, je hebt geen idee hoe erg we je hebben gemist!' Hij rende naar Franz toe, omhelsde hem stevig, en rechts en links voelde Franz de handen van Theodor en Koloman op zijn schouders.

'Het is zo fijn je te zien,' zei Theodor.

'Je moet ons alles vertellen,' zei Koloman.

'Dat zal ik doen,' zei Franz en hij probeerde niet emotioneel te klinken. Hij had de drie jongens gemist. Overal waar hij was geweest had hij de mensen vergeleken met de beweeglijke kuipersgezel Heinrich, de rustige Theodor en de belezen Koloman, en nergens had hij zich zo prettig gevoeld als bij zijn oude schoolkameraden. Natuurlijk had hij ze willen zien. Zo snel mogelijk! Hij zou morgen meteen bij Heinrichs familie langs zijn gegaan. Als die er niet was geweest, zou hij het in de loop van de dag bij het graanstalletje van Theodors vader hebben geprobeerd. En anders zou hij ze zeker 's avonds hebben gevonden, tenminste, als ze nog net als vroeger vaak naar het Café bij de Eik gingen.

Langzaam maakten ze zich van elkaar los.

'Waar was je op weg naartoe?' Theodor keek hem met zijn lichtblauwe ogen aan. Zijn donkere krullen waren iets langer geworden en Franz vroeg zich af of hij in de tijd dat hij afwezig was geweest een paar centimeter was gegroeid. Theodor keek een beetje schalks op hem neer en er waren niet veel mensen die op hem neer konden kijken.

'Je was helemaal in gedachten. Als we gewild hadden, had je je hoed nooit meer teruggezien,' zei Koloman en hij streek zijn lange haarlokken, die zoals altijd wat vettig waren, achter zijn oor. Hij had nog steeds een beetje een bochel, maar die verborg hij vandaag onder een wijde, bruine zomermantel.

'Net als bij die ouwe Mertens toen, weet je nog?' zei Heinrich grinnikend en hij gaf Koloman een por met zijn elleboog.

Franz moest lachen. 'Je hebt de hoeden van de Mertens zeker nog steeds, of niet soms?'

'Zeker weten. Die trofeeën doe ik nooit meer weg.'

Al in hun ergste kwajongenstijd hadden ze van het spel genoten:

overal waar ze hoog uitstekende, arrogant lijkende hoeden zagen, trokken ze ze van het hoofd van de heren en renden weg. Af en toe had hun streek hen een pak slaag opgeleverd, maar toch konden ze het niet laten. En één keer had die gewoonte zelfs Franz' leven gered.

Hij moest weer aan de dag denken waarop hij had geprobeerd om Anna Sophia te beschermen. Victor Mertens had haar vanuit zijn koets met zijn vuist bedreigd en even later kon Franz haar nergens vinden. Toen hij haar eindelijk vond, schrok hij verschrikkelijk. Ze stond in een donkere steeg, helemaal tegen de muur aan, met haar armen beschermend voor haar gezicht. 'Alstublieft, laat u mij gaan!' Franz kon zich die woorden en haar halfluide stem nog goed herinneren. Voor haar stond Victor Mertens met zijn belachelijke, hoge hoed. Zijn nek was helemaal rood, met één hand hield hij Anna Sophia bij haar middel vast en met de andere greep hij in haar decolleté. De bandjes van haar jurk waren al los en hij perste zichzelf tegen haar aan. Zo snel Franz kon, rende hij eropaf. In volle vaart stootte hij Victor Mertens opzij. Ze vielen allebei op de grond en nog voordat Franz overeind kon krabbelen, wist hij dat het niet goed voor hem zou aflopen. Want ineens stapte Victors broer Ferdinand uit de schaduw. De dienstknecht die op de achtergrond stond, keek hem vragend aan en draaide zich toen demonstratief om, alsof hij wilde zeggen: ik zie en hoor niets. Franz probeerde op te staan, maar Ferdinand pakte hem bij zijn kraag, smeet hem tegen de muur en trapte in zijn buik. Telkens opnieuw. Victor herstelde zich snel van de schrik, ging achter hem staan en trapte hem net zo hard in zijn rug. Anna Sophia moest zijn weggerend om hulp te halen. Franz wist het niet precies, hij voelde alleen trappen tegen zijn romp, benen en knieën. Hij probeerde met zijn hand zijn hoofd te beschermen, maar ze trapten keihard op zijn onderarmen, schouders en tegen zijn nek. Franz bestond alleen nog uit pijn. De pijn brandde en klopte zo gloeiend in zijn hele lijf dat hij niet eens kon schreeuwen. Hij was misselijk, het werd hem zwart voor de ogen en hij hapte naar lucht. Maar plotseling stopten de Mertens-broers.

'Niet te geloven...' riep Ferdinand verontwaardigd.

'Wat een brutaliteit!' schreeuwde Victor. En toen renden ze allebei weg.

Later hoorde Franz pas dat Anna Sophia op de Neumarkt in de armen van zijn vrienden was gelopen. Zij waren meteen met het meisje, dat ze al van hun kwajongensstreken kenden, meegelopen naar de steeg. Natuurlijk konden ze de invloedrijke Mertens broers niet zomaar in elkaar slaan, dan waren ze waarschijnlijk zelf in de gevangenis beland. Het eerste wat ze daarom konden bedenken, was hun oude streek. Dapper als de kleine Heinrich nu eenmaal was, stal hij de hoeden van de hoofden van de Mertens en rende weg. De Mertens hadden geen kans: zodra ze op de Neumarkt kwamen, zagen ze hem nergens meer. Woedend gingen ze naar hem op zoek en ze stuurden hun dienstknecht weg om in de andere richting te kijken. Daardoor maakten ze het voor Theodor en Koloman, die zich in de buurt verstopt hadden gehouden, mogelijk om Franz in de tussentijd op de been te helpen.

'Nou?' pakte Koloman de draad weer op. 'Wat was de deftige meneer de suikerbakker vandaag van plan?'

Franz keek van de een naar de ander. Het was echt geen goed idee geweest om zo laat op de avond nog apotheker Müller te willen spreken. Morgen was tenslotte ook nog een dag. Eerst kwam de nacht en in de nacht moest je samen met je beste vrienden het glas heffen.

Franz spreidde zijn armen uit en grijnsde. 'Ik was op weg naar het Café bij de Eik.'

'Dat lieg je natuurlijk.' Koloman wierp zijn lange haar naar achteren.

'Maar we vergeven het je.' Theodor knipoogde.

'Ach, Franz,' zuchtte Heinrich. 'Het belangrijkste is dat je er weer bent. En je blijft toch ook?'

Franz had hem het liefst nog een keer omhelsd. Ook als man was Heinrich nog steeds de naïeve, sympathieke kleine jongen die hij als kind was geweest.

'Nou en of!' zei Franz. 'De ambachtsreis was mooi, maar weten jullie wat ik daarbij vooral heb ingezien? Ik hoor gewoon in Keulen.'

Zijn vrienden jubelden, gaven hem schouderklopjes en duwden hem ginnegappend en lachend in de richting van het Café bij de Eik.

12

‘Papa? Ik moet dringend iets met je bespreken,’ zei Anna Sophia. Ze liep struikelend Gottliebs slaapkamer in en bleef staan. Haar vader was bleek maar zat rechtop in zijn bed. ‘Gaat het beter met je?’

Gottlieb keek uit het raam. Zonder haar aan te kijken, antwoordde hij: ‘Totaal niet, Anna Sophia. Ik moet ook iets met jou bespreken.’

Ze deed de deur achter zich dicht. Haar verhaal kon eigenlijk niet wachten, maar haar vader keek zo ernstig dat ze er bang van werd. Ze vouwde haar handen voor haar buik ineen en wachtte.

‘August was hier.’ Haar vader fluisterde bijna.

‘Daarom moet ik ook met jou praten. Heeft hij het je soms al verteld? Ik dacht niet, dat…’

Haar vader draaide zijn hoofd om en Anna Sophia schrok. Hij keek haar met zo’n kille blik aan dat hij wel een vreemde leek. ‘Jij houdt nu je mond.’

Ze slikte en deed een stap naar achteren.

‘Hij heeft het me verteld, ja.’

‘Ik kon het ook nauwelijks…’

‘Hou je mond, zei ik!’

Vertwijfeld sloeg ze haar armen over elkaar.

‘Je weet heel goed wat de toekomst van de apotheek voor mij betekent. Wat het voor je moeder zou hebben betekend om jou en August in deze apotheek te zien. Wat jij voor August betekent! Hij vereert je, Anna Sophia! En wat doe jij? Met die… Franz Stollwerck?’ Hij spuwde de naam bijna uit. ‘Je bent verloofd, Anna Sophia. Ik dacht dat ik je tot een eerbare dochter had opgevoed. Hoe is het mogelijk dat je zoiets onbeschrijfelijk onzedigs doet?’

Anna Sophia’s hart begon te bonken. Wat zei haar vader nou allemaal? Ze greep krampachtig haar rok vast en deed een stap naar voren. ‘Papa…’ riep ze.

‘Ik wil er nooit meer over praten, begrepen?’

‘Wat zou ik…’

‘Heb je me begrepen?’ Hij verhief zijn stem en Anna Sophia vocht tegen de tranen.

'August liegt, vader. Ik heb hem net betrapt met kardinaalsmutsjes.'

Haar vader keek haar met een gefronst voorhoofd aan.

'Hij heeft je kardinaalsmutsjes gegeven. Ik heb het zojuist ontdekt. Je werd ziek door het vergif. Het ging hem om de apotheek. Het ging hem de hele tijd alleen daar om.'

Gottliebs gezichtsuitdrukking verduisterde nog meer. Daarna schudde hij langzaam zijn hoofd. 'Dat je je niet schaamt,' zei hij zacht. 'Heb ik je zo opgevoed? Hij heeft me verteld dat je stiekem bent weggereden, Anna Sophia. Hij weet niet zeker waar je was, maar ik weet het heel goed. Later heeft hij gezien dat je mij met medicijnen hebt behandeld die hij niet kende. Nu vraag ik je één ding, Anna Sophia.'

Ze hield haar adem in. Dat had niet mogen gebeuren, dacht ze. Hier had hij nooit achter mogen komen.

'Heb je me met het vergif van je oma behandeld?'

Ze kreeg het benauwd en kon geen woord uitbrengen.

'Je weet heel goed wat ik van die kwakzalverij vind en hoe ik over die vrouw denk die midden in het bos in haar hut leeft en met geesten praat! Ik heb je altijd gezegd dat haar praktijken niet alleen idioot zijn, maar ook gevaarlijk. Mensen vertrouwen haar en worden op hun zwakste momenten bedrogen! Ze heeft zelfs het leven van een vrouw op haar geweten. Daarom werd ze het dorp uit gejaagd. Ben je dat soms vergeten? Ik heb jou en je zussen sindsdien elk contact met haar ten strengste verboden! Hoe kon je achter mijn rug om naar haar toe rijden? Hoe kon je me zo om de tuin leiden en me in gevaar brengen? August werd wantrouwend toen hij je observeerde. Daarna heeft hij het poeder uit de kardinaalsmutsjes gevonden en het onderzocht. Zij heeft het je gegeven, nietwaar? Natuurlijk wist je niet wat de zaden in het menselijk lichaam aanrichten, je bent haast nog een kind, maar ik zeg je: die ouwe heks wist het. Dat je mij door je domheid in gevaar brengt, is één ding. Maar dat je nu ook nog August beschuldigt... Ik ben diep teleurgesteld.'

De tranen rolden over Anna Sophia's wangen. Hoe kon haar vader dit in hemelsnaam van haar denken? Ze balde woedend haar handen tot vuisten en zei: 'Ik spreek de waarheid, papa. De kardinaalsmutsjes zijn niet van Gesche, maar van August.'

'Stil! Ik zeg je wat je gaat doen. Je gaat nu naar je kamer en denkt na over wat je August, je familie en jezelf hebt aangedaan. En morgenochtend ga je naar August en bied je formeel je excuses aan. Als je oprechte spijt laat zien, vergeeft hij het je misschien. En misschien kan ik je op een dag dan ook vergeven.'

'Papa, ik...'

'August heeft een milder hart dan ik. Ik wil dat jullie trouwen en dat August de apotheek overneemt. Denk erover na, Anna Sophia. En ga nu.'

Anna Sophia bleef een paar tellen in de gang staan. Haar maag kwam in opstand en haar oren suisden. Wat was er zojuist gebeurd? Hoe kon haar vader August geloven, een man die overduidelijk had geprobeerd hem te vergiftigen? Hoe moest ze Gottlieb nu beschermen?

Als in trance ging ze naar haar kamer, waar Wilhelmine al op haar wachtte. Het flakkerende licht van de kaars belichtte haar hoekige gezicht terwijl ze nog lang over de gebeurtenissen van die avond spraken.

'Ik kan het me nauwelijks voorstellen,' fluisterde Wilhelmine toen de kaars al bijna opgebrand was. 'Ik heb weliswaar altijd geweten dat August niet de voorname heer is die papa in hem wil zien. Maar vergif? Waarom heeft hij dat gedaan?'

Anna Sophia haalde uitgeput haar schouders op. 'Misschien wilde hij meer verantwoordelijkheid in de apotheek. De vrije hand bij het werk. Ik weet het niet...'

'Hij was altijd al een slijmbal, die zich bij papa alleen van zijn beste kant liet zien. Maar dat hij tot zoiets in staat is...'

'Zoals hij vanmiddag met mij is omgegaan... is hij tot alles in staat.'

'Waarom wilde hij van papa af? En dat voordat jullie getrouwd zijn? Misschien is er nog een andere verklaring voor.'

Anna Sophia snoof. 'Welke dan?'

Ook Wilhelmine haalde nu haar schouders op. 'Het zou een misverstand kunnen zijn.'

'Als het een misverstand was, waarom rent hij dan meteen naar papa, beschuldigt mij en vertelt hem dan ook nog dat ik met Franz zou hebben...' Anna Sophia's stem begaf het. 'Ik heb papa nog nooit zo kwaad gezien.'

Wilhelmine schudde haar hoofd. 'Je mag in geen geval met August trouwen, Anna Sophia. Wat er ook gebeurt!'

Op dat moment ging de kaars uit. De zussen bleven nog even zwijgend in het donker zitten.

'Laten we maar gaan slapen,' zei Wilhelmine toen. 'En morgen zien we verder.'

Anna Sophia lag in haar bed te woelen. Voor haar geestesoog zag ze de rode zaden van de kardinaalsmutsjes en Augusts woedende gezicht. Ze hoorde hem weer tegen haar schreeuwen en voelde hoe hij haar tegen de muur drukte. Nu, in de duisternis, begonnen haar bovenarmen te kloppen. Daar waar August haar had beetgepakt zou ze zeker blauwe plekken krijgen. Konden dat dezelfde handen zijn geweest waarmee hij haar anders zo liefdevol had aangeraakt? Ze werd misselijk. Haar vader wilde dat ze alles goedmaakte, maar hoe kon ze het nare gevoel in haar maag negeren? Wat verlangde hij nou? En wat had August in godsnaam over haar verteld? Ze zou met Franz… ja, wat eigenlijk? Inmiddels wist ze wat er tussen echtelieden gebeurde voordat ze kinderen kregen. Betty had het haar verteld. Vlak na haar verloving had de huishoudster haar apart genomen en gefluisterd: 'Ik denk dat je moeder zou willen dat je het voor je huwelijksnacht weet. En wie moet het je anders uitleggen?'

Ze waren naar de keuken gegaan, hadden de deur dichtgedaan en waren aan tafel gaan zitten. Betty had haar lange, magere bovenlichaam naar haar toe gebogen en zacht maar expliciet verteld dat het verhaal met de ooievaar, die de kinderen bracht, een sprookje was. Het was wel zo dat de meeste jonge meisjes tot aan de huwelijksnacht in dit sprookje geloofden, maar dan beleefden ze een nare verrassing, die Betty Anna Sophia wilde besparen. Anna Sophia beet telkens op haar duimnagel terwijl Betty verderging. Ze kon haar oren haast niet geloven. Het wekte walging bij haar op, en verbazing, maar ook nieuwsgierigheid. 'En dat hebben vader en moeder…?' fluisterde ze.

'Daar ga ik vanuit.' Betty knipoogde en Anna Sophia slikte.

'En August zal willen dat wij dat ook…?'

Betty knikte langzaam.

'Heb jij ook al…?'

Betty lachte. 'Dat is heel lang geleden.'

'Hoe… erg is het?'

De huishoudster grinnikte. 'De eerste keer kan het zeer doen, ja. Maar onder bepaalde omstandigheden zul je er zelfs van genieten.'

Anna Sophia vertrok haar gezicht. 'Meen je dat?'

'Absoluut.'

Ze had zich al vaak overgegeven aan dagdromen die nogal onbetamelijk waren. Een van de fijnste was dat August haar rug streelde, haar in de ogen keek en haar op de mond kuste. Bij het beeld alleen al was ze knalrood geworden en ze had zich afgevraagd of ze er tijdens de biecht over moest praten. Maar de dagdromen die ze na het gesprek met Betty steeds vaker kreeg, kon ze in geen geval aan de priester vertellen. Niemand mocht weten dat ze zich minutenlang aan die fantasieën overgaf, dat haar hele lijf dan leek te beven en dat een onzedelijke hitte zich in haar verspreidde. Die werd gevolgd door het grootste schaamtegevoel dat ze ooit had gekend.

Als ze er nu, terwijl ze in bed naar het plafond lag te staren, aan dacht, werd ze misselijk. Ze wilde August niet eens meer aankijken! En ineens moest ze aan Franz denken. Natuurlijk had August tegen haar vader gelogen. Zoiets zou ze nooit doen! Maar als ze eerlijk tegen zichzelf was, vond ze de kruideniersjongen inderdaad leuker dan ze voor zichzelf in de jaren van zijn ambachtsreis wilde toegeven. Inmiddels was zijn stem veel lager, waren zijn bakkebaarden voller en was zijn onderkaak markanter geworden. Ook zijn schouders waren breder. Zijn brutale grijns was echter hetzelfde gebleven. En hij trok er nog steeds geamuseerd en uitdagend zijn wenkbrauwen bij op. Ze had hem als kind al aardig gevonden, hoewel hij haar constant had geplaagd. Stiekem had ze zijn streken altijd grappig gevonden en telkens vol spanning gewacht op wat hij nu weer zou bedenken. En ze zou hem er eeuwig dankbaar voor zijn dat hij haar had gered. Ze moest er weer aan denken hoe hij zich destijds spontaan op Mertens had gestort en heftig door hem en zijn broer in elkaar was geslagen. Als ze zijn vrienden niet had gevonden, die hem snel te hulp schoten, had hij het misschien niet overleefd. In de dagen daarna had ze telkens weer voor het scheve huis in de Löhrgasse gestaan, waar de kruidenier Nikolaus Stollwerck samen met zijn vrouw Christina, die toen nog leefde, zijn kinderen grootbracht.

Ze had zich zo schuldig gevoeld dat ze het gevoel had gehad dat er een steen op haar maag lag. Met gebogen hoofd had ze de winkeldeur geopend.

'Wat kom jij hier doen? Wegwezen!' had Hubertine vanachter de toonbank geroepen. Met zwaaiende armen had ze Anna Sophia weer de straat op gejaagd. 'Waarom krijg je het ook aan de stok met de Mertens? Mama zegt dat je vast naar hen hebt lopen lonken! En wie lijdt er uiteindelijk onder? Mijn broer, die jou moest helpen! We willen je hier niet zien. Ga weg!'

Maar Anna Sophia kwam telkens weer met kruidenthee, aftreksels of kompressen langs, tot Hubertine eindelijk niet meer de winkeldeur voor haar neus dichtsmeet, maar de achterdeur naar het woongedeelte voor haar opendeed. Anna Sophia zou nooit vergeten hoe het in de kleine kamer had geroken, waar Franz lag en waar behalve hij ook zijn twee zussen en broertje sliepen. Het rook er naar bloed, bedompte lucht en vuil. Franz' oog was nog steeds gezwollen, zijn wangen waren donkerblauw, uit de grote wond op zijn hoofd kwam vocht en hij haalde reutelend adem. Anna Sophia ging meteen aan het werk en twee dagen later, toen haar behandeling het eerste effect sorteerde, verscheen Franz' uitdagende grijns weer op zijn gezicht.

Ze moest glimlachen bij die herinnering. Ze mocht hem graag. Ze waren door veel dingen met elkaar verbonden.

Vandaag was hij speciaal naar de apotheek gekomen om haar te zien. Hij had haar iets willen vragen maar vervolgens toch niet de moed gehad. Zou hij haar ook leuk vinden?

Ze kreeg het warm en schoof de deken weg. Plotseling ging ze rechtop zitten, want ze had een idee. Een dwaas en zondig idee. Maar misschien was het haar laatste kans.

Morgenochtend ga je naar August en bied je formeel je excuses aan, had Gottlieb tegen haar gezegd. Ze hoorde de woorden telkens in haar hoofd terwijl ze zachtjes opstond, zich aankleedde en op haar tenen het huis verliet.

~

Victor Mertens moest zich beter concentreren, hij moest vandaag tenslotte nog belangrijke transacties tot stand brengen. Zijn schoonvader had hem tijdens een gezamenlijke afspraak in het Blankenheimer Hof flink door de mangel gehaald. Als door Victors schuld de deal met de Berlijnse suikerfabrikanten mislukte, zou de oude Abraham er vast nog een keer over nadenken of Victor in de toekomst de zaken wel moest leiden. Maar Victor kon er toch niets aan doen dat die afschuwelijke suikerfabrikant alles zo nauw nam? Alleen vanwege die paar talers die Victor hem blijkbaar te weinig had betaald, wilde hij alles annuleren! Belachelijk. Hoe dan ook, hij moest dringend in actie komen. Toch kreeg hij vandaag amper iets voor elkaar. Hij keek telkens van zijn papieren op, sloeg geagiteerd met zijn vlakke hand op de tafel of pakte zijn zakhorloge. Zou alles goed gaan? Toen eindelijk de deur opengaan, sprong Victor op en merkte hij nauwelijks dat hij inkt knoeide.

'Wat is het?' riep hij. Hij hield zijn adem in terwijl hij het dienstmeisje aankeek dat net was binnengekomen en wier naam hij gewoon niet kon onthouden.

'Het is een meisje, meneer Mertens,' zei ze.

'Een meisje?'

'Ja, meneer Mertens. U kunt naar haar toe.'

Heel even had hij het gevoel dat hij een stomp in zijn maag had gekregen. Hij deed zijn best zijn houding te bewaren, terwijl hij langzaam en omslachtig weer ging zitten. 'Ik heb nu geen tijd. Laat me alleen,' bracht hij met moeite uit.

Pas toen de deur in het slot was gevallen, keek Victor weer op. Hij haalde diep adem en wreef over zijn gezicht. Zijn vrouw had hem dus geen zoon geschonken. Het paste wel bij haar koppige karakter dat haar eerste kind een meisje was. Hij zuchtte en leunde naar achteren. 'Is dat al alles?' hoorde hij de stem van zijn moeder in zijn hoofd. 'Kun je niet meer? Ik wil dat je je best doet. Kom op, ga door. Hup.'

Nou goed, dacht Victor. Ze zouden dus nog meer kinderen krijgen. Pas bij een zoon zou hij Sibylle toestaan om voornamelijk in haar zomerhuis te vertoeven. Als hij nu meer nakomelingen kreeg, zou tenminste niemand aan zijn potentie twijfelen. Hij boog zich enigszins gerustgesteld weer naar voren om verder te schrijven, toen hij ver weg zacht gehuil hoorde. Hij liet de pen zakken. Was dat soms zijn dochter? Plotseling kreeg hij kippenvel. Victor Mertens had niks met kinderen. Ze maakten herrie en waren brutaal en dom. Ze wilden altijd wat en gehoorzaamden nooit. Toch kreeg hij op dat moment een warm gevoel dat hij niet kende. Het verspreidde zich langzaam door zijn borstkas. Er was een kind in huis en dat kind was er zonder hem nooit geweest. Het was zijn vlees en bloed! Hij wist zelf amper wat hij deed terwijl hij opstond en snel naar het geluid liep. Her en der kwam hij bediendes tegen die geschrokken opzij gingen. Hij liep naar de hal, dwars door de foyer, de trap op en door de lange gang. Zijn voetstappen weerkaatsten tegen de muren, tot hij eindelijk bij de slaapkamer van zijn vrouw was. Ze lag met ingevallen wangen in haar bed. Daarnaast stonden dokter Heidmüller, het meisje dat net nog bij hem was geweest en Emma. Ze draaiden allemaal hun hoofd naar hem om, maar hij staarde alleen naar het bundeltje dat in Sibylles armen lag.

'Gaat het goed met haar?' vroeg hij. Sibylle zweeg en aaide het ruggetje van de baby. 'En hoe gaat het met jou?' richtte hij zich nu ook tot zijn vrouw, maar ze reageerde nog steeds niet.

'Sibylle, is alles in orde?'
Hij zette een stap de kamer in en keek naar de arts, een man met een volle, witte haardos en een te grote neus. Als hij niet beter wist had hij de dokter voor een Jood gehouden. Maar ze hadden Victor diverse keren verzekerd dat hij katholiek was.
'Wel, meneer Mertens, de bevalling is uitstekend gegaan.'
'En het kind? Gaat het goed met haar?'
Sibylle keek vermoeid naar hem. Daarna hield ze zijn dochter voor hem op. Hij slikte. Hij kende de verbitterdheid in haar blik. Zoals ze daar lag en hem aankeek, zag ze er plotseling uit als zijn moeder. Hij tuimelde bijna en herinnerde zich de geboorte van zijn zusje. De eerste keer dat Victor haar zag, wist hij het al: het meisje was geboren om te sterven. Ze was heel klein en blauw, breekbaar en zwak. Hij herinnerde zich nog hoe zijn moeder hem dat wezentje in zijn handen had gedrukt. 'Hou het maar vast, het is het laatste wat van je vader over is,' had ze gezegd. Hij wilde nu niet aan zijn moeder denken en niet aan zijn zus die nauwelijks had geleefd.
'Victor?' haalde Sibylle hem terug naar het hier en nu. Het dienstmeisje kwam naast hem staan en pakte het kind voor hem aan. Ze hield het zo vast dat hij het kon bekijken. Zijn adem stokte bijna. Het deel van het gezicht dat hij onder de doek kon zien, was helemaal rozig en zag er fantastisch gezond uit. Hoe klein kon een neus zijn? Hoe fijntjes een mond? De ogen van het meisje waren gesloten en de enkele, dunne haartjes stonden warrig van haar hoofdje af. Zijn hart klopte sneller. Hij had een dochter! Hij had echt een kleine, prachtige, gezonde dochter. En op dat moment nam hij zich voor dat hij haar zou beschermen. Iedereen kon hem nog zo te grazen nemen – zijn moeder, zijn schoonvader, zijn vrouw –, zolang dit kind er was, zou alles goed komen. Hij kon geen woord uitbrengen. Hij kon alleen kijken en niet geloven wat hem was overkomen. Tot zijn dochter haar oogjes opendeed en hij de doek over haar gezicht opzijschoof. Onwillekeurig deed hij een stap achteruit.
'Wat... is dat?' stamelde hij. 'Wat heeft dit te betekenen?'
Niemand gaf antwoord. Hij keek naar de anderen, maar iedereen keek bedremmeld naar de grond en geleidelijk aan leek dit stilzwijgen hem op te slokken.

~

'Dat kan je vader onmogelijk van je verlangen!' Theodor fronste zijn wenkbrauwen en schudde zijn hoofd. 'En dat na je ambachtsreis...'

Franz knikte. 'Helaas wel. Hij praat er alleen maar over dat ik de kruidenierswinkel moet overnemen. Maar ik ga een bakkerij openen! En het zal de bijzonderste bakkerij van de hele stad zijn.'

Koloman lachte. 'Je kunt beter wat zoete broodjes bakken!'

'Ja, heel kleine en heel grote, Koloman! Ik heb zo veel ideeën. Ik weet gewoon niet waar ik moet beginnen. Ik kan niet wachten!'

'Op de bijzonderste meester-bakker van de hele stad,' riep Heinrich. Hij hief zijn kroes en de vier vrienden proostten met elkaar. Ze dronken allemaal met grote slokken, behalve Franz. Zo onopvallend mogelijk nipte hij alleen van zijn bier. Hij had tenslotte grote plannen voor morgen.

'En wat is er bij jullie gebeurd? Wat heb ik gemist?' vroeg hij aan zijn vrienden.

'Heel wat,' riep Heinrich. 'Onze slimme Koloman werkt nu bij de krant.'

'Echt waar? Bij de *Kölnische*?'

Kolomans ogen glansden van trots. 'Ze hebben al een paar artikelen van mij geplaatst,' zei hij.

Franz sloeg hem op de schouder. 'Gefeliciteerd!' riep hij. Koloman had het niet altijd makkelijk gehad. Hij was in een welgesteld gezin geboren en had een goede opleiding genoten, maar vanwege zijn kleine bochel nam niemand hem echt serieus. Zijn familieleden lachten hem constant uit. De meeste spot oogstte hij wanneer hij op een van de chique familiefeesten een van zijn gedichten voordroeg. Franz had er weliswaar niet veel verstand van en vond ze zelf ook nogal flauw, maar toch irriteerde het hem dat elk vers van Koloman werd overstemd door gegiechel. Wat zouden de voorname heren en dames opkijken als ze aan de ontbijttafel de krant opensloegen en de naam dr. Koloman Witt onder een artikel zagen staan. Franz grijnsde bij het idee. Hij gunde het zijn vriend van harte.

'Denk je dat ik eens mijn opwachting bij Wilhelmine moet maken?' vroeg hij nu zacht aan Franz.

'Ja, waarom niet?'

Als jonge jongen had Koloman tijdens het uithalen van hun streken al een oogje op Anna Sophia's ongebruikelijk zelfbewuste zus gehad.

'En onze Heinrich maakt nu de vaten voor de wijnhandel van mijn neef Ferdinand!' zei Koloman nu luider en hij wreef grijnzend over Heinrichs kale hoofd.

'Nou ja, eh... eigenlijk voor het wijngoed van de oude Hans achter de stadsmuur, je weet wel. Met de Mertens heb ik natuurlijk niets te maken...' Heinrich keek verlegen naar zijn handen.

'Maar dat is hartstikke goed!' Franz knikte waarderend. 'Ik weet zeker dat het de beste vaten van de hele stad zijn! Veel te goed voor de stinkende Mertens.'

'Alleen sta ik al met één been in de gevangenis.'

Franz staarde hem aan. 'Wat heb je gedaan?'

'Ik? Helemaal niets!' riep Heinrich verontwaardigd en hij stak zijn handen in de lucht. 'Je kent me toch, ik ben goudeerlijk! Maar de gevangenbewaarders luisteren gewoon niet naar me!' Daarna grijnsde hij en er verschenen duizend lachrimpeltjes in zijn gezicht. 'Heb je nog niet gezien wat ze aan de Gereonswall hebben gebouwd? De Klingelpütz-gevangenis is klaar en grenst pal aan het huis van mijn familie! Nu kunnen we vanaf de zolder de misdadigers en de gekken op de binnenplaats van de gevangenis zien. Nou, daar kun je uren mee zoet zijn, dat kun je van me aannemen! En bij de ramen in de gang kun je zelfs met de mensen daar praten, als zij in hun trappenhuis staan. Mijn moeder is ontzettend kwaad. Ze zegt dat het veel te dichtbij is. Toch is het niet heel slecht voor ons. Er komen steeds meer familieleden naar ons toe en die betalen ons om met de gevangenen te kunnen praten.'

Franz schudde lachend zijn hoofd. 'Jij maakt ook altijd de gekste dingen mee...' Weer sloeg hij Heinrich op de schouder. 'En hoe is het met jou, Theodor?'

Hij keek naar zijn eenvoudig geklede, maar toch elegant overkomende vriend, die ineens stil was geworden.

'Nou ja. Ik help mijn vader met zijn graanhandel, je weet wel. En ik denk... ik denk erover om me te laten dopen.'

De drie anderen zetten tegelijk hun kroes terug op de tafel.

'Wát zeg je nou?'

'Als kind wilde ik al leraar worden, dat weten jullie. En aangezien de Pruisen dit beroep voor ons Joden principieel hebben verboden... Ik wil niet zo eindigen als mijn vader. Met een graanstalletje.' Hij schudde zijn hoofd en sloeg met zijn vlakke hand op de tafel. 'Ik wil meer dan dat. En als ik meer wil, moet ik in dit land nu eenmaal christen worden.'

'Maar, Theodor... Je bent met hart en ziel Joods! Je viert elke week sabbat! En nu dit?' Koloman kreeg zijn mond gewoon niet meer dicht van verbazing.

Maar Franz kon Theodor goed begrijpen. Theodors vader was vroeger een veelgevraagde leraar geweest. Nadat alle lerarenberoepen in 1822 echter voor de Joden verboden waren geworden, was hij in een diep gat gevallen. Inmiddels sloeg hij zich er doorheen als graanhandelaar, een van de beroepen die nauwelijks aanzien genoten en die Joden nog wel mochten uitoefenen. Maar hij was nooit meer dezelfde geworden.

'Ik weet het, Koloman. Maar wat zouden jullie doen?'

'Ik denk dat onze Heer Jezus Christus je zeker op zou nemen,' zei Heinrich zacht.

Franz schraapte snel zijn keel en riep: 'Ah, onze heilige Heinrich... Wat dacht je ervan om nog een rondje voor ons te halen, kleine apostel?! Als ik goed heb gerekend, is het jouw beurt!'

Religie was het enige delicate onderwerp tussen Heinrich en Theodor. De kuipersgezel was streng katholiek opgevoed. Nog strenger dan Koloman en Franz. Hij ging elke week biechten, bad dagelijks de rozenkrans en soms trof Franz hem aan terwijl hij voor het kruis met de Heilige Madonna sprak. Eén keer had hij zelfs aan Franz bekend dat hij soms bang was dat God zijn vriendschap met Theodor afkeurde. Natuurlijk was ook Franz een vroom man, maar zijn vroomheid ging niet zo ver dat hij ooit zijn vriendschap met Theodor in twijfel zou trekken. Daarvoor mocht hij de rustige man met de schalkse blik veel te graag. Tegen zo'n vriendelijk mens kon Jezus echt geen bezwaar hebben. Dat wist Franz wel zeker.

'Theodor,' bromde Franz, terwijl Heinrich naar de bar liep. 'Er is vast een andere manier. De wereld van onze vaders zal niet onze wereld zijn. Onthoud dat.'

Peinzend nipte hij nog een keer aan zijn bier.

Het was al laat toen Franz door de nauwe steegjes van Keulen naar huis liep. Hij kwam twee Pruisische soldaten en een nachtwacht tegen. Hij knikte vriendelijk naar hen en was opgelucht dat hij ongehinderd door mocht lopen. Een schaars geklede vrouw boog zich uit een raam en zwaaide, maar hij negeerde haar. Franz was blij dat de maan scheen zodat de weg een beetje verlicht was. En hij was blij dat hij verstandig was geweest. Gelukkig was hij in de verste verte niet zo dronken als zijn vrienden, die wankelend en lallend afscheid van hem hadden genomen.

Hij was alleen een klein beetje aangeschoten. Toch dacht hij dat hij hallucineerde toen hij voor de kruidenierswinkel van zijn familie aankwam. Wie was die schim die daar voor de deur stond?

'Hé!' riep hij. 'Wat doe jij daar?'

Hij rende ernaartoe, trok de kap van het hoofd van de gestalte... en deinsde achteruit.

'Wat... doe jij hier?'

Het maanlicht weerkaatste in Anna Sophia's rode ogen.

'Wat is er gebeurd?'

Ze snikte.

'Heb je hulp nodig? Jij of je zussen? Is er iets met je vader?'

Hij draaide zich om en wilde al naar de apotheek rennen, maar ze hield hem aan zijn arm tegen.

'Ga niet weg.'

Ze was nog nooit zo dicht bij hem geweest en haar hand bleef op zijn onderarm liggen. Ze knipperde traag met haar ogen en keek naar hem op.

'Wil je dat ik je naar huis breng?'

Ze schudde haar hoofd. 'Ik wil niet naar huis.'

Nu hoorde hij zijn hart in zijn borstkas kloppen. Wat bedoelde ze daarmee?

'Kunnen we naar binnen gaan?'

Hij knikte. Heel zachtjes stak hij de sleutel in het slot van de deur van de kruidenierswinkel, terwijl hij snel om zich keek. Wat zouden de buren roddelen als ze zagen dat hij midden in de nacht een meisje binnenliet! Maar de steeg was leeg en hij zag ook niemand achter de ramen. Hij deed de deur voor haar open.

De hem zo vertrouwde geur van rozemarijn, peper, paprika en karwij sloeg hem tegemoet. Hij deed de deur zachtjes dicht en bleef besluiteloos in de donkere ruimte staan. Hij kon slechts vermoeden dat Anna Sophia om zich heen keek en waarschijnlijk ook nauwelijks iets zag. Beefde ze?

'Wacht,' fluisterde hij en hij liep op de tast naar de toonbank. In de onderste lade lagen nog een paar kaarsen en over de stoelleuning hing zijn vaders mantel. Hij pakte hem, hing hem om Anna Sophia's schouders en stak een kaars aan. Hij zette hem in een kruidenrek en zag hoe het licht ervan zich in de tranen weerspiegelde die over Anna Sophia's wangen liepen. Ze veegde ze snel weg en liet zich op de kale vloer zakken. Franz ging naast haar zitten.

'Waarom ben je vandaag naar me toe gekomen?' vroeg ze ronduit.

Franz wreef over zijn kin. Hij wilde het liefst een grapje maken of Anna Sophia plagen om haar af te leiden en de situatie wat minder gespannen te maken. Maar hij wilde niet alweer laf zijn. Hij moest zich dit keer vermannen. En daarom begon hij te praten: 'Herinner je je nog de iris die je me destijds hebt gegeven? Ik heb hem tussen de Franse romans van mijn vader geperst. Ik had hem bij me op mijn ambachtsreis. En ik heb hem nog steeds.'

Ze streek een pluk haar van haar voorhoofd en zweeg.

'In Parijs besefte ik... dat jij en ik... dat ik niet zonder jou...' Hij ademde even diep in en uit. Hou nou eens op met dat gestotter, vermaande hij zichzelf. Hij keek haar in de ogen en zei toen met een vaste stem: 'Anna Sophia, wil je met me trouwen?'

Een paar tellen lang keek ze hem alleen maar verbaasd aan. Daarna nam ze zijn handen in de hare. 'Ik moet je iets vertellen,' zei ze met een broze stem. 'Iets wat ik eigenlijk vanmiddag al had moeten zeggen.'

'Je gaat het klooster in!' riep Franz en hij grijnsde. 'Nee? Dan kan het zo erg niet zijn.'

Anna Sophia glimlachte slechts zwak en zei toen: 'Een paar dagen geleden heeft onze gezel August om mijn hand gevraagd. En mijn vader stemt toe.'

Hij ademde uit. Hij had het kunnen weten.

'Maar wat mijn vader ook van me verlangt, ik ga niet met August trouwen.' Haar stem klonk ineens boos.

Franz ging wat meer rechtop zitten. 'Wat is er gebeurd?'

Ze keek hem strak in de ogen. 'Ik heb ingezien wat voor een man hij is. Toch wil vader me ertoe dwingen. Weet je wat voor een gevoel dat is?'

Franz knikte. Hij dacht aan zijn eigen vader en een mogelijke toekomst in deze kruidenierswinkel. 'Ik was vanavond nog een keer op weg naar jou. Ik wilde je vader heel officieel om je hand vragen. Misschien kunnen we hem wel samen tot andere gedachten brengen.' Hij keek haar hoopvol aan. In alle vreemde steden, op de stinkende matrassen van de herbergen en in de geurende bakkerijen van vreemde meesters had hij aan haar gedacht. Telkens weer had hij haar gezicht voor zijn geestesoog gezien en zich voorgesteld dat hij haar eindelijk weer zou ontmoeten. En nu was ze hiernaartoe gekomen. Midden in de nacht. Alleen. Ze was weliswaar verloofd, maar nog niet getrouwd. 'Ik geloof dat we onze toekomst zelf in de hand hebben, Anna Sophia. Wij gaan die bepalen. En onze vaders zullen het accepteren,' fluisterde hij.

'Het is zo fijn om met jou te praten,' zei ze zacht. 'Om bij jou te zijn...'

Voorzichtig schoof hij een stukje naar haar toe. Ze deinsde niet achteruit. Integendeel, ze leek zich zelfs zijn kant op te buigen. Hij hoopte dat zijn hand niet trilde terwijl hij hem optilde en tegen haar wang legde. Die was heel warm. Voorzichtig streelde hij met zijn duim haar gezicht en ze vlijde haar hoofd een beetje in zijn hand. Op dat moment kon hij zich niet langer inhouden. Hij boog zich naar voren, keek haar in de ogen, keek naar haar lippen, en kuste haar. Haar mond was een beetje geopend en zacht. Ze kreunde van verrassing, maar toen voelde hij dat ze hem ook kuste, langzaam en teder. Telkens weer stopte ze even, keek hem in de ogen, sloot haar ogen weer en kuste hem nog een keer. Hij schoof zijn hand in haar nek en trok haar dichter tegen zich aan.

~

Anna Sophia wilde niet nadenken over wat ze deed. Ze had nog nooit een jongen gekust en had niet geweten wat voor gevoelens het in haar hele lijf zou opwekken. En nu ze er eenmaal mee was begonnen, wilde ze niet meer stoppen. Zojuist was ze nog kwaad en bang geweest en ineens was daar Franz. Franz, wiens sympathieke, ondeugende manier van doen ze altijd al leuk had gevonden. Franz, die haar moed gaf en haar begreep, wiens lippen zacht waren en wiens stem laag en krachtig klonk. Ze was jarenlang verliefd geweest op een man die haar had teleurgesteld. Vanwege August had ze de gedachten aan Franz telkens weer verbannen. Was het mogelijk dat ze op een dag net zo heftig verliefd op Franz zou worden als dat ze ooit op August geweest?

Als ze nu aan de naam van de gezel dacht, voelde ze walging. Zelfs het idee om haar vader weer onder ogen te komen, was ondraaglijk. Ze wilde niet naar dat huis terug, niet naar die teleurstelling, die machteloze woede en de schaamte. Haar vader had haar in een onmogelijk positie gebracht. Het was verkeerd om hem te bedriegen en wat ze hier deed, was een zonde. Anna Sophia had altijd geprobeerd om een goede dochter en een steun en toeverlaat voor Gottlieb te zijn, die de dood van haar moeder nooit helemaal had verwerkt. Maar hoe kon ze loyaal blijven als hij haar zo erg wantrouwde en haar wilde dwingen om met een man te trouwen die hem had vergiftigd?

Hoe kon ze nu het juiste doen? Wat zou nu überhaupt nog juist zijn? Wat zou haar moeder doen?

Op dat moment kreeg ze een idee. Het was volkomen immoreel, maar Anna Sophia vermoedde dat het de enige oplossing was.

Langzaam maakten Anna Sophia en Franz zich van elkaar los en ze keken elkaar aan.

'Wil je met me trouwen, Anna Sophia?' vroeg Franz nog een keer.

'Ja,' zei ze dit keer. Ook al wist ze dat ze haar vader daarvoor een heel grote leugen zou moeten vertellen.

DEEL 2

1839-1845

13

Kaspar Rockstroh rende. Hij hijgde en had een droge keel, zijn benen waren zwaar en zijn wangen gloeiden. Gelukkig kon hij hard rennen.

'Kom,' had Margaretha's zus Amalie vanuit de verte geroepen, voordat ze was weggerend. Nu rende ze voor hem uit over de hobbelige dorpsweg, langs de schuren, de spinkamer, het bakhuis en de put, en haar bruine jurk wapperde in de aprilwind.

'Gaat het goed met Margaretha?' riep hij toen hij haar had ingehaald.

'Schiet op!' antwoordde Amalie alleen.

Het moest gewoon goed met haar gaan, dacht hij. Met haar en het kind. Hij had er zo vaak voor gebeden. Hij had zich exact aan Gesches aanwijzingen gehouden en alles gedaan om de zwangerschap voor Margaretha wat makkelijker te maken. Nadat ze wekenlang bedlegerig was geweest en hij Amalie telkens weer stiekem Gesches kruiden, kompressen, aftreksels en goede adviezen had gegeven, had Margaretha zich al veel beter gevoeld. Ze had kunnen opstaan, overdag zelfs weer op het veld gewerkt en 's avonds gesponnen, terwijl haar buik van maand tot maand dikker was geworden. Met blozende wangen had ze vanochtend vroeg nog naar Kaspar geglimlacht. Er mocht niets met haar gebeuren, niet na alles wat ze al had meegemaakt.

Ze renden langs het kleine boerenhuisje waar Kaspar was opgegroeid en waar hij nu met zijn moeder, twee zussen en Margaretha woonde. Amalie boog linksaf en rende naar het aardappelveld.

En toen zag hij haar. Zijn vrouw liep hen langzaam tegemoet met een bundeltje in haar armen. 'Ik zei toch dat je moest wachten!' riep Amalie naar haar.

'Het gaat goed met me,' protesteerde Margaretha, maar ze wankelde. Kaspar versnelde zijn pas en sprintte naar haar toe.

'Margaretha!' riep hij en hij steunde haar zodra hij aankwam. 'Wat is er gebeurd?' Hij dwong zichzelf rustig te ademen.

'Je bent vader geworden, dat is er gebeurd,' antwoordde ze met een scheve glimlach op haar gezicht. Ze leunde een beetje tegen hem aan maar vertraagde haar pas niet. Toen ze bij hun huisje waren aangekomen, liet ze zich op de bank naast de voordeur zakken. Ze drukte het bundeltje zacht tegen zich aan. Nu zag Kaspar dat haar rok helemaal gescheurd was en haar handen onder het bloed zaten, net als die van Amalie.

Margaretha schoof de stof een stukje opzij en er kwam een piepklein hoofdje tevoorschijn.

Kaspar was sprakeloos.

'Ze heeft me behoorlijk verrast, midden op het veld! Ik denk dat we nog heel wat met dit kleintje gaan beleven.' Ze grinnikte. Ze klonk uitgeput, maar tevreden.

'Is het een meisje?'

'Een kleine Lina, vind je niet?'

'Lina...' Kaspar ging naast hen tweeën zitten en aaide heel voorzichtig het hoofdje van de baby.

'Ze wordt vast een wervelwind. Zo voelde ze in elk geval in mijn buik,' fluisterde Margaretha.

'Dan lijkt ze erg op haar moeder.' Kaspar grijnsde en Margaretha leunde met haar hoofd tegen zijn schouder. Hij was de gelukkigste man van de wereld, dacht hij. De baby huilde een beetje en Margaretha tilde haar voorzichtig op om haar in een andere positie te leggen. Daarbij draaide het gezichtje dat net nog half door de stof bedekt was geweest in Kaspars richting. Hij zag het neusje, de zachte wangetjes... en boven de rechtermondhoek een kleine, zwarte moedervlek. Kaspar fronste zijn voorhoofd. Die moedervlek... Hij knipperde met zijn ogen, wilde wegkijken, nog meer details ontdekken, aan iets anders denken, maar zijn blik dwaalde telkens weer naar die vlek. De moedervlek zat op dezelfde plek als die van boer Wilhelm. Natuurlijk, dacht Kaspar. Wilhelm was immers de grootvader van het kind, dus dan kon zoiets voorkomen. Maar waarom had Margaretha die moedervlek zelf niet? Waarschijnlijk een gril van de natuur, probeerde Kaspar het voor zichzelf te verklaren. Toch stelde hij zichzelf even later weer die ene vraag die hem sinds de zwangerschap van zijn vrouw niet losliet: waarom had Margaretha hun kind niet willen houden? Ze waren immers gelukkig. Waarom had ze zelfs een naald gepakt en zichzelf onvoorstelbaar veel pijn gedaan? Hij had er een keer naar gevraagd, maar toen had ze de andere kant op gekeken. 'Ik... ik kan het je niet uitleggen. Alsjeblieft, vraag het me niet nog een keer,' had ze zacht gezegd en hij had haar verzoek gerespecteerd. Het is veel ingewikkelder dan je denkt, had Gesche gezegd. Kaspar herinnerde zich weer hoe boer Wilhelm Margaretha had geslagen, die ene keer voor zijn boerderij. Hoe grof hij haar bij haar haren had gepakt, alsof het de normaalste zaak van de wereld was. En hij dacht aan hoe wanhopig de oude man door de schuur had gedoold om Kaspar te pakken te krijgen. Dat hij plotseling over trouwen had gesproken en dat hij die bruiloft toen inderdaad heel snel had voorbereid. Nog voordat in het dorp bekend werd dat Margaretha zwanger was, wilde hij de twee jonge mensen per se getrouwd zien. Het was een overhaast feest geweest. Margaretha was nog niet eens klaar met het naaien van haar uitzet en het feestmaal was ook nogal karig omdat beide families niet genoeg geld hadden kunnen sparen. Toch was Kaspar ontzettend gelukkig geweest. Hij had Margaretha telkens weer aangestaard en gewoon niet kunnen geloven dat ze zijn echtgenote werd. Deze sterke, zelfbewuste vrouw zou haar leven aan zijn zijde doorbrengen en zijn kind krijgen. Ze zouden een gezin vormen! De eerste maanden van hun huwelijk had Kaspar in een fantastische roes geleefd. Hij viel met een glimlach op zijn gezicht in slaap en werd met een geluksgevoel wakker. Natuurlijk hadden ze allebei veel werk op de velden en in huis, en zoals alle dorpsbewoners konden ze daardoor maar een paar minuten per dag met zijn tweetjes zijn, maar hij verheugde zich de hele dag op die momenten. Boer Wilhelm ging hen gelukkig uit de weg. Kaspar had helemaal niet meer over hem en het feit dat hij zo plotseling van mening was veranderd nagedacht, en dat hij Kaspar in de schuur nog wilde vermoorden en hem daarna ineens zijn dochter als vrouw wilde geven. Hij had aangenomen dat Wilhelm zich gewoon had bedacht om de eer van zijn dochter te redden. Maar stel dat Gesche gelijk had? Het is veel ingewikkelder dan je denkt...

'Is ze niet prachtig?' vroeg Margaretha hem nu zacht.

'Ze is het mooiste kind van de wereld,' zei hij naar waarheid. En hij wist: wat de reden van de moedervlek of van boer Wilhelms verrassende beslissing ook was, hij zou dit meisje zijn hele leven beschermen. Hij zou de beste vader zijn die je je maar kon voorstellen.

~

Anna Sophia droeg haar nieuwe, zwarte feestjurk, die ze – net als haar uitzet van tafelkleden, lijfjes en lakens – in de afgelopen maanden had genaaid. Wilhelmine had haar geholpen, anders had ze het naast al het werk in de apotheek en het huishouden waarschijnlijk niet op tijd afgekregen. De jurk was in haar taille strak geplooid en bij haar decolleté met knoopjes en veel borduursels versierd. Hij was elegant genoeg voor deze gelegenheid, maar toch geschikt om ook bij latere feestelijke gebeurtenissen te dragen. De witte sluier zou haar echter alleen vandaag het zicht belemmeren.

Het was vol in de kerk, maar Anna Sophia keek niet om. Natuurlijk had ze zich ook op de weg hiernaartoe niet omgedraaid, dat zou ongeluk brengen. Nog meer dan haar toch al was overkomen. Ze wist niet goed of deze regel ook voor het altaar gold, maar voor de zekerheid hield ze zich eraan. En als ze heel eerlijk tegen zichzelf was, deed ze het ook omdat ze haar vaders ogen in haar rug voelde. Eigenlijk wilde ze niet over hem en hun ruzie nadenken, niet op de dag van haar bruiloft. Maar terwijl de klanken van het orgel door de kerk galmden, leken ze in Anna Sophia's hoofd herinneringen op te wekken. Ondanks zichzelf zag ze allerlei beelden voor zich, als schimmen in een verduisterde kamer. August, die tegen haar zei: 'Misschien kan ik je op een dag vergeven, Anna Sophia.' Haar eigen stem, die antwoordde: 'Maar ik kan jou niet vergeven, August.' Franz, die in de apotheek stond, om haar hand vroeg en weken later nog steeds diep gekwetst was door Gottliebs afwijzing. Zijn vader Nikolaus, die de volgende dag al kwam en door Gottlieb in de achterkamer werd gevraagd. De stemmen van de oude mannen die gedempt en zakelijk over hun toekomst onderhandelden. In die dagen knapte Gottlieb steeds verder op. Anna Sophia kon zich voorstellen waar dat aan lag: nu zijn trouwplannen met Anna Sophia aan 't wankelen waren gebracht en Gottlieb zijn medicijnen nauwkeurig controleerde, had August waarschijnlijk geen gelegenheid meer om hem te vergiftigen. Maar hoewel Gottlieb algauw weer kon opstaan en net als vroeger in de apotheek kon werken, zag hij er bleek en ongelukkig uit. Hij was wanhopig en verkondigde uiteindelijk dat Anna Sophia ondanks alles met August zou trouwen. Maar ze was bereid om tot het uiterste te gaan. Ze wist dat ze daarmee voor altijd iets kapot zou maken, maar ze had geen andere keus. Ze keek haar vader aan, haalde diep adem en sprak de grootste, ergste leugen van haar leven uit. 'August heeft je wel misleid, maar in één kwestie had hij gelijk: ik heb met Franz geslapen. Als je mijn eer wilt redden, moet je Franz' aanzoek accepteren.'

Ze dacht aan de klinkende oorvijg die daarop volgde en die veel langer op haar wang brandde dan Augusts klap had gedaan. Zelfs nu, voor het altaar, legde ze haar hand op haar gezicht. Zou ze deze klap tot aan het eind van haar leven blijven voelen? Hij brandde terwijl Franz en zij 'ja' zeiden, hij haar sluier optilde en haar kuste. En hij brandde toen ze zich omdraaiden en Anna Sophia's blik die van haar vader ontmoette. Ze dacht aan wat hij na de klap tegen haar had gezegd: 'August zou veel te goed voor je zijn geweest.' Ook die woorden zou ze nooit vergeten en zouden voor altijd pijn doen. Gottlieb stond er als een standbeeld bij, emotieloos en bleek. Later had ze voor haar gevoel maar één keer met haar ogen geknipperd of hij was al verdwenen.

Bij het feest in restaurant Krone was hij er niet bij. Ze voelde zijn afwezigheid bij elke gang van het feestmaal en door het gelach van de gasten heen. Haar kersverse echtgenoot hief telkens weer zijn kroes en proostte met zijn vrienden. Wat stond het rokkostuum hem goed, dacht ze. Franz stond rechtop en kalm, en op zijn gezicht met het diepe kuiltje in de kin stond de trotste glimlach die ze ooit bij hem had gezien. Hij keek Anna Sophia zo vaak mogelijk aan.

Maar terwijl hij het ene na het andere grapje maakte en genoot van het gelach van zijn vrienden, werd zij steeds stiller.

Wilhelmine legde haar hand op die van Anna Sophia. 'Je droomt alweer, Anna Sophia. Je ziet er bezorgd uit. Maar vandaag is jouw dag,' fluisterde ze tegen haar.

Anna Sophia knikte. 'Je hebt gelijk.'

'Vader komt er wel overheen. De oude stijfkop.'

'Je moet August in de gaten houden, dat moet je me beloven. Momenteel heeft hij geen kans de apotheek over te nemen, maar zodra hij weer een kans ziet, zou vader opnieuw in gevaar kunnen zijn.'

Wilhelmine knikte. Ze zag er vandaag bijzonder indrukwekkend uit in haar lichtgele jurk met pofmouwtjes, bandjes en kant. Ze droeg haar haar met een strakke middenscheiding en had het volgens de laatste mode in een kapsel met zijlokken opgestoken. Vanaf de zijkant had ze het gezicht van een klassiek beeld en haar donkere ogen met de brede wenkbrauwen getuigden van mysterieuze overpeinzingen. Geen wonder dat die veelschrijver Koloman Witt niet van haar zijde week. Anna Sophia kende hem nog van vroeger, toen Franz haar regelmatig met zijn vrienden in de maling had genomen. Maar ze kon het niet uitstaan dat hij haar zusje inmiddels onverholen aanstaarde. Zijn haar was te lang en vet en hij streek het telkens met uitnodigende, omslachtige bewegingen achter zijn oren. Zijn kromme rug viel ook onder het wijde rokkostuum op en af en toe raakte hij Wilhelmines onderarm zelfs aan. Nee, dan gaf ze de voorkeur aan de andere twee vrienden van Franz. Zowel de knappe en toch zeer bescheiden Theodor als de naïeve, sympathieke Heinrich had ze al lang geleden in haar hart gesloten.

'Hoe gaat het met het werk in de bakkerij?' vroeg Theodor, waarmee Anna Sophia alweer terug naar het hier en nu werd gehaald. Ze ergerde zich aan zichzelf omdat ze zo verstrooid was, maar antwoordde: 'Je moet gauw weer eens langskomen, Theodor! De bakkerij is al klaar en de winkelruimtes krijgen langzaam karakter. Franz heeft heel mooi elzenhout voor de meubels uitgezocht. En Heinrich is druk aan het timmeren.' Ze sprak graag over haar nieuwe huisje in de Bindgasse, waar aarzelend klimop rond de deur groeide.

'Ik dacht dat u zich uitsluitend met vaten bezighield?' vroeg de oom van Franz over de tafel heen aan de kuipersgezel.

'Voor Franz zou ik alles bouwen!' verkondigde Heinrich enthousiast en Anna Sophia moest grinniken. Ze keek even naar Franz, die begon te lachen en zijn hoofd schudde. 'Bouw je voor de zekerheid ook nog klanten voor me, Heinrich?'

'Geen probleem, Franz!'

'Je hebt in elk geval veel talent.' Anna Sophia knikte naar Heinrich. 'De toonbank is heel stijlvol versierd! Alles is licht en open. Volgende week komt de glazenmaker. Wilhelmine naait nog onze gordijnen en dan is het bijna helemaal af.'

Het was alsof Koloman Witt op dit woord had gewacht. 'Naait u graag, Wilhelmine?' vroeg hij met een gedempte stem, alsof hij het gesprek zo privé mogelijk wilde houden. Maar natuurlijk luisterde iedereen mee.

'Totaal niet,' zei Wilhelmine luid. 'Ik heb er een vreselijke hekel aan. Maar voor mijn zus doe ik het wel.'

Anna Sophia hoestte geschrokken. 'Wilhelmine,' zei ze streng. Ook Koloman trok zijn wenkbrauwen op.

'Waar beleeft u dan meer plezier aan?'

'Ik teken graag.'

Koloman fronste verbaasd zijn wenkbrauwen. 'O?'

'En gisteren heb ik mijn eerste gedicht geschreven.'

Anna Sophia gaf haar een por met haar elleboog. Hoe kon ze dat nou zo openhartig verkondigen? Hopelijk zou niemand haar ermee plagen.

'Werkelijk?' Koloman liet zijn bestek zakken. 'Dat is buitengewoon voor een vrouw.'

Wilhelmine haalde haar schouders op. 'Misschien.'

‘Het zal u misschien interesseren dat ik ook schrijf.’ Koloman sneed onhandig een stuk vlees af en stopte het in zijn mond. Wilhelmine keek voor de eerste keer van haar bord op en haar gesprekspartner aan. Zou het haar storen dat hij met open mond kauwde en de wijn naar binnen goot voordat hij had geslikt?

‘En wat schrijft u?’

‘Voornamelijk voor de *Kölnische Zeitung*. Maar mijn ware passie is de dichtkunst. Als u wilt kan ik u graag een of twee van mijn werken laten horen.’

Wilhelmine knikte meteen. ‘Heel graag!’

‘Denk goed na wat je zegt, Wilhelmine!’ riep Franz grinnikend over de tafel. ‘Daar zou je nog weleens spijt van kunnen krijgen!’

‘Niet als ik mijn gedichten ook aan hem mag voordragen,’ zei Wilhelmine.

Anna Sophia schraapte haar keel en keek haar zus waarschuwend aan. Ze mocht Koloman Witt weliswaar niet graag, maar hij was een goed opgeleide, welgestelde man. Iemand als hij zou vast niet vrijwillig naar het gedicht van een vrouw luisteren. Anna Sophia wilde tot elke prijs voorkomen dat haar zus het mikpunt van spot werd van haar bruiloftsgasten.

Daarom vroeg ze snel aan Koloman: ‘Aan welk artikel werkt u momenteel?’

‘Ik verdiep me in de mogelijkheden die de spoorlijn voor Keulen zal bieden.’

‘O, ik ben zo benieuwd naar de eerste treinreis!’ riep Wilhelmine enthousiast en ze legde haar bestek weg. ‘Stelt u zich voor wat er allemaal zal veranderen als reisroutes korter worden! Hoe denkt u dat de stad zal profiteren van het snellere transport van handelswaar? Denkt u dat de positie van Keulen als economische metropool versterkt zou kunnen worden als het bijvoorbeeld mogelijk zou zijn om door een slimme routeplanning de Hollandse tussenhandel te omzeilen?’

‘Wilhelmine!’ siste Anna Sophia. Ook Koloman keek haar zus verbaasd aan. ‘Eh… ja, de gevolgen zullen zeker immens zijn. Maar… de details zijn vreselijk gecompliceerd, neemt u dat maar van me aan, lieve juffrouw. Ik wil u daar nu echt niet mee vervelen.’

‘Daar zullen de dames je dankbaar voor zijn, Koloman!’ Franz gaf de vrouwen een knipoog. ‘Je kunt ons er straks meer over vertellen als de heren samen een glaasje drinken. Maar nu is het tijd voor muziek en dans. Wat? Jullie dachten toch niet dat ik jullie voor een saaie bruiloft heb uitgenodigd? Ik ben een Keulenaar! Dames en heren, we gaan nu over tot het vrolijke gedeelte.' Hij sprong op en hield zijn arm voor Anna Sophia op. 'Knappe dame, mag ik deze dans van u?'

Haar ademhaling stokte even. Wat klonk zijn stem laag terwijl hij haar direct in de ogen keek. Hij zag er geamuseerd en tegelijk vol vertrouwen uit. Zijn armen, zijn borst, zijn hele lichaam leek onder spanning te staan. Hij had zo veel energie, dacht Anna Sophia. Ze zag een haast uitdagend trekje rond zijn mondhoek en moest aan hun kus in de kruidenierswinkel terugdenken. Ze had toen het gevoel gehad dat ze de grootste zonde van de wereld beging. Ze had toen al wel het plan opgevat om een huwelijk met Franz af te dwingen, maar dat haar plan zou lukken, leek haar nu, achteraf, nogal onzeker.

Maandenlang had haar vader haar constant in de gaten gehouden. Ze had Franz zelfs niet door de etalage van de apotheek mogen zien. Er was veel tijd verstreken waarin ze haar verloofde maar heel af en toe en alleen stiekem kon ontmoeten. Er was nog één andere kus geweest, beneden in de haven, achter de koffiebalen en kaastorens. Van die kus was haar hele lijf gaan tintelen. En hoewel ze zichzelf amper herkende, was ze ervan overtuigd dat ze het juiste deed. Het was onvoorstelbaar geworden om met August te trouwen. Na hun ruzie had hij haar consequent genegeerd. Zelfs als ze hem aansprak deed hij alsof ze niet bestond. Alleen in bijzijn van haar vader deed hij zakelijk en beheerst, terwijl Anna Sophia haar woede zelfs niet kon verbergen als haar vader erbij was, waardoor Gottlieb op zijn beurt nog kwader op haar werd.

Eindelijk was ze weg uit dat huis met al zijn conflicten. Ze vierde nu echt haar bruiloft! Franz Stollwerck was haar man geworden. Ze haalde diep adem en pakte zijn uitgestrekte hand. En toen dansten ze. Hij wervelde haar rond en ving haar op, pakte haar handen en lachte vlak bij haar mond. Toen haar nek al nat was van het zweet en haar stem hees van het lachen, fluisterde hij met zijn lage stem: 'Ik weet dat het goed wordt.' En hij draaide haar nog een keer rond.

'Wat bedoel je?' riep ze naar hem.

'Dit leven!' riep hij terug.

'Het leven?' Ze lachte want ze verstond het niet helemaal.

'Precies!' zei hij. 'Het leven met jou.' Ineens klonk er gerinkel achter Anna Sophia. Ze was met haar rug tegen de tafel gestoten en er was een kroes omgevallen. Ze keek geschrokken om maar toen iedereen lachte en riep 'Scherven brengen geluk!', lachte ze ook en danste ze vrolijk verder.

~

De zon stond laag aan de hemel toen August Arkenberg die avond in juli door de straten liep. Hij hield een hand voor zijn ogen om niet verblind te raken. De lucht was nog warm maar toch rilde hij. Hij haatte deze dag, deze avond en bij voorbaat ook al de volgende ochtend en alle komende dagen. Met grote passen liep hij langs het Café bij de Eik. Twee straten verderop kwam hij bij restaurant Krone, een groot vakwerkhuis met rode balken en een lantaarn bij de ingang. Hij bleef staan. Hij hoorde muziek en gelach. Wat een onwaardige plek! Gottlieb had hem verteld dat Franz Stollwerck de gasten na de huwelijksceremonie hier had uitgenodigd. August probeerde door de kleine ramen te gluren, maar het was te donker in het restaurant. Daar vierden ze het dus. Slechts één deur scheidde hem van de vrolijke en uitgelaten sfeer op Anna Sophia's bruiloft. Wat voor een jurk zou ze dragen? Misschien keek ze nu, traag met haar ogen knipperend, om zich heen, zoals die ene keer in de haven, bedacht hij. Haar haar zag er ongetwijfeld weer rampzalig uit. Hij wreef over zijn gezicht. Hoe kon ze hem dit aandoen? Híj moest degene zijn die daar binnen met haar danste. Híj moest met haar getrouwd zijn.

Het liefst zou hij de deur opendoen, naar binnen stormen en Franz naar buiten sleuren. Hij zou hem met zijn vuist een stomp in zijn gezicht geven en daarna zou hij Anna Sophia meenemen. Hij had ontzettend veel zin om haar een flink pak slaag te geven. Hij zou weleens laten zien wat het betekende om August Arkenberg af te wijzen. En dan zou hij misschien toch met haar kun... Ach, onzin! Ze had hem niet alleen afgewezen, ze had hem ook belasterd en bedrogen. Hoe kon ze nu zoiets van hem denken? Hij, die altijd het beste voor deze apotheek en de familie Müller voor had! Terwijl August daar op straat stond en naar het donkere raam van het restaurant staarde, zwoer hij bij zichzelf één ding: Anna Sophia zou nog spijt krijgen van wat ze had gedaan. Daar zou hij voor zorgen.

Hij draaide zich abrupt om en liep de straat uit. Hij werd gek van het zonlicht. Hij had nu dringend behoefte aan een donkere plek waar hij kon verdwijnen.

Even later zat August aan de bar in Wili's danscafé en zette hij de vierde bierpul aan zijn lippen. Het was er lawaaierig, achter hem werd gezongen, en telkens weer stootte een dronkaard tegen hem aan waardoor hij bier op de bar morste. Hij vloekte. Maar hij merkte langzaam dat zijn woorden minder scherp werden. In zijn hoofd verspreidde zich een weldadige warmte. Hij gluurde over zijn schouder en liet zijn enigszins wazige blik door het restaurant dwalen. Waar was het meisje gebleven? Ah, daar achteraan! Ze had haar rok een stukje opgetild en zat met starre ogen op de schoot van een dikke schoenmaker. Nou, ze zou vast dankbaar zijn als ze daar werd weggelokt.

'Hallo, juffrouw!' riep hij naar haar.

Ze keek op en trok vragend haar wenkbrauwen op.

'Mag ik je uitnodigen om naar mij toe te komen?'

'Hé, wat nou? Betaal ik je soms niet genoeg?' klaagde de schoenmaker, maar het meisje lachte alleen, gaf hem een aai over zijn hoofd en liep naar August. Ze wilde zich al tegen hem aan vlijen, maar hij hield haar met uitgestrekte arm tegen.

'Wacht. Laat me je eerst bekijken.'

Hij bekeek het meisje. Haar heupen waren veel smaller dan die van Anna Sophia en haar middel was wat hoekig. Maar hij vond de lijn van haar schouders mooi. Haar wangen glansden roodachtig.

'Mag ik vragen of je koorts hebt?'

Het meisje schudde verbaasd haar hoofd.

'Voel je je verder misschien ziekig of zwak?'

'Integendeel, schat. Ik voel me heel fit.' Ze gaf hem een knipoog. Maar terwijl ze de woorden uitsprak, ontging het hem niet dat haar snijtanden zwart waren.

'Neem me niet kwalijk, maar heb je weleens jeuk? Je weet wel waar,' vroeg hij verder.

Nu fronste ze haar voorhoofd. 'Nou ja, zeg! Ik pik niet alles!' Ze draaide zich om. Snel pakte hij haar bij haar arm.

'Ik wil niet onbeleefd zijn. Ik wil alleen zeker weten dat je helemaal gezond bent.'

'Dank je, maar je hoeft je geen zorgen te maken.'

Het liefst had hij haar verteld dat hij zich wel degelijk zorgen moest maken. In de afgelopen jaren was het aantal prostituees in de stad enorm toegenomen. En die onzedelijke vrouwen droegen hun ziektes razendsnel over op de vooraanstaande Keulse burgerij. Natuurlijk durfden de voorname heren en hun bedienden hun kwalen niet al te gedetailleerd in de apotheek te omschrijven. Maar August en Gottlieb kregen steeds vaker de vraag of ze iets tegen jeuk of een brandend gevoel hadden. Ze gaven dan hun nieuwe kwikzilverzalf, maar niet zelden hoorden ze weken later dat de klant toch was overleden. Het was beter om voorzichtig te zijn. Daarom zag August hier normaal gesproken zo vaak mogelijk van af, maar vandaag had hij nu eenmaal een vrouw nodig.

'Neem me niet kwalijk. Ik betaal goed,' zei hij en hij trok haar tegen zich aan. Ze voelde goed aan. Knokiger en minder zacht dan Anna Sophia, maar misschien was dat helemaal niet zo slecht.

'Je ziet eruit als een vooraanstaand man.'

Hij zuchtte en dronk zijn kroes leeg.

'Ik zie dat gewoon. Ik heb vroeger in een groot huis als dienstmeisje gewerkt. De rijke heren zijn...'

'Stop alsjeblieft met praten,' onderbrak hij haar. Hij rekende af en nam haar mee naar achteren, waar hij voor een paar pfennig een kamer huurde. Hij klom achter haar de smalle trap op, waarop schaars geklede vrouwen zaten die vermoeid naar hem opkeken. Hij perste zich langs mannen met zware werklaarzen die net weer naar beneden wilden gaan, ging een van de kleinere kamers binnen en sloot de deur. Hij keek snel om zich heen. De kamer was armoedig ingericht, het rook er naar vochtige en beschimmelde muren, en over de vloer kropen beestjes die hij maar liever niet beter bekeek. Hij zou toch niet lang blijven.

'Kleed je alsjeblieft uit en ga op bed liggen,' zei hij. Ze deed wat hij vroeg en hoewel ze hem, toen ze eenmaal naakt was, amper nog opwond, trok hij zijn broek naar beneden en ging op haar liggen. Ondertussen probeerde hij Anna Sophia's gezicht uit zijn gedachten te verbannen. Hij pakte de ruwe armen van de prostituee vast en verbood zichzelf om aan Anna Sophia's zachte huid te denken. Het was voorbij, zei hij tegen zichzelf. Hij wilde haar helemaal niet meer bezitten. Wat had hij tijdens zijn verloving in hemelsnaam gedacht wanneer hij telkens weer was afgedreven in dagdromen? Toen hij zelfs 's nachts als een gek de woonvertrekken van de Müllers in was geslopen, alleen om voor haar slaapkamerdeur te staan en zich in te beelden dat hij de moed had om aan te kloppen. Daarbij had Julie hem zelfs een keer betrapt! Hoe vaak hij daar niet had gestaan, zonder iets te doen! Minutenlang had hij zich voorgesteld hoe ze in bed lag en dat ze over hem droomde. Terwijl hij natuurlijk nooit, ook niet na de bruiloft, met haar had mogen doen wat hij nu met deze hoer deed. Een dame mocht zich niet op deze manier gedragen. Zich volledig uitkleden bij kaarslicht, dat was ondenkbaar. August en Anna Sophia zouden natuurlijk een vroom huwelijk hebben geleid, waarin de echtelieden alleen het bed gedeeld zouden hebben als het tijd was voor nakomelingen. Hij zou uiteraard hebben gewild dat Anna Sophia het onschuldige persoontje bleef dat hij had leren kennen. In plaats daarvan zou hij af en toe een prostituee hebben bezocht, mits hij de indruk had dat ze schoon en gezond was. Zo deed iedereen het tenslotte.

Zou Franz Stollwerck haar net zo goed behandelen? Hij rolde zich op zijn rug en gebaarde het meisje dat ze op hem moest gaan zitten. Hij staarde naar haar en probeerde zich op haar lichaam te concentreren. Maar ineens bewoog de hoer steeds langzamer. Hij wilde net vragen waarom ze dat verdorie deed, maar merkte het toen zelf: hij kon het niet. Het was alsof hij een groot brok in zijn keel had. Ze klom van hem af en streelde zijn borst. De lust was hem volkomen vergaan. Waren zijn wangen nou nat?

'Het komt allemaal goed,' fluisterde ze, alsof ze dat al talloze keren had gedaan. 'Er zijn van die dagen. Maar godzijdank zijn er ook andere.'

'Dat is niet erg wijs,' antwoordde hij. Hij wilde het bot laten klinken, maar zijn gesnik zwakte de scherpte van zijn woorden af. Wat klonk hij sneu! Op dat moment voelde hij het effect van de drank en alles om August heen begon te draaien. Het meisje, het plafond en de deur waar hij nu het beste doorheen zou kunnen lopen. Maar hij kon zich amper bewegen.

'Hoe kan ze me zo behandelen?' vroeg hij zacht. De hoer bleef hem strelen, alsof ze precies wist waar hij het over had.

'Ik heb altijd alleen het beste met deze familie voorgehad. Gottlieb is als een vader voor me! Ach, wat zeg ik? Hij is veel beter dan een vader.'

Ze knikte begripvol en hij sprak lallend verder. Ze zou het toch niet begrijpen. Ze maakte een nogal domme indruk.

'Mijn vader keek nauwelijks naar me. Hij heeft nooit in mij geloofd. Maar Gottlieb deed dat wel, snap je? Vanaf dag één. Eén keer kwam mijn broer in de apotheek. Ik denk dat hij gedronken had. Hij begon plotseling flesjes om te gooien en schalen te breken. Hij wilde dat ik eruit werd gesmeten. Natuurlijk heb ik geprobeerd om hem tegen te houden. We hebben gevochten en om ons heen gingen steeds meer spullen kapot. Tot Gottlieb ineens achter ons stond. En weet je wat hij deed?' Het meisje keek hem met grote ogen aan. Ergens wist hij wel hoe zielig het was om bij een hoer uit te huilen. Wat voor een man deed nou zoiets? Maar zijn dronkenschap had de overhand. Het voelde gewoon zo goed aan om verder te praten. Met elk woord leek de druk op zijn borst iets af te nemen. 'Hij smeet niet mij, maar Hermann eruit en verbood hem om ooit nog een voet in de apotheek te zetten! En mij gaf hij zalf voor mijn wonden.' August snakte naar adem. 'Waarom zou ik hem hebben willen vergiftigen? Ik zou immers zijn schoonzoon zijn geworden!' Hij wreef over zijn gezicht. 'Ik had de apotheek ook zo gekregen! Ik had met haar mogen trouwen.' Er stroomden weer tranen over zijn gezicht. De hoer zweeg en aaide hem alleen.

Het zou echt nooit in August zijn opgekomen om Gottliebs gezondheid te schaden. Het was een grote schok voor hem dat Anna Sophia hem ten onrechte had beschuldigd. Hij was een goed mens. Zag ze dat dan niet? Hij hield van Gottlieb als van een vader en had zich zijn leven in de familie Müller fantastisch voorgesteld. Toen het steeds slechter met Gottlieb ging had hij op een gegeven moment ook vergiftiging vermoed. Maar hoe kon Anna Sophia hem zo erg wantrouwen dat ze hém verdacht? Dat ze dacht dat hij Gottlieb echt zou willen vermoorden?

'Ik denk er telkens weer over na hoe het zo ver heeft kunnen komen. Weet je wat een pulveriseertrommel is? Ach, wat een stomme vraag. Natuurlijk weet je dat niet!' Hij wuifde het idee weg. 'Hoe kon ik in hemelsnaam zo dom zijn om de kardinaalsmutsjes er voor haar ogen in te kiepen? Ik wilde het poeder alleen met het medicijn vergelijken dat op het nachtkastje stond. Ik wist tenslotte meteen dat dat niet van mij was. De inhoud zag er heel anders uit dan wat ik voor Gottlieb had klaargemaakt. In het begin dacht ik dat Anna Sophia het spul van haar geheime rit had meegebracht en misschien niet wist wat het met haar vader kon doen. Maar niet veel later begon ik te twijfelen. Ze kende de werking van kardinaalsmutsjes heel goed. En ze houdt net zo veel van Gottlieb als ik. Ze zou haar vader zoiets nooit aandoen.'

De hoer knikte en bleef hem strelen.

'Er is maar één oplossing mogelijk. Ik heb er wekenlang over nagedacht. Het moet die arts zijn geweest. Dokter Baader. Die is jaren geleden zijn dochter Regina verloren en Gottlieb heeft me verteld dat hij destijds de medicijnen voor Regina heeft samengesteld. Ze werd met opium behandeld. Omdat haar pijn steeds heftiger werd, moest Gottlieb een hogere dosis opium geven en toen ze uiteindelijk overleed, ontstond er twijfel over haar doodsoorzaak. Was ze overleden aan de ziekte of door de hoge dosis medicijnen? Voor dokter Baader was het ongetwijfeld duidelijk. Het is altijd fijn om een zondebok te hebben. Hij heeft Gottlieb vast voor de dood van zijn dochter verantwoordelijk gehouden. En misschien wilde hij daarom wraak op hem nemen. Ik ben zelfs in dokter Baaders huis geweest om hem aan de tand te voelen, maar hij schijnt de stad verlaten te hebben. In elk geval zit zijn deur altijd op slot.'

'Dus dan heeft zijn eigen arts de apotheker met kardinaalsmutsjes vergiftigd in plaats van hem te behandelen?'

Verbaasd keek August het meisje aan. Had ze soms begrepen wat hij vertelde? Elk woord? O god, dacht hij, wat deed hij hier in hemelsnaam? Hij wilde niemand een slechte naam bezorgen, ook al was hij ervan overtuigd dat hij inmiddels de waarheid had ontdekt.

'Ik moet nu gaan.' Hij schoof de hoer snel van zich af, kleedde zich aan en gooide wat geld voor haar op het bed.

'Bedankt,' mompelde hij nog voordat hij vertrok.

14

Franz deed de slaapkamerdeur open en terwijl Anna Sophia naar binnen ging, kreeg ze klamme handen. In haar ouderlijk huis had ze zich telkens weer voorgesteld hoe het zou zijn om aan de teleurstelling van haar vader te ontkomen en met Franz in het huisje in de Blindgasse te wonen. Ze probeerde diep adem te halen en zei tegen zichzelf dat dit precies was wat ze had gewild en dat van nu af aan alles goed zou komen, maar haar ademhaling was snel en oppervlakkig.

Er waren nog niet veel meubels: een ladekast, een stoel, twee nachtkastjes en een tweepersoonsbed. Het leek op het bed van haar ouders en ze kon zich met de beste wil van de wereld niet voorstellen dat ze er zo meteen met Franz in zou liggen.

'Anna Sophia?' vroeg Franz met zijn lage stem.

Nu pas merkte ze dat ze besluiteloos in het midden van de kamer stond en naar het bed staarde.

Hij keek haar peinzend aan. 'Ben je moe?'

Anna Sophia slikte. 'Een beetje.'

Hij knikte. 'Ik ook. En ik wil niet dat je je niet op je gemak voelt. We hebben elkaar lang niet gezien. Het is allemaal nog onwennig en nieuw. Ik zal me omdraaien zodat jij je kunt uitkleden. We hebben alle tijd van de wereld, Anna Sophia. Er hoeft vandaag helemaal niets te gebeuren.'

Anna Sophia keek verlegen naar de grond, maar hoorde zichzelf toen zeggen: 'Maar ik wil graag dat er vandaag iets gebeurt.'

Haar hart bonkte. Sinds Franz haar op de bruiloft energiek in zijn armen had rondgewerveld en met die levenslust in zijn ogen had aangekeken, was ze opgewonden. Haar hele lijf tintelde. In deze toestand kon ze niet gaan slapen.

Franz' ogen werden heel even groot van verbazing en daarna zag ze lust in zijn blik.

Hij liep met grote passen naar haar toe, legde zijn handen om haar middel, trok haar tegen zich aan en kuste haar. Deze kus was anders dan die in de kruidenierswinkel of in de haven. Deze was niet meer voorzichtig en schuchter. Alleen Anna Sophia en Franz bestonden nog, een vrouw en haar man. Hij streelde haar nek, haar wangen, haar armen. Ze maakte de knoopjes van zijn hemd open, voelde dat hij de touwtjes van haar jurk lostrok en haar korset openmaakte. Ze haalde diep adem. Heel even voelde ze zich vrij. De schaamte die ze vroeger tijdens haar dagdromen over August had gevoeld, was verdwenen. Ze had zo lang over haar beslissing gepiekerd, ermee geworsteld en zich schuldig gevoeld. Eindelijk kon ze dat allemaal loslaten, in elk geval voor vannacht. Nu was alleen Franz' huid er en dit fantastische, nieuwe gevoel dat zich door haar hele lijf verspreidde. Ze vielen op hun rug op het bed.

'Ben je bang?' vroeg hij.

'Nu niet meer,' fluisterde ze. 'En jij?'

Hij lachte zacht. 'Een klein beetje.' Hij gaf haar een knipoog, kuste haar nog onstuimiger dan eerst en schoof haar rok omhoog.

Op de eerste dag van haar nieuwe leven werd Anna Sophia gewekt door de zon. Ze had een wrange smaak in haar mond, ze had hoofdpijn en haar lichaam voelde futloos en zwaar aan. Franz sliep nog naast haar terwijl zij rechtop ging zitten. Het was benauwd en de lakens waren warm, maar Franz' ademhaling was rustig en gelijkmatig. Ze knipperde met haar ogen en keek om zich heen. De weinige meubels in de kamer zagen er een beetje uit zoals Anna Sophia zich ineens voelde: plotseling van een andere plek hiernaartoe getransporteerd en neergezet. Hier wist nog niets en niemand goed waar hij of zij ooit zou horen. Anna Sophia vermoedde alleen dat er in dit huis erg veel werk op haar wachtte.

Ze trok haar nachthemd recht en dacht aan de afgelopen nacht met Franz.

Achteraf hadden ze dicht tegen elkaar aan gelegen, met hun armen warm en stevig om elkaar heen geslagen. Franz had haar voorhoofd gekust en gezegd: 'Ik heb het grootste geluk van de wereld. En ik zweer je: ik zal dit geluk altijd weten te waarderen. Ik zal een grote toekomst voor ons opbouwen. Ik zal net zo lang en hard werken totdat we alles hebben wat we wensen.'

Terwijl Anna Sophia aan zijn woorden dacht, welden er tranen in haar ogen op. Hoe moest dat gaan, vroeg ze zich af. Het huis was vreemd voor haar, het rook naar zaagsel en cement en was meer een bouwplaats dan een thuis. Haar familie leek ver weg, haar vader onbereikbaar. En terwijl ze daar lag en de tranen stil over haar wangen liepen, drong tot haar door dat haar leven niet zo zou worden als ze als kind had gedroomd. Ze kon niet dicht bij haar familie zijn. Integendeel, want ze had de apotheek verlaten. Ze kon geen klanten meer adviseren, geen zieken helpen en geen kinderen redden, want ze was niet de vrouw van een apotheker geworden. Ze zou nooit meer kruidenmengsels samenstellen, werkzame stoffen extraheren en pulveriseren, of gezondheidschocolade of pastilles maken. Terwijl haar, sinds ze kon denken, niets zo veel vreugde had geschonken als het helpen van andere mensen. Ze wilde alles over kruiden en andere geneesmiddelen leren. Er waren zo veel vrouwen als Hubertine, die zich geen dure medicijnen kon permitteren en alleen dankzij Anna Sophia aan geneeskrachtige kruiden kwam. Of mannen zoals haar vader, die ziek in bed had gelegen totdat zij hem behandelde. Of kinderen zoals Julie, die jaren geleden dankzij Anna Sophia's pastilles haar stem weer had teruggekregen. Wat zou er met haar familie en alle goede mensen rond de Neumarkt gebeuren als zij de vrouw van een bakker was?

Ze zouden van anderen hulp krijgen, probeerde ze zichzelf wijs te maken, maar die gedachte voelde verkeerd aan. In de laatste maanden had ze de bruiloft telkens als de grote verlossing gezien om haar vader en August eindelijk uit de weg te kunnen gaan. Alle andere overwegingen had ze opzij proberen te schuiven. Maar wat nu? Was ze echt van ze verlost? Ineens voelde ze zich verschrikkelijk leeg.

Ze snikte zacht. Franz draaide zich op zijn zij en sliep verder. Ze had een onbekend leven voor zich en ineens totaal geen fut meer. Ze voelde zich veel te uitgeput om dat leven aan te kunnen. Ze zou kinderen krijgen, het huishouden leiden, in de bakkerij helpen. En de persoon die ze tot nu toe was geweest, zou steeds meer verbleken, tot ze zichzelf helemaal was vergeten. Franz begon te snurken. Ze moest opstaan en het ontbijt voorbereiden. Ze hadden hier tenslotte geen Betty. Ze zou helemaal alleen moeten bakken en koken, afwassen en poetsen, strijken en kleding repareren, spinnen en naaien. Bij de gedachte aan de huishoudster van haar vader voelde ze weer een golf van verdriet over zich heen komen. Als kind al, als ze het gerinkel van servies in de keuken had gehoord, had ze zich ontzettend fijn gevoeld. Dan wist ze dat Betty er was en dat ze, wat er die dag ook zou gebeuren, er met haar over kon praten. Wanneer zou ze die lieve vrouw weer zien?

Zo zacht mogelijk trok Anna Sophia haar huisjurk aan, die ze op de rug makkelijk kon dichtsnoeren, en sloop naar beneden naar de keuken. Op de drempel ervan bleef ze staan en keek om zich heen. Het was een kleine ruimte met piepkleine ramen. De vuuroven van de vorige eigenaar was al oud en het plafond was zwart van het roet. Maar het troostte haar dat er enkele zonnestralen op een paar grote messing pannen vielen en op het witte, gebloemde servies in de kast. Het waren onderdelen van haar uitzet. Ze zuchtte. Natuurlijk hadden Franz en zij nog niet veel. Van zijn spaargeld had hij net dit kleine huisje kunnen huren. Op de begane grond waren de bakkerij en een kleine werkkamer, op de eerste verdieping bevonden zich de keuken en de huiskamer en op de tweede verdieping waren twee kleine slaapkamers. Er was niet veel ruimte, maar in elk geval had ze veel ruimte tussen haarzelf en August geschapen.

Franz en zij zouden snel aan de slag moeten. De volgende maand zou Franz' spaargeld op zijn. Dan moest de bakkerij al genoeg winst opleveren zodat ze de huur konden betalen. Anna Sophia zette water op, pakte meel en zout uit de kast… en bleef staan. In de hoek stond een grote zak suiker. Ze wist helemaal niet dat ze al suiker in huis hadden. Misschien had Franz het nodig voor gebak dat hij wilde uitproberen? Anna Sophia staarde er roerloos naar. Ze stond voor de open kast en zag weer voor zich hoe ze onlangs nog royaal suiker in een pan had gedaan. Ze herinnerde zich dat haar kleine zusjes de keuken in waren geslopen. Julie met haar afstaande oren en Elise met haar donkere ogen. Hoe ze hadden gekeken toen ze een pastille mochten pakken. Dat alles leek ze nu voor altijd verloren te zijn. Ze zouden haar nooit meer verrassen terwijl ze pastilles stond te maken… Ze zouden zonder Anna Sophia volwassen worden.

'Anna Sophia?' hoorde ze een stem achter zich. 'Is alles in orde?' vroeg Franz.

'Natuurlijk.'

'Voel je je niet goed?'

'Jawel, heel goed.'

Eindelijk vermande ze zich. Ze draaide zich om en merkte dat haar wangen nat waren.

'Ik ga ontbijt maken,' fluisterde ze.

~

Wilhelmine keek telkens weer om. De zomerzon scheen door de glas-in-loodramen en kleurde de muren van de kerk. Een paar mensen liepen met gebogen hoofd door het middenpad naar het altaar en sloegen een kruisje, maar geen van hen kwam haar bekend voor. Wilhelmine vreesde dat Sibylle ook vandaag niet naar de Dom zou komen.

Terwijl de vrouwen elkaar een tijd lang telkens weer hadden ontmoet, precies hier, waar Wilhelmine nu zat. Ze hadden veel blikken uitgewisseld en vaak met elkaar gepraat. Over God, de Dom, de spoorlijn en over de kwaliteit van de romans en reisverhalen van Johanna Schopenhauer. Wilhelmine had haar over de apotheek verteld en over de talloze aftreksels, de chemisch geëxtraheerde werkzame stoffen en natuurlijk de kruiden. En Sibylle had over haar man verteld, Victor Mertens, en dat ze een grote afstand in haar huwelijk voelde. Ze hadden over de kunstwerken gepraat waartussen Sibylle was opgegroeid. Ferdinand Franz Wallraf, een vriend van haar vader, had ware schatten in zijn huis verzameld. Wilhelmine vertelde verlegen over haar tekeningen, waarop natuurlijk niet alleen vrouwenportretten te zien waren, maar ook bloemen, landschappen en fruitschalen. En toen Sibylle haar over haar vriendin Annette von Droste-Hülshoff vertelde en dat haar gedichten zo mooi waren, kreeg Wilhelmine nog meer zin om te schrijven.

Maar daarna was Sibylle van de ene op de andere dag niet meer gekomen. Inmiddels was dat drieëntwintig tekeningen en vier gedichten geleden! Toch ging Wilhelmine zo vaak ze kon naar de Dom en hoopte ze telkens weer dat ze Sibylle nog een keer zou ontmoeten. Ze had haar zo veel te vertellen en wilde heel veel van haar weten. Misschien komt ze vandaag, had Wilhelmine toen ze wakker werd nog gedacht. Maar ze zat alweer alleen in de Dom. Wat was er in hemelsnaam met Sibylle gebeurd? Wat zou die walgelijke Mertens met haar hebben gedaan?

Wilhelmine stond abrupt op en liep naar de uitgang. Ze raakt even verblind door de zon, maar negeerde het licht en liep met neergeslagen ogen weg. Ze wist exact waar ze naartoe wilde. Ze had deze weg al talloze keren afgelegd.

Toen ze bij het stadspaleis van de Mertens aankwam, was ze een beetje buiten adem. Hoe vaak had ze niet al voor de grote poort gestaan en naar het voorplein gekeken? Hoe vaak had ze niet gehoopt Sibylle te zien en met haar te kunnen praten, al was het maar heel even? Ze liep voorzichtig naar de poort, legde haar hand op het hout en keek door de spijlen naar het huis. Wat was het hoog en wat had het veel erkers en torentjes! Wilhelmine bekeek de rijkelijk versierde gevel. Stond daar niet een vrouw achter een van de bovenste ramen? Wilhelmine meende donkerblond haar en een smalle neus te zien. Haar hart klopte sneller. Was dat Sibylle? Ze tilde een hand op en zwaaide. Zwaaide de vrouw terug?

'Hé!' hoorde ze een zware stem. Ze draaide haar hoofd om en zag een koets met grote, zwarte wielen, die aan de rand geparkeerd stond. De koetsier op de bok tilde zijn zweep op. 'Scheer je weg! Of moet ik je wegjagen?'

'Ik ga al!' Wilhelmine deed een stap naar achteren. Ze keek nog één keer omhoog naar het raam, maar de vrouw was verdwenen.

~

'Er is iets niet in orde met Lina,' zei Amalie met gedempte stem. Margaretha was in de kamer ernaast en zong zachtjes voor haar dochter, wiegde haar op haar arm en probeerde haar te kalmeren. Maar het meisje bleef krijsen.

Kaspar trok zijn wenkbrauwen op. 'Het gaat uitstekend met Lina.' Het klonk botter dan zijn bedoeling was. Maar waarom zei zijn schoonzus dan ook zoiets?

Amalie sloeg haar armen over elkaar. Ze was een kleine vrouw met blozende wangen, mooie lippen en opvallend dun haar. Net als Margaretha miste hij bij haar ook de zwarte moedervlek boven haar mondhoek, die het gezicht van zijn kind sierde.

'Kinderen huilen nu eenmaal,' zei hij. Zijn hoofd bonkte van de vermoeidheid en zijn ogen waren droog. Hij had weer eens de halve nacht niet geslapen en was toch in alle vroegte samen met Margaretha opgestaan om radijs te oogsten. Hun kind had daarbij steeds in de buurt gelegen en aan één stuk door gehuild. Kaspars armen hingen slap naar beneden. Zijn rug deed pijn en in zijn oren dreunde het gehuil van zijn dochter.

'Jullie zouden haar naar Gesche moeten brengen. Zij kan Lina misschien iets geven zodat ze kalmeert.'

'Hoe zouden we dat moeten doen?' Kaspar kauwde op een strohalm die in zijn mondhoek stak. 'Iedereen zou ons horen als we met een huilende baby in de richting van het bos lopen.'

Amalie knikte langzaam. 'Jullie zouden het 's avonds moeten proberen. Misschien vandaag nog. Dan is het nog licht, maar zitten papa en zijn broer al in het café. Ze zullen niets merken.'

Kaspar wreef over zijn gezicht. Misschien had Amalie gelijk. Bovendien liet één beangstigende gedachte hem sinds een paar weken niet meer los. Misschien kon Gesche hem geruststellen.

Korte tijd later vertrokken ze. Margaretha had Lina in een linnen doek gewikkeld en hield haar stevig tegen haar borst aan. Ze kwamen niemand tegen. De zon was al bijna onder en stap voor stap trokken ze hun lange schaduwen het dorp uit. Alsof Lina wist wat er op het spel stond, hield ze zich heel stil, en alsof Margaretha haar wilde bedanken, streelde ze haar wang. Kaspar keek telkens achterom maar ze werden door niemand gevolgd. Hoe verder ze het bos in liepen, hoe koeler de lucht werd. De bladeren ritselden onder hun voeten en de wind boog de toppen heen en weer.

'Ik kan me niet voorstellen dat ze ziek is,' zei Margaretha, zonder zich naar hem om te draaien. 'Ze maakt een krachtige indruk, vind je niet?'

'Ze is vast helemaal in orde,' zei Kaspar.

Hier in het bos werd het iets eerder donker en het was al schemerig tussen de struiken en bomen. Hopelijk kwamen ze op tijd aan, voordat de duisternis inviel, dacht hij.

'Ik denk dat Lina zodra ze kan lopen harder loopt dan jij,' riep Margaretha over haar schouder. Kaspar lachte. Zijn vrouw liep al een paar meter voor hem uit. Hij probeerde hen in te halen, maar Margaretha liep lachend steeds sneller.

'Je maakt geen kans tegen ons!' Ze rende nu haast met Lina in haar armen.

'Kijk uit!' riep Kaspar, maar hij kon zijn lach niet inhouden. Ze renden en sprongen over boomstammen en zandhopen.

'Pak ons dan, als je kan!'

'Wacht maar!'

Nu hoorde hij ook Lina vrolijk hikken van de lach. Hij haalde hen in en omhelsde hen beiden. Een paar tellen lang stonden ze met hun armen om elkaar heen geslagen in het bos. Margaretha vlijde haar wang tegen de zijne en ook Lina straalde en strekte haar handjes naar hen uit. Ergens in het bos kraakte en ritselde iets, maar de drie mensen tussen de bomen waren helemaal stil. En weer voelde Kaspar dat het geluk hem overweldigde. Hij wilde net tegen zijn vrouw en dochter zeggen hoeveel ze voor hem betekenden, toen er een harde knal klonk en Margaretha en hij tegelijkertijd ineenkrompen. Ze draaiden zich direct om, maar zagen niets anders dan loofbomen en struikgewas.

'Dat klonk alsof er een tak viel,' zei Kaspar.

'Dat moet dan wel een heel dikke tak zijn geweest…'

'En Lina gaf geen kik!'

Kaspar keek zijn dochter aan. 'Je bent een dapper klein meisje, hè?' fluisterde hij. 'Kom, ik draag je nu.'

Margaretha gaf haar aan hem en terwijl ze haar armen uitschudde, voelde Kaspar het piepkleine lijfje en tegelijk zijn eigen gespannenheid. Hij voelde zich nog steeds onzeker als hij Lina vasthield. Normaal gesproken hadden mannen ook weinig met baby's te maken. Hoe steunde je het hoofdje? Wat moest je doen als de baby begon te huilen? Daarvoor was een vrouw nodig. Vaders begonnen pas belangstelling voor hun kind te tonen als ze hen iets konden leren, als ze hen konden prijzen of moesten bestraffen. Maar Kaspar had zich nooit goed aan deze regels kunnen houden. Op de een of andere manier werd hij enorm tot zijn kind aangetrokken. Als ze huilde wilde hij haar troosten, als ze sliep wilde hij naar haar kijken.

'Ik pas op je,' fluisterde hij, haast om zichzelf moed in te spreken. 'Dat zal ik altijd doen. Wees niet bang.'

'Nou, wie van jullie tweeën is er nu bang?' Margaretha gaf hem een knipoog. 'Lina is gelukkig, kijk maar naar haar!'

Nieuwsgierig keek het meisje naar de boomtoppen en naar Kaspars gezicht. Ze leek erop te vertrouwen dat haar vader het juiste voor haar deed. Op dat moment kraakte het nog een keer achter hen.

Kaspar draaide zich weer met een ruk om. 'Hoorde je dat?'

'Dat is alleen het bos,' zei Margaretha. Maar iets in haar stem verried dat ze ongerust was. 'Vast een dier. Een ree of een eekhoorntje.'

'Je zult wel gelijk hebben,' zei Kaspar en hij liep voorop. Maar hij draaide zich telkens om en hoewel hij niets tussen de takken en twijgjes, struiken en het kreupelhout ontdekte, bleef hij het gevoel houden dat iemand hen volgde.

Kaspar zat met Lina op de schommel, hield haar vast en wiegde haar zachtjes heen en weer. Zijn vrouw sprak ondertussen met Gesche en vertelde over de nachten waarin Lina huilde en zich door niets en niemand liet kalmeren.

'Ik heb alles geprobeerd. Ik voed haar, ik wieg haar, ik zing voor haar. Maar ze reageert niet!'

Kaspar voelde een hand op zijn schouder. 'Mag ik jullie kind even bekijken?' Gesche boog zich over Lina.

'Gesche, hoe gaat het met jou?' vroeg Kaspar, maar de oude vrouw gebaarde hem met een handbeweging dat hij stil moest zijn. Haar haar was slordiger dan in zijn herinnering, de frons op haar voorhoofd was dieper en haar handen waren een beetje rimpelig geworden. Zou je in het bos sneller oud worden dan in het dorp?

'Zo, mijn kleintje?' fluisterde Gesche. Het kind zag haar zodra de oude vrouw haar gezicht in haar gezichtsveld schoof. 'Ja, waar hebben je ouders je nou naartoe gebracht, hè?' Gesche lachte en ook Lina's mond ging open en vormde een tandeloze grijns.

'Ze heeft de schoonheid van haar ouders,' mompelde Gesche terwijl ze haar oor op de borst van het meisje legde. Ze nam de baby intensief op. Ze keek in haar mond en in haar oren. Ineens knipte ze met haar vingers. Lina vertrok geen spier. Gesche bleef knippen: bij haar voorhoofd, haar buik, haar voeten, haar rechter- en haar linkeroor. Maar hoe luid ze ook met haar vingers knipte, Lina bleef geboeid naar Gesches gezicht kijken.

Langzaam kwam de oude vrouw overeind.

Kaspar keek haar vragend aan. 'Is ze gezond? Heb je een idee wat we voor Lina kunnen doen?'

Gesche zweeg en liet haar hoofd een beetje zakken.

'Kun je ons misschien iets geven wat haar 's nachts kalmeert?' vroeg hij.

'Natuurlijk,' zei Gesche aarzelend. 'Ik geef jullie kamille en venkel mee.'

Ineens hoorde Kaspar Margaretha snikken. Hij sprong met het kind op zijn arm op en liep naar haar toe.

'Margaretha... Waarom...' Natuurlijk wist hij het antwoord allang. Maar iets in hem wilde het niet weten.

'Dat Lina veel huilt, is normaal. Er zijn luide en stille kinderen en zij is nu eenmaal een luid kind. Maar ik vermoed helaas iets anders,' zei Gesche.

Kaspar had het liefst gezegd dat ze moest stoppen met praten. Dat ze moest zwijgen. Hij wenste dat hij de tijd terug kon draaien en helemaal niet hiernaartoe was gekomen. Alsof dingen pas waar werden als hij ze hoorde. Ineens leek Gesches schommel gevaarlijk, haar hut griezelig, het bos duister. En toen sprak Gesche verder: 'Het is goed mogelijk dat jullie kind niets kan horen.'

'Hoe... bedoel je dat?' Maar zijn vraag werd overstemd door een harde gil van Margaretha.

'Nee, dat mag niet!' riep ze en ze zakte op haar knieën. 'Ze mag niet doodgaan!'

Kaspar keek haar verbaasd aan. 'Maar...' Hij begreep er helemaal niets meer van.

Gesche ging naast Margaretha zitten en aaide haar over het hoofd.

'Ze zal daarom niet doodgaan, Margaretha. Ik weet dat je vaak aan de kleine Christian moet denken.'

'Hij was ook doof, Gesche. Dat heb je zelf gezegd.'

'Wie is Christian?' vroeg Kaspar, maar de vrouwen negeerden hem.

'Christian was doof, ja. Maar hij was ook een zwak kindje. Hij was te vroeg geboren en nooit goed aangesterkt. Het was een wonder dat hij de geboorte heeft overleefd. Bij Lina hoeft niet hetzelfde te gebeuren. Kijk maar hoe vrolijk ze is en hoe hard ze kan krijsen.'

Margaretha veegde de tranen uit haar ogen. 'Heel hard.' Ze glimlachte zwak.

'Lina is een gezond kind.'

'Kan een kind gezond zijn als het niets kan horen?'

'Natuurlijk kan dat!'

Margaretha ging met haar handen door haar haar. 'Ze zal een doofstomme zijn! Zoals de zwakzinnige Samuel uit het buurdorp! Iedereen lacht hem uit. Hij maakt geluiden als een dier en begrijpt niets. Hij mag de kerk niet eens in!'

'Nee, Margaretha. Zij zal Lina Rockstroh zijn. Ze zal alles begrijpen wat jullie tweeën haar leren. Want het belangrijkste is dat ze jullie heeft. Ze rekent op jullie en heeft het grote geluk dat uitgerekend jullie haar ouders zijn.'

Margaretha haalde diep adem. Daarna kwam ze overeind en nam haar dochter van Kaspar over. 'Dat klopt,' fluisterde ze. 'Ze heeft ons.'

In gedachten verzonken liep ze een paar passen met Lina heen en weer. Kaspar bleef staan. Hij wachtte tot hij begreep wat Gesche hen net had verteld. Het besef moest toch doordringen, dacht hij. Hij moest zich zorgen maken of boos worden of wat dan ook. Maar het was heel stil binnen in Kaspar.

'Kom even mee, Kaspar.' Gesche legde haar arm om hem heen en trok hem een paar meter met haar mee. De kippen stoven kakelend uiteen. Lina kan dat niet horen, dacht hij onwillekeurig. Ze weet niet of de wind in de bladeren ritselt of dat er ergens een boomstam breekt. Ze is helemaal in stilte gehuld.

'Ik geloof dat het tijd wordt dat ik je iets vertel. Je vraagt je zeker af wie Christian is en wat dit allemaal betekent?'

Kaspar schudde zijn hoofd. 'Nee. Ik weet het al. Lina is niet Margaretha's eerste kind. Ze heeft me nooit over Lina's broer verteld, maar ik denk dat ik het nu begrijp.'

Gesche bleef staan en keek hem met haar blauwe en haar bruine oog aan.

'Christian had waarschijnlijk dezelfde vader als Lina. Ik vraag me alleen af... Waarom zijn ze allebei doof geboren?'

Gesche zette haar handen in haar zij en keek langs hem heen naar de bomen. 'Zoiets komt vaker voor als de ouders van een kind... familie van elkaar zijn,' zei ze zacht.

Kaspar perste zijn lippen op elkaar. En uit de stilte die zich eerder in hem had verspreid, groeide nu eindelijk een gevoel. Hij balde zijn handen tot vuisten.

'Hoe kon Wilhelm haar dat aandoen?' zei hij met opeengeklemde tanden. 'Ik zal ervoor zorgen dat hij nooit meer ook maar in de buurt van Margaretha komt! Of in de buurt van mijn dochter. Als hij Margaretha of Lina ook maar aankijkt, zal ik...'

Gesche glimlachte. 'Je bent een goede jongen, Kaspar. Dat je ondanks alles achter haar staat en Lina steunt...'

Kaspar keek haar verbaasd aan. 'We zijn een gezin.'

Gesche schudde haar hoofd. 'Ken je één man die het zo zou zien? Noem me één man behalve jou!'

Kaspar haalde zijn schouders op. 'Het kan mij niet schelen wat de mannen in het dorp zouden doen. Ik ben zoals ik ben.'

Gesche grinnikte en raakte zijn bovenarm aan. Maar midden in haar beweging stopte ze.

'Hoor je dat?' vroeg ze met gefronst voorhoofd. Kaspar volgde haar blik. Ritselde er iets in het kreupelhout?

'Wie is daar?' vroeg Gesche luid.

Margaretha was een paar stappen bij hen vandaan blijven staan en staarde nu ook naar het kreupelhout. 'Ik geloof dat er niemand is,' zei ze toen zacht.

Gesche zuchtte. 'Ik dacht al... Ach, het is niet belangrijk. Ik word oud.'

In de daaropvolgende dagen hadden Kaspar en Margaretha alleen oog voor Lina. Ze wiegden haar heen en weer, hielden midden tijdens het zingen op en kietelden in plaats daarvan haar buikje. Ze bedachten welke gebaren ze Lina zouden leren als ze oud genoeg was en hoe ze haar de wereld konden laten zien. Ze konden haar er tenslotte niet over vertellen, maar moesten alles voor haar demonstreren. Kaspar lachte terwijl hij gebaren bedacht voor 'mama' – het strelen van de eigen wang – en voor 'papa' – een tikje op de neus. En hij lachte terwijl ze elkaar demonstreerden hoe ze 'oogst' of 'zaad' zouden uitbeelden. Maar ineens moest Margaretha huilen omdat ze bang was voor de reactie van de dorpsbewoners en de uitdaging die hen te wachten stond. Ze maakte zich zorgen dat Lina misschien wel steeds droeviger zou worden zodra ze begreep waar ze overal van was buitengesloten. Zouden haar leeftijdsgenootjes wel met haar willen spelen? Zou ze later het veld kunnen bewerken en groente kunnen verkopen? Zou ze van de pastoor de kerk binnen mogen?

Kaspar probeerde Margaretha moed in te praten. Ze hadden zo veel zorgen dat ze niet meekregen waarover er in het café werd geroddeld en in de spinkamer werd gefluisterd. Tot Amalie het hun vertelde.

'Ze zeggen dat Gesche leeft.'

Er verscheen een diepe frons op Kaspars voorhoofd. 'Hoe weten ze dat?' bromde hij.

'Papa beweert dat hij haar heeft gezien en precies weet waar ze woont.'

Margaretha pakte Kaspars onderarm vast. 'O, nee!'

'Hij beweert dat hij iedereen de weg kan wijzen die de oude heks wil zien.'

'Goed.' Kaspar wreef even over zijn gezicht en knikte toen. 'Ik ga kijken wat ik kan doen.'

15

Franz Stollwerck stond in de winkelruimte van zijn bakkerij, zette zijn handen in zijn zij en keek om zich heen. Deze plek begint er langzaam op te lijken, dacht hij tevreden. De muren waren lichtgeel geverfd en de vloerplanken glansden. Zijn vriend Heinrich had een mooie toonbank gemaakt. De voorkant was met een bloemenpatroon versierd en op het gladgepolijste werkvlak stond een opzetstuk waarop Franz gebak zou aanbieden. Tegen de wand stond een kast van hetzelfde elzenhout waarin het brood gepresenteerd kon worden. Zelfs de handgrepen van de deuren onder de planken waren mooi gekruld. Maar het meest trots was Franz op de grote houtoven in de hoek en de elegante broodschep.

Hij liep naar de kast en streek over het hout. Aanstaande maandag kon hij de bakkerij openen. Heinrich hoefde alleen nog het opzetstuk op de bar vast te schroeven en Anna Sophia wilde de winkel nog met bloemen en kleedjes decoreren. In de tussentijd zou hij allerlei ingrediënten kopen en zijn plannen voor de eerste producten uitwerken. Hij barstte van de ideeën! In gedachten verzonken maakte hij de deur van het kastje bij zijn voeten open. Ineens zag hij iets kleins op zich afrennen. Hij struikelde naar achteren, stootte tegen de bar en hoorde het opzetstuk dat er los opstond op de grond vallen. Geschrokken draaide hij zich om. Door de val was een poot van de constructie gebroken.

'Verdorie!' vloekte hij en hij schrok opnieuw. Want nu glipte de muis die hem net had verrast met zijn lange staart over het opzetstuk en verdween in de andere hoek van de winkel. Franz struikelde over het geopende kastdeurtje, viel tegen de kast en kon net een plank in de lucht opvangen voordat die op zijn hoofd viel. Hij leunde tegen de muur en haalde diep adem. Aan de ene kant moest hij lachen om zijn onhandige actie, maar aan de andere kant was hij kwaad. Wat had deze muis hier te zoeken? Hij boog zich naar voren, keek nog een keer in de kast en snoof. Dit kon toch niet waar zijn! In het achterste hoekje zaten nog twee van die beesten! De grond was bezaaid met muizenkeutels en de wanden van de kast waren al aangevreten. Franz kreunde. Hij haatte muizen. Zodra er iets om hem heen flitste en krabbelde, moest hij aan de kruidenierswinkel van zijn vader denken en aan de donkere tijd die hij had meegemaakt. Het was een koude herfst geweest, waarin nauwelijks iemand naar de winkel was gekomen. Het gehuil van het jongste kind Carl was helemaal in de winkel te horen geweest. Het gezin had te weinig eten in huis, alleen een immense hoeveelheid zout en paprikapoeder dat niemand wilde kopen. Franz herinnerde zich nog de knagende honger in zijn buik en dat hij altijd koude voeten had. In het voorjaar daarvoor was zijn kleine broertje aan de kinkhoest overleden. Slechts enkele maanden later werd Carl geboren. Hij was niet ziek, maar was ook te licht. Zijn vader was van begin af aan bang dat hij ook zou overlijden.

'We kunnen hem niet voeden,' stelde hij rustig en zakelijk vast. 'Of wil je hem borstvoeding geven?'

Franz' moeder werkte twaalf uur per dag in de brouwerij van haar vader om het verlies van de kruidenierswinkel te compenseren. Het jongetje lag daar in zijn wieg in de hoek. Christina snoof. 'Ik bezit nog wel een beetje waardigheid,' zei ze. En iets zachter voegde ze eraan toe: 'En zelfs als ik zou willen, zou het amper lukken...'

Ze had ingevallen wangen en dunne, puntige schouders. Ze bleef Carl wel hoopvol voeden met het mengsel van meelpap en suikerwater waarmee alle kinderen in de buurt opgroeiden, maar hij scheen het niet te verdragen. Hij spuwde het telkens uit. Hij werd steeds dunner en leek bijna te verdwijnen. Op de dag waarop hij overleed, stond Franz' vader moe en onbeweeglijk in de winkel terwijl de muizen over de vloer flitsten en aan de kruidenzakken knabbelden.

Zo ver zou Franz het nooit laten komen. Dat had hij zichzelf al vaak gezworen. In zijn huis zou er altijd voldoende te eten zijn. Zijn bakkerij zou een succes worden en zou altijd mensen aantrekken. Daar zou hij, nee, daar moest hij voor zorgen.

Hij zuchtte als hij aan de vele ruzies dacht die hij vanwege zijn plannen met zijn vader had gehad. Nikolaus had hem er per se van willen weerhouden om een bakkerij te openen. Maar toen ook Johannes hem met een ongebruikelijk vaste en plechtige stem had gevraagd om zijn zonen voor één keer te vertrouwen, de kruidenierswinkel aan Johannes over te laten en Franz zijn dromen achterna te laten gaan, had hij eindelijk toegegeven. 'Doe het dan maar,' had hij tegen Franz gezegd. 'Maar zeg later niet dat ik je niet heb gewaarschuwd. Het zal moeilijk worden. Heel moeilijk. En waarschijnlijk zul je uiteindelijk falen.'

'Gaat het, Franz?' Anna Sophia stond ineens in de winkel en keek op hem neer. Ze droeg de zwarte feestjurk die ze ook op de bruiloft had gedragen. Maar in plaats van de sluier had ze nu een elegante hoed met een grote stoffen bloem op haar hoofd. Hij stond op.

'Natuurlijk,' bromde hij en hij klopte zijn rokkostuum schoon.

'Wat is er met het opzetstuk gebeurd?'

'Dat laffe ding heeft me van achteren aangevallen.' Hij wreef over zijn kin en grijnsde. 'Hopelijk kan Heinrich het maken. Bovendien moeten we van een paar muizen af zien te komen.'

Anna Sophia vertrok haar gezicht. 'Denk je dat we de opening moeten uitstellen?'

'In geen geval!'

Daarna gebaarde hij naar de deur, deed hem open, liet Anna Sophia voorgaan en liep achter haar aan naar buiten.

Het was een zonnige dag. Ze waren te warm gekleed, maar ze wilden er vandaag feestelijk uitzien en hadden geen andere kleren. Franz en Anna Sophia stonden samen met Franz' vrienden en Anna Sophia's zus Wilhelmine midden in een grote mensenmenigte bij de Thürmchenswall achter de stadsmuren van Keulen. Ze probeerden alle zes over de hoofden van de mensen te kijken om de provisorische houten constructie te zien. Terwijl Franz aan zijn vrienden over de knaagdieren in zijn kast vertelde, probeerden ze zich allemaal lang te maken, maar door de zee van hoeden was het onmogelijk om iets anders te zien dan randen van hoeden, linten en plooien. Her en der zag Franz straatkoopmannen en chirurgijns die probeerden om twijfelachtig uitziende zalfjes en aftreksels te verkopen. En hij zag inderdaad een paar mensen die hun voor die troebele vloeistoffen in plakkerig uitziende flesjes een paar munten in de hand drukten. Franz keek naar Anna Sophia in haar trouwjurk en kreeg een warm gevoel vanbinnen. Deze elegante vrouw was echt met hem getrouwd en stond aan zijn zijde! Hij werd nog steeds een beetje duizelig wanneer dit weer tot hem doordrong. Anna Sophia's dikke haar stak onder haar hoed uit en haar ogen glansden.

'Wat gebeurt er?' vroeg Koloman.

'Ik weet het niet,' antwoordde Theodor, de langste van hen.

'Hoe kan ik zo nu over deze gebeurtenis schrijven?' Koloman kauwde nerveus op zijn potlood.

'We moeten zorgen dat we dichterbij komen,' zei Heinrich.

Franz keek van de een naar de ander en vervolgens naar Anna Sophia's en Wilhelmines verhitte gezichten. Daarna pakte hij Anna Sophia's hand vast. 'Kom mee!'

Hij begon zich een weg door de menigte te banen. 'Pardon, we moeten dringend naar voren. Mogen we er even langs? Ja, deze kwestie duldt helaas geen uitstel. Neemt u ons niet kwalijk. Dank u! Het kan helaas niet anders, het is echt heel belangrijk. Pardon, mogen we er even langs?' Hij keek achterom. De vijf anderen waren vlak achter hem, hij was nog niemand kwijtgeraakt. En ineens zag hij aan zijn rechterzijde de trein. Hij stond naast het houten stationsgebouw, klaar voor zijn maidentrip. Helemaal vooraan zag hij twee locomotieven met lange schoorstenen en grote drijfwielen. Die zouden de wagons trekken die eraan vast waren gemaakt. Franz telde twee gesloten, drie overdekte en drie geheel onoverdekte wagons.

'Wat een hoop mensen...' haalde Anna Sophia hem uit zijn gedachten. Ze keek naar de menigte en was onder de indruk. De mensen droegen hun zondagse kleren en stonden dicht op elkaar. 'Stel je voor dat we hier onze bakkerij hadden.' Ze schudde haar hoofd. 'Hoeveel mensen zouden we dan wel niet bereiken!'

'Een goed idee,' bromde Franz waarderend.

'Er zou toch een toespraak gehouden worden? Maar waar?' zei Koloman achter hen.

'Je bent goed voorbereid, meneer de schrijver!' Franz gaf Koloman grijnzend een stomp tegen zijn schouder.

'Ik denk in het stationsgebouw. Daar mag jij met jouw werk vast wel naar binnen,' riep Wilhelmine.

Koloman keek haar verstrooid aan. 'Ja, nou, eh... misschien... ja, vast wel.'

'Nou, opschieten dan!' besloot Franz en hij leidde ze – nu met behulp van zijn ellebogen – tot aan de deur van het houten stationsgebouw.

'Zou ik er even langs mogen? Heel even maar, dank u. Pardon!'

Alleen bij één schouder kwam hij niet verder.

'Zeg, ho eens even!' Victor Mertens draaide zich met een knalrood hoofd naar hen om. Wat verschoot die man snel van kleur! Zijn broer was minstens een kop groter dan hij en keek eerder nieuwsgierig dan geïrriteerd op Franz neer.

'Sorry, sorry, gaat u maar!' Franz stak beide armen in de lucht en liet tandenknarsend de Mertens voor hen het stationsgebouw betreden. Natuurlijk waren de voorname heren hier ook.

'Meneer Mertens en meneer Mertens, wat fijn u te mogen begroeten' zei een jongeman bij de ingang vleierig. Hij droeg een rokkostuum en een cilinderhoed en maakte halfslachtig twee buigingen. De Mertens passeerden hem zonder hem aan te kijken.

'En u bent?' richtte de man zich tot Franz.

'Eh, het is van immens belang dat we snel binnengelaten...'

'Dr. Koloman Witt,' onderbrak zijn vriend hem en hij perste zich langs hem heen. 'We werken voor de *Kölnische Zeitung*.'

De jongeman keek met grote ogen van Koloman naar Franz, Heinrich, Theodor en de twee vrouwen. 'U... werkt allemaal voor de *Kölnische Zeitung*?'

Koloman streek zijn vettige haar achter zijn oor en stak zijn kin op. 'Ze horen bij mij.'

En Theodor verklaarde met een gewichtige gezichtsuitdrukking: 'Zoals u natuurlijk zelf ook weet, is dit een historische gebeurtenis.'

'Twaalf oren horen nu eenmaal meer dan twee. En zes handen kunnen meer noteren dan één,' voegde Wilhelmine eraan toe.

Franz grinnikte. Zijn schoonzus was echt brutaal. De man dacht vast dat ze hem in de maling namen. Ook Koloman staarde Wilhelmine met open mond aan, maar Franz vermoedde dat dat niet alleen uit verbazing maar ook uit genegenheid was.

'We... eh... moeten nu opschieten.' Koloman pakte Wilhelmine bij haar arm en trok haar met zich mee. Franz en de anderen liepen snel achter hem aan.

'Dan... van harte welkom,' riep de man hen nog na.

De stoelen in de hal waren allemaal bezet. Natuurlijk zaten de Mertens vooraan, maar wel op de tweede rij aan de rand. Waarschijnlijk waren ze niet de belangrijkste geldschieters voor het eerste Keulse treinstation, dacht Franz. Achter hen drongen steeds meer mensen de hal in. Franz en de anderen liepen onopvallend langs de muur en lieten zich steeds verder naar voren schuiven. Algauw konden ze het kleine podium van heel dichtbij zien. Alleen stonden ze naar Franz' smaak veel te dicht bij de Mertens. Hij kon zelfs een zweem van hun Keulse water ruiken. Hij keek naar zijn vrienden. Koloman, die naast hem stond, pakte zijn potlood. Heinrich en de vrouwen keken geboeid om zich heen, maar Theodor kon zijn blik niet van de Mertens afwenden.

~

Victor Mertens onderdrukte een zucht. Hij had echt geen energie voor deze festiviteit. Al die mensen! Al die toespraken! Het interesseerde hem niet wat de directeur van de Rheinische Eisenbahngesellschaft te zeggen had. Hij wilde zo snel mogelijk tot het interessante gedeelte overgaan en zich daarna in zijn kamer bij de open haard terugtrekken. Wat hij vandaag nodig had, was brandewijn. Veel brandewijn. En rust.

'Hoe gaat het met Sibylle?' vroeg zijn broer Ferdinand.

'Hoe zou het nu met haar gaan?' bromde Victor.

'En met jullie kind?'

Victor keek Ferdinand aan. Zelfs onder zijn hoed stak zijn volle haardos uit. Zijn broer kon echt op de meest ongelegen momenten de vervelendste vragen stellen. Hij wendde zijn blik weer af en keek naar de directeur Friedrich von Ammon. Wat een afschuwelijk gilet, dacht hij. De knopen waren veel te klein. En wat een glad kapsel. Zijn haar was strak naar achteren gekamd. Dan kon je nog beter helemaal geen haar hebben. 'De spoorwegen zijn voorbestemd om als een sterk lint de volkeren steeds meer met elkaar te verbinden en hun uiteenlopende belangen met elkaar in overeenstemming te brengen. Maar men moet ervoor waken om niet door andere landen overvleugeld te worden!' verklaarde Von Ammon.

'Victor, is alles in orde met de kleine?' fluisterde Ferdinand naast hem.

Victor slikte. Ferdinand had zijn dochter in al die tijd nog niet gezien. Natuurlijk niet. Victor had eerst moeten nadenken. En een week bedenktijd was algauw een maand en daarna een jaar geworden. Maar het kon zo niet doorgaan, dat wist hij. Hij had het altijd al moeilijk gevonden om iets voor zijn broer geheim te houden.

'Elk begin is klein en vandaag wordt maar een klein traject van de grote spoorlijn geopend,' ging Von Ammon onverstoorbaar verder.

'Is er iets gebeurd?' vroeg Ferdinand.

Victor slikte en vermande zich toen. 'Het kind is gisteren overleden,' zei hij.

Ferdinand sloeg zijn ogen neer en schudde zijn hoofd. 'Gecondoleerd.'

'Vandaag vieren wij feest, maar deze eerste trein is een serieuze zaak en de welvaart van het land zal in zijn spoor volgen,' zei Von Ammon, alsof hij op Ferdinand reageerde. Victor rolde met zijn ogen. Wat een hoogdravende taal!

Ferdinand fluisterde: 'Het is tragisch hoeveel kinderen er overlijden, vind je niet? Gisteren is het vierde kind van mijn schoonzus overleden. En vorige week heeft onze bediende drie dode kinderen in een put gevonden!'

'Tja,' zei Victor. 'De Heer geeft en de Heer neemt, nietwaar?'

Ferdinand schudde zijn hoofd heen en weer. 'Ik heb iets anders gehoord.'

Victor keek hem vragend aan.

'Heb jij er nog niets over gehoord?'

'Wat bedoel je?'

'Er staat natuurlijk ook niets over in de krant. De Joden willen immers absoluut niet dat het aan het licht komt.'

'De Joden?'

Ferdinand schoof wat dichter naar hem toe. 'Ken je die houten afbeelding in de Dom van Keulen niet? Aan de zijkant van het koorgestoelte! Daar werd het al eeuwen geleden uitgebeeld. Weet je helemaal niets van de rituele moorden?'

Victor bromde verbaasd. 'Natuurlijk, maar ik dacht dat dat allang weerlegd was!'

Een man voor hen draaide zich om. Hij wilde vast vragen of het wat stiller kon, maar toen hij zag wie er achter hem zat, draaide hij zich zonder iets te zeggen weer om.

'Absoluut niet. Vooraanstaande geleerden houden zich momenteel weer bezig met allerlei zaken waarbij christelijke kinderen zijn gedood.'

'En de Joden zouden...'

Ferdinand knikte gewichtig. 'Er wordt gezegd dat ze hun bloed nodig hebben.'

Friedrich von Ammon verhief zijn stem. 'Ruimte en tijd zullen verdwijnen. Er zal veel moois uit verre landen naar ons toe komen. Volkeren reiken elkaar broederlijk de hand en zullen zaken uitwisselen die uit hun natuur en industrie afkomstig zijn.'

'Waarvoor hebben ze hun bloed nodig?'

Ferdinand haalde zijn schouders op. 'Dat is niet bekend. Misschien gebruiken ze het voor zogenaamd magische doeleinden of bij hun Joodse plechtigheden.'

Met het woord 'Voorwaarts!' beëindigde Von Ammon zijn toespraak en terwijl het publiek begon te applaudisseren, zei Victor nog iets luider tegen Ferdinand: 'Dat past bij hen. Filosoof Christoph Meiners uit Göttingen heeft indertijd verklaard dat dit ras boven de orang-oetans en de mongolen gerangschikt zou kunnen worden. Als ik dit zo hoor, moet hij misschien nog eens over die indeling nadenken!'

Hij was nog niet uitgesproken of er stormde een lange man op hem af. Victor werd bij zijn kraag gepakt en omhooggetrokken, en kreeg een vuist in zijn gezicht.

~

Franz keek om zich heen. Tussen het applaus door klonken een paar kreten. De menigte begon te fluisteren en nadat Franz geboeid aan de lippen van de directeur had gehangen, zag hij nu wat er aan de hand was. Theodor had zich op Victor Mertens gestort! Franz en Heinrich gingen meteen achter hem aan en probeerden Theodor van hem weg te trekken. Maar hun vriend ontplooide ongekende krachten en sloeg telkens weer op Mertens in.

'Theodor, hou op! Wat doe je?' Vanuit zijn ooghoek zag Franz dat twee agenten zich een weg door de menigte baanden.

'Hou op!' riep Heinrich.

Theodor hield Mertens, die wild om zich heen zwaaide en kreunde, bij zijn kraag beet en haalde telkens weer uit om hem in zijn gezicht te slaan. Er druppelde bloed uit Victors neus en lip. Plotseling hoorde Franz het luide gekraak van hout.

'Nee!' gilde Franz, maar Ferdinand Mertens zwaaide al met een afgebroken stoelpoot door de lucht en sloeg er keihard mee op Theodors hoofd. Theodor tuimelde een paar passen naar achteren en Franz en Heinrich probeerden hem te steunen. Hij zakte in hun armen in elkaar.

'Arresteer hem,' zei Ferdinand met een kille stem tegen de agenten die er net aan waren gekomen. 'Deze Jood heeft zonder enige aanleiding mijn broer aangevallen.'

~

Kaspar Rockstroh vond Wilhelm 's middags aan de rand van het gerstveld. Zijn familie, knechten en dienstmeisjes hadden heel wat werk verricht. De mannen waren al in de vroege ochtend met de sikkel over het veld gegaan en de vrouwen hadden de oogst tot schoven gebonden en in hokken neergezet. Inmiddels waren de oogsthelpers vertrokken en boer Wilhelm liep nu door de rijen om alles te controleren. Her en der corrigeerde hij een hok of raapte hij halmen op die eruit waren gevallen en bond ze ook samen. Toen Kaspar dichterbij kwam, zag hij dat Wilhelms slappe hoed stoffig was en zijn gezicht en handen onder de aarde zaten.

'Wat kom jij hier doen?' riep de boer naar Kaspar.

'Ik wil met je praten.' Kaspar stak zijn handen in zijn broekzakken en kauwde op een strohalm.

'Ha!' Wilhelm draaide zijn rug naar hem toe om nog een schoof vast te binden.

'Ik wil dat je Gesche met rust laat.' Kaspar sprak kalm maar beslist verder. Maar Wilhelm leek het amper te horen. Hij kwam overeind, bekeek zijn werk en liep naar zijn handkar, waarop de sikkels, het touw en de hooivorken lagen.

'Val me niet lastig, Kaspar Rockstroh,' bromde hij en hij ging op weg in de richting van het dorp. Kaspar gooide zijn strohalm weg. Blijkbaar moest hij duidelijker worden.

'Blijf staan als ik met je praat!' zei hij terwijl hij de boer volgde, maar Wilhelm lachte alleen. Kaspar ging verder: 'Ik wil dat je tegen niemand iets over Gesche zegt.'

'En wat kan mij het schelen wat jij wilt?' Wilhelm liep verder. De houten wielen van zijn kar rammelden over de weg.

Kaspar keek om zich heen. Wijd en zijd was er niemand te zien. Ze waren bijna bij de put, maar het dorp was nog een halve mijl verwijderd.

'Dat kan je maar beter wel interesseren,' bromde Kaspar. 'Want als je niet doet wat ik zeg, krijg je met mij te maken.'

Wilhelm lachte en zijn lach werd met elke stap luider.

De boer moest eindelijk begrijpen hoe serieus hij het meende, dacht Kaspar. Hij deed een sprong naar voren en nam Wilhelm in de borstklem, waarbij hij stevig zijn onderarm tegen zijn keel drukte. Wilhelm rochelde, liet de kar los en sloeg om zich heen.

'Jij luistert nu naar mij,' fluisterde Kaspar en hij trok hem van de weg af, door het hoge gras naar de put.

'Luister goed naar me.' Kaspar leunde tegen de put en hield zijn arm stevig om de keel van de boer, die verstikt hijgde. 'Jij laat Gesche met rust. Dat zweer je mij en dan overkomt jou niets. Maar als je je eed verbreekt, dan vermoord ik je, begrepen? En dan vertel ik iedereen wat jij je eigen kinderen aandoet. Iedereen in het dorp zal het te weten komen en jij zult als Wilhelm, de verkrachter van Höhenforst in herinnering blijven. Hoor je dat?' Kaspar was zelf verbaasd hoe kalm hij op dat moment klonk.

De boer snakte naar adem. Kaspar versoepelde zijn greep, pakte hem met beide handen bij zijn kraag en drukte hem zo stevig tegen de put dat het bovenlichaam van de boer boven het donkere gat hing.

'Jij vertelt niemand iets en je blijft uit de buurt van je kinderen en kleinkinderen, begrepen?'

Wilhelms gezicht was knalrood. Zijn hoed was op de grond gevallen en er droop zweet van zijn voorhoofd.

'Zweer het!' eiste Kaspar en hij duwde de boer nog dieper in de opening. Met rood doorlopen ogen staarde Wilhelm hem aan. De aderen op zijn voorhoofd klopten. Daarna vertrok hij zijn mond tot een brede grijns. 'Je kunt de pot op,' bracht hij met moeite uit. Kaspar gaf hem een harde duw en Wilhelm viel achterover in de put.

Eerst hoorde hij stof langs steen schuren en daarna, ver beneden, een plons. Kaspar luisterde. Het water in de diepte kwam langzaam tot rust, maar zijn hart ging tekeer en zijn ademhaling was snel.

'Wilhelm?' vroeg hij.

Er kwam geen geluid uit de put. Kaspar probeerde zijn ademhaling te kalmeren.

'Wilhelm!'

Hij voelde paniek opkomen en leunde over de rand. Maar het was te donker in de put om iets te zien.

Alles bleef stil. Kaspar ademde diep in en uit. Had hij het juiste gedaan? Wat zou Margaretha hiervan vinden? Hij kreeg het heet en zijn handen zweetten. En daarna hoorde Kaspar het water tegen het steen klotsen, gevolgd door diep, keelachtige gehijg. Kaspar haalde opgelucht adem.

'Haal me hier onmiddellijk uit!' schreeuwde Wilhelm.

'Ik haal je eruit als je zweert dat je Gesche en je familie met rust zult laten,' riep Kaspar.

'Ik ga helemaal niets zweren!'

'Goed,' antwoordde Kaspar en hij draaide zich om. Hij raapte Wilhelms hoed op en gooide hem op de handkar.

'Hé!' hoorde hij achter zich. 'Waag het niet weg te gaan! Als ik je te pakken krijg, dan zwaait er wat voor jou!'

Maar zonder zich om te draaien pakte Kaspar het handvat van de kar vast en liep terug naar het dorp.

~

Victor Mertens drukte zijn spierwitte zakdoek op zijn nog steeds bloedende lip terwijl Ferdinand en hij naar de trein liepen. Hij vloekte zacht.

Zijn gezicht deed pijn, zijn hemd zat onder het bloed en iedereen staarde hem aan. Eigenlijk waren voor hen plaatsen in de eerste klasse gereserveerd. In het voorste deel van de trein waren de wagons gesloten en volgens de krantenartikelen waren de stoelen zelfs bekleed. Maar door de toestand rond de arrestatie van die Jood die hem zomaar uit het niets had aangevallen, waren ze later bij de trein gekomen en waren alle plekken in de eerste klasse al bezet.

Dit evenement was gewoon slecht georganiseerd, dacht Victor. Ze liepen langs de tweede klasse. Hier waren de wanden van plaatijzer en door de deuropening zag hij dat er vijf mensen op één bank gepropt zaten. Ook hier was alles al vol.

'We kunnen toch niet in de laagste klasse rijden!' mopperde Victor. Ferdinand zuchtte en prikte zijn stok vastberaden in de grond terwijl hij doorliep. 'Dat is altijd nog beter dan deze rit helemaal te missen,' vond hij. En dus volgde Victor hem.

Toen ze in de trein stapten en Victor zich naast Ferdinand op de achterste rij perste, snoof hij. Ze hadden tenminste nog een plekje in de voorste open wagon kunnen bemachtigen. Hij keek om zich heen. Naast de trein had zich een grote mensenmassa verzameld. Talloze hoeden glansden in de zon. En al dit volk kon hem nu in deze toestand zien!

Er ging een schok door de wagon. Victor hield zich vast. Zijn neus klopte van de pijn.

'Hoelang duurt de rit?' vroeg hij aan zijn broer.

'Ongeveer tien minuten,' zei hij.

'Hé, Mertens!' riep een stem direct naast hem en Victor draaide zijn hoofd om. Dit kon toch niet waar zijn! Naast het spoor stond die Jodenvriend Stollwerck. Hij had zijn handen in zijn broekzakken gestoken maar zijn ogen fonkelden woedend terwijl hij Victor aanstaarde.

'Schaam je je niet?' Hij spuwde op de grond.

Voor Victor draaide een gebochelde man zich om, wiens lange haar vettig onder zijn hoed uitkwam. Victor zag dat hij een potlood in zijn hand had.

'Franz, laat nou,' riep de gebochelde. Was dat niet Victors rare neef Koloman Witt?'

'Wat ben je toch een belachelijke hansworst, Mertens!' riep Franz en nu draaiden alle passagiers en alle mensen die vooraan stonden zich een voor een naar hen om.

'Durf je jezelf niet te verdedigen en heb je je broertje nodig om je te beschermen?' Franz grijnsde spottend. Victor voelde dat hij het warm kreeg. In zijn hoofd hoorde hij de stem van zijn moeder door Franz' tirade heen. 'Is dat al alles? Kun je niet meer?' Hij keek naar Ferdinand.

'Laat je niet provoceren,' zei zijn broer zacht. 'Negeer hem gewoon.'

Plotseling trilde de wagon onder hen en uit de schoorsteen van de locomotief werden reusachtige stoomwolken uitgestoten.

'Mijn vriend is nog steeds bewusteloos!' riep Stollwerck. 'Hij wordt in de gevangenis gegooid en dat alleen omdat jij geen man bent! Jij hebt je broertje en de politie nodig! Help, help, meneer de agent, redt u mij!'

'Nou is het genoeg!' schreeuwde Victor. Hij steunde met beide handen op de balustrade en boog zich naar Stollwerck naar beneden. Langzaam kwam de trein in beweging. 'Hou verdomme je bek!' schreeuwde hij zo hard hij kon. Om hem heen deinsden de mensen verbaasd achteruit. Tegelijkertijd piepten de wielen op de rails en de scharnieren tussen de wagons.

'Vergeet het maar! Daarvoor moet je naar beneden komen en het persoonlijk uitvechten. Maar dat durf je niet!' Franz grijnsde breed terwijl hij naast de trein liep. Victor stak zijn vuist in de lucht. 'Als jij niet onmiddellijk je bek houdt, gebeurt met jou hetzelfde als met die misdadige Jood,' begon hij. Plotseling stormde Stollwerck op hem af, pakte hem bij de stof van zijn rokkostuum en trok hem met een heftige ruk van de wagon. Hij viel boven op Stollwerck en ze rolden wild om zich heen slaand over de grond. Ze buitelden over elkaar heen, Victor hijgde, haalde naar Stollwerck uit en voelde zijn vuist tegen zijn hoofd en in zijn buik.

Ineens hoorde hij geschrokken kreten: 'Stop! Kijk uit! Haaaaalt!'

Hij hoorde zo'n hard piepend geluid dat hij ineenkromp en stil bleef liggen. Eindelijk trok iemand Stollwerck van hem af en hij krabbelde overeind. Zijn hart ging tekeer en zijn ademhaling was hortend. Hij keek om zich heen. Alle blikken waren op hem gericht en sommige vrouwen hielden geschrokken hun hand voor hun mond. Hij draaide zich om. Ze waren tijdens hun vechtpartij gevaarlijk dicht bij de trein gekomen en bijna onder de wielen beland. Ook de mensen op de wagon keken allemaal op hem neer. Hij besefte dat de eerste rit van de trein in Keulen vanwege een knokpartij tussen Franz Stollwerck en Victor Mertens was gestopt. Wat een schande. Wat gênant. Wat een vernedering. Dit zou hij Stollwerck nooit vergeven.

Victor Mertens klopte zo goed en zo kwaad als het ging het stof van zijn kleren en klom weer op de wagon. Vanuit zijn ooghoek zag hij dat Stollwerck door een kleine, kale man de menigte in werd getrokken. Hij haalde diep adem en hoopte vurig dat er gauw een einde zou komen aan deze pikzwarte dag.

De trein schokte weer en de stoom werd zo luid sissend uitgestoten dat sommige passagiers met hun handen hun oren bedekten. De trein zette zich weer in beweging. Victor staarde voor zich uit. Langzaam lieten ze de menigte met hun nieuwsgierige blikken achter zich en hij ademde diep in, maar begon meteen heftig te hoesten. De stoom van de trein waaide midden in zijn gezicht! Hoe kon je zo in hemelsnaam reizen?! Algauw voelde hij bovendien iets nats op zijn gezicht. Regen? Nee, het was slechts licht bewolkt en het vocht was warm. Hij betastte zijn gezicht, bekeek zijn vingers en fronste zijn voorhoofd. Ze waren zwart!

'Wat is dat?' vroeg hij aan Ferdinand.

Sommige mensen klapten hun paraplu open en hielden die boven hun hoofd. Schuin voor hem draaide Koloman Witt zich om. 'Dat is het roet uit de schoorstenen van de locomotieven,' verklaarde hij.

Waarom praatte hij met hen? Victor had hem in elk geval niets te zeggen.

'Hebben we een paraplu bij ons?' vroeg hij aan zijn broer, maar die schudde zijn hoofd.

'Hier, neemt u de mijne maar,' zei Witt en hij reikte naar achteren. 'Als ik schrijf kan ik hem toch niet vasthouden. Ik werk nu voor de *Kölnische Zeitung*.'

Mertens fronste zijn voorhoofd, bromde alleen en hield Witts paraplu boven zijn hoofd. Kuchend en heen en weer schuddend leek die treinrit van tien minuten voor Victor Mertens gevoel een eeuwigheid te duren. Hij zweeg en hield de paraplu stevig vast tot ze eindelijk op station Müngersdorf aankwamen. Nog meer mensen, dacht hij, toen hij gejubel hoorde. En onder luid gepiep en het gebulder van de opgestelde kanonnen kwam de trein tot stilstand.

~

'Waar was je?' Margaretha zat met Lina op de bank voor het huis. Ze keek hem aan en hield haar vrije hand tegen haar wang.

'Heb je pijn?' vroeg Kaspar, zonder haar vraag te beantwoorden.
'Mijn tand...'
Kaspar ging naast haar zitten.
'Hoe erg is het? Moeten we naar het naburige dorp lopen?'
Margaretha schudde haar hoofd. 'Ik ga niet nog een keer naar de tandentrekker. Absoluut niet! Hij is een onbehouwen kerel met smerige vingers.'
Dat kon Kaspar niet ontkennen. 'Ik ga morgen naar Gesche en vraag haar wat jou zou kunnen helpen.'
Margaretha glimlachte scheef en leunde met haar goede wang tegen zijn schouder.

's Nachts kwam Kaspar niet tot rust. Dit keer lag het niet aan Lina, want het meisje sliep bij wijze van uitzondering diep en vast. Maar voor zijn geestesoog zag hij de donkere put. Hij hoorde Wilhelm schreeuwen. Kaspar had gedacht dat het hem genoegdoening zou geven, dat hij kon genieten van het weldadige gevoel van wraak en eindelijk zeker zou weten dat zijn vrouw en dochter veilig waren. Maar dat was helemaal niet zo. Ondanks zichzelf stelde hij zich Wilhelms bloedige vingers voor die aan de stenen houvast probeerden te vinden maar telkens weer afgleden. Voor zijn geestesoog zag hij Wilhelm die tot aan zijn heup in het water stond en rilde. Zou hij door de donkere, lange schacht van de put naar de sterren kijken? Kaspar lag in zijn bed te woelen. Moest hij hem daar beneden laten? Stel dat hij doodging? Zou Kaspar met die daad kunnen leven? Maar wat zou er gebeuren als hij hem redde? Zou Wilhelm Kaspar en zijn familie dan echt met rust laten?
Naast hem begon Margaretha te kermen. Eerst zacht, daarna steeds harder. Algauw kreunde ze.
'Margaretha,' fluisterde hij. 'Wat is er?'
Hij legde zijn hand op haar voorhoofd en voelde dat ze gloeide.
'Margaretha, je hebt koorts.' Hij stond op en schoof de gordijnen opzij om het maanlicht binnen te laten, maar het was niet helder genoeg. Hij moest een van hun weinige kaarsen aansteken.
'Er is niks aan de hand,' zei Margaretha, maar ze klonk vreselijk zwak.
'Nee. Het is de tand.'
'Dat komt wel weer goed.'
Kaspar bleef even staan en keek naar zijn vrouw. In het licht van de flakkerende kaars zag hij dat haar gezicht glansde van het zweet. Hij

schudde zijn hoofd. 'Ik ga de tand trekken,' besloot hij.

Margaretha ging rechtop zitten in bed en alsof Lina haar angst net zo duidelijk kon voelen als Kaspar, begon het kind plotseling te huilen. Margaretha nam haar dochter in haar armen en aaide haar, maar Kaspar zag hoe verschrikt zijn vrouw hem aanstaarde. Ook hij had buikpijn van de zorgen, maar er zat niets anders op. Hij had de nijptang en wat alcohol nodig.

Even later boog hij zich over Margaretha. Lina lag naast haar en bleef huilen. Zijn vrouw nam een grote slok uit de drankfles. Daarna deed ze haar mond open. Het schijnsel van de kaars was niet voldoende om het goed te kunnen zien. En ergens was Kaspar daar dankbaar voor. Hij negeerde het weeë gevoel in zijn maag en zijn snelle ademhaling.

'Welke is het?'

Met haar tong raakte ze een van de achterste kiezen aan en Kaspar zag dat die daarbij al een beetje wiebelde. Voorzichtig schoof hij de tang, die natuurlijk niet voor dit soort doeleinden was gemaakt, in haar mond. Normaal trok hij er spijkers of klinknagels mee uit, geen tanden. Maar hij had hem van tevoren boven het vuur gehouden en daarna met alcohol overgoten. Zo had zijn moeder het een keer gedaan toen zijn zus kiespijn had en toen was het uiteindelijk ook gelukt.

Toen hij voorzichtig met de tang Margaretha's zere kies vastpakte, hijgde ze, maar ze bewoog zich niet. Hij wilde er niet over nadenken wat voor pijn zijn vrouw in haar leven allemaal al had moeten doorstaan.

'Een, twee...' zei Kaspar en nog voordat hij 'drie' had gezegd, trok hij de tang snel naar boven.

Hij lachte zacht. 'Ik heb hem!' Hij had niet gedacht dat het zo makkelijk zou zijn. Met trillende handen greep hij de drankfles en gaf hem aan haar. 'Hier, spoel hier snel je mond mee uit.'

De tranen rolden over Margaretha's wangen terwijl ze gorgelde en de drank in een beker spuwde. Meteen daarna zette ze de fles weer aan haar mond en dronk met grote teugen.

'Langzaam, Margaretha, langzaam,' zei Kaspar zacht. Zodra ze de fles had neergezet, nam ze het kind weer op haar schoot, wipte het op en neer en veegde de tranen van haar wangen.

'Het spijt me,' fluisterde Kaspar.

'Nee,' zei Margaretha. 'Dat heb je goed gedaan.'

Kaspar wachtte tot Margaretha en zijn dochter in slaap waren gevallen. Daarna stond hij op en kleedde zich aan. Op weg naar buiten pakte hij een touw en stak een fakkel aan. Hij liep door de stille straten van het dorp, achter de schuur langs naar de oude stenen put. Het was een milde nacht vol sterren.

Hij bleef even bij de rand van de put staan en haalde diep adem. Daarna zei hij: 'Ik ben weer terug, Wilhelm. Ik haal je eruit. Maar ik zweer je: de volgende keer vermoord ik je. Je doet wat ik eis of je zult er spijt van krijgen.' Hij gooide het touw in de put en liet het dieper zakken. Algauw voelde hij dat het afremde. Had Wilhelm het gepakt?

'Wilhelm? Ik hou het touw vast, kom naar boven.'

Maar Wilhelm antwoordde niet. Was hij gewond geraakt? Was hij van de uitputting in slaap gevallen?

Kaspar liep naar voren en boog zich over de put.

'Wilhelm? Je kunt naar boven komen!'

Zijn stem weergalmde in de put, maar Wilhelm reageerde niet. Kaspar verlichtte de put met zijn fakkel en sperde zijn ogen open. De put was helemaal leeg.

16

Franz Stollwerck veegde de laatste kruimels van de toonbank, ordende het gebak in de etalage en trok de gordijnen open om de ochtendzon binnen te laten. Wat was zijn ambachtelijke bakkerij mooi geworden! In de vitrine lagen kleine broodjes, cake en zandtaartgebak. De aroma's van amandelen en honing, bladerdeeg en cake versmolten tot één heerlijke geur.

'Het is zo ver,' zei hij tegen Anna Sophia. Ze stond netjes gekapt achter de toonbank en knikte naar hem.

'Maar eerst heb ik nog een cadeautje voor je. Als teken van mijn liefde.'

Op zijn vlakke hand presenteerde hij een amandelpraline.

Anna Sophia hield haar hoofd schuin. 'O, dank je wel.'

Ze nam de praline aan en legde hem op de toonbank.

'Maar je moet hem meteen opeten,' zei hij.

'O.' Ze pakte de praline weer op, stopte hem in haar mond en bleef staan.

'Franz!' riep ze met volle mond. Ze schoot in de lach en draaide zich om terwijl ze de praline op haar hand uitspuwde. 'Dat is een van de spruitjes die ik voor ons middageten heb gekookt!'

Franz moest bukken van het lachen en sloeg op zijn bovenbenen. 'Ik kon het niet laten! Ik heb hem voor jou zelfs door de gemalen amandelen gerold. Om deze dag te vieren.'

'Ach, Franz!' Anna Sophia sloeg hem lachend op zijn schouder. 'Je zei dat je wijs en als een man uit Parijs was teruggekomen!'

Franz snoof. 'Je hebt gelijk. Sorry. Geen dwaze streken meer. Laten we de winkel openen.'

Anna Sophia veegde haar mond af. Daarna zuchtte en grinnikte ze.

'Ik ben zover.'

Hij haalde diep adem, liep met grote passen naar de deur, deed hem open en draaide het bordje van GESLOTEN naar OPEN. Hij keek de Blindgasse in. Hoewel het nog vroeg was, waren er al mensen onderweg. Dienstmeisjes en arbeiders liepen gehaast langs en wierpen Franz vluchtige blikken toe. De geur van de nieuwe bakkerij zou hen algauw naar binnen lokken. Vol voorpret liep hij terug naar zijn vrouw. Ze glimlachten naar elkaar. Wat een bijzonder moment! Ze begonnen aan hun toekomst, of nee, ze zaten er al middenin! Hij ging naast Anna Sophia staan, legde zijn hand op haar rug, keek naar de deur en wachtte. Zo meteen zou de eerste klant binnenkomen. Zo meteen zou het beginnen.

Maar het eerste uur verstreek en er kwam niemand. Onzeker keken ze elkaar aan.

'Misschien moet het eerst nog bekend worden,' zei Anna Sophia.

'Maar hoe kan het bekend worden als er niemand is die het verder kan vertellen?' Franz hoorde zelf dat het een beetje zuur klonk. Geduld, zei hij tegen zichzelf en hij keek weer naar de deur. Maar ook het volgende uur en het uur daarna kwam er niemand. Aan het begin van de middag ging hij in de deuropening staan en keek naar buiten.

'Goedemorgen, juffrouw! Wilt u uw familie vandaag misschien verse cake serveren?' riep hij, of: 'Goedendag, meneer! Mag ik u onze nieuwe bakkerij laten zien? We hebben verse broodjes!' Maar wie hij ook aansprak, alle mensen keken hem alleen verstrooid aan, schudden verontschuldigend hun hoofd en liepen snel door.

Op deze eerste dag kwamen alleen Franz' zussen Hubertine en Maria langs. Zijn jongste zus was pas acht geworden. Hoe konden ze hem zo stralend aankijken hoewel er behalve hen niemand was? Hubertine gaf hem trots een kneepje in zijn hand. Ze zagen er goed uit, dacht Franz, met hun blozende gezichten. Bij zijn vader liepen de zaken zeker uitstekend. Vooral zijn jongste zus werd langzamerhand echt een knap meisje met haar mooi gevormde ogen en haar, anders dan de rest van de familie, smalle kin.

's Avonds schonk hij al het gebak aan hen en zijn vrienden en dacht hij aan de woorden van zijn vader: 'Je zult waarschijnlijk falen.' Zijn vader mocht geen gelijk krijgen!

'Misschien komt het door de ligging,' zei hij tegen zijn vrouw. 'Maar hoe zouden we nu dichter bij het centrum kunnen komen? Daar zijn de huren onbetaalbaar.'

Voor de volgende dag bakten ze minder en weer stonden ze alleen achter de toonbank.

Franz voelde dat hij kwaad werd. Hij klampte zijn vingers om de toonbank, snauwde tegen zijn vrouw zodra ze iets zei en liep peinzend heen en weer. Hij moest telkens aan de kruidenierswinkel van zijn vader denken en aan de tijd dat ook zijn winkel leeg was gebleven.

'Ik heb toch alles gedaan! De bakkerij is modern ingericht en het aanbod is bijzonder. Waarom komt er nou niemand?'

Anna Sophia keek hem met een bleek gezicht aan en boog daarna zwijgend haar hoofd. Daar was hij blij om. Hij had nu echt geen behoefte aan goede raad.

Hij vreesde al dat de tweede dag net zo zou verlopen als de eerste, toen in de vroege namiddag, vlak voor sluitingstijd, toch nog het belletje boven de deur rinkelde. Franz keek hoopvol op naar degene die binnenkwam, maar zei toen verbaasd: 'U?'

August Arkenberg nam zijn hoed af waardoor zijn keurige scheiding zichtbaar werd, liep met zwierige passen naar voren en zei spottend: 'Wat ziet het er hier leuk uit.'

Franz keek naar zijn vrouw. Ze was achteruitgedeinsd, fronste haar voorhoofd en perste haar lippen stevig op elkaar. Instinctief ging hij een stap voor haar staan. Wat Arkenberg ook wilde, Franz zou zijn vrouw tegen hem beschermen.

'Wat kan ik voor u doen?' vroeg hij zacht.

'O, eerlijk gezegd: niets. Ik wilde alleen even rondkijken. Er gaan immers allerlei verhalen rond over deze nieuwe bakkerij.'

'O, echt?' Franz trok zijn wenkbrauwen op. 'Wat wordt er dan gezegd?'

'Ach, dat weet u zelf vast ook wel.'

'Helpt u me even, alstublieft.'

August bekeek de broden op de planken en het gebak in de vitrine en zei toen: 'Ze zeggen dat u een muizenplaag hebt. Dat al het gebak helaas door muizenkeutels is besmet en dat u zelf ook al ziek bent.'

Franz' mond viel open. 'Pardon?' bromde hij.

August schudde zijn hoofd. 'Erg jammer dat u al voor de opening met die lastige knaagdieren te kampen had.'

'Waar komt dat verhaal in hemelsnaam vandaan?'

'Ik heb het zelf gehoord, op het station. Hebt u niet gemerkt dat ik een tijdje vlak achter u stond in de menigte? En dan uw beangstigende optreden voor de trein! Ook dat heeft denk ik indruk gemaakt op de Keulenaren, iedereen heeft het erover.' August schudde weer spijtig zijn hoofd. Maar hij kon het niet laten om tegelijk te grinniken. Ellendige kerel, dacht Franz. 'Bovendien wordt er gezegd dat er bij u misdadigers in- en uitlopen, zoals die onbeschaafde Jood die zo'n grote ophef heeft veroorzaakt. Wist u dat hij nu in de Klingelpütz zit?' Hij keek van Franz naar Anna Sophia en weer terug. 'Ik wens u nog een mooie dag. Ik ga weer verder.' Hij knikte hen toe, draaide zich om en verliet de bakkerij.

Een paar tellen lang was het doodstil bij de Stollwercks. Daarna sloeg Franz met zijn vlakke hand op de toonbank. 'Wat een rotzak...' zei hij.

'Het goede is dat we nu weten waardoor het komt en er iets aan kunnen doen,' zei Anna Sophia.

'Wat wil je nou doen? Hoe wil je die stompzinnige geruchten uit het hoofd van de mensen praten?'

Anna Sophia keek hem geschrokken aan en hij had meteen spijt dat hij zo tegen haar was uitgevaren. Maar hij was te kwaad om sorry te zeggen. Hij draaide zich om en ijsbeerde achter de toonbank heen en weer.

De deur ging weer open en Heinrich kwam binnen.

'Franz, heb je even? Ik heb Theodor gevonden!'

'Heinrich, ik ben druk!' snauwde Franz tegen hem.

'Ik dacht dat jullie zo gingen sluiten. En je hebt Anna Sophia toch...'

Op dat moment realiseerde Franz zich pas wat Arkenberg over zijn vriend had gezegd. Hoe had Franz nou zo egoïstisch kunnen zijn en alleen aan zijn bakkerij kunnen denken? Hij knikte snel.

'Neem wat te eten mee. Iets wat je over hebt,' zei Heinrich.

Franz snoof. 'Je moest eens weten...' bromde hij terwijl hij broodjes en cake in papieren zakjes deed.

Het smalle maar hoge huisje van Heinrich Statz' familie was vol mensen. Verbaasd keek Franz naar een gezin van vijf personen dat door de voordeur naar buiten kwam. Hij liep achter Heinrich aan de trap op, waarop drie goed geklede heren hem tegemoetkwamen, en daarna door de gang waar een paar dienstmeisjes en arbeidsters aan de twee open ramen stonden en door elkaar heen riepen.

'Hoe gaat het met je?'

'Wat doen ze daar met je?'

'Wanneer mag je eruit?'

'Kijk, ik heb wat voor je!'

Hun stemmen versmolten tot luid geruis dat na de stilte van de dag in Franz' oren dreunde.

'Wat doen zij hier allemaal?' vroeg hij aan Heinrich.

'Ze willen hun familieleden zien. Maar maak je geen zorgen, mijn moeder krijgt er geld voor.' Hij trok hem mee naar het achterste raam en vroeg een jonge vrouw met rode ogen van het huilen opzij te gaan.

'Kijk.'

Direct voor hen strekten de grijsbruine bakstenen muren van de gevangenis Klingelpütz zich uit. Ter hoogte van de gang bevond zich een rij veel kleinere ramen waarachter gevangenen elkaar stonden te verdringen. Franz keek in rode en bleke gezichten, in vermoeide ogen en naar uitgemergelde schouders in grijze gewaden.

'Mijn zus heeft hem gisteren toevallig ontdekt. Hij schijnt al dagen naar ons uitgekeken te hebben. Maar waar is hij nu?' Heinrich draaide zijn hoofd en leek met zijn blik de ramen af te zoeken.

'Theodor?' riep hij.

Er ging een beweging door de mensenmenigte aan de andere kant.

'Hé, jij daar, Jood!' riep iemand. 'Hij vraagt naar jou!'

En toen drong eindelijk hun vriend zich voor het raam.

Zijn wangen waren ingevallen, hij had diepe wallen onder zijn anders zo stralende ogen en om zijn hoofd was slordig een grijsbruin verband gewikkeld.

'Theodor!' riep Franz. 'Hoe gaat het met je? Hebben ze je wond goed behandeld?'

'Het gaat goed met me,' antwoordde hij. 'Maar het eten is afschuwelijk!'

Franz hield de papieren zakjes omhoog. 'Vangen!' riep hij en hij wierp ze naar hem toe. 'Uit de nieuwe bakkerij.'

'Hoe loopt het?'

'Niet.'

'Dat komt wel!'

Franz wreef bedeesd over zijn baard. Zijn vriend zat in de gevangenis en toch troostte hij hem.

'Wat kunnen we voor je doen?'

Theodor had net een broodje uitgepakt toen hij een heftige hoestbui kreeg en met een van pijn vertrokken gezicht naar zijn hoofd greep.

'Theodor!' riep Heinrich.

'Het... het gaat goed,' zei hij snakkend naar adem en hij hield zich aan het raamkozijn vast. Maar Franz besefte maar al te goed dat zijn vriend loog.

~

Met trage bewegingen ruimde Anna Sophia de onverkochte etenswaren op en bij de aanblik van al die heerlijke dingen die ze weer zouden weggeven of moesten weggooien, zuchtte ze. Het was haar schuld dat de bakkerij niet liep, dacht ze. Haar beslissingen en haar ruzie met August hadden ertoe geleid dat Franz en zij nu geen klanten hadden. Wat zou er gebeuren als ze dat niet konden veranderen? Ze perste haar lippen op elkaar en dacht aan de apotheek. Haar leven aan de Neumarkt was een stuk makkelijker geweest. Daar had ze zich niet ongerust hoeven te maken. Daar kwamen de vaste en losse klanten regelmatig in hun winkel. Tenslotte werden mensen telkens weer ziek. Iedereen had zijn grote en kleine problemen. Zelfs als de mensen weinig geld hadden, gaven ze hun laatste pfennigen voor hun gezondheid uit. Anna Sophia's pastilles bijvoorbeeld konden voor weinig geld ware wonderen bewerkstelligen. Anna Sophia bleef staan. Natuurlijk, haar pastilles! Aan de ene kant bevatten ze geweldige, geneeskrachtige kruiden. Aan de andere kant bestonden ze uit suiker. En Franz was suikerbakker! Hoe zou het zijn als ze haar karamelpastilles hier in de bakkerij zouden aanbieden? De mensen zouden er vast dol op zijn! Ze zouden ze niet alleen lekker vinden, maar de pastilles zouden ook bij de vele longaandoeningen helpen die constant in de stad rondwaarden. Franz en Anna Sophia zouden er de bakkerij mee redden en tegelijkertijd iets goeds doen. 'Onthoud één ding, meisje,' had Gesche in het bos gezegd. 'Met jouw kennis zul je op een dag een man heel rijk maken. Vertrouw op jezelf en je talenten. En vergeet nooit wat jouw drijfveer is.' Had ze over Anna Sophia's pastilles gesproken?

De bakkerij ging voor vandaag dicht, maar de apotheken waren nog open. Anna Sophia kon meteen de benodigde ingrediënten kopen en met de vervaardiging beginnen. Morgen zouden ze de eerste pot met pastilles al in de etalage hebben staan! Ze had kriebels in haar buik van opwinding.

'Franz, ik heb een geweldig idee!' riep ze naar haar man zodra hij terugkwam. 'Wat vind je ervan als ik pastilles maak? Ik heb bedacht...'

Franz onderbrak haar. 'Dat wilde ik je net vragen. Het gaat niet goed met Theodor, ik maak me ernstig zorgen. Ik zou graag een paar pastilles naar hem in de Klingelpütz willen brengen.'

'Ik kan vandaag nog de ingrediënten kopen. Ik wilde je sowieso een voorstel voor de bakkerij doen. Wat vind je ervan als we...'

'Het spijt me, maar ik ben ontzettend moe. Kunnen we er alsjeblieft een andere keer over praten?'

Enigszins overrompeld deed ze haar mond weer dicht. Sinds ze de bakkerij hadden geopend was hij humeurig en snel prikkelbaar. In het begin had het haar nauwelijks verbaasd, ze wist immers dat hij impulsief kon zijn. Maar hij had vandaag iets treurigs over zich, dat haar verwarde. In deze moeilijke dagen leerde ze hem van een heel andere kant kennen, dacht ze. Zacht zei ze: 'Natuurlijk, Franz.'

Een paar minuten later pakte ze de kleine kruidenschaar uit de keukenlade die ze van thuis had meegenomen en tot nu toe amper had gebruikt, en liep ermee naar de botanische tuin. Ze knipte kruiden uit de struiken, luisterde naar het geluid van de schaar en ademde de geur van de planten in. En met elk gevonden stengeltje werd haar geluksgevoel groter. Vrouwenmantel groeide hier gelukkig overal, want hij werd als bodembedekker gebruikt. Meestal had Anna Sophia's moeder er thee van gezet en die gebruikt tegen de pijn tijdens haar maandelijkse ongesteldheid of ter versterking tijdens haar zwangerschappen. Maar Gesche had een keer aan Anna Sophia onthuld dat de kruiden ook huidwonden konden beschermen en konden helpen bij de genezing ervan. Voor haar pastilles zocht ze bovendien madeliefjes en toen ze de kleine, lichte bloemetjes vond, schoot haar te binnen dat Gesche ze een keer samen met goudsbloemen en viooltjes voor een kompres had gebruikt dat ze op haar opengehaalde knie had gedrukt. Onwillekeurig zuchtte ze bij de oude herinnering. Tot slot ontdekte ze klein hoefblad aan de rand van de weg. De ronde, zonnegele bloemen evenals de loten, bladeren en wortels bevatten slijmstoffen en hielpen tegen de hoestprikkel. Dat had haar moeder haar een keer toegefluisterd terwijl ze thee voor haar had ingeschonken.

Het was al maanden geleden dat ze voor de laatste keer over kruiden en hun werking had nagedacht. Nu merkte ze hoeveel bevrediging het haar gaf. Ze plukte deze planten en zo kon ze Theodor, die nog erg veel pijn had, met behulp van de middeltjes die ze ervan zou maken, hopelijk algauw wat verlichting bieden.

Ze vond echter niet alles in de tuin wat ze nodig had. Ze keek naar de bloemen en stengels in haar mandje. Daarna raapte ze al haar moed bijeen en liep naar de Neumarkt. Onder de lindeboom voor de apotheek bleef ze staan en ze keek naar de takken. De bladeren waren donkergroen en de takken reikten trots naar de hemel. Natuurlijk had ze ook naar elke andere apotheek kunnen gaan, maar ten eerste hadden de anderen misschien niet precies datgene op voorraad wat Anna Sophia zocht en ten tweede kon ze niet langer de drang weerstaan om eindelijk weer eens naar huis te gaan. Ze miste haar familie zo erg dat het fysiek pijn deed. Elke ochtend als ze wakker werd dacht ze aan haar vader en haar zussen en 's avonds lag ze in haar bed te woelen omdat ze hen weer niet had gezien. Er moest toch een mogelijkheid zijn om zich eindelijk weer met elkaar te verzoenen! Misschien was dit zelfs de laatste mogelijkheid – voordat Anna Sophia, zonder het te willen, met haar geneeskrachtige pastilles een concurrentie zou gaan vormen voor de apotheek.

Met trillende handen deed ze de deur open. Door de geuren van de kruiden en de aanblik van de kleine flesjes en doosjes in de talloze vakjes in de kast werd ze overweldigd door de herinnering aan een andere tijd, aan haar thuis van vroeger en aan een jongere, andere versie van haarzelf. Ze slikte. Achter de toonbank stond haar vader, met zijn handen steunend op het hout en zo majesteitelijk en knoestig als de linde achter haar. Hij ging rechtop staan en zei geen woord. In de kast achter hem glinsterde een glazen pot vol groene pastilles. Ze moesten haar recept hebben gebruikt. Deze karamelpastilles leken erg op die van haar vroeger. Ze waren alleen kleiner en iets lelijker van vorm.

'Goedendag, papa. Hebben jullie nog lapsang souchong-thee?'

Wat klonk haar stem hol! Langzaam draaide hij zich om, pakte een groot blik en schepte de thee in een papieren zakje.

'Anders nog iets?' Zijn stem klonk hees. Waren zijn ogen waterig?

'Ik heb nog arnika, papaver, heemstwortel, zoethout en Iers en IJslands mos nodig.' Ze fluisterde bijna.

Haar vader verzamelde alles met trage bewegingen. Hij had een nieuwe weegschaal met een houten sokkel en tinnen schaaltjes. Ook het blauwe gilet had ze nog nooit eerder bij hem gezien. Wat zou er boven in de woonruimtes veranderd zijn?

'Hoe gaat het met jullie?' vroeg ze zacht.

'Goed,' bromde hij.

Waarom kon hij niet blij zijn haar te zien? Waarom wilde hij niets van haar weten en kon hij haar niet vergeven?

'Ook met de kleintjes? En met Betty?'

'Natuurlijk.'

'Jullie zijn van harte bij ons uitgenodigd.' Ze hoorde hoe wanhopig ze klonk.

'Bedankt.'

Verder zei hij niets! Ze balde haar handen tot vuisten en deed haar best om vriendelijk te blijven. 'We hebben gisteren de bakkerij geopend. Het is erg mooi geworden. Kom toch eens langs. Julie en Elise zouden het zeker leuk vinden!'

Gottlieb keek haar even recht aan, maar daarna keek hij weer langs haar heen uit het raam. 'Volgens de verhalen die de ronde doen is het geen plek voor kleine meisjes.'

Anna Sophia hapte naar adem. Ze wilde hem eraan herinneren dat ze zijn dochter was, dat ze van hem hield en dat hij altijd op haar kon rekenen. Ze wilde hem zeggen dat het valse geruchten waren, dat August ze had verzonnen en dat hij die man niet mocht geloven. Maar ze kon geen woord uitbrengen. Met elke beschuldiging tegen August zou ze haar vader vast nog verder tegen zich ophitsen.

'Ik heb iets voor jullie meegebracht,' zei ze in plaats daarvan. Ze pakte een zakje uit haar tas en hield het voor haar vader op. 'Dit zijn Luikse moppen. Franz heeft ze op zijn reis ontdekt. Ze smaken een beetje als pepernoten, maar dan nog iets lekkerder. We hebben ze samen gebakken.'

Omdat haar vader het zakje niet aanpakte, zette ze het op de toonbank.

'Tot ziens,' zei hij en het voelde alsof hij de deur voor haar neus dichtsloeg. Ze kromp bijna ineen. Ze voelde dat ze moest huilen, maar vermande zich, betaalde en verliet langzaam de apotheek. Buiten draaide ze zich met tranen in haar ogen nog één keer om en keek door het raam. Wat was er in hemelsnaam van haar familie geworden? Ze zag vaag de contouren van haar vader. Hij bleef een paar tellen lang roerloos staan, tastte daarna in het papieren zakje en pakte een koekje. Ze deed een stap naar voren. Was er misschien toch nog een kans? Langzaam bracht hij het koekje naar zijn mond en beet er een stukje vanaf. En Anna Sophia voelde een héél klein beetje opluchting.

In de bakkerij trof ze Franz, Heinrich en Koloman aan, die zich samen over een blad papier bogen.

'Anna Sophia, heb je alles kunnen krijgen?' vroeg Franz.

'Ja, dat heb ik. Koloman, wat fijn je te zien! Franz, heb je heel even?' Anna Sophia spreidde de gekochte kruiden alvast op het tafeltje achter de toonbank uit. Van de arnika en de vrouwenmantel zou ze meteen een tinctuur maken, die zou helpen bij de genezing van Theodors hoofdwond. Maar eerst moest ze nog met Franz praten.

'Kan het misschien even wachten?' Franz keek haar over zijn schouder aan.

'Het duurt maar een minuutje.'

Hij knikte, excuseerde zich bij zijn vrienden en liep naar haar toe. Anna Sophia liet haar stem dalen. 'Ik heb een fantastisch idee, Franz. Wat vind je ervan als we pastilles maken en in ons assortiment opnemen? Ze verlichten bij hoest en heesheid, en ze zijn lekker. Een groot bestanddeel is tenslotte suiker.'

Franz keek haar peinzend aan. Hij wreef over zijn brede kin. Anna Sophia's hart klopte steeds sneller. Hij vindt het een goed idee, dacht ze. Ze zag het in zijn ogen. O, wat zou het fijn zijn om weer pastilles te maken! Ze zou vandaag nog beginnen en morgen meer ingrediënten kopen om nog meer te maken. Ze konden de pastilles in grote potten op de planken in de bakkerij zetten. Franz zou een succes maken van de bakkerij en Anna Sophia kon helpen! Niet alleen hem, maar ook andere mensen. Voor de eerste keer sinds haar huwelijksnacht, sinds ze had beseft dat haar leven heel anders zou verlopen dan ze had gepland, voelde ze weer de energie en de passie in zich die ze vroeger elke dag had gevoeld. 'En vergeet nooit wat je drijfveer is,' hoorde ze plotseling Gesches stem weer in haar oor. Ze had gelijk gehad!

Maar Franz zuchtte verontschuldigend en zei: 'Ik vrees dat we dat niet mogen.'

Anna Sophia probeerde haar teleurstelling niet te laten blijken.

'Mogen we dat niet?'

Hij schudde zijn hoofd. 'Het is echt een goed idee. Maar zoals je zelf zegt: pastilles zijn geneesmiddelen. Alleen apotheken hebben de toestemming die te verkopen. Het spijt me, Anna Sophia, maar dat is me echt te riskant, straks krijg ik er gedonder van. Maar je hoeft je geen zorgen te maken. Ik ben wijs en een echte man, weet je nog?' Hij gaf haar een knipoog. 'Ik heb ook een goed idee.'

'En dat is echt een uitstekend idee!' riep Heinrich stralend naar hen. Anna Sophia werd rood. Hadden de mannen soms geluisterd? Natuurlijk had Franz gelijk. Waarom had ze daar zelf niet aan gedacht? Haar blijheid van zojuist sloeg om in een lichte misselijkheid.

'Ben je niet benieuwd naar mijn idee?' Franz steunde met beide handen op de toonbank en keek haar aan.

'Jawel, natuurlijk wel,' zei ze zacht.

'Goed. Als er vals nieuws is verspreid, moet je heel gauw een nieuw bericht de wereld in sturen, een dat sterker en luider is. Daarom is Koloman hier. Wat August vertelt, wordt vast moeiteloos overstemd door informatie die mensen in de kranten lezen!' Hij liep naar Koloman en klopte hem op de schouder. 'Eerst dacht ik: dat is erg ongebruikelijk. Geen enkele bakkerij plaatst krantenadvertenties! Maar juist daarom moeten we het doen. Daar vallen we mee op. We schaven nog aan de tekst en dan geeft Koloman voor morgen een grote krantenadvertentie voor ons op!'

Koloman knikte. 'Inderdaad. Heel Keulen zal aan de ontbijttafel over jullie bakkerij lezen.'

Anna Sophia dwong zichzelf te glimlachen. 'Heel goed,' fluisterde ze en ze pakte verstrooid haar kruiden uit.

'De mensen zijn dol op verhalen. Daarom heeft Augusts stomme verhaal zich ook zo snel verspreid. Jullie hebben ook een verhaal nodig. Maar dan een beter verhaal. Een boeiender verhaal, zodat de mensen dat nog liever vertellen,' zei Koloman.

Franz en Heinrich bogen zich weer over het papier op de tafel.

'Vertel hoe lekker je gebak is,' stelde Heinrich voor.

'Of hoe goedkoop,' bedacht Franz.

Koloman schudde peinzend zijn hoofd.

'Nee,' zei Anna Sophia, terwijl ze haar kruiden begon te hakken. Met verbaasde blikken keken de mannen haar aan. Ze keek een beetje beschaamd naar haar handen. Het was natuurlijk niet gepast om mannen die in gesprek waren te onderbreken. Maar als je eenmaal begonnen was om ideeën hardop uit te spreken, kon je daar maar moeilijk mee stoppen.

'Denk aan de opening van de spoorlijn en hoeveel mensen daar waren. De mensen zijn geïnteresseerd in de wijde wereld. Vertel over je reis, Franz. Bij jou kun je gebak uit allerlei verschillende landen kopen. Dat is wat de mensen interesseert. Schrijf dat op.'

Ze veegde haar handen aan haar schort af. 'Als jullie mij willen excuseren,' mompelde ze en ze liep de winkel uit om de alcohol uit de keuken te halen.

Anna Sophia drukte Heinrich twee grote zakken in zijn handen waarin ze stukken gebak, brood en de verse tinctuur had gedaan. Hij zou het Theodor toewerpen, zodat die weer kon aansterken. Bovendien beloofde ze voordat ze naar boven ging dat hij de volgende dag iets tegen de hoest zou krijgen.

Van beneden hoorde ze Franz nog met Koloman discussiëren en lachen. Ze stond in de keuken en dacht na. Zou het echt kloppen dat een bakkerij geen pastilles mocht verkopen? Wat oneerlijk! Het was tenslotte haar recept, waarmee haar vader en August snoepjes maakten en geld verdienden. En dat zou rechtmatig zijn, maar haar idee niet? Ze haalde diep adem en ging aan het werk. Ze maalde de kruiden, zette thee en goot suiker in een grote pan. De suiker karamelliseerde en de geur van de hete massa steeg in haar neus. Terwijl ze de suiker op het werkvlak goot, de thee met de kruiden mengde en alles kneedde, werden haar handbewegingen steeds vastberadener. Ze trok staven uit de massa en dacht na. Ze was niet meer het brave meisje dat zich altijd maar aanpaste en zich aan alle regels hield. Vooral niet aan richtlijnen die andere mensen schaadden. Nee, ze had Gesche al twee keer in haar eentje in het bos opgezocht, ze had haar vader het hoofd geboden en haar echtgenoot zelf gekozen. Ze was veel sterker dan ze vroeger had gedacht. En dat zou ze ook zijn als het om haar pastilles ging.

Ze zette een staaf tegen een schaal en sloeg hem in kleine stukken. Dingen konden veranderen. Vroeger waren *Aachener printen* tenslotte ook alleen in Aken verkrijgbaar, maar nu ook bij Stollwerck in Keulen. Bakkerijen plaatsten normaal geen krantenadvertenties, maar Stollwerck wel! En dat pastilles momenteel alleen in apotheken te koop waren, wilde niet zeggen dat dat zo moest blijven. Al helemaal niet voor bakkerij Stollwerck. Ze zouden vele nieuwe wegen inslaan, vermoedde Anna Sophia. En ook al zou het nog een tijdje duren, ze had geduld. Vroeg of laat zou het juiste moment wel komen. Resoluut deed ze de pastilles in de glazen pot.

De advertentie in de *Kölnische Zeitung* werd een succes:

Leert u in Stollwercks bakkerij smaken uit de hele wereld kennen. De bereisde bakker biedt u Berlijnse broodjes, Mannheimse cake, Zwitserse zoete broodjes, Parijse macarons en Luikse moppen!

Algauw kwamen de eerste klanten een kijkje nemen in de bakkerij. Ze lokten nog geen mensenmassa's aan, maar de omzet steeg. De klanten prezen de lichte inrichting en het bijzondere aanbod, waarna ze nieuwsgierig iets kochten. Drie weken achter elkaar liet Franz de advertentie drukken en algauw had niemand het nog over een muizenplaag of vandalistische klanten. De klanten praatten liever over hoe bijzonder de macarons uit Parijs waren en hoe smeuïg de cake uit Mannheim. Franz vertelde ondertussen over zijn reizen. Anna Sophia betrapte zichzelf er telkens op dat ze hem stiekem observeerde terwijl ze taart met suiker versierde of boter over de stukken deeg goot die bijna klaar waren. Ze nam het hem niet kwalijk dat hij zich niet aan de pastilles wilde wagen. Ze begreep het wel. Ze zag dat hij met de dag nog een stukje leek te groeien. Zijn humeurigheid van de afgelopen dagen leek bijna weggevaagd. Hij stond rechtop en sterk in zijn bakkerij. Ze keek naar zijn markante gezicht met het kuiltje in de kin en Anna Sophia merkte dat ze zich steeds meer tot hem aangetrokken voelde. Ze luisterde graag naar hem en genoot het meest van zijn verhalen over Parijs. Zijn ogen glommen en zijn mondhoeken krulden. 'Het was de mooiste leerplaats,' vertelde hij zijn klanten met zijn lage stem. 'En dat hoewel ik bedrogen werd. Een man had mijn reislogboek gestolen. Tjonge, wat was ik boos, dat kan ik u wel zeggen! Terwijl ik normaal nooit zo gauw van mijn stuk ben, ik ben een rustige man. Stil en braaf.' Hij knipoogde naar de mensen, van wie velen wel beter wisten. Ze lachten. 'Maar zoals het leven soms gaat, zijn hij en ik nu vrienden. Ik heb al een aantal brieven van James Lever gekregen. Een gewiekste, maar heel onderhoudende man!'

Zodra er klanten in de bakkerij kwamen, was Franz in zijn element. Hij maakte grapjes met hen, pakte zelfverzekerd brood en broodjes in en gaf Anna Sophia telkens weer een onopvallende knipoog. Hij was fascinerend, dacht ze. Met hem had ze veel zin in elke nieuwe dag. Haar handen jeukten om hem over zijn rug te aaien of een kus op zijn wang te geven, maar dat hoorde natuurlijk niet in bijzijn van de klanten. De klimop bij hun voordeur breidde zich langzaam uit in de richting van het raam en Anna Sophia geloofde algauw dat deze klimop niet zomaar een plant was. Als ze naar de klimop keek, dacht ze aan Franz, die overal tegelijk kon zijn, zijn sterke armen uitspreidde en jongensachtig grijnsde. De klimop werd steeds voller en Anna Sophia keek er blij naar.

Het werk herinnerde haar aan vroeger. Ze bediende klanten en kwam in contact met mensen die ze niet kende, maar de gezichten werden steeds vertrouwder en ze sprak zelfs met hen over hun zorgen. 'Ach, heeft uw man nog steeds zo'n last van zijn maag? Probeert u onze kleine broodjes eens, die zijn licht verteerbaar,' zei ze bijvoorbeeld. Of: 'Is uw zoon nog niet aangesterkt? Hier, geeft u hem een flinke portie cake bij het ontbijt!'

Op een dag klaagde een jonge vrouw met verstikte stem over kramp in haar maag, en net als destijds bij Wilhelmine vermoedde Anna Sophia dat ze niet echt haar maag bedoelde.

'Waarom hebben wij vrouwen altijd zo verschrikkelijk veel pijn? Ik weet niet wat ik moet doen! Een keer per maand heb ik het gevoel dat ik doodga.' De vrouw huilde bijna terwijl ze zich kromboog omdat ze weer een kramp had. Anna Sophia legde troostend haar hand op haar schouder. 'Wacht u een paar minuten op de hoek van de straat.'

Ze verontschuldigde zich bij Franz, liep naar de achterdeur en sloop de trap op naar de keuken. Ze had een paar blaadjes van de vrouwenmantel die ze voor Theodor had gehaald gedroogd en speciaal voor dit soort gevallen bewaard. Ze pakte ze, deed ze in een papieren zakje en stak dat in de zak van haar rok.

Franz merkte gelukkig niet dat Anna Sophia via de achterdeur naar buiten sloop en de vrouw op de straat ontmoette.

'Zet u hier thee mee, die zal uw pijn verzachten. U kunt de bladeren ook in een badkuip doen en er een warm zitbad mee maken. Het ontspant en vermindert de krampen.'

Met grote ogen keek de vrouw haar aan, gaf een kneepje in haar handen en fluisterde: 'Bedankt.'

Drie dagen later, toen ze terugkwam om bij Franz Luikse moppen te kopen, zei ze zacht tegen Anna Sophia: 'U hebt me enorm geholpen! Heel erg bedankt!'

Anna Sophia kreeg een groot geluksgevoel. Ze vertelde de klant waar ze zelf vrouwenmantel kon vinden en hoe die eruitzag. De vrouw zou hem tenslotte de volgende maand vast weer nodig hebben. Anna Sophia moest aan Gesche denken. Ook zij werkte niet in een apotheek, ze leefde niet eens onder de mensen. Toch maakte zij de wereld, die vaak zo gruwelijk was, elke dag een stukje beter, in elk geval voor de vrouwen die haar opzochten. Anna Sophia had de apotheek niet nodig om anderen te helpen, dacht ze. Ze had de natuur, de botanische tuin en de wegen langs de rand van de stad. Ze had haar keuken. En ze had de oeroude kennis van genezeressen. Kennis die haar grootmoeder aan haar moeder en haar had doorgegeven. Dat alles moest ze niet vergeten. Ze kon die kennis gebruiken om de mensen enigszins van hun dagelijkse pijn te verlossen.

Ook Theodor vertoonde volgens Heinrich al duidelijk tekenen dat het beter met hem ging. Alleen moest hij de karamelpastilles goed verstoppen. In het begin had hij ze af en toe aan medegevangenen geschonken en nu was de hele Klingelpütz lyrisch over de kleine heerlijkheden. Ze zouden veel beter zijn dan de suikerklontjes die menig apotheker, straatkoopman of chirurgijn aanbood. Anna Sophia keek Franz hoopvol aan toen ze dat hoorde. Maar hij zuchtte. 'Ik heb nog eens geïnformeerd. Maar het is echt alleen toegestaan aan apotheken.'

Anna Sophia knikte, maar ze was niet verdrietig. Ze zou geduldig blijven. Misschien zou het juiste moment nog komen. En ze had toch genoeg te doen.

Ze kon amper geloven hoe snel het onder de vrouwen rond om de Blindgasse bekend werd dat Anna Sophia hen kon helpen. Slechts een paar dagen nadat ze de vrouwenmantelthee had aanbevolen, fluisterde de volgende vrouwelijke klant tegen haar dat ze een onaangenaam kriebelend en brandend gevoel had waar ze niet over kon praten. En Anna Sophia ging diezelfde avond nog aan de slag om olie te winnen uit lavas die ze in de buurt van een moestuin aan de rand van de stad vond.

Steeds vaker wensten de vrouwelijke klanten niet alleen Franz' gebak, maar ook Anna Sophia's goede adviezen. In het begin probeerde ze het nog voor haar man te verbergen, maar toen een oude dame met een iets te harde stem vroeg naar een kruid tegen een etterende wond op haar vinger, gaf hij zijn vrouw een knipoog. Ze werd rood. Natuurlijk wist hij het al sinds dagen. Hij had het stilzwijgend geaccepteerd. Zodra de vrouw was vertrokken, pakte hij Anna Sophia's hand, trok haar tegen zich aan en fluisterde: 'Je bent een indrukwekkende vrouw, Anna Sophia. En ik ben er trots op dat ik jou aan mijn zijde heb.'

Anna Sophia was de hele dag druk in de bakkerij, de botanische tuin en de keuken. De kruidenschaar, die ze overal voor kon gebruiken, bengelde altijd aan een touwtje aan haar rok. 's Avonds viel Anna Sophia uitgeput naast Franz in bed en ze merkte dat ze zich de laatste tijd nog meer verheugde op de momenten dat ze met zijn tweeën waren. Soms viel ze alleen maar doodmoe tegen zijn schouder in slaap, maar vaak wekten ze ongekende levensgeesten bij elkaar op. Terwijl ze elkaar omstrengelden, leerde Anna Sophia onbekende kanten van zichzelf kennen. Soms schrok ze er de volgende ochtend van dat ze in het donker zo veel moed had gehad. Dan keek ze voorzichtig naar Franz en als hij vrolijk zijn benen over de rand van het bed zwaaide, haalde ze opgelucht adem.

Toen Betty en Wilhelmine voor de eerste keer met Elise en Julie langskwamen, kreeg Anna Sophia tranen in haar ogen van geluk. Haar vader had het hen eindelijk toegestaan! Hij was weliswaar niet meegekomen, maar ze beschouwde deze beslissing als een kleine stap in de richting van verzoening. Ze moest aan haar moeder denken. Jaren geleden had Gottlieb het haar verboden om Gesche te zien. Ze had helemaal alleen in de apotheek gestaan en ongetwijfeld naar haar moeder verlangd. En nu voelde Anna Sophia zich net zo: Gottlieb ontzegde haar ook het contact met een ouder, namelijk hemzelf. O, hopelijk zou dat niet zo blijven, dacht ze. Hoe moest ze dat verdragen?

Ze schonk de kinderen zo veel moppen als ze konden dragen.

'Wanneer kom je weer thuis?' vroeg Julie.

'Domoor!' Elise rolde met haar ogen. 'Ze is nu getrouwd. Bovendien deed ze niet aardig tegen papa.'

'Hé, je mag niet domoor zeggen,' zei Julie.

'Dat is waar, lieve Julie. Niemand mag jou zo noemen! Maar soms zijn er echt domoren, die je ook zo zou moeten noemen,' zei Wilhelmine. 'Je weet wel wie ik bedoel,' zei ze daarna iets zachter tegen Anna Sophia en ze knipoogde.

'August is dus nog steeds bij jullie?'

'Hij zal er nog heel lang na ons zijn, let op mijn woorden. Vader bewondert alles wat hij doet. Zelfs zijn pastilles, terwijl die afschuwelijk smaken! August begint zich inmiddels ook al met de opvoeding van de meisjes te bemoeien. Laatst wilde hij Julie leren hoe een juffrouw dient te kijken als er een man voorbijkomt.'

Anna Sophia schudde haar hoofd. 'Kun je niet met papa praten?'

'Ik heb het al zo vaak geprobeerd. Maar wat dat betreft luistert hij naar niemand.'

'Ik zou het kunnen proberen!' riep Julie met haar piepstemmetje en ze stak haar vinger op.

Betty lachte. 'Wat wil jij proberen, mijn kleintje?'

'Vader zegt toch altijd tegen jullie dat ik uitzonderlijk slim ben. Mij gelooft hij misschien. Wat moet ik tegen hem zeggen?'

Wilhelmine sloeg haar hand voor haar mond. 'We kunnen zo langzamerhand echt niets meer bespreken in het bijzijn van de kinderen. Dat vergeet ik soms.'

'We horen je nog steeds, Wilhelmine!' Elise trok haar wenkbrauwen op.

Eerst giechelden de vrouwen en daarna deden de meisjes mee.

Later, toen ze waren vertrokken en er ook even geen andere klanten in de winkel waren, nam Franz haar stevig in zijn armen. 'Je vader zal ons vroeg of laat vergeven, geloof me maar,' zei hij. Hij streelde met zijn duim haar wang en kuste haar. 'En dan kunnen ze zo vaak komen als ze willen.'

Op een middag in maart, toen ze met haar aan haar rok bengelende schaar door de botanische tuin liep om kruiden voor verse maagthee te zoeken, viel er een walnoot op haar hoofd. Anna Sophia schrok, bukte zich en raapte hem op. Hoe was dit mogelijk? Bij een walnotenboom was de oogsttijd immers alleen in de herfst. Ze keek naar de takken van de boom en hoorde ze ruisen in de wind. 'Wat wil je me zeggen?' fluisterde ze. Ze draaide de noot langzaam in haar vingers, omsloot de schaal met beide handen, knakte hem en bekeek de witte kern. De noot erin was lichtbruin, alsof hij inderdaad nu pas rijp was geworden. Ze haalde er een stukje uit en stak het in haar mond. Het smaakte heerlijk! Langzaam en peinzend liep ze terug naar de bakkerij.

'Wat heb je, Anna Sophia?' vroeg Franz. Voor de toonbank stonden Heinrich en haar schoonzus Hubertine. Ook zij draaiden hun hoofd om en keken haar aan.

'Ach, niets.' Ze probeerde de geopende walnoot in haar handen te verbergen. Maar Hubertine had hem al gezien. Ze tilde haar brede kin op en grijnsde. 'Was je soms bij de walnotenboom in de botanische tuin? Ze zeggen toch dat de schaduw van deze bomen schadelijk is!'

Anna Sophia fronste haar voorhoofd. 'Dat wist ik niet. Er viel een walnoot op mijn hoofd. In maart! En toen dacht ik…'

'O, dat is geen goed teken!' onderbrak Hubertine haar. 'Pas maar op, onze pastoor noemt de walnoot altijd een teken van de zonde.'

Heinrich knikte. 'Dat heb ik ook weleens gehoord. De duivel schijnt onder walnotenbomen met heksen liefdesspelletjes te spelen.'

Zonder erover na te denken, sloeg Anna Sophia een kruisje.

Franz schoot in de lach. 'Wat een onzin. Een walnoot is een walnoot. Maak je alsjeblieft geen zorgen, mijn liefste.'

Anna Sophia maakte zich inderdaad geen zorgen. Nee, ze wist immers wat deze noot te betekenen had. Haar moeder had het haar al lang geleden geleerd. En toen haar ongesteldheid die maand uitbleef, wist ze het zeker.

Krap negen maanden later, op 28 november 1840, werd Albert Nikolaus geboren, de eerste zoon van de Stollwercks.

Hij was een rustig kind. Hij huilde zelden en keek meestal met pientere oogjes om zich heen.

'Wat zul jij ooit met deze ogen zien?' fluisterde Anna Sophia tegen hem. 'Welke wereld zal de jouwe zijn?'

Toen op de late avond van 8 augustus 1841 heel Keulen de straat op ging, namen Franz en zij hun eerstgeboren zoon mee. Franz hield hem hoog boven zijn hoofd, zodat hij niet zou missen hoe de toekomst zijn intrede deed. Eerst was het heel duister, zo duister als het 's nachts nu eenmaal al eeuwenlang in de straten van Keulen was. En toen, lantaarn voor lantaarn, werd de nieuwe gasverlichting ingeschakeld. Het licht leek de oeroude duisternis uit de stegen te verdrijven.

Uit de glazen, mooi gekrulde schermen schenen de lampen op de hoeden van de Keulenaren en Anna Sophia zag hoe het licht tegelijk in de nieuwsgierige ogen van haar zoon weerspiegelde.

17

Margaretha was de laatste tijd steeds stiller geworden. Zwijgend speelde ze op het pleintje bij de put met Lina. Ze renden om de put heen, maakten allerlei gebaren en giechelden. Wat was Lina groot geworden! Ze was nu drie en kon al lopen en springen en ze stak haar handjes in de lucht terwijl Margaretha haar kietelde.

'Ik had Wilhelm toen niet mogen laten ontsnappen,' zei hij zacht tegen zijn schoonzus, die naast hem water putte.

'Ik kan je goed begrijpen, Kaspar. Wat mij betreft had onze vader voor altijd in de oude put mogen blijven zitten. Hij had daar moeten verrotten!' Amalie keek hem grimmig aan.

'Dat was niet mijn bedoeling. Ik wilde hem helpen, maar zijn broers waren me voor.' Kaspar pakte een appel en een mesje uit zijn jaszak en sneed een stukje af. Hij bood het aan Amalie aan, maar ze schudde haar hoofd.

Amalie tilde de volle emmer over de rand van de put. 'Je hebt nu eenmaal een goed hart. In tegenstelling tot onze vader.'

Kaspar bromde zacht. Het was alweer ruim twee jaar geleden dat Wilhelm uit de put was ontsnapt. Kaspar had een hele tijd gedacht dat zijn dreigement effect had gehad op de oude man. Wilhelm had Kaspar en zijn jonge gezin met rust gelaten. Maar sinds Lina kon lopen en lachend door het dorp rende, hield hij haar, Margaretha en Kaspar constant in de gaten.

'Het wordt steeds erger. Margaretha zegt dat Wilhelm haar zodra hij de kans heeft vanuit de verte aanstaart. Hij staat gewoon te staren. Op het veld of in de kroeg. Onophoudelijk. Zonder zich te verroeren,' zei Amalie.

'Bij mij doet hij hetzelfde. En soms grijnst hij.'

'Het is griezelig. Alsof hij een plan uitbroedt, vind je niet?'

Kaspar bromde. 'Ik betwijfel of hij daar de hersens voor heeft.'

'Ha!' riep Amalie. 'Dat denk je maar! Kijk naar zijn kinderen, waar moet het dan vandaan komen? Van onze bekrompen moeder zeker niet, die...'

Amalie werd onderbroken door een harde kreet van Lina. Het meisje had haar ogen wijd opengesperd, gilde en wees naar Margaretha. Haar moeder was midden op het plein in elkaar gezakt.

Kaspar en Amalie sprongen tegelijk op.

Kaspar stopte de half opgegeten appel en het zakmes terug in zijn jaszak en rende naar haar toe. Hij hurkte naast haar en legde het hoofd van zijn vrouw op zijn schoot. 'Ze heeft de laatste tijd amper gegeten. Alleen de zoete pap die ze vroeger aan Lina gaf.'

Voorzichtig opende hij haar lippen om in haar mond te kijken. Hij had het al vermoed, maar schrok toch: Margaretha had nauwelijks nog tanden in haar mond.

Hij slikte. Af en toe had hij een van haar tanden in huis gevonden: onder de deken of bij het afval. Margaretha had een spoor voor hem gelegd, dacht hij nu, en hij was het niet gevolgd. Ze kreunde zacht. Haar hele lichaam gloeide.

'Ik moet haar naar Gesche brengen!'

'Nee, dat is te ver weg,' sprak Amalie hem tegen. 'Dat haalt ze niet. Maar de barbier is net in het dorp!'

En weg was ze.

Hij legde zijn ene arm om zijn huilende dochter en met zijn andere arm hield hij Margaretha's gloeiende hoofd vast. Zo wachtten ze.

De barbier was een gezette man met krullend haar bij zijn slapen, die bij zijn klanten het haar knipte, de baard bijwerkte of op verzoek aderliet. Op zijn ezelskar reed hij van dorp naar dorp en heel even dacht Kaspar dat het een geschenk van God moest zijn dat hij uitgerekend die dagen in Höhenforst was. Zwaar hijgend kwam de man aangelopen en ging naast Margaretha zitten. Kaspar probeerde zijn sterke zweetgeur te negeren.

'De arm, alstublieft!' De man hijgde bijna als een hond. Hij had zich tenminste wel gehaast, dacht Kaspar. Voorzichtig pakte hij de arm van zijn vrouw en hield hem van haar lichaam af. De barbier pakte een stoffen band uit zijn koffer en knoopte die stevig om Margaretha's bovenarm. Zijn vingernagels waren helemaal zwart en hij snoot zijn neus boven de grond, voordat hij een klein houten doosje pakte. Hij klapte het open en er kwam een glanzende, metalen aderlaatsnepper tevoorschijn.

'Stilhouden graag,' commandeerde hij, hoewel Margaretha zich niet bewoog. Daarna drukte hij zijn instrument op haar arm, haalde een klein hendeltje over en Kaspar voelde dat Margaretha licht ineenkromp. De snepper had haar ader geopend. Er stroomde donker bloed uit, dat de barbier in een schaal opving.

'Dit zal haar lichaam weer in evenwicht brengen,' verklaarde hij. 'Ze zal weer gauw op de been zijn, dat zult u zien. Ik kan u bovendien nog wat arsenicum aanbieden. Het verlaagt de koorts en kan ook op open wonden aangebracht worden. Uw schoonzus zegt dat het haar mond is? Bij dit soort kwalen heb ik eerder een uitstekend resultaat geboekt. Ik maak een goede prijs voor u.'

'Ik... ik weet het niet.'

'Is de gezondheid van uw vrouw u niets waard?'

'Jawel, natuurlijk wel. Ik vraag me alleen af...'

'Nou dan!'

De barbier knoopte de stoffen band los en wikkelde die nu als verband om de wond, waarna hij in zijn koffer rommelde en een klein flesje tevoorschijn haalde. Hij schroefde het open en druppelde wat van de vloeistof op een lapje. Daarna schoof hij zijn vuile vingers in Margaretha's mondhoek om haar mond te openen. Kaspar werd er misselijk van. De barbier wilde net het lapje op Margaretha's ontstoken tandvlees drukken, toen Kaspar riep: 'Stop! Nee!'

Hij duwde de barbier weg. 'We hebben verder niets nodig, bedankt!'

Hij schoof zijn ene arm onder Margaretha's knieholtes, de andere onder haar rug en tilde haar op. Wat was ze in de afgelopen weken licht geworden, dacht Kaspar.

'Amalie, let alsjeblieft op Lina!' riep hij.

'En mijn geld?'

Maar Kaspar negeerde de barbier en liep zo snel mogelijk met Margaretha naar het bos.

Algauw hijgde hij harder dan de barbier had gedaan. Hij struikelde en hervond zijn evenwicht. Met moeite baande hij zich een weg door het kreupelhout, maar hij voelde dat hij Margaretha met elke stap meer kwijtraakte.

'Blijf alsjeblieft bij me, Margaretha! Ik breng je naar Gesche, zij weet wat we moeten doen.'

Maar Margaretha kon hem nauwelijks aankijken. Haar oogleden vielen telkens weer dicht.

'Hou vol. We zijn er bijna!'

Eindelijk kwamen ze bij de Scherpe Rots. Van hieruit was het nog maar een mijl. Zijn armen waren zwaar en zijn rug deed pijn, maar hij liep verder. Hij kon het halen, dacht hij. Margaretha was zo licht geworden. Hij kon haar naar Gesche dragen. Hij was sterk. Die zinnen herhaalde hij telkens weer in zijn hoofd.

'Kaspar,' fluisterde Margaretha. Hij stopte en zodra hij stilstond, trok het gewicht van haar lichaam hem op zijn knieën.

'Bescherm Lina,' zei ze zacht. 'Vooral tegen mijn vader. Je moet op haar passen.'

'Dat zal ik doen! Ik pas op jullie allebei. Zeg nu niets, spaar je energie!' smeekte hij. Maar ze haalde diep adem. 'Ik schaam me. Niet alleen vanwege mijn tanden, weet je? Ik schaam me... voor alles.'

Er welden tranen in haar ogen op. Met trillende vingers streelde hij haar wangen. Toen viel haar hoofd opzij. 'Margaretha!' riep Kaspar. Hij nam haar weer in zijn armen en stond op. Zijn lichaam deed pijn, maar dat kon hem niet schelen. Hij begon te rennen. 'Je hoeft je voor niemand te schamen, hoor je dat? Ik zal op jou en onze dochter passen. Ik zal er altijd voor jullie zijn.'

Hij rende steeds verder het bos in. Het zweet stond op zijn voorhoofd, zijn bovenbenen en zijn rug branden. Maar hij wist al dat Margaretha hem had verlaten.

~

'Is dat niet de Oostenrijkse kanselier?' vroeg Sibylle Mertens-Schaaffhausen. 'Die oude heer daar vooraan, die zijn haar zo zorgvuldig vanaf zijn achterhoofd naar voren heeft gekamd? Ik had niet gedacht dat zelfs hij naar ons Dombouwfeest zou komen'

Victor Mertens fronste zijn voorhoofd. Had zijn vrouw die vraag nou echt aan de kleine Emma gesteld? Alsof een andere vrouw dan Sibylle zich ooit voor politiek zou interesseren! Hij rolde met zijn ogen. 'Natuurlijk is dat Metternich, wie anders?' bromde hij. Ze stonden op de eretribune om van zeer dichtbij mee te maken hoe de bouwwerkzaamheden aan de Dom werden hervat.

Zijn vrouw leek geen acht te slaan op Emma, die naast haar stond, en ook niet op Victor. Ze hield haar bolle buik vast. Sibylle had het zich niet uit het hoofd laten praten om mee te gaan. Terwijl ze nota bene zwanger was. Als het iemand opviel, zouden ze een schandaal riskeren. Een zwangere vrouw van haar stand in het openbaar! Goed dat haar vormeloze, wijde jurk haar lichaam verborg.

'Ik geloof dat ik Alexander von Humboldt zie!' riep ze uit terwijl ze met een verrekijker vanaf de tribune naar beneden tuurde. 'Wat leuk!'

'Maar lieve Sibylle, wil je niet naar de koning kijken?' zei Emma met haar hoge stemmetje. Het meisje had weer eens een adembenemend decolleté. Haar lichtblonde krullen staken onder haar rode hoedje uit en haar mond glansde net zo fel als haar hoofdeksel. Hij dwong zichzelf naar het podium te kijken, dat voor de Dom was opgebouwd en met grote stoffen strikken was versierd. Vanaf de tribune kon hij aan de zijkant de eregasten zien. Ook had hij goed zicht op de versierde Domkraan. Ter ere van de dag was er een reusachtige adelaar met uitgespreide vleugels op bevestigd. Daarnaast kwam nu Frederik Willem IV met een hoge, gouden kraag en rode sjerp staan. Vanuit zijn ooghoek registreerde Victor dat Sibylle zich inmiddels verwaardigde de koning van Pruisen door de verrekijker te bekijken.

Op het plein verschenen de geestelijken van Keulen en de koning begroette hen blootshoofds. Met enige genoegdoening registreerde Victor dat zelfs Frederik Willem IV al kaal begon te worden. De burgers van Keulen riepen een driewerf hoera en Victor slikte. Het maakte enorm indruk op hem dat deze oneindig lijkende mensenmassa als uit één mond de koning huldigde. Hij kreeg kippenvel.

'Zodra deze stad ook maar iets van de monarchale luister ziet, vergeten ze hun afkeer van alles wat Pruisisch is,' mompelde Sibylle. Dat zijn vrouw ook altijd haar zegje moest doen!

Hij probeerde naar de stem van de koning te luisteren. 'Mijne heren van Keulen!' riep hij uit. 'Ik beleef dit moment met tranen van geluk in mijn ogen. Want de voltooiing van de Dom van Keulen is niet minder dan het werk van alle gelovige Duitsers, gebroederlijk tezamen!'

Sibylle fluisterde: 'En het werk van de volhardende mannelijke én vrouwelijke Keulenaren van onze Dombouwvereniging.'

'Stil nou,' zei Victor.

'We zien in dit grote bouwplan de successen van de anti-napoleontische vrijheidsoorlogen gesymboliseerd. Onze Duitse vorsten en volkeren zullen eensgezind, en onze confessies zullen in vrede samenwerken...'

'Dat zou heel leuk zijn, maar het feit dat de bouwwerkzaamheden aan de Dom worden hervat heeft toch echt heel andere redenen.'

'Sibylle, nou is het genoeg!' zei Victor met opeengeklemde tanden.

'Beste Keulenaren, kijk naar de twee Domtorens, de mooiste torens van de wereld. Ze zullen voor ons torens van een nieuwe, grootse, goede tijd worden! Roept u nu met mij het duizendjarige lof van de stad: alaaf Keulen!'

En de stad antwoordde. Weer voelde Victor een aangename huivering. Maar hé, dacht hij toen, waar bleef het commentaar van zijn vrouw? Hij draaide zich naar haar om en zag dat ze weg was.

'Emma, waar is Sibylle?'

Zijn halfzus haalde haar schouders op. 'Misschien moest ze even naar het toilet.'

'Misschien,' bromde Victor.

~

August Arkenberg trok zijn neus op. Wat hadden de Keulenaren zich weer opgedoft! Zelfs het simpelste dienstmeisje droeg vandaag ruches en een hoepelrok. Waar hij ook keek zag hij arbeiders in de fijnste twijn. Al die rokkostuums, glanzende gilets en hoge hoeden! Al die kleurrijke hoedjes, opgesmukt naar Frans voorbeeld, die elegante cirkels om gezichten tekenden die soms lieflijk en soms grof waren. Overal prikten wandelstokken in de grond, werden zonneschermen opengeklapt en werd met vlaggetjes gezwaaid. Ook de mensen die anders op de Pruisen mopperden, hesen nu trots de zwarte adelaar.

'Wat een schouwspel,' zei Gottlieb.

Hij knikte. 'Wanneer komt er nu een koning naar de stad?'

Achter Gottlieb stonden zijn dochters. Zoals hij het hun had geleerd, sloegen ze hun ogen neer zodra August naar hen keek. Alleen Wilhelmine keek hem recht aan. Hij kreeg het warm. Hij vond haar gezicht nog steeds jongensachtig, maar iets in haar blik intrigeerde hem. Ze droeg haar vanouds bekende, zachtgele jurk, maar bij wijze van uitzondering had ze een kleine hoed met een brede rand opgezet en in haar hals glinsterde een dunne ketting. August draaide zich weer om. Ze stonden zo ver vooraan in de menigte dat ze de eretribune en de Domkraan konden zien. Wat een spektakel, dacht August. De wandeling van de Neumarkt hiernaartoe, onder begeleiding van een blaasorkest, had hem aan de vrolijke carnavalsoptochten doen denken, maar nu was de sfeer nog veel feestelijker.

'De Dom is al eeuwenlang een ruïne. Het is haast onvoorstelbaar dat daar nu verandering in zal komen,' bromde Gottlieb.

August knikte. 'Onze hele stad zal een andere zijn. Hebt u trouwens inmiddels gelegenheid gehad om onze cijfers te controleren, meneer Müller? Zoals u zult zien hebben we vooral dankzij onze pastilles veel winst geboekt. Maar ook onze kwikzilverzalf levert momenteel veel op! Ik heb een moderne methode ontdekt om…'

Gottlieb hief zijn hand op. 'Ach, August, laten we vandaag niet over zaken praten. Op zo'n dag!'

August slikte. De apotheker diende hem zelden van repliek. Maar hij probeerde zijn teleurstelling te verbergen.

'Alaaf!' riepen de mensen en August en Gottlieb deden mee, hoewel ze nauwelijks hadden verstaan wat de koning had gezegd. Toch was August onder de indruk. Hij was er getuige van hoe alles veranderde, de hele stad, ja, misschien zelfs het hele land! Plotseling boog Gottlieb zich naar hem toe.

'Ik wil dit fantastische moment gebruiken om een gedachte met je te delen.'

August deed een stap naar hem toe om hem in het lawaai te verstaan.

'Ik weet dat het tussen Anna Sophia en jou… is misgegaan. Je weet hoe spijtig ik dat vind.'

August keek snel om zich heen. De meisjes stonden dicht bij elkaar en waren als het goed was buiten gehoorsafstand. Ze konden dus vrij van man tot man spreken, dacht August en hij knikte.

'Toch ben je in de afgelopen jaren een belangrijk onderdeel van deze familie geworden. Ik wil graag dat je je niet langer het vijfde wiel aan de wagen voelt.'

Er klonk luid 'o'-geroep door de menigte. August maakte zich lang. Tussen de talloze hoofden kon hij een glimp opvangen van de koning, die met zijn hoed onophoudelijk tegen een blok steen sloeg die speciaal voor deze gebeurtenis het podium op was gesleept en met een touw aan de kraan was bevestigd. Toch dwong August zich om zijn aandacht op Gottlieb te richten.

'Ik wil dat jij mijn opvolger wordt, August.'

August fronste zijn voorhoofd. Terwijl hij probeerde te begrijpen wat Gottlieb net had gezegd, zette de imposante Domkraan zich boven de hoofden in beweging. Hij had eeuwen stilgestaan. Nu bulderden er kanonschoten door de lucht, van alle kanten klonk het gelui van klokken en het blok steen werd door de kraan in de lucht getild, de eerste van talloze die in de komende maanden en jaren ongetwijfeld zouden volgen.

'Ik wil je Wilhelmine tot vrouw geven. Ze is een goed, intelligent meisje. Ze zal je in de apotheek helpen. In het geval dat ik kom te overlijden, zal ik jou als opvolger laten registreren en als voogd voor Elise en Julie.'

August boog zich licht naar voren. De klokken dreunden in zijn oren. Had hij dat goed verstaan?

'Er komt vuurwerk! Beneden aan de Rijn!' riep iemand.

'Ik heb de koning gezien!' riep een ander.

'Wat vind je daarvan, August?' vroeg Gottlieb.

August staarde naar de apotheker. 'Ik ben... helemaal beduusd. Dat is een ongelofelijk grote eer, ik...'

'Zeg alsjeblieft Gottlieb tegen me.'

August voelde dat hij tranen in zijn ogen kreeg. Ineens werd hij door zijn emoties overmand. Van alle kanten stootten mensen tegen hem aan, het geroezemoes van de stemmen werd een hels kabaal en de klokken bleven onophoudelijk luiden. Wat was hij gelukkig! Hoewel hij belasterd was, bleef Gottlieb achter hem staan! Hoewel de vrouw van wie hij hield hem had bedrogen, zou alles toch nog goed komen! Wilhelmine was weliswaar wat bot en onopgevoed, maar dat zou hij wel in de juiste banen lijden. Wat veel belangrijker was, was dat hij niet de medewerker in een apotheek zou blijven, maar op een dag zijn eigen apotheek zou leiden. Zoals ooit zijn vader had gedaan en zijn broer nu deed. Hij, August, zou op gelijke hoogte met hem staan. Hij had al gedacht dat hij alles verloren had. Het was tenslotte haast onmogelijk om uit het niets een apothekerslicentie te krijgen. Maar nu zouden zijn wensen toch in vervulling gaan!

'Gottlieb,' zei hij. 'Ik dank u.'

Hij draaide zich om. Hij wilde een steelse blik op zijn toekomstige vrouw werpen. Waar was ze? Zojuist stond ze nog vlak bij Betty en de kinderen. Maar Wilhelmine was ineens verdwenen.

~

De menigte jubelde en de klokken van Keulen luidden nog steeds. Maar Wilhelmine keek er niet naar. Ze had alleen oog voor Sibylle.

'Wat fijn je weer te zien.' Er staken twee haarplukken onder Sibylles hoed uit. Haar smalle mond glansde en haar jurk viel soepel om haar dikke buik. Hoewel alle Keulenaren voor deze gelegenheid hun zondagse kleren tevoorschijn hadden gehaald, zag je bij de eerste blik al dat deze dame een heel eigen elegantie had.

'U bent heel lang niet in de Dom geweest...' begon Wilhelmine, maar ze werd onderbroken doordat er mensen hard tegen haar aan stootten. Een paar kinderen renden lachend rond en hele gezinnen persten zich ruw langs haar heen.

Wilhelmine was in de afgelopen jaren talloze keren in de Dom geweest en heel vaak langs het stadspaleis Schaaffhausen gewandeld, zonder ook maar een blik op Sibylle te kunnen werpen. Ze was bijna vergeten hoe ze eruitzag. Het voelde raar dat ze de dame uitgerekend vandaag in de chaotische mensenmassa van het Dombouwfeest tegenkwam.

'Ik voelde me een tijdlang... niet goed,' zei Sibylle en ze streek over haar buik. 'Maar vandaag is een goede dag. En ineens zag ik je door de verrekijker!'

Wilhelmines adem stokte even. Was Sibylle soms in blijde verwachting? Maar een edele dame zoals zij zou zich in dat geval toch niet in het openbaar vertonen?

Sibylle keek haar onomwonden aan. 'Ik wil je iets vragen. Maar we moeten eerst zorgen dat we uit deze menigte wegkomen.'

Wilhelmine knikte en pakte Sibylles hand. Gewoon zomaar! Bijna liet ze hem van schrik weer los, maar ze dwong zichzelf Sibylle door de menigte te leiden. Met haar vrije arm duwde ze her en der lachende mensen opzij en ze probeerde haar vriendin zo goed mogelijk te beschermen.

Eindelijk kwamen ze in een rustiger steegje en ze verborgen zich in een donker hoekje in de schaduw.

'Als dit kind een jongen is, ga ik op reis,' zei Sibylle zonder omhaal.

'Wat... wat bedoelt u daarmee?'

'Ik wil dat je met me meegaat.'

'Ik?' Wilhelmine sperde haar ogen wijd open.

'Als ik eindelijk een jongen krijg, mag ik mijn eigen weg gaan en moet ik... iets vinden. Ik kan het je niet uitleggen, maar het zou fijn zijn als je mee zou gaan.'

Wilhelmine wilde 'ja!' zeggen en dat eindeloos herhalen. Ja, ja, ja. Maar ze stamelde: 'Waarom ik?'

'Ik heb voor deze reis iemand met medische kennis aan mijn zijde nodig. En ik kan geen arts meenemen, want die zou vast mijn man op de hoogte houden. Jij hebt me al zo veel over kruiden en natuurlijke geneesmiddelen verteld... Ik zal je uiteraard goed betalen.'

Wilhelmine beet op haar lip. Ondanks zichzelf keek ze onrustig heen en weer. Haar gedachten gingen tekeer. 'Maar... mijn vader... Hij zal het nooit goedvinden.'

'Ben je al eens buiten Keulen geweest? In Bonn misschien of in Münster? Daar woont mijn vriendin Nette. Je weet wel, de dichteres. Misschien gaan we samen bij haar op bezoek.'

Sibylle had vast geen idee wat voor effect haar woorden op Wilhelmine hadden. Wilhelmine wilde heel graag alles zien en met een dichteres praten. Al sinds ze kon denken, droomde ze over de wijde wereld. Ze droomde ervan dat ze geen verplichtingen had en kon gaan waar ze maar wilde. Maar wat voor gevolgen zou het hebben als ze nu eindelijk toegaf aan dat verlangen? Haar vader zou het haar nooit vergeven als ze zomaar vertrok. En hoe zou het met haar zussen gaan als die na Anna Sophia ook nog Wilhelmine verloren?

'Ik weet dat het heel plotseling komt voor jou. We hebben elkaar lang niet gezien en nu duik ik uit het niets op en kom ik met zo'n voorstel. Maar ik heb veel aan je gedacht, Wilhelmine. Heel veel...'

Wilhelmine slikte.

'En met het geld dat je bij mij verdient kun je vast ook je familie ondersteunen.'

'Maar... ik heb helemaal geen... medische kennis.'

'Ah, hier bent u!'

De vrouwen draaiden zich met een ruk om. Voor hen stond Koloman Witt, hijgend en met zijn handen in zijn zij.

'Wat is er gebeurd?' riep Wilhelmine.

'Niets, maakt u zich geen zorgen. Franz zei alleen tegen me dat hij u net nog in de menigte zag en dat u daarna ineens verdwenen was. En toen zag ik dat u gehaast dit steegje in liep. O, mevrouw Mertens! Neemt u me niet kwalijk dat ik u stoor, dames.'

Hij leek nu pas de echtgenote van zijn neef te herkennen. Sibylle sloeg haar ogen neer. 'Goed, ik moet weer gaan... Juffrouw Müller, kan ik op u rekenen?'

Wilhelmine klemde heel even haar tanden op elkaar. Toen zei ze: 'Altijd, mevrouw Mertens.'

En ineens was Sibylle verdwenen. Wilhelmine luisterde nauwelijks terwijl Koloman tegen haar sprak. Ze tuurde naar de menigte en probeerde Sibylles hoed nog één keer te zien. Kan ik op u rekenen? had ze gevraagd. Ja! had Wilhelmine zo hard ze kon willen roepen. Maar wat zou er nu gebeuren? Wat zou Sibylle doen?

Koloman schraapte zijn keel en Wilhelmine dwong zichzelf hem aan te kijken. Hij rolde een blad papier uit en begon een gedicht voor te dragen. Zag en hoorde ze het goed? Geschrokken wachtte ze af tot hij 'meer' op 'zeer' en 'smart' op 'hart' had gerijmd. Daarna dwong ze zichzelf tot een applausje.

'Fantastisch!' loog ze. Hopelijk merkte hij niet dat ze amper had geluisterd.

'Ja? Vindt u het goed?'

'Maar natuurlijk, Koloman.'

Eigenlijk had ze hem bij de eerstvolgende gelegenheid willen vragen of ze hem eens een van haar werken mocht laten zien, maar daar had ze nu helemaal geen zin meer in. Ze wilde haar werk veel liever voor Sibylle voorlezen of voor die dichteres. Zij waren dan wel vrouwen, maar misschien hadden ze er toch iets meer verstand van dan Koloman.

'En... wat is uw antwoord?' Koloman keek haar met grote ogen aan.

'Antwoord?'

'Op mijn gedicht! Ik dacht: zo'n belangrijke kwestie verdient wel een poëtische vorm, nietwaar? Maar natuurlijk zal ik vandaag nog met uw waarde vader praten. Dat spreekt vanzelf. Franz heeft me aangemoedigd eerst u te vragen en daarna direct naar meneer Müller te gaan. Uw vader wil vast de beste partij voor u. En u weet dat mijn familie...'

'Mijn lieve Wilhelmine!' riep August Arkenberg achter hem. God, dacht Wilhelmine, wat kwam hij hier doen? 'Waarom was je plotseling verdwenen? Ik heb je overal gezocht!'

'Ik had alleen... last van een vrouwenkwaaltje,' legde Wilhelmine uit.

De twee mannen keken meteen gegeneerd naar hun voeten.

'Koloman, ik wens u nog een fijne dag,' verkondigde Wilhelmine resoluut en ze wilde met August terug naar de Domplatz lopen.

'En uw antwoord?' riep Koloman haar nog achterna.

Zenuwachtig streek Wilhelmine haar haar terug onder de oude dameshoed van haar moeder.

'Neemt u mijn aanzoek aan?'

August stapte tussen Wilhelmine en Koloman in. 'Aanzoek?'

'Ach, hij maakt maar een grapje.' Wilhelmine maakte een afwimpelend gebaar. Maar August hief een hand op alsof hij haar met dat gebaar tot zwijgen wilde brengen.

'Maakt u een grapje?'

'Maar nee! Natuurlijk meen ik het serieus. Wilhelmine, ik wil graag dat u mijn vrouw wordt!'

Wilhelmine zocht naar woorden. 'Maar... ik... ik kan...'

Met dit soort dingen had ze geen ervaring. Hoe zou ze dat ook kunnen hebben? Ze had nog nooit een aanzoek gekregen! Hoe wees je dat beleefd af? En dan ook nog in het openbaar, op straat, terwijl de protegé van haar vader ertussen stond?

'Waarde heer, ze kan uw aanzoek niet aannemen,' antwoordde August voor haar.

'Kan ik dat niet?' Wilhelmine trok verbaasd haar wenkbrauwen op.

'Kan ze dat niet?' Koloman zette zijn handen in zijn zij.

'Nee, dat kan ze niet. Ze is tenslotte al met mij verloofd.'

Op dat moment begon de wereld om Wilhelmine heen – de steeg, de mannen, de mensenmenigte en de nog onvoltooide Dom – steeds sneller te draaien.

~

Met Margaretha's levenloze lichaam in zijn armen keerde Kaspar terug naar het dorp. Ze hadden al op hem gewacht: Amalie met Lina, zijn moeder, zijn zussen, zelfs Wilhelm en zijn broers. Ze stonden allemaal voor Kaspars ouderlijk huis en keken naar hem toen hij aankwam.

'Ze kon niets meer voor Margaretha doen,' zei hij en zijn stem klonk vreemd in zijn eigen oren. Alsof er een andere Kaspar sprak.

Hij voelde zijn armen, zijn rug en zijn benen niet meer. Hij liep langs de anderen het huis in en legde Margaretha op het bed. Als dit moment niet voorbijging, zou het nooit waar kunnen worden, dacht Kaspar. Hij keek naar Margaretha, naar haar bleke gezicht, haar verwarde haar. En hij kon niet begrijpen wat hij zag.

Maar op een gegeven moment drong het gehuil van de dorpsbewoners tot hem door. De vrouwen jammerden en zijn moeder snikte. Amalie kwam achter hem staan. Ze legde haar hand op zijn schouder en met een gebroken stem zei ze: 'De mannen zijn weggegaan, Kaspar. Ze lopen naar het bos.'

Hij veegde de tranen uit zijn gezicht. En zonder iets te zeggen rende hij weg.

Bij de Scherpe Rots kon Kaspar het vuur al ruiken. Hij rende, maar na alle inspanningen was zijn lichaam verzwakt. Hij kwam maar langzaam vooruit en moeizaam baande hij zich van boom tot boom een weg, tot hij knapperende takken hoorde en de rook hem in het gezicht sloeg.

Gesches hut stond in brand. Het vuur laaide fel op tussen de bomen. De kippen fladderden opgeschrikt rond en zelfs de houten schommel stond in vuur en vlam. Kaspar struikelde. Hij wist dat dit beeld voor altijd op zijn netvlies gebrand zou staan. Maar hij mocht nu niet in paniek raken. Hij balde zijn handen tot vuisten en sprong zo snel hij kon over takken en struiken.

Algauw kwamen er drie gestaltes met dunne benen en grote, slappe hoeden uit de rook tevoorschijn. Ook al herkende hij ze niet precies, hij wist dat het Wilhelm en zijn broers waren.

'Wat hebben jullie gedaan?' schreeuwde hij naar ze. 'Margaretha is niet hier overleden! Gesche kan er niets aan doen! We moeten haar redden!'

Maar het was alsof hun gezichten van steen waren. Zwijgend marcheerden ze langs hem heen als een legertje geesten. Maar misschien was Kaspar wel de geest, dacht hij, want geen van hen sloeg acht op hem.

'Help me!' schreeuwde hij hen na, maar ze waren hem allang gepasseerd. Wat moest hij doen? De dichtstbijzijnde beek was te ver weg en zijn jas was te klein om het vuur te doven.

'Gesche!' riep hij zo hard mogelijk, maar alleen de vlammen gaven antwoord met hun geknapper. Kaspar struikelde over het touw dat Gesche had gespannen en alle belletjes rinkelden. Naast hem scheurden de verkoolde touwen van de schommel en die viel op de grond als een stuk brandhout.

'Gesche!'

De kippen waren gevlucht, de brandende hut was met een schuifbout vergrendeld. Kaspar schoof zijn halsdoek voor zijn mond, trok zijn mouwen over zijn handpalm, en met een ruk schoof hij de bout opzij. Hij gilde van de pijn. Zelfs door de stof heen was het metaal gloeiend heet. Hij deed de deur open en werd omhuld door een rookwolk.

~

Anna Sophia boog zich uit het raam. Onder haar jubelde en lachte de menigte, maar ze lette amper op al die mensen. Ze meende iets gezien te hebben, iets in de buurt van het blok steen dat aan een touw bengelde. De koning van Pruisen was al vertrokken. De eregasten stonden nog bij elkaar en het blok steen zwaaide nauwelijks merkbaar aan de Domkraan heen en weer. Daar! Daar was het weer: een vage, donkere wolk, die boven de steen zweefde. Waren dat insecten? Vlinders misschien, of lieveheersbeestje? Het moesten er ontzettend veel zijn, anders had Anna Sophia ze niet vanuit Theodors raam kunnen zien. Plotseling voelde ze een kramp in haar onderlijf. Ze klampte haar vingers om de vensterbank. Was het soms al zo ver?

'Anna Sophia! Gaat het wel goed met je?'

Franz stond achter haar. Hij legde zijn warme, grote hand op haar rug en keek bezorgd naar haar buik, die voor de tweede keer kogelrond was.

'Moeten we een dokter halen?' stelde Theodor voor. Zijn huidskleur was eindelijk wat roziger geworden. Na zijn verblijf in de Klingelpütz had het weken geduurd tot hij hersteld was.

Ook Heinrich was bij hen en hij draaide zich al naar de deur om zo snel mogelijk een dokter te halen.

'Ik... ik weet het niet zeker,' zei Anna Sophia en ze keek weer uit het raam. De wolk was er nog steeds. Hij zweefde heel licht naar boven en naar beneden. Ze keek ernaar en meende geen wolk meer te zien, maar het beeld van een houten hut. De planken waren scheef en krom aan elkaar gespijkerd en de deur zat op slot. Anna Sophia sperde haar ogen open. Ze moest aan Gesches huisje denken, diep in het bos. Ze wilde glimlachen, maar toen meende ze ineens te zien dat de planken brandden. Ja, er waren vlammen die langs de muren omhoog likten. Rook die uit het dak kwam. 'Nee,' fluisterde ze. Gesches huis stond in lichterlaaie! Onzin, probeerde Anna Sophia tegen zichzelf te zeggen. Wat had ze nu weer voor rare gedachten! Natuurlijk was het alleen een insectenwolk. Maar ineens werd de formatie dichter en hij vloog recht op Anna Sophia af. Ze zoog scherp de lucht in en pakte instinctief de kruidenschaar aan haar rok vast, alsof ze zich daarmee op de een of andere manier kon verdedigen. Wat had dit in hemelsnaam te betekenen? De wolk zweefde boven de hoofden van de mensen en kwam steeds dichterbij. Hij werd groter en groter en zweefde recht op het raam af waarachter ze stonden. Anna Sophia struikelde naar achteren en voelde dat de eerste wee haar overviel.

~

Hoestend en struikelend liep Kaspar de hut in. Gesche lag op de grond, met haar armen levenloos uitgestrekt. Met zijn laatste kracht trok hij Gesche aan haar voeten naar buiten, steeds verder, tot ze eindelijk buiten bereik van het vuur waren.

‘Gesche!’ riep hij en hij schudde haar zachtjes heen en weer. ‘Word wakker, alsjeblieft, Gesche!’

Eindelijk begon ze te hoesten. Haar bruine en haar blauwe oog waren maar een klein beetje geopend toen ze hem aankeek.

‘Kaspar,’ fluisterde ze tussen twee hoestaanvallen door. ‘Mijn knappe jongen. Ik heb altijd gedacht... Ik was ervan overtuigd dat alles ooit beter zou worden. Voor iedereen. Maar... hoe kunnen we dat ooit zeker weten?’ Ze hoestte weer.

Kaspar fronste zijn voorhoofd.

‘Je bent nu in veiligheid,’ zei hij zacht.

Maar Gesche schudde haar hoofd. ‘Mag ik je iets vragen?’

‘Natuurlijk.’

Met kennelijk de grootste inspanning tilde ze een arm op en wees naar haar hals. Hoestend en hijgend fluisterde ze: ‘De amulet... zou je die op een dag naar Keulen kunnen brengen? Hij moet naar mijn kleindochter, Anna Sophia. Haar vader heeft een apotheek aan de Neumarkt. Zoek haar op en geef hem aan haar.’

‘Dat zal ik doen,’ zei Kaspar. Plotseling vertrok Gesches gezicht en haar schouders begonnen ongecontroleerd te stuiptrekken.

‘Gesche, nee!’ riep hij, maar hij wist niet wat hij moest doen.

Eindelijk verslapte Gesche weer. ‘En als je haar vindt, breng haar wat duizendguldenkruid. De bloemen daarvan zien eruit als paarse sterren. Ze kunnen wonderen verrichten.’

Ze was nauwelijks uitgesproken of ze kreeg zo’n heftige stuiptrekking dat Kaspar haar haast niet kon vasthouden. Haar hoofd sloeg heen en weer en ze spartelde met haar benen. En toen ze dit keer verslapte, zei ze niets meer. Kaspar legde zijn oor op haar borst, maar hij hoorde niets anders dan het geknisper van het vuur en het eeuwige geruis van het bos.

Kaspar moest van de uitputting in slaap zijn gevallen. Toen hij wakker werd, schemerde het al. Hij kwam overeind en keek om zich heen. Gesches lichaam lag levenloos naast hem en een paar stappen bij hem vandaan steeg een steeds dunner wordende rookkolom op. Het rook naar as en roet.

Hij kon Gesche hier niet laten liggen. Maar hoe moest hij haar begraven? Zijn lichaam voelde als verdoofd terwijl hij om de verkoolde planken van haar oude hut heen liep en keek of hij gereedschap kon vinden.

En inderdaad: tegen de boom waar Gesche het touwtje aan had gebonden, stonden een houweel en een schep. Ze waren niet beschadigd.

Hij pakte ze en trok ze met futloze armen achter zich aan. Hij veegde de bladeren opzij, hakte de grond open en schepte steeds dieper. Zijn armen en handen werkten en Kaspar begreep zelf niet hoe hij het voor elkaar kreeg. Maar zolang hij groef kon hij de gedachten aan Margaretha verdringen. Hij wilde voor altijd verder graven en niets van alles wat er was gebeurd ooit tot zich door laten dringen.

Eindelijk was het gat uitgegraven en Kaspar schoof Gesche erin. Hij schepte de aarde op haar lichaam en klopte het aan. Hij dacht aan bloemen. Er hoorden bloemen op een graf! Maar hij zag alleen maar bladeren en as. Ineens schoot hem iets te binnen. Hij tastte in zijn zak en haalde de half opgegeten appel eruit. Toen hij er een paar uur geleden een stuk van af had gesneden, was zijn wereld nog een heel andere geweest, dacht hij, en hij stak de appel in de aarde.

Op de terugweg snikte Kaspar geen enkele keer, maar de tranen liepen toch onophoudelijk over zijn wangen. Hij dacht aan Gesche, aan Margaretha en aan Lina, die nu nog alleen hem had. Maar hij was een gebroken man. Hoe kon hij de vader zijn die ze nodig had? Die ze verdiende? Het werd steeds donkerder tussen de bomen en vlak voordat de duisternis hem kon omhullen, kwam hij het bos uit.

Al vanuit de verte zag hij dat Amalie naar hem toe rende. Hij fronste zijn voorhoofd. Zou ze rennen als ze alleen maar troost zocht?

'Kaspar!' schreeuwde ze.

En hij rende haar tegemoet, zo snel zijn benen nog konden. 'Wilhelm heeft Lina meegenomen! Ik kon niets doen, hij heeft haar gewoon meegenomen.'

Er klonk een kreet over de wei. Kaspar had nauwelijks door dat hij degene was die gilde.

'Waar zijn ze naartoe?'

'Ik geloof in de richting van Keulen, maar ik heb het niet goed gezien.'

Kaspar struikelde even. Daarna dwong hij zichzelf niet in te storten. Hij moest wakker blijven! Met alle kracht die hij nog op kon brengen, ging hij op weg. Hij liep langs de wegen, struikelde in de duisternis, krabbelde weer op en schreeuwde: 'Lina!' Daarna vervloekte hij zichzelf dat hij zo dom was. Veel luider schreeuwde hij: 'Wilhelm!' Maar ook die antwoordde niet. Er was niemand op straat, in de duistere bossen hoorde hij alleen de dieren en het loof, en de velden strekten hun aren onbarmhartig en ondoordringbaar naar de sterrenhemel. Hoe moest hij zijn dochter ooit vinden? Ze kon hem immers niet eens horen roepen.

Zijn hele lijf trilde en hij voelde dat hij bijna bewusteloos raakte, maar ineens zag hij een gestalte aan het eind van de weg: een man met een grote, slappe hoed. Houten wielen ratelden zachtjes over de grond. Een handkar, dacht Kaspar. Hij bleef even roerloos staan en voelde dat zijn ademhaling verbazingwekkend rustig werd. Hij was tot alles in staat.

Wilhelm scheen hem nog niet gezien te hebben en daarom liep hij zachtjes het gerstveld aan zijn rechterkant in. Hij bukte langzaam tussen de halmen en wachtte. Alstublieft, lieve Heer, dacht hij, alstublieft, laat Lina op de handkar zitten.

Het geratel werd luider en toen Wilhelm precies ter hoogte van Kaspar was, sprong Kaspar met een woedende kreet de weg op en sloeg Wilhelm met zijn vuist in het gezicht. Verbaasd tuimelde de boer naar achteren en hij viel op de grond. Kaspar liet zich op hem zakken, hield hem bij zijn kraag vast en wist dat hij alles verloren had. Want Lina was er niet.

'Waar is ze?' schreeuwde hij tegen Wilhelm. Nog voordat hij kon antwoorden sloeg Kaspar hem in zijn wanhoop midden in zijn gezicht.

'Ik vroeg je wat!' riep hij met een stem die niet de zijne was.

'Ze is... weg,' stamelde Wilhelm.

Kaspar gaf hem nog een klap.

'Wat heb je met haar gedaan?!'

'Ze had nooit geboren mogen worden,' fluisterde Wilhelm en het bloed droop uit zijn neus en mond. 'Het was mijn fout. De hele tijd. En daarom heb ik het weer goedgemaakt.'

Kaspar haalde zijn zakmes tevoorschijn en klapte het open. Hij perste het lemmet tegen de hals van zijn schoonvader. Zijn handen waren heel kalm.

'Ik vraag het je voor de laatste keer: waar is ze?'

Wilhelm ademde in en uit, en zei toen: 'Maak je geen zorgen. Je hoeft haar nooit meer te zien.'

En met een resolute armbeweging sneed Kaspar de keel van boer Wilhelm door.

18

Peter Josef Stollwerck werd in de ochtendschemering geboren. Anna Sophia hield haar tweede zoon stevig vast. Haar hele lijf deed pijn en ze was ontzettend moe. Ook haar kind leek uitgeput, maar hij ademde rustig en zag er volkomen gezond uit. Anna Sophia was dolgelukkig. Ze moest even aan de insectenwolk denken die de vorige dag recht op haar af was gekomen en aan de brandende hut die ze meende gezien te hebben. Was die er echt geweest? Of had ze zich die vlinders of kevers alleen verbeeld? Toen ze sliep had ze nachtmerries gehad. Ze had telkens weer Gesche gezien, die vriendelijk naar haar glimlachte terwijl een vuurgloed zich door haar warrige haar vrat en van alle kanten op haar gezicht af raasde. Ze probeerde de herinneringen uit haar gedachten te verbannen en streelde peinzend het hoofdje van haar baby. Plotseling landde er een lieveheersbeestje op zijn wang. Was die net uit haar haar gevallen? Ze ging met haar handen door de klitten in haar haar. Niets. Dat moet toeval zijn geweest, dacht ze.

Haar schoonzus Hubertine wilde haar net het kind uit haar armen nemen om hem te wassen, toen Peter Josef zijn oogjes opende. Anna Sophia's adem stokte heel even. Hij leek haar recht aan te kijken. In haar lichaam, dat nog bonkte van de pijn, verspreidde zich een nieuwe warmte, want één oogje was donkerbruin en het andere stralend blauw.

Zodra het beter ging met Anna Sophia en ze weer met haar man in de bakkerij stond, was ze opnieuw in verwachting. Ze zuchtte. Zou dat nu altijd zo doorgaan? Haar zus Wilhelmine kwam in deze periode vaak met Elise en Julie langs om het jonge gezin te helpen en Anna Sophia was blij dat haar vader dat toestond. Hij had zich niet met haar verzoend maar verbood de meisjes tenminste niet de omgang met haar. Zonder Wilhelmine hadden Anna Sophia en Franz het waarschijnlijk amper gered om de bakkerij te leiden. Soms kwamen ook Anna Sophia's schoonzussen Hubertine en Maria om bij te springen. Ze hadden dus altijd een vol huis: boven zorgden de meisjes voor de kinderen, beneden gingen de klanten in en uit en Franz' vrienden kwamen ook regelmatig om een handje te helpen.

Ondanks alle moeite die ze deden liepen de zaken elke dag slechter. Er kwamen steeds minder klanten in de winkel en de klanten die kwamen, kochten kleine hoeveelheden. Sommigen vroegen alleen om Anna Sophia's adviezen vanwege buikpijn, wonden of hoestbuien. Ze hielp hen graag, maar tegelijkertijd merkte ze dat Franz met elke vrouwelijke klant die geen broodje kocht maar alleen een paar kruiden wilde halen, wreveliger werd. Als ze daar nu maar wat geld voor mochten vragen!

Anna Sophia piekerde er telkens weer over of het gebak uit allerlei landen misschien zijn bekoring al had verloren. Dat was in elk geval wat Franz' vader Nikolaus beweerde. Sinds de omzet terugliep, kwam hij vaker langs, zogenaamd om goedemorgen te zeggen, maar Anna Sophia wist wel beter. Haar schoonvader was een aparte man, vond ze. Hij zag er met zijn scheefstaande ogen en grote oren wel vriendelijk uit, maar zijn medeleven over de slecht lopende zaken leek gemaakt. Hij wees Franz graag op elk foutje en zaaide twijfel bij hem.

'Wat interesseert de mensen op den duur nou gebak uit Aken, Franz? We zijn Keulenaren! En we houden van onze stad,' zei hij. Of: 'Zijn die broodjes niet veel te droog? Daar moet je aan werken, Franz, anders wordt het niet beter!'

Op een dag, nadat hij net met een valse glimlach de winkel had verlaten, zei Anna Sophia: 'Hij is opgelucht omdat de bakkerij niet meer zo goed loopt.'

Franz keek boos. 'Hoe kun je dat nou zeggen? Ik wil dat nooit meer horen!'

Anna Sophia hield voortaan haar mond, maar ze wist het zeker. Nadat Franz de bakkerij tegen de wil van zijn vader had geopend en de kruidenierswinkel aan zijn jongere, onzekere broer Johannes had overgelaten, die het zonder de hulp van zijn moeder en zussen waarschijnlijk niet zou aankunnen, koesterde Nikolaus een wrok tegen zijn oudste zoon. Hij zou maar al te graag zien dat Franz zijn winkel opgaf – daar was Anna Sophia van overtuigd. En ook al gaf Franz het niet toe: hij wilde per se aan zijn vader bewijzen dat het hem ging lukken. Franz zocht onophoudelijk nieuwe recepten en liet James Lever, die inmiddels inderdaad tot zijn vrienden behoorde, bijzondere recepten uit Engeland opsturen. Maar ook de nieuwe recepten hielpen niet om de zaak op gang te brengen. Hoe moest het in hemelsnaam gaan als er binnenkort een derde kind geboren zou worden dat gevoed zou moeten worden?

Normaal sprak Wilhelmine haar moed toe, maar in de laatste tijd was ze niet alleen vreselijk verkouden, maar ook niet zichzelf. Ze zei telkens weer met een hese stem tegen Anna Sophia dat ze absoluut niet met August wilde trouwen.

'Je moet met papa praten!' zei Anna Sophia herhaaldelijk.

'Het kan hem toch niets schelen. De datum is al over een paar maanden en ik kan er niets tegen doen,' antwoordde ze hoestend.

'Jawel, dat kun je wel! Vertel papa dat Koloman je ook een aanzoek heeft gedaan. Ik weet dat Koloman niet de knapste man is, maar hij is intelligent, heeft geld en komt uit een voorname familie. Hij zal je vast een aangenamer leven bieden dan August.'

Wilhelmine schudde heftig haar hoofd. 'Ik kan ook niet met Koloman trouwen!'

'Maar, waarom dan niet?'

'Ik... ach, je zou het niet begrijpen!' Wilhelmine nam Peter Josef op haar arm, die net was gaan huilen, en liep met hem heen en weer.

'Denk je nog steeds na over het aanbod van die rijke dame?'

'Onzin!'

Maar Anna Sophia vermoedde dat Wilhelmine loog.

'Jullie gesprek is inmiddels zo lang geleden. Ik geloof niet dat daar nog wat gebeurt.'

Wilhelmine antwoordde niet, ze hoestte alleen. En dus kocht Anna Sophia op straat bij een chirurgijn een paar pastilles. Ze zuchtte en vroeg zich weer eens af: waarom zou een vuile straatverkoper zijn medicijnen mogen verkopen en zij niet? En dan ook nog voor die buitensporige prijzen! Anna Sophia schudde haar hoofd. Franz' zaken liepen steeds minder goed. Misschien was dit eindelijk het juiste moment om nog een keer met hem over haar pastilles te beginnen. Diezelfde avond nog nam ze hem apart.

'Als die chirurgijn het mag, kan niemand het ons toch verbieden!' zei ze. 'We zouden het op zijn minst moeten proberen. Ik weet zeker dat de pastilles de omzet zouden kunnen verhogen.'

Franz fronste zijn voorhoofd. 'Ik weet het niet, Anna Sophia. Het is riskant.'

Maar in zijn ogen zag ze dat hij er ook al over nadacht.

Peter Josef was bijna een jaar oud en Anna Sophia's buik al zorgelijk rond toen haar jongste zoon rode pukkeltjes kreeg. Hij keek Anna Sophia met zijn bruine en blauwe oog aan en huilde verschrikkelijk. Anna Sophia kreeg de behoefte om hem naar Gesche te brengen en met haar over mogelijke behandelingen en kruiden en hun geneeskrachtige werking te praten. Ze maakte de paard-en-wagen klaar, die Franz voor zijn boodschappen op de markt had aangeschaft, maar haar man merkte het.

'Anna Sophia, wat ben je van plan?'

'Ik wil graag dat mijn grootmoeder even naar Peter kijkt.'

'Je grootmoeder?' Franz fronste zijn voorhoofd. 'Bedoel je soms je grootmoeder van moederskant?' Hij trok zijn wenkbrauwen op. 'Dat is veel te gevaarlijk!'

'Ik ben er al een paar keer geweest, ik ken de weg. Er zal ons niets overkomen.'

Franz keek haar een paar tellen lang aan. Daarna spreidde hij zijn armen uit. 'Komen jullie tweetjes eens hier.'

Verrast liep Anna Sophia naar hem toe. In de afgelopen periode was er weinig tijd voor liefkozingen. Anna Sophia was druk met de kinderen en Franz had zo veel zorgen dat hij zich 's avonds uitgeput op zijn schommelstoel liet zakken. Maar nu legde hij langzaam zijn armen om Anna Sophia en het kind dat ze in haar armen had. Ze voelde zijn warmte om haar heen en Peters zachte gehuil tegen haar hals. Ze haalde diep adem en keek langs Franz' schouder naar de klimop aan de gevel, die felgroen was en tot de eerste verdieping omhoog was geklommen.

'Het komt allemaal goed, mijn liefste. Peter wordt weer gezond. Wat vind je ervan om in plaats daarvan naar je vader te gaan? Er is zo veel tijd verstreken... Misschien heeft hij iets dat Peter kan helpen.'

Een paar uur later ging ze de apotheek aan de Neumarkt binnen – voor de tweede keer sinds haar bruiloft. Ze was misselijk. 'Sst,' zei ze tegen haar kind dat ze in haar armen droeg, terwijl ze eigenlijk vooral zichzelf wilde kalmeren. Hoe zou haar vader reageren? Zou hij haar dit keer langer aankijken en haar één of een paar vragen stellen? Ze slikte toen ze zag dat August achter de toonbank stond.

'Is mijn vader er?' vroeg ze, maar die kwam op dat moment al uit de achterkamer. Haar hart ging tekeer. Haar vader bleef even stilstaan toen hij zijn dochter zag.

'August, wil jij even naar de tinctuur kijken die ik net heb klaargemaakt?' Hij sprak heel vriendelijk en raakte liefdevol Augusts schouder aan. En plotseling vroeg Anna Sophia zich af of ze zich mogelijk niet toch vergist zou kunnen hebben. Wat als August haar vader toch niet had willen vergiftigen? Had ze hem misschien ten onrechte beschuldigd? De gedachte benam haar heel even de adem.

'Maar natuurlijk, dat zal ik doen,' antwoordde August. Hij keek even naar Anna Sophia, haar buik en het kind en draaide zich daarna om en liep de winkel uit.

'Wat kan ik voor je doen?'

Haar vader was oud geworden. Zijn huid hing slap aan zijn wangen, hij had nog nauwelijks haar op zijn hoofd en zijn armen deden meer denken aan dood hout dan aan prachtige takken. Hij keek haar droevig aan. Had hij misschien ook de behoefte om haar en zijn kleinzoon in zijn armen te nemen, net zoals Anna Sophia ernaar verlangde om door hem omhelsd te worden? Misschien had hij alleen een aanzetje nodig.

'Het spijt me, papa. Ik bedoel zoals de dingen destijds... zijn gelopen.'

Ze sprak hakkelend. 'Misschien zat het allemaal heel anders in elkaar. Als ik gelijk had gehad, dan waren jullie nu niet zo...'

'Wat gebeurd is, is gebeurd, Anna Sophia,' onderbrak hij haar met een ijzige stem.

Ze verstomde. Terwijl ze eigenlijk nog wilde zeggen dat ze hem miste. Dat ze dit huis weer in en uit wilde lopen en dat alles moest worden zoals vroeger. Maar haar vader keek haar zo ernstig aan, dat ze geen woord meer uit kon brengen. In plaats daarvan betrapte ze zichzelf erop dat ze op haar duimnagel beet, iets wat ze al jaren niet meer had gedaan.

'We kunnen de tijd niet terugdraaien. Ik vraag je maar één ding,' zei hij zacht. 'Laat Wilhelmine haar eigen weg gaan.'

Anna Sophia fronste haar voorhoofd. 'Wilhelmine?'

'Ze zal met August trouwen. Dat is het juiste voor haar. Als je haar dat afraadt, doe je haar geen plezier.'

Ineens voelden Anna Sophia's oogleden ontzettend zwaar en moe aan. Ze wist niet wat ze moest zeggen.

'Praat haar alsjeblieft geen gekke ideeën meer aan.'

Het begon Anna Sophia langzaam te dagen. Haar vader gaf haar er de schuld van dat Wilhelmine aan de beslissing van haar vader twijfelde. Terwijl hij donders goed moest weten dat Wilhelmine altijd al het koppigste meisje van de familie was geweest. Niemand kon haar iets aanpraten, als ze iets in haar hoofd had, had ze daar zelf voor gezorgd. Hoe kon hij zo slecht over Anna Sophia denken? Vroeger stond ze altijd bij hem in de gunst! Maar toen was ze ook nog de brave dochter die zich altijd aanpaste. Blijkbaar was het voor hem vreselijk moeilijk om te accepteren dat zijn dochters soms een andere mening hadden dan hijzelf en hun eigen beslissingen namen. Zowel Anna Sophia als Wilhelmine.

'Maak je het jezelf niet iets te gemakkelijk, papa?' vroeg ze. Ineens was ze ontzettend boos en tegelijkertijd stonden er tranen in haar ogen. 'In plaats van na te denken waarom Wilhelmine niet met jouw lieveling August wil trouwen en echt naar haar te luisteren, schuif je liever mij de schuld in de schoenen en maak je mij tot zondebok...'

Op dat moment begon Peter Josef hard te huilen.

'Je bent hier vanwege je zoontje, nietwaar?' vroeg Gottlieb, alsof ze niets had gezegd, en hij gebaarde met zijn hoofd naar zijn kleinzoon. Hij trok een paar laatjes open en zette een flesje en twee kleine papieren zakjes op de toonbank. 'Tegen de pijn. Maak je geen zorgen, je kind heeft alleen de mazelen. Die hebben jullie allemaal gehad.'

En hoewel zijn stem al veel vriendelijker klonk, deden zijn woorden pijn. Ze brandden op Anna Sophia's huid alsof ze zelf rode pukkeltjes had. Ze wilde tegen haar vader schreeuwen, hem door elkaar schudden of liever nog smeken om eindelijk op te houden met dat geruzie, maar ze kende hem goed genoeg om te weten dat het geen zin had. Hij was veel te koppig en trots om toe te geven dat hij het bij het verkeerde eind had. Ze pakte langzaam de medicijnen en liet ze in haar stoffen buidel vallen.

'Wat krijg je van me?' fluisterde ze.

'Deze zijn van het huis.' Zijn blik zweefde naar Peter Josef.

Ondanks zijn woorden legde Anna Sophia een paar munten op de toonbank. Daarna draaide ze zich om en liep de apotheek uit. Het deurbelletje rinkelde schel en het geluid bleef de hele avond in haar hoofd zitten.

Heinrich Stollwerck werd een dag nadat Peter Josef was genezen geboren, in het jaar 1843. De bevalling was korter maar ook pijnlijker dan bij zijn oudere broers en Anna Sophia sliep daarna langer. Voor haar gevoel sliep ze dagenlang. Alles was vaag en als in een droom. Niets was helemaal donker en niets helemaal licht. Het leek een eindeloos durende ochtendschemering. Ze kreunde telkens weer van pijn en onbehagen en vermoedde dat ze dan een middeltje kreeg toegediend, waarna ze verder soesde. Een deel van haar wilde voor altijd in deze wonderbaarlijk zachte, half lichte, grenzeloze tussenruimte blijven.

~

Franz werd midden in de nacht wakker. Hij had iets gehoord. Slaapdronken draaide hij zich om en merkte dat zijn vrouw het bed uit was gegaan. Nog een beetje verward ging hij rechtop zitten. Na Heinrichs geboorte was Anna Sophia ongebruikelijk zwak geweest. De vroedvrouw maande dat de derde zwangerschap in zo'n korte tijd slopend was. Het zou Anna Sophia goeddoen om eerst eens te genezen en niet al te snel weer in verwachting te raken. Franz had de hint begrepen en zich vreselijk gevoeld.

Anna Sophia had dagenlang alleen maar geslapen. Was het eindelijk een goed teken dat ze midden in de nacht was opgestaan? Hij wilde haar niet roepen want de kleine Heinrich lag naast hem en in de kamer ernaast sliepen zijn twee oudere zonen. Misschien wilde ze alleen iets drinken en zou ze zo terugkomen?

Franz besloot af te wachten en luisterde naar de nachtelijke geluiden. Maar zodra hij rustig lag, werd hij overvallen door gedachten die als raven om hem heen cirkelden. Hoe moest het in hemelsnaam verdergaan met de bakkerij? Vanwege hun middelmatige ligging kwamen er maar zelden toevallige klanten bij hen in de Blindgasse. En ook de vaste klanten die hen doelbewust hadden opgezocht, werden steeds minder. Gelukkig waren er nog de vrouwen die vanwege Anna Sophia's geneeskunst kwamen, hoewel hij niet goed wist hoe zijn vrouw de mensen hielp. Aan het groene spul dat ze op allerlei plekken met haar kruidenschaar afknipte, kon het toch echt niet liggen. Maar ze zwoeren allemaal bij Anna Sophia's adviezen. Misschien kwam het door haar karakter dat ze wonderen verrichtte. Ze was zo vriendelijk en liefdevol. Zelfs hemzelf gaf ze daardoor telkens weer de nodige rust. Zonder haar zou hij zijn buien in de begintijd niet onder controle hebben gekregen. Hij had zichzelf niet kunnen uitstaan, maar zij was hem blijven steunen.

Helaas verdienden ze weinig aan Anna Sophia's talent. Af en toe kochten de vrouwen, als ze er toch eenmaal waren, ook een stukje cake, maar dat was niet voldoende. Franz moest toegeven dat hij verkeerd had gecalculeerd. Zijn gebak was van begin af aan te goedkoop geweest. Maar als hij de prijzen verhoogde, zouden de paar klanten die hij nog had ongetwijfeld helemaal wegblijven. Hij zou het assortiment kunnen vergroten, maar hoe moest hij dat zonder geld voor elkaar krijgen? En hij had nog wel zulke grote plannen gehad, dacht hij. Hij wilde dat zijn bakkerij de bijzonderste van de hele stad zou zijn. Hij zou zo succesvol worden dat geen van zijn kinderen ooit honger hoefde te lijden! En nu? Sinds maanden lukte het hem niet om de bakkerij uit de rode cijfers te halen. Hij had zijn eigen eetrantsoenen verkleind en bezuinigde waar hij maar kon. Hij had zelfs Anna Sophia's bruidsjurk en zijn hoeden moeten verkopen. Toch wist Franz niet waar hij de komende dagen de ingrediënten voor zijn producten van moest betalen. Anna Sophia had nog geen idee hoe erg de bakkerij er sinds de geboorte van Heinrich voor stond. Hoe moest hij het aan haar uitleggen? Hij dacht aan haar bleke gezicht en haar vale huid. Hoe zou ze reageren als ze wakker werd en hoorde dat ze zich zorgen moest maken om het welzijn van haar kinderen? Nikolaus was inmiddels de leeftijd voorbij dat hij alleen meelpap nodig had en ook de andere twee jongens zouden op een dag iets behoorlijks moeten eten. Hoe had dit Franz kunnen overkomen? Hij had nooit in dezelfde situatie willen belanden als zijn vader destijds! En nu? Misschien moest hij Anna Sophia's idee overwegen en pastilles aanbieden. De mensen waren heel blij met haar kruidentips en de pastilles smaakten heerlijk. Het was ook echt een onzinnige regel dat alleen de apotheken ze mochten verkopen. In feite waren ze vergelijkbaar met snoepjes. Bij Louis Petit in Paris hadden ze ook perensnoepjes verkocht en daar had niemand over geklaagd.

Ineens hoorde hij geklepper en gerinkel. Kwam dat geluid uit de keuken? Had Anna Sophia midden in de nacht honger gekregen? Hij zwaaide zijn benen nu toch over de rand van het bed en liep zachtjes naar de deur, door de smalle gang en de trap af.

Anna Sophia stond in haar lange, witte nachthemd voor een tinnen pan. Het vuur in de oven brandde, het water borrelde en ze schudde suiker uit een zak in de pan.

'Anna Sophia?' fluisterde hij, maar ze reageerde niet. Met trage bewegingen zette ze de zak neer en daarna draaide ze zich om. Franz schrok. Anna Sophia staarde met wijd open ogen langs hem heen. Ze pakte de stamper van de vijzel en wreef kruiden fijn in een schaal.

'Anna Sophia, wat ben je aan het doen?'

Ze draaide zich weer om en schudde de kruiden in de suikermassa. En ineens besefte Franz dat zijn vrouw niet wakker was geworden. Ze sliep nog steeds. Het was niet de eerste keer dat hij haar zag slaapwandelen, maar tot nu toe was ze alleen door de slaapkamer gelopen en had ze het raam opengedaan, om vervolgens weer te gaan liggen en te vergeten wat er was gebeurd. Eén keer had hij haar op de gang aangetroffen, waarna hij haar voorzichtig weer terug naar bed had geleid. Maar ze was nog nooit in deze toestand helemaal naar de keuken gelopen.

Met open mond observeerde hij hoe ze de suikermassa op het werkvlak goot en leren handschoenen aantrok. Elke handbeweging voerde ze met een vanzelfsprekendheid uit die hem ervan weerhield in te grijpen. Hij kon er alleen maar bij staan kijken terwijl Anna Sophia slaapwandelend pastilles maakte. En toen de pastilles rinkelend in een schaal vielen, nam Franz Stollwerck een beslissing. Soms moest je gewoon iets wagen. De beste ideeën zijn dappere ideeën waar niemand zich aan waagt. Sommige regels vragen er gewoon om om gebroken te worden. De mensen moesten het maar eens proberen om hen – Franz Stollwerck en zijn getalenteerde vrouw, die zelfs in haar slaap pastilles kon maken – tegen te houden! Zijn vingers jeukten en hij voelde kriebels in zijn buik.

'O, Franz, wat doe jij hier?' vroeg Anna Sophia. Ze knipperde traag en verstrooid met haar ogen. Ze was wakker geworden.

'Ik?' Franz glimlachte. 'Ik wil je vragen of je, zodra je genezen bent, nog veel meer van jouw pastilles wilt maken. Ik denk dat je gelijk hebt. We zouden het moeten wagen en ze in de bakkerij verkopen.'

~

'Ach, Victor, deze stad is gewoon te vol!' zei Ferdinand. Ze stonden op het balkon van het stadspaleis en keken over de tuin, bomen en hagen naar Keulen. Zijn broer had natuurlijk gelijk. Overal waar hij keek stonden de huizen dicht op elkaar. Overal rezen gevels en torens op.

'Ik begeef me nauwelijks nog op straat. Al dat vuil en die stank! En al die mensen!' Ferdinand zuchtte.

'Dat is zo.'

'En toch wordt er nog gebouwd! Straks bouwen ze nog alle straten en pleinen vol!'

'Zeker!'

'En ik vraag me af, Victor: wie verdient daar eigenlijk aan?'

Victor keek naar zijn broer op. 'Waar ben je op uit?'

'Nou, er wordt dringend nieuwe woonruimte gezocht in Keulen. De stad wordt steeds voller. Ik denk dat wie nu slim handelt, over een paar jaar enorm veel geld kan verdienen.'

Victor slikte. Gisteren had hij zijn broer in vertrouwen verteld dat hij verontwaardigd was. Sibylles zus Elisabeth was namelijk getrouwd en haar zwager was meteen bij het familiebedrijf betrokken. Al na een paar maanden prees zijn schoonmoeder hem in alle toonaarden omdat hij binnen de kortste keren de transporttak van het bedrijf nieuw leven had ingeblazen. Tegelijkertijd sloeg zijn schoonvader een steeds kritischere toon aan tegenover Victor. En met die kleine schermutseling bij de opening van de spoorlijn had hij ook geen erg goede indruk gemaakt. Bovendien waren de cijfers in de handel in onroerende goederen uiterst beroerd.

Victor slikte. Ferdinand had zich kennelijk zorgen om zijn broer gemaakt en dacht al over een oplossing na. Wat aardig van hem, dacht hij. Tegelijkertijd voelde hij de oude, bekende steek van jaloezie. Waarom was Ferdinand zo veel vindingrijker dan hijzelf?

Victor bromde instemmend, hoewel hij nog niet zo goed wist waar Ferdinand op uit was. Gelukkig sprak zijn broer verder.

'Ik heb vooral de uitgestrekte tuinen voor de stadsmuur op het oog. Stel je voor dat je die nu zou kopen en over een paar maanden als veel duurdere bouwgrond zou verkopen. Dan zou je in korte tijd veel winst kunnen opstrijken, denk je niet?'

Victors stemming klaarde meteen op. 'Dat zou inderdaad kunnen.'

'Meneer Mertens!' riep een dienstmeisje. Victor sloot even zijn ogen. Daarna draaide hij zich om. Het was dus zover. Hij wachtte al maanden op dit moment in de hoop dat het goed nieuws was. Maar nu wilde hij het liever nog uitstellen. Onwillekeurig hield hij zijn adem in terwijl hij het meisje aankeek.

'Moeder en kind maken het goed,' riep ze.

'Dat is fijn,' bromde hij. Hij was dus voor de derde keer vader geworden. De twee laatste geboortes waren voor hem teleurstellend geweest. Aan de eerste wilde hij nooit meer denken. Hij was zo gelukkig geweest en daarna die catastrofe... Wat had zijn schoonvader hem daarna minachtend aangekeken! Daarom had Victor er bij de geboorte van zijn tweede zo min mogelijk mee te maken willen hebben. Zou zijn hoop dit keer in vervulling gaan?

'Gefeliciteerd, Victor!' zei Ferdinand en hij klopte op zijn schouder 'En?' vroeg hij aan het dienstmeisje. 'Is het een jongen of een meisje?'

~

'Anna Sophia?' vroeg Franz, maar zijn vrouw leek hem nauwelijks waar te nemen.

De keuken rook naar zoethout en madeliefjes, naar lapsang souchongthee en gekaramelliseerde suiker. Franz snoof de geur diep in. Anna

Sophia goot net een dampende massa op het werkvlak. Haar wangen waren rood, haar voorhoofd was bezweet en toch had hij haar al een hele tijd niet meer zo gelukkig gezien. Haar handen kneedden en rolden als vanzelf, trokken de ene na de andere suikerstaaf uit de massa en telkens weer gleed er een glimlach over haar gezicht. De hele keuken lag vol pastilles: ze glansden in grote schalen, rolden over het werkvlak en stapelden zich in hoge potten op alle planken op. Wat zou zijn vader wel niet zeggen als hij dit zag? Zou hij onder de indruk zijn?

Aan de tafel zaten Julie en Maria. Franz' schoonzus en zus waren in de laatste maanden goede vriendinnen van elkaar geworden. Ze waren allebei een beetje wijsneuzig voor hun twaalf jaar, de ene – Julie – echter aangenaam stil en beleefd, de andere – Maria – eerder brutaal en fel. Ze stopten de pastilles in kleine, blauwe zakjes, die ze met Franz' nieuwe lakstempel verzegelden. *Franz Stollwerck*, stond op elke verpakking. Voorlopig verkocht hij ze alleen in de bakkerij, maar daar zou het niet bij blijven want Franz had grootse plannen.

'Anna Sophia, hoorde je me niet?' vroeg hij aan zijn vrouw.

'O, Franz! Neem me niet kwalijk, ik was zeker in gedachten.'

Franz grijnsde. 'Ik heb vijftien zakjes verkocht. Op één dag!' riep hij en de meisjes klapten in hun handen. 'Kolomans artikel in de *Kölnische Zeitung* heeft iedereen nieuwsgierig gemaakt!'

'Gelukkig heb je het aangedurfd om de mensen op onze pastilles attent te maken.' Anna Sophia gaf hem een veelzeggende knipoog. En Franz wist wat ze eigenlijk wilde zeggen: gelukkig had zij hem ertoe overgehaald. Hij had de karamelpastilles namelijk het liefst stiekem aangeboden in de hoop dat het aanbod vanzelf overal bekend zou worden. Zo wilde hij vermijden dat iemand verbaasd zou zijn dat er in een bakkerij een medicijn verkrijgbaar was. Maar Anna Sophia was het daar niet mee eens geweest. Als ze de pastilles als iets zondigs onder de toonbank zouden aanbieden, zouden ze mogelijk pas echt slapende honden wakker maken. Maar een zelfverzekerde advertentie in de krant zou iedereen laten zien: wie geneeskrachtige pastilles wil kopen, is bij bakkerij Stollwerck aan het juiste adres. 'Dingen veranderen,' had ze gezegd. 'Op een dag verkopen misschien alle bakkerijen in Keulen pastilles! Maar wij zijn degenen die ermee beginnen.'

'Ja, ja, je hebt gelijk,' bromde Franz en hij wreef bedeesd over zijn bakkebaarden. 'Alleen vragen de eerste mensen al of de werking van onze karamelpastilles bewezen is.'

'Vertel hun over Gesche en de oeroude kennis van de genezeressen.'

Franz schudde zijn hoofd. 'Ik denk dat we een modernere aanbeveling nodig hebben. Een wetenschapper of een arts. Iemand wiens woorden ze niet in twijfel zullen trekken.'

Ze hield haar hoofd schuin en leek even na te denken. Daarna zei ze: 'Ik zal dokter Baader aanschrijven. Hij heeft me als kind al behandeld. Hij is een aardige, ongecompliceerde man. Ik stuur hem een paar van onze pastilles en vraag hem om zijn vakkundige advies. Hij zal zich zeker gevlijd voelen.'

'Dat is een goed idee! Theodor gaat intussen op zoek naar meer verkoopplekken. Als de pastilles niet alleen bij ons maar ook op veel andere plekken in de stad worden aangeboden, bijvoorbeeld in kruidenierswinkels of in restaurants, zullen vast nog meer mensen erop attent worden.'

'We moeten papa vragen! Hij zal ze zeker ook gaan verkopen,' stelde Maria voor.

Franz aarzelde. 'Denk je dat echt?'

'Natuurlijk! Hij is dol op Anna Sophia's pastilles!' Maria glimlachte zo breed dat haar tandvlees te zien was. 'Ook al zou hij dat aan jullie tweeën waarschijnlijk nooit toegeven!'

Franz ving een zijdelingse blik van Anna Sophia op, maar voordat hij die kon duiden, keek ze alweer naar de suikerstaven en sloeg ze die met zelfverzekerde bewegingen in kleine stukjes.

'Dat heeft hij in elk geval tegen mij gezegd! En wel zo luid dat ik me kan voorstellen dat hij wilde dat ik het tegen jullie zei.' Maria knipoogde. Dat deed ze de laatste tijd constant. Franz vermoedde dat ze het knipogen van hem had afgekeken.

'Denken jullie dat Elise morgen ook zou kunnen meehelpen? Dan zouden we pastilles voor de restaurants in kunnen pakken.'

'Ik zal het haar vragen,' zei Julie met haar hoge stemmetje. In tegenstelling tot haar lichaam leek haar stem nog niet volwassen te willen worden.

'Dank jullie wel! Jullie doen het fantastisch, lieverds!'

Vol nieuwe energie ging Franz terug naar de winkelruimte. En inderdaad: hoewel ze ze pas sinds een paar dagen in het assortiment hadden, vroeg de ene na de andere vrouwelijke klant al naar de hoestpastilles van Stollwerck.

'Hebt u er in de krant over gelezen?' vroeg Franz. De meesten antwoordden bevestigend op die vraag, maar af en toe gebeurde het dat iemand fluisterend over een kennis uit de Klingelpütz vertelde die bij Theodors pastilles zwoer. 'Hij zegt dat Theodor zonder die pastilles zeker niet meer onder ons zou zijn,' verklaarde een oudere dame en ze pakte met grote ogen een zak verse pastilles aan.

In de eerste weken waarin ze reclame maakten voor hun pastilles, keek Franz telkens weer in de brievenbus. Er zouden toch geen klachten komen? Maar de dagen verstreken en niemand had iets op de hoestpastilles aan te merken. En toen algauw niet alleen politieagenten, maar ook een rechter en een advocaat tot zijn klanten behoorden, verdwenen zijn zorgen. Hij had naar Anna Sophia moeten luisteren en zijn assortiment al veel eerder met pastilles moeten uitbreiden.

Het duurde niet lang voordat dokter Baader de Stollwercks antwoordde: 'Met genoegen bevestig ik aan banketbakker Franz Stollwerck in Keulen, dat ik niet alleen heel goed bekend ben met de bestanddelen van de door hem gefabriceerde hoestpastilles, maar ook de effectieve verbinding van oplossende en verzachtende middelen bij catarrale en andere benauwdheidsklachten ten zeerste kan aanbevelen.'

Met Kolomans hulp gaven ze een nieuwe advertentie op en voegden ze dit attest bij alle reclameteksten bij. Ze schreven briefjes die ze in de bakkerij en op andere verkooppunten neerlegden en dachten er al over na om op een dag ook de verpakking ermee te voorzien. De geldzorgen die Franz tot voor kort nog uit zijn slaap hadden gehouden, waren vergeten. Wie had gedacht dat Anna Sophia's karamelpastilles hen zo snel zouden helpen? Algauw werden ze op vierenveertig verkooppunten aangeboden, zelfs in Bonn! De mensen waren er zo dol op, dat ze de vraag nauwelijks met de vervaardiging konden bijhouden. Gelukkig konden ze met de groeiende inkomsten hun eerste medewerkers aannemen: een leerling en een gezel. Theodor trad volledig tot de Stollwercks toe en hield zich bezig met de verkoop en de commerciële activiteiten. En op 1 november 1843, toen er voor het eerst een goederentrein rechtstreeks van Antwerpen naar Keulen reed, nam Heinrich ontslag om het jonge bedrijf Stollwerck te steunen. Met een gezicht vol lachrimpels stond hij klaar terwijl de trein – voor de helft geladen met rietsuiker die net van een Spaanse brik was gelost – denderend het station binnenreed.

19

Wilhelmine had het gevoel dat ze bekeken werd. Ze probeerde August te negeren terwijl ze de vloer van de apotheek schrobde. Maar bij al haar bewegingen voelde ze zijn ogen in haar rug prikken. Ze kwam overeind, veegde over haar voorhoofd en keek hem vragend aan. Hij sloeg meteen zijn ogen neer en schreef verder in zijn kasboek.

'Wil je iets tegen me zeggen, August?'

'Ik? Tegen jou? Nee.'

Ze trok even haar wenkbrauwen op en ging verder met schrobben.

'Je hebt een mooie jurk aan.'

Dus toch. Wilhelmine deed haar best niet met haar ogen te rollen. 'Ik draag hem vaak.'

'O, werkelijk?'

Ze gaf geen antwoord. Wat wilde hij? Wat hij ook zou proberen, zodra ze hem aankeek, moest ze eraan denken dat hij jaren geleden haar zus zo grof had aangevallen. In gedachten verzonken schrobde ze verder, tot hij plotseling pal achter haar stond. Ze kromp ineen en voelde dat haar hart sneller begon te slaan.

Het was allang avond. De deuren van de apotheek waren op slot en haar vader was in de achterkamer aan het werk. Ze waren helemaal alleen en bij die gedachte gingen haar nekharen overeind staan.

'Ik weet dat het de laatste jaren... niet makkelijk was tussen ons.' August sprak zacht. Ze draaide zich naar hem om en wilde achteruitdeinzen, maar dat ging niet omdat de oude apothekerskast achter haar stond.

'Er is veel gebeurd.' Hij tilde zijn arm op en legde zijn hand op haar elleboog. 'Ik heb fouten gemaakt. Dat hebben we allemaal. Een verkeerd woord is schrikbarend snel gezegd, vind je niet?'

Verbeeldde ze het zich of keek hij de hele tijd naar haar mond?

'Ik wens innig dat we dat allemaal kunnen vergeten. Ik wil je opnieuw leren kennen en hoop dat ik me ook opnieuw aan je mag voorstellen.'

Wilhelmine wilde iets zeggen, maar durfde haar mond niet eens open te doen omdat hij zo dichtbij was. Het leek hem echter niet uit te maken dat ze zweeg, want hij ging onverstoorbaar verder: 'Ik ben August Arkenberg. Af en toe borrelen de emoties in me op, maar in principe probeer ik een evenwichtig mens te zijn.' Hij keek haar met een onzekere glimlach aan. Maakte hij nou een grapje? Wilhelmine was een beetje in de war. Zoiets had ze nog nooit bij hem meegemaakt. Moest ze nu haar best doen om te glimlachen? Gelukkig sprak hij alweer verder: 'Ik bewonder je, lieve Wilhelmine. Je bent een indrukwekkende, jonge vrouw en het is me een eer om je binnenkort aan mijn zijde te hebben. Ik zal je beschermen en je steunen.'

Wilhelmine voelde misselijkheid opkomen. Ze perste haar lippen stevig op elkaar.

'Mag ik je kussen?'

'Ik...' zei ze, maar hij boog zich al naar haar toe en gaf haar een vluchtige kus op haar wang. Ze schoot meteen opzij, waarbij ze tegen de emmer stootte, die gevaarlijk wiebelde waardoor er wat water op de grond klotste. Dankbaar liet ze zich op haar knieën zakken en richtte al haar aandacht op het plasje.

'Ik... ik heb je overrompeld, sorry,' zei hij. 'Ah, nu schiet me nog iets te binnen!'

Wilhelmine wilde helemaal niet meer luisteren, maar August zei luid en duidelijk: 'Er was hier vanmiddag een elegante dame. Ik was helemaal verbaasd want een vrouw zoals zij stuurt normaal een dienstmeisje.'

Wilhelmine stopte onmiddellijk met wat ze aan het doen was en keek naar August op. 'Wat zei ze?'

'Ze vroeg naar jou. Ik moest je haar verontschuldiging overbrengen.'

'Haar verontschuldiging?'

'Ze vroeg me om je te vertellen hoe prachtig Keulen vanaf Schäl Sick is. Vooral in de ochtendschemering. Dat kan ik helemaal beamen. Wil je er een keer met mij naartoe wandelen?'

Wilhelmine deed die hele nacht geen oog dicht. Sinds het Dombouwfeest, waarop Sibylle haar over haar plannen had verteld, waren er maanden verstreken. Telkens weer had ze aan de woorden van haar vriendin gedacht. Ze had al bijna niet meer geloofd nog iets van haar te horen en nu dook ze plotseling in de apotheek op! Wilhelmines hart bonkte in haar keel. En dat was maar goed ook. Als ze in slaap zou vallen, zou ze waarschijnlijk te laat wakker worden. Ze lag in de duisternis en wist dat dit de laatste nacht in haar bed was. Ze wist dat ze de laatste keer het hout van de vloer, waarop ze was opgegroeid, hoorde werken en voor de laatste keer door het kleine raam naar de donkere lucht keek. Zodra ze niemand meer hoorde in huis, stond ze op, pakte de oude leren koffer van haar moeder uit de kast en legde de voorwerpen erin die ze mee wilde nemen: drie jurken, een ketting, een extra paar schoenen, haar tandenborstel, papier en potloden. Daarna ging ze aan het kleine tafeltje bij het raam zitten, stak een kaars aan en schreef:

Lieve vader,
Ik weet dat je het niet kunt begrijpen en me al helemaal niet kunt vergeven. Toch wil ik je vanuit de grond van mijn hart zeggen dat het me spijt. Maar ik moet gaan, want het leven dat jullie voor mij hebben gepland, is niet mijn leven. Maak je alsjeblieft geen zorgen, ik zal regelmatig schrijven. Geef de meisjes een kus van me. Ik zal jullie missen. Elke dag.
Jullie Wilhelmine

Daarna doofde ze de kaars en sloop naar de keuken. De klok boven de deur was gelijkgezet met de torenklok van de kerk St. Aposteln, dus daar kon ze op vertrouwen. Wilhelmine keek net zo lang naar de wijzers tot ze zes uur aangaven en stond toen op. Op haar tenen sloop ze door de gang en ze deed haar uiterste best om niet met haar koffer tegen de muren te stoten. Ze was bijna bij de trap aangekomen, toen ze achter zich iets hoorde kraken. Als aan de grond genageld bleef ze staan. Dat was een deur, dacht ze, en ze wist ook welke. Ze haalde diep adem en draaide zich om.

Met slaperige ogen keek Julie haar aan. Haar oren staken nieuwsgierig tussen haar verwarde haren uit en het viel Wilhelmine weer eens op hoe lang haar zusje was geworden. Wilhelmine wist wel zeker dat het niet lang zou duren voordat Julie met haar magere, maar nog steeds meisjesachtige lichaam boven haar uitstak. Julie keek eerst naar Wilhelmine en daarna naar haar koffer. Toen fluisterde ze: 'Kom je weer terug?'

Wilhelmine slikte. 'Ik weet het niet.'

Het meisje knikte.

'Maar ik zal jullie schrijven. En we zullen elkaar vast op een dag kunnen bezoeken.'

'Waar ga je naartoe?'

'Ik ga op reis en ik weet nog niet waar naartoe.'

Julie glimlachte en fluisterde: 'Misschien is dat wel altijd zo.'

Ook Wilhelmine moest glimlachen. 'Misschien.'

Er hing een dichte mist boven de Rijn en Wilhelmine rilde van de kou toen ze over de pontonbrug liep. Haar handen deden pijn van het dragen van de koffer. Er waren al een paar handelaren onderweg en de eerste schepen voeren af. Wilhelmine hijgde een beetje en haar warme adem vervloog in de novemberwind.

Op Schäl Sick aangekomen, draaide ze zich nog één keer om in de richting van de stad. Wat tekende het silhouet van Keulen zich met alle kerktorens en puntdaken mooi tegen de mistflarden af! Op de achtergrond zag ze de Dom, waarvan de muren in het afgelopen jaar al wat hoger waren geworden. Hoe zou hij eruitzien als ze hem de volgende keer zou zien? Wat zou er in deze stad allemaal gebeuren... zonder haar?

Haar hart klopte steeds sneller. Ze keek om zich heen. Het was al bijna licht. Hopelijk was ze niet te laat. Wat als ze Sibylle had gemist? Of nog erger: als ze haar boodschap verkeerd had geïnterpreteerd en Sibylle helemaal niet zou komen? Het zou afschuwelijk zijn als ze dezelfde weg weer terug moest lopen, haar eigen, ongelezen brief moest verscheuren, haar koffer weer uit moest pakken, haar vader onder ogen moest komen en toch met August moest trouwen! Ze werd misselijk bij de gedachte.

Ineens hoorde ze het getrappel van hoeven. Wilhelmine draaide zich met een ruk om. Er draafden twee paarden op haar af die een zwarte koets met grote wielen trokken. Was dat niet de koets van Victor Mertens? Ze deed een stap achteruit, maar toen het deurtje voor haar werd opengedaan zag ze Sibylle. Met haar warme, blauwe ogen keek ze haar vriendin aan.

'Ik ben dolblij, lieve Wilhelmine. Wat fijn dat je mijn uitnodiging hebt aangenomen! Stap maar in.'

De koetsier sprong van de bok, pakte haar koffer aan en gaf haar een hand zodat ze in de koets kon klimmen. Was dat die onvriendelijke man die haar maanden geleden bij de poort van het stadspaleis had weggejaagd? Het deurtje zwaaide achter haar dicht en in het halfdonker zag ze Sibylles gezicht glanzen. Wilhelmines hart bonkte nog steeds in haar keel. Ongelofelijk hoe verstrekkend haar beslissing was! Ze kromp ineen, want naast haar vriendin kwam nog een tweede gezicht uit de duisternis tevoorschijn. Ze zag een breed voorhoofd, priemende ogen, een platte neus en een trotse glimlach.

'Lieve Wilhelmine, mag ik je voorstellen aan mijn vriendin Adele Schopenhauer? Zij zal ons begeleiden zolang haar moeder een kuur doet.'

Schopenhauer… Wilhelmine dacht koortsachtig na. Zou dat…?

'Goedendag, juffrouw… Schopenhauer,' zei ze en ze knikte naar haar.

'Wij zijn al jaren zeer hecht en intensief bevriend. We hebben weleens over de werken van haar moeder gepraat, weet je nog?' Sibylle boog zich een stukje naar Wilhelmine toe.

'Ja, natuurlijk!' Het was dus echt zo! 'Ik lees heel graag boeken van Johanna Schopenhauer!'

Het was niet te geloven dat ze met de dochter van de beroemde schrijfster in een koets zat!

'Het doet me plezier dat te horen,' zei Adele traag en Wilhelmine ging nerveus met haar hand door haar haar. Vergiste ze zich of straalde deze vrouw iets duisters uit? Haar beleefde glimlach kwam op Wilhelmine over als een stille waarschuwing: kijk uit.

Buiten knalde een zweep op de straat en de koets zette zich schommelend in beweging. Wilhelmine stootte haar schouder tegen de deur. Hoewel de bank bekleed was, voelde ze hem bij elke straatsteen. 'Wat vindt je familie ervan dat je op reis gaat?' vroeg Sibylle.

Wilhelmine haalde haar schouders op. 'Ze zullen er pas achter komen als ze vandaag mijn brief vinden.'

Sibylle en Adele wisselden een veelbetekenende blik uit. Lag Adeles hand nu op Sibylles been?

'Je bent vast benieuwd waar we naartoe rijden, nietwaar?'

De koets schommelde zo erg dat ze waarschijnlijk niet zagen dat Wilhelmine knikte, maar Sibylle sprak evengoed verder: 'Er is iets van me afgepakt en dat wil ik terugvinden. Ik heb maar een paar aanwijzingen waar ik kan zoeken, maar ons dienstmeisje heeft iets opgevangen. Daarbij ging het om een oud klooster in het westen. Daarom rijden we eerst naar Düsseldorf.'

'Mag ik vragen wat we in het klooster van Düsseldorf zoeken?'

'Natuurlijk.' Sibylle keek uit het raam. Ze zweeg even, maar daarna fluisterde ze: 'We zoeken mijn dochter.'

~

Franz Stollwerck keek tevreden naar de cijfers. Hij was niet erg bedreven in boekhouding, maar wat hij op het bureau bij het schijnsel van de kaarsen kon lezen, beviel hem goed. De hoestpastilles van Stollwerck werden al in talrijke kruidenierswinkels, bakkerijen, restaurants, ja, zelfs bij een paar theaterbuffets verkocht. En overal waren ze nabesteld, zelfs in de omringende steden! Hij kon zijn medewerkers betalen en had al een betere uitrusting voor de vervaardiging van de pastilles aangeschaft: grotere ketels, dikkere handschoenen en een thermometer! Meerdere artsen hadden hem een schriftelijke bevestiging gestuurd en dokter Baader nam hoestpastilles af voor de behandeling van zijn eigen patiënten. Stollwercks pastilles waren veel betrouwbaarder dan de middeltjes die de straatkoopmannen aanprezen, ze waren goedkoper dan die van de apotheken en bovendien erg lekker. Met behulp van Franz' kennis uit Parijs over het karamelliseren had Anna Sophia de pastilles zelfs nog kunnen verfijnen. Ze smaakten nu iets zoeter en lagen aangenaam zacht en smeuïg op de tong. Franz leunde zuchtend naar achteren. Hij was een ondernemer, dacht hij, en hij voelde dat zijn borst zwol van trots. Geboren als zoon van een eenvoudige wolspinner was Franz Stollwerck nu op weg een succesvol zakenman te worden. Maar waarom was zijn vader nog steeds niet onder de indruk?

Hij was pas vandaag weer langsgekomen, dit keer samen met Hubertine. Ze had trots geglimlacht en gezegd: 'Weet je nog wat mama altijd zei? Je bent heel bijzonder, Franz. En ze had gelijk. Nietwaar, papa?'

Ze gaf haar vader een por en hij knikte. 'Natuurlijk, Hubertine. Dat zei ze altijd...' mompelde hij terwijl hij wat stof van de kassa veegde. Hoe was het in hemelsnaam mogelijk dat zich daar in de afgelopen dagen zo veel stof had verzameld? Hun vader keek langs de kasten omhoog.

'En jij denkt dat de mensen al die pastilles zullen kopen, Franz?' vroeg hij langzaam. Hij krabde aan zijn neus en keek hem met zijn scheefstaande ogen aan. 'Ik zou niet alles op één kaart zetten, jongen. Dat is altijd gevaarlijk, onthoud dat.'

'Natuurlijk, papa. Maar we hebben erg veel succes met de hoestpastilles. Je zei toch zelf dat Johannes er in de kruidenierswinkel ook al een paar heeft verkocht?'

Nikolaus maakte een afwimpelend gebaar. 'Ik denk dat dat suikergoed een modeverschijnsel is. Je kunt je beter op de substantiële dingen concentreren. Brood, kruiden... Die zullen de mensen altijd nodig hebben.'

Maar nu Franz op zijn papieren keek, zag hij absoluut een substantieel succes. Als het zo doorging, kon hij zijn drie zonen een zekere toekomst bieden. Zijn oudste, Nikolaus, die hij naar zijn vader had vernoemd, rende inmiddels al uitgelaten door het huis. Het driejarige jongetje was een luidruchtig kind waar ze hun handen aan vol hadden. Peter-Josef daarentegen was grappig, rustig en lief. Anna Sophia zou het nooit toegeven, maar Franz vermoedde dat ze een bijzondere genegenheid voelde voor de jongen met de verschillend gekleurde ogen. Heinrich was de stilste van de drie. Hij leek altijd een beetje peinzend. Wat zou er allemaal in zijn kleine koppie omgaan?

Franz zou Anna Sophia en zijn kinderen altijd beschermen. Anders dan zijn eigen vader zou hij nooit machteloos in de winkel staan toekijken terwijl muizen de etenswaren opvraten. En op een dag, als hij oud was, zou hij ze iets heel succesvols nalaten. Hij zou de vader zijn die hij zelf altijd had gewenst: een rechtschapen man die hen aanmoedigde en naar wie ze bewonderend en dankbaar op konden zien.

Vermoeid van de dag leunde hij naar achteren en sloot zijn ogen. Eigenlijk wilde hij alleen een paar minuutjes uitrusten, maar algauw zag hij steden van suiker, kerkklokken van karamelpastilles, straten van cacao en huizen van snoepverpakkingen voor zijn geestesoog. Alles was zoet en plakkerig, kleurrijk en elegant. En Franz was de baas van die stad, de pastilles-koning. Hij zuchtte en snoof gretig de lucht op. Was er iemand cake aan het bakken, vroeg hij zich af. Het was zo heerlijk warm. Maar het werd steeds warmer en plotseling ademde Franz roet in. Hij hoestte. De cake moet er dringend uit, dacht hij nog en hij probeerde zichzelf wakker te schudden. Nee, iemand schudde hem. Hij deed zijn ogen open.

'Franz! Wat doe je hier in hemelsnaam! We moeten weg! Nu onmiddellijk!'

Heinrich stond voor hem. De kleine man maakte zich heel lang, trok een gordijn van het raam en doofde daarmee het vuur op Franz' bureau. Hij schreeuwde het uit van de pijn toen er een vlam over zijn hand flakkerde. Even hield hij zijn hand vast en vertrok zijn gezicht. Daarna trok hij Franz uit zijn werkkamer.

'Wat... Hoe...?' Franz snakte naar lucht.

'Ik wilde de laatste levering nog naar de bakkerij brengen en toen rook ik het.' Heinrichs ogen waren rood en gezwollen. 'Ben je bij het schijnsel van de kaars in slaap gevallen?'

'Ik... Ik weet het niet...'

'Mijn God, Franz. Doe dat alsjeblieft nooit meer.'

Heinrichs gezicht was vertrokken van angst en bezorgdheid. Franz wist niet wat hij moest zeggen. Waaraan had hij zo'n vriend verdiend? Heinrich was er altijd als de nood aan de man kwam. Hij had zelfs zijn baan opgegeven voor het jonge bedrijf. Hij hielp Anna Sophia waar hij maar kon en speelde zelfs graag met de kinderen. De Stollwercks waren Heinrichs vervangende familie. Zijn oude moeder was een beetje verward, zijn vader allang dood en zijn oudere broers en zussen werkten dag in, dag uit in de nieuwe fabrieken die in Keulen ontstonden. Heinrich zag hen amper.

'Ik zou het niet kunnen verdragen als er iets met jou gebeurt. Absoluut niet!' riep Heinrich met zo'n oprechte uitdrukking in zijn gezicht dat het Franz pijn deed.

'Godzijdank ben je altijd op het juiste moment op de juiste plek.' Franz leunde uitgeput op Heinrichs schouder.

'Ik probeer het, Franz. Maar stel dat ik er een keer niet ben?'

'Maak je geen zorgen. Je komt niet zomaar van me af.'

'Beloofd?' Eindelijk verschenen de vele lachrimpeltjes weer op Heinrichs gezicht.

Franz moest lachen. 'Maar natuurlijk, Heinrich. Beloofd!'

20

Kaspar liep struikelend vooruit. Zijn tenen staken uit zijn gescheurde schoenen, zijn jas hing in flarden aan zijn schouders en zijn versleten, vuile broek hing slobberig om zijn dun geworden benen. Kaspar wist niet meer waar hij was. Sinds weken, nee, maanden, trok hij zijn handkar – of beter gezegd, de kar van boer Wilhelm – achter zich aan. Hij staarde naar de weg en liep tussen de dorpen rond. Langzamerhand kroop de winter over de heuvels de dalen in. In de bossen hield zich al een ijzige koude schuil en hij wist dat die hem binnenkort zou overvallen. Het was slechts een kwestie van tijd tot de kou hem in de vroege ochtenduren te grazen zou nemen, als hij weerloos en opgerold in zijn kar sliep. Maar hij kon niet terug naar Höhenforst. Als hij zijn huis weer in zou gaan, zou niets hem van de innerlijke koude kunnen redden die veel snijdender en meedogenlozer was dan een winter ooit kon zijn. Zolang hij verderliep, was hij op zoek. Dan had hij nog niet opgegeven. En nooit van zijn leven zou hij Lina opgeven.

Maar inmiddels was hij aan het eind van zijn Latijn. Zijn voeten brandden, zijn benen deden pijn, hij had kramp in zijn buik en zijn longen piepten. Elke stap was een gevecht, elke ademhaling een enorme opgave.

Tegen het middaguur kwam hij een oude fruitboer tegen die op een ladder stond en een boom snoeide.

'Goedendag!' zei Kaspar en zoals zo vaak de laatste tijd herkende hij zijn eigen stem nauwelijks. Die was veel lager geworden. Verbaasd draaide de oude man zijn witharige hoofd om.

'Hebt u over een klein meisje gehoord dat te vondeling is gelegd?' Hij schoof zijn slappe hoed een stukje naar achteren en kauwde op een grasspriet.

'Een klein meisje?' vroeg de boer.

'Ze heet Lina en ze is doof.'

Hoe vaak had hij dit nu al niet gevraagd? En hoe ontkennend hadden de mensen niet allemaal gereageerd! Ook de oude man greep onbewogen in de takken en plukte een herfstappel die bijna vergeten was.

‘Het is misschien toeval,’ riep hij toen. ‘Maar bij Torringen schijnt een weeskind opgedoken te zijn.’

Kaspar deed een stap naar voren. ‘Echt?’

De boer wierp hem de appel toe. ‘Eet eerst maar eens wat, voordat je verdergaat.’

Hij stuurde Kaspar naar zijn boerderij, waar zijn vrouw hem melk en wat brood gaf. Gulzig dronk en at hij alles op, want voor het eerst sinds dagen zag hij weer het nut in van eten. Hij had energie nodig. Niet om verder te zoeken zoals tot nu toe. Nee, hij had nu energie nodig om Lina ook echt te vinden.

Dus brak hij weer snel op en zette gehaast zijn voettocht voort. Hij stopte maar één keer en stapte opzij om een zwarte koets voorbij te laten gaan. De koets had grote wielen en binnenin zag hij drie mooi gekapte vrouwenhoofden gezellig bij elkaar. Ze schommelden langs hem heen.

~

Wilhelmine keek peinzend naar de landloper die aan de rand van de straat stond om hen te laten passeren. Hij keek haar aan terwijl hij nonchalant op een grasspriet kauwde. Daarna tilde ze haar hand op om haar hoofd te beschermen voor als ze weer tegen het plafond van de koets botste. Zou haar vader haar brief inmiddels hebben gevonden? Zou hij al lopen te tieren?

Het was de langste reis die Wilhelmine ooit had gemaakt. Haar lichaam deed pijn van het geschommel van de koets, ze had het koud ondanks de deken waarin Sibylle haar had gewikkeld en de misnoegde blikken van Adele Schopenhauer brandden op haar wang. Er hing een ongemakkelijke stilte in de lucht, waarin Wilhelmine telkens weer aan haar zussen moest denken. Deed ze het juiste? Waar zou haar beslissing toe leiden? Wat moest ze na deze reis doen? Als ze niet doodgevroren zou zijn! Om zichzelf af te leiden van haar sombere gedachten, zei Wilhelmine: ‘Mag ik vragen hoe uw dochter is verdwenen?’

Sibylle zuchtte. ‘Heb je mijn man al eens ontmoet?’ Zonder op antwoord te wachten, sprak ze verder: ‘Victor Mertens is een uiterst ontevreden mens. Hij haat alles wat niet perfect is.’

‘Dat komt vast door zijn eigen onvolmaaktheid,’ zei Adele en ze vouwde haar handen in haar schoot ineen.

‘Zeker. Hij is lomp, onbeschaafd en humeurig.’

'Ik heb erover gehoord.' Wilhelmine kon haar grijns niet verbergen.

'Natuurlijk wilde hij een stamhouder. Maar ons eerste kind was een meisje. En… nou ja… ze voldeed niet aan zijn eisen.'

Wilhelmine fronste haar voorhoofd. Wat bedoelde Sibylle daarmee?

'Hij was ervan overtuigd dat we zo'n kind niet in het stadspaleis konden opvoeden. De mensen zouden gaan kletsen en zouden slecht over onze familie en het bedrijf praten. Ik heb geprobeerd om mijn kleine Charlotte te beschermen. Ik hield haar constant bij me en sliep amper in die tijd. Maar op een nacht moet ik in slaap gedoezeld zijn, want nog voor de dageraad was ze verdwenen. Mijn man beweert dat het de enige mogelijkheid was en dat ik het moet accepteren. Hij zegt dat de wereld nu eenmaal zo functioneert.'

Adele liet een droog lachje horen. 'Dat is zijn wereld,' zei ze zacht en ze legde haar hand op die van Sibylle. Sibylle gaf er een kneepje in en Adele streelde Sibylles wang. Daarbij keek ze de hele tijd naar Wilhelmine. Vergiste Wilhelmine zich of lag er een stille provocatie in haar blik?

In de namiddag kwamen ze in Düsseldorf aan.

'Hoe weet u dat we hier moeten zoeken?' vroeg Wilhelmine bibberend. Haar voeten waren gevoelloos en haar gezicht was bevroren.

'Ik weet het niet. Maar de dienstmeisjes hebben opgevangen dat Victor Charlotte naar een klooster heeft gebracht. En vanwege de secularisatie door de Fransen zijn er nog maar weinig huizen waar nonnen leven Het Cellitinnenklooster is er een van. Zij mochten alleen vanwege hun ziekenhuis blijven.'

Wilhelmine keek uit het raam naar het stenen gebouw met de torentjes en rijen raampjes, dat in het licht van de laagstaande novemberzon lag. Als ze in een ziekenhuis naar Charlotte zochten, waarom had Sibylle dan een apothekersdochter mee willen nemen? Ze overwoog even om de vraag hardop uit te spreken, maar toen kruiste haar blik die van Adele en ze hield haar mond. Ze dwong zichzelf uit het raam te kijken terwijl de koets het voorplein van het klooster op reed.

De koetsier opende de deur en hielp Sibylle eruit. In plaats van opzij te stappen, draaide ze zich om en strekte ze haar hand naar Wilhelmine uit. Aarzelend keek Wilhelmine naar Adele, die haar lippen, die blauw waren van de kou, stevig op elkaar perste. Daarna pakte ze Sibylles hand. Haar hand was klein, stevig en ijskoud. Het liefst had Wilhelmine hem tegen zich aan gehouden om hem op te warmen, maar zodra Wilhelmine op de grond stond, liet Sibylle haar al los om Adele te helpen. In hun lange mantels liepen de twee vrouwen langs haar heen in de richting van de ingang. Ze hielden elkaars hand vast en Wilhelmine voelde een verdriet zoals ze nooit eerder had gevoeld.

De zusters van het Cellitinnenklooster kenden geen Charlotte. Ze verzekerden haar dat zo'n soort meisje hier niet was ondergebracht. Sibylle gluurde wantrouwend langs de nonnen heen en vroeg of ze evenwel de zieken mocht bezoeken.

'Zo'n meisje zou toch niet op onze ziekenafdeling liggen, mevrouw Mertens,' zei een kleine, oeroude non met glanzend wit haar dat onder haar kapje uitkwam.

Toch stond Sibylle erop om langs de rijen ziekenhuisbedden te lopen. Wilhelmine drukte verbaasd een doek tegen haar neus omdat het er zo sterk naar zweet, wondvocht en excrementen stonk. Ze was nog nooit in een ziekenhuis geweest. Natuurlijk niet. Doorgaans bezochten alleen arme mensen ziekenhuizen, die geen familie hadden die voor hen kon zorgen of geen geld hadden voor medicijnen. Wie naar een ziekenhuis ging, ging meestal dood. Het afschuwelijkste vond Wilhelmine kraamhuizen. Vrouwen die daar hun kind moesten krijgen, waren vaak uit de maatschappij verstoten. In het beste geval konden ze nog als zoogster bij welgestelde vrouwen werken, maar vaker belandden ze in dubieuze etablissementen.

Wilhelmine durfde amper naar de bedden te kijken die dicht tegen elkaar aan stonden en waarin mensen lagen te kreunen en te woelen. En toch wist ze zeker dat hier niet een klein meisje bij was.

Bij de uitgang van de ziekenafdeling bleef Sibylle staan. Beefden haar schouders? Adele ging meteen naar haar toe en sloeg haar arm om het middel van haar vriendin. Zo stonden ze daar. Als een liefdespaar, dacht Wilhelmine en ze verbaasde zich over haar eigen gedachten. Wat een onzin. Hoe konden twee vrouwen nou een liefdespaar zijn? Op dat moment boog Adele zich naar Sibylle toe en gaf haar een liefdevol kusje op haar wang.

Wilhelmine slikte. Ze kon er eindeloos naar staren en tegelijkertijd stootte het haar enorm af.

'Kom bij ons,' zei Sibylle plotseling en ze stak haar hand naar haar uit. Haar ogen glansden maar ze stak haar kin op. Langzaam liep Wilhelmine naar de vrouwen toe en pakte Sibylles hand. Sibylle legde haar arm om Wilhelmine en tot haar verbazing voelde ze ook Adeles hand tussen haar schouderbladen. De drie vrouwen stonden zo dicht bij elkaar dat Wilhelmine het Keulse water van de dames kon ruiken en hun warmte tegen haar wang voelde.

'We zullen haar vinden,' fluisterde Adele. 'Maak je geen zorgen, mijn lieve Sibylle.'

'Mevrouw Mertens!' riep plotseling een non en ze draaiden zich alle drie tegelijk om.

'Onze kokkin vertelde net dat... zo'n soort meisje... in Aken is ondergebracht.'

'Echt?' Sibylle liet haar vriendinnen meteen los. 'Waar in Aken?'

'In het Alexianenklooster!'

Adele sloeg haar armen om haar vriendin. 'Zie je nou wel?' vroeg ze.

Sibylle knikte. 'We vertrekken zodra het licht wordt!'

~

'Een weeskind? Bij ons? Niet dat ik weet,' zei de eerste boer die Kaspar Rockstroh in Torringen ontmoette. De tweede maakte een gebaar alsof Kaspar een vlieg was. Kaspar had uren gelopen en slechts heel even geslapen, op zijn kar met zijn slappe hoed over zijn gezicht getrokken. Hij kon nauwelijks op zijn benen staan, maar sjokte verder en sprak een jong meisje aan dat nog bijna een kind was. Ze sloeg haar armen over elkaar en hield haar hoofd schuin.

'Dat is al lang geleden!' riep ze vanaf een veilig afstandje.

'Hoelang?'

Ze haalde haar schouders op.

'Eerder weken of maanden?'

'Weken!'

'Waar is het kind nu?'

'Nu?' Het meisje keek even naar de lucht. Toen wees ze naar het pad dat het dorp uit leidde. 'Daarginds. Het ligt helemaal aan de rand.'

Kaspar staarde het meisje aan. Hij wilde niet weten wat ze daarmee bedoelde. Zonder iets te zeggen strompelde hij in de richting die ze had aangewezen. Hij liep Torringen uit en over een kleine heuvel, en toen zag hij de kapel. En daarvoor de begraafplaats. Zijn gezichtsveld vernauwde zich. Hij zag alleen nog de donkergrijze grafstenen in de grond.

Het ligt helemaal aan de rand, had het meisje gezegd. En inderdaad: helemaal achteraan vond hij een kindergraf. Er stond geen naam of datum op. Er stak alleen heel stil een houten kruis in het gras. Kaspar zakte op zijn knieën en opende zijn mond om te schreeuwen, maar er kwam geen enkel geluid uit zijn keel.

~

De rit van Düsseldorf naar Aken duurde twee volle dagen. Gelukkig scheen dit keer de zon in de koets, die de zware reis iets lichter maakte voor de vrouwen.

Wilhelmine betrapte zichzelf er telkens op dat ze stiekem naar Sibylle keek. Hoewel haar vriendin geen mooie vrouw was in klassieke zin, werd haar blik er op magische wijze telkens door aangetrokken. Zoals haar gezicht in het licht glansde! Ze straalde een kracht uit die Wilhelmine nooit eerder bij een vrouw had gezien.

Wilhelmine voelde zich ook met het uur iets minder ongemakkelijk bij Adele. Haar blikken bleven wel wantrouwend, maar Wilhelmine lette er niet langer op omdat de gespreksonderwerpen al haar aandacht opeisten. Ze had nog nooit zo'n gesprek onder vrouwen meegemaakt! Politiek, wetenschap en literatuur waren gebieden waar immers alleen mannen verstand van hadden. Vrouwen hielden zich beleefd op de achtergrond, luisterden hooguit zonder iets te zeggen of trokken zich voor hun eigen gesprekken over handwerken of het weer terug. Maar in deze koets leek de wereld een andere te zijn. Sibylle sprak over de Pruisische regering in Berlijn, die de adel weer meer macht wilde geven. 'Na alles wat de Fransen hebben bereikt, zou dat een enorme achteruitgang zijn. Ik kan me niet voorstellen dat het volk erin meegaat… zeker Keulen niet!'

'Niet?' vroeg Adele. 'Ik ken de Keulenaren vooral als mensen die dagenlang carnaval vieren. En niet bepaald als revolutionairen.'

'Daar moet je je niet in vergissen, lieverd. Carnaval en revolutie liggen helemaal niet zo ver uiteen. Kijk maar naar onze *Roten Funken*! In feite zijn zij een geweldige persiflage op het stijve, altijd ouderwetse Pruisendom en zijn leger.' Sibylle lachte. 'Ik zeg je: uit de lach groeit soms een geweldige kracht. En ook in de café-restaurants kan een revolutie starten.'

'Zeker omdat Keulen nog altijd dichter bij de Fransen staat dan bij de

Pruisen,' zei Wilhelmine. 'De Keulenaren zullen het Pruisische recht nooit overnemen. Daar verzetten we ons al jaren met hand en tand tegen en we passen nog altijd de code civil toe, die Napoleon ooit heeft ingevoerd voor de regeling van het Franse civiele recht.'

Adele knikte waarderend. 'Dat is waar!' Tegen Sibylle zei ze: 'Je vriendinnetje is ontwikkeld.'

Wilhelmine sloeg haar armen over elkaar. 'Ontwikkeld zou ik het niet bepaald noemen. Ik weet het alleen omdat ik stiekem vaders krant lees. Ik ben maar een paar jaar naar school gegaan. En daar leerden ze ons vooral handwerken en hoe je een beleefde conversatie voert.'

'Het is een schande.' Sibylle snoof. 'Het wil er bij mij gewoon niet in dat vrouwen geen toegang krijgen tot het onderwijs. Het zou toch voor de hele gemeenschap van waarde zijn als vrouwen meer over de wereld zouden weten!'

Wilhelmine keek haar verbaasd aan. Als haar vader dit zou horen! Hij zou zijn gezicht hebben vertrokken en hij zou er vast op hebben gewezen dat het lot van de wereld nu eenmaal in de handen van de mannen lag en dat vrouwen dat toch nooit allemaal zouden kunnen begrijpen.

'Wat vindt uw man van dit soort gedachten?' vroeg ze zacht.

Sibylle trok een mondhoek op. 'Die kent hij natuurlijk niet.'

'Wat dat betreft prijs ik Anettes vriendin, Mathilde Anneke. Zij heeft zich echt laten scheiden van haar man. Was dat niet alleen mogelijk door jullie Franse recht?' vroeg Adele.

'Zeker.' Sibylle knikte. 'Het proces heeft twee jaar geduurd. Ze werd natuurlijk toch schuldig bevonden, maar in elk geval krijgen zij en haar dochter een klein beetje alimentatie.'

'Jij zou ook over zo'n stap na kunnen denken.'

'Ik?' Sibylle sperde haar ogen wijd open. 'Wat denk je nou? Ik ben in hart en nieren katholiek, dat weet je toch?'

'En denk je nu echt dat God zou willen dat jij en je kinderen zo moeten lijden?'

'Niemand kan zeggen wat God echt wil, Adele,' wees Sibylle haar terecht en voor de eerste keer hoorde Wilhelmine een bepaalde scherpte in de stem van haar vriendin.

Op de avond van de tweede reisdag kwamen ze in Aken aan. Alleen al bij de aanblik van het Alexianenklooster kreeg Wilhelmine het benauwd. In het midden van het gebouw rees een spitse kerktoren mystiek in de lucht en daar bovenop troonde manend een zwart kruis. De ramen waren smal en hoog, de deur was omlijst door zware kozijnen. Wilhelmine liep naar binnen en ademde oppervlakkig, want de lucht was bedompt en muf.

Ze had het gevoel dat de nonnen in dit klooster allemaal klein en gerimpeld waren. Ze keken met hun smalle ogen naar de gasten op. Net als de bewoners van het Cellitinnenklooster zwoeren ze dat er bij hen niet zo'n soort meisje was ondergebracht.

'Dan zouden we het wel weten,' bromde de gerimpeldste van hen.

Sibylle keek langs hen heen alsof ze haar niet had gehoord. Wilhelmine volgde haar blik. Op de tafel lag een kleine houten pop in een grijs jurkje.

'Biedt u ook onderdak aan gasten?' vroeg Sibylle langzaam.

'We hebben twee kamers die we vrijhouden voor noodgevallen, maar die zullen als herberg vast niet voldoen aan de wensen van edele dames zoals u,' antwoordde de non.

'Uw klooster is alles wat we vandaag nodig hebben. Ik zou maar al te graag in dit Huis van God willen overnachten en de avond in gebed willen doorbrengen.'

Toen Wilhelmine enkele uren later op een hard, prikkend strobed lag, vroeg ze zich af of Sibylle, die samen met Adele in de andere kamer was, echt bad of stilletjes door het huis sloop. Zou ze een fakkel hebben? Wat moest het griezelig zijn in dit gebouw als je in je eentje door de gangen dwaalde! Ze stelde zich de donkere hoeken voor en de kruisbeelden die als uit het niets in het schijnsel van kaarsen opdoken. De nonnen zouden in hun zalen toch geen kleine kinderen voor hun moeder verstoppen? Of wel?

Blijkbaar was ze terwijl ze over al die vragen nadacht in slaap gevallen, want ze schrok plotseling wakker. Het geluid was ver weg en toch ging het bij Wilhelmine door merg en been. Een hoog gekrijs en daarna versplinterend glas of aardewerk. Was dat Sibylle? Wilhelmine ging langzaam in haar bed rechtop zitten. Er klonk een dreun en daarna hoorde ze het gerinkel van metaal op steen. Ze stond op. Weer dat gegil. Het werd steeds lager, tot het één duistere kreet werd. Nee, ze dacht niet dat Sibylle dat soort geluiden zou maken. Het moest iets anders zijn. Wilhelmines mond werd heel droog. Met trillende handen stak ze de kaars op haar nachtkastje aan. Ze sloeg haar mantel om haar schouders, beschermde de vlam met haar hand en liep langzaam de gang in. Bij dit lawaai zouden toch alle nonnen wakker geworden moeten zijn! Maar Wilhelmine was helemaal alleen in de donkere gang. Of verging het haar vandaag net als haar zussen? Zowel Anna Sophia als Julie hadden niet alleen rare dromen waarvan ze beweerden dat die soms de waarheid verbeeldden, ze hadden ook al eens verschijningen gezien. Gestaltes die niemand zag behalve zij, geluiden die niemand anders kon horen. Anna Sophia geloofde dat ze een engel had gezien die haar verzekerde dat haar moeder in vrede rustte. Julie sprak over een droevige geest die al eeuwenlang over de Neumarkt doolde. Wilhelmine had zich dat met de beste wil van de wereld niet kunnen voorstellen, maar terwijl ze nu op het gekrijs, gegil en gerinkel afliep, was ze er niet meer zo zeker van. Als ze echt door een verschijning werd bezocht, wat zou die dan tegen Wilhelmine zeggen? En was die net zo onschuldig als de verschijning die haar zussen hadden gehad?

Wilhelmine liep de smalle, stenen wenteltrap af en de gang door. De geluiden werden steeds luider. Blijkbaar kwamen ze uit het vertrek helemaal achteraan. Er klonk gestommel achter de deur en er schreeuwde iemand. 'Nee, nee, nee, nee, nee!' Was dat een vrouw?

Ze drukte de klink naar beneden en scheen met de kaars de ruimte in. In het flakkerende kaarslicht zag ze een lange houten tafel, omvergeworpen stoelen en een vuurhaard. Ze was in de keuken van het klooster beland. De vloer was bezaaid met scherven aardewerk en glassplinters en er lag een gebroken bloemenvaas voor Wilhelmines voeten met daartussen treurige veldbloemen. Voorzichtig deed ze een stap vooruit en ze hoorde het onder haar voeten knarsen. Er klonk opnieuw een kreet door de ruimte, een schaal ging rinkelend kapot en een stem gilde: 'Waar zijn jullie?!' Daarna werd er nog een stoel omvergeworpen.

Wilhelmine bleef van schrik staan. 'Sibylle?' vroeg ze tussen het gerinkel en gerammel door. De andere persoon in de duisternis stopte.

'Wie is daar?' fluisterde ze.

'Ik… ben Wilhelmine.'

'Wie is Wilhelmine?'

Wilhelmine klemde haar tanden op elkaar. De stem leek op die van Sibylle, maar klonk toch heel anders. Nu ze sprak en niet meer schreeuwde begreep Wilhelmine dat dit de stem van een kind was.

'Ik ben een vriendin van je mama,' fluisterde Wilhelmine.

Nu hoorde ze voetstappen in het donker, aftastend en voorzichtig.

Daarna trad een meisje in het licht van de kaars. Ze had verward, donker haar, een rond gezichtje en getuite lippen. Haar oogleden hield ze gesloten.

'Je liegt,' fluisterde het kind. 'Ik heb geen mama. Ik heb alleen de lieve Heer.'

Ze keek op en Wilhelmine struikelde een paar passen achteruit.

Sibylle had telkens zo zacht met de nonnen gefluisterd, dat Wilhelmine niet had verstaan hoe ze haar dochter beschreef. De vrouwen van God hadden alleen over 'zo'n soort meisje' gesproken. Nu begreep Wilhelmine pas wat ze daarmee hadden bedoeld. Want toen het licht van haar kaars op de ogen van de kleine Charlotte viel, zag Wilhelmine dat ze middenin volkomen wit waren.

Ze slikte. 'Jij bent Charlotte, toch?'

Het meisje reageerde niet.

'Wat doe je hier beneden?'

'Ik doe alleen wat ze zeggen dat ik moet doen. Ik ben een braaf meisje.'

Wilhelmine fronste haar voorhoofd. 'En wie heeft tegen je gezegd dat je hier beneden alles kapot moet slaan?'

'Wie ben je?' vroeg Charlotte nog een keer.

Wilhelmine hurkte op de grond.

'Niet schrikken,' zei ze. 'Ik pak nu je hand. En dan gaan we samen naar jouw mama. Want zij heeft je overal gezocht.'

Hand in hand liepen ze terug naar de deur. Het kraakte onder hun zolen.

'Je mag hier 's nachts vast niet komen, of wel soms?' vroeg Wilhelmine.

Charlotte gaf geen antwoord, maar hield Wilhelmines hand stevig vast. Wat zouden de nonnen doen als ze Charlotte te midden van deze chaos zouden vinden? Of als ze zagen dat Wilhelmine haar had gevonden en haar mee wilde nemen naar het gastenverblijf van het gebouw? Zij hadden op hun vragen immers beweerd dat ze Charlotte nog nooit hadden gezien.

'We moeten nu heel stil zijn, goed?' fluisterde Wilhelmine tegen haar.

'Goed,' fluisterde Charlotte.

Op hun tenen slopen ze door de gang en ze bogen af naar de wenteltrap. Heel zachtjes klommen ze de trap op, maar ze bleven abrupt staan toen iemand hen tegemoetkwam. De vrouw hield een fakkel hoog in de lucht.

'Bent u verdwaald, juffrouw?' vroeg de non met een ongebruikelijk hoge stem. Wilhelmine stelde zich zo breed mogelijk voor Charlotte op. In de donkere, smalle gang en achter Wilhelmines lange gewaden had de non het kind misschien nog niet opgemerkt.

'Ik dacht dat ik beneden iets hoorde,' zei Wilhelmine.

'Zo, zo,' zei de non. 'En hebt u iets gevonden?'

'Ik denk dat ik gewoon naar heb gedroomd. Maar wilt u misschien even gaan kijken? Voor de zekerheid.'

'Jazeker,' antwoordde ze.

Wilhelmine tilde haar mantel op, probeerde Charlotte erin te laten verdwijnen en schoof haar voorzichtig tegen de muur. Daarna ging ze beschermend voor het meisje staan terwijl de non zo dichtbij kwam dat ze haar mondgeur kon ruiken. Ze hoorde Charlotte achter zich steeds sneller ademen en toen de non precies op haar hoogte was, kermde het meisje. De non bleef staan.

'Zei u iets?'

Wilhelmine hoestte. 'Ik... had alleen iets in mijn keel.'

De non vertrok haar mond en liep toen met twee treden tegelijk de trap af.

Toen Sibylle Charlotte zag, begon ze meteen stilletjes te huilen. De tranen stroomden over haar wangen en ze drukte Charlotte stevig tegen zich aan.

'Mijn lieve meisje,' fluisterde ze. 'Nu zal niemand ons meer uit elkaar halen.'

Charlotte zei geen woord.

'We moeten hier weg,' fluisterde Adele en Wilhelmine was het met haar eens.

'Victor heeft haar vast hiernaartoe gebracht met de vraag aan de nonnen om haar te verstoppen,' zei Sibylle.

Wilhelmine knikte. 'Ik denk dat het hier niet goed met haar gaat. Wie weet hoe de nonnen met haar zijn omgegaan. Ze heeft een enorme verwoesting aangericht in de keuken. Ik denk dat ze woedeaanvallen heeft. Als de nonnen zien wat ze heeft gedaan en dat ze nu bij ons is... Wie weet hoe ze reageren!'

Sibylle schudde haar hoofd. 'We kunnen niet midden in de nacht gaan rijden. Dat is veel te gevaarlijk. Uiteindelijk wordt Charlottes onderkomen van het geld van mijn vader betaald. Laat de nonnen maar rustig komen! Ik zal ze waardig ontvangen.'

Tot aan de ochtendschemering bleef het heel stil in de kamer waar Sibylle, Charlotte, Adele en Wilhelmine dicht bij elkaar zaten. Zodra de zon over de daken van Aken kroop en door het raampje naar binnen scheen, stonden ze op. Moe en ongewassen liepen ze naar de koets. Toen de koetsier hen hoorde, deed hij de deur open. Struikelend en met verwarde haren en zichtbaar stijve ledematen kwam hij eruit. Hij had vast niet goed geslapen in de koude, houten koets, dacht Wilhelmine. Ineens kwamen er twee nonnen aan die hen op het voorplein de weg versperden.

'Hartelijk dank voor uw gastvrijheid,' zei Sibylle met kleine, maar fonkelende ogen. 'We hebben gevonden waar we naar zochten. Ik zou u zeer erkentelijk zijn als u over ons bezoek zou willen zwijgen.'

Een van de nonnen keek haar met open mond en samengetrokken wenkbrauwen aan. 'Dat... is onmogelijk,' zei ze. 'We hebben nu eenmaal onze verplichtingen.'

'Kom bij ons, Charlotte,' zei de andere. 'Kom maar.'

Ze wilde de arm van het meisje pakken, maar Sibylle trok haar snel naar zich toe.

'Als u mijn verzoek vervult, zullen de betalingen worden voortgezet, waarbij de bedragen aanzienlijk zullen worden verhoogd,' besloot ze. 'Beschouwt u dat als dank van onze familie voor uw moeite. En voor het gebroken servies. Maar mocht ik horen dat u zich niet aan deze afspraak houdt, zullen we de betalingen onmiddellijk stopzetten.' Ze knikte naar beide nonnen afzonderlijk en daarna draaide ze zich zonder nog iets te zeggen om. Ze schoof Charlotte in de richting van de koets. Adele en Wilhelmine liepen snel achter haar aan en klommen ook in de koets. De koetsier sloeg met de zweep op de grond en eindelijk reed de koets het voorplein af.

'Mijn lieve kind, ik heb je zo gemist,' fluisterde Sibylle en ze aaide Charlottes donkere haar. In het licht van de opgaande zon zag Wilhelmine dat Sibylles dochter hooguit vijf kon zijn. Ze was erg klein en sierlijk en om haar mond lag een boze trek. Ze leek Wilhelmine aan te staren maar haar ogen waren wit en het ene keek iets meer naar beneden dan het andere.

'Ik heb geen mama,' zei Charlotte tegen haar.

'Jawel, Charlotte, die heb je wel. Ik ben je mama, weet je? Maar een gemene man heeft jou van mij afgepakt. Het heeft lang geduurd voordat ik je heb gevonden, maar nu zijn we eindelijk weer bij elkaar.'

‘Wat ben je nu van plan?’ vroeg Adele en ze streelde Sibylles schouder. ‘Waar wil je haar verstoppen?’

Sibylle schudde haar hoofd. ‘Ik ga haar niet verstoppen.’

‘Een blind kind? Je kunt haar toch niet gewoon overal mee naartoe nemen? Naar Nette soms?’

‘Natuurlijk ga ik dat doen. We rijden zoals gepland naar Droste naar Hülshoff. En Charlotte blijft bij mij. Nietwaar, mijn lieve kind? Jij blijft bij je mama.’

‘Nee. Nee. Nee. Nee,’ gilde Charlotte plotseling met een schelle stem en ze krompen allemaal ineen. Het meisje schudde heftig haar hoofd. ‘Ik heb het aan de nonnen gevraagd. Ik heb geen mama, ik heb alleen de lieve Heer!’

21

Binnen slechts enkele weken leek bakkerij Stollwerck op een snoepjesfabriek. Anna Sophia vond het geweldig om te zien. In de etalage lagen naast het gebak uit allerlei landen nu ook talloze zakjes met pastilles. En in de kast lagen geen broden maar stond een hele rij potten vol suikergoed. Klanten die binnenkwamen wilden steeds vaker hun hoest of heesheid genezen in plaats van een knorrende maag stillen. De klanten vertelden over vrouwen die al maanden aan een longaandoening leden en door de pastilles eindelijk verlichting hadden gevonden. Over mannen die hun oude stem weer terug hadden en over kinderen wier ogen eindelijk weer hadden gestraald. Hun woorden toverden een glimlach op Anna Sophia's gezicht die niet meer wilde verdwijnen.

'Anna Sophia, hoor je me?'

Anna Sophia draaide verbaasd haar hoofd om en keek Heinrich aan. 'O, verdorie! Sorry, ik was even in gedachten. Zei je iets?'

'Dat geeft niet, hoor. Ik zei dat mijn tante op je pastilles zweert. Alleen die helpen tegen haar keelpijn. Het liefst zou ze ze ook aan haar man willen geven, maar hij heeft heel slechte tanden.'

Anna Sophia dacht even na en zei toen: 'Ze moet proberen om de pastilles in vloeistof op te lossen. In een beetje melk bijvoorbeeld. Dan kunnen de geneeskrachtige kruiden die erin zitten hem ook helpen.'

Normaal stond Anna Sophia in de keuken om pastilles te maken, liep ze met de kruidenschaar aan haar rok door de botanische tuin om planten te verzamelen voor een aftreksel, tincturen of thee, waarnaar zelfs Franz de laatste tijd besmuikt door klanten werd gevraagd, of zorgde ze voor de kinderen. Maar vandaag bezichtigde haar man een nieuw gebouw omdat hij graag wilde uitbreiden. Haar schoonzus was boven bij de kleintjes. Anna Sophia bediende de klanten in de bakkerij dus zelf. Ze was zo druk bezig met spullen inpakken, afrekenen en kletsen dat ze pas laat merkte wie er binnen was gekomen. Het deurbelletje rinkelde sowieso de hele tijd. Mensen kwamen en gingen. Er kwam elk moment wel iemand over de drempel die geïnteresseerd om zich heen keek.

‘Kan ik u helpen, meneer?’ vroeg Anna Sophia. Ze keek op en bleef meteen stilstaan. Want voor haar stond August Arkenberg. Hij hield zijn hoge cilinderhoed trots op zijn hoofd en keek haar amper aan, maar liet zijn blik over de toonbank, de muren en de etalage zweven. Zijn blik gleed ook even naar Heinrich, die net een plank in de kast vastschroefde. August legde een arm op zijn rug en maakte een lichte buiging naar Anna Sophia toe. Vroeger vond ze dit typische gebaar van hem elegant en dienstvaardig. ‘Geheel de uwe’ leek hij ermee te willen zeggen. Maar nu vond ze het alleen maar belachelijk. Had hij soms rugpijn? Ze schaamde zich direct voor haar gemene gedachte. Misschien moest ze wat welwillender tegenover hem zijn. Ze hield het immers voor mogelijk dat haar bij de ziekte van haar vader iets ontgaan zou kunnen zijn.

‘Je weet zeker wel waar jullie mee bezig zijn?’ Hij sprak zo zacht dat Anna Sophia onwillekeurig een stap naar voren deed om hem beter te verstaan. Wat bedoelde hij daarmee? Ze besloot zijn woorden gewoon te negeren en zo zakelijk mogelijk tegen hem te doen.

‘Goedendag, August. Wat brengt je hiernaartoe?’

Hij draaide zijn wandelstok in zijn hand heen en weer en antwoordde schijnbaar terloops: ‘Ik kom alleen even kijken hoe jullie je illegale praktijken uitvoeren.’

Ineens sloeg haar hart sneller. Ook Heinrich liet zijn handen zakken en draaide zich naar August om. Anna Sophia kon niet antwoorden, ze staarde hem alleen aan.

‘Ik wilde me er eerst zelf van overtuigen. Aanvankelijk kon ik het me niet voorstellen, maar blijkbaar klopt elk woord dat de mensen zeggen.’

‘Waar heb je het over?’ Anna Sophia’s stem klonk een beetje schor.

‘Heel Keulen heeft het er inmiddels over: bakkerij Stollwerck geeft niet alleen twijfelachtige medische adviezen. Nee, de bakkerij verkoopt zelfs medische producten.’

‘Medische…?’ Ze betrapte zichzelf erop dat ze nerveus werd van zijn aanwezigheid.

‘Hoestpastilles, ja. Terwijl de vervaardiging en verkoop van dit soort producten uitsluitend aan apotheken is voorbehouden. Dat weet je toch wel, of niet soms? Waar zouden we zijn als Jan en alleman pastilles zou kunnen maken en verkopen? Wie kan dan nog garanderen dat de ingrediënten goed en geneeskrachtig zijn?’

Anna Sophia was niet verbaasd. Als iemand klaagde, dan natuurlijk August. Maar dat hij daarvoor persoonlijk naar de bakkerij kwam en haar zo'n preek gaf, verbaasde haar wel. Wat wilde hij hiermee bereiken?

'Maar je weet toch zelf zeker wel waar ons recept vandaan komt...' begon ze.

'Weet ik dat echt? In een bakkerij kunnen er allerlei schadelijke ingrediënten bij gemengd worden. En wat de kopers dan niet allemaal kan overkomen!' Hij stak vermanend zijn wijsvinger op.

Anna Sophia schoot in de lach. Dit meende hij toch zeker niet serieus.

'Nou, ik kan bevestigen dat ze absoluut niet schadelijk zijn!' mengde Heinrich zich in het gesprek. 'Ze hebben mij al vaak geholpen. Probeert u ze zelf maar eens. Misschien gaat uw slechte humeur dan ook over.' Hij gaf Anna Sophia een knipoog. Ze moest grinniken.

'Goed idee, Heinrich,' zei ze en ze hield een scheplepel vol pastilles voor August op.

'Ik kijk wel beter uit! Wie weet wat de mogelijke schade op de lange termijn is.'

Anna Sophia klampte zich met haar handen aan het hout van de toonbank vast. Ze voelde dat ze rood werd van woede. Maar ze moest zich niet laten provoceren. Zo rustig mogelijk zei ze: 'Maak je geen zorgen. We gebruiken een zeer vergelijkbaar recept als toen jij mijn pastilles nog verkocht.'

'Hm...' August schudde zijn hoofd heen en weer. 'Ik weet het niet. De kleur van deze karamelpastilles is volgens mij iets donkerder. En de vorm? Nee, dat soort pastilles hebben wij nooit verkocht. Ze komen in zijn geheel nogal vreemd op me over.'

Anna Sophia haalde diep adem. 'Wil je nu iets kopen? Zo niet, dan wil ik je vriendelijk verzoeken weg te gaan.' Ze keek hem uitdagend aan. Ook Heinrich draaide zich helemaal naar August om. Hij was weliswaar kleiner dan de apotheker en Anna Sophia, maar zijn schouders en nek waren breed. Met gebalde vuisten stond hij tussen hen in.

'Dat verzoek wil ik graag inwilligen. Eén ding nog: je vader en ik kunnen natuurlijk niet toelaten dat een bakkerij dit soort gevaarlijke praktijken uitvoert... En dat met behulp van een recept uit ons huis! Dat zul je vast wel begrijpen. We hebben als apotheker immers een bepaalde verantwoordelijkheid. Daarom moeten we aangifte tegen je man doen. Doe hem alsjeblieft de groeten; we zien hem in de rechtbank.'

Hij knikte nog één keer naar Anna Sophia. Daarna draaide hij zich op zijn hakken om en verliet met tikkende stok de bakkerij.

Anna Sophia staarde naar de deur. Er kwam even geen klant binnen, dus Heinrich en zij stonden een paar minuten alleen tussen de pastilles. Boven hen schreeuwde een van haar kinderen en ze hoorde Maria zachtjes zingen. Anna Sophia haalde diep adem, Heinrich zweeg en legde een hand op haar onderarm. Ze voelde dat ze tranen in haar ogen kreeg, maar ze hield ze uit alle macht tegen.

'Als hem dit lukt, is het mijn schuld. Dan moeten we de bakkerij sluiten... Door mij,' fluisterde ze.

'Het gaat hem niet lukken, Anna Sophia. Absoluut niet. Jullie zullen die ellendeling weleens wat laten zien,' zei Heinrich. 'Wat er ook gaat gebeuren, jullie staan er niet alleen voor. Ik help jullie! En er zijn nog heel veel andere mensen die aan jullie kant staan!'

Ze glimlachte. Waaraan hadden ze eigenlijk zo'n lieve vriend verdiend? 'Dank je wel, Heinrich.' En tegelijk besefte ze dat hij gelijk had. Ze keek hem strak aan. Wat Franz en zij hadden bereikt, mocht niemand van hen afpakken. Al helemaal niet August en haar vader. Ze hadden er hard voor gewerkt. Ze verdienden het succes. En wat het allerbelangrijkste was: ze hielpen de mensen echt met hun producten! Anna Sophia zou nu niet gaan huilen, wanhopen en al helemaal niet opgeven. Nee, ze zou vechten.

'De apothekers zullen niet winnen,' zei ze zacht. Ze hadden hen uitgedaagd en de Stollwercks zouden antwoorden.

's Avonds sprak Anna Sophia lang met haar man. Eerst fonkelden zijn ogen woedend, daarna keek hij wanhopig. Maar Anna Sophia probeerde hem te kalmeren.

'Wie zegt dat de bestaande regels de mensen en hun gezondheid echt dienen? Eén aspect van de pastilles zijn de geneeskrachtige kruiden, dat is waar. Maar een ander aspect is de suiker. Jij was degene die mij op deze manier hebt leren karamelliseren. Daardoor zijn ze beter geworden dan ze vroeger waren! De kruiden kunnen hun geneeskrachtige werking nog meer ontplooien. Dat kan alleen een suikerbakker, geen apotheker. En dat is ook de reden waarom de mensen onze pastilles nodig hebben. We doen er iets goeds mee. Zelfs die ene advocaat koopt ze graag bij ons, weet je nog? Onze fabriek is een fantastische plek, waar de kennis van apotheek en bakkerij verenigd worden. Geneeskrachtige pastilles zoals de onze bestonden eerst helemaal niet in Keulen. Misschien zijn wij wel degenen die ze op deze manier hebben uitgevonden! En dat is precies wat we aan de rechter duidelijk zullen maken. Ze mogen het ons niet verbieden.'

'Je hebt gelijk. Er is vraag naar. Er was nog niet eerder zo'n product op de markt. Maar hoeveel is het woord van een bakker nu waard tegenover dat van een apotheker?' bromde Franz.

Plotseling had Anna Sophia een idee. 'Maak je daar geen zorgen over, Franz. Wacht even, ik haal papier en inkt.'

~

Met wijd opengesperde ogen keek Wilhelmine uit het raampje van de koets.

'We rijden nu langs de grote vijver van het slot Hülshoff,' legde Sibylle aan Charlotte uit. 'Het is een oude, voorname waterburcht. Dat betekent dat het door een gracht wordt beschermd. En de muren, het spitse dak en de twee smalle torentjes weerspiegelen zich in het water.'

Wilhelmine keek naar het kind en vroeg zich af of ze iets met deze beschrijving kon. Waarschijnlijk niet, maar het meisje leek toch geboeid naar de stem van haar moeder te luisteren.

'Het ligt midden in een groot park met veel bomen. Soms spookt het hier. Nette heeft al heel wat keren een verschijning gehad.'

'Je maakt het meisje bang,' zei Adele.

Wilhelmine keek naar de schilderachtige muurtjes en hoge gevels. Hier woonde dus de die adellijke vriendin die graag gedichten schreef. Zou Wilhelmine met haar over haar eigen schrijfpogingen kunnen praten?

'Wanneer gaan we naar huis?' vroeg Charlotte.

Wilhelmine keek het meisje aan. Haar witte ogen waren star naar voren gericht en haar kleine handen plukten onrustig aan de stof van haar grijze jurk.

'We blijven eerst een tijdje in de waterburcht. Je zult het hier leuk vinden.'

'Hooo!' hoorden ze plotseling vanbuiten en de koetsier remde af.

'Goedendag!' riep een stem. Wat raar, dacht Wilhelmine. De stem klonk nog lager dan die van Sibylle. Te laag voor een vrouw maar ook te hoog voor een man.

'Kan ik u helpen?'

Sibylle deed het deurtje open en riep: 'Nette! Ik heb me er zo op verheugd je weer te zien!'

Wilhelmine zag nu wie de koets tot stilstand had gebracht. Langs de rand van de weg stond een slanke vrouw van zeker in de dertig, met pofmouwtjes, een strenge scheiding en pijpenkrullen bij haar slapen. Haar ogen leken een beetje op die van Adele, maar haar gezicht was smal en elegant. Dit moest Annette von Droste-Hülshoff zijn. In haar ene hand had ze klein hamertje, in haar andere een stoffen buidel.

'Sibylle,' zei ze kalm. 'Wees welkom. Hoewel ik niet op zo veel gasten had gerekend.' Ze wees naar de koets en kneep haar ogen tot spleetjes.

'O, sorry. Dit zijn Adele Schopenhauer, Wilhelmine Müller en mijn dochter Charlotte.'

Nette trok haar wenkbrauwen op. 'Je dochter?'

Ze kwam een stap dichterbij en hield haar hoofd naar voren. Blijkbaar was ze erg bijziend.

'Nou goed.' Klonk ze nu snibbig? 'Ik kom vanavond terug. Gaan jullie maar alvast en maak het jullie gemakkelijk.'

Ze knikte hen toe en verdween daarna zonder nog iets te zeggen tussen de bomen.

Sibylle leunde met gefronst voorhoofd naar achteren.

'Wat was dat?' vroeg Charlotte.

'Zo klinkt het als een vriendin boos is,' legde Sibylle uit.

Adele keek haar verbaasd aan. 'Wat heb je gedaan?'

'Het gaat vast om de twee heldendichten die ze me heeft gestuurd.' Sibylle zuchtte. 'Nette wil heel graag dat haar werken gepubliceerd worden. Ik vind haar ook heel getalenteerd, dat staat buiten kijf. Als ze haar gedichten aan ons voordraagt, ben ik enorm geraakt en kan ik eindeloos applaudisseren. Maar als ik me in een breder publiek verplaats, zie ik het toch in een ander licht.'

De koets reed weer verder. 'Ze heeft me haar gedichten gestuurd en gevraagd of ik ze aan een bevriende professor uit Bonn kon laten zien. Dat heb ik natuurlijk gedaan, maar hij kon geen aanbeveling geven om ze te laten drukken.'

Adele hield haar hoofd schuin. 'Wat verbazingwekkend. Je weet dat ik zelf zo mijn problemen met Annette heb. Maar ik moet toegeven dat haar gedichten geniaal zijn.'

Sibylle schudde spijtig haar hoofd. 'Nou ja, mijn vriend Eduard bevestigde wel dat ze een groot talent heeft, maar zei dat ze geen genie is. En dat kon en wilde ik niet tegen Nette zeggen. Ik moet haar toch beschermen!'

Wilhelmine keek nieuwsgierig van de een naar de ander. 'En wat doet deze vrouw buiten met een hamer?'

Sibylle zuchtte weer. 'Ach, ze heeft een zwak voor stenen.'

Toen de dienstmeisjes Charlotte zagen, keken ze geschrokken en deden ze twee stappen naar achteren.

'Wat is er met hen?' vroeg Wilhelmine met een gedempte stem.

'Nou ja,' fluisterde Adele. 'Een blind meisje in een klooster is één ding. Maar hier op een burcht is het heel wat anders.' Tegen Sibylle voegde ze eraan toe: 'Ik denk dat we haar voorlopig op haar kamer moeten laten. Om te voorkomen dat een van Nettes tantes nog aan Mertens schrijft!'

Sibylle zette een pruilmondje op maar knikte toen. En even later draaide ze de sleutel van haar logeerkamer vanbuiten tweemaal in het slot om.

Wilhelmine zat kaarsrecht op de bank en keek nieuwsgierig om zich heen. Ze had net een korte brief aan haar zus Anna Sophia geschreven en geprobeerd dit voorname kasteel zo beeldend mogelijk te beschrijven, maar nu leken haar woorden niet toereikend. Wat was het behang kleurrijk en uitbundig versierd, wat waren de tafels en stoelen elegant gemaakt en wat glansde het theeservies helder! Nette had iets heel lekkers voor de vrouwen laten bereiden, zei ze, en Wilhelmine rook inderdaad een heerlijke geur.

'Waar werk je op dit moment aan, lieve Nette?' vroeg Adele.

'Nou, eerlijk gezegd heb ik momenteel met wat tegenslagen te kampen.'

'Je schrijft gedichten, toch?' flapte Wilhelmine eruit. Ze schaamde zich meteen voor haar iets te luide woorden en voelde dat ze begon te blozen. Ze verwachtte de geïrriteerde blikken die ze uit Keulen was gewend, maar Nette liet niets merken.

'Gedichten, ja. Heldendichten. Af en toe stuur ik ze naar vriendinnen die me beloven te helpen.' Niemand ontging de daaropvolgende zijdelingse blik naar Sibylle.

Sibylle schudde spijtig haar hoofd. 'Het is ontzettend jammer als manuscripten in de post verloren gaan.'

'Dat is waar. Maar ik vind het nog erger als ze aankomen maar volledig genegeerd en vergeten worden.'

'Waarover schrijf je dan?' onderbrak Wilhelmine hen weer. Ze kon het gewoon niet laten. 'Weet je, zelf beleef ik de laatste tijd nog meer plezier aan schrijven dan aan tekenen. De woorden vloeien vanuit mijn binnenste op het papier, maar als ik klaar ben, lijkt de tekst zo onbeduidend en wil ik het liefst alles verbranden. Er zijn vast veel belangrijkere en grotere dingen in de wereld dan mijn gedachten!'

Nette keek haar nu recht aan. Ze stak haar hoofd naar voren en kneep haar ogen tot spleetjes om Wilhelmine beter te kunnen zien. Zou Nette haar net als Anna Sophia zo vaak had gedaan terechtwijzen vanwege haar onbetamelijke gedrag? Maar nee: er verscheen een brede glimlach op Nettes gezicht, waardoor ze er vriendelijk, ja, bijna trouwhartig uitzag.

'Is die verscheurdheid niet juist een interessant thema?' vroeg ze. 'Ik vind die dubbele bodem in mensen en in de wereld juist leuk. De scheuren en barsten die we allemaal hebben zijn enorm boeiend. Kijk maar naar ons vieren in deze kamer...' Ze nipte aan haar kopje en schoof iets verder naar Wilhelmine op. Wilhelmine kon bijna de warmte van haar benen voelen. 'Heb je misschien zin om een van jouw gedichten aan ons voor te dragen?'

Wilhelmines mond viel open. 'Ik?' Waarom kon ze nou ook nooit haar mond houden?

Gelukkig schoot Sibylle haar te hulp. 'Voor onze Wilhelmine is dit allemaal nog vrij nieuw.' Ze legde haar hand op Wilhelmines schouder en Wilhelmine ademde verrast diep in. 'Wat vind je ervan als jij vandaag eerst iets kleins voor ons voordraagt, lieve Nette?'

Daarbij wendde ze haar blik niet van Wilhelmine af. Wat was haar gezicht ineens dicht bij het hare! Tot overmaat van ramp tilde haar vriendin nu ook nog haar hand op en streek ze voorzichtig een pluk haar achter Wilhelmines oor. Wilhelmine hield haar adem in en keek Sibylle in de ogen.

'Misschien wil je dochter ook wel meeluisteren,' zei Adele plotseling luid en vinnig. Sibylle kromp ineen.

'O, ja! Waar is het meisje eigenlijk?' vroeg Nette. 'Ze kan gerust een kopje chocolademelk met ons drinken. Hebben jullie die eigenlijk al geproefd?'

De drie gasten brachten meteen hun kopje naar hun lippen. Wilhelmine rook de heerlijke, aardachtige geur van de warme chocolade. Ze nam een slokje en moest zichzelf inhouden om niet verrast haar ogen open te sperren. Deze chocolade had niets van doen met de gezondheidschocolade van haar zus, hoewel die ook altijd goed had gesmaakt. Maar dit kostelijke drankje was van een heel andere orde. Deze was zo donker en suikerig, zo zacht en sterk, zo nootachtig en fruitig, en zo zoet en bitter tegelijk dat Wilhelmine zich even volkomen gelukkig voelde. Ze nam nog een slok en geloofde dat ze schrijfster kon worden, dat ze op een dag goede gedichten kon schrijven, met Nette kon discussiëren en Sibylle kon voorlezen, en dat ze ooit helemaal alleen met Sibylle kon zijn, in een kamer zonder deuren en ramen, alleen zij tweeën. Ze proefde de chocolade op haar tong, liet hem door haar keel naar beneden glijden en hield bijna alles voor mogelijk. Ze keek Sibylle aan en Sibylle keek ernstig en intensief terug... Totdat een schelle kreet het moment verbrak. Iemand gilde hard. Daarna werden de kreten lager en grimmiger. Er klonk gerommel boven hun hoofd en er rinkelde iets.

Sibylle sprong op.

'Wat is dat?' vroeg Nette.

'Ik... weet het niet,' zei Sibylle en ze haastte zich weg.

'Wat heeft ze?'

'Ach, vast een vrouwenkwaaltje,' zei Adele snel.

'Maar dat geluid...' Nette luisterde. Inmiddels was het geschreeuw gestopt maar er klonk nog wel gerinkel boven hun hoofd.

'Misschien is ons kasteelspook wakker geworden,' fluisterde Nette. 'Ik heb het al een hele tijd niet meer gehoord.'

Wilhelmine en Adele keken elkaar even aan maar sloegen daarna snel hun ogen neer om zichzelf niet te verraden.

Plotseling gilde Nette en ze rende naar het raam. 'Wat was dat?'

Wilhelmine en Adele volgden haar. 'Ik heb niets gezien,' zei Adele.

Nette drukte haar neus bijna helemaal plat tegen de ruit. 'Daar! Op de grond! Zien jullie dat?'

Ze ging iets naar achteren om het raam wagenwijd te kunnen openen en wees naar het gras. Wilhelmine hield haar adem in. Daar lag Charlotte, huilend en opgekruld in haar grijze jurkje. Sibylle rende met wapperende rok de buitentrappen af. Haar hoed waaide weg maar ze sloeg er geen acht op. Ze rende alleen maar nog sneller en liet zich naast Charlotte in het gras zakken.

'Mijn lieve kind!' riep ze. 'Ik ben er! Ik ben er al! Het komt allemaal goed, mijn kleintje.'

Met een verwarde blik draaide Nette haar hoofd om en keek Wilhelmine aan. 'Zo ver kan ik niet kijken. Kunnen jullie mij uitleggen wat er aan de hand is?'

Wilhelmine antwoordde zacht: 'Sibylles dochter is uit het raam gevallen.'

'Wilhelmine, kom snel!' riep Sibylle. 'Alsjeblieft! Ze heeft pijn!'

Wilhelmine voelde voorzichtig aan de armen en benen van het meisje. Charlotte kermde.

'Haar arm...' fluisterde ze. 'Hij is misschien gebroken.'

Charlottes handen zaten onder de aarde en het bloed. Haar rechterknie was opengehaald. 'Hoe voel je je, Charlotte?'

'Mijn voorhoofd doet pijn,' zei het meisje snikkend.

'Ben je duizelig?'

'Mijn oren... suizen.'

'Ik denk dat ze haar hoofd heeft gestoten,' vermoedde Adele, die naast hen stond.

'Hoe kan ze nou uit het raam zijn gevallen?' Nette fronste haar voorhoofd.

'Kunnen jullie een arts laten komen?' Wilhelmine vond het niet prettig dat zij haar moest onderzoeken. Wilhelmines moeder en Anna Sophia hadden haar wel veel over geneeskrachtige kruiden geleerd en af en toe had ze gehoord hoe haar vader met August over medicijnen sprak, maar ze achtte zichzelf niet in staat om een meisje dat zo ernstig gewond was te behandelen.

'Natuurlijk.' Nette haastte zich al weg.

Sibylle nam Charlotte voorzichtig in haar armen. Adele probeerde haar te helpen, maar kon niet echt iets doen en liep daarom naast haar naar binnen.

Wilhelmine voelde zich erg overbodig naast Charlottes ziekbed en vroeg daarom aan Nette welke kruiden er in het aangrenzende park groeiden. 'Valeriaanwortels helpen tegen de duizeligheid. En smalle weegbree is goed voor de wonden.'

Nette knikte peinzend en leidde haar tussen de bomen en struiken door. Zwijgend slenterden ze een eindje door het park. Het was nog niet helemaal winter, maar de herfst had de meeste verwelkte bladeren al van de bomen geschud. De wind waaide koud onder Wilhelmines jurk.

'Ik betwijfel of we in dit jaargetijde nog smalle weegbree vinden. Maar valeriaan groeit daarginds.' Nette wees naar een beekje.

De aarde was koud en hard, maar gelukkig had Nette haar hamertje bij zich waarmee ze de aarde wat losser kon maken. De vrouwen groeven met hun handen dieper en trokken voorzichtig een valeriaanwortel eruit.

'Je weet veel van geneeskrachtige kruiden,' zei Nette terwijl ze de plant in haar stoffen buidel stopte.

'Ik ben in een apotheek opgegroeid. En mijn moeder stamt af van een Wijze Vrouw.'

'Sibylle heeft je als literatuurkenner voorgesteld.'

'Dat ben ik niet. Maar af en toe droom ik dat ik het ben.'

Op zoek naar smalle weegbree liepen ze schouder aan schouder en Wilhelmine merkte dat Nette haar nieuwsgierig opnam.

'Zou je misschien een van je gedichten aan me willen voordragen?' vroeg Wilhelmine in de stilte die was gevallen.

'Nu?'

'Als je er een deel van uit je hoofd kent?'

Nette keek naar de grond terwijl ze verder liep. Ineens bleef ze staan, keek naar Wilhelmine en fluisterde:

'De dame die langzaam haar rechterhand strekt
En langzaam, als uit een spiegelwand
Lijn voor lijn naar zich toe trekt
Met dezelfde robijn aan dezelfde hand;
Ze raken elkaar en de levendige wordt gewaar,
Als een snijdende tochtvlaag langs haar,
*De schim vervaagt - vervloeit - verzandt.'**

Ze stopte en keek in de verte.

Wilhelmine wist niet wat ze moest zeggen. Ze was bijna gestruikeld omdat ze zo verrast was. 'Zou het kunnen dat je net zo getalenteerd bent als een man?'

Nette grinnikte, sloeg haar ogen neer en slenterde zonder iets te zeggen verder om de laatste smalle weegbree van het jaar te plukken.

Op de terugweg zeiden ze allebei amper iets. Wilhelmine voelde zich ineens erg verbonden met Nette. En tegelijkertijd voelde ze een onoverwinnelijke afstand tot deze bijzondere vrouw. Ze wilde zijn zoals zij en

---

* *Das Fräulein von Rodenschild*, Annette von Droste-Hülshoff

toch heel anders. Ze wilde haar aanraken en tegelijkertijd wilde ze het niet. Wat waren dit toch voor vreemde vrouwenvriendschappen die ze eerst in Sibylles koets en nu in de waterburcht observeerde? Wilhelmine moest eraan denken hoe ze als kind met de kleine Regina, dokter Baaders dochter, had gespeeld. Zo vaak ze konden waren ze naar elkaar toe gegaan en hadden ze met Wilhelmines pop zitten spelen. Af en toe waren ze naar de Alte Markt gestuurd om kaas of fruit te kopen en ze hadden samen op Julie gepast en voor haar gezongen. Regina was een veel tengerder meisje geweest dan Wilhelmine. Ze had lang haar, zachte gelaatstrekken en een heldere lach. Met haar kon Wilhelmine urenlang over al haar gedachten en gevoelens praten. Alleen één ding onthulde Wilhelmine niet aan haar vriendin: dat ze constant aan Regina moest denken en af en toe zelfs over haar droomde.

Toen Regina steeds zieker werd, was Wilhelmine verschrikkelijk bang. Dokter Baader onderzocht zijn dochter elke dag en Gottlieb kwam ook steeds langs om haar met opium te behandelen. De anders zo levendige Regina werd steeds stiller en algauw leek ze Wilhelmine nog amper te herkennen. Op de dag dat ze overleed dacht Wilhelmine dat ze nooit meer gelukkig zou worden. Ze huilde de hele nacht.

Met verwarde gevoelens en rillend van de kou kwam ze nu samen met Nette in Sibylles logeerkamer aan. Ze wilden kijken hoe het met Charlotte ging, maar bleven als aan de grond genageld in de deuropening staan. Want achter Charlottes bed zaten Sibylle en Adele op twee stoelen. Ze hadden zich naar elkaar toe gebogen en Sibylle had haar hand op Adeles wang gelegd. Adeles hand lag in Sibylles nek en ze kusten elkaar zoals normaal alleen een man en een vrouw deden. En ze lieten elkaar pas los toen ze de vrouwen die binnenkwamen zagen.

Wilhelmines hart ging tekeer en ze keek met een rood hoofd naar de grond. Nette leek niet minder verbaasd. Ze frunnikte aan haar vlecht en schraapte verward haar keel.

'Hoe… gaat het met Charlotte?' vroeg ze schijnbaar terloops.

'Ze slaapt,' fluisterde Sibylle. 'De arts heeft haar wat opium gegeven om te kalmeren.'

Zachtjes liepen Nette en Wilhelmine de kamer in. Wilhelmine durfde niemand aan te kijken. Wat was hier gebeurd? Hoe konden Sibylle en Adele nu zoiets doen? Dat kon toch niet! En waarom voelde ze tegelijkertijd een steek in haar maag? Ineens moest ze weer denken aan haar dromen over Regina. Ze schaamde zich verschrikkelijk en tegelijkertijd leek de hele kamer om haar heen te draaien, de hele waterburcht, ja, het hele land. In haar duizeligheid keek ze min of meer per ongeluk Sibylle aan. Die keek op dat moment ook op en hield haar blik vast. *Het is allemaal goed*, leek ze te zeggen. En heel langzaam hield de wereld om Wilhelmine heen op met draaien.

Nette boog zich over Charlotte heen, keek nieuwsgierig naar de Mertens-dochter en was er getuige van dat ze langzaam haar ogen opende. 'O,' zei Nette onwillekeurig toen ze de witte pupillen zag.

22

Anna Sophia staarde naar het kale achterhoofd van haar vader. Hoe kón hij? Hij zat er rustig bij, met zijn ene hand leunend op zijn stok, alsof hij net toevallig het Appellhof was binnengewandeld. Ze had hem al ontzettend lang niet gezien en toch had hij haar toen hij binnenkwam geen blik waardig gekeurd. Terwijl ze nog wel haar excuses had aangeboden. Ze was een paar keer naar hem toe gegaan en had letterlijk om verzoening gesmeekt. En wat deed hij? Hij had haar niet alleen gedwarsboomd, nee, hij klaagde nu zelfs samen met August haar man aan! Vanwege Anna Sophia's pastilles!

Heel rustig keek hij eerst naar de rechter en daarna naar de gezichten van de twaalf juryleden. Er hing een nieuwsgierige stilte in de lucht en de rijen waren vol met mensen. Naast haar leunden Heinrich, Theodor en Koloman naar voren. August zat aan de eiserskant, Franz in de beklaagdenbank. In het midden begon Gottlieb aan zijn aanklacht. 'De geneeskrachtige samenstelling van hoestpastilles vraagt vanzelfsprekend om de deskundige hand van een apotheker. In ons huis verkopen wij pastilles waarvan bewezen is dat ze tegen hoest en heesheid helpen. Wanneer men de karamelpastilles van Stollwerck vergelijkt met onze geneesmiddelen, schrikt men gewoon.'

Haar vader wierp Franz een zijdelingse blik toe en Anna Sophia slikte. Eigenlijk was die blik voor haar bestemd, dat wist ze. Het ging tenslotte om haar recept. En om haar verraad.

'Welk effect hebben de karamelpastilles volgens u?' vroeg Augusts advocaat, wiens gigantische snor een groteske tegenstelling vormde met zijn kale hoofd.

'Het gaat om ordinaire suiker. We mogen blij zijn als de vuile sporen van het kruidenaftreksel die erbij werden gemengd, geen schadelijke effect teweegbrengen.'

'Wat een flauwekul,' bromde Franz, maar de rechter legde hem met een handgebaar het zwijgen op.

Gottlieb mocht opstaan en het getik van zijn stok op weg naar de bank van de eisers deed Anna Sophia ineenkrimpen. Ze volgde hem met haar blik maar hij keek geen enkele keer naar haar.

Nu mocht August spreken. Zijn handen lagen op zijn knieën, hij boog zich naar voren en knikte eerst naar de rechter en daarna naar de juryleden. Een nieuwe golf van woede kwam over Anna Sophia heen. Niemand zou het aan haar kunnen zien, maar vanbinnen kookte ze. Hoe kon deze man in godsnaam zo vriendelijk doen?

'Goedendag, heren,' zei hij beleefd. 'Als medewerker in huize Müller heb ik inzicht kunnen krijgen in de apotheek en de omgeving ervan.' Hij draaide zich half naar Anna Sophia om. Zijn mondhoek krulde. 'Het pikante aan dit proces is dat mevrouw Stollwerck, zoals u vast zult weten, de dochter van meneer Müller is.'

Franz sprong onmiddellijk op en zijn ogen fonkelden. 'Wat heeft die opmerking met deze zaak te maken? Laat u mijn vrouw erbuiten!'

Anna Sophia keek hem indringend aan en probeerde hem met haar blik duidelijk te maken dat hij kalm moest blijven.

'Dat kan ik helaas niet, meneer Stollwerck,' antwoordde August. 'Het was tenslotte uw vrouw die het recept van haar vader heeft gestolen en aan u heeft doorgegeven.'

'Ach, kom! Meneer Müller beweerde net nog dat we alleen ordinaire suiker verkopen!'

De rechter hief zijn hand op. 'Stilte graag, meneer Stollwerck. U mag later uw verhaal doen.'

Anna Sophia klemde haar tanden op elkaar terwijl ze naar August luisterde.

'Toen mevrouw Stollwerck nog in haar ouderlijk huis woonde, gebeurden daar al rare dingen,' beweerde hij. 'Ze maakte vaak zonder toestemming van haar vader pastilles en bediende zich herhaaldelijk uit de medicijnkast in de apotheek. Destijds heb ik er verder niet bij stilgestaan, zelfs niet toen mijn collega, de heer Müller, ernstig ziek werd. Vandaag zie ik deze voorvallen echter in een heel ander licht.'

Anna Sophia hield haar adem in. Hoe durfde August? Het liefst was ze gaan schreeuwen en had ze de zaal verlaten. Ze wilde de deuren dichtknallen en de vazen in de gang kapotslaan. In plaats daarvan verstrengelde ze haar vingers.

'Nou ja, dat is toch...' zei Franz verontwaardigd, maar zijn jeugdig lijkende advocaat, die tot nu toe haast onverschillig naast hem had gezeten en naar achteren had geleund, raakte sussend zijn schouder aan. Franz had hem midden in de bakkerij voor dit proces geëngageerd omdat hij al wekenlang regelmatig karamelpastilles bij hen kocht.

'Zou u alstublieft zo vriendelijk willen zijn om u tot de zaak van deze zitting te beperken, meneer Arkenberg?' Franz' advocaat sprak zonder zich te verroeren. Alleen een diepe rimpel tussen zijn wenkbrauwen verried zijn concentratie.

'Neemt u me niet kwalijk, heren, maar u zult zien dat uiteindelijk alles met elkaar samenhangt,' zei August.

'Gaat u verder,' besloot de rechter.

'Mevrouw Stollwerck – destijds nog juffrouw Müller – heeft zeer verrassend en eigenzinnig besloten om met de heer Stollwerck te trouwen. En dat tegen de wil van haar vader in.' August laste een pauze in waarin hij de juryleden strak aankeek. Anna Sophia volgde zijn blik. De mannen hadden bakkebaarden en grijs haar of kalende plekken aan de zijkant van hun voorhoofd en droegen strak dichtgeknoopte gilets en smalle halsdoekjes. Was het niet vreemd dat alleen mannen advies uitbrachten over hoe het verder ging met Anna Sophia's pastilles en met de wijze, geneeskundige kennis van haar grootmoeder, terwijl ze zelf slechts in het publiek zat? Sinds ze kon denken, kende Anna Sophia mannen die de helende kracht van de natuur voor geen cent vertrouwden, met haar vader en August voorop. Zouden ze er soms bang voor zijn? Enkele heren trokken verbaasd hun wenkbrauwen op en keken Anna Sophia wantrouwend aan. Waarom had ze die ene gezworene niet eerder opgemerkt? Ze kreeg het afwisselend warm en koud en haar handen werden klam. Op de eerste rij leunde Victor Mertens naar voren en steunde met zijn ellebogen op de balustrade. De man die ze uit alle macht wilde vergeten, maar wiens gezicht ze telkens weer voor haar geestesoog zag. Hij grijnsde hatelijk naar Anna Sophia en knipoogde. Ze werd misselijk. Ze voelde de heftige impuls gewoon weg te rennen. Maar natuurlijk zou dat een ongunstig licht op Franz werpen. Daarom bleef ze met de grootste tegenzin zitten terwijl ze haar hart hoorde bonken. Ze haalde diep adem om te kalmeren. En toen haar handen iets minder trilden, vroeg ze zich af: hoe was het mogelijk dat uitgerekend bij dit proces Victor Mertens een van de juryleden was? Ze keek weer naar August. Knikte hij nu naar Mertens?

Ze verstond nauwelijks wat August zei toen hij verder sprak omdat het bloed in haar oren ruiste.

'Nadat juffrouw Müller was verhuisd, hoorden we wat er in de bakkerij van haar man werd aangeboden. Meneer Stollwerck probeert profijt te trekken uit het geheime recept van zijn schoonvader! Natuurlijk gaat daarbij van alles mis. We hebben die pastilles eens nauwkeurig bekeken. Het is puur suikergoed, waar reclame voor wordt gemaakt met beloftes die volstrekt niet worden waargemaakt. Daarom eisen wij dat bakkerij Stollwerck de verdere verkoop van pastilles ten strengste wordt verboden.'

'Nou ja, dat is toch werkelijk...' riep Franz.

'Een leugen!' zei Heinrich.

'Hoe kán hij,' zei zelfs de anders zo kalme Theodor.

'Stilte graag!' riep de rechter.

~

August Arkenberg slenterde met Gottlieb op de galerij van het Appellhof heen en weer. Hun voetstappen weergalmden tussen de lichte stenen muren, grote poortgewelven en versierde balustrades. Hij kon het niet laten te grinniken. Wat had het hem goedgedaan om zijn woede te ventileren! Wat had die onbehouwen Franz dom gekeken! En wat was Anna Sophia achter hem rood geworden! Natuurlijk had zij er helemaal niets tegen kunnen doen dat hij luid en duidelijk de waarheid uitsprak. Het kostte August ontzettend veel moeite om niet als een kind te giechelen van plezier. Dat had ze er nu van, dacht hij. Hij haalde diep adem. Hij zou deze korte schorsing benutten om beheerst en nog sterker in de rechtszaal terug te keren.

'Dank je wel voor je betrokkenheid. Ik waardeer het heel erg dat je samen met mij instaat voor het wel en wee van de apotheek,' zei Gottlieb naast hem.

'Dat is toch vanzelfsprekend, Gottlieb. Het breekt mijn hart als ik zie dat de omzet van de apotheek zo sterk terugloopt, alleen omdat die suikerbakkerij illegaal die karamelpastilles verkoopt!'

Gottlieb zuchtte. 'Als het zo doorgaat, komen we ernstig in de problemen. Ik kan me niet voorstellen wat er zou gebeuren als we de apotheek niet zouden kunnen behouden.'

'Zo ver zal het niet komen! Geloof me, de juryleden zijn aan onze kant.'

'Je bent erg welbespraakt en hebt goed gesproken. Maar dat verbaast me niet.' Gottlieb bleef staan en keek hem ernstig aan. 'Je weet dat ik niet zo goed met woorden ben als jij. Daarom heb ik waarschijnlijk ook zo lang gezwegen. Ik had al veel eerder iets met je moeten bespreken.'

Ook August bleef staan en draaide zich naar de oude man om. Ja, dacht hij verbitterd, dat had je inderdaad. Toch deed hij zijn best om een vriendelijke toon aan te slaan. 'Wat bedoel je, Gottlieb?'

'Het gedrag van mijn dochter Wilhelmine vind ik verschrikkelijk beschamend. Ik kan niet omschrijven hoe kwaad het mij maakt. Natuurlijk mag ik na zo'n... toestand... niet meer verwachten dat je Wilhelmine nog tot vrouw zou willen nemen.'

August sloeg zijn ogen neer. 'Maak je er maar niet druk om. Wat had je dan moeten doen?'

Zijn eigen ideeën over hoe je op zulk gedrag zou moeten reageren, kon hij maar beter voor zich houden. Als hij dochters had, zouden ze het niet in hun hoofd halen om zich zo respectloos te gedragen, dat wist hij wel zeker. Als hij er alleen al aan dacht hoe Wilhelmine hem voor de gek had gehouden en midden in de nacht verdwenen was, voelde hij weer woede opkomen. Als ze hem nog eens onder ogen kwam...

'Wel, August, ik weet hoe het voor jou moet klinken. Eerst mijn oudste en nu ook Wilhelmine... Maar voor mij staat nog steeds vast dat jij mijn opvolger wordt. Daar zal niets en niemand iets aan kunnen veranderen.'

August keek hem zwijgend aan.

'Ik heb al in mijn testament vastgelegd dat als ik kom te overlijden, jij mijn apothekerslicentie erft. Tot die tijd vraag ik je om wat geduld. Ik ken mijn Wilhelmine. In principe heeft ze een goed hart. Vroeg of laat wordt ze wel verstandig. En mocht dat niet zo zijn: Elise is al veertien. Zodra ze meerderjarig is, kunnen we over haar huwelijk spreken.'

Nu dus Elise, dacht August en hij probeerde niet met zijn ogen te rollen. Nou ja, misschien had hij daarmee niet eens zo'n slecht lot getrokken. De kleine meid was beter opgevoed dan haar oudere zussen. Bovendien leek ze wat naïever te zijn. Geen slecht vooruitzicht dus. Alleen zou het nog een tijd duren voordat ze mocht trouwen.

'Ik weet je vertrouwen zeer te waarderen.' August wilde hem met een warme handdruk bedanken, maar stopte midden in de beweging en deed voorzichtig een stap achteruit.

'Wat...?' begon Gottlieb. Hij onderbrak zichzelf. Blijkbaar merkte hij nu ook dat er plotseling iemand vlak achter hem stond.

~

Anna Sophia voelde dat er tranen in haar ogen opwelden. Niet huilen, dacht ze, niet nu.

'Hoe kún je, papa,' bracht ze met moeite uit. Hoewel ze zacht sprak, konden ze ongetwijfeld horen hoe kwaad ze was.

Gottlieb steunde op zijn stok en keek haar vermoeid aan. Ze schrok ervan hoe oud hij eruitzag. Elke maand dat ze hem niet zag, leek hij gebrekkiger te worden.

'Waar heb je het over?' Zijn stem kraakte.

'Hoe kun je in hemelsnaam toelaten dat August zo over mij praat? Dat mijn privéaangelegenheden in het openbaar worden voorgedragen en mijn pastilles, die je altijd hebt geprezen, door het slijk worden gehaald?' Ze balde haar handen tot vuisten en merkte dat haar stem trilde. Ze wilde eraan toevoegen dat hij haar hart brak, telkens opnieuw, dat ze nog nooit zo kwaad was geweest, dat ze ongelofelijk teleurgesteld en gekwetst was, maar dat ze ondanks alles van hem hield en hem miste. Maar haar stem begaf het.

Gottlieb ging breeduit voor haar staan. Ze kon zijn trage ledematen bijna horen kraken.

'Heb ik je zo opgevoed? Hoe kun je nog steeds geloven dat jij hier het slachtoffer bent? Jij bent degene die weg is gegaan. Jij hebt ons recept meegenomen en probeert daar nu profijt van te trekken. Jij zorgt ervoor dat wij ernstige problemen hebben in de apotheek! Kijk eerst eens in de spiegel voordat je nog een keer het woord tot mij richt.'

Anna Sophia snakte naar adem. Ze keek van Gottlieb naar August en terug. 'Hij vertroebelt je zicht. Kijk liever met wie je je omringt. Eerst heeft hij geprobeerd je lichaam te vergiftigen, nu doet hij hetzelfde met je geest.'

Maar Gottlieb leek niet meer te luisteren. Hij leunde weer op zijn stok en draaide zich om om te vertrekken. 'Kom, August.'

Verbijsterd en met open mond bleef Anna Sophia staan.

'Ik herken je niet meer,' fluisterde ze. Maar haar vader draaide zich niet eens om.

~

Franz Stollwerck ademde een paar keer in en uit. In het eerste deel van de zitting had hij zich laten meesleuren. Hij was veel te emotioneel geweest. Nu moest hij doortastend optreden. Hij keek naar de rijen juryleden. Afgezien van Victor Mertens herkende hij vooral mannen uit de buurt. De vriendelijke bakker van de Alte Markt, een jonge koopman met wie hij al in pastilles en gebak had gehandeld en een leraar die met Theodor bevriend was. Ze keken hem nieuwsgierig aan. En Franz kreeg een idee. August en Gottlieb hadden wel overtuigend opgetreden, maar hadden met hun aanmatigende toon ook laten merken dat ze zich verheven voelden vanwege hun stand. En als de Keulenaar ergens een hekel aan had, dan was het aan arrogantie.

'Ik wil me graag even voorstellen aan de juryleden,' begon hij op een vriendelijke toon. 'Ik ben een jonge suikerbakker uit Keulen. Geboren als zoon van een wolspinner heb ik in de afgelopen jaren hard gewerkt voor een eigen bakkerij. Mijn lieve vrouw steunt me waar ze maar kan. We hebben drie kinderen.'

Hij keek haar over zijn schouder aan en Anna Sophia keek verbaasd terug. Had ze gehuild? Het deed hem pijn om haar rode ogen te zien, maar hij draaide zich weer om en dwong zichzelf om met een vaste stem verder te praten.

'Ik ben er trots op dat ik bakker ben. U weet zelf wat voor eerzame bakkers Keulen heeft.'

Een paar juryleden bromden instemmend.

'Komt u alstublieft ter zake, meneer Stollwerck,' instrueerde de rechter hem.

'Tijdens mijn ambachtsreis heb ik in Parijs het handwerk, dat daar van oudsher wordt uitgeoefend, vanaf de basis geleerd van een suikerbakker. En mijn vrouw, die in een apotheek is opgegroeid, heeft niet alleen een brede kennis in het huwelijk ingebracht, maar ook jarenlange contacten met gerenommeerde artsen. Samen met deze goed opgeleide medici hebben wij een zeer werkzaam recept ontwikkeld. Ik weet wel zeker dat enkelen onder u onze karamelpastilles ook al eens hebben genomen. Ik verzoek u: probeert u ze zelf en oordeelt u met uw gezonde verstand.'

Tevreden met zijn woorden leunde hij naar achteren. Misschien had hij een paar van hen toch wel aan zijn kant.

'Dank u, meneer Stollwerck. De tegenpartij wil nu graag de heer Hermann Arkenberg ondervragen. Meneer Arkenberg, alstublieft.'

Franz keek naar de jongeman die naar voren trad. Zijn gilet zat iets te strak en aan zijn mondhoeken hing een dun, slap snorretje naar beneden. Hij grijnsde arrogant en Franz begreep pas een seconde later dat de man waarschijnlijk naar zijn broer August grijnsde terwijl hij ging zitten.

'Meneer Arkenberg, wat is uw relatie met apotheek Müller?' vroeg de advocaat met de grote snor.

'We zijn natuurlijk concurrenten, wat anders?'

Franz sloeg zijn armen over elkaar. De lach van de man klonk luid en hard. Ook Augusts blik verduisterde ineens.

'Ik heb de apotheek van mijn vader overgenomen, terwijl mijn broer bij meneer Müller in de leer is gegaan.'

'Hoe is uw persoonlijke relatie met uw broer?'

'Ach!' Hij maakte een achteloos gebaar. 'We zijn nooit erg hecht geweest, nietwaar, broertje? We zijn zoals broers nu eenmaal zijn. Door en door concurrenten.' Weer die lach. Wat een nare man, dacht Franz.

'En hoe beoordeelt u de hoestpastilles van Stollwerck?'

'Hoestpastilles? Het zijn suikerklontjes, niet meer dan dat. Tegen echte, cattarale klachten helpen ze absoluut niet! Het is schandalig dat deze bakker met zijn leugenverhalen geld verdient en ons apothekers het leven zuur maakt. Er zijn duidelijke regelingen en bevoegdheden nodig. Een bakker mag zulke troep niet verkopen!'

'Dat is laster!' bromde Franz.

'Onzin!' riep Heinrich van de publiekstribune.

'Wat denken ze wel niet?' riep zelfs Theodor.

En weer verzocht de rechter iedereen om kalmte.

~

Victor Mertens hoofd dreunde. Waarom had hij zich in hemelsnaam ingelaten met deze saaie nonsens? In het begin had hij nog genoten van het idee dat hij Franz Stollwerck schade kon toebrengen. Daarom was hij op het aanbod dat August Arkenberg hem een paar weken geleden had gedaan ingegaan. Maar als hij toen had geweten hoeveel tijd hij daarvoor in deze rechtszaal moest doorbrengen! Aan de eerste zittingsdag leek geen eind te komen en er zouden nog een paar van dit soort dagen volgen. Hij was gedoemd urenlang stil te moeten zitten. Daarbij kon hij nauwelijks voorkomen dat zijn gedachten alle kanten op gingen. Zelfs over zijn inmiddels overleden moeder had hij weer eens gepiekerd. Hij had zich afgevraagd of zij die karamelpastilles lekker gevonden zou hebben. Waarschijnlijk wel. Ze was absoluut niet gezegend geweest met een goede smaak. En hij had ook nog aan Sibylle gedacht. Ze was daadwerkelijk vertrokken en had zijn kinderen bij hem achtergelaten. Wat voor een ontaarde moeder deed nou zoiets? En wat moesten de mensen wel niet van hun huwelijk denken? Uit voorzorg had hij verteld dat Sibylle een kuur deed. Was het maar waar! Of een inrichting, dat zou nog beter zijn. Misschien konden ze haar weerbarstige kop op zo'n plek tenminste voor een deel genezen. Maar Sibylle peinsde er niet over zich te laten helpen. In plaats daarvan was ze met de koets op reis gegaan Hoelang zou zijn leugen onontdekt blijven? Hij had zich nooit aan die afspraak met haar moeten houden. Hoewel er natuurlijk ook voordelen aan zaten. Hij genoot van de rust in het stadspaleis. Zonder Sibylle kon hij op zijn gemak zijn zaakjes regelen, zich ongestoord met de dienstmeisjes amuseren en genieten van Emma's aanblik…

Hij zuchtte terwijl hij zijn mantel aantrok.

'En, wat is uw gevoel, meneer Mertens?' vroeg een van de andere juryleden aan hem. Slechte tanden, slecht geschoren, en zijn naam was hij alweer vergeten.

'Het is een schande dat deze bakker medicijnen wil verkopen,' bromde Victor.

De ander knikte ernstig. 'Daar hebt u vast gelijk in. Maar als het recept werkelijk door artsen is bekrachtigd?'

Victor snoof. 'Die artsen moet ik nog zien!'

Wij hebben onze eigen artsen, had hij er graag aan toegevoegd, maar dat kon hij maar beter voor zich houden.

'Denkt u dat zelfs zijn artsen verzonnen zijn?' zei een ander, die net achter hem had gezeten.

'Maar natuurlijk! Kent u Stollwerck? Hij gaat met Joden om. Denkt u dat zo'n man op eervolle wijze zakendoet?'

'Hm,' zei een derde. 'Misschien heeft hij de artsen wel omgekocht…'

'Bij hem acht ik alles mogelijk. Goed, als u me nu zou willen excuseren?'

Hij perste zich langs hen heen, liep de galerij op en de brede trappen af. Buiten voor de grote deur ademde hij de koele, frisse lucht in. Waar was zijn koets nou? Geïrriteerd liep hij door de straat. Tot overmaat van ramp stond August Arkenberg ook nog op hem te wachten.

'Waar hebt u me in hemelsnaam mee opgezadeld?' bromde Victor tegen hem.

Arkenberg keek een paar keer om zich heen en zei toen: 'Het gaat toch uitstekend?'

Victor rolde met zijn ogen. 'Het is vooral een tijdrovende kwestie! Weet u zeker dat u de volgende zittingsdag voor u zult winnen?'

'Met uw hulp ongetwijfeld. Is dokter Heidmüller er klaar voor?'

Victor bromde. 'Natuurlijk. Alles is aan hem uitgelegd.'

'Heel goed.'

Eindelijk kwam Victors koets voorrijden en hij stapte in. Hij had zichzelf getrakteerd op een nieuw, victoriaans model. De voorste wielen waren klein en de achterste groot, het koetswerk was naar onderen toe elegant afgerond en de koets werd getrokken door twee prachtige zwarte paarden. Zijn vrouw moest maar lekker met de verouderde, zwarte koets door het land toeren. Hopelijk brak hij onder haar magere achterwerk in tweeën! Hij sloeg het deurtje met een harde knal achter zich dicht en liet zich in de kussens zakken. De stoelbekleding was felrood en veel zachter dan in de oude koets. Hij knikte door het raam naar August en reed in zijn eentje naar huis.

23

'Ze kan hier niet blijven,' fluisterde Nette en ze keek Sibylle bijna paniekerig aan. Nette, Sibylle, Adele en Wilhelmine hadden samen met Nettes ouders en haar verrassend jonge oom gedineerd. Ze waren net klaar toen Charlotte in haar kamer boven hun hoofd weer eens kabaal had gemaakt. Gelukkig was het gehoor van de oude heer des huizes niet meer zo goed, maar Nettes oom kromp ineen. Sibylle had zich snel verontschuldigd. Ze zei dat haar dochter ziek was en dat het meisje lag te ijlen van de koorts en daardoor niet wist wat ze deed. Meteen na het eten hadden de dames zich geëxcuseerd om bij het meisje te gaan kijken.

Wilhelmine kon Charlotte heel goed begrijpen. Het kind was op heel jonge leeftijd bij haar moeder weggehaald en in een liefdeloze omgeving terechtgekomen. Ze had vast weinig lichamelijk contact ervaren. Niemand had haar getroost, aangemoedigd of gesteund. Misschien was de woede haar strategie geworden om de nonnen eraan te herinneren dat ze bestond. Op die manier kreeg ze aandacht en ventileerde ze haar frustratie, angst en verdriet. Wilhelmine kon zich niet voorstellen hoe het was om niets te zien, maar kon zich wel inleven in Charlottes woedeuitbarstingen. Ook zij zou soms het liefst alles kort en klein slaan wat ze in handen kreeg. En toch... Het was gevaarlijk om met het meisje hier te zijn.

'Als iemand haar ziet, zullen de mensen vragen stellen. En vooral mijn tantes zie ik ervoor aan dat ze meteen een brief aan je man sturen, Sibylle. We kunnen haar hier niet langer verstoppen. Bovendien is ze weer bijna beter. Gelukkig heeft ze niets gebroken.'

Sibylle zuchtte. 'Dan gaan we naar Bonn.'

'Je weet toch zelf hoe dicht Bonn en Keulen bij elkaar liggen. Het zou de Mertens onmiddellijk ter ore komen!' zei Adele.

'Wat wil je daarmee zeggen? Ze blijft in elk geval bij mij, bij haar moeder!'

'Ik heb geen moeder,' fluisterde Charlotte. 'Ik heb alleen de lieve Heer.'

'Mijn hemel!' riep Sibylle uit. 'Hou nou eens op met die onzin die die vervloekte nonnen je hebben ingeprent!'

Het meisje begon meteen te huilen. De tranen stroomden over haar wangen.

'Sst,' zei Wilhelmine en ze nam Charlottes hand in de hare. Ze moest aan haar zusje Julie denken. Toen zij zo klein was geweest had haar eigen vader haar vol walging en verdriet aangekeken alsof ze een ziekte was. Hoe zou het haar zonder haar zussen zijn vergaan? Wilhelmine streelde de rug van het kleine handje. 'Het komt allemaal goed,' fluisterde ze tegen het meisje.

'Ik heb gehoord dat er in Berlijn een blindeninstituut is opgericht,' zei Nette.

Sibylle snoof. 'Ik breng mijn kind niet naar een inrichting!'

'Het is meer een school. Zoals een internaat, maar dan voor blinde mensen. Ze zal goed onderwijs krijgen. Niemand weet beter dan jij hoe belangrijk scholing is. Ook voor Charlotte. Het zou haar... gemoed vast kalmeren.'

Sibylle zweeg. Adele legde liefdevol een hand op haar schouder. 'Daar zou ze niet alleen zijn. Daar kunnen ze haar helpen. Veel beter dan wij ooit zouden kunnen.'

Sibylle ademde diep in en uit. En Wilhelmine vermoedde dat haar vriendin de moeilijkste beslissing van haar leven moest nemen.

De volgende dag zaten ze weer in Sibylles koets. Dit keer zouden ze naar Köthen rijden, een klein plaatsje waar een groot station met restauratie was gebouwd. Wilhelmine kon amper geloven dat ze echt voor de eerste keer met de trein zou reizen! En dan nog wel naar Berlijn!

Naast haar zat Adele, die zwijgend uit het raam keek. Schuin tegenover haar sliep de kleine Charlotte met haar hoofd op Sibylles schoot en Sibylle, wier knieën bijna die van Wilhelmine aanraakten, streelde het kind zacht. In gedachten verzonken keek Wilhelmine van Sibylles handen op en ze schrok, want haar vriendin keek haar recht in de ogen. Wilhelmines hart begon sneller te kloppen. Sinds ze Sibylle voor de eerste keer in de Dom van Keulen had gezien, verlangde ze ernaar bij haar zijn. Maar wat had dat verlangen te betekenen? Nu ze vlak bij elkaar in een koets zaten, vroeg Wilhelmine zich af hoe haar verlangen vervuld kon worden. Want hoewel hun schoenen elkaar bijna aanraakten, was deze nabijheid niet genoeg. Ze moest weer denken aan hoe Sibylle Adele had gekust.

Sibylle keek weer op en dit keer ontweken ze allebei de blik van de ander niet. Ze keken elkaar diep in de ogen, net zoals in het begin in de Dom. Buiten klepperden de paardenhoeven op de grond en huilde de wind om de koets. Binnen kon Wilhelmine amper ademhalen. Haar hart ging tekeer. Ze wilde nooit meer wegkijken want ze had het gevoel dat er nu iemand was die haar echt zag.

Maar plotseling zwaaide er een arm door de lucht, klonk er gekrijs en raakte iets Wilhelmines hoofd zo hard dat ze tegen de wand van de koets sloeg. Alles werd zwart voor haar ogen.

Toen Wilhelmine wakker werd, lag ze op een deken in het koude gras, met haar voeten op een reistas.

'Mijn lieve Wilhelmine, hoe gaat het met je?' Sibylle streelde nu niet Charlottes hoofd, maar het hare.

'Wat is er gebeurd?' Ze was duizelig. Slechts langzaam nam de grijs bewolkte lucht boven haar vorm aan. Ze zag de koets achter Sibylles rug en Adele, die in dekens gehuld door de deuropening naar buiten keek.

'Charlotte had weer een aanval.' Sibylle streek Wilhelmines haar van haar voorhoofd. 'Ik denk dat ze een nachtmerrie had. Ze begon ineens wild om zich heen te slaan en daarbij moet ze jou op de een of andere manier met haar elleboog hebben geraakt.'

Wilhelmine raakte haar hoofd aan en vertrok haar gezicht. 'Dat zo'n klein meisje zo'n kracht kan hebben...'

'Mijn Charlotte is sterk.'

'Bijna net zo sterk als haar moeder,' fluisterde Wilhelmine. Ze sprak echter zo zacht dat ze niet zeker wist of Sibylle het wel had verstaan.

Sibylle zweeg en streek met haar wijsvinger over Wilhelmines voorhoofd, met haar duim over haar wang en toen, heel voorzichtig, over haar lippen. Wilhelmines onderlijf begon te tintelen. Ze schaamde zich ervoor en tegelijkertijd wenste ze niets liever dan dat Sibylle haar nog een keer zo aanraakte.

Plotseling kwam Adele achter Sibylle staan, met haar armen over elkaar geslagen.

'Hoe gaat het met je, Wilhelmine?' Haar stem klonk ongeduldig. 'Het is koud, we kunnen beter naar het dichtstbijzijnde pension rijden.'

'Je hebt gelijk.' Sibylle stond op. 'Denk je dat je weer in kunt stappen?'

Wilhelmine ging langzaam zitten. 'Natuurlijk.'

De rit naar Köthen duurde tien dagen en met elke dag werd de sfeer in de koets gespannener. Charlotte had telkens weer als uit het niets vreselijke angstaanvallen en gilde dan en sloeg om zich heen. Eén keer kreeg Adele een trap in haar buik en een andere keer krabde het meisje Sibylles wang. In de rustigere fases discussieerden Sibylle en Wilhelmine steeds vaker over de Duitse staat en over democratie en kiesrecht. Ze praatten luid en gepassioneerd, tot Adele hen met een verstikte stem vroeg of ze stil konden zijn omdat ze hoofdpijn had. Zelfs het onderwerp vrije verkiezingen leek haar niet te interesseren. Ze zat chagrijnig met haar armen over elkaar naar de twee vriendinnen te kijken, terwijl Sibylle vertelde dat in Frankrijk niet alleen de mannen voor kiesrecht hadden gestreden, maar de vrouwen ook.

'Onder wie Olympe de Gouges, hebben jullie weleens van haar gehoord?' Toen niemand reageerde, sprak Sibylle verder. 'Ze heeft een heel dappere verklaring over de "rechten van de vrouw en burgeres" opgesteld. Daarin schrijft ze dat vrouwen als burgeressen gelijkgesteld moeten zijn aan mannen. Vrouwen mogen tenslotte wel op een schavot klimmen, dus moeten ze ook het recht hebben om op een spreekgestoelte te stappen.'

Wilhelmine keek haar met grote ogen aan. Over zo'n eis had ze nog nooit gehoord. 'Wat doet Olympe de Gouges nu?'

Sibylle schudde haar hoofd. 'Ze is geëxecuteerd. Twee jaar na haar manifest stierf ze door de guillotine.'

Wilhelmine keek haar geschrokken aan.

'Terwijl die vrouw gelijk had! Hoe kan het dat uitsluitend mannen over dingen beslissen die ons vrouwen ook betreffen?' ging Sibylle verder. 'Als alle mensen, ook de vrouwen, kiesrecht zouden hebben, zouden wij ook veel eerder deel uitmaken van deze maatschappij. We zouden beslissingen kunnen nemen die ook de vrouwen ten goede zouden komen. Stel je voor hoe de wereld zou kunnen veranderen als er ook vrouwen in de politiek waren!'

'Wat zeg je dat moedig...' zei Wilhelmine zacht.

Adele keek haar scherp van opzij aan. 'Dat is allemaal leuk en aardig, maar zouden we nu een tijdje kunnen zwijgen? Ik moet dringend slapen.'

Een dag voordat ze eindelijk in Köthen aankwamen, mochten ze amper nog een woord zeggen zonder dat Adele hen terechtwees. Haar stemming was inmiddels haast ondraaglijk geworden.

Toen ze eindelijk op het station aankwamen, sprong Wilhelmine opgelucht uit de koets. Ze wreef over haar pijnlijke ledematen en keek om zich heen. Dit gebouw was niet te vergelijken met de houten constructie in Keulen. Het deed eerder denken aan een raadhuis. Het had hoge ramen en een mooi versierd dak, en op de lage, brede torens rechts en links stond een kruis. 'Restauratie' stond er in het midden van het gebouw en door de ramen op de begane grond kreeg je een indruk van de elegante ruimtes voor gasten. Er reed net fluitend en ratelend een trein binnen. Wilhelmines rok waaide opzij, ze hield haar hoed vast en keek naar de donkere rookwolk die uit de brede schoorsteen van de locomotief kwam.

Sibylle stuurde de koetsier op pad om treinkaartjes naar Berlijn voor hen te kopen. Ondertussen stonden de vrouwen samen met Charlotte op een houten platform te wachten tot ze de volgende trein konden bewonderen. Sibylle hield Charlottes handje vast en probeerde te beschrijven wat ze zagen. Wilhelmine vreesde dat de luide trein het meisje angst zou aanjagen, maar toen de trein binnenreed, hield ze haar gezicht nieuwsgierig in de windvlaag en leek ze zelfs te genieten van het gedender en geratel.

De trein naar Berlijn zou de volgende ochtend vertrekken en daarom huurde Sibylle twee kamers voor hen op het station. Net als in de eerdere pensions op de rit hiernaartoe moest Wilhelmine een kamer met Adele delen en zouden Sibylle en Charlotte in de andere kamer slapen.

Na het avondeten nam Wilhelmine eerder afscheid van de anderen en schreef ze in een brief aan haar zus Anna Sophia over haar zorgen:

> *Ik weet zeker dat Adele in principe niet alleen een lieve en vriendelijke, maar ook heel diepzinnige en open vrouw is. Dat blijkt telkens weer uit hoe ze met Sibylle en haar dochter omgaat. Het doet me pijn om te zien. Iets in mij moet de treurige en boze kant in Adele opwekken. Maar hoe vaak ik er ook over nadenk, ik begrijp gewoon niet wat het zou kunnen zijn. Wat doe ik in hemelsnaam verkeerd?*

Ze schreef over de vermoeiende reis naar Köthen, over Annette von Droste-Hülshoff en haar mooie gedichten, over alle ervaringen in de burcht van Annettes familie en over haar eigen droom ooit dichteres te worden. Terwijl ze de restauratie op dit station beschreef, kreeg ze ineens een idee... Net toen ze deze tweede brief aan haar zus ondertekende, kwam Adele de kamer in.

'Goedenavond,' begroette Wilhelmine haar stijfjes, alsof ze elkaar niet net nog in het restaurant hadden gezien.

Adele antwoordde met net zo'n stijve glimlach. 'Ik ben verschrikkelijk moe.' Ze zuchtte.

Terwijl Adele de touwtjes van haar jurk losmaakte om hem samen met haar korset uit te trekken, draaide Wilhelmine zich van haar af. Zodra ze hoorde dat Adele onder haar deken kroop, doofde ze de kaars en deed ze hetzelfde.

Het liefst zou Wilhelmine iets zeggen. Waarom mag je me niet? Of: wat maakt je zo verdrietig? Maar ze kreeg geen enkele vraag over haar lippen.

'Goedenacht,' fluisterde ze in plaats daarvan.

'Goedenacht,' antwoordde Adele.

Wilhelmine moest even in slaap gedoezeld zijn, want ze werd wakker van het geluid van een binnenkomende trein. Ze lag in de duisternis en kon de slaap niet meer vatten. Ze dacht aan Adele, aan Sibylle en Charlotte, aan het reizen met de trein en aan Berlijn. Algauw cirkelden haar gedachten zo wild door haar hoofd dat ze moest opstaan. Ze trok haar mantel aan, sloop naar de balkondeur en deed hem zachtjes open om even de frisse lucht te voelen. Rillend sloeg ze haar armen over elkaar en keek naar beneden, naar het spoor, waar een trein op stond.

'Hallo Wilhelmine,' fluisterde een stem naast haar en ze kromp ineen. Ze draaide haar hoofd om en keek in Sibylles gezicht. Haar vriendin stond op het kleine balkon naast het hare. Maar in tegenstelling tot Wilhelmine droeg ze geen mantel. Haar witte nachtgewaad wapperde in de wind. Het had een rijkelijk versierde kraag en pofmouwtjes. De stof leek flinterdun en viel vloeiend rond haar elegante schouders, taille en heupen.

'Sibylle,' zei ze zacht. 'Kun je ook niet slapen?'

Haar vriendin zweeg even. Daarna antwoordde ze: 'Zullen we een klein eindje gaan wandelen?'

In haar donkere kamer pakte Wilhelmine haar schoenen. Ze aarzelde even. Kon ze het echt wagen om alleen met een nachthemd onder haar mantel naar buiten te gaan? Ze moest wel, besloot ze. Het zou tenslotte veel te lang duren om haar jurk dicht te rijgen. Vooral als niemand haar erbij hielp. Daarom sloop ze zo de kamer uit. Terwijl ze de deur zacht achter zich dichtdeed, liep ook Sibylle de gang in. Ze glimlachten zwijgend naar elkaar. Sibylle ging voor, Wilhelmine volgde haar, en haar blik bleef hangen bij de rijk versierde pelsjas. Sibylle droeg de met bont gevoerde, groene mantel natuurlijk ook in de koets en Wilhelmine kende al elk lintje en elk stukje kant die de rok en taille sierden, maar het idee dat haar vriendin er op dit moment alleen haar nachthemd onder droeg, maakte haar nerveus. Verman je, zei ze streng tegen zichzelf. Wat was het toch, waardoor ze zo oppervlakkig ademde? Bij de achteruitgang aangekomen draaide Sibylle zich even om en Wilhelmine dwong zichzelf om naar haar gezicht te kijken en niet naar haar taille, waar de pelsjas was dichtgebonden en een stukje van de dunne stof van het nachthemd zichtbaar was. Zonder iets te zeggen gaf Sibylle de looprichting aan.

Achter het stationsgebouw was een parkje aangelegd. Langzaam liepen ze langs kniehoge, rond gesnoeide struiken en kleine stenen beelden, die in het maanlicht bleek glansden. Sibylle vroeg zacht: 'Mis je je familie?'

Wilhelmine hield haar hoofd schuin. 'Ik denk elke dag aan hen, vooral aan mijn zussen. Maar ik denk dat er verschillende vormen van missen zijn, denk je niet?'

Sibylle keek haar vragend aan.

'Je kunt een kleine kramp in je borst voelen, die een beetje een bedroefd gevoel geeft. Maar dat is vol te houden en soms zelfs een beetje mooi. Ik weet tenslotte dat ze ook aan mij denken en dat we op een dag weer samen zullen zijn.'

'En wat is die andere vorm van missen?'

Sibylle keek haar van opzij aan en Wilhelmine slikte. Wat zei ze nou allemaal? Ze had bijna geantwoord dat het véél erger was geweest toen Wilhelmine in de periode voor deze reis Sibylle had gemist en niet had geweten of ze haar vriendin ooit nog terug zou zien. Dat die vorm van missen iedere afzonderlijke dag had bepaald en dat die dagen allemaal kleurloos en zwaar waren geworden. Maar ze kon zichzelf op tijd inhouden.

'Ach,' zei ze in plaats daarvan. 'Het is niet van belang.'

Ze liepen verder en Wilhelmine voelde bijna Sibylles arm tegen de hare.

'Herinner je je nog de eerste keer dat ik over deze reis heb verteld?' vroeg Sibylle na een tijdje.

'Natuurlijk.'

'Ik denk dat ik je iets moet bekennen.' Sibylle bleef staan en draaide zich naar Wilhelmine toe. 'Misschien dacht je het al, maar ik heb het gevoel dat het toch beter is als ik het uitspreek.'

Wilhelmine beet op haar lip. Zou ze nu iets vervelends te horen krijgen?

'Ik zei dat ik je mee wilde nemen omdat je de dochter van een apotheker bent. Dat was niet helemaal waar.' Plotseling pakte ze Wilhelmines handen vast en Wilhelmine kreunde bijna van verrassing. 'Natuurlijk ben ik onder de indruk van je kennis en ik ben heel blij dat je mijn dochter kon helpen.'

'Nou ja, ik heb eigenlijk alleen...'

'Dat was fantastisch! Maar in werkelijkheid heb ik je om een heel andere reden gevraagd om mee te gaan.' Sibylle keek haar in de ogen, alsof ze er iets in zocht. Ze kwam een stapje dichterbij. 'Toen ik je destijds in de Dom zag, was ik gefascineerd. In het begin dacht ik dat het alleen je opvallende schoonheid was die me aantrok.' Wilhelmine snakte naar adem maar dwong zichzelf om niet uit schaamte en bescheidenheid haar gezicht te verbergen. 'Maar toen ik je zag tekenen en voor het eerst met je praatte, besefte ik dat er meer is. Je manier van denken imponeert me, Wilhelmine. Ik hou ervan zoals je geheel vanzelfsprekend en luid het woord neemt. Ik wil met je discussiëren, nadenken en de wereld beschouwen. Als jij bij mij bent, dan...'

Ze stopte plotseling. Wilhelmine hoorde haar eigen hartslag. Ze wenste vurig dat Sibylle verder sprak, maar haar vriendin keek langs haar heen en sperde haar ogen open. Ze sloeg een hand voor haar mond. 'Daar,' fluisterde ze. 'Dat kan toch niet...'

Wilhelmine draaide zich snel om en schrok. Een klein, bleek gezichtje keek tussen de struiken door hun kant op.

'Charlotte?' Sibylle rende ernaartoe. Wilhelmine volgde haar en ineens hoorde ze Sibylle zachtjes lachen. 'O, wat ben ik dom!'

Toen ze dichterbij kwam zag Wilhelmine het ook. Het was het gezicht van een kleine stenen engel, die star tussen de struiken stond. 'Ik dacht al...'

Peinzend streek Sibylle over het hoofd van het beeld en ze keek Wilhelmine aan. Ze zuchtte. 'Vind je dat ik de juiste beslissing heb genomen? Moet ik dit mijn kind echt aandoen? Die school, Berlijn...'

Nu was Wilhelmine degene die naar haar toe liep en haar handen vastpakte. 'Charlotte zal daar goed onderwijs krijgen. Ze zal zo veel leren!

En op een dag, als het beter met haar gaat, zullen jullie vast herenigd worden.'

Sibylle knikte en keek Wilhelmine in de ogen. Daarna liet ze haar hoofd op Wilhelmines schouder rusten. Wilhelmine verstarde even, maar legde toen haar wang op het hoofd van haar vriendin en streek met haar vingertoppen over haar haar. Ze voelde Sibylles handen om haar middel. Zo stonden ze een poosje in de duisternis. Wilhelmine genoot van de warmte die Sibylles lijf uitstraalde en van de bloemachtige geur van haar haar. Ze luisterde naar haar zachte ademhaling.

Plotseling klonk er een geschrokken kreet en ze stoven uit elkaar. Iemand had in het donker een gilletje geslaakt en nu klonk er geritsel tussen de struiken. Wilhelmine hoorde iemand struikelen en vallen. Snel renden Sibylle en zij naar de schim toe die daar voor hen in het gras lag. Was Charlotte hen toch gevolgd? Iemand snoof en Wilhelmine zag nu dat het geen kind was. Ze zag een wit nachthemd dat onder een donkere mantel uitkwam, slechts half dichtgebonden laarzen en verwarde haren. Adele tilde haar hoofd op. Ze zei geen woord maar keek alleen van de een naar de ander.

'Adele, mijn liefste,' fluisterde Sibylle en ze ging op haar hurken naast haar zitten. 'Wat doe je hierbuiten? Ben je gestruikeld? Gaat het goed met je? Kon je ook niet slapen?'

Maar Adele gaf geen antwoord op haar vragen. Ze stond langzaam op en klopte het natte gras van haar mantel.

'Is er iets met Charlotte?' vroeg Sibylle.

Eindelijk reageerde Adele. Ze schudde haar hoofd. 'Nee, Charlotte slaapt. Ik maakte me alleen zorgen om Wilhelmine. Haar bed was ineens leeg.' Ze keek Wilhelmine even strak aan en die tuimelde bijna achteruit van schrik, want Adeles blik was diepbedroefd en somber.

Daarna sloeg Adele haar ogen neer en zonder nog iets te zeggen liep ze weg in de richting van de restauratie.

Adele vertrok de volgende dag al in de vroege ochtend. Ze moest dringend kijken hoe het met haar moeder ging, beweerde ze. Of ze Sibylles koets mocht nemen? Alle smeekbedes van Sibylle aan Adele of ze toch niet mee naar Berlijn wilde, dat ze zonder haar vriendin niet door kon reizen, dat ze haar dringend nodig had aan haar zijde, hadden geen effect. Ten slotte stapte Adele in haar eentje in de koets. Ze zwaaide nog een keer en daarna liepen de paarden weg.

Tijdens het ontbijt zweeg Sibylle. Uiteindelijk stonden de vrouwen zonder iets te zeggen op en liepen ze samen met Charlotte naar het perron. Het duurde een half uur voordat de trein het station binnenreed. Het kind stak nieuwsgierig haar neus in de wind en Sibylle en Wilhelmine hielden hun hoed vast. Ze keken elkaar even aan. Daarna knikten ze en stapten in.

24

Het maartse zonnetje scheen al door de ramen van het Appellhof, maar de winterse kou hing nog steeds in de rechtszaal. In de afgelopen weken hadden Anna Sophia en Franz hier vaak gezeten om naar de verklaringen van diverse apothekers te luisteren. Tegelijkertijd had de stad carnaval gevierd. Voor de eerste keer waren er met een speciale trein zelfs gasten uit de omliggende steden gekomen om samen te schertsen, te hossen en te proosten. 'Alaaf' roepend trokken de carnavalsvierders door de straten en niet zelden regende het ook hoestpastilles van Stollwerck, terwijl in de rechtszaal apothekers over de 'vuile suikerklontjes' klaagden. Na Gottliebs en Augusts aanklacht waren er steeds meer apothekers opgestaan. Het echtpaar Stollwerck had algauw het gevoel dat alle apothekers van de stad zich tegen hen hadden gekeerd. Toch leken de Keulenaren dol te zijn op de blauw verpakte hoestpastilles. Er was nog steeds veel vraag naar en ze gingen als warme broodjes over de toonbank. Inmiddels werden ze in steeds meer café-restaurants, kruidenierswinkels en theaters verkocht. Het liep uitstekend. Maar 's nachts droomde Anna Sophia steeds vaker dat een gerechtelijk vonnis alles vernietigde wat Franz en zij hadden opgebouwd. Wat moesten ze doen als ze geen hoestpastilles meer mochten verkopen? Waarmee moesten ze dan geld verdienen? De inkomsten door Franz' gebak zouden hun uitgaven nauwelijks dekken. Bovendien werden hun zonen steeds groter en Franz wilde ze binnenkort al naar school sturen zodat ze konden worden opgeleid tot bekwame koopmannen. Maar wat als ze geen goede school zouden kunnen betalen? De zorgen drukten zwaar op het echtpaar en ze werden steeds zwijgzamer. Anna Sophia zwoegde de hele dag om karamelpastilles te maken, de mensen met haar kruiden te helpen en ook nog haar huishoudelijke plichten te vervullen, zoals koken en bakken, poetsen en schrobben en inleggen en konfijten. Franz handelde ondertussen met verkooppunten en vroeg klanten, verkopers en artsen om voor hem te getuigen. Als hij 's avonds in de slaapkamer kwam, liet hij zich meteen in zijn kussens zakken en zei hij nauwelijks meer dan 'Slaap lekker, mijn liefste'. Anna Sophia werd regelmatig midden in de nacht slaapwandelend voor een brandende haard wakker met een kokendhete pastillespan in haar handen.

Ze hoopte vurig dat het proces eindelijk tot een einde zou komen. Wegens tijdgebrek had ze de laatste zittingsdagen zelf niet meer naar het Appellhof kunnen komen. 's Avonds probeerde ze uit Franz' gezichtsuitdrukking op te maken hoe het was gegaan. En vaak leidde dat tot ruzie.

'Het was weer een slechte dag, klopt dat?' fluisterde ze in bed.

Franz gaf geen antwoord.

'Het is ongelofelijk.' Ze wreef over haar gezicht. 'Onze pastilles helpen de mensen. Ik hoor telkens weer van onze klanten hoeveel baat ze erbij hebben en bij welke nare ziektes ze hen hebben genomen. Vertel je dat ook aan de rechter?'

'Natuurlijk niet, Anna Sophia!' snauwde hij plotseling. 'Mijn hemel! Dat kan ik niet. Heb je het nog steeds niet begrepen? Onze enige kans is om niet langer over de geneeskrachtige werking te praten, maar alleen nog over de suiker. Ik ben suikerbakker en ik verkoop nu eenmaal suikergoed. Geen medicijnen. Als ze dat geloven, kunnen we misschien doorgaan. Maar alleen dan.'

Anna Sophia slikte. 'Maar dat zou een leugen zijn. De kruiden hebben zo'n fantastische kracht... Die kunnen we toch niet verdoezelen?'

'Misschien moeten we dat juist wel doen. In Parijs heb ik eenvoudige perensnoepjes gemaakt. Ik begin te denken dat we het recept moeten veranderen en fruitkaramelsnoepjes moeten verkopen. Dan zijn we van het hele probleem af!'

Anna Sophia ging rechtop zitten in bed. 'Maar Franz! De mensen komen naar ons toe omdat ze hulp nodig hebben! Omdat ze keelpijn en hoestbuien hebben! Ze komen niet vanwege een of ander fruit!'

Franz snoof. Daarna draaide hij zich om. 'Ik moet nu slapen.' En hij zakte weg in een ongetwijfeld onrustige droom.

Vandaag, op waarschijnlijk de laatste zittingsdag, was Anna Sophia persoonlijk naar het Appellhof gekomen, hoewel ze weer slecht had geslapen. In de rechtszaal dacht ze aan haar laatste droom. Ze had gedroomd dat ze een brief van Wilhelmine in de lucht had gehouden en dat ze er voor alle mensen die ze tegenkwam uit had voorgelezen. Met elk woord had ze haar stem meer verheven, totdat ze letterlijk tegen de mensen schreeuwde. Wat een onzin, zei ze nu tegen zichzelf en ze concentreerde zich op het gebeuren in het hier en nu. Er zouden nog maar twee getuigenverklaringen komen. Misschien werd het vonnis vandaag nog uitgesproken.

'Dokter Heidmüller, hoelang bent u al arts?' vroeg Augusts advocaat met de gigantische snor.

'Volgende maand is het zesentwintig jaar. Ik behandel de familie Schaaffhausen sinds elf jaar.' De man die naar voren was getreden had een volle, witte haardos en droeg een zwart rokkostuum.

'Hoe zou u de hoestkaramelpastilles van Stollwerck beoordelen?'

Hij keek even om zich heen en Anna Sophia, die schuin achter hem zat, zag dat hij innemend glimlachte. Daarna antwoordde hij met harde stem: 'Alleen al die naam is absurd. Neemt u me niet kwalijk dat ik zo direct ben, maar ik ben verontwaardigd over de kwakzalverij van de heer Stollwerck!'

Anna Sophia keek naar August, die met een tevreden blik naar achteren leunde.

'Hoe komt u tot deze conclusie?'

'Ik was natuurlijk van begin af aan al sceptisch. Waarom zou het fabricaat van een suikerbakker goed zijn voor de gezondheid? Uiteraard heb ik die snoepjes daarom aan geen van mijn patiënten voorgeschreven.'

'Hoe kunt u er dan een zinvolle verklaring over afleggen?' onderbrak Franz' advocaat hem.

'Niet zo snel, jongeman.' De arts glimlachte beleefd naar hem.

Franz glimlachte net zo beleefd terug en vroeg met een knipoog: 'Dan hebt u de karamelpastilles vast zelf geproefd. En, vond u ze lekker?'

'Wat denkt u wel? Natuurlijk heb ik ze nooit genomen! Maar een van mijn patiënten wel. Helaas, moet ik zeggen, en uiteraard geheel zonder mijn toedoen.'

'Dokter Heidmüller, kunt u alstublieft voor ons omschrijven hoe het met uw patiënte is gegaan?' vroeg de advocaat van de tegenpartij.

'Graag. Het is droevig, mijn heren. De dame had een uitstekende gezondheid. Om ziekte te voorkomen en vast ook uit naïeve nieuwsgierigheid kocht ze echter karamelpastilles van Stollwerck. Ze zijn tenslotte op iedere hoek van de straat verkrijgbaar. Men doet er inmiddels goed aan om tijdens het wandelen goed uit te kijken dat men er niet mee doodgegooid wordt.'

August lachte zachtjes. Zelfs de rechter grinnikte even.

'Alstublieft, zeg!' riep Franz en zijn advocaat kalmeerde hem weer geroutineerd door zijn hand op zijn arm te leggen.

‘Wel, reeds enkele uren later had mijn patiënte te kampen met heftige buikpijn, die nog steeds niet is weggetrokken. Ze bevindt zich al weken in een kuuroord.’

Er klonk gemompel in de zaal. De juryleden gingen rechtop zitten en wisselden veelbetekenende blikken uit.

‘En als arts herleidt u die buikpijn direct op de pastilles terug?’

De arts knikte met een spijtige blik. ‘Met een waarschijnlijkheid die aan zekerheid grenst, ja. Het is waanzin dat de karamelpastilles als medicijnen worden verkocht! Wie weet wat deze bakker, die totaal geen medische kennis heeft, er allemaal doorheen mengt. Ik acht het niet uitgesloten dat elke pakje anders is en giftige stoffen kan bevatten. Stelt u zich dat eens voor! Juist de dames kopen de snoepjes heel naïef. Vrouwen zijn dol op suiker en als dan ook nog wordt beweerd dat die hen op de een of andere manier helpt, zijn die naïeve wijven niet meer te houden! Maar ik zeg u: we vergiftigen daarmee onze vrouwen en kinderen! Sibylle Schaaffhausen moet er zo veel van hebben gegeten dat ze door alle krampen niet meer helder kan denken.’

Anna Sophia’s mond viel open. Zoiets had ze nog nooit gehoord! Dat had die man toch zeker verzonnen! Ze keek naar haar man.

‘Schande! Ik heb nog nooit iets gehoord over een negatieve werking van onze pastilles,’ bromde hij.

‘Ongelofelijk,’ bromde naast Anna Sophia ook Theodor, en Heinrich mompelde: ‘Die hansworst liegt dat het gedrukt staat!’

‘Kalmte graag!’ riep de rechter.

‘Waar is uw patiënte nu, meneer Heidmüller?’

‘O, Sibylle Schaaffhausen is nog aan het herstellen in Bad Driburg. Maar ik kan werkelijk niet garanderen dat ze zal genezen. Het is verschrikkelijk.’ Hij schudde zijn hoofd.

Met opgetrokken wenkbrauwen en over elkaar geslagen armen keken de juryleden elkaar aan. Anna Sophia beet op haar lip. Zouden die mannen de arts nu werkelijk geloven? Ook de rechter leek onder de indruk van Heidmüllers getuigenverklaring. Hij hield zijn hoofd schuin en leek na te denken. Anna Sophia’s blik viel op het kale hoofd van Victor Mertens. Zoals elke keer als ze hem zag, werd ze misselijk. Zijn mond was vertrokken tot een grijns die vol leedvermaak was. Keek dokter Heidmüller nu naar hem? Plotseling moest Anna Sophia aan haar droom denken. Ze beet even op haar duimnagel en stond toen zachtjes op en sloop naar de beklaagdenbank.

~

Franz hoorde gefluister naast zich en draaide zich om. Zijn vrouw stond achter hem en sprak zacht tegen zijn advocaat. Wat deed ze in hemelsnaam? In de ogen van de juryleden was ze al verdacht sinds Arkenberg had verklaard dat ze zich tegen de wil van haar vader had verzet. En nu deze storing tijdens de zitting... Het was vast niet haar bedoeling, maar ze kon hun zaak met dit gedrag schaden. Moest hij haar waarschuwen?

Maar op dat moment draaide de advocaat zich om en stak zijn hand op.

'Neemt u mij alstublieft niet kwalijk, maar wij zouden graag een nieuwe getuige willen ondervragen.'

De advocaten discussieerden even met elkaar en daarna besloot de rechter de getuige toe te laten. Anna Sophia liep naar voren. Ze streek zorgvuldig haar rok recht voordat ze ging zitten en haar handen in haar schoot vouwde. Ze had haar haar ongebruikelijk keurig opgestoken, maar er viel toch een pluk op haar voorhoofd.

'Wel, mevrouw Stollwerck, wat heeft u ertoe bewogen een verklaring af te leggen?' vroeg de rechter.

Franz bekeek zijn vrouw van opzij. Ze had wallen onder haar ogen, haar wangen waren smaller dan anders en ze was bleek. De laatste weken hadden duidelijk sporen nagelaten. Toch zat ze kaarsrecht en elegant in haar donkere jurk met de vele ruches, bandjes en passements. Sinds ze onvermoeibaar karamelpastilles maakte en voor haar klanten geneeskrachtige kruiden droogde, maakte ze op Franz een sterkere indruk dan ooit. Waar zou hij zijn zonder haar? Hij moest aan hun laatste ruzie denken. Het irriteerde hem dat hij af en toe zijn zelfbeheersing verloor. Hij had niet zo bot tegen haar mogen doen...

'Ik heb me eerlijk gezegd verbaasd over de uitspraak van dokter Heidmüller,' zei ze met zachte stem. De rechter zweeg en keek haar vol verwachting aan.

'Hij schijnt de arts van Sibylle Mertens-Schaaffhausen te zijn en zegt dat ze sinds weken in een kuuroord is. Nu heb ik echter gisteren nog een brief van mijn zus Wilhelmine Müller gekregen.'

Arkenbergs advocaat zuchtte en rolde met zijn ogen. 'Wat heeft dit gezwets met deze zaak te maken?' riep hij. 'Dit vrouwmens verspilt de tijd van de juryleden.'

Anna Sophia sloeg direct haar ogen neer. Het kostte Franz moeite om niet op te springen en de advocaat met de gigantische snor een klap in zijn gezicht te geven.

'Mevrouw Stollwerck zal uitleggen hoe alles samenhangt,' zei Franz' advocaat en hij knikte bemoedigend naar Anna Sophia.

Anna Sophia knipperde nog iets trager met haar ogen dan anders en zei: 'Mijn zus is momenteel met mevrouw Mertens-Schaaffhausen op reis. Ze zijn onder andere een tijdje in een kasteel in Münster geweest. Over een kuuroord schrijft mijn zus niets. Ook noemt ze met geen woord dat mevrouw Mertens ziek zou zijn geweest. Ik vrees dat dokter Heidmüller wat de gezondheid van zijn patiënte betreft misschien iets... heeft verward.'

Ze haalde een velletje papier uit de zak van haar rok. Wat was ze slim, dacht Franz trots. Dat ze daar zo snel aan had gedacht! Maar de advocaat begon te lachen. 'Ja, ja, en nu tovert ze plotseling een brief uit haar rokzak, die... ja, wat precies moet bewijzen? Dat dit mens met haar grote schaar aan haar riem en dat... warrige kapsel veel fantasie heeft?'

Nu kon Franz zich niet meer beheersen en hij sprong op. 'Wat denkt u wel om zo over mijn vrouw te praten?!'

'Meneer Stollwerck, kalmeert u,' fluisterde zijn advocaat en hij drukte hem bij zijn schouder terug op zijn stoel.

'Laten we alstublieft bij de realiteit blijven!' riep de advocaat van de tegenpartij. 'We kunnen toch niet een of ander vodje papier, dat niet van tevoren aan de rechtbank is overlegd, als bewijsstuk toelaten? Misschien gaat het wel om een vervalsing.'

'Wanneer zou ze de brief dan vervalst moeten hebben?' bromde Franz.

'Kalmte alstublieft!' riep de rechter en Franz wreef over zijn slapen om zichzelf weer onder controle te krijgen.

'Meneer de advocaat heeft gelijk, mevrouw Stollwerck,' zei de rechter. 'We kunnen de brief niet als bewijsstuk toelaten. Maar de juryleden hebben uw verklaring gehoord.'

'Maar, meneer de rechter, deze brief zou doorslaggevend kunnen zijn,' probeerde Franz' advocaat nog een keer. 'Het gaat niet alleen om de geloofwaardigheid van de getuige Heidmüller, maar ook om mogelijke belastering van de firma Stollwerck, dus om de eigenlijke zaak van deze zitting.'

Anna Sophia hield de brief in beide handen en keek de rechter aan. Ook Franz keek naar de man en toen die zijn hoofd schudde, kreeg Franz een benauwd gevoel.

'Het spijt me. Dank u wel voor uw verklaring, mevrouw Stollwerck. Neemt u alstublieft weer plaats in het publiek.'

Langzaam stond Anna Sophia op en liep terug. Franz snakte naar adem. Hij had haar het liefst stevig in zijn armen genomen, haar moed toegesproken en gezegd dat alles weer goed zou komen. Maar inmiddels was hij daar niet meer zo zeker van. Hij bleef zwijgend zitten en wreef over zijn kin. Hij had nog één kans, dacht hij. Een laatste kans.

~

Anna Sophia's schouders voelden ineens ontzettend zwaar aan. Het had niet gewerkt! Toch hoopte ze dat haar optreden de juryleden aan Heidmüllers verklaring zouden doen twijfelen. Maar ze vermoedde dat een gerenommeerde arts zoals Heidmüller niet zo snel in twijfel getrokken zou worden. Tegen een man als hij kon een vrouw waarschijnlijk niet op, ook al loog hij nog zo overduidelijk. Ze voelde tranen van teleurstelling opwellen. Ze sloeg haar ogen neer en vouwde met haar trillende handen Wilhelmines brief op. Ze wenste dat niemand haar op dat moment kon zien, maar waarschijnlijk staarde de hele zaal naar haar.

Eindelijk werd de laatste getuige opgeroepen. Pas toen hij zat en ze zijn stem hoorde, keek ze op.

'Ja, eh, goedendag, heren.'

Vanaf haar plaats in het publiek kon ze zijn gezicht niet zien, maar het witblonde haar dat boven op zijn hoofd recht overeind stond, was duidelijk herkenbaar.

'Dokter Baader, ook u werkt al jarenlang als arts, klopt dat?' vroeg Franz' advocaat.

'Ja! Sinds bijna veertig jaar behandel ik... eh... mijn patiënten.' Hij knikte, alsof hij het met zichzelf eens was.

'Welke personen behoren tot uw patiënten?'

'Dat zijn er natuurlijk heel wat. Maar belangrijk is misschien... Bij de familie Müller ben ik jarenlang in- en uitgegaan. Ik heb Gottlieb Müller en zijn dochters behandeld.'

'Interessant.' De advocaat boog zijn hoofd. 'Dat betekent dus dat u zelfs de arts van de eisers bent geweest?'

'Vele jaren, ja.'

'Maar ook die van de beklaagden!' riep Arkenbergs advocaat ertussen.

'Vroeger heb ik inderdaad de toenmalige juffrouw Müller behandeld.

Maar in huize Stollwerck ben ik niet geweest.' Hij wreef onwillekeurig over zijn bierbuikje.

'Hoe zou u... als arts van de eisers...'

'Voormalige arts van de eisers,' wierp de tegenpartij tegen.

'Hoe zou u, als voormalige arts van de eisers, de hoestpastilles van Stollwerck beoordelen?' vroeg Franz' advocaat.

'Wel, het is overduidelijk dat deze, eh, geneesmiddeltjes een groot effect hebben en met name tegen alle longaandoeningen helpen. Ze hebben al bij vele, eh, patiënten erg goed gewerkt.'

'Welke werking kunt u precies bevestigen, dokter Baader?'

'O, het heeft allerlei effecten! De geneeskrachtige planten voor dit recept zijn goed en doelbewust gekozen. Laat u mij kort... Eh, ze zijn verzachtend bij prikkelhoest, werken kalmerend, helpen tegen kramp en bij heesheid en verkoudheid.' Anna Sophia keek naar de juryleden. Zou het kunnen dat ze geïnteresseerd luisterden?

'Hartelijk dank, dokter Baader.' Franz' advocaat knikte naar hem.

'Mag ik nog een opmerking maken?' Met beide handen op zijn buik keek de dokter van de ene naar de andere advocaat en daarna naar de rechter.

'Gaat uw gang.'

'Ik ga ervan uit dat de arts die zojuist tegen meneer Stollwerck heeft getuigd, dus dokter...'

'Dokter Heidmüller?'

'Ja, precies! Dat die arts uiteraard niet alleen mevrouw Mertens-Schaaffhausen, maar ook haar man behandelt.'

Dokter Baader keek door de zaal en wees naar Victor Mertens, die met gesloten ogen tussen de juryleden zat. Pas toen hij zijn naam hoorde, leek hij wakker te worden.

'Meneer Victor Mertens, die hier als neutrale gezworene over een vonnis, eh, moet meebeslissen, is zeer goed bekend met dokter Heidmüller. Maar dit even terzijde.'

De rechter fronste zijn voorhoofd en keek naar Victor Mertens, wiens gezicht plotseling rood werd van woede en die met agressief fonkelende ogen naar Baader keek.

'En wat wil meneer de dokter daarmee zeggen?' zei Arkenbergs advocaat. 'Een getuige die hier als medisch deskundige een verklaring aflegt en een gezworene hebben in hun leven al eens met elkaar te maken gehad. Dus?'

'Ik, eh... Ik wilde het alleen even duidelijk maken. Soms ontgaat mensen immers het een en ander.'

'Dank u wel, dokter. U kunt gaan,' besloot de rechter uiteindelijk.

Anna Sophia excuseerde zich bij Theodor, Heinrich en Koloman. 'Ik moet even snel, eh...' Ze aarzelde. 'Ik kom zo gauw mogelijk terug!' Ze liep vlug de zaal uit en door de gang met de hoge bogen en versierde balustrades. Het liefst wilde ze de tonnetjesplee op het binnenplein gebruiken, maar op een plek als deze zou nu echt niemand moeten zien hoe de vrouw van de beklaagde gebruikmaakte van het toilet. Zou ze het halen om nog helemaal naar de Blindgasse te rennen? Haar onderlijf deed pijn en ze voelde een verschrikkelijke druk, dus ze rende zo snel ze kon.

~

August Arkenberg liep langzaam de lichte, stenen trap af. Zijn nek prikkelde. Hoe dúrfde die leugenachtig dokter? Hoe kon hij August in de getuigenbank onder ogen komen, na alles wat hij Gottlieb had aangedaan? Doodgemoedereerd had hij daar gezeten en tegen de apotheek getuigd. En achter hem had Anna Sophia in het publiek geglimlacht! Zou ze het toch geweten hebben? Was ze achterbaks en doortrapt of toch alleen naïef en dom?

Hij hoorde voetstappen boven zich. Hij keek om en toen hij zag wie de trap af kwam, trok hij zich snel in de schaduw van een stenen boog terug.

~

Anna Sophia keek geconcentreerd naar de trap en hield haar rok met beide handen vast om niet over de zoom te struikelen. Trede voor trede haastte ze zich naar beneden en langs de stenen bogen naar de uitgang. Doorgaans kostte het haar nog geen tien minuten om thuis te komen. Als ze zich haastte kon ze het voor de uitspraak van het vonnis halen, dacht ze, en ze rende door. Ze was net de hoek om toen ze haar naam hoorde. Ze kromp ineen, bleef staan en draaide zich om. Achter haar liep August Arkenberg. Hij stak zijn stok in de grond en klemde zijn monocle tussen zijn wang en wenkbrauw.

~

Wat zag ze er weer slordig uit! Haar haar, dat aan het begin van de zittingsdag nog keurig gekapt was, stond nu wild overeind en haar gezicht glansde.

'Vanwaar die haast?' vroeg hij spottend.

Hij vermoedde dat ze het liefst door was gelopen, maar een beetje fatsoen had ze nog. Ze keek hem aan zonder iets te zeggen.

'Van harte gefeliciteerd.' Hij sprak zo zacht dat ze een stap dichterbij moest komen om hem te verstaan.

'Wat bedoel je?'

'Jouw zet natuurlijk! Ik had er niet op gerekend dat je dokter Baader als getuige zou uitnodigen. Wat onbaatzuchtig van je.'

Ze fronste haar voorhoofd. Ze had zich maar half naar hem toegedraaid, maar hij wilde haar volle aandacht.

'Ik weet niet waar je het over hebt.' Ze keek de straat door. 'Ik moet...'

'O, weet je dat niet? Ik heb het natuurlijk over de louche kant van de goede dokter Baader.'

'Pardon?'

'Ik had echt nooit gedacht dat jullie je door de man zouden laten helpen die geprobeerd heeft je vader te vermoorden.'

Eindelijk draaide ze zich helemaal naar hem toe. Met grote ogen en gefronste wenkbrauwen staarde ze hem aan.

~

Anna Sophia kon haar oren niet geloven. Hoe kon hij de goede dokter Baader beschuldigen? Af en toe had ze er wel aan getwijfeld of August haar vader schade had willen berokkenen... Maar dokter Baader? De ietwat verstrooide maar vriendelijke man die haar al had behandeld toen ze nog kind was, die altijd bij hen in en uit was gegaan om hun temperatuur te voelen, ader te laten of moed toe te spreken? Ze balde haar handen tot vuisten. 'We weten allebei wie mijn vader heeft geprobeerd te vermoorden,' zei ze en ze stak haar kin op.

'Is dat zo?' Er verscheen een zelfingenomen lachje op Augusts gezicht. Alleen zijn ogen bleven kil en hard. 'Voor zover ik weet was ik de enige die dokter Baaders medicijnen heeft gecontroleerd. En ik was ook degene die wantrouwend werd en op het idee kwam ze met gemalen kardinaalsmutsjes te vergelijken. Terwijl jij, lieve Anna Sophia, mij alleen in de achterkamer hebt aangetroffen en de verkeerde conclusies hebt getrokken. Waar of niet?'

Zou het waar kunnen zijn? Nee, ze wilde geen woord geloven van de man die ze zo intens haatte.

'Ik vond het vreemd dat dokter Baader zo plotseling uit de stad verdwenen was. Hij is nog niet zo lang terug, klopt dat? Ik heb onderzoek verricht. Wist je waar zijn innig geliefde dochter jaren geleden aan is overleden?'

Anna Sophia snoof. 'Wat heeft Regina hier mee te maken? Ze was erg ziek. Het was slechts een kwestie van tijd...'

'Was dat echt zo? Of zou het kunnen dat de lieve Gottlieb het destijds iets te goed bedoeld heeft met zijn opiumbehandeling?'

Anna Sophia deed een stap naar voren. 'Hoe dúrf je zo over mijn vader te spreken?'

'Ik denk dat het een vergissing was. De dosering is bij kinderen altijd lastig. Ik verwijt Gottlieb niets. Maar ik denk dat dokter Baader niet zo welwillend met je vader was. Hij heeft geprobeerd Gottlieb te vergiftigen en toen ik de kardinaalsmutsjes ontdekte, is hij ervandoor gegaan. Nu hij terug is durft hij niet bij ons te komen. Hij heeft in elk geval nog geen enkel huisbezoek aangeboden. En op Gottliebs toenadering reageert hij niet...'

Anna Sophia wist niet wat ze moest zeggen.

'Dus tja, tel alles maar bij elkaar op, Anna Sophia.'

Hij knikte langzaam naar haar, draaide zich op zijn hakken om en liep terug in de richting van het Appellhof. Anna Sophia staarde hem na.

Op de weg naar huis, die ze bijna rennend aflegde, moest ze telkens weer denken aan wat August had gezegd. Hij loog ongetwijfeld, dacht ze. Dokter Baader was niet in staat tot zoiets. Ook al had hij meer dan van wat dan ook van zijn dochter gehouden en kon hij haar dood nog steeds niet aanvaarden, hij zou haar vader absoluut niets aandoen! Of wel?

Franz trad voor de beklaagdenbank. Hij zag er nog steeds fris en verzorgd uit, dacht Anna Sophia. Alleen zijn handen, die hij op zijn rug had gevouwen, verrieden zijn nervositeit. Nauwelijks merkbaar wreef hij zijn duimen tegen elkaar.

Tegenover hem stond August, met fonkelende ogen. Gottlieb klopte hem op zijn schouder en zijn advocaat gaf hem een bemoedigend knikje. Iedereen keek naar de rechter, die net verkondigde dat hij na beraad met de juryleden tot een oordeel was gekomen.

Anna Sophia sloeg een kruisje. Alstublieft, lieve Heer, smeekte ze zwijgend.

'De eis van de apothekers Arkenberg en Müller,' – hij keek even op van het boek dat hij in zijn handen had om de eisers aan te kijken –, 'wordt hiermee niet toegewezen. De vraag of bakkers pastilles mogen verkopen, is door deze rechtbank echter niet eenduidig te beantwoorden. Maar aangezien de eisers hun aanklacht hebben gebaseerd op een gevaar voor de gezondheid door de hoestpastilles van Stollwerck, moet die afgewezen worden. Een dergelijk gevaar kon door de rechtbank niet worden vastgesteld.'

Hij knikte even kort naar Franz en de eisers, waarna hij uitleg gaf over de verdere juridische mogelijkheden. Daarna sloeg hij het boek dicht, liep door het middenpad en verliet de rechtszaal.

Anna Sophia keek omhoog en zuchtte opgelucht. Het was gelukt! Het was voorbij! Heinrich grijnsde van oor tot oor, Theodor feliciteerde haar en Koloman schreef ijverig in zijn notitieboek. Ze wilde net naar Franz toe lopen, toen ze Augusts stem dwars door de rechtszaal hoorde.

'Het is nog lang niet voorbij. Uiteraard zullen we in hoger beroep gaan,' zei hij en zijn advocaat knikte heftig.

Anna Sophia probeerde zijn woorden te negeren en baande zich een weg naar Franz. Hij stond midden in een menigte en omhelsde dokter Baader.

'Ha!' riep hij terwijl hij hem op de rug klopte. 'Ik dank u hartelijk, dokter!'

Franz pakte hem bij zijn schouders vast en keek hem aan, om hem vervolgens nog een keer tegen zijn borst te drukken.

'Wat een man!' riep hij naar Anna Sophia zodra hij haar zag. 'U bent echt geweldig, dokter. En ik beloof u: u zult altijd een vriend van onze familie zijn. Vanaf nu bent u natuurlijk onze huisarts, dat spreekt vanzelf. Nietwaar, mijn lieve Anna Sophia?'

'Natuurlijk,' zei ze, maar ze hoorde zelf hoe zacht en onzeker ze klonk. Ze keek nog één keer naar August. Hij stond aan de andere kant van de zaal met zijn armen op zijn rug en observeerde haar. Zodra hij merkte dat ze naar hem keek, trok hij zijn schouders en tegelijk zijn wenkbrauwen op. Alsof hij wilde vragen: 'Weet je wel wat je doet?'

Anna Sophia draaide zich van hem af en haakte in bij Franz, die haar zijn arm aanbood. En terwijl ze door de zaal naar buiten liep, hoorde ze telkens weer Augusts woorden in haar hoofd: Ik had echt nooit gedacht dat jullie je door de man zouden laten helpen die geprobeerd heeft je vader te vermoorden.

De tweede brief van haar zus ontving Anna Sophia slechts enkele dagen later. Ze vond het heerlijk om Wilhelmines handschrift te zien en zich voor te stellen dat zij haar persoonlijk over haar belevenissen vertelde. Wat miste ze haar stem! En wat zou haar vader het moeilijk hebben omdat Wilhelmine zonder zijn toestemming op reis was gegaan, een reis waarvan de bestemming onbekend was. Maar Anna Sophia kon haar zus goed begrijpen. Wilhelmine had altijd al naar de grote wijde wereld verlangd. En zij had een huwelijk met August Arkenberg natuurlijk net zomin gewenst als Anna Sophia.

Wat er ook zou gebeuren, ze zou altijd achter haar jongere zus blijven staan en haar meteen in haar armen sluiten als ze voor haar zou staan.

Ze streek het blad papier glad en begon te lezen:

Mijn lieve Anna Sophia,
… Je zult niet geloven hoe enorm ik van deze reis geniet, en hoeveel ik zie en leer. Met Adele heb ik het weliswaar niet makkelijk, maar Sibylle is de indrukwekkendste vriendin die ik ooit heb gehad. Ik zou haar zo graag aan je willen voorstellen! Ze heeft zulke slimme ideeën en gedachten. Soms voel ik me er zelf helemaal door geïnspireerd. Zo kreeg ik vandaag nog een idee voor jou en Franz. Want weet je, de restauratie in Köthen is een ontmoetingsplaats voor talloze reizigers. In de toekomst zal het spoorwegnet vast verder worden uitgebreid en zullen er nog meer treinreizigers zijn. Daar zouden jullie nu al rekening mee moeten houden! Hoe zou het zijn als jullie zaken gaan doen met de restauraties? In de trein kun je vast heerlijk genieten van de pastilles. Stel je voor dat jullie karamelpastilles met de kopers naar talloze andere steden en landen reizen. En dan zijn de pastilles van Stollwerck op een dag misschien zelfs bekend in het buitenland!
Sorry voor mijn dwaze fantasie, die neemt de laatste tijd vaak een loopje met me.
Ik mis je verschrikkelijk, lieve zus! Maak je geen zorgen om me, met

mij gaat het goed, en ik heb het geluk dat ik morgen al met de trein naar Berlijn mag reizen. Ik denk aan je en ik schrijf je snel weer. Zodra ik kan!
Veel liefs,
Jouw Wilhelmine

Peinzend keek Anna Sophia van de brief op. Waarom eigenlijk niet, dacht ze. Het zou geweldig zijn als haar pastilles ook de mensen in andere landen zouden helpen. Ze wilde er meteen met Franz over praten.

Ze verzekerde zich ervan dat haar schoonzus Maria op haar drie zonen lette en liep snel naar beneden naar de bakkerij. Maar daar was Heinrich net ingesprongen.

'Franz haalt iets van de Neumarkt,' zei hij terwijl hij drie zakjes pastilles over de toonbank aan een klant reikte.

Natuurlijk had Anna Sophia op haar man kunnen wachten. Maar ze was zo opgewonden dat ze de straat op liep en snel de Blindgasse uit liep tot ze op de Neumarkt kwam. Zoekend keek ze tussen de lindebomen om zich heen. Welke winkel zou hij bezocht hebben? Eigenlijk wilde ze niet naar de apotheek kijken. Ze wilde niet aan haar oude thuis denken en aan het feit dat er inmiddels niet alleen een ruzie, maar ook een eis, een vonnis en sinds gisteren zelfs een hoger beroep tussen haar vader en haar in stond. Maar ineens hoorde ze iemand schreeuwen: 'Kijk uit!' Snel draaide ze haar hoofd om.

De stem kwam van een arbeider die bij de apotheek stond. De boom die pal voor de ingang stond en die haar elke keer pijnlijk aan haar vader deed denken, zag er ziek uit. Zijn takken reikten bros naar de hemel en de schors was op sommige plekken paars verkleurd. Op kniehoogte stak diep een houtzaag in de stam. Daarachter, in het deurkozijn, stonden August en Gottlieb. Met hun armen over elkaar keken ze naar de kale kroon.

'Hij valt!' riep de arbeider. En toen viel de linde langzaam om. Krakend en splinterend stortte hij op de Neumarkt neer.

Deel 3

1845-1848

25

Het schemerde toen Kaspar Rockstroh Höhenforst achter de heuvels zag liggen. Twee jaar was hij hier niet meer geweest. Als de nacht niet achter het bos op de loer zou liggen en zijn voeten niet helemaal gevoelloos zouden zijn van de kou, zou hij misschien gewoon verder getrokken zijn, zoals hij al maanden deed. Als landloper struinde hij door de dorpen en pakte hij her en der wat hij nodig had om te overleven. Alleen in de afgelopen winter had hij als knecht op een boerderij gewerkt, maar hij had er niet kunnen blijven. Wat als het kindergraf waarbij hij zo lang had gehuild, toch niet het graf van Lina was? Wat als ze doof, stil en eenzaam in een of andere inrichting of bij slechte mensen woonde? Hoe moest hij haar vinden als hij op deze boerderij bleef? Hij kon niet eten als zij honger leed en daarom was hij weer verder getrokken.

Het was geen echte hoop, die hem dreef, eerder een schuldgevoel. Hij had niet kunnen verhinderen dat zijn jonge gezin gebroken was. Met elke stap probeerde hij voor die mislukking te boeten. Maar inmiddels kwam de tweede winter eraan. Kaspar was al twee tenen verloren door de kou. Hij was zo verkleumd dat hij amper nog kon lopen. Vanuit de verte hoorde hij het geroep van de veedrijvers die hun schapen binnenhaalden en hij rook de geur van versgebakken brood. Hij had geen energie meer om zich tegen die verleiding te verzetten en daarom strompelde hij op deze eerste decemberavond terug naar Höhenforst.

Zijn moeder herkende hem bijna niet. Zodra de kleine, volkomen gerimpelde vrouw besefte wie er voor haar stond stroomden de tranen over haar wangen.

‘Wat zie je eruit,’ fluisterde ze en ze pakte zijn dunne armen en keek in zijn knokige gezicht. ‘De laatste keer dat ik je zag was je nog een jongen. Maar nu?’

Zijn schoonzus Amalie trof hij de volgende dag in de spinkamer aan. Toen hij binnenkwam vergaten de vrouwen even aan de draden te trekken en aan de wielen te draaien.

‘Ik ben het, Kaspar Rockstroh,’ mompelde hij en de vrouwen sloegen snel hun blik neer. Alleen Amalie stond op en liep naar hem toe. Ze moest inmiddels begin twintig zijn. Ze had haar dunne haar in een staartje gebonden en ondanks haar nog altijd rode lippen zag ze er een beetje ziekelijk uit. Ze hoestte zacht. 'Ik had niet gedacht dat jij nog eens een echte man zou worden,' zei ze met een knipoog. 'Je bent veel te dun, maar toch… Kaspar, Kaspar.'

Kaspar probeerde te lachen maar schrok van het schorre geluid dat uit zijn keel kwam.

'Waar ben je geweest?'

Hij haalde zijn schouders op. Hoe moest hij het uitleggen?

Op dat moment ging de deur weer open. Hij voelde een koude tochtvlaag en de stemming in de spinkamer veranderde meteen. De vrouwen spinden ineens veel ijveriger dan daarvoor. Ook Amalie haastte zich terug naar haar plek, boog haar hoofd over het spinnewiel en zweeg. Kaspar keek naar de man in de deuropening. Hij moest rond de zeventig zijn, had een brede nek en vlezige schouders en zijn wangen hingen rechts en links van zijn kin naar beneden. Hij had een hark in zijn hand die met kleurrijke linten was versierd. Het duurde even voordat Kaspar hem herkende. Het was Fritz, een neef van boer Wilhelm. Terwijl Kaspar in de afgelopen twee jaar veel magerder was geworden, was hij juist flink aangekomen.

'Fritz,' bromde Kaspar. 'Zo te zien gaat het uitstekend met je.'

Fritz grijnsde. 'Met dank aan mijn zevende echtgenote en haar welgestelde vader! God hebbe haar ziel.' Hij krabde aan zijn buik. 'Jij zou ook weer een wijf moeten nemen. Af en toe kun je een goede partij doen.' Hij hinnikte van de lach. 'Alleen jammer dat die vrouwen in het kraambed zo snel uit het leven gerukt worden. Maar dat hoef ik jou niet te vertellen, hè?' Hij klopte op Kaspars schouder. 'De kleine Margaretha heeft je maar één kind geschonken, toch?'

Kaspar balde zijn hand tot een vuist. Het liefst had hij een flinke mep op Fritz' blauwachtige neus gegeven, maar Amalie zei snel: 'Fritz, wat brengt je naar ons?'

Fritz liet Kaspar onmiddellijk staan.

'Dat was ik bijna vergeten! Ik heb een cadeau voor je, Amalie.'

Hij hield zijn versierde hark voor haar op, raakte haar wang aan en zei: 'Denk er maar over na.' Daarna liep hij de spinkamer uit.

Een paar tellen was het muisstil in de kamer. Toen riep een van de vrouwen: 'Je mag het niet aannemen!'

'Doe het niet, Amalie,' zei een andere.

'Ben je helemaal gek?'

Amalie beet op haar lip en keek naar de hark.

'Hij is een welgesteld man,' zei ze.

'Dat wel. Maar het gaat altijd slecht met zijn vrouwen. Ze hadden allemaal wonden en blauwe plekken over hun hele lichaam, dat weet je! En de een na de ander ging bij de geboorte van zijn kinderen dood. Denk maar aan Hanne! Acht kinderen heeft ze hem geschonken en na de vierde dacht ik al dat ze het geen dag langer kon volhouden!

Amalie zette de hark tegen de muur, ging zitten en draaide verder aan het spinnewiel.

'Jullie hebben makkelijk praten,' zei ze. 'Mijn vader is al twee jaar dood en mijn broer kan niet langer voor me zorgen. Wie in dit dorp moet mij anders nemen?'

Kaspar kreeg een misselijk gevoel, maar wat kon hij doen? Zelfs als hij Amalie een aanzoek deed, zou hij, de landloper en dagloner, waarschijnlijk amper voor het meisje kunnen zorgen.

De volgende dag al bond Amalie een mooi gevlochten, rood lint aan de zeis van de oude Fritz.

Het werd de koudste winter die Kaspar ooit had meegemaakt. De wind huilde om de huizen, de kou kroop de huiskamers binnen en iedereen hoestte en had koorts. Kinderen die in de herfst of winter werden geboren, hadden geen schijn van kans. Samen met hen stierven ook de ouden en zieken. Het leven werd eenzaam en traag, de soep bestond uit nauwelijks meer dan water, en de lompen waarin de mensen zich hulden stonken een uur in de wind omdat de beek waarin ze hun kleren normaal wasten, tot op de bedding was dichtgevroren.

Sinds Kaspar was weggegaan, leek Höhenforst niet meer hetzelfde dorp te zijn. Had hij op dit pleintje bij de put echt met Margaretha geflirt? Was het werkelijk deze oude schuur geweest waar ze met elkaar hadden afgesproken? Had de bosrand toen echt zo geheimzinnig geleken, net als Gesches hut? Deze winter was dat allemaal ver weg. Hij had het gevoel dat hij zijn dorp vroeger door een sluier had gezien die de kleuren zachter, de zon warmer en de mensen vriendelijker had doen lijken. Nu openbaarde dit boerendorp zich in al zijn lelijkheid. Er hing een stank van dood en verderf, er waren uitgehongerde kinderen met opgezwollen buiken, vrouwen met blauw geslagen jukbeenderen, chagrijnige, magere mannen en in de stallen halfbevroren schapen. Zijn schoonzus

Amalie zag Kaspar nog nauwelijks. Ze moest dag en nacht voor haar man zwoegen. Alleen op één avond, toen hij nog zijn middagroes uitsliep, kwamen ze elkaar tegen. Februari met zijn strenge, aanhoudende kou lag achter hen en af en toe piepte eindelijk de maartse zon tussen de wolken door. De mensen durfden voorzichtig opgelucht adem te halen en wie de winter had overleefd, kwam vandaag bij elkaar in de huiskamer van de meester-bakker. De mannen zaten vlak bij elkaar rond het haardvuur, met tinnen kroezen vol bier voor zich. Aan beide zijden van de kamer zaten de vrouwen achter hun spinnewiel. Een van hen was Amalie. Kaspar kon zijn ogen haast niet geloven. Niet alleen tekende zich al een ronde buik af aan haar voor de rest magere lichaam, maar haar gezicht was ook veranderd. Hoe kon een meisje in slechts één winter zo veel jaar ouder worden? Ze had diepe wallen onder haar ogen en de huid van haar wangen hing slap naar beneden. Haar haar was zo dun geworden dat haar hoofdhuid erdoorheen schemerde. Ze keek hem alleen kort aan en sloeg daarna haar ogen neer. Kaspar vermoedde dat de Amalie die hij had gekend, die winter was verdwenen.

De mannen proostten met elkaar en begroetten Glatz, een leraar uit een naburig dorp, die deze week op bezoek was. Hij was een kleine man met slanke handen, die veel gesticuleerde, vaak knikte en duidelijk zichzelf graag hoorde praten. Kaspar vond het best. Uitgehongerd luisterde hij naar Glatz' verhalen uit de omgeving, naar zijn sprookjes en anekdotes. Hoeveel van die verhalen zouden waar zijn? Hij vertelde over oude, boosaardige vroedvrouwen die jongens met liefdesdrankjes betoverden, over de grote stad Keulen waar jong en oud wonderbaarlijke snoepjes op hun tong lieten smelten en over een Pruisische koning die hen allemaal vergeten was en geen vinger voor de plattelandsbevolking uitstak, die lachte over hun doden en hun honger in deze vreselijke winter, en die zelfs nu nog de adel rijker maakte en het volk armer. En hij vertelde over een kind dat als uit het niets in een dorpje was opgedoken en magische krachten bezat.

'Wat was er zo magisch aan het kind?' vroeg Kaspar, terwijl hij rustig op een strohalm kauwde.

'O, een heleboel! Alles wat dit meisje aanraakte, bedierf of gedijde, al naar gelang zij wenste. Een keer werd het meisje door een boer uitgescholden en hard aangepakt. Ze rende woedend zijn veld in, raakte zijn aardappelen aan en binnen een week waren ze allemaal verrot. Het halve dorp is die winter verhongerd en dat alleen door het vreemde, kwade heksenkind. Alsof de Pruisische koning al niet erg genoeg was!'

Kaspar hield peinzend zijn hoofd scheef. 'Waar kwam ze vandaan?'

Glatz grinnikte. 'Ik denk dat alleen de duivel dat weet. Op een dag lag het kind half bevroren in de koeienstal tussen de kalveren. Maar dat is niet het enige. Hoewel de familie van de boer haar liefdevol grootbracht en haar geduldig de simpelste dingen uitlegde, sprak ze nooit ook maar één woord. Ze kon algauw melken en bij de oogst op de vlasvelden helpen, net zoals elk ander meisje, maar ze hoorde en zei niets. Je zou denken dat ze doofstom was als ze niet op wonderbaarlijke wijze alles wist wat er in het dorp gebeurde.'

Kaspar ging rechtop zitten. 'Doofstom, zegt u?' Hij dwong zichzelf niet te scherp te klinken.

'Een raadselachtig wezentje, dat zeg ik u. Ze wist al hoe je brood bakte, garen spon en kippen plukte. Als twee mannen ruzie hadden, liep ze eerst naar de een, dan naar de ander, en bracht ze hen aan de hand weer bij elkaar. En als ze op de velden hielp, groeide het vlas veel sneller dan normaal. Ze was hooguit zes jaar toen ze probeerde om de goede boer, die haar grootbracht, in te palmen. Hij heeft het me zelf verteld. En toen de boer haar daarvoor strafte, ging ze door het lint. Ze rende het aardappelveld op terwijl ze afschuwelijke kreten uitstootte, die meer aan een demon deden denken dan aan een kind.'

Onwillekeurig ging Kaspar nog iets verder rechtop zitten. Wat zou die afschuwelijke boer in werkelijkheid met het kind hebben gedaan? 'Waar is het meisje nu?' vroeg Kaspar.

'Terwijl bijna het hele dorp afgelopen winter ten onderging doordat de aardappels verrot waren, schijnt zij doodgemoedereerd naar de stad te zijn getrokken.'

'Naar Keulen? Een klein meisje?!'

'Meisje, zegt u?' Glatz begon te lachen. 'Ik betwijfel of het een meisje was.' Hij hief zijn tinnen kroes. 'Laten we erop proosten dat de duivel Höhenforst heeft ontzien!'

De kroezen klonken tegen elkaar, de mannen dronken en de vrouwen sponnen. Alleen Kaspar stond op en verliet de kamer.

~

Wilhelmine had zich zo'n dierentuin interessanter voorgesteld. Samen met Sibylle en Charlotte slenterde ze door de zoölogische tuin, die in het afgelopen jaar voor de poorten van Berlijn was geopend. Het terrein was uitgestrekt, maar aan de talrijke dierenverblijven werd nog gebouwd. In de adelaarskooi zaten twee moe uitziende vogels op een kale tak. En achter dikke, ijzeren staven waar een bordje een 'buffelvijver' beloofde, kon ze geen enkele buffel ontdekken, alleen een grote waterplas. Het geiten- en het varkenshok waren wel vol met dieren, maar dit soort vee had ze op de Keulse markt ook al vaak gezien. Maar als ze eerlijk was, boeide het uitzicht haar toch niet erg. Veel belangrijker was met wie ze hier wandelde.

'Wanneer gaan we naar huis?' vroeg Charlotte, die langzaam maar met zelfverzekerde passen aan Sibylles hand liep. Het was een van haar favoriete vragen. En elke keer leek de plek die zij 'thuis' noemde, een andere te zijn. In het begin was het nog het klooster in Aken geweest, later vermoedde Wilhelmine dat ze de hobbelende koets bedoelde en inmiddels was het de blindenschool waar Charlotte sinds de winter naartoe ging. Alleen één ding was zeker: 'thuis' was nooit de plek waar Charlotte op dat moment was.

'Je gaat graag naar school, hè?' vroeg Sibylle aan haar dochter.

'Hm,' zei ze. 'Meneer Zeune is lief en zijn vrouw is ook lief.'

'En de andere kinderen?'

Charlotte was de jongste van eenentwintig blinde kinderen die op deze school zaten – en het enige meisje. Sinds ze daar was, leek ze iets evenwichtiger te zijn en had ze minder vaak een woedeaanval. Alleen in het weekend, als de school dicht was en Sibylle en Wilhelmine met haar gingen wandelen, of als ze in het Berlijnse hotel waar ze verbleven uit haar lievelingsboeken voorlazen of als ze een beetje wanhopig een andere bezigheid zochten, begon Charlotte af en toe luid te gillen.

'Het zijn allemaal brave kinderen, zegt meneer Zeune. Maar meneer Melcher zegt dat ik iets te veel denk voor een meisje.'

Wilhelmine zag van opzij dat Sibylle grinnikte. 'Wat is je lievelingsvak?'

'Wetenschap. Maar meneer Melcher zegt dat handwerken en toonkunst voor mij belangrijker zijn.'

Wilhelmine luisterde zwijgend. Op haar school was er in meer vakken lesgegeven dan in handwerken, toonkunst en wetenschap, maar ook daar hadden de eerste twee vakken voor meisjes absolute prioriteit gehad.

'Meneer Melcher zegt dat ik eigenlijk geen kostgangster hoef te worden. Dat loont niet voor een meisje.'

Sibylle fronste haar voorhoofd.
'Zei hij dat?'
'Ja, gisteren. Hij zei dat het voor een meisje overdreven is om daar te wonen en verzorgd te worden. En dat de plekken aan jongens voorbehouden zouden moeten zijn.'
Sibylle bleef abrupt staan. Ze keek om zich heen, maar er was wijd en zijd niemand die haar kon horen. De enige mensen waren de bouwvakkers bij de buffelvijver, maar die waren zo ver weg dat ze amper te zien waren.
'Wat denkt die Melcher eigenlijk wie hij is?' mopperde ze. 'Het is meneer Zeunes school en hij heeft me verzekerd dat je de beste opleiding zult krijgen.'
Wilhelmine vond het leuk als Sibylle verontwaardigd was. Er ging een kracht van haar uit waar Wilhelmine zich vrijwel niet aan kon onttrekken en die ook haar hart sneller liet kloppen. Toch dwong ze zichzelf haar blik van haar vriendin los te scheuren en door de tralies van de kooi te kijken waar ze net voor stonden. Op een tak pal voor haar zat een Amerikaanse torenvalk met grijze, bruine en witte veren haar aan te staren.
'Je gaat absoluut niet met minder genoegen nemen, heb je dat begrepen?' zei Sibylle tegen Charlotte. 'Jij wordt kostgangster! En je bent geïnteresseerd in wetenschap, vergeet dat niet, wat Melcher ook zegt!'
Ineens draaide Wilhelmine zich weer naar Sibylle om. Ze kon gewoon niet anders. Ze pakte Sibylles vrije hand en met een vastberadenheid die haar zelf verraste, trok ze haar vriendin tegen zich aan. Ze controleerde nog één keer dat ze helemaal alleen waren en legde toen een hand op Sibylles wang, boog zich naar haar toe en gaf haar een tedere kus op haar mond. Ze wist niet waar ze de moed vandaan haalde. Het was alsof ze de torenvalk was die wist wat het juiste moment was om zijn vleugels uit te spreiden.
Sibylle verstarde slechts héél even van schrik. Daarna ontspande ze zich en kuste haar terug. Hoe vaak had Wilhelmine daar in de afgelopen weken niet van gedroomd en zichzelf er bij het ontwaken om vervloekt? Hoe vaak had ze niet wakker gelegen en zich voorgesteld dat ze naar Sibylle toeging? Hoe vaak had ze niet aan haar huid gedacht, aan haar lippen en hoe erg had ze zich daarvoor geschaamd? De laatste tijd hadden hun handen elkaar tijdens het wandelen telkens aangeraakt. En als ze alleen in een kamer waren en urenlang over politiek, literatuur of hun

families spraken, vlijde Sibylle zich graag tegen haar arm aan of leunde Wilhelmine tegen de ronding van Sibylles hals. Ze hadden elkaars onderarmen of nek geaaid en Wilhelmine had tegen zichzelf gezegd dat vriendinnen dat nu eenmaal deden als ze elkaar graag mochten.

Nu schoof ze haar angsten en twijfels opzij. Hun lippen raakten elkaar telkens weer aan. Haar lichaam tintelde en beefde. Ze wilde Sibylle dichter tegen zich aantrekken en één met haar worden. Maar plotseling hoorde ze Charlottes zachte stem: 'We worden bekeken.'

De vrouwen draaiden zich onmiddellijk om, maar er was nergens iemand te zien. Charlotte had de hand van haar moeder niet losgelaten, maar ze had haar hoofd opzij gedraaid, alsof ze ingespannen luisterde. Ze liep weg en trok Sibylle achter zich aan.

'Voorzichtig, Charlotte, wat doe je nou? Kijk uit dat je niet struikelt!'

'Daar!' riep het meisje luid en ze wees naar de struiken. 'Daar is iemand!'

Wilhelmines hart ging tekeer. Zou Charlotte gelijk hebben? Wilhelmine zag niets, maar ze moest gewoon het zekere voor het onzekere nemen. Ze klemde haar tanden op elkaar, bukte zich en duwde voorzichtig de takken van een struik uit elkaar. Geschrokken hapte ze naar adem. In de struiken hurkte een meisje. Ze was een jaar of dertien, veertien en had een volle bos zwart haar.

'Wat doe jij hier?' vroeg Wilhelmine zacht. 'Gaat het goed met je?'

'Ik.... Eh...'

'Verstop je je?'

Het meisje stond op en klopte haar jurk af. 'Ik had even rust nodig,' zei ze. Wilhelmine fronste haar voorhoofd en keek naar Sibylle. Wat als dit meisje aan iemand verried wat ze net had gezien? Af en toe hoorde je dat vrouwen die andere vrouwen onzedelijk aanraakten wegens hysterie in het gekkenhuis werden opgesloten. Maar misschien zou niemand het kind geloven. Ten eerste wees haar eenvoudige jurk zonder ruches en knoopjes erop dat ze niet uit een erg vooraanstaande familie kwam en ten tweede hielden de meeste mensen die Wilhelmine kende zo'n voorval sowieso simpelweg voor onmogelijk.

'Hoe heet je?' vroeg Sibylle.

'Hedwig.'

'En verder?'

'Schlesinger.'

'Wat doet je vader?'

'Hij is tabaksfabrikant.'

Sibylle kneep haar ogen tot spleetjes. 'Ga je hem vertellen wat je hebt gezien?'

'Vertellen? Ik heb niks te vertellen.' Hedwig kruiste haar armen op haar rug en sloeg haar ogen neer.

'Waarom heb je je dan in de struiken verstopt?' vroeg Wilhelmine.

'Ik ben weggelopen. Mijn familie is hier ergens, maar ik wilde alleen zijn.'

'Je mag niet zomaar weglopen,' zei de kleine Charlotte. 'Dan maken de anderen zich heel erg ongerust.'

Sibylle grinnikte en aaide haar dochter over haar hoofd.

Hedwig rolde met haar ogen. 'Dat weet ik ook wel! Maar ik was kwaad.'

'Dat ken ik,' zei Charlotte met een te volwassen zucht en Wilhelmine moest zich inhouden om niet te lachen. 'Ik ben ook vaak kwaad, echt waar hoor! Maar voor een meisje hoort dat niet, dat weet je vast ook wel. Waarom was je kwaad?'

'Ach, mijn vader zegt dat ik nog maar een jaar naar school mag gaan. Terwijl mijn broers veel langer mogen! Alleen ik moet thuisblijven, in het huishouden helpen en leren hoe ik een echtgenote word.' Hedwig sloeg haar armen over elkaar. Daarna keek ze Charlotte nieuwsgierig aan. 'Waarom kijk je de hele tijd naar de grond?'

'Dat doe ik helemaal niet,' zei Charlotte en ze opende haar oogleden. Haar witte ogen leken in verschillende richtingen te kijken. 'Ik kijk nergens naar.'

Sibylle pakte snel Charlottes hand. 'We moeten gaan,' zei ze en ze trok haar dochter mee. Wilhelmine volgde hen.

'Waar woon je?' riep Hedwig Charlotte na.

'Ik word kostgangster in de Zeune-school,' antwoordde ze trots. 'Dat is een fantastische plek en ik vind wetenschap het leukst.'

'Hoe heet je?' riep Hedwig nog.

'Ik heet Charlotte. Dag, Hedwig!'

'Dag, Charlotte!'

Ze liepen een poosje zwijgend met zijn drieën de weg af. Tot Charlotte op een gegeven moment fluisterde: 'Jullie hoeven je geen zorgen te maken. Dit meisje zal tegen niemand iets zeggen.'

Wilhelmine slikte en keek naar Charlotte. Hoe was het mogelijk dat dit kind zo veel wist, zonder iets te kunnen zien? Soms geloofde ze dat Charlotte veel meer begreep dan zijzelf.

Bij de volgende kruising draaide Wilhelmine zich nog één keer om. Hedwig stond nog steeds op de plek waar ze haar achter hadden gelaten. Als een standbeeld, dacht Wilhelmine. Een standbeeld met een droevige maar trotse blik.

26

Franz Stollwerck draaide een rondje. Om hem heen stonden notenhouten tafeltjes, rieten stoelen en halfronde marmeren tafels. Daarachter hingen grote spiegels in vergulde lijsten.

'We zijn zo ver, hè?' vroeg hij aan Heinrich, die hem in de afgelopen weken elke dag had geholpen. Heinrich grijnsde met zijn duizend lachrimpels en knikte. 'Jazeker, meester! Je nieuwe koffiehuis is perfect.'

'Ha!' riep Franz. Hij sloeg zijn vriend op zijn rug en liep naar de ingang. Hij moest aan de opening van zijn bakkerij denken, zes jaar geleden. Toen hadden Anna Sophia en hij urenlang op klanten gewacht en bijna het ergste gevreesd. Maar die tijden, die nederlagen en teleurstellingen, waren voorbij, zei hij tegen zichzelf. Met beide handen opende hij de openslaande deuren en hij werd door de wachtende gasten begroet. Meer dan twintig mensen waren gekomen, hoewel het al dagenlang pijpenstelen regende. Ze drongen met hun druipende paraplu's naar binnen en keken vol verbazing rond.

'Wat elegant!' vond Theodor.

'Heel exquisiet,' bevestigde een heer met een enorme snor.

'Fantastische sfeer,' vond weer een ander en hij gaf Franz een knipoog.

Ook Koloman knikte. 'Het is hier goed toeven.'

Het had zich snel in de stad rondgesproken dat Stollwerck ging uitbreiden. Het feit dat de apothekers, en dan vooral August Arkenberg, ondanks hun eerste nederlaag tegen hem en zijn pastilles bleven protesteren, had zijn populariteit niet geschaad. Integendeel. Het conflict wekte op veel plaatsen zo veel belangstelling op dat er zelfs nog meer verkooppunten kwamen en er nog meer verkocht werd. Anna Sophia maakte de pastilles allang niet meer zelf. Ze hadden kleine fabrieksruimtes in de bakkerij ingericht, waar nu vier gezellen volgens het recept van zijn vrouw kruiden maalden en suiker karamelliseerden. Bovendien had hij een paar walsen aangeschaft. Dankzij die machines hadden de pastilles nu allemaal exact dezelfde vorm en grootte en waren ze in het midden zelfs voorzien van een kleine 'S'. De productie van de karamelpastilles werd elke week uitgebreid. Maar Franz vreesde dat zijn pastilles op een dag toch nog verboden zouden kunnen worden. Zijn vader Nikolaus nam in elke geval elke gelegenheid te baat om die angst aan te wakkeren. Elke keer als hij langskwam schudde hij zijn hoofd en zei hij: 'Het is allemaal goed en wel, Franz. Maar wat als ze het je toch nog verbieden?' Voor het bedrijf Stollwerck, dat inmiddels zes medewerkers had en hele gezinnen in hun onderhoud voorzag, zou dat natuurlijk rampzalig zijn. Daarom besloot Franz toch naar zijn vader te luisteren en zijn werkzaamheden te verbreden. Hij investeerde 3340 talers uit de opbrengst van de pastilles om het huis op nummer 14 in de Blindgasse te kopen, het gebouw dat direct aan zijn woonhuis grensde. Hier had hij nu een elegant koffiehuis ingericht. Het was niet zijn eerste poging op dit gebied, want Franz had de oude bakkerij al eerder als café omgebouwd, maar de ruimte was algauw te klein gebleken. Nu keek hij tevreden om zich heen naar de gasten, die aan de tafeltjes plaatsnamen en in kranten uit de hele wereld bladerden die erop lagen. Het was een goede beslissing geweest om de bedrijfsonderdelen zuiver te scheiden. De hete, krappe en bedrijvige pastillesfabriek bevond zich in het gebouw ernaast, pal onder de woonvertrekken, en in dit koffiehuis kon hij in alle rust elegante Keulse burgers van eten en drinken voorzien. In de vitrine lagen brood en banket en er was ook marsepein, dragant en warme chocolademelk. Franz liep trots van het ene naar het andere tafeltje om zijn gasten te begroeten en persoonlijk te bedienen.

Ook zijn vader kwam langs om Franz geluk te wensen.

'Niet slecht, mijn zoon,' zei hij, terwijl hij om zich heen keek. 'Maar pas op dat je niet te hoog mikt. Dit moet een bom duiten hebben gekost...' Franz haalde diep adem. Waarom moest hij altijd een negatieve opmerking maken?

'Jullie hebben een hoop werk verricht,' zei Theodor een paar minuten later toen Franz' vader weer was weggegaan. Hij zat met Koloman en de twee heren bij elkaar die Franz al bij binnenkomst complimenten hadden gemaakt. De ene met de volle baard keek met slechts halfgeopende, maar vriendelijke ogen naar hem op.

'Een heel aangename plek,' beaamde hij.

'O, mag ik even deze heren aan je voorstellen? Dit is Carl D'Ester, een voormalige leerling van mijn vader. Mijn vader is erg trots, want Carl is niet alleen arts en politicus geworden, maar hij is ook een goede vriend van me.' Theodor grinnikte. 'En dit is zijn vriend Francois Ravaeux, een voormalige soldaat en nu een succesvolle tabakshandelaar. Ook hij is actief in de stadspolitiek.'

Hij wees naar de dunne man die tegenover hem zat. Francois had een donkere snor en knipoogde weer samenzweerderig naar Franz.

'Van harte welkom, heren. Mag ik u ter verwelkoming echte *Aachener printen* aanbieden? Ze komen vanaf vandaag dagelijks met de trein naar Keulen.'

'Heel graag!' riep Francois. 'Maar het is ook erg leuk om u eens persoonlijk te ontmoeten.'

Franz fronste zijn wenkbrauwen en grijnsde. 'Mij?'

'Ja, natuurlijk! U bent toch de man die in de hele stad de apotheken in rep en roer heeft gebracht?' Francois lachte.

'Hij volgt mijn berichtgeving over de rechtszaak,' zei Koloman en de trots in zijn stem was onmiskenbaar.

'Wel, wat moet ik zeggen...' Franz wreef verlegen over zijn kin.

'Verheugt u zich maar op mijn carnavalsspeech, meneer Stollwerck. Over deze kwestie moet ik absoluut wat zeggen.'

'U bent carnavalsvierder?'

'In hart en nieren! Overigens werkt het domme bestuur met al die klungels me behoorlijk op de zenuwen. Ik speel met de gedachte om een eigen carnavalsvereniging op te richten.'

'Koloman, zou dat niet wat voor jou zijn?' Franz gaf zijn vriend een por tegen zijn schouder en lachte.

'Voor mij? Hoezo?'

'Nou, als jij daar je gedichten voordraagt zou ons dat een hoop plezier opleveren als iedereen lacht.'

Franz knipoogde. Het was even stil aan de tafel en daarna begon Francois hard te lachen. 'Jullie vriend Stollwerck is een grapjas!' riep hij enthousiast. Ook Carl en Theodor grinnikten. Alleen Koloman keek hem boos aan. Franz moest zich inhouden om niet met zijn ogen te rollen. Zijn vriend wist toch dat hij graag een grapje maakte. 'Het was maar een geintje, Koloman. Stel je niet zo aan!'

'Heel grappig,' zei Koloman droog. Maar hij zag er ineens verdrietig uit. Franz wreef weer over zijn kin. Was hij dit keer misschien te ver gegaan?

'Zeg, houdt u van Frankrijk?' vroeg Francois.

'Meneer Ravaeux! Ik ben dol op Frankrijk. Mijn vader praatte er altijd al enthousiast over en toen ik Parijs uiteindelijk met eigen ogen zag, was ik verkocht.'

'Dat dacht ik al!'

'Echt?'

'Ja, natuurlijk! Hoe had u anders zo'n inspirerende man kunnen worden? Ik zal u eens wat zeggen: u zult een suikerrevolutie ontketenen die niet mis is. U bent voor mij de pastilles-Napoleon.' Francois knipoogde en Theodor en Carl lachten. Alleen Koloman keek ongeïnteresseerd voor zich uit.

'Ik ben weleens voor ergere dingen uitgemaakt.' Franz stak zijn handen in zijn broekzakken en grijnsde.

'Dan is dat dus beslist. Meneer pastilles-Napoleon, mogen wij bestellen?'

'Altijd, heren!'

'Vier *Aachener printen* graag. Vanaf wanneer mogen we hier cognac drinken?'

'Ik ga het koffiehuis elke zaterdagavond openen. U bent van harte uitgenodigd. Het eerste rondje is van mij.'

~

Het regende al sinds Kaspar vertrokken was. Het leer van zijn schoenen was doorweekt, zijn mantel hing zwaar om zijn lijf en hij had het verschrikkelijk koud. Kaspar was nog nooit in Keulen geweest. Tot nu toe had hij alleen vanuit de verte een paar daken gezien die achter de stadsmuur en de Rijn opdoken. Hij wist niet zo goed wat hij had verwacht, maar zo nat was deze stad in zijn voorstelling nooit geweest. Nu werd de stad door hoogwater beheerst. Deutz leek een eilandje in de zee. Toen hij langs de pontonbrug liep zag hij dat die was afgesloten, zo hoog stond het water in de Rijn. Rillend stak hij zijn handen diep in de zakken van zijn mantel en voelde daarin Gesches amulet. Hij had die toevallig in zijn oude nachtkastje gevonden toen hij naar de kleine, zwarte bijbel van zijn moeder had gezocht en was boos op zichzelf geweest. Hoe had hij Gesches verzoek zo lang kunnen vergeten? Nu hij echt naar Keulen ging, zou hij proberen haar wens alsnog te vervullen. Hij had de amulet in de zak van zijn mantel gestopt en omsloot hem stevig met zijn hand. Meteen voelde hij zich iets hoopvoller en moediger op deze vreemde, grauwe plek waar het stortregende.

Alle straten bij de Rijn stonden blank en overal liepen mensen met zandzakken te slepen, probeerden ze hun laatste wintervoorraden te redden en keken ze wanhopig naar de lucht. Kaspar had al veel plekken gezien en overal had hij zich een vreemdeling gevoeld. De landloper in hem had zich aangewend zijn blik naar de grond te richten om bij niemand argwaan te wekken. Hij herinnerde zich nog maar vaag de oude Kaspar. Die had graag naar de kleuren van de lucht, de knoppen aan de bomen en de gezichten van de mensen gekeken. Terwijl hij nu kletsnat door de regen liep en zijn best deed een landloper te zijn, voelde hij zich voor de eerste keer weer zichzelf. Hij had nog nooit zo veel mensen op één plek gezien. Op de marktpleinen krioelde het van de mensen, overal werd getimmerd en gezaagd en in de straten was het een chaos van magere bedelaars, keurig geklede dienstmeisjes, soldaten met hoge helmen, jasjes met een dubbele rij knopen en sabels, en opgedofte heren in rokkostuum en met cilinderhoed. Er waren hier mensen die nog armer waren dan hij. Ze hadden etterende wonden in hun gezicht, hoestten erbarmelijk of waren zo mager dat hun lichaam nauwelijks te zien was in hun lompen. En er waren mensen wier kleding ondanks de regen luxe uitstraalde, die hun paraplu's uitklapten en vrolijk over de plassen sprongen om zich naar hun prachtige koetsen te haasten, waar vaak edele paarden voor waren gespannen. De onderstellen waren overdekt, alleen de koetsier zat in de regen. Kaspar moest aan de woorden van de leraar Glatz denken. Zou het echt waar zijn dat de Pruisische koning de armen nog armer en de rijken nog rijker wilde maken?

Kaspar schrok elke keer als hij een klein kind in vodden zag lopen. En hij zag er ontzettend veel. Kleine jongens en meisjes die geen grammetje vet aan hun lijf hadden, met grote ogen door de straten liepen en hun hand ophielden. Stel dat het Lina net zo verging? Ze zou niemand kennen en kon zich niet eens verstaanbaar maken! Bij die gedachte kreeg hij het zo benauwd dat hij snel doorliep.

'Heb je misschien een klein meisje gezien?' vroeg hij aan een bedeljongen.

'Ze is ongeveer zes jaar en doof. Ken je haar?' zei hij tegen een in vodden gekleed meisje. 'Ze zeggen dat ze magische krachten heeft. Heb je over haar gehoord?'

Maar niemand kon hem verder helpen. Doelloos en rillend doolde hij door de straten, langs wijnhandelaren met volle vaten, apotheken vol flesjes in allerlei formaten, geurende bakkerijen en zelfs een koffiehuis. Hij gluurde even door de grote etalage en keek naar de heren die binnen met hun benen over elkaar geslagen aan tafeltjes zaten, uit piepkleine kopjes dronken en de uiteinden van hun snor draaiden. Een van hen, een forse jongeman met brede schouders en een schalkse glimlach liep van tafel naar tafel om met de andere gasten te praten, tot zijn blik op Kaspar viel. Ze keken elkaar even aan en daarna wendde Kaspar zich af. Hij wilde doorlopen, maar botste per ongeluk tegen een kleine man met een kaal hoofd op.

'Pas op!' riep de kale man vrolijk.

'Pardon,' zei Kaspar.

'Zoek je iets?' vroeg de man. Waarschijnlijk had hij gezien dat Kaspar al een tijdje voor het koffiehuis stond en naar binnen keek. Wat voor een indruk moest dat wel niet op hem maken, zo nat en vuil als Kaspar was? Hij had wel kleren uit Höhenforst meegenomen en was minstens een à anderhalf kilo aangekomen, maar in zijn gescheurde mantel en met de versleten, slappe hoed op zijn hoofd moest hij wel een trieste indruk maken op de man voor hem. Hij wou dat hij op zijn minst een strohalm had om op te kauwen zodat hij zich op deze plek iets meer op zijn gemak zou voelen. Maar er groeide hier niet veel gras en als het er wel was, stak het treurig en kletsnat tussen de straatstenen uit.

'O... Ik wilde niet storen. Maar ik zoek...'

'Werk? Hier hebben we helaas niets voor je te doen, maar je ziet eruit alsof je van aanpakken weet, mijn vriend. Misschien heb je wel geluk in de suikerfabriek waar mijn broers werken.'

Hij wees naar het eind van de straat en legde de weg naar een oud klooster uit, dat omgebouwd was tot een raffinaderij. 'Mijn broers vertelden dat een van de grondknechten zich gisteren aan een ketel heeft verbrand en niet meer kan komen. Als je snel bent, heb je misschien een kans!'

Kaspar knikte. 'Bedankt. Maar... heb je misschien een klein meisje gezien? Van ongeveer zes jaar en doofstom?'

De man fronste zijn voorhoofd en schudde zijn hoofd.

'Ze is mijn dochter en ze is van me afgepakt. Sindsdien zoek ik haar overal. Ze hebben me verteld dat ze in Keulen zou kunnen zijn. Maar de stad is groot.'

'Het spijt me, mijn vriend.'

Hij knikte naar Kaspar, draaide zich om en liep naar de deur. Daar bleef hij even staan, alsof hem nog iets te binnen was geschoten. 'Als je naar de raffinaderij gaat, zeg dan gewoon dat Heinrich je stuurt. Heinrich Statz.' Daarna liep hij het koffiehuis in.

Kaspar doolde de hele dag door het regenachtige Keulen. Hij zag talloze kinderen, maar geen van hen leek Lina te zijn. 's Avonds sloop hij een park in en ging hij opgerold op een bankje onder een dichte boom liggen. Hij sliep die nacht amper. Toen hij de volgende ochtend tandenklapperend, nat en met stijve ledematen opstond, besloot hij dat hij werk moest zoeken. Hoe moest hij anders in Keulen overleven? De stad was niet alleen vol mensen, maar hij kwam ook overal agenten tegen die hem nauwkeurig in de gaten hielden. Stelen was hier bijzonder gevaarlijk. En de regen leek ook niet op te houden. Hij had een dak boven zijn hoofd nodig en overdag een warme maaltijd. Hij plukte een grasspriet die onder zijn bank nog enigszins droog was gebleven, kauwde erop en liep de weg die de kleine man hem de vorige dag had gewezen.

Vanbuiten verrieden alleen schoorstenen waar donkere rook uitkwam dat deze middeleeuwse kerk geen godshuis meer was. Bij de ingang werd hij afgesnauwd door een jonge kerel. 'Wat moet je? Scheer je weg!'

'Ik zoek werk,' zei hij, terwijl hij op zijn grasspriet kauwde.

'En wat kan mij dat schelen?'

'Ik weet van aanpakken. In mijn dorp was ik schapenboer en landbouwer.'

'Ga dan maar terug naar je schapen, je hebt hier niets te zoeken.'

'De schapen hebben de winter niet overleefd.'

De man rolde met zijn ogen. 'Ben je doof of moet ik je van het terrein af schoppen?'

Kaspar keek de man even aan en draaide zich daarna om om te vertrekken. Maar ineens schoot hem iets te binnen. Hij haalde de grasspriet even uit zijn mond. 'Heinrich stuurt me,' zei hij. 'Heinrich Statz.'

De man tilde zijn hoed op, wreef over zijn kale hoofd en zuchtte. 'Wat heeft mijn broertje zich daarbij in godsnaam in het hoofd gehaald?'

Kaspar bleef staan en fronste zijn voorhoofd. De aardige Heinrich van gisteren was de broer van deze onvriendelijke kerel? Hij stak de halm weer in zijn mond en kauwde verder.

'Nou, goed dan. Kom maar mee. Maar zet die belachelijke hoed af! En pas vooral op dat je niet net zo onhandig bent als je voorganger. Als arbeider kom je niet aan de ketels, begrepen?'

Ik als arbeider, dacht Kaspar, en hij grinnikte trots. Hij trok zijn hoed van zijn hoofd, gooide de grasspriet weg en volgde de man. Had hij echt in deze stad, waar het wemelde van de jongemannen die werk zochten, dankzij een toevallige ontmoeting een baan gevonden? Na alle vreselijke pech in de afgelopen jaren kreeg hij een gevoel van dankbaarheid.

Binnen werd Kaspar ontvangen door een weldadige warmte die van de reusachtige, met vuur gestookte ketels afkwam. Kaspar had nog nooit zulke grote ketels gezien. Als drie mannen op elkaars schouders zouden gaan staan, zouden ze er nog in verdwijnen. De ketels stonden op stellages en Kaspar zag dat ze aan de onderkant spits toeliepen. Er stroomde een massa uit een opening in een buis, die met behulp van reusachtige wielen, die Kaspar aan de spinnewielen in zijn dorp deden denken, werd aangedreven en in buizen werd geleid. Kaspar fronste zijn voorhoofd toen hij de eindeloze vertakkingen zag. Ze slingerden zich volkomen onoverzichtelijk door de ruimte en overal borrelde het. Vuile arbeiders sleepten met zakken, veegden of schepten kolen, mechanici keken op lange lijsten en sleutelden aan de ketels en opzichters met hoge hoeden blaften hun bevelen door de ruimte.

'Ik ben Albert Statz, tweede grondknecht. Onthoud dat,' bromde Heinrichs broer. Daarna drukte hij hem een bezem in zijn hand. 'Ga eerst maar eens vegen. Daarna zorg je voor de kolen.' Hij wees naar een reusachtige berg aan de andere kant van de ruimte. 'Ze moeten in gelijke delen naar de ketels worden gebracht. Maar kom niet te dichtbij. We willen immers niet dat je je handen verliest.'

Kaspars aanvankelijke blijdschap over zijn nieuwe baan vervloog snel. Al na korte tijd deden zijn armen en benen pijn en hij was altijd uitgeput en moe. Hij kreeg eeltknobbels op zijn handen en zijn rug deed zeer. Hij maakte lange dagen. Kaspar begon bij zonsopgang te werken en schepte, sleepte en veegde tot laat in de avond. Zondagen bestonden niet in de raffinaderij. De ketels borrelden constant. Er werden telkens weer kisten vol suikerriet van overzee geleverd, dat dagelijks tot een witte massa verwerkt moest worden. Hoe deze plantenstengels samenhingen met het glinsterende resultaat dat uiteindelijk werd verkocht, begreep Kaspar amper. Hij was slechts een piepklein radertje in deze complexe machinerie. Maar een die moest functioneren, zeven dagen per week, veertien uur per dag. Anders zou hij zijn baan, de dagelijkse soep en het dak boven zijn hoofd verliezen.

Albert Statz bracht hem in het huis van zijn moeder onder. Hij woonde nu dus pal naast de Klingelpütz en deelde met drie andere arbeiders een vochtige kamer. Ze wisselden elkaar af wie in het bed mocht slapen, de anderen lagen dan op de grond. Gelukkig werden de nachten milder, waardoor ze het niet al te koud hadden onder de klamme dekens. Kaspar sliep diep maar toch onrustig. Hij droomde rare, duistere dingen. Een keer werd hij omhuld door een spookachtige stilte, hoewel hij midden in de raffinaderij stond. De mensen leken tegen hem te schreeuwen. Hun monden vertrokken woedend, hun hoofden werden rood, maar hij hoorde geen woord. Een andere keer wilde hij Statz waarschuwen. Hij stond met zijn rug naar Kaspar toe, sprak met een arbeider en merkte niet dat een kolenzak op de stellage boven zijn hoofd omkiepte. Kaspar wilde hem roepen, maar er kwam geen geluid uit zijn keel toen de zak viel, de kolen hard en zwaar op Statz neerregenden en hij neerviel. Kaspar rende naar hem toe, draaide hem op zijn rug en zag een gekrulde mond, kaarsrechte wenkbrauwen en markante gelaatstrekken. En in zijn mondhoek stak een afgebroken strohalm. Hij was het zelf, die daar lag en niet meer ademde. Snakkend naar adem werd Kaspar wakker. Hij raakte zijn nek en oren aan, maar had geen tijd om over de droom na te denken. Hij moest weer aan het werk.

Kaspar was zo uitgeput dat hij weinig energie had om zijn zoektocht naar Lina voort te zetten. Maar zodra hij mensen ontmoette, bijvoorbeeld andere bewoners, mensen die in het huis van de familie Statz op bezoek kwamen of bedeljongens op straat, vroeg hij hun om voor hem naar zijn dochter uit te kijken. Voor degene die haar vond stelde hij het loon van een hele week in het vooruitzicht. Maar niemand scheen Lina gezien te hebben.

'Hoe ziet ze er dan uit?' vroeg Heinrich Statz tijdens een late avondmaaltijd. Ze zaten samen met zijn broer en twee andere arbeiders om een kleine houten tafel en deden zich te goed aan de resten die Heinrich uit het koffiehuis van zijn werkgever had meegebracht. Het gebak was al twee dagen oud en inmiddels hard geworden, maar Kaspar kon toch niet geloven hoe zoet dit heerlijke eten op zijn tong smolt.

'Ik heb haar lang niet gezien.' Kaspar beet in een smal stukje taart, waar kruiden in zaten die hij nog nooit had geproefd. Met volle mond praatte hij verder: 'Als klein meisje was ze donkerblond en extreem knap. Ze had een trotse mond, laaghangende mondhoeken en donkere ogen.'

'Hoe moeten we haar nou met deze omschrijving vinden?' Heinrich grijnsde.

'Hoeveel doofstomme meisjes van zes zullen er zijn die helemaal alleen door Keulen lopen?'

'Er zijn hier wel een aantal angstige kinderen die geen woord zeggen,' zei Rudolf, een van Kaspars kamergenoten die zelf hooguit twaalf was. Met diepe wallen onder zijn ogen en lichtrode huiduitslag op zijn armen pakte hij een broodje en stopte het gulzig in zijn mond.

Ineens schoot Kaspar iets te binnen. 'Ah! Ze heeft een zwarte moedervlek, precies hier.' Hij wees naar de plek boven zijn rechtermondhoek.

Heinrich knikte. 'Ik zal mijn best doen, mijn vriend. Ik ga morgen meteen even langs het wees- en vondelingenhuis.' Hij sloeg Kaspar op zijn schouder.

'En ik zal hiernaast navraag doen,' zei Albert. 'In de Klingelpütz brengen ze ook vaak weeskinderen onder.'

Kaspar knikte dankbaar naar Albert.

De aanvankelijk zo bot overkomende man, die de hele dag bevelen blafte, bleek buiten de raffinaderij een verbazingwekkend fijne kerel. Zodra hij door de poorten naar buiten liep, leek hij zijn beroep als tweede grondknecht van zich af te schudden als een natte hond het water. Dan vormde zijn anders zo strenge mond een schalkse grijns en knipoogde hij naar Heinrich en naar de andere arbeiders, klopte hen op de schouders en maakte grapjes. Hij vroeg telkens weer of hij iets kon doen om de koude kamer van zijn moeder iets draaglijker te maken. Hij mopperde behoorlijk over de eerste grondknecht, de voorman, de eigenaar van de raffinaderij en de slechte arbeidsvoorwaarden. Ook deze avond duurde het niet lang voordat hij wrevelig zijn hoofd schudde.

'Het kan toch niet zo zijn dat we tot laat in de avond ploeteren, maar toch alleen Heinrichs aalmoezen eten! We hebben amper een dag vrij in het jaar! Dit is toch geen leven...'

'En vergeleken met ons verdien jij nog goed,' bromde Kaspar.

'Maar ik liep al met zakken te sjouwen toen jij nog niet droog achter je oren was. Ik was toen zelfs nog jonger dan onze kleine hier.' Albert grijnsde en woelde met zijn handen door het haar van de kleine Rudolf.

'Hé!' zei die en hij duwde hem weg.

'Eén chef hoeft maar te horen wat je zegt en we vliegen er allemaal uit,' zei Kaspars tweede kamergenoot Ernst. Hij was midden dertig, had diepe groeven in zijn gezicht, was al wekenlang schor en kwam niet van zijn hoest af. 'De straten zijn vol mannen zoals wij die onze baan zo over zouden nemen.'

Albert snoof. 'Juist daarmee houden ze ons allemaal in bedwang. Maar stel je voor dat iedereen zo zou denken als wij. Als elke arbeider een rechtvaardig loon zou eisen en ook de mannen op straat niet voor minder zouden werken, dan zou er toch iets moeten veranderen.'

Ernst lachte hees. 'Droom maar lekker. Maar als het om overleven gaat, vecht toch ieder voor zijn eigen hachje.'

Albert fronste zijn wenkbrauwen. 'Nou, dan ken je de Keulenaren niet,' zei hij. 'Nietwaar, Heinrich?'

'Jazeker, broertje. Jazeker,' antwoordde hij en ineens bestond zijn gezicht alleen nog uit diepe lachrimpels.

~

Anna Sophia werd wakker door luid gerinkel. Ze schoot overeind en staarde in de duisternis. Wat was dat? Het klonk alsof iemand een glazen schaal had laten vallen. Franz sliep diep en vast. Ze spitste haar oren of er iets in het donkere huis was, maar hoorde niets ongewoons. Ze wilde net weer gaan liggen, toen ze zacht gezoem hoorde en iets op haar linkerhand voelde kriebelen. Ze kneep haar ogen tot spleetjes en merkte dat ze ineens in het donker kon zien. Ze tilde haar hand op. Er zat een lieveheersbeestje op.

'Hallo, vriendje,' fluisterde ze. Hij zoemde naar de slaapkamerdeur. Met gefronst voorhoofd stond ze op en volgde hem. Ze moest aan de nacht denken dat Peter Josef was geboren en ze de insectenwolk had gezien... Lieveheersbeestjes waren geluksbodes, dacht ze. Dat had haar moeder haar als kind geleerd. Daarom haastte ze zich. Geruisloos liep ze naar de gang, de trap af en de voordeur uit. Hoewel het midden in de nacht was, had Anna Sophia het niet koud. Wanneer had ze haar mantel aangetrokken? Ze zweefde langs dronkaards, nachtwakers en Pruisische soldaten, alsmaar het lieveheersbeestje achterna. Of was ze zelf een lieveheersbeestje geworden? Gewichtloos fladderde ze door de stegen, steeds verder van het stadscentrum. Hierbuiten werden de wegen viezer en smaller en de huizen schever en krommer. Voor een bijzonder sjofel huis landde ze. Het stonk er als de hel. Hier kon ze toch niet moeten zijn, dacht ze. Maar toen hoorde ze in het huis iets rinkelen – alsof er een grote glazen schaal was gebroken – en ze hoorde iemand luidkeels gillen. Het klonk als de kreet van een gekweld dier, dacht Anna Sophia. Zachtjes ging de deur voor haar open en er glipte een klein meisje naar buiten. Haar gezichtje was nat van de tranen, haar mondhoeken hingen ver naar beneden en boven haar bovenlip zat een zwarte moedervlek. Ze dook in de schaduw van de ingang in elkaar, sloeg haar armen om haar benen en keek op. Hun blikken ontmoetten elkaar. Ze staarden elkaar aan.

'Gaat het goed met je?' fluisterde Anna Sophia. 'Wat is er daarbinnen gebeurd?' Maar het meisje reageerde niet.

'Hé!' brulde plotseling een mannenstem. De deur zwaaide open en een magere man stormde naar buiten. Hij greep de arm van het meisje en trok haar omhoog.

'Wat doet u?' wilde Anna Sophia vragen, maar ze kon geen woord uitbrengen. Ze droomde, dacht ze. Het was allemaal een droom en ze kon niet ingrijpen. 'Laat u dat meisje met rust!' wilde ze zeggen, maar ze hoorde haar eigen woorden niet. 'Hé!' schreeuwde ze zo hard ze kon en eindelijk hoorde de man haar.

'Wat wilt u?' De onbekende man keek haar recht aan. 'Waarom hangt u midden in de nacht op straat rond?'

Anna Sophia hijgde en keek om zich heen. Het was donker en koud, en ze droeg alleen haar nachthemd onder haar mantel. In één klap werd Anna Sophia zich ervan bewust dat ze wakker was geworden... En niet in haar bed. Ze stond in een louche buurt die ze niet kende, voor een vreemd huis en had net tegen een gevaarlijk uitziende man geschreeuwd. Was ze weer gaan slaapwandelen? Daarbij was ze nog nooit haar huis uitgegaan! Ze beefde heel erg.

De man duwde het kleine meisje het huis in en deed de deur dicht. Daarna kwam hij op Anna Sophia af.

'Wilt u uw diensten aanbieden?' Er verscheen een grijns op zijn gezicht. 'U ziet er helemaal niet uit zoals de gebruikelijke hoeren in de buurt.'

Hij wilde haar in haar nek grijpen en haar tegen zich aan trekken, maar Anna Sophia dook onder hem weg. Hij lachte en kwam achter haar aan. Anna Sophia's hart bonkte. Ze probeerde weg te lopen maar hij pakte haar stevig bij haar arm en trok haar terug. Met opengesperde ogen staarde ze de man aan. En plotseling dook in plaats van zijn gezicht de brede grijns van Victor Mertens voor haar geestesoog op.

'Laat me los!' gilde ze.

'Wat nou, wat nou? Je bent er nog maar net.' Hij stonk naar zweet en urine en begon haar grof te betasten.

'Blijf van me af!' Ze sloeg wild om zich heen en voelde dat ze in paniek raakte, maar haar armen waren zo zwak van de kou, dat ze amper iets kon doen. Wanhopig krabde ze hem in zijn gezicht en hij gilde het uit. Uit woede trok hij haar nog dichter tegen zich aan en probeerde haar rok omhoog te schuiven.

'Nee,' riep ze.

Hij wreef zijn stoppelige gezicht tegen haar nek.

Anna Sophia schreeuwde zo hard ze kon en eindelijk hoorde ze achter zich voetstappen.

'Hé, u daar! Blijf van mijn vrouw af!'

De man liet haar meteen los en keek om zich heen. Anna Sophia struikelde een paar passen naar achteren. Er kwamen een nachtwaker en twee soldaten aan. En achter hen liep Franz. Hij rende. Zijn ogen waren groot en zijn huid glom. Zodra hij bij de man was, sloeg hij hem met zijn vuist midden in zijn gezicht. Anna Sophia zakte in elkaar.

'Smeerlap!' riep Franz. Hij wilde op de man gaan zitten en hem nog een paar klappen geven, maar de nachtwaker hield Franz tegen. 'Achteruit!' riep hij. In plaats van Franz stortten de soldaten zich op de man.

Toen beide mannen gekalmeerd waren, schreeuwde de nachtwaker kwaad: 'Wat heeft een vrouw als u hierbuiten überhaupt te zoeken? En dan nog in deze kledij! Het is uw eigen schuld, u weet toch wat er kan gebeuren!'

Op de terugweg hield Franz zijn arm stevig om haar heen en ze voelde de warmte en geborgenheid die hij uitstraalde. Een poosje liepen ze zwijgend naast elkaar. Daarna zei hij met zijn lage stem: 'We moeten iets tegen het slaapwandelen doen. Als de nachtwaker je niet die kant op had zien lopen, had ik je waarschijnlijk nooit gevonden.'

'Hm,' zei Anna Sophia.

'Misschien moeten we de deuren op slot doen en dan verstop ik de sleutel.'

'En stel dat er brand uitbreekt?'

Franz gaf geen antwoord, maar drukte haar alleen maar nog dichter tegen zich aan. Zonder iets te zeggen leidde hij haar door de steegjes. Na een tijdje hield Anna Sophia het niet meer uit. Ze vroeg: 'Wat was er gisteren met je aan de hand?'

'Gisteren?'

'Je praatte nauwelijks met me en ging me telkens uit de weg. Is er iets wat je me zou willen vertellen?'

Franz antwoordde niet meteen. Hij keek naar zijn schoenpunten, maar Anna Sophia kon wachten. Uiteindelijk zei hij: 'Het gaat om August en je vader.'

Anna Sophia slikte. 'Wat hebben ze nu weer gedaan?' Ze liepen net de Blindgasse in. Anna Sophia zag het bord van het koffiehuis en daarachter de pastillesfabriek. De zon kwam al bijna op en dan zouden deze twee gebouwen, die er nu nog donker bij lagen, gevuld worden met een lawaaiige bedrijvigheid en zoete geuren.

'Ze hebben een verbod tegen onze pastilles bewerkstelligd.'

Anna Sophia sloot even haar ogen. 'Dat... dat kan niet. Dat kan niet waar zijn!'

'Helaas wel. Er zal het een en ander veranderen, Anna Sophia. Maar maak je geen zorgen. We vinden wel een oplossing.'

Het nieuws benam haar de adem. Al die tijd was ze ontzettend bang geweest voor dit verbod en telkens weer had ze gedacht dat ze aan het onheil waren ontkomen. Ze hadden zo veel maanden voor hun pastilles gevochten... En dan moesten ze nu toch nog opgeven? Hoe zou hun bedrijf dat moeten verwerken? Waar zouden ze het geld vandaan moeten halen om hun medewerkers te betalen en hun kinderen te onderhouden? En wat moest ze zelf als ze geen pastilles meer kon maken en verkopen? Er was niets waar ze zo veel plezier aan beleefde als aan het koken, kneden en rollen van de pastilles en het moment waarop ze ze andere mensen in de hand mocht drukken. De hoop dat ze hen met haar kennis een klein beetje kon helpen. Zou dat nu allemaal voorbij zijn? Gewoon zomaar, vanwege August en haar vader?

Dat het groen van de klimop, dat in de duisternis aan hun gevel glansde, er toch nog sterk uitzag, kon haar nauwelijks troosten. Franz maakte de deur open en zwijgend liepen ze terug naar de slaapkamer. Ze struikelde bijna over een gebroken bloemenvaas, die op de grond lag. Had Anna Sophia die in haar slaap van het nachtkastje gestoten? Terwijl ze de kapotte vaas zo goed en zo kwaad als het ging opzijschoof, ging Franz weer in bed liggen.

'Slaap lekker, mijn liefste,' bromde hij. Hij sloot zijn ogen en in het binnenvallende maanlicht zag Anna Sophia dat er geluidloos een lieveheersbeestje op zijn schouder landde.

~

'Moeten jullie echt gaan?' vroeg Charlotte zacht. Sibylle zat voor haar dochter op haar hurken en hield haar handjes vast.

'Je bent nu toch al groot?' zei ze. 'Je bent een grote kostgangster, weet je nog? Je kunt de hele dag bij je nieuwe vrienden zijn. Jullie eten en leren samen. En in de vakanties zien wij elkaar weer. Tot die tijd blijf je dapper, goed?'

'Ik weet het niet zeker,' fluisterde Charlotte. 'Soms overvalt de onzin me gewoon.'

Wilhelmine moest zich inhouden om niet te lachen. Het meisje zei vaak zulke grappige dingen.

'Ik weet het,' antwoordde Sibylle. 'Maar denk eraan: als je dapper blijft, zul je hier veel spannende dingen leren. En in de vakanties ga je mij erover vertellen, goed?'

'Hm,' zei Charlotte.

'Ik zal je missen, lieverd.'

'Ja,' zei Charlotte alleen. Ze wreef over haar mond en staarde met haar witte ogen langs hen heen.

'Zal Hedwig af en toe nog op bezoek komen?'

Wilhelmine grinnikte in zichzelf. Het was leuk geweest om te zien hoe de twee verschillende meisjes sinds hun ontmoeting in de dierentuin vriendinnen waren geworden. Hedwig was telkens weer naar Charlottes schoolplein gegaan, had naar haar gevraagd en met haar gekletst. Ze wilde alles weten over hoe Charlotte de wereld waarnam en vertelde op haar beurt waar zij zich in haar eigen leven aan ergerde.

'Als ze tijd heeft, komt ze vast en zeker.'

Voorzichtig gaf Sibylle haar een knuffel en Wilhelmine merkte dat ze tranen in haar ogen kreeg. Hoe moeilijk het ook was met het kind – als het meisje de vrouwen 's nachts gillend wakker maakte of zomaar uit het niets om zich heen begon te slaan –, ze had het meisje in haar hart gesloten. Charlotte was zo ontwapenend open en zei telkens veel te intelligente dingen voor haar leeftijd. En ergens had ze voor Wilhelmine voor een bepaalde vorm van zekerheid gezorgd. Zolang ze met Sibylle en haar in één kamer sliep, ging alles zijn normale gang. Ze hadden wekenlang in hun eigen wereldje verkeerd: midden in Berlijn, ver weg van alles, alleen met zijn drieën en overdag, als Charlotte op school was, met zijn tweeën.

Maar terwijl Wilhelmine en Sibylle nu voor maanden afscheid van het meisje namen, vervolgens met een huurkoets naar het station reden, op de trein wachtten en instapten, naast elkaar in de eerste klas op de beklede stoelen gingen zitten en uit het raam keken, voelde Wilhelmine duidelijk dat er iets veranderd was. Hun missie voor deze reis was vervuld. Wat zou er nu gebeuren? Misschien kwam het wel door deze onzekerheid dat ze voor de eerste keer sinds ze vertrokken was een brief aan haar vader had geschreven. 's Ochtends, voordat Sibylle wakker was geworden, was ze aan het tafeltje in de hotelkamer gaan zitten. Haar hand was over het papier gevlogen. Af en toe was er een traan langs haar wang gedruppeld die een paar letters op het papier had uitgewist. Toch had ze koortsachtig verder geschreven. Ze was pas gestopt toen alle woorden eruit waren en ze volkomen uitgeput was en haar wangen nat waren.

De brief zat in haar tas. Ze zou hem versturen zodra ze in Bonn waren aangekomen, in de villa waar Sibylle wilde gaan wonen. De twee vrouwen zwegen. Sibylle pakte Wilhelmines hand en Wilhelmine draaide zich naar haar om. Ze ontmoette haar diepe, verlangende blik en hield hem vast.

27

Franz Stollwerck liep in zijn kantoor heen en weer. Wat moest hij doen? Sinds het hem verboden was om pastilles te verkopen, bleef de oven in de fabriek koud. Anna Sophia had weliswaar haar handen vol aan de kinderen en het huishouden, maar Franz voelde dat ze verdrietig was vanwege haar pastilles. Ze sprak op een koele toon tegen hem, terwijl hij toch alles had geprobeerd en voor haar pastilles had gevochten. Alle bestellingen waren geannuleerd en de gezellen en arbeiders waren tijdelijk naar huis gestuurd. Als hij niet gauw een oplossing bedacht, zou hij ze moeten ontslaan. En hoe moest het dan met zijn twee gebouwen, zijn fabriek annex woonhuis en het koffiehuis? Natuurlijk had hij ze nog niet afbetaald. Dankzij het koffiehuis was er weer meer vraag naar zijn brood en banket, maar dat leverde bij lange na niet genoeg op. De cognac die hij zaterdags aanbood, leverde meer op, maar hij kon niet méér mensen bedienen dan er op de stoelen plaats konden nemen. En een groter koffiehuis kon hij gewoon niet betalen. Misnoegd keek hij naar zijn bureau. Want daar lag de brief. Franz had hem nog niet geopend. Het zegel schrikte hem af. De brief was van Victor Mertens en kon niets goeds betekenen. Hij pakte hem met beide handen op. Hij zou hem gewoon doormidden kunnen scheuren, dacht hij. Eén luid 'ratsj' en het probleem was opgelost. Of niet? Zou dat echt kunnen? Zijn geldzorgen zouden immers niet verdwijnen. Met talloze processen tegen hem hadden Victor Mertens en August Arkenberg uiteindelijk hun zin gekregen. Hij stond met zijn rug tegen de muur. Hij zuchtte, want hij wist dat hij geen keus had. Daarom opende hij de brief uiteindelijk toch.

Met stevig op elkaar geperste lippen las hij hem. Telkens opnieuw.

Er werd op de deur geklopt. 'Is alles in orde, Franz?' hoorde hij dof de stem van Theodor.

'Niets is in orde.'

De deur ging open. 'Kan ik je helpen?'

'Moet je kijken.' Franz gaf de brief aan zijn vriend. 'Mertens heeft me een aanbod gedaan.' Hij lachte verbitterd.

Theodor fronste zijn voorhoofd, hield de brief vlak voor zijn ogen en las voor: '*Aangezien u nu helaas machteloos bent, wil ik u een stuk tegemoetkomen. Ik verklaar me bereid uw pastillesfabriek en uw koffiehuis te kopen…*' Theodor keek met gefronst voorhoofd op. 'Kopen? Wat wil hij nou met jouw pastillesfabriek? Alleen apotheken mogen nu toch pastilles verkopen?'

Franz balde zijn handen tot vuisten en zei: 'Precies. En daarom wil hij de fabriek ook hebben. Hij zal ongetwijfeld met die kruiperige Arkenberg samenwerken. Zij zouden samen op grote schaal pastilles kunnen fabriceren en verkopen. Niet alleen in apotheek Müller, maar in alle apotheken van het land!'

'En dat voor dit belachelijke bedrag,' Theodor schudde zijn hoofd.

'Hij had net zo goed voor mijn voeten kunnen spuwen,' mopperde Franz.

'Dit kun je niet aannemen.' Theodor gaf hem de brief terug en Franz smeet hem op het bureau.

'Nee! Maar zie jij een andere oplossing?'

Theodor sloeg zijn ogen neer. 'We bedenken wel iets.'

Franz zette zijn handen in zijn zij en keek uit het raam.

Theodor zweeg.

Zacht zei Franz: 'Nou, daar ben ik niet meer zo zeker van…'

Alle kaarsen in de kroonluchters flakkerden en het licht ervan werd door de hoge spiegels en glanzende schilderijlijsten weerkaatst. Buiten was het al donker geworden. Binnen hingen de slierten van sigarettenrook in de lucht en Franz schonk voor Francois Ravaeux en Carl D'Ester voor de tweede keer deze zaterdagavond een glaasje cognac in. Ze lachten, sloegen zich op de bovenbenen en scholden op de aristocratie. Franz keek om zich heen. Het koffiehuis werd goed bezocht, aan bijna elk tafeltje dronken en rookten twee of drie heren, en rond Francois met zijn samenzweerderige glimlach en Carl met zijn grote baard had zich zelfs een groepje mannen gevormd. De twee hadden veel van hun democratische vrienden naar het café gehaald. Ze ontmoetten elkaar hier elke zaterdagavond om over de politieke situatie van het land te debatteren. Ze spraken over algemeen kiesrecht, de ellende van de armen, de omstandigheden voor arbeiders en de rechten van de gewone man. Sommigen onder hen, zoals Theodor, die ook tussen de discussiërende mannen zat, waren voor emancipatie van de Joden, anderen spraken vooral over de Duitse staat. 'We hebben een burgerwacht nodig!' riep iemand.

‘Het kan toch niet zo zijn dat die Pruisische soldaten hier overal lopen te paraderen. Het volk zou de macht moeten hebben. Wij zouden zelf moeten zorgen dat alles in orde is en ons moeten kunnen bewapenen!’

Een ander schudde zijn hoofd. ‘Ik vind het veel belangrijker dat de pers niet langer door de Pruisische koning gecensureerd wordt. Is het niet schandalig dat Frederik Willem IV de *Rheinische Zeitung* gewoon heeft verboden omdat de artikelen van Karl Marx hem niet zinden? Terwijl die man het helemaal bij het rechte eind had!’

‘Wat je zegt. En juist dat beviel de Pruisen niet. Natuurlijk houden ze er niet van als iemand hen op hun geheime en mysterieuze staatsorganisatie wijst. Maar dat is exact wat we nodig hebben. Een vrije pers en de mogelijkheid onze mening te uiten!’

Franz begreep van al die dingen niet veel. Hij had zijn eigen zorgen. Hij dacht telkens weer over Mertens’ aanbod na. Moest hij het aannemen? Hoe zou het dan met hem en zijn gezin gaan? Hoe moesten ze in de toekomst geld verdienen?

‘Meneer Stollwerck, hebt u nog een glaasje voor me?’ riep een heer die achteraan in de hoek zat en die Franz nog nooit had gezien. Hij was een erg forse man met een grote snor.

‘Maar natuurlijk.’ Franz liep naar hem toe om hem bij te schenken. Maar vlak voordat de flessenhals het glas raakte, vroeg de vreemdeling: ‘Hebt u misschien ook een likeurtje voor me?’

Franz stopte. ‘Wat zou u graag willen?’

‘Een lekker kruidenlikeurtje misschien.’

‘Maar natuurlijk.’

‘En daarbij een paar van uw pastilles.’

‘Dat gaat helaas niet meer,’ bromde Franz. ‘Wegens een aanklacht van de apothekers mag ik geen pastilles meer verkopen.’

De man ging rechtop zitten en fronste zijn voorhoofd. ‘Dat is toch hopelijk niet waar, hè? Ik ben er speciaal voor uit Hamburg gekomen.’ Hij keek misnoegd. ‘Ik wilde u leren kennen en een hele lading meenemen!’

‘Uit Hamburg?’ vroeg Franz verbaasd.

‘Neemt u me niet kwalijk. Ik ben Johann Heimerdinger.’ Hij gaf Franz een hand. ‘Ik heb een delicatessenwinkel. Uw pastilles vinden gretig aftrek bij ons.’

‘Ah, bent u dat! Ik ben altijd erg blij geweest met uw bestellingen.’

‘Ik trof u niet in uw bakkerij aan en mijn vriend Joseph Wolff hier zei dat ik misschien meer geluk zou hebben in het koffiehuis.' Hij klopte de man die naast hem zat op de schouder. Die had ook een fors postuur, maar had zwarte bakkebaarden die leken op die van Franz. Franz kende hem vaag. Hij kwam de laatste tijd vaak in zijn café om overdag chocolademelk en zaterdagsavonds likeur te drinken.

'Doodzonde,' was Wolff het met zijn vriend eens.

'Wat hoor ik nu?' Carl stond ineens achter Franz. Hij legde een hand op zijn schouder en sprak zacht in zijn volle baard. Franz bracht hem ook kort op de hoogte van de situatie en langzamerhand kwamen er steeds meer heren om hen heen staan die hun voorhoofd fronsten en verontwaardigd waren. Heren die net nog over democratie hadden gefantaseerd, spraken nu enthousiast over de karamelpastilles van Stollwerck. En mannen die net nog kwaad waren geweest op de Pruisische koning, scholden nu ook op de apothekers.

'Als ik de armen in de ziekenhuizen behandel, heb ik altijd jouw hoestpastilles in mijn tas. Ze hebben al zo veel zieken geholpen! En in tegenstelling tot de pastilles in de apotheken zijn ze betaalbaar,' zei Carl.

Heimerdinger maakte een wegwerpgebaar. 'Ach, dat spul in de apotheek kun je niet eens pastilles noemen! Die hebben zulke harde randen en zijn zo ruw en bitter...'

'Ze moeten u de productie weer toestaan!' riep Wolff. 'We hebben uw karamelpastilles nodig.'

'Ik zal als arts een aanbeveling voor je schrijven. En ik zal een paar collega's vragen hetzelfde te doen.'

Franz wuifde het weg. 'Dank je wel, Carl, dat is echt een grote eer. Maar er hebben al een paar artsen in de rechtbank voor me getuigd. En dat heeft allemaal niets geholpen.'

'Dat mag wel wezen,' zei Francois. 'Maar tot nu toe had je ook nog geen vrienden zoals wij.' Hij gaf hem een knipoog. 'Het wordt tijd dat we grof geschut gaan inzetten. Wij gaan je helpen. Geloof me, wij zullen samen een ministerieel besluit voor je regelen.'

Franz fronste zijn voorhoofd. 'Een wat?'

Francois Ravaeux grijnsde. 'Laat ons onze gang maar gaan!'

Algauw bogen de heren zich geconcentreerd over de tafel en bedachten samen een plan. Franz schonk hun telkens weer likeur bij. En terwijl de donkergroene, stroperige vloeistof in de glazen vloeide, kreeg Franz ook een idee. Pastilles mocht hij misschien niet maken. Maar hoe zou het zijn als hij in plaats daarvan met een vergelijkbaar recept zijn eigen likeur ontwikkelde en verkocht? Hij zou die in café-restaurants, theaters, kruidenierswinkels en op markten kunnen aanbieden. Misschien kon hij daarmee de tijd overbruggen waarin zijn pastilles nog verboden waren. En de ingrediënten konden, behalve de alcohol natuurlijk, zeer vergelijkbaar zijn. Hij moest het gauw met Anna Sophia bespreken...

~

Victor Mertens keek van zijn bureau op en likte onwillekeurig met het puntje van zijn tong over zijn lippen. Voor het raam liep net zijn pupil Emma met de kinderwagen in de richting van het park. Wat had ze vandaag weer een prachtige jurk aan! Haar diepe decolleté straalde in de zon, haar ronde schouders glansden en haar blonde krullen dansten op en neer. Erdmuthes dood had hem pijnlijk genoeg meer aangegrepen dan hij ooit zou toegeven, maar het goede aan de dood van zijn moeder, die tevens Emma's stiefmoeder was, was dat hij nu de voogd van dit knappe kind was.

De laatste tijd had hij het zo druk gehad dat hij maar weinig tijd had kunnen besteden aan haar en zijn zoon Julius, waar zij af en toe voor zorgde. Maar nu scheen de zon en hij had toch even pauze nodig van zijn papierwerk. Hij stond op om Emma te volgen.

'Emma, lief kind!' riep hij naar haar. Ze bleef meteen staan en draaide zich naar hem om.

'Ja, Victor?'

Achter Emma keek ook de tweejarige Julius uit de kinderwagen naar hem op. Zijn zoon. Victor keek trots naar hem. Maar tegelijkertijd voelde hij ook een lichte steek in zijn borst. Waarom kon Emma niet de moeder van zijn kind zijn? Hij zou er zo'n goede indruk mee maken op zijn familie!

'Ik loop een stukje met jullie mee,' zei Victor en hij haalde hen in. Toen ze verder liepen raakte zijn schouder telkens weer die van zijn halfzus. Wat rook ze lekker!

'Hoe gaat het met de jongen?' vroeg Victor en hij keek naar zijn zoon met zijn blonde krullen en ernstige gezichtje.

'Hij is een prachtig mannetje. Hij is erg slim en oefent al ijverig met praten.'

'Helemaal zijn vader. Nietwaar, kleine Julius?' Victor boog zich naar zijn zoontje in de kinderwagen toe. 'Je lijkt op je papa. En dat is maar goed ook. Het spijt me echt het te moeten zeggen, maar je hebt een verschrikkelijke moeder. Ze is een vreselijk mens. Maar gelukkig is je tante Emma er, hè?'

Emma zuchtte. 'Heb je nog steeds niets van Sibylle gehoord?'

'Ach!' Hij maakte een afwimpelend gebaar. 'Van die ontaarde moeder zal ook geen bericht komen. Het kan haar niets schelen hoe het met haar zoon gaat.'

'Onvoorstelbaar.' Emma schudde haar hoofd. 'Het spijt me zo, lieve Victor.'

Victor zuchtte en onderdrukte een grijns.

Hij had zijn bewering dat Sibylle een kuur deed verbazingwekkend lang kunnen handhaven, maar de laatste tijd waren de mensen vragen gaan stellen en had hij er niet omheen gekund om een nieuw verhaal te verzinnen. Nu geloofden de mensen dat Sibylles artsen haar een leven buiten het stadse leven in Keulen en de drukte in het stadspaleis hadden aangeraden. In de villa in Bonn zou ze beter tot rust komen. Emma liet zich er door dit verhaal echter niet van weerhouden om haar schoonzus te bezoeken. In Bonn had ze gezien dat Sibylle daar helemaal niet bepaald de rust had opgezocht en toch had ze niet Victor van leugens beschuldigd, maar gelukkig haar schoonzus. Emma dacht nu dat Sibylle een ziekte had verzonnen om zich aan haar plichten als echtgenote en moeder te onttrekken. En ze vond dat Victor het niet had verdiend om zo door zijn eigen vrouw bedrogen te worden.

Voor hem had het niet beter kunnen gaan, dacht Victor. Hij genoot met volle teugen van haar medelijden. Hij wierp van opzij een steelse blik op haar. Hoewel ze al begin twintig moest zijn, had ze haar kinderlijkheid behouden. De kleine neus, de rode mond, de hoge stem... Al die dingen trokken hem aan. Ze wandelde naast hem en zodra ze merkte dat hij naar haar keek, sloeg ze haar ogen neer. Onwillekeurig moest hij aan het kleine apothekersmeisje denken. Wat was dat lang geleden! Vroeger, toen hij nog niet getrouwd was, had dat meisje op een vergelijkbare manier haar ogen voor hem neergeslagen. Hij had er al heel lang niet meer aan gedacht, maar nu overweldigde de mooie herinnering hem.

'Emma, lief kind. Laten we even naar dat bankje gaan,' zei hij en hij duwde de kinderwagen met zijn hand die kant op.

'Natuurlijk.'

Ze liepen een hoek om en Victor gebaarde Emma met zijn arm dat ze even onder een treurwilg moest gaan zitten. Wat een perfecte plek, dacht hij. De laag hangende takken waren net een gordijn. Daarachter zou niemand hen zo snel zien.

Zodra Emma zat, schoof hij de kinderwagen een stuk opzij. Daarna ging hij naast haar zitten.

'Mijn lieve Emma,' begon hij en hij legde zijn arm achter haar op de leuning van de bank.

Ze keek hem met trouwhartige ogen aan.

'Ik ben erg blij dat je bij ons bent, weet je dat?'

Hij legde zijn hand op haar warme schouder. Ze kromp licht onder hem ineen. Was ze soms bang?

'En ik ben blij dat ik bij jullie kan zijn,' zei ze met haar kinderlijke stem.

Emma was een goed meisje, dat wist hij. Ze had geen idee welk effect ze op mannen had. Nee, een meisje zoals zij wist niets van het leven. Zoals het hoorde leefde ze in luxe, droeg dure jurken en keek vriendelijk maar volkomen onwetend de wereld in. Waarbij haar 'wereld' zich natuurlijk vooral beperkte tot de ontvangstzalen van de eigen familie en die van zakenpartners. Heel goed, dacht hij en hij schoof nog een stukje naar haar toe. Natuurlijk mocht hij met haar niet doen wat hij destijds met het kleine apothekersmeisje had uitgehaald. Hij moest Emma tenslotte nog strategisch uithuwelijken. Maar tot die tijd wilde hij van haar aanwezigheid genieten. Wat gaf dat nou? Hij legde zijn hand op haar been.

'Je bent echt een juweel, weet je dat?'

Ze zweeg verlegen. En toen ze een stuk bij hem vandaan schoof, schoof hij vastberaden op.

'Je hoeft niet bang voor me te zijn. Ik zou je alleen graag willen bedanken. Omdat je zo goed voor Julius bent en ook voor zijn grote zus Wilma zorgt.'

'Ach, dat doe ik toch graag.'

'Nee, nee, ik wil je in elk geval belonen, kleine Emma.' Hij streelde haar been en toen hij daarbij ook nog de geur van haar haar rook, kreeg hij het helemaal warm. Zijn lijf begon te tintelen. Verdorie, dacht hij. Hoe moest hij nou de wilskracht opbrengen om niet verder te gaan? Hij probeerde zich voor de geest te halen dat Emma nog altijd zijn halfzus was en dat het fatsoen nu werkelijk van hem eiste dat hij zich beheerste. Maar al die begrippen leken hem in deze situatie ineens erg abstract... Halfzus, fatsoen...

'Zeg, hoe kan ik je belonen? Wat vind je leuk?'

Emma schoof nog een stuk bij hem vandaan en hij dwong zichzelf dit keer te blijven zitten en diep adem te halen.

'Ach, ik heb helemaal niets nodig, lieve Victor,' zei ze en ze sloeg haar ogen weer neer.

'Ik heb gehoord dat je graag chocolademelk drinkt, klopt dat?'

'Maar natuurlijk! Die doet me zo goed.' Er verscheen een glimlach op haar gezicht.

'Wist je dat ik een suikerraffinaderij bezit?'

'Jij?' Ze keek vragend naar hem op.

'Jazeker. We verwerken rietsuiker in reusachtige ketels.'

'Fascinerend!'

Leunde ze nu een stukje naar hem toe? Hij kreeg het nog warmer.

'Als je wilt neem ik je een keer mee en laat ik je zien hoe de suiker gemaakt wordt.'

Haar mooie mond viel open en hij kon niet anders dan ernaar staren.

'Echt?'

'Zorg dat je maandagochtend vroeg klaar bent, dan laat ik je alles zien.'

Op de terugweg lag zijn hand op haar onderrug en bij elke stap kon hij bijna haar billen voelen. Ach, wat zou hij haar graag achter een struik trekken. Nu meteen... Hoe zou ze hem dan aankijken?

'Meneer Mertens!' hoorde hij plotseling de stem van zijn kantoorklerk. De man liep met grote passen vanuit het huis over het smalle pad naar hem toe en zwaaide met een brief. 'Ik heb antwoord van Franz Stollwerck.'

'En?' Victor liet zijn halfzus meteen los en liep naar hem toe. 'Wat schrijft hij?'

'Hij heeft uw aanbod afgewezen, meneer Mertens. Hij houdt zijn pastillesfabriek.'

Victor voelde dat hij rood werd. 'Afgewezen? Hoe kan hij het nu afwijzen? In zijn situatie! Wat wil hij dan in hemelsnaam met de voor hem volkomen nutteloze fabriek?'

De klerk haalde radeloos zijn schouders op. 'Hij heeft zijn besluit niet toegelicht.'

'Natuurlijk niet!' Geïrriteerd rukte Victor de brief uit de hand van zijn medewerker. Hij las de tekst op het papier vluchtig door en snoof. 'De rotzak...'

Hij haalde diep adem, rechtte zijn rug en zei: 'Goed. Hij zal wel zien wat ervan komt. Dan leert hij het maar op de harde manier. Geeft u onmiddellijk de opdracht: het bouwbedrijf kan met het nieuwe project beginnen.'

~

August ging de apotheek via de achteringang binnen. Hoewel de deur piepte, draaide Gottlieb zich niet naar hem om. Stram stond hij achter de toonbank en steunde op zijn vingertoppen. Blijkbaar was hij iets aan het lezen.

August schraapte zijn keel. 'Ik ben klaar voor vandaag. Is er nog iets te doen, Gottlieb?'

Het duurde even voordat de apotheker antwoordde. 'Wacht alsjeblieft nog even,' zei hij zacht.

August stak zijn handen in zijn zakken. Dit kon nog even duren. Maar het was beter om gewoon af te wachten en zich niet te verroeren, zodat Gottlieb zich kon concentreren. De laatste tijd werd de oude heer steeds verstrooider. Als August sprak, luisterde hij vaak niet eens. Hij verwisselde de cijfers in het kasboek, bestelde de verkeerde medicijnen en verkocht hoestsiroop aan mensen die wondzalf nodig hadden. Eén keer was hij gewoon in bed gaan liggen, in de overtuiging dat het diep in de nacht was.

De intelligente, imponerende, vaak intimiderende man die deze apotheek ooit had geleid, bestond niet meer. Vooral sinds het eerste proces tegen de Stollwercks was hij vermagerd. Zijn schouders waren heel smal, zijn armen en benen waren dun en zijn gezicht was vaal en bleek geworden. Op papier was Gottlieb nog wel de eigenaar van de apotheek, maar hij bezorgde August vaak meer last en werk dan dat hij hem hielp. August leidde de apotheek allang zelf. Hij nam de beslissingen, hield het overzicht en werkte van 's ochtends vroeg tot 's avonds laat voor hen beiden.

Augusts enige lichtpuntjes in deze uitputtende dagen waren de momenten waarop hij Elise ontmoette. Zijn verloofde was inmiddels zestien en begon langzamerhand een schoonheid te worden. Haar golvende haar, bleke huid en bijna zwarte ogen bevielen hem heel goed. Ze was ook niet zo brutaal als haar oudere zus Wilhelmine. Ze was stiller en vlijtig. Nu al leidde ze het huishouden bijna alleen, met slechts de hulp van Betty. Hij stelde zich graag voor hoe hij haar op een dag bij officiële gelegenheden aan iedereen zou tonen en dan over zijn apotheek kon spreken. Dan was hij eindelijk getrouwd, misschien was de eerste van vele kinderen al op komst en het belangrijkste: hij zou eigenaar zijn van een apotheek. Dan kon hij zijn schouders rechten, zijn broer en vader over de nieuwste medicijnen, ontwikkelingen en proeven in zijn huis vertellen. En dan zou zijn vrouw naast hem staan. Misschien stond hem zelfs wel een heel bijzondere toekomst als apotheker te wachten. Zijn deel van de afspraak had August immers al vervuld: hij had samen met Gottlieb een verkoopverbod voor de hoestpastilles van Stollwerck bewerkstelligd. Nu was Victor Mertens aan zet. Als hij deed wat hij had beloofd, zou August niet alleen maar apotheker worden. Hij zou ook verdomd veel geld kunnen verdienen.

Een mooie nieuwe toekomst, dacht hij en hij liet zijn blik over de kasten glijden, die met flesjes, karaffen en doosjes waren gevuld. Hoelang zou Gottlieb hem daar nog op laten wachten?

'August, ik wil je iets vragen,' zei de oude apotheker plotseling met een verrassend vaste stem. Hij draaide zich naar hem om en keek hem recht in de ogen. Zo'n heldere blik had August al lang niet meer bij Gottlieb gezien.

'Natuurlijk, altijd.'

Gottlieb zette zijn handen in zijn zij. Ineens leek hij veranderd. Hij stond rechterop, leek bijna groter dan daarvoor en de punten van zijn witte snor waren voor de eerste keer sinds dagen een stuk omhoog gedraaid.

'Ik heb een brief gekregen,' zei hij.

'Ah,' zei August, zonder te begrijpen wat Gottlieb daarmee wilde zeggen.

'Eerst wilde ik hem niet openmaken. Maar toen... Ik ben al één dochter verloren en dat is erg genoeg,' ging Gottlieb verder.

August deed zijn mond even open, maar besloot toch dat het waarschijnlijk het beste was om zwijgend te luisteren.

'Ik heb er lang over nagedacht en Wilhelmines brief telkens weer gelezen. Nu heb ik een besluit genomen.'

August trok zijn wenkbrauwen op.

'Ik kan het niet toelaten dat mijn dochter ver weg van de familie in Bonn woont en nog wel ongehuwd ook! Ze is nog altijd mijn kind.'

August slikte. 'U wilt...'

'Ik wil dat je samen met mij naar Bonn rijdt. We halen Wilhelmine terug naar huis.'

August dwong zichzelf Gottlieb niet al te geschrokken aan te kijken. Wat betekende dit? Zou Gottlieb nu willen dat hij toch nog met die koppige, onmogelijke vrouw trouwde? Wat zou zijn familie op hem neerkijken als hij haar na alles wat ze hem had aangedaan tot vrouw moest nemen! Dat mocht niet gebeuren, onder geen beding!

'En ik moet...'

'Jij zult mij op de paard-en-wagen begeleiden. Je weet immers dat mijn ogen niet meer al te best zijn.'

August dacht koortsachtig na hoe hij zijn vraag kon formuleren. Daarna stamelde hij: 'Maar onze... we hadden toch een... afspraak, betreffende... Het blijft toch wel bij onze...'

Maar Gottlieb leek niet meer naar hem te luisteren. Hij pakte zijn stok al.

'Je kunt hier afsluiten.'

En met die woorden strompelde hij naar de achterdeur en de apotheek uit.

28

Anna Sophia maalde kruiden in haar vijzel en Franz mat met een geconcentreerde blik alcohol en suiker af. Hun kleine fabriek met de drie vuurhaarden en lange werkbladen rook naar pastilles, ook al mochten ze hier geen pastilles meer maken. Maar in plaats van karamelpastilles te maken, goten ze Anna Sophia's recept nu als kruidenlikeur in smalle flesjes. De geur van zoethout, papaver en mos hing in de ruimte. Daartussen dampte de exotische lapsang souchong-thee, die Anna Sophia inmiddels niet meer bij haar vader, maar rechtstreeks in de haven kocht.

Aanvankelijk was ze niet erg enthousiast geweest. Met likeur zouden ze de mensen slechts kort een mooi moment geven. Ze geloofde niet dat het goed kon zijn voor hun gezondheid, maar Franz had haar overtuigd. Met de nieuwe likeur zouden ze de verliezen kunnen compenseren, zodat ze hun medewerkers niet hoefden te ontslaan en hun huis niet hoefden te verkopen. Ze hadden misschien alleen wat tijd nodig om dit afschuwelijke pastillesverbod ongedaan te krijgen. Ze draaide de stamper in de vijzel rond en probeerde daarbij ook haar zorgen te verpulveren. Maar ineens liet ze de stamper met een gesmoorde kreet in het vat vallen. Er schoot een heftige pijn door haar lichaam. Geschrokken en trillend klampte ze zich aan het werkblad vast.

'Anna Sophia, wat is er?'

'Het... gaat zo wel weer,' stamelde ze en ze dwong zichzelf rustig te ademen. Heel langzaam ebde de pijn weg en ze ging rechtop staan.

Franz stond nu naast haar en hield haar vast. 'Wat is er met je aan de hand?'

Ze hield haar handen op haar buik en streelde die zacht. Nadat haar maandelijkse ongesteldheid een paar keer was uitgebleven, had ze Franz gegeneerd verteld dat ze voor de vierde keer zwanger was. Uitgerekend in deze moeilijke tijd! Hoe zou hij daarop reageren? Maar tot haar verrassing was hij heel blij geweest. Het zou allemaal goed komen, had hij gezegd. De pijn die ze net had gevoeld, was echter nieuw en maakte haar angstig. Wanneer zou die pijn weer toeslaan? Fronsend keek Franz haar aan. Hij had al zo veel aan zijn hoofd, ze wilde hem niet nog meer belasten. Ze zou het wel alleen redden, besloot ze.

'Ik was alleen even... duizelig. Het is weer in orde.'

Ze keek Franz glimlachend aan, boog zich naar hem toe en gaf hem een kus op zijn wang.

In de dagen daarna voelde ze de pijn vaker: bij het maken van de likeur, bij het koken en bakken, bij het poetsen en schrobben. Deze zwangerschap voelde anders dan haar vorige zwangerschappen. Telkens weer zakte ze plotseling in elkaar. Ze vocht tegen de tranen. Ze was zo uitgeput dat ze amper kon nadenken welke kruiden haar misschien zouden kunnen helpen. Wat zou ze er veel voor over hebben gehad om nu haar grootmoeder Gesche op te kunnen zoeken! Zij zou wel geweten hebben wat ze moest doen en wat haar en haar kind zou helpen. Maar ze kon nu niet weg. Ze kon Franz niet alleen laten met al zijn zorgen om de zaak. Ze werkten zij aan zij terwijl ze hun likeur in flesjes vulden en verkochten.

Op een maandagochtend, toen Anna Sophia even alleen was, kwamen Heinrich en Theodor samen de bakkerij in gestruikeld. Ze stootten met hun armen tegen elkaar en bleven bijna steken.

'Na jou,' zei Theodor en tegelijk riep Heinrich: 'Jij eerst.' Ze lachten en worstelden zich daarna toch samen door de deuropening. Achter hen sjokte Koloman naar binnen met een scheve grijns op zijn gezicht.

'Zo, jullie drieën zijn in een goed humeur, zeg!'

Anna Sophia hoopte dat ze niet verwijtend klonk. Ook al was ze moe en zwak, ze was toch blij om hun vrienden zo vrolijk te zien.

'Daar hebben we ook alle reden toe!' riep Heinrich.

Ook de elegante Theodor knikte blij. 'We hebben heel goed nieuws, lieve Anna Sophia.'

Hij trok een briefje uit zijn tas en vouwde het open. 'Dit is een ministerieel besluit.'

'Een wat?'

'Francois heeft het me net gegeven en ik moet het zo snel mogelijk aan Franz laten zien. Waar is hij?'

'Op de markt... Wat betekent dit?'

Heinrich gaf Theodor een por in zijn zij: 'Vertel het nou maar!'

Theodor schraapte zijn keel en verkondigde: 'Het is ons gelukt. Samen met Francois heeft Franz een ministerieel besluit bewerkstelligd.'

'Ja, en?' Anna Sophia boog zich ongeduldig naar voren. Ze had geen idee wat ze haar daarmee wilden zeggen.

'Volgens dit besluit is het, ik citeer: *de banketbakkers van de hele Pruisische staat niet verboden om pastilles, snoepjes en andere waren te maken en te verkopen.*'

Anna Sophia's mond viel open. 'Het is niet waar!'

'Jawel!' Heinrich lachte. 'Dat is het wel!'

'Het is jullie gelukt?!'

'Jullie kunnen vandaag nog aan de slag,' verkondigde Koloman.

'Geen enkel proces meer?'

'Nooit meer!'

'We mogen pastilles maken?'

'Zo veel als jullie willen!'

Anna Sophia kreeg een enorm geluksgevoel. Ze zou weer pastilles kneden en rollen! Ze kon de mensen weer helpen! Tenminste, als ze zelf weer was aangesterkt... August en haar vader stonden haar niet langer in de weg. De Stollwercks hadden na alle moeite, tegenslagen en moeilijkheden toch nog gewonnen! Ze kon haar geluk nauwelijks bevatten en gooide van vreugde haar armen in de lucht. En daarbij vergat ze heel even de telkens weer opwellende pijn in haar onderlijf.

~

Kaspar ontwaakte met de eerste zonnestraal. Hij sprong snel op en trok zijn broek aan.

'Hé, Rudolf, Ernst!' riep hij en hij wierp zijn kamergenoten ook hun broek toe. 'Het wordt tijd.'

Terwijl ze zich mopperend aankleedden, deed Kaspar zoals elke ochtend het raampje open, ademde diep in en keek naar buiten naar het binnenplein van de Klingelpütz. De gevangenen waren nog in hun kamers. In gedachten verzonken keek hij naar de straatstenen op het lege plein, de kale muren en de stevig op slot zittende deuren. Raar dat sommige misdadigers er ongestraft mee weg kwamen terwijl anderen elke dag binnen deze muren doorbrachten en de zon alleen nog vanaf dit binnenplein zagen. Na alles wat Kaspar had gedaan, zou hij het verdiend hebben om in de Klingelpütz te zitten. Maar hij was vrij en kon doen en laten wat hij wilde. Maar kon hij dat echt? Hij ging in de ochtendschemering naar de fabriek en kwam pas in de avondschemering weer terug. Hij had amper tijd en energie om zich vrij te bewegen. Hij was al wekenlang alleen in het huis van de familie Statz en in de raffinaderij geweest.

In de zoektocht naar zijn dochter was hij geen steek verder gekomen. Misschien was dat wel zijn rechtvaardige straf, bedacht hij. Zou hij met dit leven moeten boeten voor de moord op Wilhelm? Maar wat nog zwaarder op zijn schouders drukte, was dat het hem niet was gelukt zijn gezin te beschermen.

Een schim haalde hem uit zijn gedachten. Wat was dat? Kaspar boog zich een stuk uit het raam. Daar beneden, bij de muur... Bewoog daar iets? Ja, iemand sloop gebukt langs de muur en tastte de stenen af. Het was een man, zag Kaspar. En die man wilde ontsnappen.

Telkens weer lukte het gevangenen om uit de Keulse gevangenis te ontsnappen. Een paar weken geleden nog was het een groepje van drie landlopers gelukt om uit te breken. Alle kranten hadden erover geschreven. De bewaking was onzorgvuldig, de muren waren te dicht bij het woongebied en de beveiliging was niet waterdicht. Was Kaspar nu de enige getuige van nog een ontsnappingspoging? Peinzend maakte hij zijn lippen nat. Misschien was de man wel onschuldig, bedacht hij. En de omstandigheden in deze gevangenis waren vast verschrikkelijk. Misschien had de man goede redenen om de vrijheid te zoeken? En toch...

Kaspar had zelf nauwelijks door dat hij een beslissing nam. Voor hij het wist rende hij al langs zijn verbouwereerd kijkende kamergenoten, de gang in, de trap af en de straat op. Hij keek omhoog en de muur rees voor hem op. Er was niemand te zien. Had hij zich de schim verbeeld? Plotseling hoorde hij dof en zacht gesnuif. 'Verdomme,' vloekte een halfluide stem en daarna kreunde iemand. Snel dook Kaspar weg in de schaduw van de muur en hij zag boven hem iemand verschijnen. Iemand knoopte iets aan een van de stenen. Een laken? De persoon draaide zijn achterwerk naar Kaspar toe en begon te abseilen. Kaspar hield zijn adem in terwijl een magere man naar beneden kwam. Kaspar wachtte tot hij op de grond was en stortte zich toen op hem. Hij draaide hem op zijn buik en hield zijn armen vast.

'Verdomme, wat doe je?' schreeuwde de man en hij verdedigde zich uit alle macht. 'Laat me onmiddellijk los, klootzak. Blijf van me af!'

Maar Kaspar zei niets. Hij hield hem zwijgend vast tot Ernst en Rudolf, die achter hem uit het huis van de Statz kwamen, twee gevangenisbewakers naar buiten hadden geroepen. Zij trokken de gevangene overeind.

'Verrader,' riep de man nog en hij spuwde voor Kaspars voeten, voordat de bewakers hem terug de Klingelpütz in duwden.

De hele dag moest Kaspar aan de gevangene denken. Terwijl hij de hete raffinaderij veegde, vroeg hij zich af of hij de juiste beslissing had genomen. En terwijl hij kolen schepte om naar de ketels te brengen, twijfelde hij of deze man niet net zo veel recht op vrijheid had als Kaspar zelf. Misschien was het wel omgekeerd. Kaspar had het waarschijnlijk net zo verdiend om in de gevangenis opgesloten te worden als deze onbekende man.

Hij was zo in gedachten verdiept dat hij het paar dat op de bovenste etage van de fabriek rondliep, nauwelijks opmerkte. Pas toen de man wild met zijn stok gesticuleerde, begon Kaspar de man te observeren. Blijkbaar liet de heer de fabriek zien aan een jongedame met blonde krullen. Kaspar hield zich in om niet te snuiven. Ze bekeken de machines en de arbeiders alsof ze inkopen deden op een veemarkt. Nee, eerder alsof die allemaal al in hun bezit waren. Ze kwamen een stukje zijn kant op en liepen de trap af. De man plaatste zijn voeten voorzichtig, alsof hij zo kon voorkomen dat zijn glanzende schoenen vies werden, en de juffrouw tilde zorgvuldig haar rokken op. Ze droeg een wijde jurk van groene stof die in de grauwzwarte raffinaderij fel schitterde. Ze hoorden hier echt niet thuis. Kaspar wilde zich alweer op zijn kolen richten, toen hij de vleierige stem van de man hoorde.

'Pas op dat je niet te dicht bij de arbeiders komt, kind. Dat zijn smerige mannen met lage driften. Zo'n mooie vrouw als jij zal hen zeker op slechte gedachten brengen.'

Kaspar fronste zijn voorhoofd. Hij kreeg ineens zin om die man een klap te geven met zijn schep.

'Maar wees niet bang, lieve Emma. Ik zal niet van je zijde wijken en je beschermen.'

Kaspar wilde geamuseerd snuiven, maar hield zich in. Dat zou hij weleens willen zien, dacht hij. Zelfs de twaalfjarige Rudolf kon deze verwaande kwast waarschijnlijk makkelijk aan.

De man draaide zich om naar de juffrouw, die blijkbaar Emma heette, wierp haar een brede, vleierige grijns toe en stootte daarbij met zijn voet tegen een zak. Die kiepte om, er steeg een zwarte wolk stof op en de kolen rolden over de grond, helemaal tot aan een grote ketel.

'Verdomme!' riep Albert. 'Wie heeft verdorie... O.' Hij ontdekte nu pas de voorname heer die in de fabriek rondwandelde en krabde verlegen op zijn hoofd. 'Meneer Mertens, neemt u me niet kwalijk. Ik wist niet...'

Mertens... Kaspar had een keer gehoord dat de eigenaar van de fabriek zo heette. Was hij echt hoogstpersoonlijk gekomen? En Kaspar had net nog overwogen om hem met zijn schep een klap te geven! Goed dat hij zich had ingehouden, dacht hij.

'Rudolf, ruim het op!' riep Albert.

De jongen kwam meteen aangerend en ging aan de slag. Ook Kaspar moest verder scheppen, maar hij zag vanuit zijn ooghoek dat de juffrouw hem aankeek. Hij draaide zijn hoofd een beetje. Ze stond daar met één hand op haar buik en schoof met haar andere hand een haarlok goed die uit haar kapsel was losgeraakt. Ze had rode wangen en rode lippen. Haar gezicht was opvallend mooi, maar dat was niet wat hem stil deed staan. Nee, het was een uitdrukking in haar ogen.

Deze Emma staarde hem onverholen aan, zoals je waarschijnlijk een dier in de dierentuin bekeek. Vanaf een veilig afstandje, maar ook hautain. Voor haar was hij misschien net een leeuw. Exotisch, driftig, gevaarlijk. Maar iets paste niet in dit fijne, elegant opgemaakte gezicht. Was het nieuwsgierigheid? Moed?

'Lieve kind, laat me je helpen.' Mertens naderde haar ineens van opzij. Kaspar zag dat ze snel haar blik van hem losmaakte en Mertens welwillend aankeek. Ze deed een stap naar achteren, maar hij greep haar bij haar middel en trok haar naar zich toe. Daarna begon hij aan haar haar te frunniken. Hij probeerde haar lokken weer in het kapsel te schuiven, maar daardoor raakte het alleen maar nog meer in de war. Emma bleef stilstaan terwijl haar lichaam leek te verkrampen.

'Laat nou maar, Victor,' zei ze zacht.

'Ik heb het bijna,' beweerde hij en Kaspar vroeg zich af waarom zijn andere hand daarbij op haar taille moest liggen. De hand gleed zelfs langzaam over haar jurk omhoog.

'Victor, mijn lieve broer, hou daar alsjeblieft mee op.'

Die twee waren dus helemaal niet getrouwd, maar broer en zus? Dit was echt raar gedrag voor een broer, dacht Kaspar, en hij begon onwillekeurig met zijn tanden te knarsen.

'Ach, mijn lieve Emma,' femelde Mertens. Hij tilde zijn hand op, waarbij hij zogenaamd per ongeluk haar decolleté aanraakte, en legde zijn vinger onder haar kin. 'Ik wil je toch alleen maar helpen.'

Kaspar werd niet goed.

'Ik geloof dat de juffrouw uw hulp niet nodig heeft,' zei hij plotseling met een vaste stem terwijl hij op zijn schep leunde.

Vol ongeloof draaide Mertens zijn hoofd om en staarde Kaspar met tot spleetjes geknepen ogen aan. Binnen een paar seconden werd het hoofd van Mertens knalrood.

'Wie denk je dat je voor je hebt?' bulderde hij.

Kaspar bevochtigde zijn lippen en hield zijn hoofd schuin. Natuurlijk wist hij dat hij een groot risico nam en zijn baan kon verliezen. Maar bij een schouwspel als dit kon hij gewoon niet toekijken. Niet na alles wat zijn Margaretha jaren geleden was overkomen. Die Mertens moest hem er maar uitsmijten. Dan had Kaspar tenminste een goede reden om de fabriek te verlaten. Hij wilde toch niet zijn hele leven in deze duistere hitte doorbrengen.

'Ik spreek tegen een heer die een juffrouw lastigvalt,' zei hij en hij deed nog een stap naar voren.

'Hoe kun je dat...?!'

'Misschien was het wel een misverstand. Maar misschien is hij ook een man met "lage driften en slechte gedachten".'

'Wat denk je wel?!'

Plotseling hoorde Kaspar geschreeuw. Hij draaide zijn hoofd om en zag dat mannen bij de grote ketel vandaan sprongen en wegrenden. 'Hij gaat ontploffen!' riep een van hen. Bliksemsnel keek Kaspar om zich heen. Rudolf, die net nog kolen in een mand had geschept, hurkte nog vlak voor de ketel en keek nu pas op.

'Weg daar, Rudolf!' schreeuwde Kaspar en hij rende in zijn richting. Hij wilde hem wegduwen en met zich meesleuren, maar het was te laat. Kaspar voelde de grond onder zich trillen en hete lucht als een golf over zich heen komen. Door de explosie tuimelde hij en hij viel naar achteren. Zo snel hij kon krabbelde hij weer overeind en keek om zich heen. Slechts een paar passen bij hem vandaan lag Rudolf roerloos op de grond. Kaspar zag nauwelijks dat Ernst naar het stuurwiel van de ketel rende waar vlammen uit sloegen en het vuur met een stuk stof, misschien een mantel, smoorde. Kaspar lette alleen op Rudolf, rende naar hem toe, liet zich naast hem zakken en schudde hem heen en weer. 'Rudolf! Rudolf, wordt wakker,' riep hij. Het gezicht en het vest van de jongen zaten vol roet en toen hij langzaam zijn ogen opendeed, lichtte het wit erin helder op. Hij leefde!

'Het gaat... goed,' stamelde Rudolf toonloos. Maar Kaspar wist zeker dat hij loog. Want zijn hemd hing in flarden om zijn lijf en zijn rechterarm was diepzwart.

'Mijn god!' hoorde Kaspar een hoge vrouwenstem. Hij draaide zich half naar Emma om. Ze had haar handen, die in handschoentjes staken, voor haar mond geslagen en staarde Kaspar met haar ronde ogen aan. Zonder te knipperen waren die ogen op hem, alleen op hem gericht. Heel even beantwoordde hij haar blik. Maar toen schold hij zichzelf uit. Wat een ongelofelijke domkop was hij toch. Rudolf lag half verbrand voor hem! Hij scheurde zijn blik meteen weer van de vrouw los en riep de andere arbeiders. Hij trok zijn jas uit en dekte Rudolf, die nog steeds heftig rilde, ermee toe. 'We hebben een brancard nodig! We moeten hem naar een arts brengen!' riep hij.

En toen hij Rudolf eindelijk met Albert en Ernst kon wegdragen, was de juffrouw verdwenen.

Kaspar kon het amper geloven. Op maandag 3 augustus 1846 stuurde de chef Ernst, Albert en hem naar huis zodat ze naar de St. Martinskermis konden gaan.

'Is dat normaal?' fluisterde hij tegen Albert terwijl ze de frisse buitenlucht in stapten.

Moest hij echt met de anderen naar het feest gaan? Zo'n gelegenheid kwam zelden voor. Hij kon die ook gebruiken om Lina te zoeken. Maar waar moest hij zo spontaan beginnen? De weeshuizen en inrichtingen hadden de anderen al voor hem afgelopen. Hij kon niet gewoon aan alle voordeuren van Keulen aanbellen. Maar als Lina in de stad zou zijn, zou ze misschien ook wel naar de feestelijkheden gaan kijken. Daarom plukte hij hoopvol een lange grasspriet aan de rand van de weg, stak hem in zijn mond en liep door. De tweede grondknecht schudde zijn hoofd.

'Ik weet niet goed wat deze vrije dag te betekenen heeft. Het zou met het voorval van Rudolf te maken kunnen hebben. Maar misschien werpt onze zaak ook wel zijn eerste vruchten af.'

'Onze zaak?' Kaspar fronste zijn voorhoofd. Ze liepen net de steeg door en sloegen rechtsaf in de richting van de Alte Markt. Kaspar kende kermisfeesten tot nu toe alleen van Höhenforst. Daar kwamen één keer per jaar de bewoners uit de omringende dorpen in het café-restaurant bij elkaar om samen te drinken en te dansen. Hoe zou een kermis midden in Keulen eruitzien?

'Denk je dat het met de arbeidersbeweging te maken heeft?' vroeg Ernst en hij praatte steeds harder om boven een arbeider uit te komen die dronken en zingend over de straat zwalkte. Vanuit het zijstraatje liepen twee soldaten naar de dronkaard toe. 'Stilte!' schreeuwde een van hen. Maar de dronkaard grijnsde en zong alleen iets zachter verder.

Het was Kaspar al vaak opgevallen dat het in deze stad wemelde van de soldaten. Albert had hem een keer uitgelegd dat de meeste protestants waren, uit Pruisen kwamen en door de koning waren ingezet om de Rijnlanders, die dol waren op feesten, in bedwang te houden. 'Maar is dit hier niet ook Pruisen?' had hij gevraagd.

'Ach, onzin.' Albert had een afwimpelend gebaar gemaakt. 'Kijk toch naar die stijve protestanten! Wij Rijnlanders zijn vrolijke mensen! Wij zijn van een heel ander slag.'

Hoe dichter Kaspar en de anderen bij de Alte Markt kwamen, hoe meer mannen in uniform er waren. Ze droegen hoge helmen en blauwe jacquets met een dubbele rij knopen, en aan hun riem bungelden lange sabels. Het aantal zwalkende, lachende en zingende Keulenaren werd echter ook groter. Her en der stonden arbeiders, dienstbodes, burgers en aristocraten in kleine groepjes bij elkaar. Ze proostten met bier en dansten op straat. Kaspar maakte zich lang, maar hoewel hij her en der kinderen zag, zag hij Lina nergens. Rond de Alte Markt werden de café-restaurants steeds voller. De harde muziek en het gelach waren helemaal op straat te horen.

'Misschien voelen de chefs in de raffinaderij dat ze niet meer alles met ons kunnen doen,' bedacht Albert. Ze weken voor feestvierders uit.

'Wat bedoelen jullie met *arbeidersbeweging*?' vroeg Kaspar terwijl hij op zijn grasspriet kauwde.

'Je zou je bij ons moeten aansluiten, Kaspar!' riep Ernst en Albert knikte. 'We eisen meer loon en betere werktijden. We willen dat er iets verandert. Als we ons hele leven zo hard moeten zwoegen zonder behoorlijk te kunnen eten, kunnen ze ons net zo goed meteen in die ketels gooien. Kijk maar naar Rudolf! Zelfs als hij beter wordt: hoe moet hij dan met zijn arm werken? In de raffinaderij zullen ze hem niet meer aanstellen. Terwijl het juist op die vervloekte plek is gebeurd!'

'We ontmoeten elkaar vanaf nu elke woensdag,' zei Albert terwijl hij van opzij naar Kaspar keek. 'Doe je mee?'

Op dat moment botste Kaspar tegen een soldaat op. En hoewel hij sussend allebei zijn armen in de lucht stak en een stap achteruitging, gaf de soldaat hem met beide handen een duw tegen zijn borstkas waardoor hij naar achteren struikelde.

'Hé, wat moet dat?' bromde Kaspar.

'Hij heeft niets gedaan!' Ernst wilde zich al op de soldaat storten, maar Kaspar hield hem tegen.

'Laat hem,' zei hij en hij trok Ernst met zich mee.

Ze kwamen op het marktplein aan. Overal waren marktkraampjes opgebouwd en was vertier. De mensen mikten op gekleurde blikken, wierpen pijlen en staken vuurwerk op. Daartussen werden kaastorens, Keuls water, groentebergen en aardewerk geveild. Zelfs achter de wijd open ramen van de gekleurde vakwerkhuizen lachten en zongen mensen, ze proostten met elkaar en dansten, en telkens weer vlogen er vuurpijlen vanaf de Alte Markt.

Kaspar stak zijn handen in zijn broekzakken, kauwde genietend op zijn halm en draaide een rondje. Dit zou Lina vast ook leuk vinden. Wat was dit plein kleurrijk, wat een vrolijk geroezemoes en hoe verleidelijk waren al die verschillende geuren! Alleen geschreeuw van de soldaten verstoorde de uitgelaten sfeer.

'Stop met vuur te spelen!' schreeuwde een van hen.

'Bij de volgende vuurpijl ontruimen we het huis!' schreeuwde een ander.

Albert grijnsde en spreidde zijn armen uit. 'Ik zou zeggen, we hebben bier nodig!'

Kaspar had al heel lang geen bier meer gedronken. Hij voelde aan zijn munten in zijn zakken. Hoeveel mocht hij uitgeven om nog genoeg te hebben voor de beloning voor degene die hem een aanwijzing voor Lina kon geven?

'Ik trakteer,' verkondigde Albert en voor Kaspar kon protesteren, liep hij al naar een van de kraampjes.

Kaspar keek naar Ernst. 'Ik zal dit rondje niet kunnen goedmaken,' bromde hij.

'Geloof me, dat weet Albert.'

Vanuit de verte zag Kaspar dat de kleine Heinrich ook was gekomen en lachend zijn arm om de schouders van zijn broer sloeg. Tegelijk rook Kaspar de scherpe geur van rotte eieren. Hij fronste zijn voorhoofd en keek om.

'Wat doe je?'

Ernst had een klein, brandend houtje in zijn hand en stak daarmee een sigaar aan.

'Ik feest, Kaspar. Ik feest.' Hij zwaaide met het houtje om het te doven en nam een trekje van de sigaar.

'Wat is dat?' Kaspar wees naar het houtje dat Ernst nu liet vallen.

'Heb je nog nooit lucifers gezien? Ze stinken verschrikkelijk, ik weet het. Ze worden met zwavel gemaakt. Maar met deze nieuwe dingen kun je overal vuur maken. En dat is niet slecht op een kermis, niet alleen vanwege mijn sigaar.' Hij wees naar een raam achter Kaspar, waar een man net een stuk vuurwerk aanstak en met een grote boog op het marktplein gooide. Kaspar grinnikte en deed een stap naar achteren om niet geraakt te worden.

'Mag ik eens?' vroeg hij. Hij had pas één keer in zijn leven een trekje genomen van een sigaar. Dat was jaren geleden in het café van Höhenforst geweest, toen de dorpsleraar op bezoek was. Hij was alweer bijna vergeten hoe het had gesmaakt. Ernst gaf hem de sigaar aan en Kaspar gooide zijn grasspriet weg en bracht de sigaar met zijn duim en wijsvinger naar zijn mond.

'Niet inademen, alleen paffen,' waarschuwde Ernst. Maar Kaspar hoestte al. Zodra hij was bijgekomen schoof hij zijn slappe hoed recht en probeerde hij het nog een keer. Hij proefde een wrange, kruidige smaak. Het was niet echt lekker, maar spannend. Kaspar sloot zijn ogen. Zo smaakte avontuur, dacht hij. Rebellie. Vrijheid. Hij knikte, grinnikte en blies de rook weer langzaam uit.

'Hé!' Een kwade stem haalde hem uit zijn gedachten. Hij draaide zijn hoofd om en zag nog net dat een grote hand de sigaar uit zijn hand sloeg en hem een stevige duw gaf. 'Roken op straat is verboden!' schreeuwde de soldaat en hij liep naar Kaspar toe.

Kaspar stak beide handen in de lucht. 'We willen geen ruzie,' zei hij met een kalme stem.

Woedend trapte de soldaat de sigaar op de straat uit. De man keek hem met fonkelende ogen aan en wilde zich daarna weer van hem afwenden. Maar Kaspar kon het gewoon niet laten. 'Wat die Pruisen niet allemaal verbieden,' bromde hij. 'Geen wonder dat het leger altijd slecht gehumeurd is. Een legertje mopperpotten...'

De soldaat draaide zich weer met een ruk om en sloeg hem met zijn vuist midden in zijn gezicht.

Verrast hield Kaspar zijn neus vast.

'Hé, wat moet dat?' Ernst ging voor de man staan, maar er kwamen meteen nog drie soldaten aan. Ze duwden Ernst opzij en namen Kaspar onder handen. Kaspar kon er eentje van zich afduwen, maar de volgende pakte hem bij zijn kraag en gaf hem een stomp in zijn maag. Kaspar kreunde en kokhalsde.

'Hé!' hoorde hij ver weg Alberts stem. Daarna vloog de eerste steen door de lucht, die de rug van een soldaat raakte. De soldaat trok meteen zijn sabel en sloeg daarmee de man die als eerste naast hem stond: een arbeider die er niets mee te maken had en geschrokken opkeek. En toen ging alles zo snel dat Kaspar het amper kon bevatten. Eerst zag hij de vonken van een stuk vuurwerk dat door de lucht suisde. Het explodeerde tegen de schouder van de soldaat die net nog Kaspar een stomp had gegeven. De man schreeuwde het uit en tuimelde naar achteren. Meteen trokken alle soldaten hun sabel en bajonet. Ook de menigte op de Alte Markt, die zojuist nog uitgelaten had gefeest, veranderde in een woedend beest. Marktkraampjes werden omvergestoten, het speelgoed werd als projectiel gebruikt en de soldaten sloegen iedereen die geen uniform droeg. Ze hieven hun geweren in de lucht en duwden ze zo hard tegen de hoofden van de mensen dat die omvielen zoals eerder de beschilderde blikjes. Godzijdank had Kaspar hier nergens Lina gezien! Overal klonk geschreeuw, werden vuisten opgestoken en schoten vuurpijlen door de lucht. Er vloeide bloed uit verse wonden en de bajonetten blonken in het licht van het vuurwerk. Sommige soldaten bestormden de woonhuizen om de bewoners achter de ramen te arresteren. Anderen sloegen meedogenloos in op de menigte tussen de kraampjes.

'Het feest is voorbij,' stelde Kaspar tandenknarsend vast. Hij greep Ernst bij zijn hemd en trok hem mee.

'Kom,' zei hij ook tegen Heinrich en Albert. En alle vier liepen ze gebukt en met waakzame ogen door de woedende mensenmenigte.

29

Wilhelmine lag met een boek op de bank en staarde naar de bladzijden zonder een woord te lezen. Sibylle was buiten in de tuin. Her en der in het huis hoorde ze de drukke bedrijvigheid van de dienstmeisjes, maar Wilhelmines gedachten in haar hoofd waren nog veel luider. Nu de reis ten einde was en ze echt met Sibylle in Bonn was aangekomen, kon ze nauwelijks geloven wat ze had gedaan. Ze had zich tegen haar vader verzet. Ze was ervandoor gegaan en woonde nu bij een rijke vrouw, ver van haar familie. Ongehuwd, zonder een goede garantie voor de toekomst. Dit was het leven dat ze echt wilde. Wilhelmine was haar hele leven nog nooit zo gelukkig geweest als nu aan Sibylles zijde. Als ze niet las, schreef ze het ene na het andere gedicht en ze had zelfs een idee voor een novelle. Ze wilde hier hoe dan ook blijven. En toch, als ze erover nadacht, joeg dit geluk haar angst aan. Wat als het ooit eindigde? Was als Sibylle haar op een dag op straat zette? Wilhelmine wilde niet met een man trouwen. Maar als het ooit nodig zou zijn, zou ze er dan al te oud voor zijn? Hoe moest ze zonder haar vader überhaupt een bruidsschat bijeenbrengen? Was de keuze voor Sibylle uiteindelijk een keuze die haar de afgrond in zou sleuren?

‘Wilhelmine! Wilhelmine, kom eens kijken!’ Sibylles stem schalde door het open raam naar binnen. Wilhelmine sprong van de bank op en liet het boek vallen.

‘Wat is er?’

‘Je moet komen. Snel!’

Ze tilde haar rok op en haastte zich door de lichte, weelderig gedecoreerde woonkamer met de open haard en hoge boekenkast. Vanavond zouden ze hier weer hun salon organiseren. Wie zou er dit keer te gast zijn? Ze hoopte vurig dat Nette vandaag nog aankwam en nieuwe gedichten in haar bagage had. Bovendien zou het geweldig zijn als Johann Nepomuk weer quatre-mains met Sibylle op de piano zou spelen! Ze had zelden zoiets moois gehoord als een gezamenlijk concert van haar vriendin met de leerling van Mozart. Wilhelmine voelde kriebels in haar buik van opwinding als ze eraan dacht. Ze liep de gang door, naar de foyer met de prachtige schilderijen aan de muren en ten slotte het terras op.

Hierbuiten rook het naar allerlei verschillende bloemen die op dit moment in de tuin van Sibylles villa bloeiden. De zon stond hoog aan de hemel en de lucht trilde van de warmte.

'Waar ben je?' riep Wilhelmine en ze keek om zich heen.

'Hier! Ik ben hier!'

Wilhelmine zag tussen hoge struiken een hand zwaaien en liep er snel naartoe.

~

August en Gottlieb keken elkaar aan. 'Hoorde je dat?'

Ze waren net met hun paard-en-wagen voor een voorname villa gestopt. Ze keken naar de tuin met hoge hagen, jonge bomen en kleurrijke struiken die zich voor het huis uitstrekte.

'Dat was niet te missen,' bromde Gottlieb. Hij stond op en sprong verbazingwekkend lichtvoetig van de wagen af. Deze reis wekte blijkbaar nieuwe levensgeesten in hem op, dacht August. Al op de weg hiernaartoe had Gottlieb veel met hem gekletst, wat hij al maanden niet meer had gedaan. Hij leek echt de hoop te hebben dat hij Wilhelmine vandaag zou weerzien en haar mee naar huis zou nemen. August wist niet wat hij ervan moest vinden. Hoe moest hij reageren als hij haar zag? Zijn maag brandde nog steeds van de teleurstelling, woede en schaamte als hij aan zijn voormalige verloofde dacht. De tweede die hem had afgewezen… Hij perste zijn lippen op elkaar, volgde Gottlieb en klemde zijn monocle tussen zijn wenkbrauw en wang. Hij bond het paard aan een paal van het tuinhek vast en zwijgend liepen ze naar de entree van de villa.

~

'Wat is er? Is alles in orde?' Wilhelmine ontdekte Sibylle achter een jonge kastanje. Ze had haar haar gevlochten en omhoog gedraaid. Haar neus glansde spits in de zon en haar helderrode jurk viel golvend om haar tengere lichaam. Wilhelmine moest zichzelf dwingen om niet helemaal in deze aanblik op te gaan. Hoe moest ze het leven weerstaan dat Sibylle haar bood?

'Kijk eens, de chrysanten bloeien! Zijn ze niet schitterend?' Sibylle wees naar de planten: een kleine bloemenzee in wit, blauw, paars en geel.

Wilhelmine deed een stap naar haar toe. 'O ja, dat zijn ze zeker.'

~

August keek langs de gevel van de villa omhoog. Wat een weelde, dacht hij. Het huis was van licht steen opgetrokken, had een erker en kleine torentjes, de ramen waren met ornamenten versierd en her en der stonden stenen beelden in nissen en op sokkels. Woonde Wilhelmine hier? Hoe was ze op zo'n plek beland? Hij draaide zijn hoofd naar Gottlieb, die net naar de dubbele voordeur liep.

'Wacht, Gottlieb,' zei hij zacht.

'Waarom?'

'Hoor je dat? Ik geloof dat ze in de tuin is.'

Hij wenkte Gottlieb naar zich toe, draaide zich om en sloop over het smalle stenen tuinpad tussen de struiken en bomen.

'We mogen toch niet zomaar...' mompelde Gottlieb. Maar August reageerde niet. Hij liep verder en wist dat Gottlieb hem volgde.

~

Wilhelmine kon niet anders. Ze pakte Sibylles hand en trok haar tegen zich aan. Sibylle leunde haar voorhoofd tegen dat van Wilhelmine.

'Je bent zo ongelofelijk mooi.'

'Mijn lieve Wilhelmine...' Sibylle legde haar handen om Wilhelmines middel, streelde haar en trok haar lichaam zo dicht tegen het hare aan dat Wilhelmine haar kon voelen: haar buik, haar boezem. Ze zuchtte en sloot haar ogen.

'Soms heb ik het gevoel dat onze zielen zo met elkaar verbonden zijn dat elke centimeter die ons scheidt een beetje pijn doet,' zei Sibylle.

Wilhelmine zuchtte zacht en legde haar ene hand in Sibylles nek en de andere op haar wang.

'Je ruikt zo lekker.' Ze ademde diep in.

~

August zag iets roods achter een lindeboom. 'Daar,' zei hij tegen Gottlieb en hij wees de weg. Ze liepen om de boom heen... en bleven staan. Daar was ze: Wilhelmine. Ze droeg een blauwe jurk en stond met los haar en blote schouders midden in de tuin. August boog zich licht naar voren en schoof zijn monocle recht. Wat deed Wilhelmine daar? Ze had haar armen om een andere dame geslagen. Ze stonden zo dicht tegen elkaar aan dat de blauwe jurk van de een met de rode jurk van de ander leek te versmelten, alsof beide jurken van één stof waren geweven. Hij slikte, keek even naar Gottlieb, die asgrauw was geworden, en weer naar Wilhelmine. Ze giechelde, opende haar lippen en... kuste de vrouw op haar mond! Van schrik liet August zijn stok uit zijn hand vallen.

~

Wilhelmine voelde Sibylles lippen op de hare, proefde haar adem op haar tong en drong nog dieper in die heerlijk warme mond naar binnen. Ze wilde in de kus verdwijnen, gewoon oplossen en daar voor altijd blijven. Plotseling kromp ze ineen. Wat was dat? Ze hoorde gehijg en iemand struikelen en vervolgens een mannenstem: 'Wat is hier in godsnaam gaande?!' Ze draaide zich snel om en slaakte verbaasd een kreet. Midden in Sibylles tuin stonden papa en August! De een met een knalrood en de ander met een asvaal gezicht.

'Wat doet u hier? Gaat u onmiddellijk van mijn terrein af!' snauwde Sibylle tegen hen en ze liep met grote passen naar hen toe. 'Weg uit mijn tuin!'

Met open mond staarden de twee mannen eerst naar Sibylle en daarna naar Wilhelmine. Ze bleven roerloos staan.

'Wie bent u?' Sibylle ging met haar handen in haar zij voor hen staan.

'Dat... is mijn vader,' zei Wilhelmine. 'En dat is August.'

Nu viel ook Sibylles mond open. 'U...'

Langzaam leek Gottlieb zijn zelfbeheersing terug te krijgen. Hij prikte met zijn stok in de aarde en hinkte vastberaden langs Sibylle naar Wilhelmine toe.

'Jij komt nu mee naar huis.' Hij pakte Wilhelmine bij haar arm. Maar zij trok haar arm meteen terug en liep een paar stappen naar achteren. 'Nee,' zei ze alleen.

Hij staarde haar met waterige ogen aan. 'Ik ben je vader en jij doet nu wat ik zeg!' Maar zijn stem verried al dat hij het zelf amper geloofde.

Hoe groot Wilhelmines angst voor de onzekere toekomst ook was, op dat moment, waarin ze tussen de dwang, woede en teleurstelling van haar vader en de liefde en openheid van Sibylle moest beslissen, aarzelde ze geen seconde. Ineens wist ze gewoon wat ze wilde, met alle consequenties en risico's van dien. Ze schudde haar hoofd. 'Nee, papa.

Ik blijf hier. Dit is nu mijn thuis.' Ze wees eerst naar de villa en daarna naar Sibylle.

Aan Gottliebs adamsappel was te zien dat hij slikte. Daarna zei hij met een rauwe stem: 'Als je nu niet meekomt, ben je mijn dochter niet meer.'

Wilhelmine ademde diep in en uit. Het verdriet rustte zwaar op haar schouders en toch moest ze het zeggen: 'Ik kom niet mee, Gottlieb.'

En op dat moment zag Wilhelmine dat er iets in haar vader brak. Zijn ogen flakkerden, hij hield zich geschrokken aan zijn stok vast en ineens leek hij piepklein.

Wilhelmine pakte Sibylles hand en samen liepen ze langs de twee mannen naar de villa.

'Ik geef hun vijf minuten. Als ze dan niet weg zijn, haal ik de politie,' zei Sibylle nog. Wilhelmine draaide zich niet meer om.

~

'Dat menen jullie niet!' riep Franz.

Anna Sophia leunde op de toonbank en keek over de Berlijnse broodjes, *Aachener printen* en Mannheimse cake in de vitrine naar haar man. Ze had hem lang niet meer zo breed zien grijnzen. Om hem heen lachten zijn vrienden Theodor, Heinrich en Koloman. Ze klopten op zijn schouders en riepen: 'Het is ons gelukt!'

Franz draaide zich naar haar om en zwaaide met de brief. 'Kun jij het geloven?'

Anna Sophia lachte zacht. 'Ik zal vandaag nog het fornuis aansteken en nieuwe pastilles maken!'

'Heel graag, mijn lieve Anna Sophia!' Hij schudde ongelovig zijn hoofd. 'Mannen, dit moet gevierd worden.'

'Absoluut,' was Koloman het met hem eens.

'Gaan we naar je koffiehuis om een cognacje te drinken?' stelde Theodor voor.

'Nee. Vandaag niet. We gaan naar de St. Martinskermis.'

'O, ik weet het niet, Franz.' Heinrich sloeg zijn armen over elkaar. 'Na alles wat daar gisteren is gebeurd... De soldaten gingen gewoon op de mensen af! Er werd met stenen gegooid. Er zijn heel veel mensen gewond geraakt en er is een hoop bloed vergoten.'

'Ik ben niet bang voor de Pruisen,' antwoordde Franz. 'Ze kunnen beter bang voor mij zijn.' Hij knipoogde.

'Ze hebben sabels en bajonetten, Franz.' Theodor schudde zijn hoofd.

'Nou en? Ik ben een onschuldige burger en wil dit ministerieel besluit vandaag vieren. Daar kunnen die spelbedervers toch zeker niets op tegen hebben.'

'Ik heb gehoord dat de soldaten de Alte Markt hebben afgezet na de gebeurtenissen van gisteren. Dansmuziek is verboden en de cafés bij de St. Martinsparochie zijn dicht,' zei Koloman.

Franz zag er ineens zo teleurgesteld uit dat Anna Sophia voorstelde: 'Maar op het eiland Rheinau is een vuurwerkshow.'

'Fantastisch!' Franz klapte één keer luid in zijn handen. 'Dat is precies wat ik vandaag nodig heb. En jullie gaan mee!'

Op elkaars schouders kloppend en zwaaiend verlieten de mannen de bakkerij. Wat een avond, dacht Anna Sophia. Het zou allemaal weer goed komen. Er zouden binnenkort weer volop pastilles gemaakt worden in de fabriek, die weer overal in de stad verkocht zouden worden. Ze zouden zich geen zorgen meer hoeven te maken of ze rond konden komen. Neuriënd veegde ze de kruimels van de toonbank en ze overwoog om vandaag nog pastilles te maken. Maar plotseling kwam de pijn heftiger dan ooit terug.

Ze schreeuwde het uit, zakte op haar knieën en voelde dat de tranen over haar wangen liepen. Ze moest niet alleen huilen van de pijn, maar vooral van de angst. Wat had dit te betekenen? Ze had Franz niet mogen laten gaan! Wat moest ze nu doen? De verschrikkelijke kramp overweldigde haar en al lang voordat die voorbij was, wist ze dat ze die avond geen pastilles meer zou maken. Vandaag zou haar vierde kind geboren worden. Terwijl het daar veel te vroeg voor was.

~

Op de weg terug naar de paard-en-wagen had Gottlieb geen woord gezegd. August had het gevoel dat hij met elke stap kleiner en zwakker werd.

'Ik doe het wel,' zei Gottlieb echter nors. Hij nam de teugels uit Augusts hand en klom moeizaam op de bok. Schouderophalend liet August zich erachter zakken. Hij keek naar Gottliebs kromme rug terwijl die het paard uit Bonn en in de richting van Keulen leidde. Geen van hen beiden zei iets. Wat hadden ze gezien? Wat deed Wilhelmine met die vrouw? Ze moest gek geworden zijn. Dat was de enige verklaring. Ze was krankzinnig. Het was waarschijnlijk het beste om de jonge vrouw in een gekkenhuis op te laten nemen. Misschien was ze getroffen door hysterie, een verschrikkelijke geestesziekte die vrouwen van waar dan ook kon treffen. Ja, er moest iets vreselijk mis zijn in haar hoofd. Hoe kon ze anders een vrouw kussen? Het belangrijkste was dat dit niet als een lopend vuurtje rond zou gaan. Als bekend werd dat de dochter van apotheker Müller gek was geworden, wat voor een effect zou dat op hun zaken hebben?

'Gottlieb?'

'Hm.'

'Ik denk dat je actie moet ondernemen.'

Gottlieb zweeg.

'Wilhelmine is ziek. Ze heeft hulp nodig, anders loopt het slecht af met haar.'

De apotheker zei nog steeds niets.

'En met ons ook, als het uitkomt. En dat zal vroeg of laat gebeuren. Nee, het gaat niet, ze kan absoluut niet in Bonn blijven. Ik ken een gekkenhuis in...'

'Nee, August,' onderbrak Gottlieb hem.

'Wat bedoel je?'

'Ik heb al één dochter onrecht aangedaan. En er gaat geen dag voorbij dat ik er niet over nadenk. De andere zal ik niet ook nog wegjagen.'

'Wat...?' August staarde naar Gottliebs achterhoofd.

'Ik ben zo dom geweest.' Zijn stem klonk broos. De oude man zou nu toch niet zijn zelfbeheersing verliezen? Ging het al zo slecht met zijn gezondheid? 'Anna Sophia ziet er net zo uit als mijn lieve Alette toen, wist je dat? Mijn vrouw was net zo'n sterke en tegelijk zachtaardige persoonlijkheid als mijn oudste. Dat Alette zo plotseling is overleden en mij met de apotheek en de meisjes alleen achter heeft gelaten...' Met een wanhopig gebaar ging Gottlieb door zijn haar en August kromp ineen. Dit gebaar had hij de apotheker nog nooit zien maken. 'Wat is het voor een man die het niet lukt om zijn lieve vrouw haar dood te vergeven? Wat voor een halsstarrige vader voelt zich verraden en verlaten zodra zijn dochters zich een keer tegen hem keren? Wanneer ben ik in hemelsnaam zo'n vreselijk foute weg in geslagen?' Gottlieb snoof en August keek beschaamd naar de grond. Zijn handpalmen werden vochtig. Hij had geen flauw idee hoe hij op deze vervelende gevoelsuitbarsting moest reageren.

'Het wordt de hoogste tijd dat ik mijn excuses aanbied,' ging Gottlieb nu iets beheerster verder. 'Bij Elise mag ik niet dezelfde fout maken als bij Anna Sophia en Wilhelmine.'

'Dezelfde... fout?' stamelde August.

'Ik zal haar niet tegen haar wil uithuwelijken. Nee, ik zal haar vragen of ze met je wil trouwen. En zo niet, dan accepteer ik dat.'

Augusts mond viel open. Hoe kon Gottlieb nu zoiets zeggen? Hoe kon hij hem zo verraden? Hij had al twee van zijn beloftes verbroken en nu wilde hij hem nog een derde keer voor de gek houden? Hij balde zijn handen tot vuisten. Hij zou zo'n schande niet nog een keer verdragen! Gottlieb was vast in de war door zijn leeftijd, probeerde August zichzelf te kalmeren. Dat was de enige logische verklaring.

'Laten we er morgen nog een keer over praten.' August dwong zichzelf om rustig te blijven. 'Je bent moe, het was een inspannende dag. Morgen ziet de wereld er weer heel anders uit.'

Gottlieb schudde zijn hoofd. 'Ik ben voor de eerste keer sinds jaren helemaal helder, August. Waarschijnlijk maak je je zorgen om de apothekerslicentie. Dat begrijp ik goed. Als Elise met een andere man zou willen trouwen, kan ik de apotheek moeilijk aan jou nalaten. Maar maak je niet al te veel zorgen, het is nog niet zover.'

'Je... hebt me in je testament opgenomen.' August hoorde hoe vreemd zijn stem ineens klonk. Toonloos, kil en duister.

'We zien tegen die tijd wel of het veranderd moet worden.'

Het testament veranderen... August kon zijn oren niet geloven. Met een ruk stond hij in het rijdende rijtuig op. Het paard moest de beweging in zijn ooghoeken hebben gezien, want het werd ineens schichtig. Het steigerde en sprong opzij. Gottlieb zwaaide met zijn armen en viel stil en slap van de bok. August sprong snel naar voren, greep de teugels, trok er heftig aan en probeerde het trippelende paard tot halt te brengen.

'Gottlieb!'

Maar de bundel kleren en ledematen op de straat antwoordde niet.

~

Anna Sophia sleepte zichzelf de trap op. De pijn trok door haar onderlijf en ze klampte zich aan de trapleuning vast. Het kind mocht nog niet komen!

'Maria!' riep ze zo hard ze kon.

Boven haar klonken voetstappen. 'Anna Sophia, wat is er?' Het fijngetekende gezicht van haar schoonzus verscheen aan het andere eind van de trap.

'Haal dokter Baader. Zeg hem dat het begint.'

'Nu al?' Ze sloeg haar hand voor haar mond.

'Alsjeblieft!'

'Ik help je eerst naar boven.'

'Nee, dat lukt wel. Waar zijn de jongens?'

'In hun kamer.'

'Goed. Haast je.'

Maria rende langs haar heen. Anna Sophia benutte een pauze tussen twee weeën om de laatste meters naar de slaapkamer af te leggen. Kreunend van de pijn liet ze zich op de lakens zakken. Ze hoopte dat haar zonen niet uit nieuwsgierigheid de kamer in keken. Ze mochten haar zo niet zien. Stil en zacht ademend keek ze naar het plafond. En ineens voelde ze zich verschrikkelijk alleen. Wat een onzin, zei ze tegen zichzelf. Maria komt zo terug, je hebt de kinderen en Franz. En toch... zonder het te willen dacht ze aan haar zussen. Ze leken ineens ontzettend ver weg. En de afstand tot haar vader leek nog groter. Wat zou ze hem nu graag aan haar zijde hebben. Ze wilde zijn warme handen om de hare voelen en zijn stem horen. Ze wilde dat hij tegen haar zei dat het goed zou komen met het kind en met haar. Dat hij er was en dat hij er altijd voor haar zou zijn. De tranen stroomden over haar wangen. Ze voelde dat de volgende wee kwam en dat ondanks alles niemand bij haar was. Haar vader niet, Franz niet. Ze zou dit kind alleen ter wereld moeten brengen. En daar was ze verschrikkelijk bang voor. Wat als het kind ziek was? En waarom was de pijn dit keer zo heftig? Zou ze dit kunnen? Hopelijk was dokter Baader er gauw! Ze luisterde naar de geluiden in het huis, hoorde de jongens lachen, haar eigen gesnik, haar zachte gekreun tijdens de volgende wee, en toen, eindelijk, kraakte de trap.

~

'Ho!' schreeuwde August. Eindelijk kalmeerde het paard en bleef het staan. August dwong zichzelf nog een keer naar Gottlieb te kijken. Zijn been was helemaal verdraaid en er stroomde bloed uit zijn hoofd. Blijkbaar had hij zijn hoofd tijdens de val gestoten. Augusts hart bonkte.

'Gottlieb?' riep hij. 'Gottlieb!'

Eindelijk hoorde hij zacht gekreun. Hij leeft, dacht August. Hij leeft nog. August slikte.

'Gaat het?'

Het antwoord was gekerm. August wilde van de koets springen en naar hem toe lopen, maar ineens hoorde hij Gottliebs woorden weer in zijn hoofd. 'We zien tegen die tijd wel of het testament veranderd moet worden.' En: 'Ik ga Elise niet tegen haar zin uithuwelijken.'

Hoe kon hij hem dit in hemelsnaam aandoen? Wat voor een leven zou August te wachten staan als Elise hem afwees? Zou het kunnen dat al die verschrikkelijke vrouwen over zijn lot bepaalden? Deze dochters van de apotheker, en de oude, domme apotheker zelf? Die lag nu bloedend en kreunend op straat. Was dat niet net goed, na alles wat hij en zijn familie August hadden aangedaan? Hoeveel jaar van hard werken had hij voor hen opgeofferd, hoelang had hij geduldig gewacht? August keek door de straat. Het schemerde al. Er was niemand te zien. Er zou hier in de komende tijd niemand langskomen. Wat als God hem nu de laatste kans schonk om alles te krijgen wat hij altijd al had gewenst? Gottlieb was zwak en verward, hij zou deze verwondingen misschien niet overleven. En als dat wel zo was, zou hij misschien tot aan het eind van zijn dagen aan het bed gekluisterd zijn. En niemand wist beter dan August hoe afschuwelijk zo'n situatie voor Gottlieb zou zijn.

'Help me,' kreunde de oude man zacht. 'Mijn been. Mijn been!'

En toen nam August een beslissing. Met heftig kloppend hart draaide hij zich om, nam de teugels in zijn handen en klakte met zijn tong. Hij wist dat hij een risico aanging. Wat als Gottlieb gered werd? Maar August kon niet omdraaien, hij kon deze kans niet laten lopen. Desnoods zou hij de geloofwaardige verklaring kunnen geven dat hij alleen was weggereden om hulp te zoeken. Het paard zette zich in beweging. August dreef het met de zweep aan en het liep steeds sneller over de weg naar Keulen.

~

'We zijn er bijna, Anna Sophia,' zei dokter Baader.

Ze snoof en kreunde. De pijn leek haar te verscheuren. Het moet stoppen, dacht ze telkens weer. Alstublieft, lieve Heer, zorgt U alstublieft dat het ophoudt! Ze had geen kracht meer, ze kon het niet langer uithouden. Maar wat zou er dan met haar kind gebeuren? Zou het kunnen leven?

Maria zat naast haar en hield haar hand vast.

'Bijna, Anna Sophia, bijna. Je moet nog heel even volhouden.'

Maar ze geloofde haar niet. Er was iets in haar stem en iets in dokter Baaders blik. Ze waren angstig om haar en Anna Sophia wist dat ze gelijk hadden. O, kon haar vader maar bij haar zijn! Ze zou zo graag zijn kalmerende hand op haar schouder voelen en een glimlach onder zijn snor vermoeden. Waarom had hij haar nooit vergeven? Misschien werd het voor Anna Sophia nu tijd dat ze in elk geval hem vergaf. Als ze dit overleefde, zou ze zo snel mogelijk naar hem toe gaan en zeggen dat ze zo niet door konden gaan. Ze zou hem stevig in haar armen nemen en dan zou alles weer goed komen. Maar de volgende wee kwam en bedolf haar hoop.

Zou ze haar vader ooit nog zien? Zou ze haar zonen weer in haar armen kunnen houden? Haar zussen en Franz? Haar handen zweetten, haar hoofd gloeide en ze wist niet wat erger was, de angst of de pijn. Ze kon doodgaan, dat zei haar hele lichaam haar: haar gescheurde onderlijf, haar wild kloppende hart, haar brandende longen. En toen dacht ze weer aan het kind in haar buik. Dit onschuldige wezentje moest het gewoon redden! Dat was nu het enige wat telde. Ze had veel geluk gekend, liefde gevoeld, kinderen het leven geschonken. Misschien riep de lieve Heer haar nu tot zich en moest ze loslaten. Maar ze dacht aan haar zonen. Ze wilde hen zien opgroeien en ze wilde zich weer met haar vader verzoenen! Ze wilde schouder aan schouder met Franz werken! Ze had nog zo veel dromen... En hoe moest het dan met het kleintje in haar buik? Die had absoluut een moeder nodig! En dus perste ze verder, tot er eindelijk een kreet klonk en de wereld om Anna Sophia heen zwart werd.

30

‘Indrukwekkend, hè?’ Franz sloeg Heinrich op zijn schouder en keek naar de gekleurde lichtjes. Er schoten telkens weer vuurpijlen door de lucht. Ze besproeiden de lucht met duizend vonken en weerspiegelden glinsterend in de zwarte Rijn. Hij nam een slok bier, voelde dat de drank zich warm in zijn lichaam verspreidde, dacht aan de hoestpastilles, het ministerieel besluit en zijn gezin, en grijnsde.

‘Goed dat je ons hebt overgehaald, Franz.’ Ook Heinrichs gezicht was vol lachrimpels.

Franz wreef over zijn kale hoofd. ‘Wat een dag!’

‘Ik ben heel blij dat ik dit met je kan delen. Weet je, Franz?’ Heinrich hief zijn kroes om met Franz te proosten. Ze namen een slok, waarna Heinrich verder sprak: ‘Het is gewoon geweldig om met een man zoals jij bevriend te zijn.’

‘Met een man zoals ik?’ Franz schudde lachend zijn hoofd. ‘Soms praat je echt zo’n hoop nonsens, besef je dat wel?’

Heinrich had al een paar biertjes te veel op. Aan zijn uitspraak was het niet te horen, maar te oordelen naar de inhoud van zijn woorden moest hij hartstikke dronken zijn.

‘Het is de waarheid! Jij zult op een dag iets groots bereiken, dat weet ik. Ik kan je niet zeggen hoe gelukkig ik ben dat ik erbij mag zijn. Echt, Franz. Je bent mijn beste vriend. De beste die je maar kunt hebben!’

Franz keek Heinrich van opzij aan en wreef verlegen over zijn kin. Het liefst had hij hem stevig tegen zich aangedrukt. Hij had graag tegen hem gezegd dat hetzelfde voor hem gold en dat hij God niet genoeg kon bedanken voor een vriend als hij. Heinrich was misschien niet de slimste of meest indrukwekkende man die hij kende, maar absoluut de fijnste. Franz deed zijn mond open om zijn gevoelens met Heinrich te delen, maar toen kwam Theodor luid lachend van achteren op hen afgestormd en legde zijn handen op hun schouders.

‘Mensen! Wat staan jullie *hiernog*?’ Hij sprak lallend.

‘Ben je dronken?’ Franz draaide zich naar hem om en zag dat Theodors ogen glazig waren.

'*Nouenof!*'

Nu dook Koloman achter hen op en hij kreunde. 'Hij had bijna een adellijke dame aangesproken omdat hij haar kapsel zo mooi vond! Ik kon hem nog net tegenhouden.'

'We gaan naar *eencafeee*!' blèrde Theodor.

'Maar de cafés zijn toch allemaal dicht?' herinnerde Heinrich hem.

'Onzin!' Theodor maakte een afwimpelend gebaar. Ook Franz was veel te vrolijk om naar huis te gaan. Hij wilde dansen!

'We vinden wel wat!' verkondigde hij en hij duwde Heinrich door de mensenmassa.

Het was een warme nacht. Heel Keulen leek op de been te zijn. Aangezien het leger het eigenlijke centrum van de St. Martinskermis had afgezet, waren de feestgangers allemaal naar het kleine eiland Rheinau gegaan om het vuurwerk te zien. Nu ook de laatste vonken in de lucht waren uitgedoofd, verplaatste de menigte zich langzaam over de brug naar de nauwe steegjes in de stad. De mensen zongen, lachten, dronken en lalden. Onderweg raakte Franz Theodor even kwijt, die het niet kon laten met goed geklede dames te schertsen, en Heinrich, die arbeiders uit de raffinaderij tegenkwam. Maar dat was niet erg want Franz was druk in gesprek met Koloman. Die vertelde Franz over zijn nieuwe baan bij het tijdschrift *Gartenlaube*, waar hij nu veel vrijer kon werken en vast ook een groot artikel over het gedrag van de soldaten op deze kermis kon schrijven.

'Kijk wel uit, hè?' bromde Franz. 'De koning heeft al vanwege minder kritische artikelen hele kranten verboden.'

De sfeer in de veel te drukke steegjes werd met elke stap verhitter. De mensenmassa stroomde tussen de huizen door en op elke hoek van de straat stuitten de Keulenaren op militaire groepen.

'Kijk uit!' schreeuwden de soldaten.

'Maak dat je wegkomt!'

'Jullie kunnen hier niet verder, ga weg!'

Franz probeerde zijn humeur er niet door te laten bederven. Het was vandaag tenslotte een goede dag. Hij liet zich meedrijven en genoot van de uitbundige sfeer. Tot hij in de verte het eerste geschreeuw hoorde.

'Wat was dat?' vroeg hij aan Koloman. Hij draaide zich om en zag dat de mensen om hen heen die net nog heel vrolijk waren nu misnoegd keken. Sommigen werden rood, anderen hadden woedend fonkelende ogen.

'Verderop heeft een soldaat gewoon zijn sabel getrokken,' riep Heinrich, die zich net een weg terug naar hen baande.

'En één straat hiervandaan gooien *zemetstenen*,' lalde Theodor, die ook weer bij hen was gekomen. Hij streek zijn donkere lokken van zijn voorhoofd.

'Misschien kunnen we beter naar huis gaan,' stelde Koloman voor. Alle drie keken ze Franz even aan.

'De Pruisen zullen deze avond niet voor ons bederven!' besloot hij 'Wij zullen ons feest krijgen! Kom mee!'

Hij wenkte zijn vrienden achter zich aan. Voorzichtig met zijn handen duwend en 'Pardon, neemt u me niet kwalijk' roepend baande hij zich een weg tussen de mensen door.

'Waar *gaanweheen*?'

'Waarheen denk je? We gaan naar de Alte Markt!'

'Maar daar zal het wemelen van de soldaten!' zei Koloman. En Heinrich zei: 'Gisteren zijn ze helemaal doorgedraaid.'

'Laat ze maar lekker. Dit is onze stad,' bromde Franz. 'Dat weet ik. Ik ben tenslotte de pastilles-Napoleon van Keulen!' Hij knipoogde over zijn schouder en zijn vrienden lachten hard. Hij bracht zijn hand naar zijn hoed en marcheerde vastberaden door de menigte. 'Volg mij!'

'Tot uw orders, pastilles-Napoleon,' lalden de anderen.

Proestend van het lachen kwamen ze ten slotte op de hoek van Martinspförtchen en Alte Markt aan. De ingang tot het plein, waar de vorige dag eerst gefeest en daarna gevochten was, was door een groep wachters versperd. Er stonden zo'n tien soldaten met hun belachelijke helmen en blauwe jackets, bewapend met sabels en bajonetten.

'Die kledij…!' Franz grinnikte. En toen kreeg hij een idee. 'Zien jullie die helmen?' Hij gebaarde met zijn hoofd naar de soldaten en keek vervolgens een voor een zijn vrienden aan. De mooie Theodor wankelde een beetje van het bier, Koloman veegde nerveus zijn vettige haar van zijn voorhoofd en Heinrich krabde op zijn kale hoofd. Ze wisten al wat Franz wilde zeggen.

'Wie van jullie,' Franz sprak langzaam en zacht, en keek zo indringend mogelijk van de een naar de ander, 'durft een van die idiote helmen te stelen?'

Heinrich grinnikte.

'Concentratie, soldaat!' maande Franz hem gespeeld streng en Heinrich salueerde. 'Jawel pastilles-Napoleon. Neemt u me niet kwalijk, pastilles-

Napoleon! Ik sta natuurlijk paraat, pastilles-Napoleon!'

Hij wilde wegrennen, maar Koloman hield hem vast. 'Dat is te gevaarlijk, Heinrich. Je bent dronken!'

'*Achnonsens*,' zei Theodor en hij hield zich aan Koloman vast. '*Da's grappig!*'

'Als Heinrich die gestoorde Victor Mertens te slim af kan zijn, zal een van deze saaie Pruisen een makkie voor hem zijn.' Franz knipoogde. 'Weten jullie nog? Mertens had niet de geringste kans!'

'Doe het niet, Heinrich,' waarschuwde Koloman hem, maar Heinrich schudde zijn vriend af en sloop langs de muur van een huis naar de soldaten toe.

'Wat een domkop,' vloekte Koloman.

Franz hikte van de lach en samen slopen ze dichterbij om het beter te kunnen zien.

Het was lawaaierig om hen heen. Keulenaren blèrden en vielen uit tegen de soldaten, de soldaten scholden en duwden terug. Klein en lichtvoetig als hij was, hupte Heinrich tussen hen door. Hij bukte zich in de schaduw van een scheefstaand vakwerkhuis op een hoek en ging als een kat op de loer zitten.

'Dit is waanzin,' fluisterde Koloman.

'Het lukt hem wel,' zei Franz.

'Nonsens,' lalde Theodor, blijkbaar zonder goed te hebben geluisterd.

Plotseling sprong Heinrich uit de schaduw en griste de slechts losjes zittende helm van het hoofd van een soldaat.

'Ha!' Franz klapte in zijn handen. 'Hij is geweldig!'

'Hij is *deeebeste*!' Theodor leunde tegen de muur van het huis en schudde zijn donkere lokken van zijn voorhoofd. Niemand kan dat *zoalshij*.'

'Verdomme!' riep Koloman en hij wees naar de soldaten. Snel draaide Franz zich weer om. 'Wat doet hij nou?'

Heinrich sprong ineens opzij en rende weg, maar niet terug naar de mensenmassa. Nee, hij rende de lege Alte Markt op! Midden op het plein bleef hij staan, zwaaide met de helm en riep: 'Dit is onze stad!'

Heel even leek het stil te worden om hen heen. Iedereen draaide zijn hoofd naar Heinrich: arbeiders, burgers, aristocraten, agenten, nachtwakers, soldaten… Ze staarden allemaal naar de kleine Heinrich met zijn kale hoofd en lachrimpels. 'Keulen is van ons!' riep hij.

Er klonk gefluister door de menigte.

'Ja!' zei iemand achter hen luid.
'De jongen heeft gelijk!'
'Dat is helemaal juist!'
Iemand klapte en een ander joelde. 'Dit is onze stad!'
Er vloog een bierkroes door de lucht, er rinkelde glas en overal werden sabels en bajonetten getrokken.
'Stilte!' schreeuwde iemand. 'Ga onmiddellijk de straat uit!'
'Ga zelf weg!'
Staal flitste in het licht van de lantaarns op. En toen liep de situatie uit de hand. De soldaten sloegen op de mensenmenigte in en deelden heftige klappen uit. Overal klonk gegil.
Franz sperde zijn ogen open. 'Wat een ellende,' zei hij en hij probeerde op de Alte Markt te komen, want de soldaat zonder helm draaide zich net naar Heinrich om. Met grote passen liep de man op Heinrich af, terwijl die nog steeds stond te zwaaien. 'De stad is van ons,' riep Heinrich naar de soldaat. 'Dit is onze stad!'
'Nee! Heinrich, hou op!' gilde Franz zo hard hij kon. Maar Heinrich lachte alleen en de soldaat trok zijn bajonet uit zijn riem, liep naar Heinrich toe en ramde het met volle kracht in zijn onderlijf.
Franz tuimelde. Hij hapte naar adem, schreeuwde en probeerde te rennen. Maar hoe hard hij ook om zich heen sloeg en naar voren rende, hij wist al dat het te laat was. Dat hij deze fout, de ergste fout van zijn hele leven, nooit meer goed kon maken. Heinrich klapte hard tegen de grond, het bloed stroomde uit zijn lichaam en de helm rolde uit zijn hand. De soldaat pakte zijn helm, zette hem weer op zijn hoofd, en draaide zich zonder Heinrich nog een blik waardig te keuren om. Met zijn glimmende sabel rende hij schreeuwend de mensenmassa in.
Franz werd heen en weer geduwd. Hij zag bloed tegen muren spatten en hoofden tegen straatstenen slaan. Hij rook brandende lucifers en vuurwerk dat door de lucht suisde.
Het duurde eindeloos voordat hij bij Heinrich aankwam. Alles was veranderd. De wereld stond op zijn kop en Franz was een ander geworden toen hij naast zijn beste vriend op de grond zakte. Heinrichs gezicht was wit, al zijn rimpels waren weg. Hij lag er glad en kleurloos bij. Zelfs zijn blik was helemaal leeg.
'Heinrich, alsjeblieft,' fluisterde Franz. 'Alsjeblieft.'
Maar hij antwoordde niet. Want Heinrich was er niet meer.

~

'Help!' riep een stem die naar thuis klonk, naar geborgenheid en warmte. 'Help me!'

Anna Sophia zag dat er een man op straat lag. Zijn ledematen waren raar verdraaid en er vloeide bloed op de aarde.

'Mijn been,' zei de man. 'Mijn been!'

Nu pas zag ze wie daar lag en zo'n pijn leed.

'Papa!' riep ze. Ze wilde naar hem toe lopen en zijn hoofd vasthouden, zijn wonden verbinden, iets doen om hem te helpen. 'Papa hou vol!'

Ze probeerde te rennen, maar besefte ineens dat ze op een rijtuig zat en dat het rijtuig reed.

'Stop! Stopt u alstublieft!' Ze schreeuwde zo hard mogelijk, maar de koetsier reed steeds sneller.

'Help me,' kermde Gottlieb. 'Mijn been, mijn been!'

Maar het rijtuig was niet meer te stoppen. De afstand tussen Anna Sophia en haar vader werd steeds groter en haar vader veranderde in een bundel kleren en bloed, die steeds kleiner werd, totdat hij nog maar een stip op de landweg was.

Met een harde gil ontwaakte Anna Sophia uit de droom.

Ze hijgde en snakte naar adem.

'Sst,' zei Franz. Anna Sophia schermde met haar handen haar ogen af. Het was al dag geworden. Franz zat in de hoek en wiegde een kind. De pijn klopte heftig in haar onderlijf en tussen haar benen. Ze voelde zich ontzettend zwak.

'Mijn papa,' fluisterde ze. 'Hij... hij gaat dood, Franz. Je moet hem zoeken.'

'Het is allemaal goed,' antwoordde hij met een lage stem. 'Je hebt alleen gedroomd.' Hij stond op, liep naar haar toe en hield het kind voorzichtig voor haar op.

'Het is een jongen.'

'O...' zei ze. Was dit echt haar zoon? Had het kleine wurmpje het dan gered? Hadden ze het allebei overleefd? Slechts heel langzaam kwam Anna Sophia terug in de slaapkamer en begon ze te begrijpen wat er was gebeurd. Ze had een zware bevalling gehad. En het was goed gegaan.

'Mijn kleintje...' Ze nam haar kind in haar armen, keek ernaar en heel even vergat ze alles om zich heen. Zo groot als de berg van angst en pijn tijdens de bevalling was geweest, zo groot was haar liefde nu. Wat een wonder, dacht ze. Als haar zoon dit had doorstaan, kon hij alles doorstaan. Zij beiden konden dat. Anna Sophia wilde er altijd voor de kleine zijn. Hij zwaaide met zijn blauwpaarse armpjes en huilde zachtjes.

'Mijn kleine, fantastische schatje...' Ze drukte hem voorzichtig tegen zich aan en voelde dat de tranen over haar wangen stroomden. 'Wat ben je dapper.' Maar tegelijk wist ze dat hij veel te klein en te dun was. Hoe moest zo'n piepklein wezentje het leven op deze wereld aankunnen? Hoe moesten ze dit kind, dat te vroeg was geboren, erdoor slepen? Ze keek naar Franz op. Haar man had diepe wallen onder zijn ogen en zijn blik was glazig en leeg. En uit zijn gezicht was alle vrolijkheid verdwenen. Ze zag dat hij veranderd was.

'Franz... wat is er gebeurd?'

'Het gaat om Heinrich. Hij is afgelopen nacht overleden. Een soldaat heeft hem doodgestoken, midden op de Alte Markt. En het is mijn schuld.'

Ze sperde haar ogen open en staarde Franz aan. Ze wist niet wat ze moest zeggen. Hoe kon dat nou? Ze zag Heinrich voor zich, zijn vrolijke lach. Hij kon niet weg zijn, dat was onmogelijk. Zo'n lieve man. De beste! Hij zou zo meteen vast door de deuropening binnenkomen en hen feliciteren. Hij zou hun de te kleine broeken van zijn neefje schenken en de baby in zijn armen houden. Maar het gehuil van haar zojuist geboren kind verdrong deze gedachte. En vervolgens kwam het beeld van haar vader terug. Ze dacht aan zijn verdraaide been, zijn kreten op de straat. Verman je, Anna Sophia!

'Het spijt me verschrikkelijk... Het is onvoorstelbaar. Ik kan het gewoon niet geloven. En het kan niet jouw schuld zijn. Nee, Franz, jij bent een goede man. Dat weet ik. En jij weet het ook.'

Franz zweeg. En toen zag ze voor haar geestesoog weer het bloed dat uit haar vaders hoofd stroomde. Ze wist gewoon dat het niet alleen een droom was geweest. Eigenlijk zou ze er nu volledig voor Franz moeten zijn, dat besefte ze heel goed. De gebeurtenissen hadden voor hem alles veranderd. Hij had haar nu harder nodig dan ooit. En toch...

Misschien zou ze Franz verliezen als ze dit nu, op dit moment, aan hem vroeg. Misschien zou ze daar alles mee kapotmaken, maar ze kon niet anders. Het ging misschien om minuten en ze wilde haar vader niet in de steek laten. Zodra hij in veiligheid was, zou ze er voor Franz zijn. Het verdriet zou immers blijven, daarvoor was nog zo veel tijd. Maar voor haar vader niet. Daarom haalde ze diep adem. 'Papa sterft ook, op dit moment. Je weet dat mijn dromen soms waar zijn. En deze droom is waar. Ik heb gezien dat hij ergens voor Keulen op straat ligt. Je moet hem zoeken, Franz. Je moet hem redden. Alsjeblieft.'

Hij keek haar aan. Daarna knikte hij nauwelijks merkbaar, stond zonder een woord te zeggen op en liep de slaapkamer uit.

~

Kaspar schoof zijn grashalm met zijn tong van zijn ene mondhoek naar de andere. Hij had nog nooit in zijn leven zo veel mensen bij elkaar gezien. Ze liepen in het gelid door de straten van Keulen, van het ziekenhuis an der Rechtsschule in de richting van Hahnentor, op weg naar de begraafplaats. Aangezien hij er zelf een van was, kon hij slechts gissen hoe groot de stoet was die zich door Keulen bewoog. Het moesten een paar duizend mannen zijn die in feestelijke kleding door de stad trokken. Zoals zo vaak dacht hij aan Lina. Het was onmogelijk haar in een stad te vinden waar zo veel mensen woonden. Langs de rand van de straat vormden nog talloze mensen een erehaag en uit alle ramen keken de vrouwen van Keulen naar beneden naar hen.

'Heinrich heeft niets minder dan dit verdiend,' bromde Kaspar.

'De koning zou het moeten zien,' zei Ernst.

Albert Statz zweeg. En Kaspar liet het erbij. Hij wist hoe zijn vriend zich moest voelen. Als hij slechts een fractie voelde van de pijn die Kaspar bij Margaretha's dood of na het verlies van Lina had verscheurd, waren er voor hem vandaag geen woorden. Maar zoals deze stad nu voor zijn broer Heinrich opstond en de regering in Berlijn in het gezicht spuwde, dat moest toch indruk maken op Albert. Welke eenvoudige arbeider kreeg nou zo'n rouwstoet? Keulen schreed als één man door de straten, dacht Kaspar. Keulen stak zijn nek uit en daagde Pruisen uit. Je kunt ons niet als vuil behandelen, leek de stad uit te roepen. Ons niet! Zelfs de meest gerenommeerde families van de stad namen deel. Hun equipages vormden het elegante slot van deze mars. Kaspar draaide zich om en bewonderde de glanzende paarden en dure koetsen achter hem. Overal keken de keurige passagiers uit het raampje om niets van deze gedenkwaardige dag in augustus te missen. Kaspar grinnikte en wilde zich net weer omdraaien, toen zijn blik op een paar blonde lokken, een rode mond en grote ogen viel, die uit een koets keken, precies in zijn

richting. Glimlachte deze dame nu naar hem? Hij fronste zijn voorhoofd
'Hé, kijk eens uit!' riep Albert en hij duwde Kaspar weg, die net tegen hem op gebotst was.

'Sorry,' mompelde hij en hij draaide zich weer om, maar hij zag de vrouw niet meer. Peinzend kauwde hij op zijn halm. Hij wist het niet zeker, maar hij meende dat hij zojuist de vrouw had gezien die bij Rudolfs ongeluk in de raffinaderij was geweest. Hij begreep zelf niet goed waarom, maar om de een of andere reden wilde hij kijken of hij gelijk had. Kon je in een rouwstoet onopvallend wegsluipen? Misschien moest hij dit keer fluitend weglopen? Ach, onzin, dacht hij. Dat was geen goed idee. Hij keek heimelijk om zich heen. Noch Albert, noch Ernst leek op hem te letten. Hij stak zijn handen in zijn broekzakken en liep iets langzamer. Rij voor rij liet hij zich naar achteren afzakken, tot hij bij de welgesteldere Keulenaren aankwam.

Gelukkig had Albert hem een oud rokkostuum van zijn vader geleend. De mouwen waren wel veel te kort en de feestelijke broek die hij van de bedlegerige Rudolf mocht lenen, was versleten, maar op het eerste gezicht viel zijn kleding niet al te veel op. Toen Kaspar tot de eerste rij van de rijken doorbrak, deed hij zijn best om te doen alsof het de normaalste zaak van de wereld was dat hij daar liep. Hij slenterde tussen chique overhemden, dure rokkostuums en glanzende schoenen. Hij knikte vriendelijk naar een kale man en liet zich nog verder terugvallen. Niemand leek het te merken, tot hij bij de koets aankwam van waaruit hij de blonde vrouw uit het raampje had zien kijken. Het rijtuig had vooraan kleine en achteraan grote wielen en werd getrokken door twee volledig zwarte paarden. En achter het raam zag hij nu twee grote ogen die hem aanstaarden. Ze was het echt. En ze keek naar hem.

Kaspar keek weer rechtuit om niet nog een keer tegen iemand op te botsen, kauwde even op zijn grasspriet en keek toen weer in het ronde gezicht. De mond was getuit, de ogen keken vragend. Was die blik echt op hem gericht? Hij kon niet anders dan zich ineens de wildste dingen voor te stellen. Hij zou haar graag zijn arm aanbieden en haar uit de koets helpen. En dan zou hij met haar verdwijnen. Ergens naartoe, waar verder niemand was. Hij wilde dit gezicht aanraken, deze lippen, die schouders... Natuurlijk was dat volkomen absurd. Hij was een eenvoudige, arme arbeider, terwijl die vrouw onvoorstelbaar rijk leek te zijn. Ondertussen voelde hij zich niet meer een wild dier dat zij vanaf een veilig afstandje bekeek. Er was iets nieuws in haar blik geslopen. Was het...

bewondering? Hij liep verder. Zijn handen bleven in zijn broekzakken en zijn nek bleef gedraaid.

'Hallo,' hoorde hij na een tijdje haar hoge stem.

'Hallo,' antwoordde hij en hij gooide zijn grasspriet weg.

'Zoek je een nieuwe baan?'

'Ik heb werk,' antwoordde hij.

'Dat weet ik. Ik heb je gezien, maar je werk is veel te gevaarlijk. Je kunt beter voor mij werken.'

Hij fronste zijn voorhoofd. 'Voor u?'

'Ik heb een koetsier nodig.'

Hij krabde verward op zijn hoofd en wees met zijn kin naar de man op de bok. Vragend trok hij zijn wenkbrauwen op.

'Ach,' zei ze giechelend. 'Die kun je vergeten.'

'O?'

'Kun je een koets besturen?'

'Natuurlijk.' Dat hoopte hij in elk geval.

'Goed. Kom morgenochtend naar de stadsvilla van Schaaffhausen. Weet je waar dat is?'

'Nee.'

'Vraag ernaar.'

Hij knikte.

Ze keek hem nog steeds aan en hij beantwoordde haar blik. Nog een paar passen, dacht hij. Nog maar heel even.

'Hé, Kaspar!' riep Ernst en Kaspar scheurde zich los. 'Waar ben je?'

'Ik kom!' riep hij. En toen hij weer naar de koets keek, was het gezicht van de vrouw achter een gordijntje verdwenen.

~

Wilhelmine kon amper geloven wat ze hoorde. Naast Sibylle, die piano speelde, stond Henriette Sontag, een buitengewoon mooie vrouw met kunstzinnig opgestoken lokken, die de hoogste tonen zong. Wilhelmine had geen verstand van muziek, maar ze moest aan helder rinkelende belletjes en een klaterend beekje denken. Het gezang vulde niet alleen de salon met zijn feestelijk geklede gasten, elegante zitmeubelen en schilderijen, maar ook Wilhelmines hele lijf. Ze beefde en voelde het in haar borst, in haar buik en in haar benen. Het was alsof de muziek bezit van haar nam. Wilhelmine sloot haar ogen en liet zich door Henriettes stem door de villa zweven, naar buiten naar de tuin die in de avondzon lag en naar de chrysanten. Daar zag ze Sibylle en zichzelf weer voor de bloemenzee staan en ze voelde weer haar kus op haar lippen. Ze draaide zich om en de muziek bracht haar vader in de tuin terug. Maar dit keer fonkelden zijn ogen niet van woede. Nee, dit keer glimlachte hij. Hij spreidde zijn armen uit en liep naar haar toe. 'Welkom thuis,' fluisterde hij. 'Welkom thuis.'

Toen Henriette steeds zachter zong en er applaus klonk, stroomden de tranen over Wilhelmines wangen. Ze begon snel te klappen. Ongelofelijk dat deze prima donna sinds haar huwelijk niet meer op de grote podia van de wereld zong, maar alleen nog op privé-evenementen zoals deze bijeenkomst.

Nu stond Nette op. Ze struikelde over een krukje, schoof haar bril goed en schraapte haar keel. Wilhelmine was ontzettend blij dat Annette von Droste-Hülshoff, de vrouw met de pijpenkrullen aan de zijkant van haar hoofd en de verstrooide blik, eindelijk een keer in Bonn was. Met een zachte, lage stem droeg ze een van haar nieuwe gedichten voor:

'Als ik je niet als lief kind had gekend
Met je seraf in je heldere ogen,
Als ik niet met je door het toverland had gerend,
Je handjes gevoeld, die trillend bewogen
Dan zou ik je nu met plezier aanschouwen
je zien als een mooie, brave vrouw
Maar ach, nu moet ik onder je wenkbrauwen,
*Steeds speuren naar de engel die is weggevlogen!'**

Wat waren die woorden wonderbaarlijk en onheilspellend! Wilhelmine keek onopvallend om zich heen. Ook de anderen – meneer Ness die de botanische tuin in Bonn had opgericht, meneer Münchow van de sterrenwacht in Jena, orkestdirigent Ries die ooit Beethovens leraar was geweest, en natuurlijk Sibylle – hingen gefascineerd en aandachtig aan Nettes lippen.

'Wee hem die het leven vanuit het verleden aanschouwt,
Die streeft naar bleke beelden, verbleekte tonen!

---

* *Die Golems*, Annette von Droste-Hülshoff

Niet het gebrokene maakt zijn haar grauw,
Wat de dood kapotmaakt in zijn zoete schone.'

Wilhelmine haalde verrast adem, want Sibylle had haar hand aangeraakt. Ze gluurde naar haar en, hoe boeiend en inspirerend de salongasten vandaag ook waren, Wilhelmine kon haast niet wachten tot ze weer met haar vriendin alleen was. Terwijl ze haar aankeek, vergat ze zelfs een oneindig lang moment om naar Nette te luisteren. In plaats daarvan dacht ze aan Sibylles geur, aan het gevoel van haar huid onder haar vingertoppen en aan haar plannen voor de volgende dag. Ze wilden terug naar Berlijn reizen en daar een paar weken blijven om Charlotte te zien. Natuurlijk verheugde ze zich erop om het meisje weer te zien. Maar ze verlangde nog meer naar de tijd die ze tijdens de reis alleen met Sibylle kon doorbrengen.

Ze schrok uit haar gedachten op toen de gasten luid begonnen te applaudisseren.

'Indrukwekkend!' riep Ness.

'Fascinerend,' vond Ries.

'Fantastisch, Nette. Je nieuwe werken raken me echt,' zei Sibylle.

'Ze zijn zo intelligent en van zo'n waarachtige schoonheid,' bevestigde Wilhelmine. 'Is het niet ongelofelijk dat de vrouwelijke geest zulke teksten schept en toch als minderwaardig wordt gezien?'

'Nou ja, er zijn altijd uitzonderingen, nietwaar?' zei een van de heren. Wilhelmine was vergeten hoe hij heette. 'Dat is altijd al zo geweest, in elk tijdperk. Af en toe leiden vrouwen zelfs succesvolle ondernemingen of hele volken. En ik denk dat u, lieve Annette, ook een uitzondering bent! Dat een vrouw zo kan dichten! Ongelofelijk!'

Wilhelmine vond bijna dat hij mooi had gesproken, maar Sibylle snoof. 'Natuurlijk zijn het uitzonderingen, de mannen zorgen er immers voor dat maar weinig vrouwen dat niveau halen. Maar stelt u zich eens voor dat alle meisjes onderwijs zouden krijgen en alle vrouwen ontwikkeld waren. Dat ze zouden mogen werken, politiek mogen bedrijven of mogen dichten! Ze zouden hun passie kunnen volgen en zelfstandig in de wereld mee kunnen praten. Dan zouden vrouwen als Nette geen uitzondering meer zijn.'

'Het idee alleen al!' De man leunde verbaasd naar achteren. 'Een mooie droom, lieve Sibylle. En gezien de intelligente en bijzondere dames in uw salon lijkt die droom haast mogelijk, dat moet ik toegeven.

Maar het blijft helaas een droom. U zult het toch met me eens zijn dat het merendeel van de vrouwen prima belast en volkomen tevreden is met hun huishoudelijke taken. En dat is ook goed zo. Het menselijke ras zou nog uitsterven als niemand meer kinderen zou willen krijgen en op zou willen voeden omdat iedereen werkt en zich met de politiek bezighoudt!'

Wilhelmine schraapte haar keel. 'Mijn zussen en ik zijn zonder moeder groot geworden en niet doodgegaan. Ik denk dat vaders dat ook kunnen.'

Sibylle keek Wilhelmine verrast aan en gaf haar een kneepje in haar hand.

'Had u geen kinderjuffrouw? Geen dienstmeisjes?' vroeg de heer.

'Jawel, natuurlijk wel.' Wilhelmine stak haar kin op. 'Ik wil ook niet zeggen dat alle vrouwen zich van hun kinderen zouden moeten afkeren. Maar ik denk dat ook de gezinnen ervan zouden profiteren als vrouwen meer ontwikkeld waren.'

'We zouden moeten demonstreren,' nam een dame met los, golvend haar en een beetje een dubbele onderkin plotseling het woord. Als Wilhelmine het zich goed herinnerde, was zij de schrijfster Fanny Lewald, die van het geld dat ze als auteur verdiende in een eigen huis woonde.

Ness en Ries keken elkaar met opgetrokken wenkbrauwen aan. 'Demonstreren?'

'Natuurlijk. We zouden voor onze rechten moeten strijden. Hebt u over de arbeidersbeweging gehoord? De mannen willen meer loon en betere werktijden. Ik vind dat we ons bij de vrouwenbeweging aan zouden moeten sluiten.'

Ness grinnikte en vroeg: 'En wat wilt u?'

'Vrouwen moeten kunnen werken, onderwijs krijgen en kiesrecht hebben.'

'Kiesrecht?' Ries trok zijn wenkbrauwen samen.

'Ik ben het helemaal met Fanny eens,' zei Sibylle. 'Dit jaar vinden in Keulen de eerste gemeenteraadsverkiezingen plaats en men spreekt van rechtsgelijkheid! Dat is toch belachelijk als uitsluitend mannen met een goed inkomen mogen stemmen.'

'Precies, Sibylle. Wat is dat nou voor rechtsgelijkheid? Armere mensen – en ook vrouwen! – zouden ook moeten mogen stemmen.'

'God bewaar me!' riep een van de mannen. 'De meeste vrouwen zijn niet zoals u, maar verschrikkelijk emotioneel en onberekenbaar! Vandaag willen ze dit, morgen dat. In de politiek kan dat tot een catastrofe leiden!'

'Is dat echt zo?' vroeg Fanny. 'Als emotionaliteit een criterium zou zijn, zouden er net zo weinig mannen mogen stemmen. Ik ken er vele die zich door hun woede en gierigheid laten leiden.'

Wilhelmine deed haar mond open om te vertellen dat haar zus samen met haar man een steeds succesvoller wordend bedrijf leidde en dat als zij er niet was geweest, Franz Stollwerck voor de rechtbank ongetwijfeld al een paar keer driftig zou zijn geworden, maar op dat moment ging de vleugeldeur van de salon open.

'Neemt u me niet kwalijk,' zei een dienstmeisje verlegen. 'Maar mevrouw Schopenhauer is zojuist aangekomen en vraagt naar u.'

'Is Adele hier?' Sibylle sprong op.

Wilhelmine slikte. Ze had Adele sinds de ruzie in Köthen niet meer gezien. Waarom moest ze nu hier opduiken, uitgerekend één dag voordat Wilhelmine met Sibylle naar Berlijn zou gaan?

'Ja, mevrouw. En ze voelt zich niet lekker.'

'Wat heeft ze?'

'Ze is boven. Misschien moet ik er meteen een dokter bij laten halen.'

Sibylle keek even om zich heen en zei toen: 'Dames en heren, excuseert u mij alstublieft even. Ik ben zo terug.'

En met grote passen verliet ze de salon.

Heel vroeg de volgende ochtend, nog voordat Wilhelmine Sibylle zag en naar Adeles toestand kon informeren, kreeg ze de brief. Hij woog zwaar in haar handen en hoewel hij van Anna Sophia was, verzette iets binnen in haar zich om hem open te maken. Ze slikte, haalde diep adem en verbrak het zegel. Langzaam vouwde ze hem open en begon te lezen:

Mijn lieve zus,
Alles in mij doet pijn terwijl ik deze brief aan jou schrijf. Mijn tranen druppelen onophoudelijk op het papier. Ik kan gewoon niet stoppen met huilen. Maar het heeft geen zin. Het wordt niet onwaar als ik zwijg en je moet het horen. Papa is een paar dagen geleden bij een ongeluk overleden. Elise heeft me verteld dat hij van de koets viel. Ik heb erover gedroomd en Franz eropuit gestuurd om hem te zoeken. Maar het was al te laat. Ook August heeft hulp gehaald, maar ze konden niets meer voor hem doen. We zijn allemaal in

diepe rouw. Ik kan me gewoon niet voorstellen dat we papa nooit meer zien, dat ik me nooit meer met hem zal verzoenen. Het verscheurt me. Sinds ik het weet kan ik niet eten en niet slapen. Ik mis hem met elke vezel van mijn lijf. En ik vraag me af: waarom heb ik de tijd toen hij nog leefde niet beter gebruikt? Hoewel ik niets dan verachting voor August voel, moet ik zeggen dat hij niet alleen voorbeeldig voor de begrafenis en rouwceremonie zorgt, maar zelf ook erg van slag en ongelukkig lijkt. Dat vertelde Elise me in elk geval...

Wilhelmines blik vervaagde en ze kon geen woord meer lezen. Ze begon hard te snikken. 'Nee,' schreeuwde ze, maar het klonk heel zacht. Dit mocht niet waar zijn. Dit kon niet waar zijn. 'Nee, nee, nee, nee,' fluisterde ze en ze zakte in elkaar. Ze knielde op de grond, maakte een prop van de brief en voelde hoe dit gevoel van rampspoed zich door haar hele lijf verspreidde. Hoe het bezit van haar nam en haar liet beven. Ze dacht aan haar vader, die er altijd was geweest. Aan zijn grijns aan de eettafel, aan de punten van zijn snor die 's avonds naar beneden hingen, aan zijn knoestige en toch liefdevolle handen. Aan hoe hij in Sibylles tuin voor haar stond om haar naar huis te halen en hoe iets in hem was gebroken toen ze hem *Gottlieb* had genoemd. Hoe had ze dat in hemelsnaam kunnen doen? Hoe had ze deze gebroken, oude man gewoon zo in de tuin kunnen laten staan? Sibylle had gezegd dat hij moest vertrekken en Wilhelmine had er niets tegen gedaan. Niet alleen Anna Sophia, ook Wilhelmine zou nooit meer de gelegenheid krijgen zich met hem te verzoenen. Ze kon nooit meer tegen hem zeggen dat ze er spijt van had en dat ze, ondanks alles, van hem hield. Ze schreeuwde en vermoedde dat een deel van deze pijn zich voor altijd in haar zou nestelen.

31

Met neergeslagen ogen en zijn handen diep in zijn broekzakken liep Franz Stollwerck door de straatjes van Keulen. Over een uur zou hij het koffiehuis openen en tot die tijd had hij wat frisse lucht nodig. De kinderen maakten herrie, zijn vrouw keek hem sinds de dood van haar vader met droevige ogen aan en zijn jongste zoon lag sinds hij leefde op sterven.

Franz haalde diep adem en probeerde zijn hoofd leeg te krijgen. Hij wilde in geen geval aan zijn beste vriend denken. En toch zag hij hem alweer voor zijn geestesoog. Hij zag Heinrich op de lege Alte Markt staan, met de helm zwaaien en lachen. Franz liep bijna gebukt door de pijn in zijn borst. Hij hoorde zichzelf weer zeggen: 'Wie van jullie durft het?' En: 'Heinrich kan het wel.' Wat had hij in godsnaam gedaan? Hoe had hij dit de kleine man met de vele lachrimpels aan kunnen doen? Hoe had hij zo stom kunnen zijn? Hij kreeg haast geen lucht meer door het schuldgevoel. En hij miste Heinrich verschrikkelijk. Uit alle macht probeerde hij te blijven ademen en zich op de wereld om hem heen te concentreren. Sinds de bloedige confrontaties op de Alte Markt leek Keulen gespannen. De mensen hadden een hongerwinter met schaarse oogsten achter de rug, de inflatiecrisis werd steeds sterker voelbaar en er waren meer bedelaars op straat dan ooit. De toon was ruw, de blikken waren kil. Ook Franz' familie leed zware verliezen in de kruidenierswinkel en iedereen sprak erover hoe moeilijk de situatie was. Franz liep langs een gaarkeuken en wendde zijn blik af. Hij kon de lange rij in lompen geklede mensen, die voor een halfvol bordje in de rij stonden niet aanzien. Zijn nieuwe vrienden Francois Ravaeux en Carl D'Ester hadden volkomen gelijk: zo kon het niet doorgaan. Er waren zo veel mensen die honger en pijn leden. En tussen hen door reed net een elegante koets. Achter het raampje ving hij een glimp op van dure stof en stijlvol gekapt haar. Wat was deze wereld oneerlijk! Als hij dit jaar genoeg geld verdiende om te mogen stemmen, zou hij in elk geval op Carl en Francois stemmen. Zij wilden dat deze stad rechtvaardiger werd. Dan zouden er misschien geen Pruisische soldaten meer door de stad mogen marcheren en ongestraft arbeiders doodsteken. Franz zou de eerste zijn die zich voor de gewapende burgerwacht zou aanmelden! Voor de vrijheid van deze stad en voor de gerechtigheid van elke Keulenaar.

Er botste iemand van opzij tegen hem op.

'Hé, kijk eens uit!' riep Franz en hij duwde diegene terug.

'Sorry,' zei de vreemdeling en hij tilde zijn armen op. Hij was mager en had de littekens van een man die al te veel had moeten doorstaan. In zijn rechtermondhoek hing een grasspriet, alsof het een sigaar was. En op de een of andere manier had zijn blik iets vriendelijks. Toch schudde Franz geïrriteerd zijn hoofd en liep door.

~

Kaspar haalde diep adem. Hij moest zich beter concentreren op waar hij liep, anders riskeerde hij bij de verhitte sfeer in Keulen nog een vechtpartij. En die kon hij vandaag nou echt niet gebruiken. Hij bekeek zichzelf en streek nog een keer het geleende rokkostuum glad. Zachtjes mompelde hij: 'Links, links, bij de bakker rechts en dan nog een keer links.' Hopelijk kon hij het vinden.

Hij baande zich een weg tussen de chagrijnige passanten door en volgde de beschrijving die Albert hem had gegeven. Zou de juffrouw het wel serieus gemeend hebben? Zou ze hem echt als koetsier aanstellen? En waarom eigenlijk? Erg geschikt was hij daar niet voor. Hij had al lang geen paard meer gemend. Hopelijk zou het hem lukken. En wist hij eigenlijk wel hoe je met een welgestelde familie om moest gaan? Zenuwachtig kauwde hij op een grasspriet en hij trok zijn slappe hoed ver over zijn voorhoofd toen hij voor de stadsvilla van de Mertens kwam. Een reusachtige poort versperde hem de weg naar het voorplein. Hij keek voorzichtig door de spijlen.

'Hé, u daar!'

Verbaasd deed hij een stap naar achteren.

'Bent u de nieuwe koetsier?' riep een oudere man.

Kaspar hief zijn kin op. 'Ja, dat ben ik.'

'Komt u binnen, laat me u bekijken.'

De poort piepte luid en Kaspar trok zijn hoed van zijn hoofd. Hoewel de man daarachter kleiner was dan hij, leek hij van grote hoogte op hem neer te kijken.

'En u moet...'

‘Blijkbaar, ja.’ Kaspar wierp zijn grasspriet weg en haalde zijn schouders op. Hij wist zelf ook niet zo goed wat hij ervan moest vinden.

‘Waar hebt u tot nu toe gewerkt?’

‘Ik heb in de suikerraffinaderij Mertens...’

‘Ah, dus u hebt tot nu toe goederen vervoerd. Zo, zo. Hebt u uw getuigschrift bij u?’

‘Nou, eerlijk gezegd...’ Hij vertrok zijn mond. Wat had hij zich in hemelsnaam in het hoofd gehaald? Hij had hier helemaal niet moeten komen. Een man als hij was hier gewoon niet op zijn plek. ‘Ik kan misschien beter...’ begon hij, maar hij onderbrak zichzelf want op dat moment kwam de juffrouw met de blonde krullen door de grote vleugeldeur naar buiten. Kaspar bleef stilstaan. Ze had een rode doek om haar schouders en daaronder glansde haar strak gesnoerde taille in een lichtrode jurk. Haar rok golfde wijd om haar benen en haar krullen werden in toom gehouden door een kleine dameshoed, die haar achterhoofd bedekte en aan de voorkant open was. Een luifelhoed, had Albert hem een keer uitgelegd.

‘O, bespaart u die man alstublieft uw lastige vragen!’ riep ze met een ongewoon hoge stem, die totaal niet bij haar vastberaden ogende, rode mond paste. Zou de dame erg haar best moeten doen om zo te praten?

‘Neemt u me niet kwalijk, juffrouw,’ zei de oude man. Hij nam zijn hoed af en deed een stap naar achteren.

‘U kunt gaan,’ antwoordde de vrouw.

Hij verdween meteen achter een van de koetsen die aan de rand van het voorplein, aan de kant van de tuin, stonden geparkeerd.

‘Goedendag.’ Kaspar draaide zijn hoed in zijn handen.

‘Dank je wel dat je bent gekomen. Meneer Schmidt heeft zeker al de voorwaarden met je afgesproken?’

Kaspar trok zijn wenkbrauwen op. Hij had geen idee waar ze het over had.

‘Ik wil vandaag nog op reis.’ Ze keek hem onverholen aan. ‘Luise!’ riep ze, zonder haar blik van Kaspar af te wenden.

Er kwam meteen een dienstmeisje naar buiten. Hoewel ze extreem dun was, droeg ze een enorme koffer in haar handen.

‘Ja, Emma?’

‘Laad de koffer maar alvast in de koets en stap in. Ik kom er zo aan.’

Met grote passen liep Luise naar de koets. In het voorbijgaan keek ze kort naar Kaspar en het viel hem op dat ze zwart omrande ogen en een rimpelig voorhoofd had.

'O, sorry, ik help u natuurlijk!' riep Kaspar toen ze al bij de koets met open kap was aangekomen. Hij vervloekte zichzelf omdat hij er alleen dom naast had staan staren in plaats van meteen hulp aan te bieden.

'Niet nodig,' zei Emma en ze maakte een afwimpelend gebaar. 'Luise kan dat wel.'

Kaspar bleef dus maar staan en hoorde dat Luise achter hem zuchtte en dat de koffer met een doffe dreun op de koets landde, terwijl hij naar de juffrouw keek. Emma... dacht hij. Klopt, die naam had hij in de raffinaderij al een keer gehoord.

'Je gaat ons vandaag naar Bonn brengen. Ik wil mijn schoonzus bezoeken.'

'Naar Bonn...' Hij beet op zijn onderlip. Hij had geen idee hoe hij de weg daarheen moest vinden.

'Dat maakt je toch niets uit?' Ze trok haar wenkbrauwen op en grijnsde. Ze wist vast donders goed hoe erg ze hem in verlegenheid had gebracht. En ze leek ervan te genieten.

'Nee, natuurlijk niet.' Hij glimlachte.

'Goed. Dan kunnen we...'

Op dat moment ging er boven hun hoofd een raam open. 'Emma, kind, wil je even komen, alsjeblieft?' riep de kale man die Kaspar al een keer bij haar had gezien. De man had een onaangename glimlach op zijn gezicht.

'Natuurlijk, lieve broer. Koetsier, hoe heet je?'

'Kaspar, juffrouw. Ik heet Kaspar Rockstroh.'

Ze nam hem even op en hij meende bijna iets provocerends in haar blik te zien. Daarna draaide ze zich om en riep over haar schouder: 'Maak de paarden klaar, Kaspar. We vertrekken over een paar minuten!'

~

Victor Mertens liep in zijn werkkamer op en neer. Hij voelde zich fantastisch. Zijn ogen straalden, zijn borst was vooruit. Hij was geniaal. Wat een goed idee! Wat een goed plan! De bouwwerkzaamheden aan de rand van de stad schoten goed op. Daar zou de modernste pastillesfabriek komen die men zich maar kon voorstellen! Hij zou het gezamenlijke plan met August Arkenberg algauw kunnen realiseren. Vandaag had hij een brief van hem gekregen waarin hij schreef dat hij nu de eigenaar van apotheek Müller was! Gottlieb Müller was blijkbaar bij een ongeval om het leven gekomen. Het had niet beter kunnen lopen! Die Gottlieb was voor hem toch een te groot risico geweest. Nu Stollwerck dat vervloekte ministerieel besluit had bewerkstelligd, moesten ze nu eenmaal vastberadener en meedogenlozer te werk gaan dan gedacht. En Victor betwijfelde of de oude man daartoe bereid zou zijn geweest. Zijn dood maakte alles eenvoudiger. Het was nu makkelijk om Stollwerck uit de weg te ruimen. Victors eerste aanbod voor de kleine pastillesfabriek had hij afgewezen, maar hij zou nu een tweede aanbod doen. Die Stollwerck zou op zijn knieën vallen en hem smeken. Daar zou Victor voor zorgen.

De deur ging open en zijn halfzus Emma kwam binnen. Hij kon niet anders dan haar weer van top tot teen aanschouwen. Wat had ze zich weer opgedoft. Heerlijk.

'Jij rijdt vandaag nog naar mijn vrouw?'

Ze knikte. 'Ik zal er bij haar op aandringen. Beloofd, lieve broer. Zo kan het niet langer. De kinderen hebben hun moeder nodig.'

'Inderdaad. Wat je zegt, slim meisje.' Hij raakte haar wang aan. 'Ik moet je iets zeggen, Emma, ook al vind ik het moeilijk.'

Emma zweeg en keek hem met grote ogen aan.

'Je bent over een paar jaar meerderjarig. En het wordt tijd om aan je huwelijk te denken.'

Emma knipperde met haar ogen, maar gaf geen antwoord. Ze was vandaag zeker weer eens erg traag van begrip.

'Natuurlijk zou ik je het liefst aan mijn zijde houden, maar je weet dat dat niet gaat. Ik zal je binnenkort moeten uithuwelijken.'

'O...' zei Emma zacht. 'Binnenkort al?'

'Fijn dat we het daarover eens zijn. Ik heb al een man voor je op het oog. Ik zal in de komende weken met hem praten.'

'In de komende weken?'

Praatte hij nou zo onverstaanbaar? Hij slikte zijn irritatie weg en ging verder: 'Zoals gezegd, het wordt tijd. Ik zal je op de hoogte houden. Je kunt gaan.'

Hij raakte nog één keer haar wang aan en draaide zich daarna naar het raam. In gedachten verzonken keek hij naar de koetsier die met een schichtig paard kampte. Victor grijnsde. Hij zou die Stollwerck eens wat laten zien. Hij kon haast niet wachten.

32

Anna Sophia had al dagen niet geslapen. Ze durfde het niet, want ze was te uitgeput. Als ze in deze toestand eenmaal indommelde, zou ze vast in zo'n diepe slaap vallen dat ze Alberts gehuil niet kon horen en er niet was wanneer hij haar het dringendst nodig had. Dokter Baader keek inmiddels bijna elk uur naar de zuigeling. Franz had Theodor gevraagd om hem overdag in de bakkerij en 's avonds in het koffiehuis te vervangen zodat hij zo vaak mogelijk bij hen kon zijn.

Sinds haar vader en Heinrich waren overleden, hing er een droevige sfeer in huize Stollwerck. De klimop aan de gevel leek eerder grijs dan groen en zijn bladeren hingen slap naar beneden. Elke keer als Anna Sophia aan haar vader dacht, kreeg ze tranen in haar ogen. Hoe moest ze deze schuld met zich meedragen? Haar vader was overleden en hun ruzie zou nooit bijgelegd kunnen worden. En Franz had ontzettend veel verdriet om Heinrich. Hij lachte en grijnsde niet meer, knipoogde niet en maakte geen enkel grapje. Ook hij worstelde met enorme schuldgevoelens. Zijn blik was leeg en om zijn mond lag een misnoegd trekje. Toch deed hij zijn best om er voor haar en Albert te zijn. Hij hield de jongen vast terwijl zij probeerde het juiste kruidenmedicijn voor hem te vinden. Waar ze in faalde. Ze hadden samen de pastoor uitgenodigd en de jongen in zijn ziekbed laten dopen. Franz had hem in zijn armen gehouden terwijl Anna Sophia zacht snikkend een donkere, zachte lok uit zijn dunne haar knipte om die in een hangertje aan een ketting in de buurt van haar hart te dragen. Inmiddels zwegen ze alleen nog naast elkaar, streelden Alberts wangetjes en hoopten dat op zijn minst Baaders medicijnen eindelijk aansloegen. Maar het kind bleef maar huilen en kermen.

Telkens weer vielen Anna Sophia's ogen dicht terwijl ze Albert heen en weer wiegde. Wat was hij klein en fragiel! 'Hij heeft zo'n pijn,' fluisterde ze. 'Misschien moet ik toch nog een keer naar de botanische tuin gaan en...'

'Je hebt al allerlei kruidentincturen en theesoorten uitgeprobeerd,' zei Franz zacht. 'Alle kennis die je van je ouders hebt geleerd, heb je ten volle benut. Je hebt dagenlang alleen nog tussen de tuin en de keuken heen en weer gelopen.'

'Er is altijd het juiste kruid, Franz. Je moet het alleen vinden, ik moet gewoon verder zoeken.' Omdat haar lichaam helemaal verdoofd aanvoelde, merkte ze het nauwelijks, maar ze hoorde dat ze snikte.

'Nee, Anna Sophia. Er is niet voor alles een middel op deze wereld. Ik weet zeker dat je alle mogelijkheden hebt geprobeerd die deze stad je biedt. We moeten nu op God vertrouwen. En op dokter Baader. Hij weet wat hij doet.'

Anna Sophia haalde diep adem. Wist de dokter het echt? Ze moest denken aan wat August voor het Apellhof had beweerd. Wat als het waar was? Nee, dat kon gewoon niet waar zijn. Wat voor een ongehoord verhaal was dat geweest! Maar zelfs als August had gelogen, had Baader destijds niet kunnen verhinderen wat er met Gottlieb was gebeurd. Hij had hem niet genezen. Uiteindelijk was het Gesche geweest door wie hij gered kon worden.

Ze keek op, ontmoette Franz' blik en voor de eerste keer sinds dagen lag er een klein beetje warmte in. Hij tilde zijn hand op, legde hem op Anna Sophia's wang en streelde haar zacht met zijn duim.

'Je bent al veel te lang op de been,' zei hij met zijn lage stem. 'Ga alsjeblieft een paar uur slapen. Ik zie hoe moe je bent. Ik neem Albert. En dokter Baader komt over een paar minuten terug en kijkt nog even naar hem. We zorgen voor hem. En als je weer wakker bent, gaat het vast al veel beter met ons kind.'

Anna Sophia knipperde met haar ogen en deed haar best om haar oogleden open te houden. Misschien moest ze ermee instemmen, dacht ze. Misschien was dit nog een laatste kans. Maar zou ze het echt wagen? Ze zag Albert op haar arm. Hij verdween bijna in de doeken, alleen zijn piepkleine, van pijn vertrokken gezichtje stak er een klein beetje uit. Ze slikte nog een keer, maar ze had het gevoel dat ze geen andere keus had. Langzaam knikte ze.

'Maar je verliest hem geen seconde uit het oog, goed?'

'Geen seconde.'

'Ook niet als dokter Baader er is. Beloof je dat?'

'Ik zal zelfs de kamer niet uitgaan. Ik zal nergens anders naar kijken dan naar hem, Anna Sophia.' Hij glimlachte. Het was de eerste glimlach sinds dagen en het was de treurigste die ze ooit bij hem had gezien. Ze boog zich naar voren, gaf Franz een kus op zijn wang en leunde even haar voorhoofd tegen het zijne.

'Vertrouw op mij, Anna Sophia,' fluisterde hij.

'Altijd,' antwoordde ze.

Daarna legde ze Albert in zijn armen.

Niemand zag dat ze wegreed. Franz was met dokter Baader boven en dacht vast dat Anna Sophia in bed lag. En Theodor haalde net verse ingrediënten voor de bakkerij uit de kelder. Met bonkend hart en de grootste haast van haar leven mende Anna Sophia de paard-en-wagen door Keulen, de stad uit en naar het bos. Ze was lichamelijk te moe geweest om te paard te gaan, maar daardoor moest ze nu het laatste stuk lopend afleggen. Haar gezichtsveld was nauw en haar oren ruisten van de vermoeidheid, maar zodra ze tussen de bomen liep en de koele, naar mos, aarde en hars ruikende lucht inademde, voelde ze zich wat frisser. Ze sloot even haar ogen. Nu pas merkte ze hoe erg ze deze plek had gemist. Ze zou algauw Gesches huisje weer zien! Het touw met de belletjes, de kippen, de schommel, Gesches verschillende ogen en haar warme glimlach met het grote gat tussen haar tanden! Ze had haar grootmoeder al jaren niet gezien en dat was veel te lang geweest. In Gesches armen kon weliswaar niet alles weer goed worden, maar het werd in elk geval altijd iets beter. Bij Gesche was er hoop voor Albert. Ze voelde aan de ketting om haar nek, waarin zijn haarlok zat, dacht aan haar kind en stelde zich voor hoe de baby nu in Franz' armen lag, zo licht als een veertje en met zijn oogjes stevig dicht. Ze moest zich verschrikkelijk haasten. Anna Sophia liep gestaag de heuvel op. Ze vond de Scherpe Rots snel en daar vlakbij de eerste spiraal op een van de boomstammen. Ze keek om zich heen en ontdekte de tweede al. Hier was niets veranderd, dacht Anna Sophia. Ook al werd de wereld daarbuiten steeds grimmiger, waren haar vader en Heinrich plotseling overleden en moest Albert voor zijn prille leven vechten, hier in het bos leidde nog steeds de ene spiraal naar de volgende. Het was goed dat ze de rit had gewaagd, dacht ze. Als er iemand was die nu nog kon helpen, was Gesche het.

Het kreupelhout werd algauw steeds dichter. Ze stapte voorzichtig over struikgewas, boog twijgen opzij en liep gebukt onder takken door. Zo meteen zouden de belletjes rinkelen en zou Gesche de piepende deur openen. Maar alleen de wind ruiste in de bladeren. Nog een klein stukje, hoopte Anna Sophia. Nog maar een paar passen. Ze liep en liep, luisterde en gluurde door de bomen en struiken, maar vond niets. Of wel? Zag deze boom er niet precies zo uit als de boom waar Gesches hut naast stond? Hij was alleen een beetje zwart geworden. Wacht, was dat roet? Tegen de stam leunden twee verkoolde planken. Die konden niet van Gesches hut zijn geweest… Of wel? Leek die tak daarginds niet op de draagbalk van Gesches schommel, maar dan korter? Was hij misschien lang geleden afgebroken? Was de grond op deze plek niet iets minder dicht begroeid dan overal elders in het bos? Anna Sophia kreeg het benauwd. Dit kon niet. 'Gesche?' vroeg ze zacht in het bos. En daarna nog iets luider: 'Gesche?!'

Plotseling zag ze Albert voor haar geestesoog. Zijn gezicht was ineens blauw aangelopen en hij bewoog niet meer. Hij hing slap in Franz' armen en er liepen tranen over Franz' gezicht. Haar kind zou doodgaan, dacht ze, als ze Gesche nu niet vond!

'Gesche!' schreeuwde ze zo hard ze kon. Haar stem sloeg over en stierf daarna meteen weg. Het bos ruiste, kraakte en ritselde in plaats van haar antwoord te geven. Paniekerig keek ze om zich heen, maar er waren alleen bomen, bladeren, struiken en kreupelhout. Er was niemand die haar kon helpen. Ze rende in paniek heen en weer.

Zocht ze op de verkeerde plek? Was ze dit keer verdwaald? Wat moest ze nu doen? Ze wist het niet meer. Haar handen trilden, haar zicht was onscherp. Was het fout geweest om hiernaartoe te komen? Ze moest nu bij Albert zijn, bij haar man, ze moesten hun kind samen vasthouden en proberen hem kracht te geven.

'Help!' schreeuwde ze. 'Gesche, waar ben je? Gesche!' Ze voelde nauwelijks dat er tranen over haar wangen stroomden en hoorde amper haar eigen gesnik.

'Alsjeblieft!'

Maar er gebeurde niets. Het bos zweeg, niemand antwoordde. En thuis, dat wist Anna Sophia plotseling met een gruwelijke zekerheid, stopte Albert met ademen.

Hoelang zou ze hier al zitten? Hoelang huilde en riep ze? Waarom had God dit gedaan? Waarom had hij Albert maar zo'n kort leven gegund? Haar zoon had de gevaarlijke, afschuwelijke geboorte overleefd… Waarvoor? Voor een leven zo kort als een oogopslag? Voor niets anders dan pijn en uitzichtloosheid? Hij was zo klein en hulpeloos. De grenzeloze liefde die ze vanbinnen voelde was donker en donderend, zoals ze zich de zee voorstelde die ze nog nooit had gezien. Diep, wijds en verschrikkelijk. Ze had haar kindje elke dag beter willen leren kennen en willen meemaken wat voor een mens hij zou worden, hoe hij de wereld zou zien en welke ideeën hij zou hebben. Ze had hem alles willen laten zien. Ze had hem willen leren hoe je leefde en liefhad, hoe je pastilles maakte en hoe je in het bos Gesche vond. Voor hem wilde ze vandaag nog in de verschillend gekleurde ogen van haar grootmoeder kijken en voelen dat alles goed zou komen! In plaats daarvan waren ze weg en alleen het bos ritselde. Ze sloot haar ogen, huilde, ademde en luisterde.

Toen ze weer opkeek, zag ze naast een jong appelboompje dat slechts een paar passen bij haar vandaan stond, een wolf. Hij had rechtopstaande oren, een dichte, bruine vacht en barnsteenkleurige ogen. Hij verroerde zich niet en keek Anna Sophia strak aan. Ze ademde zacht in en uit. De wolf knipperde niet eens met zijn ogen en ook Anna Sophia was niet bang. Ineens wist ze wat ze wilde doen. Voorzichtig begon ze de aarde voor haar knieën los te maken. Met blote handen groef ze een gat in de grond. Het hoefde niet heel groot te worden, maar omdat het al dagen niet had geregend, duurde het toch een tijd voordat het gelukt was. Ze keek telkens weer op en wist dat de wolf zou blijven. Hij keek naar haar terwijl ze beefde, stil huilde, de glazen amulet aan haar ketting openmaakte en Alberts haarlok eruit haalde. Behoedzaam legde ze de lok in het gat en schoof de aarde erover. Ze had bijna het gevoel dat het dier haar beschermde. Pas toen ze de grond weer plat had gedrukt, liet de wolf langzaam zijn hoofd zakken, draaide zich om en liep weg.

Anna Sophia staarde nog een paar tellen naar het appelboompje, waar hij naast had gestaan. Wat vreemd, dacht ze, een fruitboom tussen de beuken en eiken. Zou iemand hem hier expres hebben geplant? Ze stelde zich voor hoe iemand hier had gezeten, een appel had gegeten en het klokhuis had ingegraven. Zou die persoon Gesche hebben gekend?

Hoe kon ze nu over zo'n onzin nadenken, vroeg ze zich af. Ze kwam overeind en liep terug naar de paard-en-wagen. Ze was niet verbaasd toen ze merkte dat de velden nu een andere kleur groen hadden, de lucht een andere kleur blauw had en het gehinnik van haar paard lager klonk. Ze klakte met haar tong en liet zich trekken. En in haar ooghoek zag ze nog net dat ze gevolgd werd door de barnsteenachtige blik van een wolf.

33

Wilhelmine brieste vanbinnen terwijl ze door Sibylles park liep en vogelmuur zocht. Die bodembedekker zou toch ergens moeten groeien? Waar was dat verrekte spul nou? En waarom voelde ze zich zo afschuwelijk? Wat was ze eigenlijk voor een verschrikkelijk, in- en ingemeen mens? Ze was kwaad, verdrietig en bang tegelijk. Waarom moest Adele ook hiernaartoe komen? Waarom was ze zo ziek? Waarom kon alles niet heel anders zijn?

Daar, aan de rand van de bloemenweide, vond ze eindelijk de kleine groene bladeren. Ze plukte ze van de stelen en wist hoe ze daarvan een oppeppende salade voor Adele kon maken. Eigenlijk was het vreemd met die kennis, dacht ze. Ze herinnerde zich niet meer of ze het van haar moeder, Gesche of Anna Sophia had geleerd. Ze wist het gewoon. En het kon niet alleen Adele aansterken, maar ook haarzelf een beetje houvast geven. Ze liep naar de keuken en ging verbeten aan het werk.

Later, toen Adele de salade had gegeten en haar had bedankt, bleef Wilhelmine naast haar en Sibylle zitten. Ze keek toe terwijl de een het bezwete voorhoofd van de ander depte en perste haar lippen op elkaar.

'Mijn lieve Adele, alsjeblieft! Je mag me niet verlaten,' fluisterde Sibylle. Ineens kreeg Wilhelmine tranen in haar ogen. Ze wilde weer weggaan. Maar op een andere plek kon ze de genegenheid tussen de twee vrouwen net zomin verdragen als hier. Hoe kon ze zo egoïstisch zijn, mopperde ze opnieuw op zichzelf. Adele Schopenhauer lag sterk vermagerd, asgrauw en rillend op de chaise longue, ze had verschrikkelijk veel pijn in haar onderlijf, en toch was Wilhelmine jaloers op deze vrouw die er nu zo vreselijk slecht uitzag. Ondanks alles wilde zij zelfs degene zijn die daar lag en om wie Sibylle huilde en die door haar werd verzorgd. Met Wilhelmine ging het immers ook slecht. Het verdriet om haar vader deed zo'n pijn dat ook zij naar liefdevolle handen verlangde. Maar zij bleef met een rechte rug en trillende vingers zitten zonder dat iemand aandacht voor haar had.

'Het doet goed om bij jou te zijn, lieverd. In jouw huis, in jouw salon,' fluisterde Adele.

'Je wordt weer helemaal beter. Je moet gewoon weer beter worden' antwoordde Sibylle, die met haar rug naar Wilhelmine toe zat.

'Praten is moeilijk. Alles, echt alles doet pijn.'

'Rust maar uit, mijn liefste. Zeg maar niets en rust uit.'

Wilhelmines blik vervaagde door de tranen. De eerste rolde bijna over haar wang, toen er op de deur werd geklopt en die voorzichtig werd opengedaan.

'Uw schoonzus, juffrouw Mertens, is er,' zei een dienstmeisje.

Wilhelmine depte snel haar ogen. Zonder op te kijken antwoordde Sibylle: 'Laat haar maar binnenkomen.'

Even later kwam er een beeldschoon meisje de salon binnen. Ze had lichte, blonde krullen en volle wangen. Achter haar liep met gebogen hoofd een dienstmeisje dat bijna net zo dun was als Adele en wiens voorhoofd door rimpels was getekend. Wankelde ze nu een beetje onder het gewicht van de grote koffer die ze droeg?'

'Mijn lieve schoonzus... o.' De juffrouw zag de zieke vrouw op de chaise longue en maakte haar zin niet af. Besluiteloos bleef ze midden in de kamer staan.

'Dit is Adele Schopenhauer,' zei Sibylle. Daarna wees ze naar Wilhelmine en voegde eraan toe: 'En dit is Wilhelmine Müller. Neem plaats.'

Met kleine passen liep de jonge schoonzus naar een stoel en liet zich erop zakken. Het dienstmeisje liep met haar mee, zette de koffer neer en liep een paar passen achteruit. Ze ging bij de muur staan om op verdere instructies te wachten.

'Dit is Emma Mertens,' zei Sibylle tegen de twee vrouwen. Ze zuchtte. 'Je wilt zeker op mijn gemoed werken.'

'Ach, onzin, mijn liefste. Ik wilde alleen zien hoe het met je gaat.'

'Nou, zoals je ziet gaat het niet goed met me. Mijn vriendin Adele is ernstig ziek.'

Emma keek haar met grote ogen aan en sloeg ze toen neer. 'Dat vind ik erg naar. Ik wilde alleen... De kleine Julius ontwikkelt zich fantastisch!'

'Wat fijn!' zei Sibylle en ze depte Adeles voorhoofd weer.

'En Wilma begint een echte dame te worden. Ze vindt het geweldig om haar haar te laten vlechten en op te steken.'

'En dat doe jij graag.'

'Natuurlijk. Ik aanbid mijn nichtje en neefje. Ik zou alles voor ze doen. Maar natuurlijk laat ik Luise ook vaak Wilma's haar doen.'

'Ach, Emma, ik zal heel eerlijk tegen je zijn. Wat je ook zegt, ik ga niet met je mee. Adele heeft me hier nodig. En de kinderen hebben jou en Victor.'

Emma zweeg even en keek van Wilhelmine naar Adele en weer terug.

'Zou ik even onder vier ogen met je kunnen praten, lieve schoonzus?'

Sibylle zuchtte. 'Ik blijf niet lang weg,' fluisterde ze tegen Adele en ze streelde haar wang. Wilhelmine kreeg het benauwd. 'Kom Emma, we lopen even de tuin in,' zei Sibylle terwijl ze opstond.

Emma stond ook op en ze liepen samen naar de hal. Terwijl de deur langzaam achter hen dicht viel, hoorde Wilhelmine Emma nog met gedempte stem zeggen: 'Wat voor een ziekte heeft die arme vrouw? Betreft het ook haar... uiterlijk? Die brede mond en lange tanden... Ze ziet er bijna uit alsof een man zich als vrouw heeft verkleed. Komt dat door haar toestand?'

Op dat moment viel de deur dicht en Wilhelmine keek met bonkend hart naar de punten van haar schoenen die onder haar rok uitstaken. Ook al was ze nog zo jaloers, ze vond het vreselijk dat Adele die woorden gehoord moest hebben. Het moest ondraaglijk zijn om in zo'n zwakke toestand ook nog vernederd te worden. Ze slikte en durfde nauwelijks op te kijken. Een paar tellen lang was het bijna stil in de kamer, alleen Adeles ademhaling reutelde. Hoe moest het verdergaan, vroeg Wilhelmine zich voor de zoveelste keer af. Hoe verschrikkelijk zou Sibylle lijden als Adele stierf? En wat zou er gebeuren als ze weer beter werd? Zou Sibylle dan met haar alleen willen zijn? Moest Wilhelmine de villa dan verlaten? Ze kon niet terug naar huis. Haar vader leefde niet meer en August zou haar vast niet opnemen.

Ineens klonk er een doffe dreun en Wilhelmine keek geschrokken op. Emma's dienstmeisje, van wie ze bijna was vergeten dat ze er ook nog was, was in elkaar gezakt. Roerloos lag ze naast de grote koffer.

Wilhelmine sprong op en liep naar haar toe.

'Ze is bewusteloos!' Ze trok een kruk bij en legde de voeten van het meisje omhoog. Ze schudde haar dunne schouders heen en weer en probeerde haar te wekken, maar het meisje bewoog niet. Plotseling klonk het schelle geluid van een bel en Wilhelmine schrok. Adele was met de grootste krachtsinspanning overeind gekomen en luidde nu de bel om de bediendes te roepen.

Een half uur later had Wilhelmine de bloedcirculatie van het dienstmeisje gelukkig met behulp van meidoornextract uit de huisapotheek kunnen stabiliseren. Het meisje lag met vermoeide ogen op een smal bed in de logeerkamer. Om haar heen stonden behalve Wilhelmine ook Sibylle en Emma. Alleen Adele was op de chaise longue in de salon blijven liggen.

'Het gaat wel weer, juffrouw. Ik kan weer opstaan,' fluisterde het meisje.

Emma schudde haar hoofd. 'Nee, Luise, je hebt nog wat rust nodig.'

Verbaasd zag Wilhelmine dat Emma liefdevol Luises hand aaide. Zo veel medeleven had ze niet verwacht van de juffrouw, die eerder nog erg gevoelloos had geleken. Maar blijkbaar had ze te snel geoordeeld.

'Hebt u haar onderzocht?' vroeg Emma aan Wilhelmine.

'Ze is geen dokter,' zei Sibylle.

'Maar ze wist wat ze moest doen! Dus wat heeft mijn Luise?'

Wilhelmine slikte. Ze had een vermoeden, maar wat zou er met het dienstmeisje gebeuren als ze dat hardop uitsprak? Hulpzoekend keek ze Sibylle aan en die knikte naar haar.

'Vrouwen hebben nu eenmaal af en toe een bepaalde pijn...'

'Ik heb ook af en toe last van een vrouwenkwaal, maar zoiets is me nog nooit overkomen! Lieg alsjeblieft niet tegen me. Ik ben geen kind meer en ik ben ook niet dom. Dus: wat is er met haar aan de hand?' Terwijl Emma het zei klonk haar stem, die net nog heel hoog was, steeds lager en resoluter. 'Als jullie het me niet vertellen breng ik haar naar Victors arts. Die zal me de waarheid wel vertellen.'

Sibylle zuchtte. 'Vooruit dan maar. Leg het aan haar uit.'

'Ik weet het niet zeker, maar... Luise, had u in de laatste tijd... Was u... in blijde verwachting?'

'In blijde verwachting?' riep Emma vinnig. 'U bedoelt... in verwachting van de ooievaar? Maar die komt toch alleen bij getrouwde vrouwen!'

Wilhelmine schoot in de lach. Meende ze dat nu serieus?

Sibylle trok een stoel bij en ging naast Emma zitten. 'Ik vrees dat ik je iets moet uitleggen.' Ze schraapte haar keel. 'Je moeder heeft je jaren geleden waarschijnlijk verteld over de ooievaar die kinderen brengt en de jonge moeders dan in de voet bijt, klopt dat? Zo wordt het tenslotte aan bijna alle jonge vrouwen uitgelegd. Helaas had je moeder denk ik geen... gelegenheid om je voor te lichten over hoe het echt gaat.'

Emma keek haar met grote ogen en open mond aan en Wilhelmine dwong zichzelf niet verbijsterd haar hoofd te schudden. Toen Wilhelmine nog klein was had haar moeder haar ook over de ooievaar verteld, maar Betty had haar al jaren geleden uitgelegd dat dit een sprookje was. Geloofde Emma, die allang een vrouw was, er nog steeds in?

'Je hoeft je niet te schamen omdat je dat denkt. Geloof me, het is een schande, maar het vergaat talloze meisjes in onze kringen zo. Het zal voor jou nu waarschijnlijk ongelofelijk klinken, maar in werkelijkheid raken vrouwen door andere omstandigheden in verwachting.'

Sibylle keek even naar Wilhelmine. Daarna keek ze Emma weer aan en legde aan haar uit wat er tussen een man en een vrouw kon gebeuren. Wilhelmine voelde dat ze rood werd. Tegelijk wekten Sibylles woorden echter ook een weldadig gevoel in haar lijf op.

Nadat Sibylle klaar was met haar uitleg, keek Wilhelmine gespannen naar Emma. Die knikte langzaam. 'Ik geloof je,' zei ze minzaam en Wilhelmine moest zich inhouden om niet te grinniken. Wat aardig van haar, dacht ze geamuseerd. 'Het klinkt logisch. Ik had zoiets ook al gedacht. Hoewel ik het me niet zo raar had voorgesteld. Maar hoe dan ook... Dat verklaart nog lang niet hoe Luise dit kon overkomen. Zoals gezegd, ze heeft geen echtgenoot!'

Nu pas merkte Wilhelmine dat er op de wangen van het dienstmeisje tranen glinsterden. Het meisje slikte. 'Ik wilde het niet. U moet me geloven, lieve Emma, alstublieft. Ik heb hem geen aanleiding gegeven, dat zweer ik. Ik wilde weg maar hij hield me vast. Ik kon niet weg. Ik wilde het niet maar wat had ik kunnen doen?'

Emma sperde haar ogen wijd open. 'O, mijn arme Luise! Wie doet nou zoiets afschuwelijks?'

Luise antwoordde niet. Ze huilde alleen.

'Ik heb wel een vermoeden,' zei Sibylle en Wilhelmine schrok omdat de stem van haar vriendin ineens ijskoud klonk.

'Ja? Zeg het alsjeblieft, Sibylle.'

'Het komt niet zelden voor dat de heer des huizes de positie van zijn personeel misbruikt.'

Langzaam trokken Emma's wenkbrauwen zich samen. 'Bedoel je... Maar, hij zal toch niet mijn...'

'Victor heeft jou ook al lastiggevallen, nietwaar, Emma?'

Emma keek naar haar handen. Ze gaf geen antwoord. Het was even stil in de kamer, alleen Luise snikte.

'Vertelt u het aan niemand, Emma,' zei Wilhelmine. 'Als dit uitkomt, wordt Luise weggestuurd. En dan zal het heel slecht met haar aflopen, gelooft u me.'

'Maar waarom?'

'We weten niet wat er met het kind is gebeurd, maar als... het niet meer leeft... en als ook maar één man denkt dat ze het kind opzettelijk pijn heeft gedaan om te voorkomen dat ze ontslagen zou worden, wordt ze zeker weten in het tuchthuis opgesloten.'

'Alstublieft zeg! Hoe praat u over mijn Luise?' riep Emma en Wilhelmine merkte dat haar stem voor de tweede keer veel lager klonk. Zou ze af en toe vergeten de rol van de arrogante juffrouw te spelen?

Wilhelmine haalde diep adem en zei: 'Natuurlijk denk ik niet dat er zoiets gebeurd zou kunnen zijn. Toch moet u dit voor u houden, Emma. Het is helaas niet voldoende dat een dienstmeisje onschuldig is. Het moet ook echt zo lijken. Ze zullen altijd eerder de familie geloven en in hun ogen zou Luises toestand puur haar eigen schuld zijn. Daarbij doet het er niet toe wat er echt is gebeurd.'

'Wilhelmine heeft gelijk. Je mag het tegen niemand zeggen, Emma. Al helemaal niet tegen Victor. Als je Luise wilt beschermen, mag je geen vragen meer stellen. Je moet voor altijd zwijgen, heb je dat begrepen?'

Emma keek naar Luise, hief haar hand op en streek een pluk haar uit haar gezicht. Daarna zei ze met een nog lagere stem: 'Ja. Ik zal voor altijd zwijgen.'

'Kunt u ons even helpen, Kaspar?' riep Emma. Samen met een jonge vrouw die hij nog nooit had gezien, steunde ze Luise. Het dienstmeisje was bleek en leek te wankelen.

'Het gaat wel,' protesteerde ze, maar haar stem klonk zwak.

'Brengt u haar alstublieft naar de koets.'

'Natuurlijk, juffrouw Mertens.' Hopelijk sprak hij op de toon van een koetsier, dat probeerde hij in elk geval wel. Hij haastte zich om Luises arm om zijn schouder te leggen en raakte daarbij per ongeluk Emmas hand aan. Zou ze het merken? Hij pakte Luise bij haar middel en bracht haar naar de koets.

'Voelt u zich niet goed, Luise?'

'Het gaat al. Het komt wel weer goed,' antwoordde ze dapper, maar hij vermoedde dat ze haar situatie bagatelliseerde. Zou ze echt wel met de koets naar huis kunnen reizen? De route was hobbelig en niet fijn, ook al reed hij nog zo langzaam.

Hij hielp eerst het dienstmeisje om in de koets te stappen en wachtte toen tot Emma afscheid had genomen. Hij bood haar ook zijn arm aan. Hij wenste dat ze daar iets langer op leunde dan nodig zou zijn, maar ze had hem nog nauwelijks aangeraakt of ze liet hem alweer los en sprong in de koets.

Kaspar klom er ook op en pakte de teugels, maar Emma riep nog: 'O, Sibylle, zou jullie koetsier misschien even onze schroeven vaster kunnen aandraaien? We kunnen maar beter het zekere voor het onzekere nemen en op de heenweg is ons gereedschap gebroken.'

Kaspar draaide zich naar haar om. Had hij dat soms moeten doen? Had ze net voor hem gelogen? Hij keek toe terwijl er een man kwam aangesneld die aan hun wielen begon te sleutelen. Kaspar probeerde alles wat hij deed goed te onthouden.

'Geef hem het gereedschap alsjeblieft mee,' zei de dame des huizes tegen de koetsier en die zette met een knipoog een klein, vuil koffertje naast Kaspars voeten.

'Heel erg bedankt, lieve Sibylle!' Emma zwaaide met een elegante handbeweging. 'Tot ziens!'

Kaspar stak de grasspriet die hij eerder op het voorplein had geplukt in zijn mond en liet de zweep golven, zoals hij dat af en toe bij de koetsiers op straat had gezien. De twee paarden zetten zich in beweging. De heenreis was verbazingwekkend goed gegaan. De dieren waren rustig en wisten precies wanneer ze moesten gaan draven. En tot zijn verrassing had Emma bij elke kruising haast terloops geroepen waar hij heen moest.

'O, kijk, Luise, daar vooraan rechts komen we langs het mooie nieuwe koffiehuis,' had ze bijvoorbeeld gezegd, of: 'Wat leuk dat we zo meteen links afslaan en de Dom kunnen zien.'

Ze wist waarschijnlijk heel goed dat hij de weg naar Bonn niet kende. Net zoals ze had geweten dat hij niets van het aandraaien van schroeven wist. Af en toe vroeg hij zich af waarom ze dit allemaal voor hem deed. Hij moest weer aan hun blikken denken die ze tijdens de rouwstoet hadden uitgewisseld. Maar voor haar kon hij toch alleen maar een arme, in lompen geklede arbeider zijn.

In gedachten verzonken mende hij de paarden Bonn uit en de landweg in de richting van Keulen op. De zon stond laag boven de velden en ondanks zichzelf moest hij aan Höhenforst denken. Aan de arme Gesche, aan zijn schoonzus Amalie, aan zijn lieve Margaretha en aan het moment in het bos waarop ze hem voor altijd had verlaten. Gek, dacht hij. Deze herinneringen waren pas een paar jaar oud en toch leken ze uit een ander leven te stammen en bij een andere Kaspar te horen. Wat was hij ver gekomen... Helemaal tot in deze edele koets. En hoe weinig had hij toch bereikt. Lina was nog altijd zo ver weg en verloren als sinds die ene nacht. Wat deed hij hier eigenlijk? Hij reed een rijke juffrouw rond en gluurde telkens weer naar haar. Wat dom van hem! Hij was maar om één reden in Keulen: hij moest Lina vinden. Ze was helemaal alleen en weerloos in een stad waar de sfeer elk moment kon omslaan. Hij moest haar beschermen, maar wat hij hier deed, hielp haar totaal niet.

'Mag ik je iets vragen, Kaspar?' hoorde hij plotseling een stem vlak bij zijn oor. Hij draaide zijn hoofd om. Emma had zich ver naar voren gebogen en haar rode mond was vlak bij zijn wang. Had zij echt gesproken? Haar stem had heel anders geklonken dan anders, iets natuurlijker misschien. Op de bank achter haar lag Luise te slapen.

'Altijd, juffrouw Mertens.' Hij dwong zichzelf weer naar de achterwerken van de paarden te kijken en kauwde op een grasspriet.

'Vind jij dat een kind altijd zijn moeder nodig heeft? Of is de vader ook genoeg?'

Kaspar fronste zijn voorhoofd. 'Nou ja, ik denk... ik denk dat je misschien niet altijd de keus hebt.'

'Kun je zwijgen, Kaspar?'

'Als het graf, juffrouw Mertens.'

'Ik ook. Maar ik vind het niet fijn. Wie zwijgt heeft vaak een vol hoofd. En die moet constant oppassen dat het niet overloopt.'

Dat is waar, dacht Kaspar.

'Maar het zal me wel lukken. Jou ook?'

'Om te zwijgen?'

'Over alles wat ik je in deze koets zal vertellen? Vandaag en voor altijd?'

Kaspar lachte zacht. Emma was wel een beetje apart. Soms wekte ze de indruk alsof ze op de een of andere manier onecht was. En op andere momenten leek ze ineens zo ontwapenend eerlijk en oprecht dat hij kippenvel kreeg.

'Natuurlijk, juffrouw Mertens.'

Ze zuchtte. Ze leek even na te denken en zei toen: 'Weet je, Kaspar, ik dacht dat ik mijn schoonzus zou kunnen overhalen om mee naar Keulen te gaan.'

Hij kauwde even op zijn grasspriet en vroeg toen langzaam: 'Maar ze wil niet?'

'Dat is het niet. Ik denk inmiddels ook dat het beter is zo. Sibylle is een slimme vrouw. Ze hoort in Bonn, daar kan ze een leven leiden dat echt bij haar past. Terwijl mijn broer... Nou ja, je hebt hem gezien. Hij zou haar laaiend maken! Hoe vind je de villa Schaaffhausen?'

'Dat... is een indrukwekkend gebouw.'

'Ja, dat is het. Maar wie kan, blijft er niet te lang, dat kun je van me aannemen. Het liefst zou ik ook weggaan.'

'Waar zou u dan graag naartoe willen?'

Hij draaide nog een keer zijn hoofd om en zag dat ze peinzend in de verte staarde.

'Ergens naartoe waar ik kan doen wat ik graag wil. Wat is jouw lievelingsplek?'

Kaspar keek nog even naar haar en draaide zich daarna weer in de rijrichting. 'Ik had een keer een lievelingsplek. Het was diep in het bos. Er waren kippen en daartussen hing een schommel.'

'Ik ben dol op schommelen!'

'Maar die plek bestaat nu alleen nog in mijn herinnering.' Hij tikte tegen zijn voorhoofd.

'O, wat jammer. Maar zijn herinneringen sowieso niet de allermooiste plek?' vroeg Emma zacht.

Kaspar knikte langzaam. 'Ook u bent erg slim, juffrouw Mertens.'

'Fijn dat eindelijk eens iemand het opmerkt.' Hij kon horen dat ze grinnikte. 'Daarom heb ik je trouwens ook opgepikt, weet je dat?'

Nu moest Kaspar lachen en voorzichtig zei hij: 'Ik wilde inderdaad net aan u vragen hoe het daartoe kwam. Aan mijn ervaringen als koetsier kan het immers niet liggen.' Hij gaf haar over zijn schouder een knipoog.

'Ik vind dat je het uitstekend doet. Ik herkende je talent meteen!'

Grijnzend schoof hij zijn slappe hoed goed.

'Je hebt indruk op me gemaakt, Kaspar Rockstroh. Zoals je Victor in de raffinaderij trotseerde en vervolgens naar die arme jongen bent gerend... Het had jou ook kunnen treffen.'

Kaspar haalde zijn schouders op. 'Het heeft mij al getroffen, juffrouw Mertens. Lang geleden...'

'Wat bedoel je?'

'Ach, het is niet zo belangrijk.' Hij kauwde peinzend op zijn grasspriet.

Ze zwegen allebei een poosje. Daarna zei Emma: 'Ik heb niet vaak een man zoals jij ontmoet. Jij komt voor anderen op, gewoon zomaar. Je lijkt een aardige man, maar dat niet alleen. Er hangt een mysterie om je heen,

Kaspar Rockstroh. Ik heb het gevoel dat ik je kan vertrouwen. En tegelijkertijd zou ik misschien ook voor je moeten uitkijken.'

Bij die woorden moest hij zich gewoon naar haar omdraaien. De koets schommelde en heel even kwamen hun gezichten dicht bij elkaar. Daarna gingen ze weer een stuk uit elkaar.

'De meeste mensen nemen me niet serieus, begrijp je?' ging Emma verder. 'En als ze me neerbuigend aankijken, dan raakt me dat en zeg ik soms vreselijk gemene dingen, waar ik later spijt van heb. Vanmiddag heb ik die arme, zieke vrouw bijvoorbeeld beledigd... Maar bij jou ben ik anders. Er is iets in jouw blik...'

Kaspar kneep zijn ogen tot spleetjes. Waar had ze het in hemelsnaam over?

'Ach, vergeet wat ik heb gezegd. Dat was dom.'

Hij keek naar haar donkere ogen, haar lichte mond en de ernstige trek om haar lippen. Wat was ze mooi. Het liefst wilde hij alleen maar naar haar kijken en niets meer hoeven zeggen of doen of begrijpen.

'Daar is hij,' fluisterde ze. 'Die blik bedoel ik.'

Hij kon niet anders dan naar haar lippen kijken. Ineens voelde hij dat de koets een slinger maakte.

'Kijk uit!' riep Luise, die wakker was geworden en naar de weg wees. Kaspar draaide zich met een ruk om. De paarden liepen bijna de weg af doordat hij een poos in de verkeerde richting had gemend.

'Ho!' riep hij, zoals hij andere koetsiers had horen doen, en hij leidde de dieren terug de weg op.

'Neemt u me niet kwalijk, juffrouw Mertens,' riep hij over zijn schouder.

'Het is niet erg, Kaspar,' zei ze, nu weer met haar hoge, bijna schelle stem. 'Helemaal niet erg!'

34

De laatste tijd vond Franz het huis in de Blindgasse vreselijk benauwd en donker. Het was de plek waar hij zijn vrouw had moeten vertellen dat haar zoon was heengegaan. Toen hij had gemerkt dat ze helemaal niet had geslapen maar stiekem haar grootmoeder had gezocht, kon hij niet eens boos op haar zijn. Hij begreep haar wanhoop zo goed! Ook hij was verscheurd door de gebeurtenissen. Ze hadden alles geprobeerd, alles voor hun kind gedaan, maar Albert was toch in zijn armen overleden. Franz had gedacht dat hem na Heinrichs dood niets ergers kon overkomen, maar nu was er een nieuwe duisternis bij gekomen. Hij zag een bodemloze afgrond voor zich en wist dat er maar één verkeerde beweging voor nodig was om er voor altijd in te vallen.

Het huis waarin het was gebeurd kon hij amper nog verdragen. De verlepte klimop aan de gevel, de piepkleine ramen. Zodra hij door de gangen liep, voelde hij zich misselijk, en als hij 's avonds laat voor een paar uur ging liggen, vocht hij tegen de tranen.

Hij moest weg uit de benauwde, kleine pastillesfabriek en het rokerige koffiehuis met de logge meubels. Hij had een ruimte nodig waar hij even afstand kon nemen van verdriet, dood en schuld. Een plek om te ademen. Een project dat hem een beetje afleiding bood. Hij droomde van een nieuw huis, dat getuigde van de wijde wereld en de grote toekomst, waar hij niet over zichzelf, Albert en Heinrich nadacht, maar over de democratie. Hij wilde dat de democraten bij hem hun revolutie konden plannen. Franz zou erbij zijn, midden in het gebeuren. Misschien zou hij de diepe droefenis dan eindelijk van zich af kunnen schudden. Hij wilde vechten tegen degenen die Heinrich hadden gedood. Tegen de macht van het leger, de macht van Pruisen, de adellijken en de regering. En daarom ging hij op zoek naar een gebouw met een goede ligging in de stad.

In de Schildergasse, een van de drukste straten in de stad, vond hij wat hij zocht. Hier stond een smal, hoog gebouw met hoge ramen en grote deuren te koop. Hij bekeek het en wist het zeker: hier zou ooit iets groots gebeuren. Alleen kon hij het eigenlijk niet betalen. De honger- en inflatiecrises hadden Keulen nog steeds stevig in de greep en hoewel de pastillesverkoop eindelijk weer aantrok, was het geld dat Franz had gespaard bij lange na niet genoeg.

'Jij moet ook altijd overdrijven,' zei zijn vader afkeurend.

'Een mooie gedachte, maar hoe wil je dat doen?' vroeg Anna Sophia.

'Je hebt een lening nodig,' zei Koloman vastberaden en hij wierp zijn vettige haar achter zijn schouders. 'Ik heb een idee.'

Theodor was verbaasd, maar Franz aarzelde niet lang. Toen Koloman een paar dagen later bij een Keulse bank de perfecte lening had geregeld, tekende hij meteen en kocht hij het grote winkelpand op Schildergasse 49. Wat een gebouw! Franz schakelde de meest gerenommeerde bedrijven van de stad in en binnen een paar weken was zijn nieuwe koffiehuis ingericht: het Café Royal. Aan het plafond hingen bronzen kroonluchters, de meubels waren van mahonie en notenhout, her en der stonden groene en rode pluchen sofa's, en aan de wanden hingen grote spiegels en schilderijen van Rijnlandschappen in kostbare lijsten. Franz' grootste trots was echter de matglazen plafondlamp met zeventig gasvlammen die de ruimte in zacht licht hulden.

'Kun je dat echt terugbetalen?' vroeg Theodor bij de feestelijke opening zachtjes.

'Maak je geen zorgen, Theodor. Ik heb alles exact gepland. Voor volgend jaar heb ik de lening terugbetaald,' stelde Franz zijn vriend gerust en hij keek naar het podium. Daar dansten vierentwintig danseressen van de balletgroep Gersten. Hun sierlijke lichamen draaiden, sprongen en wiegden gracieus. Ze bewogen bijna gewichtloos op hun tenen, wierpen hun benen duizelingwekkend hoog de lucht in en hun gezichten straalden zorgenloosheid uit.

'Kijk,' zei Franz en hij wees naar de mannen die geboeid toekeken. 'Alleen al vanwege de danseressen zal de zaak lopen.' Hij gaf Theodor een knipoog.

Terwijl november met koude nachten en natte dagen over de stad viel, zette Franz binnen een Napoleon-buste neer en verkocht hij als echte pastilles-Napoleon zandtaartgebak, figuren van dragant, gekonfijt fruit en karamelpastilles. De konditorei in de Blindgasse die hij voor het eerste café had uitgebreid, was nu alleen nog fabriek en toeleverbakkerij. Elke dag vervoerden zijn gezellen het verse banket en legden het in de vitrines. Bovendien verkochten ze de pastilles in bijzondere papiertjes.

Dat idee had Franz een keer 's nachts gekregen, toen hij niet kon slapen en weer aan Parijs moest denken. Hij was die nacht van de slaapkamer naar zijn werkkamer geslopen en had zijn oude reislogboek opengeslagen. Elke bladzijde schonk hem herinneringen aan een totaal ander leven, waarin nog alles mogelijk was en waarin hij gelukkig en bijna vrij was geweest. Ineens viel er een plaatje van de Notre Dame in zijn handen: het cadeautje uit het prachtige warenhuis *Au Bon Marché* in Saint-Germain-des-Près. Hij vroeg zich af: wat kon hij doen om ervoor te zorgen dat de mensen zich zijn hoestpastilles nog beter zouden herinneren? Mooie afbeeldingen had hij niet. Maar hij was in Keulen, de stad van het carnaval. De mensen waren hier dol op grappen. En zo besloot hij het papier van de pastilles van grappige rijmpjes te voorzien.

In de Schildergasse was het een levendige boel. Ver van zijn familie, maar midden in de stad. Hier sloegen de Keulenaren een voorraad suikergoed in en kochten ze de nieuwe schertspastilles, waarvoor Franz 's avonds krom van het lachen met Theodor, Francois en Carl moppen tapte. Hier lazen de mensen lachend hun rijmpjes voor, dronken ze koffie en chocolademelk en verheugden ze zich op de avond waarop de cognac en likeur rijkelijk vloeiden, danseressen optraden en over politiek werd gediscussieerd. 's Avonds kwamen regelmatig de democraten in Café Royal bij elkaar en spraken ze – soms luid roepend, soms fluisterend – over de revolutie. En één avond in de week opende Franz een damessalon. Op dat idee had zijn schoonzus Wilhelmine hem gebracht toen ze op bezoek was.

'Geloof me, Franz. Vrouwen zijn geweldige klanten,' had ze gezegd. En ze bleek gelijk te hebben. Hoewel Franz hun natuurlijk geen tabak verkocht en ook gezelschapsspellen op die avonden verboden waren, consumeerden de dames bijna net zo veel als de heren! Ze zaten in hun mooiste, zondagse kleding in groepjes op de sofa's en de mahoniehouten stoelen, hielden hun kopje met spitse vingers vast en lachten zo hard met elkaar dat Franz de deuren sloot zodat ze geen aanstoot gaven bij de mannen.

'Franz, heb je het al gezien?'

Franz draaide zich om en zag dat Theodor naar binnen stormde en met een krant zwaaide.

'Wat bedoel je?'

'De *Gartenlaube*. Heb je het gelezen?'

'Wat moet ik gelezen hebben?'

Theodor legde zijn hoed op een leeg tafeltje en de krant ernaast.

'Hier, kijk.' Hij streek de krant glad, sloeg hem open en wees naar een groot artikel.

DE SCHERTSPASTILLES, luidde de kop. Franz kwam dichterbij, ging zitten en begon te lezen. Ene dokter Hans Stein schreef dat hij de hoestpastilles van Stollwerck op de inhoudsstoffen had getest en gechoqueerd was.

'Het is mij onbegrijpelijk hoe drieëntwintig artsen dit huismiddeltje geattesteerd kunnen hebben. Dat kan alleen een slechte grap zijn! Volgens mijn onderzoek is het ordinaire suiker, dat Stollwerck door een homeopathische hoeveelheid van een onschadelijk kruidenaftreksel een mystiek, vuil en troebel uiterlijk heeft gegeven.' Franz fronste zijn voorhoofd. Pardon? Hij las snel verder: 'Een pakje kost vier neugroschen, maar heeft inclusief verpakking een waarde van elf pfennig! Je kunt daarvan beter een pond suiker kopen, want van sporen van een kruidenaftreksel is niets te vinden.'

Franz voelde dat hij een rood hoofd kreeg. 'Wat een schandalige...' Hij sprong op waardoor zijn stoel omviel en hij balde zijn handen tot vuisten. 'Wie is dat?'

'Ik ben al bij Koloman geweest, maar hij kent die Hans Stein niet. Hij zegt dat het een zelfstandige medewerker moet zijn.'

'Wat een vervloekte hansworst!' schold hij. Maar hij moest zich beheersen, want om hem heen zaten immers zijn gasten te drinken en te lachen. Hij haalde diep adem.

'Hoe kan ik helpen, Franz?'

'We schrijven een weerwoord. Koloman zal ervoor zorgen dat het gepubliceerd wordt.'

'Nu?'

'Achter de toonbank liggen papier en inkt.'

Theodor liep er meteen heen om het te halen. Franz zette de stoel weer neer en ging zitten. Hij haalde nog eens diep adem. Nee, dacht Franz. Dit zou hij zich niet laten welgevallen.

~

Het leek Anna Sophia haast een wonder dat ze opnieuw zwanger was. Franz en zij waren tenslotte nog maar zelden samen. Meestal liepen ze in hun eigen huis langs elkaar heen en glimlachten ze droevig naar elkaar alsof ze elkaar amper kenden, en elke keer voelde ze weer een steek. Sinds Albert was overleden vreesde Anna Sophia dat er voor altijd iets tussen hen kapotgegaan zou kunnen zijn. Ze werkten niet meer zij aan zij zoals in de eerste jaren van hun huwelijk. In plaats daarvan bouwde Franz zonder haar een nieuw café op. Hij was nog nauwelijks in het huisje in de Blindgasse en de klimop was bruin, hing slap naar beneden en begon al van de gevel los te raken. Ze miste hem elke dag een beetje meer, maar ze wist niet hoe ze het tegen hem moest zeggen zonder verwijtend te klinken. Af en toe zei ze: 'Eh, Franz...' En dan zei hij: 'Ja?' Maar dan vertelde ze hem alleen wat hun zoontje Heinrich had uitgespookt of dat de pastillesomzet was gestegen. Waarom kun je het niet, vroeg ze zich telkens weer af. Waarom vind je de moed niet? In plaats daarvan straalde ze bij de kinderen een mild optimisme uit dat ze niet voelde, deed het huishouden en hield de boekhouding bij. Want Franz gaf steeds meer geld uit, nam nieuwe arbeiders aan en had zelfs een lening afgesloten, waarover hij haar maar weinig had verteld. Bij alle nieuwe ontwikkelingen vergat hij duidelijk het kantoorwerk. En daarom ging Anna Sophia zodra de kinderen op bed lagen nog aan zijn bureau zitten en probeerde ze orde in de chaos te scheppen. Dankzij de apotheek van haar vader had ze een beetje ervaring, want in de periode dat hij ziek was had ze de boekhouding af en toe overgenomen. Maar natuurlijk had ze geen gedegen opleiding. Ze raakte telkens weer in de war en werd wanhopig van Franz' kris kras genoteerde cijfers.

Anna Sophia was moe, uitgeput en ontzettend verdrietig. Ze dacht elke dag aan de kleine Albert, die het niet had gehaald, en op stille momenten, als niemand het zag, huilde ze zachtjes. Ze treurde om haar vader. En ze dacht aan Gesche. Waar zou haar grootmoeder naartoe zijn gegaan? Ze had vast verder moeten trekken, zei Anna Sophia telkens weer tegen zichzelf. Maar waarom en waarnaartoe? Ze wilde niet aan de verkoolde planken in het bos denken of aan de wolk van lieveheersbeestjes die ze voor haar gevoel een eeuw geleden had gezien en waarin ze heel even had gemeend Gesches brandende hut te zien. Dat was allemaal onzin, zei ze tegen zichzelf.

Gelukkig kwam Wilhelmine af en toe op bezoek. Haar oudste zus was veranderd. Ze klonk nog kordater dan vroeger en af en toe zei ze dingen die Anna Sophia volkomen verwarden. Hoe was het mogelijk dat ze echt ongehuwd wilde blijven en bij een vrouw in Bonn wilde leven? Wat wilde ze dan doen als die vrouw haar vroeg of laat op straat zette? En waar haalde ze de moed vandaan om te betogen dat vrouwen zouden moeten stemmen? En dan ging ze ook nog naar Franz' damessalon... Anna Sophia voelde een steek als ze zich voorstelde dat Wilhelmine daar kruidenlikeur dronk en met Franz proostte, terwijl Anna Sophia thuis zat met de was, rekeningen, overschrijvingen en haar eigen verdriet en de muren op haar af kwamen. Ze had niet eens tijd om kruiden te verzamelen, laat staan de energie om iemand met haar kruiden te helpen. Ze was blij als ze er op zijn minst voor de kinderen was, maar ook daarin, vreesde ze, schoot ze momenteel te kort. Ze wreef over haar gezicht en zuchtte. Ze had al een eeuwigheid geen pastilles meer gemaakt. Terwijl ze zo ontzettend blij was geweest met het ministerieel besluit. Toen het hen eindelijk weer was toegestaan om hoestpastilles te verkopen, wilde ze terug naar de vuurhaard en suiker karamelliseren. Maar nu kon ze zich er niet toe zetten. Waarom zou ze het werk ook doen? Ze hadden medewerkers die dat voor hen in de vergrote pastillesfabriek deden. Daar werden de karamelpastilles door vele handen gekookt, gekneed, gewalst en in de nieuwe schertsrijmpjes verpakt. Ze hoefde alleen nog af en toe te kijken of alles goed ging.

En zo stompte Anna Sophia elke dag verder af door al het afmattende werk. Alleen één keer werd ze midden in de nacht plotseling wakker doordat ze werd aangeraakt. Franz had zijn handen naar haar uitgestrekt en trok haar voorzichtig tegen zich aan. Sliep hij nog? Was ze zelf wel wakker? Ze wist het niet precies, zo moe en verward was ze. Ze voelde Franz' huid tegen de hare, zijn adem op haar gezicht en zijn kussen op haar lippen. Het was als een droom waarin ze elkaar beminden. Een droom van vergane tijden. En alleen in de nacht, tussen de lakens, leek die droom werkelijkheid.

De volgende dag kon ze amper geloven dat het was gebeurd, maar sindsdien bleef haar maandelijkse ongesteldheid uit. Tijdens deze zwangerschap had ze veel minder pijn dan tijdens de vorige en exact negen maanden later baarde Anna Sophia haar eerste dochter. Het kleine gezichtje leek bijna net zo moe als Anna Sophia zelf en het was zachter dan wat dan ook op de wereld. Ze kon haast niet geloven dat God haar hiermee had gezegend. Misschien zou alles nu toch nog goed komen, dacht ze. Het leven was wel vol verlies en verdriet, maar ook vol wonderen. Ze voelde zich van dag tot dag lichter en had het idee dat dit het keerpunt was. Misschien had ze nu de kracht om haar vader en Albert los te laten en Gesche in zichzelf terug te vinden.

Ze noemde haar dochter Cartharina en besloot dat wat er ook gebeurde, ze voor dit meisje sterk zou zijn. Ze zou tegen Franz zeggen wat ze voelde en hoe erg ze hem en zijn liefde miste. Ze zou het optimisme dat ze voor haar kinderen probeerde uit te stralen, weer echt voelen. Ze zou weer kruiden verzamelen, mensen helpen, pastilles maken. Ze was zo dapper als de wolf die ze in het bos had gezien. Ze dacht telkens weer aan hem en aan zijn barnsteenkleurige ogen, en dan stelde ze zich voor dat het haar eigen ogen waren.

~

'Wat heb je een goed weerwoord gepubliceerd in de *Kölnische Zeitung*!' Carl klopte Franz op zijn schouder en liet zijn cognac walsen. Ze zaten weer eens samen met Francois, Theodor en Koloman in Café Royal. Hoewel de danseressen vandaag niet optraden, rekten de mannen telkens hun nek, want zodra de deur naar de achterkamer openging, konden ze een glimp opvangen van de vrouwen in de damessalon.

'Ja? Vond je het een goed artikel?'

Francois nam een trekje van zijn sigaar en grijnsde. 'Dat waren intelligente woorden, Franz. Als voormalige meester-bakker appelleerde je aan de eer van de ambachtslieden. Een achtenswaardige man met zo'n opleiding maakt uitsluitend hoogwaardige producten, schrijf je. Dat was een slimme zet.'

'Het was niet alleen een slimme zet.' Franz sloeg zijn armen over elkaar. 'Ik ben in hart en nieren een ambachtsman. En als zodanig wil ik ook gerespecteerd worden.'

'Ik denk dat je inmiddels meer bent dan alleen een ambachtsman.' Francois knipoogde en wees naar het ingelijste certificaat boven de bar van het café. In krullerige letters stond erop: *Hofleverancier van prins Frederik van Pruisen* en daaronder de datum van de verleende titel: 8 juni 1847.

'Hoe is dat eigenlijk zo gekomen?' Ondanks Carls enorme baard was de nieuwsgierigheid in zijn gemompelde woorden onmiskenbaar. Maar Franz had het gevoel dat er nog iets anders in doorklonk. Een verwijt misschien, omdat Franz zich met het predicaat van een Pruisische prins tooide?

'Jullie weten toch wel: het is goed voor de zaak. Sindsdien loopt de verkoop van de pastilles nog beter,' legde hij uit. 'Prins Frederik verbleef in Düsseldorf en was verkouden, en Theodor kwam op het idee om hem hoestpastilles te sturen. Hij heeft ze genomen en was blijkbaar enthousiast. We hebben al een grote bestelling gehad.'

'Gefeliciteerd, Franz!' Carl proostte met hem.

'Op de hofleverancier,' zei Theodor en hij hief ook het glas. Zwijgend deed Koloman hetzelfde.

'En: op dat we de Pruisen niet alleen met hoestpastilles zullen bekogelen!' Francois knipoogde. Iedereen lachte grimmig en dronk met grote teugen. Daarna paften ze weer. De sigarenrook omhulde hen en het licht van de gasvlammen weerspiegelde in hun cognacglazen en in hun ogen.

'Ik moet elke dag aan Heinrich denken.' Franz zette zijn glas met een klap op tafel. 'Als het Pruisische leger niet in onze stad was, zou hij hier nu bij ons zitten en ook een glaasje drinken.'

'Het Pruisische leger... En zijn vrienden, nietwaar?' zei Koloman zacht.

'Wat zei je?' Franz fronste zijn voorhoofd en keek hem aan.

'Wie had nou het idee van die soldatenhelm?' Koloman draaide zijn glas in zijn handen en Franz perste zijn lippen op elkaar. Hij voelde dat hij kwaad werd, maar Theodor legde sussend een hand op zijn arm.

'De Pruisen hadden sabels en bajonetten. Zij hebben gestoken, niet wij. Vergeet dat niet,' zei hij tegen Koloman. En Franz vermoedde dat hij het ook een beetje tegen Franz zei. Franz had alleen aan Theodor over zijn schuldgevoelens verteld, verder aan niemand. En ook bij zijn vriend waren de woorden pas na een lange avond in Café Royal over zijn dronken lippen gekomen.

'De situatie is ondraaglijk,' zei Francois. 'We kunnen het leger niet laten doen wat het wil! Het volk moet bewapend worden. Dan had Heinrich tenminste een kans gehad.'

'Pruisen moet een grondwet aannemen. En dan hebben we echt vrije verkiezingen en algemene verkiesbaarheid nodig. Niet die rare regeling die de meeste Keulenaren uitsluit omdat ze te weinig verdienen! We hebben bescherming nodig voor alle arbeiders en kinderen.'

'En niet te vergeten: de emancipatie van de Joden,' zei Theodor zacht en hij wreef over zijn sierlijk gekrulde lippen.

'Natuurlijk, ook dat!'

Franz knikte waarderend. 'En dat zeggen jullie, hoewel jullie bij de gemeenteraadsverkiezingen zelf gekozen zijn.'

'Ach!' Carl maakte een afwimpelend gebaar. 'We hebben echte vooruitgang nodig! Wij kunnen op deze manier niets tegen de armoede in Keulen doen. De mensen sterven bij bosjes aan ziektes en honger. Het volk moet nu eindelijk zelfbestuur krijgen.'

'En daarvoor zullen we een groot eisenpakket naar Pruisen sturen.' Francois nam nog een slok.

'Wat als de koning niet reageert?'

Francois lachte weer op die grimmige toon. Hij wisselde even een blik met Carl uit. Daarna zei hij: 'We zullen ze wel tot een reactie dwingen. Reken daar maar op.'

'Dat doe ik zeker.' Franz steunde op zijn knieën, stond langzaam op, spreidde zijn armen uit en riep: 'We zullen die Pruisen eens wat laten zien! Hebben jullie dat gehoord?'

Aan de andere tafels hieven Wolff, Heimerdinger en alle andere gasten hun glas en jubelden instemmend.

~

Wilhelmine gooide haar hoofd in haar nek en lachte hard. Ze wilde niet stoppen met lachen. Ze wilde dat elke grap nog gevolgd werd door talloze andere, zo enorm genoot ze deze avond in de damessalon van Café Royal. Een jonge vrouw speelde piano, er klonk helder geroezemoes en het rook er naar kruidenlikeur, chocolademelk en avonturen. Slechts gedempt hoorde ze het gejoel van de mannen in de zaal ernaast.

Het had lang geduurd voordat ze Sibylle voor deze rit had overgehaald. 'Franz heeft een damessalon geopend, Sibylle. Een plek waar vrouwen elkaar openlijk kunnen ontmoeten. Is dat niet fantastisch? Ik moet het zien. Het is tenslotte mijn idee geweest,' had ze gezegd.

'Je weet toch hoe ziek Adele is.'

'De laatste tijd lijkt ze stabiel.'

'Je zei zelf dat ze voorlopig niet beter zal worden.'

'Maar ook niet slechter. Ik wil je dit café laten zien. Stel je voor, we zouden daar met boeiende vrouwen kunnen praten! Fanny heeft me verteld dat haar collega Mathilde Anneke er de laatste tijd vaak is.'

Sibylle zuchtte. 'Ik kan Adele niet in de steek laten.'

Pas toen Adele zelf zei dat Sibylle er eens uit moest en een verzetje nodig had, en Sibylle ook nog hoorde dat Victor een paar dagen op reis wilde gaan, stemde ze toe.

Nu zaten ze samen met Fanny en Mathilde aan een van de tafeltjes in het drukke café en spraken over de revolutie.

'De Françaises hebben het voorgedaan,' vertelde Wilhelmine. 'Hebben jullie Olympe de Gouges al gelezen? Zij zegt: wat de barrières ook zijn die voor jullie worden opgeworpen, het ligt in jullie macht om ze te overwinnen.' Tot nu toe had ze er alleen met Sibylle over gepraat. Het deed haar goed om zoiets op een publieke plek hardop uit te spreken.

'En wat is er gebeurd? Ze is onthoofd. Het ligt niet alleen in onze macht, dat zeg ik jullie.' Sibylle zuchtte.

Wilhelmine keek haar verbaasd aan. Zo negatief kende ze haar vriendin helemaal niet.

'Natuurlijk niet, het wordt niet makkelijk, maar we zouden het onrecht niet zomaar moeten accepteren.'

Fanny knikte. 'Je hebt helemaal gelijk, Wilhelmine! Loop maar eens door de herensalon: daar praten ze allemaal hoogdravend over de gelijkheid van de mensen, waar ze voor willen vechten. Maar wat ze bedoelen is de gelijkheid van alle mannen. Alsof wij vrouwen niet eens mensen zijn.'

'Nee, wij zijn voor hen net slavinnen. Alleen goed voor het verzorgen van de kinderen en het huishouden. En zodra een vrouw als Olympe de Gouges in opstand komt, worden de heren bang! Waarom vinden zij opvattingen die bij mannen volkomen normaal zijn, bij vrouwen gevaarlijk? Ik zeg het jullie: omdat wij daarmee de huidige wereldorde en staatsinrichting aan het wankelen kunnen brengen! En dat zullen we ook doen! Ja, met onze sterke innerlijke kracht wakkeren we het geloof in een nieuwe menswording aan. Wij zullen er voor de volgende generaties voor zorgen dat ons geslacht vrijer is. En zich niet meer tot slaaf laat maken.'

Wilhelmine keek de journaliste Mathilde Anneke vol bewondering aan. Wat een wijze woorden. En wat riep ze die allemaal zelfbewust!

Ook Sibylle knikte nu langzaam. 'Het is fantastisch zulke uitspraken te horen. Je hebt natuurlijk volkomen gelijk. Ik heb vandaag weer een boze brief van mijn echtgenoot gekregen die mij aan mijn plichten als vrouw en moeder herinnert. De mensen zouden al over ons praten. Terwijl we een overeenkomst hadden! Ik zal waarschijnlijk toch vaker naar de Keulse stadsvilla moeten terugkeren, want hij dreigt een advocaat in te schakelen als ik dat niet doe.'

Wilhelmine slikte. 'Dat wist ik helemaal niet.'

'En als ik dan nog hoor hoe... mannen als hij... met hun dienstmeisjes omgaan! Soms is het moeilijk om de hoop niet op te geven.'

Mannen als hij, dacht Wilhelmine. Ze bedoelde waarschijnlijk: hij.

'Maar dat mogen we niet!' protesteerde ze.

'Als vrouw heb je het moeilijk als je getrouwd bent, maar nog moeilijker als je ongehuwd blijft of gescheiden bent.' Mathilde zuchtte. Wilhelmine herinnerde zich dat Mathilde een uitputtend scheidingsproces achter de rug had en nauwelijks alimentatie van haar man kreeg. Ze had helemaal gelijk. Ook Wilhelmine werd door iedereen scheef aangekeken. Zelfs haar lieve zus Anna Sophia had haar er laatst voor berispt dat ze nooit wilde trouwen! Het hoorde nu eenmaal bij het leven van een vrouw om een gezin te hebben, had ze gezegd. Maar wat was familie? Kon deze kring van vrouwen, met wie ze nu bij elkaar zat, niet ook familie zijn? Ze dacht weer even aan de band die Sibylle en Adele hadden en aan haar eigen angst om op een dag berooid en ongehuwd op straat te staan. Maar ze schudde de gedachten van zich af. Wie weet, misschien zou de wereld voor vrouwen zoals zij, gezien de huidige stemming, wel gauw veranderen. Dan zou ze misschien een vak kunnen leren en in haar eigen onderhoud kunnen voorzien! Wat een aantrekkelijk idee! In een andere wereld zou ze vast journaliste zijn, dacht ze. Ze zou grote artikelen schrijven voor kranten. Of nog beter: ze zou dichteres zijn.

'Juist daarom moeten vrouwen meer macht krijgen! Alleen dan kunnen we de omstandigheden veranderen. Wij willen ook vrij kunnen werken en stemmen!' zei Fanny.

'Kennen jullie de journaliste Louise Otto-Peters? Waarschijnlijk niet. Ze schrijft onder het pseudoniem Otto Stern. Geen enkele krant wil immers artikelen publiceren die onder de naam van een vrouw zijn geschreven. Ik vind haar in elk geval fantastisch. In een lezersbrief heeft ze het treffend geformuleerd. Ze zegt dat de betrokkenheid van de vrouw bij de belangen van de staat geen recht, maar een plicht is.'

'Zo is het.' Fanny knikte heftig.

'En daarom moeten we nu de straat op gaan!' Wilhelmine ging rechtop zitten op haar stoel. 'Als wij het veld alleen aan de mannelijke burgers en arbeiders overlaten en deze stemming niet voor ons benutten, wie weet hoeveel decennia we dan nog onmondig blijven?'

'We zouden een voorbeeld aan de kleermakershulpen moeten nemen.' Alle hoofden draaiden zich in de richting van de jonge vrouw die net bij de tafel was komen staan. Ze had vast Wilhelmines woorden opgevangen. Ze keek iedereen vriendelijk aan en terwijl haar blonde krullen op en neer wipten sprak ze verder: 'Mijn Luise heeft me erover verteld.

Kunnen jullie je voorstellen dat de kleermakershulpen niet zelfstandig in hun eigen huis mogen werken? Terwijl het naaien altijd als vrouwenwerk wordt gezien! Dat geldt echter alleen in de privésfeer, zegt Luise, omdat de meester-kleermakers bang zijn voor concurrentie. Maar Luise zegt dat ze er nu voor vechten om ook in het gilde opgenomen te worden. Daarvoor zullen ze zelfs de straat op gaan.' Emma Mertens trok een stoel bij en nam naast haar schoonzus plaats. 'Wat drinken we?' riep ze met haar heldere stemmetje en ze giechelde.

Wilhelmine moest grinniken. Hoewel Emma vaak nogal arrogant en een beetje naïef overkwam, was er altijd iets dat Wilhelmine op een positieve manier verwarde. Zou het kunnen dat Emma achter dat masker van arrogantie een lieve, kwetsbare ziel verborg? Ze bestelden nog een rondje kruidenlikeur, proostten met elkaar en discussieerden over het vreemde lot van de vrouw.

'Er moet iets veranderen,' riep Emma na het vierde glaasje. 'Want als er niets verandert, moet ik met een man trouwen die Victor voor me heeft uitgezocht.'

Wilhelmine zuchtte. 'Weet je al wie het is?'

'Nee. Hij heeft hem al bijna een jaar op het oog, maar zegt dat er nog het een en ander afgestemd moet worden.' Ze dronk haar glas leeg en likte over haar lippen. 'Maar wie het ook is, het kan geen goede man zijn, toch? Als hij van Victor komt!' Ze rolde met haar ogen en na alles wat Wilhelmine van Sibylle over haar echtgenoot had gehoord, kon ze niets bedenken om haar gerust te stellen.

'Je hebt gelijk, we zouden de straat op moeten,' zei ze in plaats daarvan.

De anderen knikten. 'We zouden in de damessalon pamfletten kunnen uitdelen.'

'Ik vertel het Luise, zij kent heel veel dienstmeisjes en kleermaaksters.'

'We zeggen het tegen iedereen die we kennen en die zeggen het weer tegen iedereen die zij kennen en dan demonstreren we voor het recht op werk en op verkiezingen.'

Wilhelmines lichaam tintelde van de opwinding. Ze had zich zelden zo levendig, sterk en helder van geest gevoeld. 'We kunnen het beste gaan marcheren als de arbeiders ook de straat op gaan. Dan hebben we meer overtuigingskracht.'

Ze proostten samen en dronken op hun plannen en op de hoop die ze hadden om binnenkort al alles te veranderen.

~

'Hoe is het mogelijk?! Kaspar Rockstroh!'

Er bleef een man voor de koets staan. Hij had een halsdoek om en droeg een gilet. Hij zette zijn handen in zijn zij en grijnsde met zijn brede, dunne lippen.

'Albert Statz!' Kaspar lachte van vreugde. 'Wat leuk!'

'De chique meneer wacht hier zeker voor het Café Royal. Zo, zo.' Albert knikte waarderend en schalks tegelijk. 'Hoe gaat het met je, Kaspar? Ik heb je lang niet gezien! De laatste keer was je vel over been, en nu? Erg indrukwekkend.' Hij grijnsde weer.

Kaspar sprong van de koets en bond de paarden aan een lantaarn vast. Daarna omhelsde hij Albert en klopte hem op de rug.

'Wat fijn je te zien. Ik woon nu in de buurt van de stadsvilla Schaaffhausen in een kleine kamer en rij de hele dag met de koets rond. Het kan erger.' Hij kauwde op zijn grasspriet. 'En bij jou? Hoe gaat het met Ernst? En met Rudolf?'

Albert keek naar zijn voeten. 'Eh, nou, eerlijk gezegd... Rudolf is twee dagen geleden overleden.'

Kaspar staarde hem aan en wist niet wat hij moest zeggen.

'Het kwam door de brandwonden. Zonder een baan had hij geen geld voor een dokter. Ik heb de mijne laten komen, maar zo vaak als Rudolf zijn huisbezoeken nodig had gehad, kon ik hem ook niet betalen.'

'Verdomme.'

'En ik maak me ook veel zorgen om Ernst. Hij is sinds een paar dagen doodziek.'

'Wat heeft hij?'

Albert wreef over zijn voorhoofd. 'Hij heeft diarree en moet constant overgeven. Ik weet niet of hij het haalt. De raffinaderij betaalt natuurlijk niet meer, dus betaal ik zijn kosten. Maar dat zal ik niet meer heel lang kunnen doen.'

Kaspar slikte. Terwijl hij had genoten van zijn nieuwe leven als koetsier en zich er elke dag op had verheugd Emma weer te zien, leden zijn vrienden pijn en gingen ze dood.

'Ik ben net op weg naar onze arbeidersbijeenkomst. Je bent al lang niet meer geweest.'

Kaspar wreef verlegen over zijn voorhoofd. 'Ik heb 's avonds zelden vrij...' En snel voegde hij eraan toe: 'Maar ik steun onze zaak nog steeds!'

'Goed. Heel goed.'

'Wat kan ik doen?'

Albert tilde zijn hoofd op en keek hem onderzoekend aan. Toen zei hij: 'We laten ons niet langer zo behandelen. We zwoegen tot laat in de avond en zodra we gewond raken of ziek worden, laten ze ons aan ons lot over en doodgaan. We gaan demonstreren en eisen meer loon, bescherming en betere arbeidstijden. En Kaspar, we zijn tot alles bereid. Ze kunnen nog zo veel mensen doodsteken, zoals mijn broer... Er zullen steeds meer mensen na hen komen.'

Kaspar moest weer aan die ene nacht denken, waarin vuisten waren opgestoken en sabels door de lucht hadden gesuisd en de mensen van woede en pijn hadden geschreeuwd. Zou de demonstratie van de arbeiders net zo eindigen? Zou Kaspar moeten vechten? Hij was niet bang om zichzelf. Hij wist dat hij absoluut in staat was terug te slaan. Maar wat als hij geraakt werd? Dan had Lina niemand meer die aan haar dacht en naar haar zocht. Aan de andere kant had ze er waarschijnlijk ook niets aan als hij zich nu terugtrok en de wereld waarin zij moest opgroeien zo vreselijk onrechtvaardig bleef.

'Ik ben erbij,' bromde hij. 'O, ik moet gaan,' zei hij daarna en hij wees met zijn hoofd in de richting van het café, want Emma Mertens liep net de donkere straat op.

Albert draaide zich naar haar om en Kaspar zag dat zijn ogen heel even iets groter werden. Daarna knikte Albert snel en fluisterde: 'We zien elkaar!' En hij liep de straat uit.

Kaspar kauwde op zijn grasspriet en dreef de paarden aan. Daarna hobbelden Emma en hij rustig door de steegjes van Keulen.

'Hebt u een fijne avond gehad, juffrouw Mertens?' vroeg hij. Ze had hem al een paar keer verteld dat ze genoot van de koetsgesprekken met hem. Toch had hij telkens weer het gevoel dat hij iets deed wat verboden was als hij een gesprek met haar aanknoopte.

'Het was geweldig, Kaspar. Zo'n damessalon is echt heerlijk! Ik heb zelden zulke boeiende discussies gehad. Het is fantastisch dat daar zulke ontwikkelde vrouwen komen!'

'Hoe komt het dat u vandaag alleen onderweg bent?'

Normaal werd Emma door haar dienstmeisje of een gouvernante begeleid. Het was erg ongebruikelijk dat een meisje van haar stand alleen het huis uit ging. Dat had ze hem zelf een keer verteld.

'De gouvernante heeft vrij en Luise voelt zich niet lekker. Ik heb haar naar bed gestuurd. Maar dat weet mijn broer gelukkig niet.' Bij die woorden werd haar stem steeds lager.

'Ik zal zwijgen, juffrouw Mertens.'

'Dat weet ik, Kaspar,' antwoordde ze en hij vermoedde dat ze van nu af aan met haar natuurlijke stem met hem zou praten. 'Zou je daar aan het eind rechts kunnen afslaan?'

Kaspar keek haar verbaasd aan. Ze zat rechtop in de hobbelende koets, met haar handen in haar schoot gevouwen en met een vage blik in haar ogen.

'Maar de stadsvilla is toch...'

'Ik weet het, Kaspar,' zei ze en iets aan de manier waarop ze zijn naam uitsprak, zorgde dat hij kippenvel kreeg.

Hij mende de paarden de gewenste zijsteeg in. Daarna bracht Emma hem nog verder op een dwaalspoor. Van straat tot straat verwijderden ze zich steeds verder van het stadscentrum, tot ze bij een van de laatste akkers voor de stadsmuren aankwamen.

'Je kunt stoppen.'

Er stonden hier alleen barakken, een paar hutten en houten schuurtjes. Er was niemand. Het was volkomen stil en donker. Zo ver buiten het centrum waren er geen straatlantaarns. Het enige licht dat hier scheen, was de lamp aan hun koets.

Kaspar liet de teugels zakken en draaide zich naar Emma om. Ze zat nog steeds net zo kaarsrecht als eerder en had dezelfde blik in haar ogen. Kaspar slikte. Wat wilde ze op zo'n plek?

Hij deed zijn mond open maar wist niet wat hij moest zeggen. Daarom haalde hij alleen zijn grasspriet uit zijn mond en gooide hem weg, uit de pols, zoals je een plat steentje laat springen. Er gebeurde niets. Ook Emma zweeg. Ze waren hier helemaal alleen, dacht Kaspar. En hoe dieper hij in haar ogen keek, hoe meer hij erin meende te herkennen. Hij had het gevoel dat Emma ook op zoek was, als een detective. Hij zag nieuwsgierigheid en moed in haar blik. Haar kleine, rode mond was licht geopend en die ogen... Hij moest aan de put in zijn oude dorp denken, waar de diepte in duisternis verborgen lag... maar waarin ook gevaar kon loeren. Hij moest aan boer Wilhelm denken, die erin lag te schreeuwen en tekeerging. Wat schuilde er in de diepten van Emma's blik? Hij wilde de bodem zien, maar haar ogen waren te donker. Langzaam draaide hij zich helemaal naar haar om. Haar bank was iets hoger dan de zijne, dus hij keek van onder naar haar op. Haar jurk raakte zijn scheenbenen en zijn hart sloeg zo snel dat hij het in zijn hele lichaam kon voelen. Wat moest hij doen? Hij wilde opstaan en haar tegen zich aan trekken. Hij wilde zijn handen om haar gezicht leggen en haar kussen. Hij wilde haar aanraken, haar schouders, haar middel... En hij wist ineens zeker dat zij precies hetzelfde wilde. Maar wat zou hem boven het hoofd hangen als hij dat allemaal zou doen? Een eenvoudige koetsier, hier buiten bij de stadsmuur? Als ze het iemand vertelde, zouden ze hem wegjagen. Of erger.

Nauwelijks merkbaar kwam ze steeds dichterbij. Hij kon haar ruiken, hij rook haar Keulse water en de warme chocolademelk en likeur die ze had gedronken. Hij voelde bijna haar warme adem. En toen besloot hij dat hij de consequenties aanvaardde. Dan moesten ze hem maar wegjagen. Hij had al ergere dingen doorstaan. Emma was het waard. En dus leunde hij zijn voorhoofd tegen het hare, sloot zijn ogen en kuste haar. Hoe teder kon een kus zijn? Hij trok haar dichter tegen zich aan, streelde haar nek en haar rug. Ze schoof zijn hoed van zijn hoofd en ging met haar handen door zijn haar. Hij moest heel even aan Margaretha denken, die al acht jaar geleden was overleden en van wie hij had gehouden toen hij nog een ander was, bijna nog een jongen. Zou ze het hem kunnen vergeven dat hij nu voor de eerste keer als man verliefd was?

Hij wist niet hoelang ze daar zo ineengestrengeld zaten, het lichaam van de ander voelden en met elkaar wilden versmelten. Op een gegeven moment lieten ze elkaar buiten adem los. Emma fatsoeneerde haar lokken en haar hoed, streek haar rok glad en haalde even diep adem. Kaspar wreef met de rug van zijn hand over zijn gezwollen lippen en zette zijn slappe hoed weer op.

'We moeten terug,' fluisterde ze hees, alsof ze de hele tijd iets te hard met hem had gepraat.

'Natuurlijk, juffrouw Mertens.' Hij draaide zich snel om, zocht zijn grasspriet, vond hem niet en pakte de teugels weer op.

Emma giechelde. 'Als niemand het hoort, mag je gerust Emma tegen me zeggen.'

Deel 4

1848-1849

35

Franz wou dat hij een geweer had. Zijn handen waren tot vuisten gebald, zijn blik was vastberaden. Samen met Theodor en Koloman en duizenden ambachtslieden en arbeiders liep hij door de straten van de stad. Ze zwaaiden met vaandels en spandoeken en riepen hun eisen uit volle borst tegen de gevels van de huizen op, naar de ramen waarachter andere Keulenaren zich verdrongen en hen toejuichten. Ze schreeuwden om persvrijheid, een Duits staatsparlement en volksbewapening, ze blaften het de soldaten in het gezicht, en Franz hoopte dat hij zich op hen kon wreken voor de moord op Heinrich. De soldaat die destijds had gestoken was veroordeeld tot een belachelijk lage geldboete. Als Franz hem in het tumult tegen zou komen, stond hij niet voor zichzelf in.

Het nieuws uit Frankrijk had zich tijdens het carnaval in Keulen als een lopend vuurtje verspreid: de troon van de Franse koning was verbrand en de Tweede Franse Republiek was uitgeroepen! Sindsdien probeerden Francois en Carl nog harder om in turbulente bijeenkomsten politiek te bedrijven, aan een eisenpakket te werken en Pruisen onder druk te zetten. Francois' vorderingen en zijn charismatische aard vonden grote weerklank in de hele stad en in veel burgerlijke woonkamers hing inmiddels zijn portret aan de muur.

Franz vond zichzelf niet geschikt voor de grote politiek. Nee, hij bleef in hart en nieren ambachtsman en als zodanig moest hij op 3 maart 1848 de straat op. Hij demonstreerde voor Heinrich, voor zijn hele familie en al zijn vrienden. Hij stak zijn vuist in de lucht en riep met de anderen in koor: 'Bestuur door het volk', 'Arbeidsbescherming' en 'Opvoeding van alle kinderen op kosten van de staat!'

Theodor schreeuwde net zo hard. Hij eiste telkens weer de emancipatie van de Joden en Koloman deed met hem mee. Maar af en toe wierp hij Franz een afkeurende blik toe.

'Wat is er?' vroeg Franz op een gegeven moment.

'Wat bedoel je?' vroeg Koloman.

'Je wilt me iets zeggen.'

'Ik wil je helemaal niets zeggen.'

Franz bleef abrupt staan. Sinds Heinrichs dood was het gewoon niet meer hetzelfde met Koloman. Ze hadden steeds vaker ruzie en Franz had constant het gevoel dat hij iets fout deed.

'Zeg wat je te zeggen hebt!' bromde Franz en hij stak uitdagend zijn kin omhoog. Ook Koloman bleef staan. Rechts en links schoven de andere demonstranten aan hen voorbij.

'Ach, stop met die stomme vragen. Je weet donders goed wat ik denk.' Koloman bleef rustig maar kneep zijn ogen tot spleetjes.

'Ik weet alleen dat je te laf bent om het me recht in het gezicht te zeggen.'

'Als jij dat denkt, moet je dat maar denken.'

'Lafaard!'

'Nou, goed dan.' Kolomans ogen fonkelden. 'Jij denkt echt dat je je schuld weer goed kunt maken door een beetje te demonstreren, hè? Heb ik gelijk? Jij denkt dat als je een beetje loopt te schreeuwen voor de arbeiders, je het voor jezelf goedmaakt, nietwaar?'

Franz deed een stap naar hem toe en gaf hem een duw. 'Waag het niet!' zei hij tussen opeengeklemde tanden.

Koloman struikelde, werd door Theodor opgevangen en stortte zich op Franz. Franz zag nog zijn fonkelende ogen en zijn vuist, daarna voelde hij pijn aan zijn kaak. Franz hield ongelovig zijn wang vast. Zijn vriend had hem in het gezicht geslagen! Nog voordat het goed tot hem doordrong, pakte een Pruisische soldaat Koloman bij zijn kraag om hem uit de menigte te trekken.

'Hé!' schreeuwde Franz tegen de soldaat. Ook Theodor sprong naar voren en hield Koloman vast. 'Het was alleen wat gestoei onder vrienden!'

Met vereende krachten vochten ze hun vriend vrij. Franz pakte de schouders van de vervloekte soldaat, zei: 'Voor Heinrich' en sloeg met een snelle beweging de helm van zijn hoofd. Meteen daarna namen de drie de benen, doken in de menigte weg en baanden zich rij voor rij een weg naar voren om verder niet meer op te vallen.

~

Kaspar streek over zijn oude mantel. Het was een stom idee geweest om hem vandaag aan te trekken. Hij had gedacht dat als hij deze mantel droeg, het niemand zou opvallen dat hij inmiddels koetsier bij Mertens was en veel beter verdiende dan de meeste fabrieksarbeiders met wie hij hier demonstreerde. Maar in de menigte zag hij dat hij een denkfout had gemaakt. Ten eerste waren hier lang niet alleen maar fabrieksarbeiders, maar ook zelfstandige ambachtslieden en eigenaren van kleine winkeltjes. Mensen die nog boven hem stonden. En ten tweede droegen ze allemaal hun zondagse pak. Zelfs de nieuwe hulpkrachten van Albert in de raffinaderij hadden hun mooiste kleren aan: chique gilets met kleurrijke halsdoeken. In zijn versleten, gescheurde mantel voelde Kaspar zich totaal niet op zijn plaats. Maar hij probeerde dat te vergeten en ging tussen Albert en zijn collega's in lopen.

'Fijn dat je bij ons bent, Kaspar!' zei Albert tegen hem. Hij klopte hem op de schouder en riep toen: 'Schaf de machines af, die ontnemen ons ons brood!'

Zijn nieuwe collega's – allemaal veel te jong en te tenger voor de raffinaderij – stemden in. Ze hielden een groot spandoek in hun handen waarop stond: *Arbeiders aan de macht!*

Kaspar luisterde naar het woedende geroezemoes van stemmen en probeerde erin mee te gaan. Maar hij moest telkens weer aan Emma denken. Ook zij demonstreerde op dit moment ergens in de stad. Zou het wel goed met haar gaan? Zou ze veilig zijn? Hij stak zijn handen in de zakken van zijn mantel en voelde ineens iets kleins en koels. Hij haalde het tevoorschijn en hield het voor zijn gezicht. Gesches amulet. Hij kreeg het meteen warm van schaamte en ergernis. Nu was hij het alweer zo'n lange tijd vergeten! Wat was hij nou voor een vriend? Vlak voordat ze stierf had ze maar één verzoek aan hem gehad, en hij was alleen met zichzelf bezig geweest. Terwijl hij allang in Keulen was!

Kaspar keek om zich heen. Albert stak zijn vuist in de lucht, zijn collega's schreeuwden uit volle borst, de menigte marcheerde... Alles verliep tot nu toe zonder strubbelingen. Hij kon vast wel eventjes wegsluipen. De kwestie met de amulet duldde echt niet nog meer uitstel. *Mijn kleindochter moet het hebben, Anna Sophia. Haar vader heeft een apotheek aan de Neumarkt. Zoek haar en geef het aan haar*, had Gesche gezegd. Een apotheek aan de Neumarkt... Hij liet zich terugvallen en trad langzaam uit de menigte. De Neumarkt was niet ver. Hij liep een paar stegen door, sloeg rechtsaf en daar lag het plein. Kaspar zag de apotheek meteen: een bijzonder smal huisje achter een boomstronk. Met grote passen liep hij ernaartoe.

~

Hoewel het gedrang groot was, er overal rokken en hoeden te zien en vrouwenkreten te horen waren, en de straten vol waren met arbeidsters en burgeressen in hun mooiste zondagse kleren, moest Wilhelmine constant naar Sibylle kijken. Wat was haar vriendin dapper! De vorige avond had ze besloten: 'Dat eeuwige vlechten, indraaien, opsteken... Ik kan het gewoon niet meer verdragen! Waarom moeten wij ons haar elke dag in zo'n onnatuurlijke vorm brengen? Knip het af!'

Wilhelmine had haar verbijsterd aangestaard. 'Hoe bedoel je: knip het af?'

'Nou, met een schaar natuurlijk. Nu meteen. Tijdens de demonstratie wil ik kort haar en ik wil het los dragen.'

Met bonkend hart had Wilhelmine de schaar in haar ene hand en Sibylles zachte, lange haar in haar andere hand genomen.

'Gewoon zo?' had ze gevraagd.

'Natuurlijk,' had Sibylle geantwoord.

En toen waren de haren gevallen. Het korte kapsel stond Sibylle fantastisch. De puntjes raakten alleen van voren de schouders, van achteren zweefden ze zelfs in de lucht! Wilhelmine had nog nooit een vrouw met zulk kort haar gezien. Nu liep Sibylle met een vastberaden blik in de menigte mee en schreeuwde om vrouwenkiesrecht, beter onderwijs en beter loon. Wilhelmine gloeide van bewondering en voelde tegelijkertijd dat ze zelf ook steeds vastberadener werd. Er moest iets veranderen. Vandaag nog.

Naast haar marcheerden Emma en zelfs Hubertine Stollwerck, die zich nog maar net bij hun groepje had gevoegd. Door de hongersnood en de inflatiecrisis leverde de kruidenierswinkel niet meer genoeg geld op om voldoende brood op de plank te krijgen. Het liefst zou ze als naaister voor zichzelf willen beginnen, maar de meester-kleermakers bleven het de hulpen moeilijk maken. Ze stak haar brede kin op en riep met de anderen in koor om het recht om te werken.

Plotseling ging er een schok door de menigte vrouwen.

'Alle demonstraties worden gestopt, ga naar huis!' riep een soldaat over de hoedjes heen.

Wilhelmine balde haar handen tot vuisten. 'Dat meent u toch zeker niet,' riep ze. 'We demonstreren heel vreedzaam!'

'Het is genoeg!' riep een soldaat, veel harder dan zij. 'Maak onmiddellijk de weg vrij!'

Hubertine botste van achteren tegen Wilhelmine op. 'Pardon!' riep ze, maar er werd meteen weer tegen haar aan geduwd, waardoor Wilhelmine struikelde en tegen Emma aanstootte en zij op haar beurt tegen Sibylle.

'Laat me los!' hoorde Wilhelmine een geschrokken stem achter zich.

'Haal uw handen weg!'

'Laat dat!'

Vanuit haar ooghoek zag Wilhelmine dat er sabels werden getrokken die dreigend omhoog werden gehouden. 'Gaat u onmiddellijk weg anders moeten we geweld gebruiken!' riep een soldaat. Plotseling begon een vrouw te schreeuwen en het geschuifel veranderde meteen in paniekerig geduw. Overal om Wilhelmine heen sperden mensen hun ogen en monden open en maakte paniek zich meester van de demonstratiestoet. De vrouwen wilden wegrennen, maar voor, naast en achter hen waren andere vrouwen, en zo deinde de menigte. Wilhelmine voelde vreemde handen op haar rug en hoorde angstige kreten in haar oor. Ze keek om zich heen.

'Sibylle!' riep ze, maar ze zag haar vriendin nergens.

'Hubertine! Emma!' Ze waren allemaal in het gedrang verdwenen. Ze probeerde zich een weg naar voren te banen, op haar tenen te staan en haar vriendinnen weer te vinden. Maar ze zag niets anders dan kapsels en hoeden van anderen en hoorde alleen anderen schreeuwen. Ineens voelde Wilhelmine handen op haar onderarm. Ze werd opzij getrokken waardoor ze bijna struikelde.

'Kom mee!' riep de stem van haar zus. Anna Sophia was plotseling langs de kant van de weg verschenen.

'Wat doe jij hier?' zei Wilhelmine verbaasd en hijgend.

'Ik breng je in veiligheid, domoor,' zei Anna Sophia en ze trok haar met zich mee.

In het gedrang had Wilhelmine niet gemerkt dat ze door de Blindgasse liepen. Ze keek omhoog en zag waar Anna Sophia naartoe wilde: ze liep recht op de pastillesfabriek af. Ze ontweken nog een struikelende vrouw en twee dreigende soldaten en daarna duwde Anna Sophia de voormalige winkeldeur open. Ze trok Wilhelmine naar binnen en draaide de sleutel achter haar om.

~

Franz grijnsde. 'Zo, die soldaten hebben we eens wat laten zien!' Hij klopte Theodor op zijn schouder. 'Ha!' Hij woelde door Kolomans haar, dat zoals altijd vettig was. 'Dat zijn de vijanden,' zei hij. 'Dat zijn ze. Niet je eigen vrienden.' Hij gaf hem een zachte por in zijn zij.

Maar voordat ze verder over hun ruzie konden praten, klonk er achter hen luid geschreeuw. Mensen begonnen te rennen, drongen zich naar voren en sleepten Franz mee.

'Wat is er?' riep hij terwijl Koloman, Theodor en hij steeds dichter tegen elkaar aan werden geduwd. Algauw voelde hij aan alle kanten vreemde lichamen en hij werd even opgetild, zo veel kracht had de masssa. Hij tuimelde en struikelde met de anderen. De menigte bewoog zich steeds sneller door de straat naar voren.

'Naar het raadhuis!' riepen de mensen van alle kanten telkens opnieuw. 'Naar het raadhuis!'

De soldaten trokken her en der mannen eruit, sloegen hen, bedreigden hen met hun sabels en bajonetten en blaften tegen hen dat ze onmiddellijk naar huis moesten gaan. Maar de menigte was niet te stoppen. De mensen schreeuwden, stoven angstig en onstuimig naar voren en een aantal van hen drong het raadhuis binnen. Franz kon amper ademhalen, zo benauwend was het. Hij dwong zichzelf kalm te blijven en maakte zich lang. Een heel eind verderop zag hij dat de eerste arbeiders de deuren opentrokken en bescherming zoekend de hal in renden. De stroom volgde hen blindelings. En vlak voordat Franz zelf bij het raadhuis was aangekomen, ging boven zijn hoofd een raam open.

'Help!' riep een kale wethouder. De paniek stond hem in het gezicht. 'Ze komen ons halen, help!'

Algauw dook er naast hem nog een man op, die hijgde. 'Ze zijn hier, ze zijn hier!' Hij klom op de vensterbank, keek om zich heen... en sprong. De kale man schreeuwde het uit van de schrik, keek ook over zijn schouder en weer naar de mensenmenigte, en stapte naar voren om zijn collega te volgen.

~

'Dank je wel, lieverd,' zei Anna Sophia tegen haar schoonzus Maria, die net de kleine Cartharina weer in haar armen had gelegd. 'Kun je Wilhelmine en mij even alleen laten?'

Ze streelde het zachte gezichtje van haar dochter en fluisterde: 'Ja, mama is er weer...'

Toen de deur achter Maria was dichtgegaan en Anna Sophia alleen met haar kind en haar zus in de pastillesfabriek stond, keek ze naar Wilhelmine. Haar zus was op een kruk aan het lange werkblad gaan zitten. Haar gezicht was verhit en haar haar zat in de war.

'Een mooie plek.' Wilhelmine wees naar de reusachtige, met pastilles gevulde potten in de kast, naar de vuuroven, de met kruiden gevulde schalen en de waterkaraffen.

Plotseling kreeg Anna Sophia de behoefte thee te zetten. Ze legde Cartharina in haar wiegje, liep naar de vuurhaard, stak hem aan en zette een ketel water op.

'Wat deed je daarbuiten, Wilhelmine?' Ze probeerde haar stem zo streng mogelijk te laten klinken.

'We demonstreren voor de rechten van de vrouw.'

Anna Sophia pakte kopjes uit de kast, deed de blaadjes van de lapsang souchong-thee erin en zuchtte. 'Je brengt jezelf in groot gevaar! Heb je de bewapende soldaten niet gezien?'

'Natuurlijk. Maar we moeten ons niet langer door hen laten onderdrukken. Door niemand! Door geen man in de wereld.'

'Je hebt meer moed dan verstand...' Anna Sophia kreeg het er benauwd van. Het was maar goed dat niemand hen hoorde. Dit kon naar aflopen voor Wilhelmine. 'Gaat het dan zo slecht met je? Je kunt in Bonn toch van het goede leven genieten? Wat is jouw probleem?'

Wilhelmine begon te lachen, maar vrolijk klonk het niet. Terwijl ze opstond en langzaam naar Anna Sophia toe liep, zei ze: 'Er is niet slechts één probleem, lieve zus. Er zijn talloze problemen voor ons vrouwen. Kijk toch eens om je heen! Dit hier zou jouw fabriek moeten zijn. Jij hebt de pastilles ontwikkeld, het is jouw recept! Jij had ideeën voor de reclame en de verkoop! Jij hebt jarenlang alles voor dit bedrijf gegeven. En wiens naam staat er op de papiertjes van de pastilles? Over wie praat de hele stad? Over wie zal men waarschijnlijk nog vele jaren verhalen vertellen? Over jouw man. Het is altijd maar *Franz Stollwerck*! Wie denkt aan Anna Sophia? Maakt dat je niet ontzettend kwaad?'

Anna Sophia schonk heet water in de kopjes. Cartharina begon zacht te huilen. Ze nam haar kind op haar arm en wiegde het heen en weer.

'Dat is onzin, Wilhelmine... Franz heeft alles opgebouwd, ik heb alleen geholpen. Nu heb ik nauwelijks nog tijd voor het bedrijf, omdat ik voor de kinderen en het huishouden moet zorgen. En dat is goed zo, ik ben dankbaar! Iedereen heeft zijn door God gegeven bestemming. Wie zal er dan jaloers zijn?'

Maar nog terwijl ze de woorden uitsprak, merkte ze hoe bitter ze smaakten. Was dit echt haar mening? Had Wilhelmine misschien niet ook een klein beetje gelijk?

Cartharina begon harder te huilen. Anna Sophia liep met haar heen en weer, wiegde haar en sprak zachtjes tegen haar. Maar het kleintje vertrok haar gezicht steeds meer, tot ze heel hard huilde. Wilhelmine kwam dichterbij en aaide het kleine hoofdje.

'Wat heeft ze toch?'

Anna Sophia slikte. Zo had ze haar dochter nog nooit gezien. Haar gekrijs weergalmde schel door de fabriek. Haar gezicht was paniekerig, knalrood en van pijn vertrokken. Onwillekeurig moest Anna Sophia aan de kleine Albert denken, aan zijn paars aangelopen gezicht en zijn zwakke armpjes. Ze zag weer het bos voor haar geestesoog, de zwartgeblakerde boom en de as. Ze hoorde het gekraak in het kreupelhout op de plek waar eigenlijk Gesches hut had moeten staan. En toen zag ze dat het bos donker kleurde en dat de hut en de schommel in brand stonden.

'Nee,' fluisterde ze. 'Nee!'

Ze verbande de gedachten aan het vuur uit haar hoofd en aan de kleine Albert, wiens haarlok op deze plek begraven lag. Ze zou niet nog een kind verliezen, in geen geval! Ze zou alles doen wat in haar macht lag. De geschiedenis mocht zich niet herhalen.

Ze had advies nodig. 'Gesche, help me alsjeblieft!'

'Wat zei je?' Wilhelmine keek haar met grote ogen aan, maar Anna Sophia negeerde haar. Ze keek paniekerig om zich heen. Had ze hier de juiste kruiden? Nee, het mos, de madeliefjes, het klein hoefblad... al die dingen hielpen tegen hoest maar niet tegen de pijn die Cartharina leek te hebben. Waar had ze nou pijn? Misschien in haar buik. Iemand moest haar helpen. Ze moest iemand halen. Maar wie? Ze keek naar de glazen deur. Ze hoopte bijna een wolf met barnsteenkleurige ogen achter de ruit te zien, maar in plaats daarvan keek ze in het mooie gezicht van een landloper. Hij schermde met zijn handen het licht af en drukte zijn neus tegen het glas. Toen hun blikken elkaar ontmoetten, sperde hij zijn mooi gevormde ogen open. Hij schrok even en klopte toen aan.

'Wie is dat?' vroeg Wilhelmine.

Langzaam liep Anna Sofia naar de deur.

'Je wilt hem toch zeker niet binnenlaten, of wel soms?'

Ze gaf geen antwoord. Ze had een vreemd voorgevoel. Er was iets in de blik van deze man dat haar geruststelde. Het was bijna alsof ze hem had verwacht. Cartharina huilde, Wilhelmine legde haar hand waarschuwend op haar schouder, maar Anna Sophia wist dat ze het juiste deed. Deze man moest exact nu hier zijn. Ze had immers speciaal thee gezet. Ze deed de deur open voor de vreemdeling.

'Neemt u me niet kwalijk dat ik stoor. Gesche stuurt mij. Ik ben Kaspar Rockstroh.'

Anna Sophia deed een stap naar achteren en gebaarde hem binnen te komen. Vreemd, dacht ze, terwijl de man een verbleekte, slappe hoed van zijn hoofd trok. Zijn mooie gezicht met de kaarsrechte wenkbrauwen en de gekrulde lippen vormde een vreemd contrast met de versleten en gescheurde mantel die hij droeg. Hij leek jong, maar zijn huid was verweerd.

'Thee?' vroeg ze. Het viel haar nu pas op dat ze drie kopjes thee had gezet. Een voor Wilhelmine, een voor zichzelf en een voor Kaspar Rockstroh. Hij keek haar verbaasd aan en pakte het dampende kopje aan.

'Dank u wel, dat is erg aardig van u. Ik ben op zoek naar Gesches kleindochter Anna Sophia. In apotheek Müller zeiden ze dat ze hier is. Zou u me misschien kunnen vertellen...?'

'Dat ben ik,' zei Anna Sophia terwijl ze ook Wilhelmine een kopje thee gaf.

'O.' Hij glimlachte en om de een of andere reden kreeg ze een optimistisch gevoel. Het was alsof ze een oude vriend tegenkwam die ze al heel lang had gemist en die ze kon vertrouwen. 'Ik breng u duizendguldenkruid. Gesche zei dat het wonderen zou kunnen verrichten. Ik heb het net in de apotheek gekocht.'

'Duizendguldenkruid... Hoe is het mogelijk! Het helpt tegen spijsverteringsproblemen. Wilhelmine, zet er snel een kopje thee van voor Cartharina!'

'Maar Gesche kon toch onmogelijk weten...'

'Doe nou maar!'

Wilhelmine ging aan de slag en Anna Sophia richtte zich weer tot de vreemdeling. 'Waar is Gesche? Hoe gaat het met haar? Zegt u me alstublieft dat het goed met haar gaat!'

Kaspar Rockstroh sloeg zijn ogen neer en draaide zijn hoed in zijn handen. 'Het... spijt me... Ik had al veel eerder moeten komen.'

'Wat bedoelt u daarmee?'

'Gesche is een paar jaar geleden bij een brand om het leven gekomen.'

Anna Sophia snakte naar adem. 'Nee, nee, dat kan niet waar zijn.'

'Een boer uit het dorp...'

Anna Sophia's adem stokte even. 'Wilhelm.'

Kaspar knikte. 'Hij heeft de brand gesticht.'

'Dat is onmogelijk, ze kan toch niet… Dat mag niet…!'

'Ik heb haar zelf begraven. Ik had geen steen of een kruis, maar ik heb er een appelboom naast geplant. Ze ligt op de plek waar vroeger haar hut stond.'

'O god.'

Ze had die appelboom gezien, net als de wolf, die ernaast had gestaan. Ze wachtte tot de klap kwam. Ze wachtte op de pijn en de woede. Maar binnen in haar was het vreemd stil. 'Waar is die kerel nu?'

'Wilhelm? Hij is ook dood.'

'Goed.'

Anna Sophia hoorde dat Wilhelmine het hete water op het duizendguldenkruid goot – Gesches kruid – en haalde diep adem. En toen besefte ze dat een deel van haar het al sinds de nacht in het bos had geweten. En dat die wetenschap zacht en mild was geweest, een lichte regen waarvan het water in de afgelopen jaren langzaam steeds dieper in de aarde was gesijpeld. Gesche was niet meer op deze wereld. Maar een deel van haar was nog altijd hier. De kopjes met de thee die Anna Sophia al had gezet, het duizendguldenkruid dat heerlijk rook en deze vriendelijke landloper die voor haar stond. En de amulet, die hij nu voor haar ophield en die Gesche vroeger om haar nek had gedragen, glansde in de zon die naar binnen scheen.

'Ze zei dat u hem moest krijgen, Anna Sophia,' zei Kaspar.

Met open mond pakte ze hem aan. Hij was zilver, rond en er was een spiraal in gegraveerd, het symbool dat ooit de vrouwen door het bos had geleid.

'Heel erg bedankt.' Anna Sophia sloot haar vuist om het koele metaal. Gesche was dan wel overleden, maar ze was niet stilletjes heengegaan. Ze had Anna Sophia een teken gegeven en nu was het aan haar om dit teken te volgen. Net zoals vroeger door het bos, zou het haar mogelijk naar een nieuwe toekomst leiden.

'Ik zal nooit vergeten dat je hiernaartoe bent gekomen en je belofte aan Gesche bent nagekomen,' fluisterde ze. 'Jij was Gesches vriend. En van nu af aan zul je ook aan mij een vriendin hebben, dat beloof ik je.'

Ze dacht nog over haar eigen woorden na toen Kaspar Rockstroh de fabriek alweer had verlaten. Ze dacht er nog steeds over na toen de thee voor de baby was afgekoeld en Wilhelmine die voorzichtig aan het kindje gaf. Cartharina hield algauw op met huilen. Anna Sophia hing de ketting om haar nek en wist dat ze hem niet meer af zou doen. Haar hele leven niet meer.

36

‘Koloman, wat fijn dat je kon komen!’ Franz spreidde zijn armen uit en verwelkomde zijn vriend in het koffiehuis. ‘Ga zitten, maat. Wat wil je drinken?’

Het was een miezerige zomeravond. Sinds de demonstraties van maart en de val uit het raam van de twee wethouders, die ze beiden hadden overleefd maar waarbij een van hen zijn benen had gebroken, was alles anders. Vooral de opstanden van de arbeiders hadden indruk gemaakt op de Pruisen. Inmiddels had men zelfs een gewapende burgerwacht mogen formeren, waarin alle rangen door een meerderheid van stemmen werden gekozen. Francois werd hun tweede commandant. Eigenlijk wilde Franz ook lid worden, maar door het werk in zijn café had hij er gewoon de tijd niet voor. Ook van de talrijke politieke verenigingen die als paddenstoelen uit de grond schoten kon hij tot zijn spijt geen lid worden. Maar in feite was dat ook niet nodig, want in zijn café maakte hij helemaal deel uit van de actuele gebeurtenissen. Aan de mahoniehouten tafeltjes werd in steeds grotere groepen heftig over democratie en republiek gediscussieerd. Zijn café werd door iedereen genoemd en steeds vaker vonden hier hele vergaderingen plaats, waarbij over de eerste algemene, democratische verkiezingen werd gesproken. Bij de ene koos men in mei de Duitse volksvertegenwoordiging die in de Paulskirche in Frankfurt vergaderde, bij de andere de Pruisische voor Berlijn. Alleen de arbeiders boycotten de indirecte verkiezingen, waarbij ze zich gepasseerd voelden. Toch werden Francois en Carl in het nationale parlement gekozen. Als Franz eraan dacht, realiseerde hij zich dat hij erg trots was op zijn beroemde vrienden, die in zijn zaal toespraken hadden gehouden. Inmiddels had hij de naam van zijn koffiehuis van Café Royal veranderd in Deutsches Kaffeehaus, om de democraten de beste ambiance te bieden.

Terwijl hij iets te drinken haalde voor Koloman keek hij naar het podium, waar de danseressen rondwervelden. In gedachten verzonken observeerde hij hun gracieuze bewegingen en de gefascineerde blikken van de mannen om hen heen. Zijn nieuwe idee bood veel mogelijkheden, dacht hij weer eens.

Weer terug bij Koloman klopte hij hem op de schouder. 'Kon je hier goed komen, mijn vriend?'

Koloman gooide zijn vettige haren achter zijn oor en keek misnoegd naar hem op. 'Het is weer een chaos buiten. Een groepje arbeiders heeft net een deurwaarder in elkaar geslagen, toen ik hiernaartoe kwam. Het is waanzin! Je durft amper nog over straat. De politie heeft niet de moed in te grijpen en de burgerwacht doet het niet, uit valse solidariteit.'

Franz hield zijn hoofd schuin. 'Waarom zou de solidariteit vals zijn?'

Ondanks alle vooruitgang en verworvenheden gistte het sinds weken weer heftig in Keulen. En Franz begreep het goed. De werkloosheid en de honger namen ondanks de democratische inspanningen in Frankfurt toe en de arbeiders en ambachtslieden waren steeds meer bereid geweld te gebruiken. Steeds meer van hen droegen rode linten in hun knoopsgaten, om hun eis voor een republiek kracht bij te zetten. Soms speelde Franz ook met de gedachte om er een aan te knopen, voor Heinrich. Maar dan bedacht hij dat hij zich beter op andere dingen kon richten. Hij was ondernemer en moest zich daarop concentreren. Hij had immers een nieuw idee.

'Ook de deurwaarder doet alleen maar zijn werk. Het kan toch niet zo zijn dat een horde wilden hem ongestraft in elkaar mag slaan?' zei Koloman verontwaardigd. Hij zette het glas aan zijn lippen en dronk het in één teug leeg. 'Geef me er nog eens een.'

Een paar tellen lang keek Franz hem met tot spleetjes geknepen ogen aan, maar daarna vermande hij zich. Hij kon vandaag beter geen ruzie maken met zijn vriend. Hij probeerde zich door de vrolijke sfeer in de zaal te laten aansteken en ging uiteindelijk met twee glaasjes cognac naast Koloman zitten.

'Op de vriendschap?' stelde hij voor en hij hief zijn glas naar Koloman.

Die knikte zwijgend en nam een slok.

'Nou, voor de dag ermee.' Koloman leunde naar achteren en keek Franz aan. 'Waarom moest ik hiernaartoe komen?'

'Is het zo raar dat ik met een goede vriend het glas wil heffen?'

'Franz, laat dat en kom ter zake.'

'Wat jij wilt.' Franz keek even om zich heen, boog toen naar voren, steunde zijn handen op zijn knieën en sprak zacht verder. 'Ik heb een nieuw idee voor de zaak. Je ziet hoe populair deze zaal is en hoe graag de mensen komen, vooral als de danseressen optreden. Momenteel is het voor mij alleen een investering om het koffiehuis te stimuleren. Maar ik denk dat het daar niet bij moet blijven. Koloman, ik snap gewoon niet waarom ik er niet eerder op ben gekomen.' Hij keek zijn vriend indringend aan en zei toen: 'Ik ga een theater openen.'

Koloman fronste zijn voorhoofd. 'Maar Franz, Keulen heeft al een theater.'

'Natuurlijk heeft Keulen dat al. Daar worden hoogdravende stukken opgevoerd. Maar de gewone Keulenaar houdt van een klucht, van een feestje, van grappen en grollen. Daarom open ik in mijn zaal iets wat nog niet bestaat. Een Vaudevilletheater. Op mijn podium zullen muzikale kluchten opgevoerd worden. Ik heb zelfs al een regisseur en drie acteurs gevonden.'

Koloman zuchtte zacht en schudde zijn hoofd. 'Je hebt het alweer helemaal uitgewerkt.'

'Ik had het geluk dat ik Johann Cleff van het Bremer Theater kon werven.'

'Mooi. En hoe kan ik je daarbij helpen?'

'Jij hebt destijds toch die eerste lening voor mij geregeld. Ik weet dat ik wat achter ben geraakt met de aflossingen, maar zou je voor mij misschien uitstel kunnen vragen? En misschien een extra bedrag?'

Koloman zuchtte. 'Waarom ik?'

'Jij hebt zulke goede connecties met die bank. Als bedankje krijg je natuurlijk een plekje in de ereloge!' Franz knipoogde.

Koloman schudde afkeurend zijn hoofd, waardoor zijn lange haar heen en weer zwiepte. Franz was al even bang dat hij het zou afwijzen. Maar toen zei hij: 'Nou, vooruit dan. Voor de allerlaatste keer, Franz.'

Franz had maar een paar weken nodig om een deel van zijn café om te bouwen tot een theater. De twee voorste, kleinere ruimtes zou hij als heren- en damessalon blijven gebruiken, maar de zaal met het podium richtte hij nu in met toeschouwersrijen en een loge. Aan het plafond hingen elegante kroonluchters en de stoelen waren met fluweel bekleed.

Als Franz alleen was, stond hij graag op het podium en keek hij naar de lege toeschouwersrijen. Dan stelde hij zich voor dat heel Keulen daar zat en geboeid naar zijn ideeën en uitspraken luisterde. En zodra het doek viel, zou de stad hem toejuichen. Wat een kinderachtige en arrogante gedachte, dacht hij. En toch vond hij dit soort gedachtenspinsels leuk. Het podium zou zijn woonkamer kunnen zijn en de loge zijn blik uit het raam. Hij opende het gordijn en genoot van het uitzicht. Hij stelde zich voor dat zijn zonen daar zouden zitten en naar hem zouden kijken. Zouden ze trots op hem zijn? Zouden ze op school over hem vertellen? En toen verscheen Anna Sophia voor zijn geestesoog. Ze zat tussen de toeschouwers, had haar handen in haar schoot gevouwen en keek liefdevol naar hem. Hij slikte. Wat zou ze van hem en zijn beslissingen vinden? Hij had haar al lang niet meer om raad gevraagd. Ze zagen elkaar nog maar zelden. Geen wonder, dacht Frans. Het waren zware tijden geweest en nu, nu het weer bergopwaarts ging, had hij het elke dag gewoon ontzettend druk. Zijn vrouw begreep het vast wel. Tenslotte wilde zij ook alleen maar het beste voor de familie Stollwerck. Ooit, als er weer meer tijd was, zou het allemaal wel weer goed komen.

Voorlopig was zijn nieuwe theater het enige wat telde. Het was de toekomst van het bedrijf! Als Franz in het publiek zat en naar zijn regisseur keek terwijl die de acteurs Hans en Wendelin en de zangeres Rosina op het podium dirigeerde, wist Franz dat hij op de goede weg was. Franz kon uren doorbrengen op een van de achterste rijen met lachen om de dialogen en luisteren naar Rosina. Als haar heldere stem klonk, vergat hij het geweld op straat. Dan vergat hij de lening, waarvan de terugbetaling met elke repetitiedag moeilijker werd. Hij ging helemaal op in Rosina's aanblik. Haar donkere haar spreidde zich golvend over haar schouders uit, haar lippen waren vol en altijd iets geopend boven haar grote, witte tanden. Wat kon die vrouw zingen!

'Help, help! Ik ben bestolen!' riep ze nu op een geaffecteerde toon. Naast haar lagen Hans en Wendelin te snurken.

'Help! Soldaten van de burgerwacht, help me toch!'

Eindelijk schrokken ze wakker. Ze sprongen op en de slaapmutsen op hun hoofd bungelden grappig heen en weer.

'Huh?' riep Hans.

'Wat?' vroeg Wendelin.

Ze richtten met domme gezichten hun houten geweren in de lucht en Franz' schouders beefden van het lachen.

'Dit is onze burgerwacht ten voeten uit! Zo is het helemaal!' riep hij.

'Mijn lieve Franz, neem me niet kwalijk dat ik je stoor.'

Franz draaide zich om en zag zijn vrouw in de deuropening staan. 'Anna Sophia, wat doe jij hier?'

Ze keek in de theaterzaal om zich heen, bekeek de mensen op het podium, de kroonluchters aan het plafond en de vele rijen met dicht tegen elkaar aan staande stoelen. 'Het is... prachtig,' fluisterde ze.

Franz stond op, liep met grote passen naar haar toe en legde zijn handen op haar schouders. Hij loodste haar naar de ruimte ernaast. 'Ik wilde je deze plek tijdens een voorstelling laten zien. Is er iets gebeurd?'

'Het spijt me, Franz. Maar ik wist niet wat ik moest doen.'

Ze hield een brief voor hem op. 'Ik heb hem opengemaakt, omdat... Ik doe immers al een tijdje de boekhouding en daarom dacht ik...'

Hij pakte de envelop van haar aan. Hij herkende het zegel meteen.

'Van Victor Mertens,' bromde hij. Hij trok de brief eruit en begon te lezen:

Zeer geachte heer Stollwerck,
De bank Schaaffhausen heeft u graag een royaal krediet verstrekt. Nu moeten wij constateren dat de aflossingen niet alleen maanden vertraagd zijn, maar ook toen al te laag waren...

Franz fronste zijn voorhoofd. 'Maar ik had toch niet bij Victor Mertens...'

Hij las zwijgend verder. Daarna ging hij met zijn handen door zijn haar.

'Hij biedt aan je schulden kwijt te schelden als je daarvoor de pastillesafdeling van het bedrijf aan hem afstaat.' Anna Sophia fluisterde haast. 'Maar dat neem je toch niet eens in overweging, hè, Franz? Hier klopt iets niet. Het is vast een misverstand.'

Het zweet brak Franz ineens uit. Hij las de brief telkens opnieuw en had zelf amper door dat zijn handen trilden. 'Zeker weten. Dit kan niet,' bracht hij met moeite uit. 'Dit soort rentebedragen heb ik nooit ondertekend. Koloman heeft alles nauwgezet gecontroleerd. Hij heeft dit krediet immers voor me geregeld. Ik begrijp alleen niet waarom hij me niet heeft verteld dat Victor Mertens het heeft verleend. Dan zou ik nooit...'

Anna Sophia legde sussend een hand op zijn onderarm.

'Maak je geen zorgen, Franz. We zullen het wel ophelderen. Ik loop snel naar huis en kijk het contract na. En jij kunt het beste vandaag nog met Koloman praten.'

Hij keek haar peinzend aan. 'Koloman zal me toch niet...' Hij stopte en voelde dat hij het benauwd kreeg. Had zijn vriend hem bedonderd? Maar waarom?

'Ga hem zoeken. Ik kijk het contract na,' herhaalde Anna Sophia. Ze gaf hem even een kneepje in zijn arm en liep toen naar buiten.

~

'Goed gedaan.' Victor probeerde eens niet naar de bochel van Koloman Witt te staren. Terwijl die bochel de laatste tijd duidelijk nog ronder was geworden. Maar omdat Victor niet zo wilde zijn, zeker niet na alles wat de gebochelde man voor hem had gedaan, klopte hij op zijn kromme rug en hield hij zijn opmerking voor zich. Hij gebaarde Koloman om een eindje met hem door het park van de stadsvilla te lopen.

'Ach, ik weet het niet.' Koloman keek naar zijn voeten en liet zijn hoofd hangen.

'Beste neef, je hebt het fantastisch gedaan! Eerst het artikel onder pseudoniem in de *Gartenlaube* over de suikerklontjes die geen enkel effect hebben, heerlijk! En zoals je die vermaledijde Stollwerck vervolgens ook nog mijn rente in de maag hebt gesplitst... Echt gewiekst! Je hebt me positief verrast, dat moet ik toegeven. Ik heb je al die jaren onderschat!'

'Nou ja. Ik had misschien niet...'

'Stop! Het was het juiste. Je weet zelf toch ook wel dat Stollwerck niet zo'n goeie kerel is als iedereen denkt?'

Koloman schudde zijn hoofd. 'Door zijn schuld is Heinrich dood Alleen omdat hij zo arrogant en onnadenkend is.'

'Nou, zie je wel.'

Terwijl ze in de richting van de treurwilg liepen waar Victor zo graag met Emma onder zat, hoorden ze geritsel. Victor zag de rode zoom van een jurk.

'Ah,' zei hij met een lage stem. 'Emma, mijn liefste.'

Zijn pupil kwam de hoek om en kromp geschrokken ineen toen ze de twee mannen zag. 'Goedendag, heren,' begroette het meisje hen en ze liep snel langs hen heen.

'Kijk haar toch eens, Koloman,' fluisterde Victor. Zou hij een glimp van haar enkels kunnen opvangen als hij lang genoeg keek? Vreemd, dacht hij toen. Was de zoom van haar jurk nou vuil? Waar kwam ze eigenlijk vandaan?

Koloman schraapte zijn keel. 'Onze... afspraak staat toch nog?'

'Natuurlijk, natuurlijk,' zei Victor snel. 'Zodra het bedrijf Stollwerck van mij is en die Franz volkomen bankroet is, geef ik je zoals beloofd mijn Emma tot vrouw. Ze wacht er immers al bijna anderhalf jaar vol verlangen op!'

De gebochelde man keek hem met grote ogen aan. 'Echt?'

'Maar natuurlijk!'

Ineens hoorde hij weer geritsel. Hij keek om zich heen, maar zag dat het dit keer alleen maar een tuinman was, die achter een rond gesnoeide struik druk in de aarde woelde.

Hoofdschuddend liep hij verder. De personeelsleden waren zo kleurloos, ze leken allemaal op elkaar! Hij had durven zweren dat deze man net nog als koetsier had gewerkt...

~

'Die vervloekte hansworst!' Franz trapte tegen een kruk, die met veel kabaal omviel, sloeg met zijn vuist op tafel en ging met zijn handen door zijn haar. 'Hij moet het opzettelijk hebben gedaan. Anders had hij allang gereageerd op mijn bezoeken! Maar nee, hij heeft niet eens het lef om mij onder ogen te komen! Ik heb het talloze keren voor zijn huis en bij de uitgeverij geprobeerd... Maar vergeefs. Hij laat me gewoon zitten! Die man heeft totaal geen ruggengraat!'

Anna Sophia stond aan het andere uiteinde van een lang werkblad en keek zwijgend naar haar man. Ze wist dat hij opvliegend kon zijn, maar zo kwaad had ze hem nog nooit gezien. Zijn haar stond overeind, zijn ogen fonkelden van woede en hij liep met zware voetstappen heen en weer. Ze moest hem kalmeren, anders zou hij nog een van de potten met pastilles uit de kast trekken of de kruidenschalen op de grond smijten. Maar hoe zorgde je dat een storm bedaarde?

'Hoe kon die klootzak me zo bedriegen? Welke vriend doet nou zoiets?'

Franz wilde boos klinken, dat wist Anna Sophia. En toch hoorde ze diep verdriet in zijn stem. Hij was gekwetst, maar dat zou hij nooit toegeven. Hij splitste nog liever de fabriek.

Zachtjes zei ze: 'We moeten nu vooruitkijken, Franz.' Terwijl ze het zei hoorde ze aan haar eigen stem dat ze ook kwaad was, maar minder op Koloman dan op haar eigen man. Terwijl ze het contract had gecontroleerd, kon ze haar ogen niet geloven. Hoe blind en naïef was haar man geweest toen hij dat had ondertekend? Koloman had de rente niet eens goed verdoezeld! Hoe kon Franz zich in hemelsnaam zo makkelijk door die walgelijke kerel laten bedonderen, hoewel die hem sinds Heinrichs dood telkens weer aanviel! Franz had de laatste tijd alleen nog zijn koffiehuis en zijn theater in zijn hoofd gehad. Voor de pastillesafdeling, de boekhouding, de contracten en de financiën had hij totaal geen oog meer gehad. En wie moest er uiteindelijk voor opdraaien? Wie moest overal inspringen zonder ook maar gezien te worden? Ze moest weer denken aan wat Wilhelmine had gezegd: Het is altijd maar Franz Stollwerck! Wie denkt er aan Anna Sophia? En toen dacht ze aan de woorden van haar grootmoeder: Met jouw kennis zul je op een dag een man heel rijk maken. Heel rijk was duidelijk overdreven, maar Gesche had wel gelijk gehad. Anna Sophia had Franz met haar vaardigheden geholpen. En waar had het haar nu gebracht?

'We moeten helemaal niets!' ging Franz tekeer. 'Als ik Koloman te pakken krijg, dan zij God hem genadig...'

'We hebben een plan nodig, Franz. We moeten bedenken hoe we het geld bij elkaar krijgen, en wel zo snel mogelijk. Anders klaagt Mertens ons aan. En voor je het weet, staat er een deurwaarder op de stoep. Dat weet je heel goed. We hebben geen enkele reserves! Wil je dat ze al ons gereedschap van de pastillesfabriek verpanden? Al ons meubilair? Ze zouden zelfs ons bed meenemen!'

'Ach, wind je niet zo op!' snauwde hij plotseling tegen haar. 'Dit is mijn zaak. Ik regel dit wel!'

'Jij regelt dit wel?' Anna Sophia schrok haast van de kille klank van haar eigen stem. 'Ik zie hoe goed jij alles regelt. De kinderen hebben je al twee weken niet meer gezien, wist je dat? In het kantoor ben je nog langer niet geweest. Ik ruim alles voor je op, beantwoord je post, doe de overschrijvingen voor je rekeningen. Als er iemand is die alles regelt, ben ik het.'

Hij keek haar verrast aan. Het was de eerste keer dat Anna Sophia hem tegensprak. De eerste keer dat ze zich niet meteen verontschuldigde en afstand nam omdat hij kwaad was. Ze zag in zijn ogen dat hij geen idee had hoe hij hierop moest reageren. Maar het voelde ontzettend goed. Ze voelde zich ineens sterk. Ze voelde haar lichaam tintelen, haar handen waren warm en haar blik was nog nooit zo scherp geweest. Ze had zich voorgenomen de wolf te zijn en eindelijk voelde ze die kracht ook echt vanbinnen. Ze rechtte haar schouders en keek haar man strak in zijn ogen. Wat hij ook zei, ze zou geen millimeter terugwijken.

'Ik verwacht van een Franz Stollwerck dat hij nu kalmeert, zijn privézaken op de laatste plaats zet en zich eerst om de zakelijke kant bekommert. We hebben geld nodig en wel dringend. Hoe zit het met de theaterpremière?'

Franz wreef over zijn kin en keek haar peinzend aan. Daarna zei hij, ineens veel rustiger: 'Ik heb gratis hapjes en drankjes aangekondigd om klanten te werven.'

'Kunnen we de prijzen van de entreekaarten verhogen?'

'We mogen niet boven de prijzen van het Stadstheater liggen.'

'En de prijzen van de drankjes in het koffiehuis?'

Franz schudde zijn hoofd. 'Er is maar één mogelijkheid.'

'En dat is?'

'We geven Mertens wat hij wil. Ik geef hem mijn pastilles en dan hebben we eindelijk rust.'

Met die woorden draaide Franz zich om en liep naar de deur. Hij zag niet dat Anna Sophia's mond openviel en dat ze knalrood werd van woede. Alleen zijzelf hoorde haar hart tekeergaan. Franz greep de deurklink, drukte hem naar beneden en wilde naar buiten gaan, toen Anna Sophia boos naar hem toe liep en hem tegenhield.

'Het zijn niet jouw pastilles, Franz. Dat zijn ze nooit geweest.' Ze sprak luid en duidelijk, maar rustig. 'Het waren altijd mijn pastilles en ik verbied je ze aan de ergste man van de stad te verpatsen, alleen omdat jij een fout hebt gemaakt.'

Franz duwde Anna Sophia met een ruk van zich af. 'Wat... wat... denk je wel niet?' Hij stamelde doordat hij gechoqueerd was over haar gedrag. Maar het kon haar niets schelen. Hij kon op zijn kop gaan staan of haar kastijden, zoals haar vader ooit haar moeder had gekastijd, maar ze zou toch verder spreken. De wolf in haar was niet meer te houden. 'In de pastillesfabriek heb ik het allang voor het zeggen, jij bent toch alleen maar de hele tijd in je koffiehuis. Blijf maar daar en laat mij jouw scherven oprapen.' Ze was zo ontzettend kwaad dat ze zich nauwelijks over haar eigen woorden verbaasde. Ze flapte ze er zo uit.

'Hoe kún je...'

'Ik zal de prijzen verhogen – dat had allang moeten gebeuren – en de distributie uitbreiden. Vanochtend heb ik al tegen onze leerling gezegd dat hij alle stationsrestauraties van het land moet aanschrijven. En Wilhelmines vriendin Sibylle gaat de karamelpastilles in hogere kringen promoten. Voor speciale edities betalen ze daar graag het dubbele. Ik zal het geld wel verdienen, laat mij maar mijn gang gaan. Ga jij maar terug naar je kluchten.'

Franz keek haar ongelovig aan. 'Dit zal consequenties hebben,' zei hij, maar Anna Sophia vermoedde dat hij zelf niet zo goed wist welke. Hij draaide zich om en liep de straat op. Hij sloeg de deur met een harde knal achter zich dicht, waardoor die nog secondenlang in het slot trilde.

Als eerste scheef ze met trillende handen de afwijzing aan Mertens, daarna haar voorstel aan Wilhelmine en 's avonds maakte ze een nieuwe prijscalculatie. Haar ogen waren wazig en ze had hoofdpijn. De kinderen lagen al op bed. Franz was nog lang niet terug. Maar ze was veel te wakker om te kunnen slapen. Er was maar één ding dat ze nu graag zou willen doen. Eén ding dat haar een beetje kon kalmeren. Langzaam stond ze van haar stoel bij het overvolle bureau op en liep naar de pastillesfabriek. Op dit tijdstip lag die er verlaten en donker bij. Anna Sophia stak de petroleumlampen aan de muren aan, keek naar de werkbladen, haalde diep adem en maakte toen voor de eerste keer sinds vele jaren weer zelf pastilles. Helemaal alleen stond ze tussen de vele vuurhaarden en glazen potten met pastilles. Ze liet de lapsang souchong-thee koken, karamelliseerde de suiker, maalde de kruiden fijn en kneedde de massa op het werkblad. Ze dacht aan haar vader, aan de lindeboom voor het huis, aan de kleine Julie, aan Elise met haar donkere ogen en aan het gefluister in de keuken. Ze herinnerde zich de kruidenierswinkel van Franz' vader. En dat ze elkaar tussen de kruiden voor de eerste keer hadden gekust. Bestond de Anna Sophia van toen nog? En die Franz? Zouden ze zich weer met elkaar verzoenen? Het falen en het succes hadden hen gesloopt. Ze waren uitgeput van het bedrijf en het gezin. Maar er was ook iets nieuws ontstaan. Anne Sophia begreep dat ze weliswaar altijd al sterk en dapper was geweest, maar dat ze nu boven zichzelf uitsteeg. Ze kreeg eindelijk een vermoeden van waartoe ze in staat was en die gedachte gaf haar troost. Gesche was er niet meer om op te passen, maar in plaats daarvan was Anna Sophia er nu. Ze kon dit gezin met haar eigen handen beschermen. Ze zou altijd een manier vinden.

Ze keek om zich heen. Inmiddels stonden er talrijke pastillesmachines op de planken. Elke machine had een houten zwengel en twee metalen walsen, waarin kleine bonbonvormpjes werden gedaan. Als je de suikermassa erin deed en draaide, spuugde de machine pastilles uit die allemaal exact even groot waren. Maar Anna Sophia had die machines vandaag niet nodig. Ze liet ze op de planken staan en rolde net als vroeger met de hand suikerstaven van de massa. Terwijl ze daar stond, de kruiden rook en de verse pastilles rinkelend in een schaal liet vallen, voelde ze dat zich binnen in haar, heel langzaam, een warmte verspreidde. Een warmte die zo taai en plakkerig, en zo zoet en verleidelijk was als een verse pastille.

37

'Maar Emma! Je kunt toch niet gewoon... Heeft iemand je gezien?'

'In deze jurk? Natuurlijk niet, Kaspar!'

Emma snoof en fatsoeneerde haar lokken. Kaspar kon amper geloven dat ze het risico had genomen en echt naar de Alte Markt was gekomen. In het park van de stadsvilla, tussen lieve kusjes en tedere omhelzingen door, had hij slechts in een paar zinnen over deze bijeenkomst verteld.

'Ik heb hem van Luise geleend. Die keek me toch raar toen ik haar erom vroeg! Ze zei dat ik een heel andere huid had dan zij en dat ik de stof vast niet zou verdragen. Ik schudde mijn hoofd en heb haar uitgelegd dat we allemaal dezelfde huid hebben, maar ze wilde me niet geloven! Ze zei ook dat de jurk niet eens schoon was. En toen zei ik: des te beter, Luise, des te beter. Je had haar blik moeten zien!' Emma giechelde met haar hand voor haar mond en Kaspar moest onwillekeurig lachen. Hij keek snel om zich heen, legde toen even zijn hand op haar wang en gaf haar een kus op haar lippen. Wat zou hij haar graag echt kussen. Wat zou hij graag met haar in het kleine hotel aan het plein verdwijnen. Maar hij kon haar beter naar huis sturen.

'Emma, luister. Het is hier vandaag veel te gevaarlijk voor... een vrouw zoals jij.'

Emma rechtte haar schouders. 'Voor een vrouw zoals ik? Wat bedoel je daarmee?'

'Kijk om je heen!' Kaspar wees naar de boze menigte arbeiders met rode linten in hun knoopsgaten, die op het marktplein tussen de middeleeuwse vakwerkhuizen dicht tegen elkaar aangedrongen stonden. Er stond een podium van haastig aan elkaar gespijkerde planken en daarop stond Joseph Moll, een man met een donkere snor van in de dertig die zijn vuist opstak en riep: 'De politie heeft gisteren onze vreedzame bijeenkomst met geweld verstoord en ons verenigingsbestuur zonder omhaal in de Klingelpütz gegooid! Ze schrikken nergens voor terug. Onbarmhartig, ja, onmenselijk slaan ze toe! Alleen dankzij mijn vrienden, dankzij jullie, kon ik ontkomen! Jullie waren degenen die de agenten teruggedrongen hebben. Jullie waren ter plekke. En net zo zullen wij ook in de toekomst voor elkaar klaarstaan, elke dag weer!'

De menigte juichte. Kaspar keek naar Emma. Hij verwachtte dat ze bij die herrie haar oren zou bedekken, maar in plaats daarvan had ze haar handen tot vuisten gebald en schreeuwde ze ook!

'Emma, wat doe je?'

Ze keek hem met fonkelende ogen aan. 'Die man heeft volkomen gelijk! Het kan niet dat de arbeiders zo behandeld worden. Deze wereld is onrechtvaardig. Wij vrouwen hebben hard gevochten. Veel hoop gekoesterd. En wat hebben we gekregen? Niets. Er zouden algemene verkiezingen zijn geweest. Laat me niet lachen. Het waren pure mannenverkiezingen. Geen enkele vrouw mocht meebeslissen! Ik accepteer dat niet langer. Ik wil de straat op!'

Kaspar fronste zijn voorhoofd. 'Maar... Emma... Het gaat hier vooral om de belangen van de arbeiders. Niet om die van de vrouwen.'

'Het gaat om gerechtigheid. En dan maakt het toch niet uit wie dat eist?'

Kaspar hield zijn hoofd schuin. Ze had weer eens gelijk.

'Herinneren jullie je het Dombouwfeest?' schreeuwde Moll over het plein. 'Wat waren de chique heren en dames weer opgedoft... Terwijl wij honger leden! Wat hebben ze hard gejuicht voor de Pruisische koning... Terwijl wij om werk bedelden! Uit volle borst riep de koning hoera voor de volksvertegenwoordiging en de eenheid van Duitsland.' Moll liet een droog lachje horen. 'Zeg mij: wat hebben we aan die woorden?'

'Niets,' schreeuwde de menigte.

'Voorziet zijn lippendienst ons van voldoende eten?'

'Nee!'

'Hebben we recht van inspraak?'

'Nee!'

Kaspar voelde een hand op zijn schouder. 'Kijk daar.' Emma, wees naar een zijstraatje waar een enkele arbeiders een politieagent meesleurden. Te oordelen naar zijn uniform met de vele insignes, moest hij een hoge rang hebben.

'Hier gaan jullie spijt van krijgen,' schreeuwde de politieman en hij sloeg om zich heen, maar de arbeiders hielden hem met geweld vast.

'Nee, jij zult hier spijt van krijgen,' antwoordde een van hen luid en de menigte jubelde meteen.

Kaspar fronste zijn voorhoofd. 'We kunnen beter gaan,' zei hij tegen Emma.

'Gaan? Waarnaartoe?'

'Naar de stadsvilla? Of, nog beter, naar jouw koets?' Hij glimlachte naar Emma. Na hun eerste kus aan de rand van de stad waren al een paar andere gevolgd. Zodra ze de gelegenheid hadden, gingen Kaspar en Emma stiekem met de koets weg of verstopten ze zich in het park, om elkaar lang in de ogen te kijken, de huid van de ander onder hun vingertoppen en de adem op hun huid te voelen. Daarna moest Kaspar zichzelf altijd weer knijpen om zichzelf te bewijzen dat hij niet droomde. Natuurlijk hadden ze nog nooit meer gedaan dan elkaar kussen, maar alleen al deze aanrakingen waren riskant en opwindend genoeg.

'Ik ga niet naar huis.' Emma stak haar kin op en keek hem uitdagend aan.

'Maar… als je broer…'

'Noem hem niet zo. Ik haat die man uit de grond van mijn hart.'

'Maar hij is toch je…'

'Halfbroer.'

'Goed. Wat als je halfbroer merkt dat je er niet bent?'

'Ik heb een brief achtergelaten en beweerd dat ik bij Sibylle ben. Ik moest dringend weg daar.'

Was het woede die in haar ogen glinsterde? Of een traan?

'Wat is er gebeurd?'

'Laat me onmiddellijk los!' schreeuwde de politieman intussen, maar de arbeiders om hem heen lachten alleen. Hij probeerde zich te bevrijden, maar werd aan zijn hemd vastgehouden. De eerste klap trof hem in zijn buik.

'Ik heb vandaag iets gehoord in het park. Iets verschrikkelijks,' zei Emma zo zacht tegen Kaspar dat hij dichterbij moest komen om haar beter te verstaan.

'Je bedoelt nadat jij en ik…'

Kaspar werd onderbroken door een verstikte kreet. Hij draaide zich weer naar de politieman om, die ze nu een aantal keer midden in het gezicht sloegen.

'Ik heb gehoord wat Victor tegen Koloman heeft gezegd.'

'Pas op!' riep een arbeider, want de politieman had zich losgetrokken. Er druppelde bloed uit zijn neus. De arbeiders gaven lachend zijn uniformjasje door de menigte door.

'Sorry, wat heeft meneer Mertens gezegd?'

Kaspar probeerde het jasje te negeren, dat net als een trofee van hand tot hand over de hoofden van de arbeiders werd doorgegeven.

‘Hij heeft besloten dat ik met Witt moet trouwen.’

Kaspar kneep zijn ogen tot spleetjes. ‘Wát zei je?’ Terwijl hij haar natuurlijk heel goed had verstaan.

‘Die afschuwelijke, walgelijke Koloman Witt moet iets voor mijn halfbroer doen. Iets onfatsoenlijks, daar ben ik van overtuigd. En als het hem lukt, dan ben ik...’ Ze sloot even haar ogen, maar daarna opende ze ze weer en ging verder: ‘Ik ben zijn beloning, het lokmiddel. Victor versjachert mij alsof ik zijn eigendom ben dat hij zomaar kan weggeven aan wie hij wil.’

‘Het leger zal vannacht toeslaan!’ schreeuwde Moll over de menigte. ‘En wij moeten ons verdedigen. Dit is ons plein! Dit is onze stad! Bezet de Alte Markt!’

De menigte viel meteen in. ‘Bezet de Alte Markt!’ schreeuwden de arbeiders in koor.

‘Moet je met hem trouwen?’ fluisterde Kaspar. Er liep een traan over Emma’s wang en Kaspar vermoedde dat dit de kwaadste traan was die ooit een meisje had gehuild.

‘Bezet de Alte Markt!’ hoorde hij plotseling zichzelf schreeuwen. Hij zag dat hij zijn vuist in de lucht stak en voelde ineens een tomeloze woede in zich. Emma deed meteen mee. ‘Bezet de Alte Markt!’ schreeuwde zij ook uit alle macht.

De menigte drong in de richting van de Dom. Kaspar pakte Emma’s hand en Emma omsloot Kaspars vingers. Hand in hand lieten ze zich meetrekken en trokken anderen mee. ‘Bezet de Alte Markt!’ schreeuwden ze telkens weer, terwijl ze met alle arbeiders planken uit de bouwstellage van de Dom braken. Woedend trapte Kaspar tegen het hout en trok het los.

‘Bezet de Alte Markt!’ riepen Kaspar en Emma nog steeds terwijl ze het meesleepten. En met bloederige vingers, afgebroken nagels en vuil in het gezicht, richtten ze samen met de arbeiders in alle richtingen barricades op. Barricades tegen de politie en tegen het leger. Barricades tegen Pruisen en de onrechtvaardigheid. Barricades tegen Emma’s broer en Koloman Witt. En tussen al die beschermende, manende, trotse plankenbeschotten stonden zij en hielden elkaar vast. Het werd avond en het werd nacht, en ze stonden daar en wachtten. De stad werd stiller. De nacht hulde het hout in duisternis en Kaspar streelde Emma’s wang.

~

Anna Sophia schrok uit haar slaap op. Wat was dat? Ze had duidelijk iets gehoord, beneden, in de ruimtes van de pastillesfabriek. Was Franz soms thuisgekomen? Wilde hij zich misschien met haar verzoenen? Ze zat met die ruzie in haar maag. Maar ze ging beslist geen sorry zeggen. Kwam hij om haar te slaan? Nee, dat was onzin. Ten eerste was dat helemaal niet zijn aard. En ten tweede gebruikte hij normaal de directe ingang van de woning. Hij nam nooit de oude winkeldeur.

Ze ging rechtop zitten in haar bed en spitste haar oren in het donker. Daar... Een luid gekraak. Zo klonk het precies als iemand op de losse plank tussen de twee werkbladen in de pastillesfabriek stond. Zou een van haar zonen naar beneden gelopen zijn? Peter misschien. Hij slaapwandelde soms, net als zijn moeder. Ze zwaaide haar benen over de rand van het bed, stak het windlicht op haar nachtkastje aan en pakte de grote kruidenschaar. Ze sloop de gang in en liep zachtjes naar de trap. Ze hoorde beneden voetstappen en wist meteen dat het niet een van haar zonen kon zijn, want deze voetstappen waren veel te zwaar voor een jongen. Nee, er moest iemand in de pastillesfabriek ingebroken zijn. Haar huid brandde en haar handen waren klam. Behalve zij en de kinderen was er niemand thuis. Ze zou kunnen gillen, maar de inbreker zou haar eerder horen dan de buren. Ze vervloekte Franz vanbinnen. Waarom moest hij haar ook elke avond alleen laten? Ze haalde diep adem. Ze was de wolf, dacht ze. Ze kon haar gezin beschermen. Beschermen tegen een faillissement, tegen Mertens en natuurlijk ook tegen deze inbreker. En dus sloop ze op haar tenen de trap af, sloeg de een na laatste, krakende trede over en hield de kruidenschaar stevig vast. Ze doofde de kaars en wachtte even tot haar ogen beter aan de duisternis gewend waren. Daarna liep ze naar de achterdeur van de fabriek en drukte de klink naar beneden.

~

Op de barricades hadden arbeiders met knuppels stelling ingenomen. Tussen de planken richtten ze hun geweren. Ze waren allemaal klaar voor de aanval. Ze zouden terugslaan. Kaspar had veel zin om zijn zaak te verdedigen en iemand pijn te doen. Hij dacht aan Wilhelm. Aan hoe hij zijn hals had doorgesneden. Hoe zijn bloed eruit was gestroomd. En voor de eerste keer voelde hij dat hij toen het enige juiste had gedaan. Hij had altijd voor gerechtigheid gestreden en dat zou hij vandaag ook doen.

Hij keek naar Emma en ze keek hem recht in de ogen. Ze knikten naar elkaar. Ze waren overal toe bereid. En zo stonden ze daar te wachten. Ze keken naar de duisternis en luisterden naar de stilte van de nacht.

~

Met de schaar in haar hand liep Anna Sophia de duistere pastillesfabriek in. Ze wilde als een schim aan komen sluipen en vanuit de hinderlaag aanvallen. Maar in het donker zag ze niemand.

'Wie is daar?' schreeuwde ze plotseling uit alle macht. 'Wie bent u en wat doet u verdomme in mijn fabriek?!'

Er viel iets tegen de kast, een pot met pastilles wankelde, viel om en brak rinkelend. Het gaf een hoop kabaal. Ze hoorde de pastilles over de grond rollen en tegelijk zag ze een donkere gestalte snel tussen de twee lange werkbladen door naar de deur lopen, die opendoen en de straat op rennen. Anna Sophia rende achter hem aan.

'De volgende keer zul je niet ontkomen, hoor je me?' riep ze de gebukt rennende man achterna, die net in de schaduw van de huizen verdween.

Anna Sophia moest hoesten van de inspanning, liet de schaar zakken en veegde over haar voorhoofd dat nat was van het zweet. Haar hartslag kalmeerde maar langzaam. Ze had net een inbreker weggejaagd, dacht ze trots. Verbeeldde ze het zich? Of had deze man lang haar en een bochel gehad? Ach onzin, dacht ze toen. Alleen omdat Koloman een slecht krediet van Mertens voor hen had geregeld, hoefde ze hem nog niet meteen van inbraak te verdenken. Ze draaide zich om en stak de schaar in haar riem, ging weer naar binnen en onderzocht het slot. Het was onbeschadigd. Hoe had de man binnen kunnen komen? Met gefronst voorhoofd stak ze de petroleumlampen in de fabriek aan en keek om zich heen. Afgezien van de gebroken pot waren er geen pastilles gestolen. Ook de walsen, pannen en kruiden waren er nog. Geld was hier beneden niet. Wat had hij eigenlijk gezocht? Peinzend liep ze tussen de werkbladen heen en weer, streek over het hout van de tafels en stoelen en keek naar de kasten. Tenslotte bukte ze zich om de scherven en de pastilles op te vegen. Wat glinsterde het weerkaatsende licht er mooi in! Geen wonder dat Mertens deze tak van hun bedrijf wilde hebben. Haar pastilles waren veel waardevoller dan Franz vermoedde. Mertens wist welke onvermoede, potentiële mogelijkheden er nog in sluimerden.

Daarom wilde hij ze per se van hen afpakken. En Koloman had daarbij geholpen...

Ineens liet ze het blik vallen. Het gaf niet dat de scherven en pastilles weer op de grond vielen. Want ineens wist ze wat de inbreker in de fabriek had gezocht. Ze sprong op en liep snel naar de achterste uiteinden van de werkbladen. Ze tastte in de kleine houten vakjes onder de tafels die ze speciaal voor dit doel door de timmerman had laten vervaardigen. Opgelucht haalde ze adem. De inbreker had ze niet gevonden. Ze haalde de twee briefjes eruit en bekeek ze. Het recept van de hoestpastilles van Stollwerck was niet gestolen. Het bleef haar geheim.

~

Kaspar en Emma wachtten en wachtten. De rode vlag op de barricades wapperde in het briesje en alle arbeiders waren op hun positie. Zo stonden ze daar. Ze richtten, staarden en zuchtten. De uren verstreken en het werd steeds kouder. Het was heel stil in de stad.

Uiteindelijk liet de ene na de andere vermoeide arbeider zijn knuppel, sabel of geweer zakken en nam afscheid. De nacht werd helemaal zwart en daarna weer grijs. En het leger kwam niet.

'Er is vandaag geen strijd,' zei Emma op een gegeven moment.

'Nee,' zei Kaspar.

En toen trok ze hem met zich mee naar het kleinste hotel aan het plein. 'We hebben dringend slaap nodig,' fluisterde ze terwijl ze de trap op liepen. Ze liepen de kamer in, waarschijnlijk de kleinste en sjofelste die Emma ooit had gezien, en hij nam een beslissing.

'Nee, Emma,' zei hij. 'Dat hebben we niet nodig.'

Hij trok haar voorzichtig op het bed en ze glimlachte. Hoe idioot, hoe droevig en toch prachtig was deze nacht? Met bewegingen die zo vastberaden waren dat het hem zelf verraste, maakte hij de bandjes van haar dienstmeisjesjurk open, terwijl zij zijn hemd open knoopte. En Kaspar wenste dat deze minuten nooit voorbij zouden gaan. Hij wilde dat deze momenten waarop hij alles helder zag en alles eenvoudig was, voor altijd zouden blijven duren. Hij wenste dat ze hier eeuwig konden blijven, tussen de barricades, in een kleine kamer, op een geheim bed.

'Ik hou van je,' fluisterde Emma na afloop.

'Ik hou van je,' fluisterde Kaspar.

Hij hield haar zo stevig mogelijk vast en streelde haar haar. Hij voelde de warmte van haar lichaam op het zijne. Slechts heel langzaam bekroop hem een gevoel van bezorgdheid. Was het slim om zulk geluk toe te laten als het verlies ervan hem kon vernietigen? Ze begroef haar gezicht diep in de ronding van zijn hals en hij sloot zijn ogen omdat hij de eerste straal van de ochtendzon niet wilde zien.

38

'Kom mee,' zei Franz. 'Dit moet je zien.' Hij pakte Anna Sophia's hand en trok haar mee naar buiten.

'Franz, hoor je me niet?' riep ze. 'Ik moet je iets vertellen!'

Maar Franz negeerde haar en liep met grote stappen door.

'Gisteravond heeft iemand...' Anna Sophia stopte met praten en keek verbaasd om zich heen. Uit alle huizen drongen de Keulenaren de straat op. Met open mond en gefronste wenkbrauwen liepen ze in de richting van de Alte Markt.

'Er waren bijna straatgevechten in Keulen,' legde Franz uit, zonder zich om te draaien. 'De arbeiders hebben barricades opgericht, maar er wordt gezegd dat het leger niet heeft ingegrepen.'

Samen met steeds meer mensen naderden ze het plein, maar alle toegangsstraten waren versperd. Anna Sophia keek verbaasd langs de berg stenen, de aan elkaar getimmerde planken en vaten omhoog. Twee soldaten klommen net de barricade op. Een van hen greep een rode vlag die erbovenop wapperde, trok hem los en gooide hem op de Alte Markt.

'Maar waarom heeft niemand gevochten?' vroeg ze, terwijl ze aan haar kruidenschaar frunnikte. Ze had hem weer aan haar jurk gebonden en zich voorgenomen niet meer zonder haar schaar het huis uit te gaan. Van nu af aan wilde ze weer de oude Anna Sophia worden. De vrouw die overal geneeskrachtige kruiden vond, de mensen hielp en met haar schaar zelfs inbrekers op de vlucht kon jagen.

'Het leger heeft niet ingegrepen. Ze wilden zeker een bloedbad vermijden. En de arbeiders hebben hun posten in de vroege ochtenduren verlaten.'

Het plaveisel voor haar voeten was open en overal lagen losse stenen. Steeds meer soldaten begonnen de barricades op te ruimen. Ze droegen plank voor plank en steen voor steen weg. Franz stond er hoofdschuddend bij en keek naar het gebeuren.

'Wat is er, Franz?'

'Ik vrees dat het over en uit is. De revolutie is mislukt,' bromde hij.

Hij keek haar van opzij aan. En ineens was zijn blik zo verdrietig dat ze het nauwelijks uithield. Ze haalde diep adem, liep langzaam naar hem toe, pakte zijn handen en gaf er een kneepje in. Plotseling trok hij haar tegen zich aan en nam haar stevig in zijn armen. Ze hijgde van verrassing en vlijde haar hoofd tegen zijn borstkas. Wat had ze hem gemist! Wat rook hij heerlijk! Wat was hij warm! En wat voelde ze zich geborgen en veilig in zijn armen…

'Het spijt me wat ik gisteren heb gezegd, Anna Sophia. Ik was de laatste tijd een verschrikkelijke echtgenoot. Ik had allang met jou over alles moeten praten. Over Heinrich, je vader, Albert, het theater, het krediet. Ik was een lafaard…'

Anna Sophia gaf geen antwoord maar nestelde zich alleen nog dichter tegen hem aan.

'Ik heb jou en de kinderen in de steek gelaten. En ik heb bijna ons bedrijf verraden. Dat was dom. Natuurlijk houden we de pastilles.'

Anna Sophia gaf hem een heel stevige knuffel. En hij voegde er nog aan toe: 'Natuurlijk weet ik dat het altijd jouw pastilles waren. En dat zullen ze ook blijven, dat beloof ik je.'

Anna Sophia snikte zacht en nu pas merkte ze dat het door de opluchting kwam dat ze huilde.

'Hé,' fluisterde Franz. Hij pakte haar kin tussen zijn duim en wijsvinger en tilde hem voorzichtig op. 'Waarom huil je?'

'Ik ben gewoon zo blij…' Ze keek hem in de ogen en lachte zacht, terwijl er nog steeds tranen over haar wangen liepen. Daar was eindelijk de nabijheid die ze zo had gemist. Hij keek snel om zich heen en drukte zo onopvallend mogelijk een kusje op haar lippen.

'Wat wilde je me net vertellen?'

Ze sloot even haar ogen en maakte zich toen een stukje van hem los om beter over de inbraak van de afgelopen nacht te kunnen vertellen. Ze eindigde met de vraag: 'Heb jij Koloman ooit een sleutel gegeven?'

Franz keek even naar de steeds kleiner wordende barricades. Daarna knikte hij. 'Vlak na Heinrichs dood. Heinrich had altijd een reservesleutel, voor geval van nood. Ik heb die sleutel aan Koloman gegeven.'

Anna Sophia zuchtte. 'Waarom uitgerekend aan hem?'

'Als ik heel eerlijk ben… Waarschijnlijk heb ik uit alle macht geprobeerd onze vriendschap in stand te houden. Maar hij zal me dat met Heinrich waarschijnlijk nooit vergeven. Hoe zou hij dat ook kunnen…'

Op dat moment klonken er trommelslagen in de hele stad. De mensen op straat draaiden hun hoofd om.

'Wat is dat?' vroeg Franz.

'De staat van beleg wordt afgekondigd!' riep een soldaat. 'Persvrijheid, vrijheid van coalitie en recht van vergadering worden weer buiten werking gezet! Wees blij, de veiligheid in Keulen is eindelijk hersteld!'

En tot Anna Sophia's verbazing begonnen de mensen om hen heen te applaudisseren! Hoe konden ze nu blij zijn met dit nieuws?

'Burgers, lever jullie wapens in!' riep de soldaat. 'De burgerwacht wordt afgezet, het leger keert terug naar Keulen!'

En de hele straat jubelde.

'Maar… zijn ze nu blij met het leger? Ze wilden toch een revolutie?' vroeg Anna Sophia.

Franz zuchtte. 'Sommigen wel. De laatste tijd heb ik zelfs in het koffiehuis steeds vaker gehoord dat de mensen moe zijn. De meesten zijn het zat om bang te moeten zijn als ze de straat op gaan. De burgerwacht heeft de situatie allang niet meer onder controle, dat valt niet te betwisten. Ik geloof dat de stad een paar weken rust en vrede nodig heeft.'

Anna Sophia knikte. De staat van beleg betekende duidelijk beperkingen voor de Keulenaren, bovendien moest ze aan de arme Heinrich denken. Zonder het afschuwelijke leger dat nu zou terugkeren, zou hij nog onder hen zijn. Maar tegelijkertijd voelde ook zij zich een beetje opgelucht. Een beetje rust zou hen allen goeddoen. Zwijgend pakte ze Franz' hand en samen liepen ze terug naar hun kleine huisje in de Blindgasse. Vergiste ze zich of leek de klimop vandaag plotseling weer iets groener?

~

Diezelfde dag nog zette Franz een ladder tegen de buitenmuur van zijn koffiehuis en beklom die. Anna Sophia had gelijk, dacht hij. Hij moest zich eindelijk vermannen. Als hij zo doorging, zou hij niet alleen zijn bedrijf verliezen, maar ook de liefde van zijn familie. Het enige wat nu nog zou moeten tellen, was zijn bedrijf. Om dat te redden, moest hij alles doen wat in zijn macht lag. Hij zou nu met de tijd meegaan. En daarom sloeg hij de ene na de andere spijker in de muur en hing hij het Pruisische wapen aan zijn gevel.

~

Adeles aanblik op de canapé was amper te verdragen. Ze lag er als een levend skelet bij, haar adem reutelde en haar ogen traanden.

'Verlaat mij niet,' zei Sibylle telkens weer.

'Je moet me laten gaan,' antwoordde Adele elke keer.

Wilhelmine wist zich geen raad met haar pijn. Er woedde jaloezie in haar en tegelijk voelde ze een diep verdriet. Met een zachte blik keek Adele haar aan, bedankte haar voor al haar zorgen en noemde Wilhelmines overwegingen en ideeën slim of fijnzinnig. Als Sibylle hen eens alleen liet, hadden ze zelfs met zijn tweeën diepzinnige en openhartige gesprekken over de mislukte revolutie, de macht van de kunst en de kwelling van de liefde. Ze spraken over hoe het was om geen eigen inkomen te hebben, Adele werd tenslotte ook door Sibylle ondersteund. En ze spraken over het verlangen naar het dichten, dat ook Adele haar hele leven had gevoeld.

Een keer pakte ze plotseling haar arm en fluisterde ze: 'Ik weet dat mijn Sibylle bij jou in goede handen is. Beloof me dat je goed voor haar zorgt.' En een andere keer zei ze: 'Ik ben inmiddels oprecht heel blij voor jullie.' Even later vroeg Adele Wilhelmine zelfs of ze een van haar gedichten voor wilde lezen. En Wilhelmine verbaasde zichzelf erover dat ze aan dat verzoek voldeed. Adele was tot nu toe de eerste persoon aan wie ze haar teksten toevertrouwde. De eerste woorden fluisterde ze nog, maar daarna sprak ze met een steeds vastere stem verder. Ze vond het leuk hoe haar verzen in de ruimte klonken. En toen ze vervolgens opkeek, zag ze dat Adele diep geroerd was.

'Het is prachtig,' fluisterde Adele. 'Wat er ook gebeurt, je moet absoluut doorgaan met schrijven. Ooit kun je er vast en zeker van leven. Wees niet bang en laat je gedichten aan Sibylle lezen, goed?'

Op dat moment besefte ze dat haar vriendin inmiddels niet alleen voor Sibylle, maar ook voor haarzelf veel betekende.

Adele stierf midden in de nacht. Daarvoor hadden Sibylle en Wilhelmine lang aan haar bed gezeten en ze waren pas heel laat op hun tenen naar hun eigen kamer gegaan. De enkele uren waarin ze hun vriendin alleen lieten, benutte Adele om te gaan.

Sibylle zweeg drie dagen lang en kwam nog langer haar bed niet uit. Wilhelmine liep telkens weer zachtjes voor haar slaapkamer heen en weer. Ze miste haar vreselijk. Tegelijk kon ze haar eigen verdriet, dat gemengd was met bittere jaloezie, amper verdragen. Zelfs nu leek Adele nog tussen de twee vrouwen in te staan.

Daarom overwon Wilhelmine uiteindelijk haar angst en klopte op de deur.

'Binnen,' klonk een zwakke stem.

Wilhelmine schrok toen ze Sibylle zag. Haar vriendin zat in haar nachtgewaad in haar bed. Haar ogen waren slechts half geopend en haar huid was dun en vaal.

'Ik kan nog niet opstaan, mijn lieve Wilhelmine,' fluisterde ze.

'Ik weet het. Daarom kom ik naar jou toe.'

Ze liep langzaam door de kamer. Zou Sibylle haar tegenhouden en wegsturen? Nee, ze zweeg en liet toe dat Wilhelmine voorzichtig op de rand van het bed ging zitten. Wilhelmine wees naar de brief die ze in haar handen had. 'Van je dochter,' zei ze. 'Zal ik hem openmaken?'

Nu ging Sibylle iets rechterop zitten. 'Van Charlotte? Maar hoe kan zij...?'

'Misschien heeft een leraar haar geholpen.'

'Lees hem alsjeblieft voor.'

Wilhelmine verbrak het zegel, trok de brief uit de envelop en vouwde hem open.

Lieve mama,
Ik mis je heel erg! Je bent al heel lang niet meer in Berlijn geweest! Ik weet dat je het heel druk hebt. Iemand moest voor deze revolutie zorgen en ervoor zorgen dat wij vrouwen binnenkort meer rechten hebben. Hedwig zegt dat je je er erg voor hebt ingezet, dat heeft ze van Mathilde Anneke gehoord. Maar nu is jullie zaak toch allang mislukt, maar ben je nog steeds niet op bezoek gekomen. Ik weet dat je voor Adele moet zorgen, dat heeft Wilhelmine me geschreven. Hoe gaat het met je vriendin? Is ze eindelijk weer beter?

Wilhelmines stem brak. Ze stopte even en onderdrukte haar eigen tranen. Sibylle snoot haar neus. Daarna las Wilhelmine verder:

Ik mis Wilhelmine ook heel erg. Ik hoop dat jullie nog steeds vriendinnen zijn en dat jullie samen komen. Dan zal ik ook iets voor jullie op de piano voorspelen. Hedwig zegt dat ik veel talent heb. Ze heeft nog nooit een meisje van mijn leeftijd zo horen spelen. Ik denk dat ik later pianolerares word. Dat is een goed beroep voor een

vrouw, zegt meneer Melcher. Hedwig zegt dat ik niet naar hem moet luisteren en beter concertpianiste kan worden. Wat vind jij daarvan, mama? Ik hoop dat je gauw komt en dan kunnen we erover praten. Schrijf me alsjeblieft terug. Hedwig zal de brief aan mij voorlezen, net zoals zij deze brief voor me heeft opgeschreven. Ze is een heel lieve vriendin geworden. Misschien leer je haar gauw beter kennen!
Liefs,
Charlotte

Sibylle snikte zacht. 'Ik ben een verschrikkelijke moeder,' fluisterde ze. 'Hoe kan ik haar zo in de steek laten?'

Wilhelmine klom resoluut op het bed en gaf haar vriendin een knuffel. Ze hield haar fragiele lichaam heel stevig vast. Sibylle perste haar gezicht tegen Wilhelmines nek en huilde. Wilhelmine zweeg en ze bleef zwijgen toen haar jurk helemaal doorweekt was, en ook toen ze samen op het bed zakten en onder de lakens kropen. Plotseling gleed Sibylles hand onder Wilhelmines jurk en gleden haar vingers naar haar jarretels, en waren Sibylles lippen op Wilhelmines decolleté. Wilhelmine zuchtte zacht en liet toen alles gewoon los. Er was zo veel verdriet en troost, pijn en warmte tegelijk. En ze voelde dat de warmte overging in hitte en dat de troost een storm werd. Ze kusten elkaar vol verlangen, kropen dicht tegen elkaar aan, kleedden elkaar uit en ademden de geur van de ander in. Ze hadden het gevoel dat ze helemaal in het ogenblik opgingen en wilden er voor altijd in opgaan.

~

Franz kon haast niet geloven wie daar op klaarlichte dag, alsof het de normaalste zaak van de wereld was, zijn koffiehuis binnen kwam wandelen. Alsof er niets was gebeurd! Alsof hij niet alle reden had om zich te schamen! Met grote passen kwam Franz achter de bar vandaan, liep naar Koloman toe en duwde hem zo hard tegen de muur dat die naar adem snakte. Theodor kwam meteen aangerend.

'Franz, laat nou. Denk aan je gasten,' zei hij en hij probeerde hem tegen te houden. 'Denk aan het koffiehuis!'

Maar Franz lette niet op hem. 'Ik denk aan niets anders, Theodor. Deze eikel wil mij ruïneren! Wat doe je hier, Koloman? Hoe waag je het hier te komen?'

'Franz, luister alsjeblieft naar me! Ik ben speciaal gekomen om je...' Maar het maakte Franz al razend om hem alleen maar te zien. Dagenlang had hij naar hem gevraagd en hem overal gezocht om hem ter verantwoording te roepen. Hij was telkens aan het lijntje gehouden, iedereen had beweerd dat hij er net even niet was. En nu dook hij plotseling op, gewoon zomaar, en wilde hij dat Franz naar hem luisterde? Franz gaf Koloman nog een harde duw tegen de muur. Hijgend stamelde Koloman: 'Ik wilde je alleen nog zeggen dat je...'

'En zoiets heb ik ooit een vriend genoemd!' onderbrak Franz hem. Hij wilde spuwen, maar herinnerde zich nog net op tijd dat dat in zijn eigen, drukke koffiehuis geen echt goed idee was.

'Ga even naar buiten, dan kunnen jullie het daar oplossen,' zei Theodor en hij schoof Franz en Koloman door de deuropening. Er hobbelde een kleine koets voorbij, maar voor de rest was de straat leeg.

'Hoe kon je me zo verraden? Bij Victor Mertens! Ik weet dat je nog steeds kwaad op me bent vanwege Heinrich. Maar heb je je ook maar één keer afgevraagd wat Heinrich van jouw actie zou vinden? Zelfs hij zou je de rug toekeren!' bracht Franz met moeite uit.

Koloman hief beschermend zijn armen voor zijn gezicht. Zijn haar was vandaag bijzonder vet en hij kneep zijn kleine ogen angstig tot spleetjes.

'Ik moet je iets zeggen, Franz. Luister alsjeblieft naar me!'

'Kom nooit meer in mijn buurt, begrepen?'

'Er gaat iets gebeuren. Iets ergs.'

'Wat praat je nou voor onzin?'

'Als je de pastillesafdeling niet aan Victor afstaat, zal er een ongeluk gebeuren.'

Franz fronste zijn voorhoofd en deed een stap naar achteren. 'Ben je nu gekomen om me te bedreigen?'

'Nee, Franz. Ik ben gekomen om je te waarschuwen. Luister alsjeblieft naar me. Sta die pastilles gewoon aan hem af en je krediet is vereffend. Dan zal hij je met rust laten, geloof me.'

Franz' adem stokte. Daarna schudde hij zijn hoofd. 'Wat is er toch van je geworden?' Hij spuwde op de straat, draaide zich om, liep terug naar het koffiehuis en liet de verrader, die ooit zijn vriend was geweest, buiten staan. Met een knal sloeg hij de deur dicht.

~

'O, maar Kaspar, is dit niet de verkeerde straat?' piepte Emma achter hem. Kaspar keek even over zijn schouder en probeerde haar een samenzweerderige blik toe te werpen zonder zichzelf te verraden. Luise zat immers bij Emma in de koets, zoals altijd de laatste tijd. Sinds de bezetting van de Alte Markt – na de mooiste nacht van alle nachten – hadden ze nog geen enkele gelegenheid gehad om ongestoord met elkaar te praten. Aan de ene kant kwam dat vast door de verloving. Mertens had een paar dagen geleden officieel verkondigd dat Emma met die Koloman Witt zou trouwen. Aan de andere kant leek haar broer wantrouwend geworden te zijn. Emma had kort voordat de barricades waren opgeworpen verteld dat ze naar haar schoonzus in Bonn zou gaan. Toen ze de volgende dag alweer terugkwam – in een eenvoudig dienstmeisjesjurkje – kreeg hij argwaan. Nu controleerde hij continu wanneer ze waarnaartoe ging en wie ze als begeleiding meenam. Kaspar hield het nauwelijks uit. Hij zag haar heel vaak, maar mocht haar nooit Emma noemen.

'O, nu weet ik het weer,' zei ze en ze giechelde. 'Ik wilde hier natuurlijk langs. O, wat dom van me. Nou vooruit, rij maar door.'

Ze had het begrepen. Hij haalde opgelucht adem, dreef de paarden aan en mende de koets door de stadspoort naar de haven, naar een rustig plekje een eindje bij de pakhuizen vandaan.

'Luise, zou je misschien wat zijde voor me kunnen kopen voor een nieuwe sjaal? Je weet wel, de lakenkoopman aan de haven heeft de mooiste.'

'Natuurlijk, juffrouw Mertens.' Luise sprong van de koets. Sinds ze weer beter was, was ze gelukkig iets aangekomen. Ze liep vlug in de richting van de drukte beneden bij de rivier.

Kaspars nek kriebelde. Eindelijk, dacht hij. Ze waren alleen. Maar hoe moest hij nu zeggen wat hij te zeggen had? Hij schraapte zijn keel. Je keel schrapen was altijd een goed begin. En hij haalde zijn grasspriet uit zijn mond.

'Ik denk vaak aan de nacht op de Alte Markt,' zei hij ten slotte, en hij keek opzij zodat ze zijn woorden beter kon horen. 'Ik wenste dat de dingen anders waren, Emma. Maar natuurlijk weet ik dat we moeten stoppen. Jij moet trouwen, en... ik denk dat ik verder moet trekken.'

'Wat bedoel je daarmee?' vroeg ze scherp.

'Nou, datgene waarvoor ik eigenlijk naar Keulen ben gekomen, zal ik nooit vinden. En jij...'

'Wat zocht je?'

Hij perste zijn lippen op elkaar. Daarna antwoordde hij: 'Mijn dochter. Ze is jaren geleden van me afgepakt. Sindsdien zoek ik haar. Er werd gezegd dat ze in Keulen zou kunnen zijn. En ik dacht dat het mogelijk zou zijn om een doofstom meisje in deze stad te vinden, maar...'

'Waarom heb je me dat nooit verteld?'

Hij haalde zijn schouders op. 'Ik heb alle inrichtingen in de stad afgelopen. Albert heeft zelfs briefjes voor me opgehangen en straatkinderen naar haar gevraagd. Maar elk spoor van haar ontbreekt. Misschien is ze hier zelfs nooit geweest.'

'Maar je hebt míj nog nooit over haar verteld, Kaspar.'

Hij keek haar even over zijn schouder aan.

'Ik zal je helpen. Ik laat een advertentie in de *Kölnische Zeitung* plaatsen.'

'Is dat niet ontzettend duur?'

Emma moest lachen. 'Onzin. Als jouw dochter hier is, vinden wij haar, vertrouw me maar.'

Kaspar zweeg.

'Waar wil je dan naartoe trekken?'

Hij kon bijna horen dat ze een pruilmondje opzette toen ze dat zei.

'Heb je weleens gehoord van het land van de onbegrensde mogelijkheden?'

'Natuurlijk heb ik dat.'

'De grond schijnt daar goed te zijn, veel beter dan hier. Ik mis mijn velden en dieren. En er schijnt daar democratie te zijn, echte democratie. Albert zegt dat steeds meer Keulenaren naar Amerika emigreren.'

'Wat als ik je dochter vind?' vroeg Emma.

'Dan blijf ik natuurlijk hier.'

'Hm.'

'En wat als ik ga?'

Het duurde lang voordat ze antwoord gaf. Maar toen sprak ze luid en duidelijk: 'Dan ga ik mee.'

Kaspar draaide zich naar haar om. Hij wilde vragen of ze dat serieus meende en of ze wist wat dat betekende. Maar haar blik was zo vastberaden, dat hij al zijn vragen vergat. In plaats daarvan moest hij gewoon zijn arm om haar nek slaan, haar tegen zich aan trekken en haar kussen. Elke keer dat ze elkaar aanraakten voelde het zo goed aan. Kaspar en Emma hoorden gewoon bij elkaar. Met deze vrouw aan zijn zijde kon hij naar elk land reizen, schoot het door zijn hoofd. Zelfs aan de andere kant van de wereld.

'Laat onmiddellijk mijn zus los!' bulderde plotseling een stem naast hem. Kaspar draaide zich met een ruk om en keek in het knalrode gezicht van Mertens. Zijn koets was net naast de hare gestopt, het deurtje ging open en Mertens zwaaide met zijn stok in de lucht, terwijl hij riep: 'Ik wist het! Ik rij al dagenlang achter jullie aan... Politie, politie! Gooi deze man onmiddellijk in de Klingelpütz!'

'Rennen!' riep Emma.

Kaspar sprong aan de andere kant van de koets af en rende. Terwijl hij opzij sprong, zich bukte en in de menigte in de haven verdween, raasden allerlei gedachten door zijn hoofd. Wat had hij gedaan? Nu kon hij niet eens meer naar zijn kamer terug, want die was hem immers door Mertens beschikbaar gesteld! Zou hij bij Albert kunnen slapen? Hij rende, hijgde en vervloekte zichzelf. Achter hem dook een agent op.

'Staan blijven!' schreeuwde hij en Kaspar rende nog harder. Gelukkig was hij nog steeds een goede hardloper, dacht hij. Hij maakte een snoekduik achter een marktkraampje en rende verder.

Zou Emma haar woorden waarmaken? Zou ze echt met hem meegaan? En wat als ze Lina toch vond? Hoe moest hij haar dan ontmoeten? Na minuten vertraagde hij zijn pas en hij keek achterom. De kust was veilig. En terwijl hij de donkere steegjes van de stad in liep, besefte hij dat zijn tijd in Keulen er bijna op zat.

39

Anna Sophia stond in de pastillesfabriek. Het was een mooie dag en ze wilde even haar gezicht in de zon houden. Ze opende de winkeldeur en tilde een voet op om de paar treden af te lopen, maar schrok en stopte. De tweede tree was verdwenen! In plaats daarvan weerspiegelde de stralende blauwe lucht zich aan haar voeten. Ze moest lachen. 'Ach, Franz' fluisterde ze en ze schudde haar hoofd.

Hoeveel jaar was het nu geleden dat hij dit geintje had uitgehaald? Net als toen had hij blijkbaar een spiegel gevonden die bijna net zo groot was als de trede en hem voor Anna Sophia's deur gelegd. Aan de rand ervan zag ze er ook de klimop in, die langzaam de gevel van het huis heroverde. Misschien had ze zich vergist, dacht ze, en was de klimop helemaal niet alleen met Franz verbonden, zoals vroeger de lindeboom met haar vader. Misschien was hij van hen tweeën en groeide hij samen met hen omhoog.

Anna Sophia leunde in de theaterstoel naar achteren en keek om zich heen. Franz had gelijk: deze plek was bijzonder. Ze hield van het rood van de stoelen en van de gedecoreerde houten loge. Elke plek was bezet. De kroonluchter boven het podium verlichtte de kleurrijk geschilderde achterwand van het toneel zo geraffineerd dat je echt zou kunnen denken dat je in een burgerlijke woonkamer was. De houten coulissen waren deels met behang beplakt en met een tapijtpatroon beschilderd, waardoor het toneel beangstigend echt leek.

De spanning hing in de lucht. Het was de eerste keer dat Anna Sophia naar een voorstelling in Franz' theaterzaal keek. Haar schoonzus Maria zorgde vandaag weer voor de kinderen. Hopelijk zou het rustig blijven in de fabriek. Het slot had ze natuurlijk laten vervangen. Niemand kon zeggen wat Victor Mertens en Koloman nog meer zouden bedenken, maar Anna Sophia maakte zich niet meer zo veel zorgen. Misschien kwam dat wel door de staat van beleg in Keulen. Die zorgde ervoor dat het inderdaad weer wat vreedzamer was op straat. Er waren steeds minder vechtpartijen en helemaal geen demonstraties en rellen meer. Ze hadden allemaal het gevoel dat ze opgelucht adem konden halen. Anna Sophia wist natuurlijk dat ze een hoge prijs betaalden voor deze rust. Franz' vrienden Carl en Francois moesten de stad uit vluchten om niet als revolutionairen in de gevangenis gegooid te worden. De kranten schreven de koning weer naar de mond, dat had Wilhelmine haar verteld. En alle vrijheden en concessies die de revolutie deze zomer nog had bewerkstelligd, waren tenietgedaan. Toch genoot Anna Sophia er stiekem van dat ze weer onbezorgd door de stad kon lopen.

Ze haalde diep adem, luisterde naar het heldere gezang van Rosina op het podium en voelde Franz' hand in de hare. Ze sloot haar ogen.

'Gaat het goed met je?' fluisterde Franz.

'Heel goed zelfs.' Anna Sophia zuchtte. 'Nog één week en dan kunnen we Mertens zijn krediet terugbetalen.'

Franz draaide zich naar haar om. 'Dan al?' Hij sprak zo luid dat twee mannen zich naar hem omdraaiden. 'Sorry.' Daarna, zachter: 'Hoe heb je dat zo snel voor elkaar gekregen?' Hij streek met zijn duim over de rug van haar hand.

'De speciale editie voor de hogere kringen is dankzij Wilhelmine goed ontvangen. En ook de andere verkooppunten hebben de verhoogde prijzen kunnen doorberekenen.'

'Ongelofelijk...'

'Maar het meeste hebben we door de stationsrestauraties verdiend. Dat was Wilhelmines idee en ze had inderdaad gelijk.'

'Je bent geweldig, Anna Sophia. Echt geweldig.'

Hij kneep nog een keer in haar hand en keek naar het podium.

Rosina gilde net om hulp en wekte daardoor Wendelin en Hans, die van onderen als burgerwacht en van boven in slaapkleding waren gekleed. Ze schokken op en tuimelden over het podium. En terwijl zij schrokken, voelde Anne Sophia plotseling zelf een onrust in zich opkomen. Ze keek om zich heen. Er klopte iets niet.

'Huh?' riep de een.

'Wat?' riep de ander.

Ze richtten hun houten geweren verward in de lucht. De hele zaal schaterde. Alleen Anna Sophia bleef stil. Haar hart bonkte. Ze had het gevoel dat ze iets moest doen. Maar wat? Het was helemaal vol in het theater. Iedereen keek naar het podium. Ze zag niemand die zich opvallend gedroeg. Maar waar zocht ze eigenlijk naar?

'Vind je het niet grappig?' vroeg Franz zacht.

'Jawel, natuurlijk wel! Heel grappig.' Ze dwong zichzelf weer naar het podium te kijken, maar de bezorgdheid bleef.

'Help! Soldaten van de burgerwacht!' riep Rosina. Wendelin keek wild om zich heen, Anna Sophia beet op haar lip en plotseling sprong Hans omhoog, hield zich aan de kroonluchter vast en bungelde heen en weer.

De hele zaal hield zijn adem in.

'Wat doet hij?' fluisterde Franz.

'Was dit niet gepland?' vroeg Anna Sophia.

'Nee, absoluut niet.'

Ze wist het. Ze sprong op. En nu?

'Ik heb hem!' schreeuwde Hans aan de kroonluchter. 'Ik heb de boosdoener gepakt!'

Moest dit een grap zijn? Een paar beleefde toeschouwers grinnikten.

'Maar Hans, dit is toch een kroonluchter?' Zelfs Wendelin leek in de war door Hans' spontane actie.

Anna Sophia wilde door de rij naar het podium lopen, maar Franz hield haar tegen. 'Wat doe je nou? Ga alsjeblieft weer zitten.'

Met bonkend hart deed ze wat hij vroeg. En daarna ging alles zo snel dat Anna Sophia niet eens de tijd had om te schreeuwen. De kroonluchter scheurde aan één kant uit zijn verankering en zwaaide tegen het gordijn. Hans sprong eraf en staarde naar boven. De hele zaal volgde zijn blik. De luchter zwaaide naar voren en naar achteren, de kaarsen raakten de stof en het vuur sloeg over. Binnen de kortste tijd stond het fluweel in lichterlaaie en het geknetter ervan werd overstemd door de mensen op het podium en in het publiek die begonnen te gillen. Stoelen schraapten over de grond en werden omvergegooid. In paniek renden de mensen naar de uitgang. Ze verdrongen elkaar in de deuropening, probeerden over elkaar heen te klimmen en trokken elkaar naar achteren om sneller naar buiten te kunnen. Anna Sophia voelde de hitte van het vuur, rook de stank van roet en zag de rook toen ze besefte dat ze als enige nog altijd onbeweeglijk op haar stoel zat. Franz was naar voren gerend. Hij probeerde de gordijnen van de rails te trekken en het vuur te doven door het met nog niet brandende delen van de stof te bedekken, maar de vlammen waren te sterk. Ze sloegen uit en vraten zich langzaam door het hout van het podium.

'Anna Sophia, schiet op! We moeten hier uit!'

Verstard zat ze daar en dacht aan Gesche. Net als dit theater, had ook haar hut gebrand. Haar schommel en het touwtje met de belletjes. Zou zij daarvoor ook deze onrust hebben gevoeld? Had zij ook zo'n raar voorgevoel gehad, net als Anna Sophia? Was Gesche ook opgesprongen om precies op het verkeerde moment weer te gaan zitten?

'Anna Sophia!'

Ze kon zich niet verroeren. Gesche had het destijds ook niet kunnen verhinderen en was in het vuur om het leven gekomen. Was nu Anna Sophia aan de beurt?

~

Franz' vrouw staarde hem met grote ogen aan en knipperde traag. 'Weg daar, Anna Sophia!'

Maar hoe hard hij ook schreeuwde, ze bewoog niet. Wat als er iets met haar gebeurde? Die gedachte kon hij niet verdragen. Ze moest hier weg en naar een veilige plek. Hij rende naar haar toe, schoof stoelen opzij, struikelde, viel en krabbelde weer overeind. Hij begon te hoesten. De rook werd steeds dichter en zwarter. Hij schoof zijn halsdoek voor zijn mond en rende verder. Waarom was hij ook zo onbezonnen naar het podium gerend, zonder zeker te weten dat Anna Sophia samen met de anderen de zaal verliet? Als haar iets overkwam, zou het zijn schuld zijn. Hoe zou hij zonder haar kunnen leven? Of de kinderen? Wat was hij toch voor een onnadenkende, onachtzame domkop! De laatste tijd had hij echt alleen maar zitten dagdromen over Rosina. Wat een onzin! Daar schuilde lafheid achter. Hij had niet het lef gehad om zijn eigen fouten ten aanzien van het gezin en het bedrijf voor zichzelf toe te geven. Terwijl hij alles voor Anna Sophia zou doen! Zij was de enige voor hem, het belangrijkste op de hele wereld! Waarom was hij net eigenlijk van haar zijde geweken? Had hij echt gedacht dat als hij naar het vuur rende, hij dit onheil kon afwenden? Na die foute beslissing was hij waarschijnlijk degene die het verdiende om hier te sterven. Als Anna Sophia brandde, zou hij ook branden. Dat stond voor hem onomstotelijk vast.

Koloman had hem gewaarschuwd, schoot hem plotseling door het hoofd. Hij had geweten wat er ging gebeuren. Zou Mertens Hans hebben omgekocht of de kroonluchter gedeeltelijk hebben doorgezaagd? Misschien allebei. In elk geval zat hij erachter. Dat wist Franz wel zeker. Hij kon nauwelijks nog iets zien. Als nevel hing de rook tussen de kriskras door elkaar staande stoelen. Hij tuimelde en de zaal begon te draaien. Hij probeerde zich aan een van de stoelen vast te houden, maar greep mis en viel kreunend op de grond. Hij wilde naar Anna Sophia schreeuwen. Hij wilde roepen dat ze moest rennen. Dat hij van haar hield, voor altijd en eeuwig. Maar daar waar zij net nog had gezeten, zat Heinrich nu.

'Het spijt me verschrikkelijk,' zei Franz hijgend.

'Je hebt me gezworen het nooit meer te doen, Franz.' Heinrich schudde zijn hoofd.

'Ik had je niet naar die soldaat moeten sturen. Ik kan het mezelf nooit vergeven.' Franz kroop op handen en voeten naar voren.

'Ik wilde toen alleen de laatste levering naar de bakkerij brengen, Franz. Ik rook het vuur en ben naar jou in het kantoor gered. Weet je nog? Je sliep en droomde, terwijl er brand was.'

'Kun je me ooit vergeven, Heinrich?'

'Nu doe je het alweer. Verman je.'

'Vergeef je me?'

'Word wakker!'

Plotseling was Heinrich verdwenen. Franz zag dat er een balk afbrak en op het podium viel. De vonken spatten ervan af.

Hij draaide zich snel om. Anna Sophia was opgestaan en liep moeizaam naar hem toe.

'Anna Sophia!' riep Franz.

'Franz.' Haar stem klonk zacht. Maar met elke pas werd haar tred zekerder. Ze liepen naar elkaar toe. Franz moest nog een stoel overwinnen en daarna hield hij haar eindelijk in zijn armen. Nog niet alles was verloren. Ze hadden nog een kans.

'Snel!' Ze pakte zijn hand en trok hem mee in de richting van de uitgang.

~

Franz was helemaal grauw in zijn gezicht. Anna Sophia trok hem met al haar kracht door de rijen stoelen. Dit onheil had ze niet kunnen verhinderen, maar ze zou Franz hier uithalen, wat er ook gebeurde. Vandaag ging hierbinnen helemaal niemand dood. Ze wist ineens dat Gesches einde niet haar einde was en al helemaal niet Franz' einde. Anna Sophia zou haar geschiedenis zelf schrijven. En vandaag was die nog niet voorbij. Ze zouden allebei meemaken hoe hun kinderen opgroeiden en deze wereld veranderden. Ze zouden bij ze blijven, nog vele, vele jaren. Ze voelde het vuur heet in haar rug en ze had het benauwd door de rook. Ze hoestte en trok haar man uit alle macht mee. 'Kom op, Franz, schiet op!' Ze duwde de deur open en legde zijn arm om haar schouders. Ze voelde zijn gewicht zwaar op zich rusten en toch gaf zijn warmte haar een tomeloos vertrouwen. Ze steunde hem op de weg door de damessalon, de foyer en uiteindelijk de straat op. Buiten zakten ze tegelijkertijd op de grond, hoestend en hijgend, terwijl mannen en vrouwen met volle wateremmers aan kwamen gerend en tegen het vuur vochten dat zich verspreidde.

~

Kaspar keek uit het raam naar de binnenplaats van de Klingelpütz. Hij sliep nu met twee vreemde mannen in het kamertje, want Ernst was net als Rudolf overleden. Hij had de maag-darmcatarre die in die dagen steeds gruwelijker in Keulen om zich heen greep, niet overleefd.

Op dit tijdstip werkten Kaspars nieuwe kamergenoten in de raffinaderij. Het was stil in het huis. Terwijl Kaspar de gevangenen observeerde, moest hij aan die ene man denken die daar door hem weer vastzat. En hij dacht aan Lina. Zou ze misschien heel dicht bij hem in de buurt zijn? Hij zuchtte en haalde de krantenadvertentie voor zeker de honderdste keer uit zijn broekzak. Hij had het papiertje heel klein opgevouwen. Voorzichtig vouwde hij het open. Hij kon nog steeds niet lezen, hoewel Emma hem een paar letters had geleerd. Maar de zinnen die ze samen hadden bedacht, kende hij toch bijna uit zijn hoofd.

Gezocht: Lina Rockstroh. Ze is tien jaar, doofstom, en heeft een zwarte moedervlek boven haar mond. Ze is jaren geleden van mij, haar vader, afgepakt. Als u aanwijzingen heeft, neemt u dan alstublieft contact op met Wilhelmine Müller, een vriendin van de familie...

Daarna volgde het adres in Bonn dat Kaspar nooit kon onthouden. Dat was Emma's idee geweest. Zo zou Victor Mertens er ten eerste niet achter komen waar Kaspar zich ophield en ten tweede zou hij niet merken dat Emma en Kaspar nog een keer contact hadden gehad. Dat was nu al vier weken geleden. Op klaarlichte dag was Emma plotseling samen met Luise bij zijn voordeur verschenen.

'Woont hier ene Kaspar Rockstroh?'

Hij had haar heldere stem al van veraf gehoord. Snel liep hij de trap af, terwijl zij met haar piepstem uitlegde: 'Hij heeft een keer een kamer gehad die op de Klingelpütz uitkeek, vandaar dat ik het vraag. Dat heeft hij me verteld. Kaspar heeft ooit voor mij gewerkt.'

Hij liep de trap af en toen hij eindelijk voor haar stond, kon hij het amper geloven. Ze was helemaal hiernaartoe gekomen, te voet door deze buurt! De koetsier zou haar anders verraden hebben, zei ze. 'En Luise zou dat nooit doen, toch?'

'Nooit, Emma,' zweerde het dienstmeisje met een trouwe oogopslag.

Kaspar en Emma hadden elkaar even in hun armen gehouden en daarna had ze zich van hem losgemaakt. 'We hebben geen tijd. We moeten de advertentie bespreken. Waar is jouw kamer?'

Bijna een uur lang hadden ze over de juiste woorden overlegd. Uiteindelijk eindigde de tekst met:

Lieve Lina, als je dit kunt lezen: ik ben nooit gestopt met naar jou te zoeken. Ik hou van je. Neem alsjeblieft contact op. Jouw papa.

Daarbij was zijn hoop dat Lina de gelegenheid had gehad om te leren lezen, uiterst gering.

Hij kreeg tranen in zijn ogen als hij eraan dacht. Hij haalde diep adem. De advertentie stond nu al voor de vierde keer in de krant en hij had geen tijd meer.

'In de raffinaderij wordt gezegd dat er een arrestatiebevel tegen jou is uitgevaardigd, Kaspar,' had Albert hem de vorige avond verteld. 'Ik weet niet waar ze je van beschuldigen. Mogelijk hebben ze iets verzonnen om je te pakken te krijgen. Ik kan je niet meer lang verstoppen zonder mijn moeder in gevaar te brengen. Vroeg of laat zal een van mijn arbeiders het aan Mertens verklikken, dat weet ik wel zeker.'

Maar wat als Lina zich morgen in Bonn meldde? Of overmorgen? Hoe snel zou Wilhelmine Emma bereiken? Had hij nou maar meer tijd! Waarom had hij de zoektocht naar Lina ook zo lang laten sloffen? Inmiddels was hij hier al jaren en alles wat hij had gedaan leek hem achteraf gezien halfslachtig. De zoektocht naar Lina was alleen nog puur een gewoonte geweest, iets wat hij nu eenmaal deed. Iets wat een deel van hemzelf was, maar waar hij nauwelijks nog echt moeite voor deed. Als hij heel eerlijk tegen zichzelf was, was het hem al heel lang alleen nog om het zoeken gegaan, niet meer om het vinden. Lina was inmiddels tien. Ze zou zich haar vader niet meer kunnen herinneren. Hoe moest hij alles aan haar uitleggen als hij haar inderdaad zou vinden? Ze kon zijn woorden immers niet eens horen. Waarom zou ze hem vertrouwen en bij hem willen blijven? Voor haar was hij een vreemdeling. En dan ook nog iemand die werkloos was en door de politie werd gezocht. Hoe kon hij haar zo dan ook helpen?

Kaspar vouwde het papiertje op en stak het weer in zijn zak. Daarna ging hij op zijn stromatras op de grond liggen. Hij wilde alleen even zijn ogen sluiten, maar viel algauw in een onrustige slaap.

Hij droomde over een schip, zo groot als een hele stad. Alle straten, huizen en bomen voeren op het water, deinden op de golven, en op het hoogste huis zag hij een klein meisje zitten. Ze bengelde met haar benen en glimlachte. Langzaam tilde ze haar arm op en zwaaide. En Kaspar zag dat ze een zwarte moedervlek boven haar mond had. Maar toen werd ze steeds kleiner. Het schip voer snel naar de horizon en hoewel Kaspar de letters niet kon lezen die op de scheepswand stonden, wist hij wat ze betekenden: 'Amerika'.

Hij schrok op, wreef in zijn ogen en ging met zijn handen door zijn haar. Misschien was Lina helemaal niet meer in Keulen, dacht hij. Ze kon overal zijn. Misschien had iemand haar mee naar Amerika genomen. De tijd was gekomen, hij moest haar eindelijk loslaten.

Hij stond op, trok zijn oude versleten mantel aan en zette de slappe hoed op zijn hoofd. Daarna liep hij de straat op, plukte een grasspriet en ging op weg.

De hele volgende dag hield hij zich in een steegje aan de rand van de Neumarkt verscholen en keek hij of hij Luise zag. Emma had gezegd dat ze het meisje elke dag hiernaartoe zou sturen, voor het geval dat Kaspar een bericht voor haar had. Maar op de eerste dag vond hij haar nergens. Ook de tweede dag had hij geen geluk. Pas op de ochtend van de derde dag zag hij haar snel de apotheek in lopen. In de schaduw van het aangrenzende steegje wachtte hij totdat ze weer naar buiten kwam. En eindelijk: met gebogen hoofd kwam ze de apotheek weer uit.

'Luise!' fluisterde hij. 'Ik ben hier.'

Eerst dacht hij dat ze hem niet had gehoord. Maar daarna liep ze als vanzelfsprekend in de richting van zijn stem. Dat deed ze goed, dacht hij. Ze liet niets merken.

'Goed dat ik je zie, Luise. Hoe gaat het met Emma?'

De rimpels op Luises voorhoofd leken vandaag erg diep te zijn. 'Ach ze is heel verdrietig. Ze zegt dat ze zichzelf verliest als jij niet in haar buurt bent. Ik heb valeriaan voor haar gehaald om te kalmeren.'

'Zeg haar dat ze niet meer verdrietig hoeft te zijn. Vandaag over een week vaart ons schip af naar de Noordzee. Zeg haar dat ze er om zeven uur 's ochtends moet zijn.'

Luise knipperde met haar ogen in plaats van met ja te antwoorden. Daarna haastte ze zich weg zonder nog iets te zeggen.

~

Op een ijskoude ochtend in mei stonden Anna Sophia en Franz in de Schildergasse voor de puinhopen van hun bestaan. Van het *Deutsche Kaffeehaus* waren de letters *haus* verdwenen en wat nog te lezen was, was zwart verkoold. De deur was door de hitte kromgetrokken, het dak was voor de helft ingestort en de stinkende walm was op de straat te ruiken.

Franz pakte Anna Sophia's hand. Ze voelde zich flauw en zwak. Toch liet ze zich door hem door de afgebrande ruïne leiden. De bar en de Napoleon-buste in de foyer leken onbeschadigd. Ook in de herensalon waren een paar tafels en stoelen misschien nog te redden, maar de damessalon zag er verschrikkelijk uit. De spiegels aan de muren waren gesprongen, de houten kozijnen waren verbrand en de sofa's en tafels zaten onder het roet. In de theaterzaal was de schade het grootst. De bijtende brandlucht sloeg hen tegemoet. Van de met fluweel beklede stoelen, de gedecoreerde houten loge, het prachtige podium en de mooie houten coulissen waren alleen nog bergen as en verkoolde planken over. Alle pracht en praal was verdwenen. En daarmee al het geld dat Franz van Mertens had geleend. Het deed zelfs haar vreselijk pijn om dat te zien, dus hoe moest Franz zich voelen, die dit allemaal met hart en ziel en grote verwachtingen had opgebouwd? Nadat ze zich met elkaar hadden verzoend, had hij haar met sprankelende ogen en met zijn handen op zijn knieën steunend over deze plek verteld. Over hoe ze het publiek met grappige toneelstukken konden vermaken en betoveren en hoe goed het aanvoelde als verdrietige mensen na hun theaterbezoek opgewekt en vrolijk naar huis gingen. Ze had eindelijk begrepen wat hem zo fascineerde aan deze plek en waarom hij er telkens weer naartoe werd getrokken. Het was een plek vol vermaak en hoop. Het had iets magisch. Wat had ze deze plek graag aan haar kinderen willen laten zien. Wat zouden Nikolaus, Peter, Heinrich en Cartharina grote ogen hebben opgezet! Ze zouden vast dolenthousiast zijn geweest en aandachtig naar de zangeres en de acteurs hebben geluisterd. Ze hadden zo veel kunnen leren. De hele stad had op deze plek bij elkaar kunnen komen. En nu? Hoe moesten ze dit verlies compenseren? Ze hadden een brandverzekering, maar hun eigen risico was hoog. Ze kreeg een brok in haar keel en een knoop in haar maag. Toch haalde ze diep adem en kneep even in de hand van haar man. 'We redden het wel,' fluisterde ze, maar hij antwoordde niet. Hij stond roerloos naast haar.

Toen ze de straat weer op liep en met haar ogen tegen de zon knipperde, hield ze nog steeds Franz' hand vast. Aan de overkant stond Mertens' victoriaanse koets. Hij zwaaide het deurtje open en grijnsde. Anna Sophia kreeg een misselijk gevoel. Waarom moest ze die walgelijke kerel telkens weer tegenkomen? Waarom liet hij haar niet gewoon met rust? Hoe anders zou haar leven misschien wel verlopen zijn als ze hem als jong meisje nooit was tegengekomen?

'Wat een rampspoed!' Victor schudde zijn hoofd en keek naar het koffiehuis achter haar. Hij kon het niet laten om te grijnzen. 'Doodzonde. Ik had immers veel goeds over Stollwercks theater gehoord. Maar goed, desalniettemin moet ik u helaas mededelen dat de termijn is verstreken. Ik verwacht mijn krediet inclusief de rente binnen twee weken terug, anders zal ik aangifte doen. Mocht u niet kunnen betalen, dan hernieuw ik nog één keer mijn royale aanbod. Als u het pastillesgedeelte van uw bedrijf op mijn naam zet, zal uw schuld voor de helft kwijtgescholden worden.'

Anna Sophia fronste haar voorhoofd. 'Voor de helft?'

'Nou ja, gezien de omstandigheden zijn de voorwaarden veranderd. Dat zult u ongetwijfeld begrijpen. Tot ziens.'

Het deurtje knalde dicht. De koetsier sloeg met zijn zweep op de grond en de paarden zetten zich in beweging.

Zwijgend keken Anna Sophia en Franz de koets na.

'Het komt allemaal goed,' fluisterde Franz. 'Maak je geen zorgen, Anna Sophia. Ik zal vandaag nog bij andere banken in de stad om een lening vragen. De naam Stollwerck heeft een goede reputatie. Het gaat ons wel lukken.'

Anna Sophia slikte. Ze kon geen antwoord geven.

40

August steunde met zijn vingertoppen op de toonbank en keek in zijn apotheek rond. De flesjes stonden keurig op een rij, de glazen schaaltjes fonkelden in de ochtendzon en de vloer was geveegd.

'Kan ik nog iets voor je doen, August?' fluisterde Elise, die achter hem stond. Hij hoefde zich niet eens om te draaien, hij wist ook zo al dat haar haar perfect gevlochten en opgestoken was, precies zoals hij het graag had, en dat haar donkere ogen neergeslagen waren terwijl ze met hem sprak. Heel goed, dacht hij. Maar waarom was hij dan toch niet tevreden?

Hij schudde zijn hoofd. 'Je kunt gaan.'

Hij hoorde dat ze wegliep en de deur achter zich dichtdeed. Over slechts één week zou hij met haar trouwen. Misschien zou die knagende ontevredenheid dan eindelijk verdwijnen. Tenslotte had hij al zijn doelen bereikt.

Achter hem ging de deur nog een keer open.

'Ik zei toch dat je kunt gaan!' Hij draaide zich met een ruk om. In de deuropening stond de achttienjarige Julie. Als ze niet van die belachelijk afstaande oren en zo'n volkomen afwezige blik had, zou hij haar begerenswaardig kunnen vinden.

Ze keek hem recht aan. 'We wilden alleen vragen of je met ons wilt ontbijten.' Ze sprak zacht, maar stak haar kin op. Recalcitrant kind, dacht hij.

'Ga weg.' Hij maakte een beweging met zijn hand alsof ze een vlieg was. Ze draaide zich om, maar net voordat ze de deur weer dichtdeed, fluisterde ze nog: 'Ik zal niet zo gauw weggaan, beste August. Daar kun je gif op innemen.' Daarna trok ze de deur achter zich dicht.

Hij voelde dat hij rood werd. Hoe durfde ze zo tegen hem te praten? Met grote stappen liep hij achter haar aan. Hij zou haar weleens laten zien wie het hier voor het zeggen had! Hij trok de deur open, maar bleef staan toen het belletje boven de winkeldeur rinkelde. Hij dwong zichzelf tot kalmte, deed de achterdeur zachtjes weer dicht en draaide zich om.

'O. U bent het. Wat leuk. Wat verschaft mij de eer?'

In de apotheek stond Victor Mertens. Hij nam zijn hoed van zijn kale hoofd en grijnsde naar August. 'Ik heb goed nieuws.'

Hij haalde een zakje hoestpastilles van Stollwerck uit zijn zak en knalde ze op de toonbank. 'Dit, mijn vriend, zal over slechts één week van mij zijn.'

'Echt?'

'Het is ons gelukt! Stollwerck gaat dit bedrijfsonderdeel zeker weten verkopen.'

'U hebt toch geprobeerd de pastilles na te maken en goedkoper aan te bieden?'

Mertens zuchtte. 'Die poging is mislukt. Het recept was niet te vinden. En we waren het er immers over eens dat uw kopieën gewoon niet tegen de pastilles van Stollwerck op konden.'

August voelde een steek in zijn maag. Maar het was waar. Hoewel hij dagenlang had geprobeerd om Anna Sophia's recept na te maken, lukten zijn pastilles gewoon niet. Ze waren óf niet hard genoeg, óf smaakten te zoet óf te bitter. Het beloofde niet veel succes als ze die grootschalig zouden gaan produceren.

'Treur er niet om, August. We nemen de pastilles met Stollwercks recept over, produceren ze in razend tempo in mijn nieuwe fabriek en verkopen ze dan niet als puur suikergoed, maar met uw hulp als een echt, geneeskrachtig apothekersfabricaat.'

'Fantastisch.' August knikte.

'Vier het, mijn vriend. Vier het.'

Hij raakte Augusts schouder aan, zette zijn hoed weer op en liep naar de deur. Hij had nog ergere O-benen dan vroeger. Terwijl hij de deur openduwde leek het hem totaal niet te kunnen schelen dat hij die bijna in het gezicht van een krantenjongen sloeg. Die tuimelde, hervond zijn balans en zodra Mertens op veilige afstand was, stak hij vragend zijn hoofd om de hoek van de deur.

August wenkte hem naderbij, pakte een munt uit de kassa en gaf die aan de jongen. Zonder iets te zeggen, gaf de jongen hem een krant. August verbaasde zich even: het kind had wel kort haar en droeg een pet op zijn hoofd, maar zijn gezicht zag eruit als dat van een meisje. Arme jongen, dacht hij. Hopelijk verbeterde dat nog als hij groter werd. Ook de zwarte moedervlek boven zijn rechtermondhoek was niet erg mooi. De jongen wilde zich alweer omdraaien, maar August hield hem bij zijn arm tegen.

‘Wacht! Neem deze maar mee! Ik kan ze niet meer zien.’ Hij pakte Stollwercks hoestpastilles van de toonbank en gaf ze aan het kind. De jongen keek hem verlegen aan en liep toen zonder iets te zeggen de winkel uit.

Ondankbare vlegel! August schudde zijn hoofd. Maar door de etalage zag hij dat het kind op de straat bleef staan en het zakje bekeek. Haast eerbiedig scheurde hij het zakje open, pakte er een pastille uit en stak het in zijn mond. Het kind sloot zijn ogen en glimlachte. En met een zucht draaide August zich om.

~

Kaspar schoof zijn slappe hoed goed en stak zijn handen diep in de zakken van zijn mantel. Toen hij eerder langs de kerktorenklok was gelopen, sloeg die net zes uur. Er was dus nog tijd genoeg, probeerde hij zichzelf gerust te stellen. Hij stond in de drukke bedrijvigheid van de haven tussen handelaren en scheepsjongens, half verborgen in de schaduw van een paar kaastorens, en keek of hij Emma zag. Zou ze komen? Het schip waarmee ze de Noordzee op zouden varen, lag al in de haven. Als hij over zijn schouder keek, lag het precies in zijn blikveld.

‘Hé!’ riep een matroos. ‘U vaart toch mee, of niet soms?’

‘Ja, ja!’ riep Kaspar. ‘Ik wacht alleen nog op degene die met me meegaat.’

Zou Luise zijn bericht wel aan Emma hebben doorgegeven? Zou Emma kunnen wegsluipen? Destijds in de koets had ze tegen hem gezegd dat ze zou meegaan. Zou ze haar woord houden? Hield ze nog steeds van hem?

Zoekend liet hij zijn blik door de haven zwerven. Er waren veel dienstmeisjes die hier inkopen deden. Maar in geen van hun jurken stak Emma met haar rode lippen en haar blonde lokken. Nergens hoorde hij haar soms zo heldere en soms zo verrassend lage stem. Hij zag kooplui, arbeiders, ambachtslieden, matrozen en tussen hen in een kleine jongen met een pet op die met de *Kölnische Zeitung* zwaaide. Zou Emma’s advertentie voor Lina er weer in staan? Ach dacht hij, dat speelt nu toch geen rol meer. Hij zou Lina nooit vinden. Hij moest eindelijk zijn eigen weg gaan. En hij wenste niets meer dan dat Emma met hem meeging. Hij perste zijn lippen op elkaar en wachtte.

~

Victor Mertens werd wakker doordat hij iets hoorde kraken. Hij keek op zijn zakhorloge dat op het nachtkastje lag. Het was een paar minuten over zes. De dienstmeisjes waren vast bezig met het klaarmaken van het ontbijt. Hij draaide zich om en wilde nog een half uurtje slapen. Misschien zou hij wel over zijn pastillesimperium dromen. Hij sloot zijn ogen, maar hoorde weer iets kraken. Precies boven hem. Kwam het geluid uit Emma's kamer? Ze was wel een ijverig meisje, maar ze stond nooit voor zeven uur op. Hij zuchtte. Misschien had ze wel last van een vrouwenkwaaltje. Dat wist je immers nooit bij die wijven, dacht hij. Ineens hoorde hij haar kamerdeur luid piepend opengaan. Sloop ze nou door het huis? Nu ging hij toch rechtop zitten. Victor voelde het altijd aan als iemand iets stiekems deed. Vroeger, toen zijn vader nog leefde, wist hij het altijd wanneer zijn moeder hem bedroog en met zijn oom afsprak. Sinds die ene keer, toen Victor haar na het bezoek van zijn oom in haar peignoir had aangetroffen, had hij al haar zonden als een heet, brandend gevoel in zijn maag gevoeld. Ook van zijn vrouw had hij al die tijd vermoed dat ze iets voor hem verborg. Gisteren was hij erachter gekomen wat het was. De financieel adviseur van de familie had hem op een kleine geldstroom gewezen die naar een blindenschool in Berlijn leidde. Zou het kunnen dat Sibylle hun dochter had gevonden en haar daar had ondergebracht, tegen zijn wil in? O, hij zou wraak nemen, dacht hij zoals zo vaak sinds hij het had gehoord. Hij had al een ritje naar Berlijn gepland.

Ook nu had hij een brandend gevoel in zijn maag. Emma wilde hem, net als zijn moeder en vrouw, bedriegen. Hij wist het. Hij stond meteen op, kleedde zich aan en opende de deur.

~

Kaspar slikte, keek om zich heen en probeerde te ademen, maar had het vreselijk benauwd. Ze moest gewoon komen. Hoe kon hij in hemelsnaam zonder haar aan boord van het schip gaan? Niet alleen zou dit vreselijk zijn voor Emma, ook Kaspar voelde zich helemaal leeg. Waarom zou hij aan een nieuw leven beginnen als zij niet bij hem was? Waarom zou hij vluchten als hij Emma achterliet? Als ze samen waren, ontstond er iets nieuws. Een Emma die oprecht en liefdevol was, een Kaspar die van het leven kon genieten. Ze brachten het beste bij elkaar naar boven. Wat zou er overblijven als ze weer alleen waren? Hij draaide zijn hoofd in alle richtingen en keek zoekend in elk hoekje. De matroos riep al: 'Hé, jij daar! Het wordt tijd!'

'Ja.'

'Nou, kom je nog?'

'Ik kom eraan,' zei Kaspar. Maar hij wachtte nog heel even. Een paar seconden nog, zei hij tegen zichzelf en hij liet zijn blik over de haven glijden.

~

Victor sloop de hal in en verstopte zich naast de voordeur in de schaduw van een grote palm. Hij ademde geruisloos. En toen zag hij dat Emma vlak langs de muur de trap af sloop. En nog wel in de jurk van een dienstmeisje! Ze hijgde onder het gewicht van een grote leren koffer, die ze trede voor trede naar beneden sjouwde. Victors mond viel open.

'Wat verdomme...' schreeuwde hij en hij versperde haar de weg. 'Waar wil jij naartoe?'

Emma sperde haar ogen open en tuimelde een stuk naar achteren. Met een klap viel de koffer uit haar hand op de grond.

'Ik... wilde alleen... Sibylle bezoeken,' fluisterde ze.

Victor moest hard lachen van afschuw. 'Hoe is het mogelijk dat iemand zo slecht kan liegen?'

Hij sprong naar voren en probeerde haar bij haar arm te pakken, maar ze dook bliksemsnel weg en rende langs hem heen naar de deur. Hij draaide zich om en liep snel achter haar aan, maar ze sprong de treden al af.

'Waag het niet!' schreeuwde hij en hij rende haar achterna.

~

'Emma, waar blijf je nou...' zei Kaspar zacht tegen zichzelf. Hij had het benauwd en zijn ogen brandden. Hij zag haar nergens.

'Hé, jij daar! Kom nu eindelijk, we varen bijna af.'

'Kan ik ook nog een andere keer meevaren?' riep hij naar de matroos.

'Dat kan wel, maar je krijgt je geld niet terug.'

'Kunnen jullie geen uitzondering maken?'

'Uitzondering? Ik moet toch ook ergens van leven?'

Kaspar kauwde besluiteloos op zijn grasspriet. Hij kon niet zonder Emma vertrekken. Misschien was ze opgehouden. Hij moest hier blijven en op de een of andere manier het geld voor een ander schip bij elkaar zien te sprokkelen. Maar ineens begon hij te twijfelen. Wat als ze toch niet voor hem koos? Hij had haar tenslotte al weken niet meer gezien. Wat als haar gevoelens voor hem verdwenen waren? Hij was maar een eenvoudige boerenjongen en Emma leefde in een bepaalde luxe. Waarom zou ze voor zo'n haveloos figuur als hij alles opgeven? Misschien was ze tijdens zijn afwezigheid ook wel gewoon realistisch geworden. Kaspar kon het haar niet eens kwalijk nemen. Nee, hij moest het haar zelfs wensen. De overtocht naar Amerika was gevaarlijk. Ze wisten niet of ze behouden aan zouden komen en wat ze in de Nieuwe Wereld konden verwachten. Voor personeel en alle andere zaken die Emma verder nog gewend was, zouden ze in elk geval geen geld hebben. Een juffrouw als Emma was niet gemaakt voor zo'n leven. Hij zou haar met zich mee de afgrond in sleuren. Als hij echt van haar hield, moest hij zonder haar afvaren.

'Hoe zit het nou?' schreeuwde de matroos.

Ineens kruiste Kaspars blik die van een agent, die hem dwars over de haven aankeek. De agent commandeerde iets tegen twee soldaten die bij hem in de buurt stonden en wees naar Kaspar. Was hij ontdekt?

'Verdomme!' Hij spuwde zijn grasspriet uit en zag dat de agent en de soldaten met grote passen op hem afkwamen. Hij had geen keuze. En dus draaide hij zich om.

'Ik kom!' riep hij naar de matroos en hij sprong op de loopbrug.

~

Victor rende sneller dan hij in jaren had gerend.

Emma was al op het grindpad aangekomen en liep dwars over het voorplein naar de poort. Waar waren de koetsier en de tuinman? Er was nergens iemand te zien die haar tegen kon houden. Het was blijkbaar aan Victor zelf, dacht hij grimmig, en hij rende nog iets harder. Ze was al bijna bij de poort toen ze over de iets te lange zoom van de jurk struikelde, die onmogelijk van haar kon zijn, en languit viel.

'Ha!' zei Victor. Hij rende door. Ze probeerde weer overeind te krabbelen, maar hij stortte zich al op haar.

'Laat me los!' schreeuwde ze, maar hij moest eerst even op adem komen. Uitgeput hijgend bleef hij op haar liggen en voelde haar sierlijke lichaam onder zich kronkelen. Een kleine beloning voor zijn moeite had hij wel verdiend, vond hij, en hij schoof zijn armen om haar spartelende lichaam. Het was heel makkelijk om haar decolleté te betasten, zijn vingers onder haar jurk te laten glijden en daar op ontdekking uit te gaan. Als hij haar nu toch gewoon mee naar zijn slaapkamer kon nemen... Ze schreeuwde steeds harder.

Nog maar een paar seconden, dacht hij...

~

Kaspar wierp eerst het bundeltje op het schip waarin hij de aalmoezen van Albert had gestopt: een warme jas, een tweede hemd en proviand, plus een lichtblauwe steen voor Emma, die hij gisteren in de botanische tuin had gevonden. Daarna sprong hij op het schip. Wat schommelde het heftig! Hij spreidde zijn armen uit, probeerde zijn evenwicht te bewaren en keek achterom naar de haven. De agent en de soldaten waren bijna bij hen aangekomen, maar het schip had zich al in beweging gezet.

'Halt!' schreeuwde de agent. 'Kom onmiddellijk terug!'

De matrozen reageerden niet. Alsof ze de wild zwaaiende mannen helemaal niet zagen, duwden ze het schip verder van de loopbrug af en lieten ze het door de stroming meevoeren. En meteen voer het stroomafwaarts en de mannen werden steeds kleiner. Net als de haven en heel Keulen. Kaspar haastte zich naar de boeg en hield zich aan de reling vast. Hij was nu al misselijk, maar dat deed er niet toe. Hij staarde naar de stad die hij verliet, naar de daken en de kerktorens, en naar de Dom die de laatste jaren de hoogte in was geschoten. Die zou hij waarschijnlijk nooit meer zien. Lina was hij voor altijd verloren. En Emma nu ook. Toen zelfs de Domkraan met de lucht versmolt, besefte Kaspar dat hij op dit moment echt alleen was. Zijn dochter had hij al die jaren al verschrikkelijk gemist. Maar nu was hij echt helemaal zonder haar. Hij voelde dat er tranen over zijn wangen rolden, maar hij verroerde zich niet. De wind zal ze wel droog waaien, dacht hij.

~

Anna Sophia stond voor de dichte deur van het kantoor van haar man. Ze hoefde niet naar binnen te gaan om te weten dat hij roerloos aan zijn bureau zat en weer eens naar de kredietovereenkomst staarde die hij maanden geleden onnadenkend had ondertekend. Hij was een aantal dagen langs alle banken van de stad gegaan om een nieuwe lening te vragen. Maar blijkbaar was Mertens hem voor geweest en had hij al overal voor Stollwerck gewaarschuwd. Geen enkele bankier wilde hem nog iets lenen. Sinds Franz dat besefte, kwam hij amper nog zijn kantoor uit.

Ze had een bosje kruiden voor haar man samengesteld van lavendel, valeriaan en sint-janskruid, dat hem een beetje zou moeten opbeuren. Maar het was nu misschien niet het juiste moment om het aan hem te geven. Ze stopte het in haar zak, legde haar handen op de klink van de deur en fluisterde: 'Als je me zoekt, ik ben in de pastillesfabriek.'

Het bleef even stil. Anna Sophia wilde zich al omdraaien, toen Franz toch nog reageerde. 'Wat ga je doen?'

'Ik ga pastilles maken... Misschien voor de laatste keer.' Haar stem brak bijna toen ze dat zei.

Nu hoorde ze achter de deur het geschraap van stoelpoten over vloerplanken en voetstappen naar de deur. Haar man deed open. Hij was vreselijk bleek. Ze streelde even zijn wang, liet haar hand in zijn nek rusten, draaide zich om en liep voor hem uit de trap af.

De ochtendzon scheen al door de grote ramen en door de ruiten van de winkeldeur. De pastilles glinsterden in de potten, de vuurhaard stond er uitnodigend bij en de werkbladen glansden. Alles was klaar. Zou ze dit hier echt verliezen? Ze kon de gedachte amper verdragen. Ze pakte een glaasje, vulde het met water en deed het bosje kruiden erin. Misschien zou de weldadige geur die zich nu in de ruimte verspreidde hen beiden een beetje kalmeren. Ze stak het vuur aan en begon lapsang souchong-thee te zetten.

'Lieverd, heb je me gehoord?'

Ze keek verrast op. Was ze nou zo in gedachten geweest? 'Verdorie,' riep ze en ze lachte hoofdschuddend om zichzelf. 'Wat zei je?'

Ook Franz grinnikte. 'Ik vroeg of ik je kan helpen.'

'O... Nou, als je wilt... Heb je zin om de kruiden fijn te malen?'

Ze liet hem het recept zien dat Koloman niet onder het werkblad had gevonden, de kruiden en de vijzel. Daarna richtte ze zich weer op de thee. Ze hoorde dat Franz de bladeren fijnmaalde en rook dat de aroma's van madeliefjes, papaver, mos en zoethout zich vermengden. Kruidig en zoet, bitter en aardachtig verspreidde de geur zich door de ruimte. Ze sloot haar ogen en dacht aan de keuken in het huis van haar ouders, aan haar zussen en aan Gesches hut. Ze was al zo veel kwijtgeraakt. Niets zou meer worden zoals het ooit was. Al die plaatsen waar ze ooit van had gehouden, waren van haar afgepakt. En nu moest ze ook afscheid nemen van de pastillesfabriek.

Haar ogen werden vochtig, maar ze huilde niet. Nee, ze karamelliseerde de suiker. Franz gaf haar de kruiden aan, ze mengde ze met de thee, kneedde alles stevig door, rolde er staven van en tikte pastilles in een schaal.

De winkeldeur ging open en een krantenjongen stak met een vragende blik zijn hoofd om de hoek van de deur. Franz knikte. 'Kom binnen,' zei hij en hij wenkte hem naar zich toe.

In gedachten verzonken keek Anna Sophia naar de zwarte moedervlek op zijn bovenlip, terwijl hij een krant aan Franz verkocht en hem bovendien de post in de hand drukte die hij voor de deur had verzameld. Franz bedankte hem en raakte even zijn pet aan.

'Deze is van Wilhelmine,' zei Franz en hij gaf haar een van de brieven, terwijl hij zelf de rest van de stapel doorkeek.

'James Lever uit Engeland heeft me geschreven. Francois, Carl, die aardige Heimerdinger uit Hamburg en zelfs Koloman! Vreemd. Wat willen ze allemaal van mij?'

Anna Sophia beet op haar lippen. Haar hart begon ineens sneller te kloppen. Nadat er dagenlang geen post was gekomen, had ze er al niet meer in geloofd. Zou haar plan nu toch nog lukken? O alstublieft, lieve Heer, dacht ze en ze sloeg een kruisje. Wat kon een mens toch weer snel hoop koesteren! Misschien hadden ze nog een allerlaatste kans!

Ze maakte Wilhelmines brief open en las:

Mijn lieve zus, ik ben helemaal ontdaan door jouw bericht. Die Mertens is echt een verschrikkelijk mens. Natuurlijk heb ik er meteen met Sibylle over gesproken en ze heeft me haar hulp toegezegd.

Anna Sophia's hart maakte een sprongetje. Ze sloeg een hand voor haar mond.

Ze wil heel graag in jullie bedrijf investeren. Ze denkt dat jullie hoestpastilles alleen maar nog succesvoller zullen worden.

Bovendien heeft ze een cadeautje voor jullie, dat ik bij deze brief bijvoeg. Misschien brengt het jullie op nog meer kostelijke ideeën. Veel liefs, jouw Wilhelmine.

Anna Sophia maakte een vreugdesprongetje. 'Wilhelmine helpt ons! Haar vriendin gaat in ons investeren, Franz!'

Haar man keek haar met gefronst voorhoofd aan. 'James Lever wil me ook geld lenen. Die kleine dief is toch nog ergens goed voor… Maar hoe komt hij hier eigenlijk op?' Hij grinnikte, maakte ook de andere brieven open en las ze met een ongelovige blik. 'Hoe kan dit? Ze willen me allemaal tegen gunstige voorwaarden geld lenen! Zelfs de verrader Koloman!' Hij wreef over zijn kin. En toen riep hij plotseling uit: 'Jij was het!'

De winkeldeur ging weer open en Joseph Wolff kwam binnen. De forse man met de zwarte bakkebaarden zette zijn handen in zijn zij. 'Ah, jullie zijn er. Geweldig. Ik wilde het jullie meteen persoonlijk vertellen. Toen ik Anna Sophia's bericht kreeg, was ik echt kwaad! Eerst brandt jullie fantastische theaterzaal af en dan wil die walgelijke Mertens ook nog jullie pastilles afpakken. Ik bedoel, ik kan het begrijpen, ze zijn heerlijk. Mijn nichtjes zijn er dol op. Vooral de kleine Apollonia is er helemaal verzot op. Een buitengewoon intelligent meisje, wat ik jullie zeg. Maar het zijn nu eenmaal jullie karamelpastilles en dat moeten ze blijven. Ik wil natuurlijk meehelpen om jullie probleem op te lossen. Heeft Heimerdinger jullie ook al geschreven? Hij maakt ook geld vrij. Dus, maak je geen zorgen, we krijgen het wel voor elkaar!

Langzaam draaide Franz zijn hoofd in Anna Sophia's richting. 'Heb jij soms…'

Ze sloeg haar ogen neer. 'Het was maar een idee… Ik dacht al dat Mertens met de andere bankiers zou gaan praten. Daarom heb ik meteen na de brand al je vrienden en mijn zus geschreven. Ik dacht, misschien kunnen zij wel in tijden van nood…' Ze stopte. Dat ook Franz' vader mondeling hulp had toegezegd en een groot bedrag vooruit zou betalen voor een flinke lading pastilles, verzweeg ze liever. Ze wist het al sinds gisteren, maar ze zou op een rustiger moment wachten om het Franz te vertellen.

Het was even stil in de pastillesfabriek. Daarna klonk er luid: 'Ha!'

Anna Sophia keek geschrokken op en zag dat Franz over zijn hele gezicht straalde. 'Je bent ongelofelijk!' riep hij. Hij liep met grote passen naar Anna Sophia toe, tilde haar op en wervelde haar lachend in de rondte. 'Ik heb de slimste vrouw van de wereld! Natuurlijk! Er gaat niets boven vrienden, boven een netwerk... en boven deze vrouw! Ik hou van je!' Hij gaf haar een kus. 'En van jou natuurlijk ook!' Lachend omhelsde hij Wolff. 'Wat ben je toch een geweldige vriend!' Franz' stem sloeg over. 'Ze zijn allemaal geweldige vrienden!' Hij pakte de brieven en hield ze in de lucht. 'Bedankt, bedankt, bedankt!' riep hij zo hard dat je bijna zou denken dat al zijn vrienden hem hadden gehoord, zelfs James in Engeland. Anna Sophia lachte.

'Die Mertens zal nog raar opkijken! We betalen hem zijn vervloekte geld terug en zijn hele plan is mislukt!'

Wolff klopte hem op de schouder.

'Daar drinken we eentje op, toch?' zei Franz.

'Op dit tijdstip?'

'Het is nooit te vroeg voor onze kruidenlikeur.'

Hij liep naar de kast en pakte een fles van de onderste plank.

En terwijl hij een glaasje voor Wolff en zichzelf inschonk, en de mannen met elkaar proostten en dronken, schoot Anna Sophia iets te binnen. Wilhelmine had over een cadeautje geschreven, dat ze bij haar brief had gevoegd. Anna Sophia voelde nog een keer in de envelop en trok er iets langwerpigs uit dat in papier gewikkeld was. Ze pakte het uit en keek verbaasd naar het zware, donkerbruine voorwerp. Het smolt een beetje in haar handen en ze rook een zoete cacaogeur. Dit was chocolade, dacht Anna Sophia. Maar het zag er anders uit dan normaal. Meestal had het de vorm van cacaoklompen die je in water of melk oploste, of zag het eruit als de matgrauwe gezondheidschocolade die ze ooit in de apotheek had verkocht. Maar de chocolade die ze nu in haar handen had, was glad en glanzend. Hij leek chic en duur. Anna Sophia keek even naar de lachende en drinkende mannen aan de andere kant van de kamer. Daarna stak ze het stuk in haar mond. Ze sloot haar ogen en kon amper geloven hoe heerlijk de zoete massa op haar tong smolt. Hij was wel iets kruimelig en zanderig, maar ook hemels zwaar en exotisch. Zo smaakte de grote, wijde wereld, dacht Anna Sophia. En tegelijkertijd voelde ze zich op dat moment eindelijk weer thuis. Ze haalde diep adem, slikte, en kreeg een idee.

Nawoord

Beste lezer,

Voor mijn verhaal over Anna Sophia en Franz Stollwerck, de dochter van de apotheker en het begin van de latere chocoladedynastie, heb ik in boeken gesnuffeld, diverse keren Keulen, het chocolademuseum aldaar en Bonn bezichtigd en het Rheinisch-Westfälische Wirtschaftsarchiv bezocht (veel dank!). In het begin ging ik als een leek aan de slag. Maar algauw raakte ik in de ban van spannende feiten, schrikbarende ontwikkelingen, fascinerende details en mijn eigen ideeën. Op deze plek wil ik vertellen hoeveel van mijn roman eigenlijk historisch aangetoond is en hoeveel aan mijn eigen fantasie is ontsproten.

Bij mijn research kwam ik een familie tegen door wiens ontwikkeling wij de hedendaagse geschiedenis kunnen ervaren:

Franz Stollwerck, de zoon van een eenvoudige wolspinner, leert nog wel het ambachtelijke bakkersvak, maar richt vervolgens een bedrijf op dat filialen zal krijgen, internationaal zal netwerken en tot een wereldwijd succes zal uitgroeien. Terwijl de strijd voor democratie nog steeds faalt met de Marsrevolutie, wordt de globalisering waarmee we vandaag worstelen al in gang gezet.

Naast de maatschappelijke crises maakt Franz ook een paar persoonlijke mee: de apothekers van de stad klagen hem aan voor zijn geneeskrachtige pastilles, zijn theater gaat in vlammen op, hij lijkt zich in talrijke projecten te verliezen en is zelfs meerdere keren insolvent, maar vecht zich toch telkens weer uit het dal naar boven. De ene keer doordat hij een ministerieel besluit bewerkstelligt, andere keren doordat zijn vrienden hem met leningen verder helpen.

In hoeverre zijn vrouw Anna Sophia hem daarbij terzijde stond, kunnen we slechts gissen. Ze wordt zelden genoemd. Alleen op de meest donkere momenten, als Franz niet in staat is de rekeningen te betalen, duikt haar naam een keer op contracten en rekeningen op.

Over de vrouwen van de familie Stollwerck in de negentiende eeuw is veel minder bekend dan over de mannen. Dit geldt in het bijzonder voor Anna Sophia Stollwerck, wier meisjesnaam Müller is. Het enige wat zeker is, is dat ze uit een vooraanstaande kring van Keulse families kwam. Tot haar voorouders behoorden Johann Georg Molitor (1656-1727), die kanunnik was in St. Gereon en rector van de universiteit van Keulen, en Maria Magdalena Luntz (1690-1763), de tweeëntwintigste abdis van het oude Keulse Machabeïsche klooster. Er wordt aangenomen dat het huwelijk met een dochter uit een vooraanstaande familie Franz Stollwerck geholpen zou kunnen hebben. Welke bruidsschat ze in het huwelijk bracht, welk karakter en welke kennis ze had en of ze een grootmoeder als Gesche, een vader als Gottlieb of een zus als Wilhelmine had, is onbekend. Op dit punt heeft mijn fantasie het roer overgenomen.

In mijn roman is Anna Sophia niet alleen de dochter van een apotheker, ze heeft ook de oeroude kennis van genezeressen, mysterieuze dromen en vaak een voorgevoel. Zo'n neiging tot het mystieke en bovennatuurlijke was in die tijd niet ongewoon: de stad Keulen, die grotendeels nog middeleeuws leek, was niet alleen erg bijgelovig, maar de bewoners meldden ook regelmatig bovennatuurlijke verschijningen.

Dit was een van de vele details over Keulen in de negentiende eeuw die me zo fascineerde. Tussen de ruïne van de Dom, de oude stadsmuren, de smalle steegjes en de carnavalvierders heb ik vele spannende uren doorgebracht. In mijn roman beleef je de eerste Keulse treinrit, de ingebruikname van de gaslantaarns, de voortzetting van de bouw van de Dom, de tijd tussen het Congres van Wenen in 1815 en de Maartrevolutie van 1848 en de Maartrevolutie zelf. Dat is allemaal hedendaagse geschiedenis. Er is zelfs een Heinrich Statz door een soldaat met een bajonet op de Alte Markt doodgestoken, hoewel deze kuipersgezel in werkelijkheid een paar jaar jonger was dan mijn Heinrich.

Tijdens mijn research realiseerde ik me algauw dat deze echte gebeurtenissen, de crises en de armoede, de industrialisatie, de politieke spanningen, het sociaal onrecht, het opnieuw opwellende, angstaanjagende antisemitisme, het verlangen naar democratie, veiligheid op het werk en gelijke rechten niet alleen de achtergrond vormen van mijn roman, maar ook vaak ingrijpend zijn voor het leven van mijn personages en een grote invloed hebben op wat er gebeurt.

Zo was gendergelijkheid aan het begin van de negentiende eeuw voor de overgrote meerderheid van de mensen niet eens denkbaar. Er waren echter al vrouwen die de oude wereldorde in twijfel trokken.

Om dit aarzelende begin van de vrouwenbeweging te illustreren, heb ik Sibylle Mertens-Schaaffhausen in mijn roman opgenomen. Een werkelijk indrukwekkende Keulse vrouw die met haar levensstijl haar tijdgenoten voor het hoofd stootte. Ze bracht het grootste deel van haar tijd ver weg van haar man in Bonn door en had een hartstochtelijke liefdesrelatie met Adele Schopenhauer, ook al ontkende de maatschappij waarin ze leefde dat vrouwelijke homoseksualiteit zelfs maar bestond.

Sibylle Mertens-Schaaffhausen, de dochter van de bankier Abraham Schaaffhausen, was echt getrouwd met een meneer Mertens: Joseph Ludwig Mertens, die zestien jaar ouder was dan Sibylle en met haar zwager concurreerde om zijn positie bij de bank. Hij moet een moeilijke man zijn geweest. Haar vriendin Annette von Droste-Hülshoff sprak van een huwelijks-hel en Adele Schopenhauer vermeed Sibylles huis als haar driftige man aanwezig was.

Maar de mate van kwaadaardigheid van mijn personage Victor Mertens komt voort uit mijn fantasie. Er zijn ook geen geschillen bekend tussen de familie Mertens en de familie Stollwerck. Om een duidelijke afbakening van het historische en het fictieve personage Mertens te creeren, heb ik bewust de voornaam veranderd. Ook de kinderen hebben andere namen dan de historische kinderen van Sibylle. In werkelijkheid had ze zes nakomelingen die verschrikkelijk ruzie hadden met haar. De blinde dochter Charlotte heeft niet bestaan, maar het is wel waar hoe er in die tijd in de verschillende sociale klassen met blinde en dove kinderen werd omgegaan.

Adele Schopenhauer, de dochter van Johanna en de zus van Artur Schopenhauer, hield hartstochtelijk van Sibylle, hoewel haar genegenheid af en toe op de proef werd gesteld door Sibylles liefdesaffaires met andere vrouwen. Voordat Adele aan een ernstige ziekte overleed, wisselden de twee vrouwen intens verdrietige en ontroerende brieven uit, waarvan de bewoordingen doorklinken in hun dialogen in deze roman.

Annette von Droste-Hülshoff vertrouwde Sibylle echt haar teksten toe. En om de dichteres, die vandaag de dag gevierd en bewonderd wordt maar die tijdens haar leven niet als een groot genie werd beschouwd, tegen teleurstelling te beschermen, deed Sibylle alsof de teksten verloren waren. Ook knipte Sibylle koppig haar haar kort, wat in die tijd ongeveer schouderlengte betekende. En ze had een salon in Bonn waar onder anderen Henriette Sontag zong en Droste-Hülshoff gedichten voordroeg.

Toch moest ik de waarheid een beetje oprekken: om deze spannende details van de negentiende eeuw te kunnen verweven met mijn fictieve Wilhelmine Müller, heb ik haar zo'n tien jaar in de toekomst gezet. In werkelijkheid zou Sibylle ruim veertig zijn geweest toen ze de zestienjarige Wilhelmine ontmoette.

In Stollwercks Deutsches Kaffeehaus kwamen niet alleen de democraten bijeen om de revolutie te bespreken. Er was ook een damessalon. Het is echter onzeker of tijdgenoten als Mathilde Anneke en Fanny Lewald elkaar hier ontmoetten en of de Keulse vrouwen hier hun politieke eisen formuleerden. De dames mochten hier niet roken of spelen. Maar ze mochten praten. En dat is natuurlijk altijd een goed begin. In mijn roman liet ik Mathilde Anneke, die een moeizaam scheidingsproces achter de rug had, daarom hardop gedachten uiten die ze in 1847 opschreef in haar werk *Das Weib im Conflict mit den socialen Verhältnissen.*

Nog een andere historische tekst duikt in mijn roman op: in 1867 publiceerde dr. C. Georg Wittstein het artikel 'Das Geheimmittelwesen der Gegenwart' in het tijdschrift *Gartenlaube*, waarin hij Stollwercks hoestpastilles zwaar bekritiseert. Franz Stollwerck publiceerde daarop een weerwoord. Fragmenten uit beide artikelen vind je in mijn roman. Daarnaast inspireerde Wittsteins artikel me tot mijn puur fictieve personage Koloman Witt. In de roman pleegde hij zijn verraad aan Franz echter al jaren eerder.

Je ziet het: om een verhaal te vertellen dat zowel de geest van die tijd als het begin van het familiebedrijf Stollwerck weergeeft, heb ik tal van historische feiten gebruikt, maar heb ik ze her en der ook een beetje omgebogen of me door die feiten naar mijn eigen ideeën laten leiden. Bedankt dat je je met mij hebt ondergedompeld in dit verhaal over het begin van een groot familie-imperium, moedige vrouwen, tijdloze liefde, wanhopige strijd voor gerechtigheid, kruiden en geneeskrachtige pastilles.

Voor mij was het schrijven een intense ervaring en ik wil de personages van wie ik ben gaan houden nog niet laten gaan. Gelukkig kan ik me meteen storten op het vervolg in deel twee van De chocoladedynastie, waarin chocolade zijn grote triomf zal vieren. Zien we elkaar daar weer? Dat zou ik heel leuk vinden!

Hartelijke groet,
Rebekka Eder

Dankwoord

De dochter van de apotheker is niet alleen het begin van mijn eerste historische reeks, maar dit verhaal heeft ook voor mij nieuwe deuren geopend in mijn eigen schrijf- en werkwijze. En dat heb ik vooral te danken aan de mensen die me geweldig hebben geholpen.

Ik had Anna Sophia en Franz nooit leren kennen zonder mijn fantastische agent Dorothee Schmidt, die met mij in de geschiedenis van de negentiende eeuw ging schatgraven en me bij alle problemen, vragen en twijfels terzijde stond. Kaspar bijvoorbeeld heeft zijn leven en zijn liefdesverhaal aan haar te danken. Dorothee heeft me erg geïnspireerd en gemotiveerd en ze heeft eerste hulp verleend bij alle auteurscrises.

Veel dank aan mijn redacteur Reinhard Rohn, die meteen het potentieel van dit verhaal inzag, me veel vertrouwen gaf bij het schrijven en vervolgens – samen met de toegewijde stagiaire Lara Wimmers – de roman zorgvuldig en met veel expertise redigeerde.

Dank aan mijn testlezers: aan mijn vader, die in een hoog tempo al mijn boeken verslindt, enthousiast glimlacht en vervolgens heel welwillend zijn behulpzame feedbacklijst geeft. Aan mijn moeder, wier plezier aan mijn verhalen me al sinds mijn kindertijd aanmoedigt en die net zo enthousiast is over elke nieuwe ontwikkeling als ikzelf. Aan mijn zus, die bijna barst van trots als ik haar een nieuw manuscript overhandig en die me telkens weer met haar gevoel voor dramaturgie helpt. Aan mijn vriendin en podcastpartner Rebecca, die niet alleen in onze schrijf- en psychologiepodcast *Platonisch nackt* met mij over schrijven, verschillende karakters en de dynamiek van interpersoonlijke relaties filosofeert, maar ook een onvervangbare brainstormpartner voor me is tijdens lange wandelingen. Aan mijn vriendin Selina, die er ook op afstand altijd voor me is en zich meteen in mijn verhalen verdiept. Aan mijn vriendin Jessi: het was een belangrijk moment voor me toen we 's avonds in het schrijfatelier op de binnenplaats zaten, ik het eerste hoofdstuk voorlas en zij het zo leuk vond. En last but not least aan mijn geweldige collega en goede vriendin Miriam Georg, die tijdens mijn schrijffase al elk hoofdstuk las, me meteen intelligente en deskundige feedback gaf en wier enthousiasme voor dit verhaal me over menige hindernis heeft geholpen. Onze gesprekken over onze boeken, het schrijven en het leven van een auteur maken dit werk voor mij zelfs nog mooier dan het al is.

Terwijl ik me halsoverkop in het negentiende-eeuwse Keulen stortte en vaak een beetje buiten adem was als ik weer terugkeerde naar het hier en nu, was er altijd mijn man, die me keer op keer aanmoedigde. Hij vergezelt me en ondersteunt me bij alle lezingen en verandert opkiemende schrijftwijfels in vrolijkheid.

Bedankt voor jullie hulp. Zonder jullie was dit boek er niet geweest.

Het tweede deel van *De Chocolade Dynastie*
verschijnt in januari 2023

ISBN 9789046830239

Keulen, 1862. Apollonia wil niets liever dan uitvinder worden, net zoals haar vader. Maar haar familie onderhoudt goede banden met de familie Stollwerck, en haar toekomst zal zeker zijn als ze deel uitmaakt van de Chocolade Dynastie. Als oudste dochter zal ze uitgehuwelijkt worden aan de oudste zoon: Nikolaus. Ze kan zich niets vreselijkers voorstellen, tot ze zijn stille maar slimme broer Heinrich ontmoet. Ook bij zijn moeder Anna Sophia voelt ze zich meteen thuis. Vader Franz Stollwerck begint zich intussen steeds vreemder te gedragen en er dreigt een breuk tussen hem en zijn zonen. Is Apollonia in staat de familie te redden en de chocoladefabriek draaiende te houden? Ook als dat betekent dat haar talent verborgen moet blijven?

Meer over deze serie vind je op
https://oceaanboeken.nl/de-chocolade-dynastie/

Lees ook de andere boeken van uitgeverij Oceaan

ISBN 9789046829660

'De perfecte combinatie van prachtige vakantieplekken en romantiek.'
Katie Fforde

De meeste mensen gaan naar Kroatië voor kiezelstranden, zonneschijn en een kristalblauwe zee, maar Kate gaat erheen om te verdwijnen. Haar leven is op spectaculaire – en publieke – wijze uiteengevallen. Niemand op het eiland weet waarvoor ze is gevlucht. Maar dan ontmoet ze de mysterieuze Alex, een lokale klusjesman. Alex is anders dan alle andere mannen die Kate kent en ze hebben meteen een bijzondere band. Alleen is Kate niet de enige met geheimen... Is hun liefde sterk genoeg?

Het eerste deel van een meeslepende nieuwe serie over een erfenis, een liefde en een bloemenkwekerij in Bretagne

ISBN 9789046829554

Sylvia heeft een druk leven en een schijnbaar perfect huwelijk, maar toch knaagt er iets. Dan erft ze een bloemeneiland aan de Franse kust, en ze is blij met de afleiding. Maar wanneer ze het eiland bezoekt, hoort ze dat haar man het achter haar rug om al te koop heeft gezet. In de bloemenkwekerij moet dan ook niemand iets hebben van de nieuwe erfgename, en Sylvia verbergt haar identiteit. Ze wordt al snel verliefd op het eiland, maar als ze ook gevoelens krijgt voor Maël, die als bloemenkweker op het eiland werkt, wordt het pas echt ingewikkeld…